Helena

Du même auteur

Les Loups à leur porte, 2015 ; Rivages poche, 2016.

Jérémy Fel

Helena

Rivages

Retrouvez l'ensemble des parutions
des Éditions Payot & Rivages sur
payot-rivages.fr

À ma mère.

« Toto, I've a feeling we are not in Kansas anymore. »

Victor FLEMING, *The Wizard of Oz*

« When the lambs is lost in the mountain, he said.
They is cry.
Sometime come the mother. Sometime the wolf. »

Cormac McCARTHY, *Blood Meridian*

« And I see a darkness.
Did you know how much I love you ?
Is a hope that somehow you,
Can save me from this darkness. »

Bonnie « Prince » BILLY

Agenouillé au-dessus de sa proie, Tommy respira à pleins poumons les odeurs métalliques de son nouveau royaume.

Sa tête tournait encore sous les effets de l'alcool. Il ferma les yeux et savoura le silence si particulier qui régnait entre les murs du vieil abattoir, pour un temps à l'abri de la fureur du monde, seulement concentré sur celle qui, confinée dans son propre corps, en jaillirait un jour et le laisserait enfin en paix.

Le chien gisait sur le flanc et poussait de petits gémissements, aussi aigus que les crissements de roues d'un vélo. Tommy passa sa main le long de sa mâchoire entrouverte, un souffle chaud lui enrobant la paume. Le chien lui lécha alors les doigts, comme pour le supplier de lui laisser la vie.

Tommy l'avait traîné jusque-là en laissant une longue marque visqueuse dans les hautes herbes. Ses propriétaires, les Lumley, possédaient une ferme à une vingtaine de kilomètres de sa maison, et ce gros malinois l'avait souvent terrorisé quand il était plus jeune, montrant les crocs dès qu'il passait devant chez eux à scooter ou à vélo, seule sa chaîne l'empêchant de lui sauter à la gorge.

Mais ce matin il avait eu sa revanche en l'apercevant sur le bas-côté de la route. *Comme dans un rêve.* Il avait aussitôt appuyé sur l'accélérateur, pour le percuter à plus de quatre-vingts kilomètres/heure.

C'était le dixième animal qu'il rapportait depuis le début de l'été. Il avait commencé par des chats ou des lapins, puis avait capturé un chien errant aux alentours du vieux château d'eau en l'appâtant avec un morceau de viande. Il les lui fallait vivants, il avait passé l'âge de jouer avec les cadavres. C'était leur chaleur qu'il voulait leur voler, et savoir combien de souffrances ils pouvaient endurer, combien de sang s'écoulerait de leurs plaies avant que leur cœur ne s'arrête définitivement de battre.

Morts, ils lui appartenaient totalement. Morts, ils lui appartenaient tous.

L'électricité était coupée. Des pigeons rentraient parfois par un vasistas à la vitre brisée et se nichaient dans les renfoncements du haut des murs, le bruit de leurs ailes résonnant dans le noir et leur faisant prendre, dans son esprit, la forme de gros insectes, prêts à fondre sur lui.

C'était dans cet endroit que les équarrisseurs dépeçaient les chevaux ou les porcs des fermes avoisinantes, jusqu'à ce qu'on construise un abattoir plus moderne aux environs de Topeka. Tommy voulait profiter de ce lieu avant qu'il ne soit détruit en début d'année suivante pour laisser place à des logements sociaux réservés à des familles pauvres de la ville, en majorité noires, ct qui viendraient les envahir, eux aussi. Mais il serait, s'il le fallait, là pour défendre leurs terres contre la racaille.

Plus jeune, on lui avait raconté qu'un des équarrisseurs avait kidnappé des enfants de la région pour leur faire subir le même sort qu'aux bêtes. Cette histoire l'avait longtemps fasciné, beaucoup plus passionnante que les éternelles foutaises de vampires et de loups-garous qu'on se racontait habituellement autour des feux de camp. Et elle avait l'avantage de s'être déroulée juste à côté de chez lui, dans ce bâtiment grisâtre qu'il voyait se découper au loin quand il revenait du lycée. Il fantasmait alors sur ce qui pouvait s'y passer une fois que tout le monde dormait.

Une série de détonations se firent entendre à l'extérieur. Des coups de fusil.

Tommy jeta un regard vers l'entrée où l'on voyait, par-delà un espace juste assez large pour qu'il puisse s'y faufiler, les champs de blé déformés par des vaguelettes de chaleur. Il ne bougea plus et tendit l'oreille pour discerner quelque éclat de voix qui trahirait la présence d'étrangers dans les parages.

Une fois certain qu'il ne risquait rien, il sortit un couteau de son sac à dos et en caressa la lame avec l'index, ressentant l'envie soudaine, devant tant de netteté, de la lécher pour y laisser l'empreinte de sa salive.

Puis, ne parvenant plus à se contenir, il la pressa contre la gorge du chien, qu'il trancha d'un geste sec, le sang qui gicla de la blessure lui éclaboussant les cuisses.

Il ne s'était pas attendu à ce qu'il en sorte autant en une seule fois, comme s'il avait été concentré dans la partie supérieure de l'animal. Tommy retira son T-shirt à l'effigie des *Royals* et le balança un peu plus loin, près de son jean et de ses baskets brunies par la terre. Il était maintenant entièrement nu. C'était ainsi qu'il se sentait le plus à l'aise pour mutiler la chair, et sa mère ne le laisserait plus jamais en paix si elle découvrait des taches de sang sur ses vêtements.

Tommy planta le couteau dans le flanc du chien et recommença aussitôt, encore et encore, accélérant le rythme des perforations, poussant des cris de joie en sentant les os rompre sous ses coups. Il ouvrit ensuite tout le bas de son ventre. Au contact du sang chaud qui en coulait, il fut gagné par une intense excitation, malgré la puanteur environnante, et regarda son sexe durcir entre ses jambes.

Et il pensa à Tessa Wilkins, cette fille qui l'obsédait depuis des semaines, puis il commença à se branler, alors que dans son esprit la lame de son couteau traçait des sillons blancs sur sa peau.

Sa queue tendue à lui faire mal, il accéléra le mouvement et plongea son autre main dans les entrailles du malinois, imaginant en fermant les yeux que c'était la chaleur de Tessa qu'il fouillait.

Il éjacula dans un spasme mais sans un cri, son sperme formant des îlots pâles qui surnagèrent un temps sur la flaque de viscères et de sang, avant de s'y mêler totalement.

Dans sa tête, un gros nuage noir avait crevé et déversé sa pluie. Rafraîchissant son âme, l'apaisant.

Tommy foula le carrelage de ses pieds nus et jeta ce qui restait du chien dans un sac-poubelle. Il l'enfouirait comme les autres dans un terrain broussailleux à une vingtaine de mètres de là.

Une lance à incendie était enroulée contre un mur. Il nettoya le sol et passa ensuite le jet sur lui pour faire disparaître les traces de sang qui avaient commencé à sécher sur ses cuisses, puis regarda, fasciné, le mélange s'écouler vers la grille de canalisation, se figurant des fleuves de cette matière tapisser les profondeurs de la Terre.

Une fois sec, il se rhabilla, balança le sac à travers l'ouverture et s'y faufila à son tour, son corps plombé de soleil, ne sachant pas encore que, peu de temps après, il étreindrait enfin son premier grand amour.

HAYLEY

Hayley Hives mit un court instant avant de se rendre compte que les murs qui l'entouraient étaient ceux de sa chambre. Son réveil sonna à nouveau et elle le frappa pour l'éteindre. Il était 9 heures du matin. Elle avait le temps de rêvasser un peu. Ses valises étaient posées contre son armoire et il ne lui restait plus qu'à prendre une douche avant de partir.

La fenêtre sur sa droite était entrouverte, laissant entrer une légère odeur de glycine, ainsi que le bruit familier, en ce début du mois de juillet, des oiseaux perchés dans le pommier planté face à la maison, des cris des enfants du quartier qui s'amusaient à faire rebondir un ballon de basket sur le bitume de la rue.

Hayley étira les bras en bâillant et replia sa jambe, à moitié recouverte par sa couette. Et elle pensa à Neil, saisit son iPhone posé sur sa table de nuit, constata avec amertume qu'il n'avait pas essayé de l'appeler, ne lui avait laissé aucun message. Son attitude de la veille ne l'avait visiblement pas empêché de dormir. Elle, par contre, avait dû se forcer à prendre des cachets et passer le reste de la nuit à faire des rêves agités. Elle se souvenait de l'un d'eux en particulier, où elle était prisonnière à l'intérieur d'un cube mou et entièrement noir flottant à un mètre du sol. Tous les autres convives se tenaient autour et se moquaient d'elle sans qu'elle puisse les voir, leurs rires mêlés aux halètements de Neil et aux grincements des ressorts du lit où il continuait à l'humilier.

La jeune femme grimaça tout en se massant les tempes.

Pourquoi avait-elle autant bu ?

Si elle s'était écoutée, elle se serait recouchée pour dormir toute la journée. Ainsi le temps serait passé plus vite. Elle n'aurait plus pensé à rien.

Plus à lui.

Mais elle devait se forcer à se lever. Elle n'avait pas le choix.

Dans trois semaines, Hayley comptait participer au *World Junior Girls Championship* à Dallas, tournoi lors duquel s'affrontaient des joueuses de golf amateurs de nombreuses nationalités. Elle partait dès ce matin chez sa tante Olivia, qui vivait près de St. Joseph, Missouri. Olivia était voisine et amie de George Kingsbury, un des plus grands joueurs américains des années soixante-dix. Il possédait un terrain de golf attenant à sa propriété et lui avait proposé d'y terminer son entraînement, ce qui pour Hayley représentait une chance inestimable.

Une victoire dans ce genre de tournoi était la première grande étape sur la voie de la professionnalisation et des contrats à plusieurs centaines de milliers de dollars.

Pourtant, la veille encore, elle hésitait à partir, afin de rester là avec Neil.

Sombre idiote.

Le caddie contenant ses clubs de golf était posé contre le mur, la lumière du soleil matinal en faisant briller les fers. Ils appartenaient à sa mère. C'était avec ceux-là qu'elle comptait gagner. Comme une revanche sur la vie qui lui avait été arrachée.

Hayley marcha par inadvertance sur une bougie laissée sur la moquette. Elle pensait les avoir toutes enlevées avant de se coucher, ainsi que cette décoration niaise à mourir qu'elle avait préparée pour lui, dans l'espoir que le moment qu'ils passeraient ensemble soit le plus parfait possible.

De rage, elle avait tout jeté dans un sac-poubelle qui traînait près de sa porte. Elle se méprisait d'avoir été aussi naïve.

D'abord, elle n'avait pas voulu se rendre à la soirée organisée par sa meilleure amie Lindsay, mais rester tranquillement chez elle à préparer ses affaires, et surtout la nuit qu'elle était censée passer avec Neil. Lui devait juste y faire un saut et la rejoindre une fois que tout serait prêt. Mais Lindsay avait tellement insisté au téléphone qu'elle avait consenti à passer elle aussi. Elle n'avait pas prévenu Neil, voulant lui faire la surprise, et avait enfilé la robe qu'il préférait, une Dolce & Gabbana dorée, la même que Jennifer Lawrence avait portée lors de l'avant-première de son dernier film.

La maison était déjà bondée quand elle était arrivée, toutes les pièces du rez-de-chaussée plongées dans une atmosphère festive et enfumée. Hayley avait vite rejoint Lindsay et elles avaient partagé un mojito et des rails de coke avant qu'elle ne commence à s'impatienter à force de chercher Neil du regard. Lindsay lui avait appris qu'il était arrivé en début de soirée mais qu'elle ne l'avait plus revu par la suite. Un peu inquiète, Hayley l'avait cherché partout dans cette maison devenue labyrinthe, saluant au passage les gens qu'elle connaissait, captant parfois certains regards insistants et rembarrant les jeunes loups qui l'abordaient plus franchement.

Elle l'avait enfin trouvé dans une des chambres d'amis du deuxième étage, couché à demi nu sur Sydney Bose.

Ahurie, Hayley n'avait su quoi faire, pendant qu'eux s'étaient rhabillés en hâte.

Elle s'était ensuite enfermée dans les toilettes de l'étage, sourde aux demandes de Neil de lui ouvrir. Elle y était restée une heure entière, agenouillée sur le sol, vomissant de temps en temps dans la cuvette tout l'alcool qu'elle avait ingurgité, la bouche pleine d'un goût de menthe amère, incapable de penser à autre chose qu'à Sydney plaquée contre le matelas, ses cheveux roux et bouclés comme électrifiés, et qui l'avait toisée en se délectant du mal qu'elle lui faisait.

Mais la haine qu'elle avait ressentie pour elle n'était rien en comparaison de celle qu'elle avait éprouvée pour Neil Barnes, qui avait couché avec une autre alors qu'il était censé la rejoindre pour leur première nuit.

Trois mois qu'elle se dérobait, trois mois qu'il lui répétait qu'il pouvait attendre, qu'ils le feraient au moment où elle se sentirait prête. Et elle, cette idiote, qui l'avait encore plus aimé d'être aussi compréhensif, patient, si différent de tous ceux qui chaque jour l'abordaient comme si son corps n'était qu'un trophée à poser sur leur étagère.

Combien y en avait-il eu d'autres avant Sydney ? Faisait-il cela depuis le début ?

Avait-elle vraiment envie de le savoir ?

Hayley, qui avait récemment fêté ses dix-sept ans, n'était pas comme toutes ces petites prudes qui se bornaient à rester vierges jusqu'au mariage en portant fièrement un anneau de pureté au doigt. C'était simplement qu'elle n'avait jamais trouvé, du moins avant Neil, le garçon avec qui elle voulait vraiment le faire. Elle avait toujours eu une certaine idée de celui qui s'immiscerait pour la première fois entre ses cuisses.

Une fois calmée, Hayley était ensuite repartie chez elle en rasant les murs, sans parler à personne.

Avait-elle été aveugle à ce point ?

Stupide petite fille.

Elle soupira, se rendit dans la salle de bains attenante à sa chambre et se faufila sous la douche, plaquant son dos contre la paroi en attendant que l'eau soit assez chaude. Au moment où elle commençait à mouiller ses cheveux, son téléphone portable se mit à sonner. Elle lâcha le pommeau, sortit en courant et se jeta sur son lit pour l'attraper. Ce n'était pas Neil mais Lindsay. Déçue, elle ne décrocha pas, sachant d'avance ce qu'elle allait lui dire.

Hayley resta un instant sans bouger, de l'eau gouttant de son corps pour former une tache sombre sur la moquette. Elle se détestait d'avoir espéré que ce soit lui. Et d'être à ce point certaine qu'elle lui aurait aussitôt répondu.

Même s'il l'appelait à l'instant, elle ne pourrait s'empêcher de lui répondre.

Et il ne lui faudrait pas beaucoup de temps pour retomber dans le piège.

Elle balança son téléphone dans son sac à main, puis retourna sous la douche, prise d'une furieuse envie de frapper le mur avec le poing.

Dans la cuisine, elle se servit un verre de jus de pamplemousse et s'installa face à la grande baie vitrée qui donnait sur le jardin partiellement ombragé. Son père était parti à Atlanta pour le travail, et, si elle n'avait pas programmé ce départ chez sa tante, elle en aurait bien profité pour rester seule chez elle à ne rien faire, jouer un peu à la morte, comme cette fois où sur un coup de tête elle n'avait plus donné de nouvelles à personne, juste pour savoir qui l'appellerait en premier, qui s'inquiéterait vraiment à son sujet. Elle avait tenu deux jours entiers, recluse dans sa maison à regarder des séries et à réviser ses cours, avant de répondre à Lindsay, qui était aussitôt passée la voir. Constatant qu'elle se portait comme un charme, elle l'avait emmenée à une soirée organisée chez Tracy Blethyn, une grande rousse à qui Hayley n'avait adressé que deux ou trois fois la parole. C'était là qu'elle avait rencontré Neil, alors qu'elle s'était éclipsée en douce à l'extérieur. Il était en terminale et jouait dans l'équipe de football du lycée. Ce soir-là, il avait grimpé sur un gros chêne et écoutait de la musique sur son iPhone, sa jambe droite pendant dans le vide. Hayley l'avait apostrophé en pensant qu'il s'était endormi et risquait de tomber. Après avoir un peu discuté, il l'avait invitée à le rejoindre, et, malgré le fait qu'elle n'était jamais montée dans un arbre auparavant, elle n'avait pas hésité, quitte à salir sa robe fourreau noire achetée pour l'occasion.

Elle était restée avec lui à parler une bonne partie de la nuit, ayant perdu peu à peu toute envie de redescendre.

Et depuis, tout avait été si parfait.

Hayley alluma la télévision de la cuisine et tomba sur un bulletin d'information de Fox News. Un 747 d'American Airlines venait de se crasher dans l'Atlantique, au large des Açores. Il n'y avait aucun survivant. Les équipes envoyées sur place étaient à la recherche des boîtes noires de l'appareil. Hayley avait une peur absurde de l'avion et ne put s'empêcher de frémir en regardant les débris calcinés qui flottaient sur l'eau, imaginant ce qu'avaient dû subir les passagers affolés, conscients que ces instants où la raison se perd seraient les derniers qu'ils vivraient dans cette vie chutant droit vers l'océan. La seule fois où elle avait pris l'avion, cela avait été pour se rendre chez sa grand-mère Myriam, qui habitait près de Salt Lake City. Elle avait alors dix ans à peine et était restée les yeux rivés sur le petit écran où passait *Cars,* pour ne pas penser au vide qui la séparait du sol.

Hayley laissa ses valises sur le perron, jetant un coup d'œil à sa voiture garée dans l'allée. Elle l'avait sortie la veille du garage puis entièrement lavée. Sa carrosserie rouge la faisait ressembler, resplendissante sous le soleil, à une grosse pomme d'amour.

Son père avait acheté cette Chevrolet de collection cinq ans auparavant et ne l'avait lui-même que peu utilisée. Il avait promis à Hayley qu'elle serait sa première voiture et la lui avait officiellement offerte pour son dernier anniversaire.

Ne l'ayant jusqu'à présent conduite que dans le quartier, Hayley avait insisté pour pouvoir partir à St. Joseph avec, alors qu'il était initialement prévu que sa tante vienne la chercher. Il avait d'abord refusé mais, comme à chaque fois, avait fini par céder.

Le ciel au-dessus de Wichita était d'un bleu éclatant, sans la moindre trace de nuages. Quand il faisait beau, le Kansas paraissait presque vivable.

Tout en rangeant ses affaires dans le coffre, Hayley remarqua Rupert Udall, leur voisin d'en face, occupé à surveiller ses deux garçons qui jouaient sur leur pelouse avec des épées en plastique. Il lui fit un petit signe de la main, auquel elle se sentit obligée de répondre. Ce pervers. Elle savait que certains soirs il l'espionnait quand elle était seule dans sa chambre. Cela l'amusait plutôt, et elle n'avait même pas songé à en parler à son père. Et puis il était pas mal, un peu vieux à son goût mais avec de beaux restes, le genre de quadra qui passe plusieurs heures par semaine en salle de sport pour pouvoir draguer les jeunes filles avec un minimum d'assurance. Quelques jours auparavant, elle avait volontairement déambulé devant sa fenêtre en sous-vêtements. Elle savait qu'il l'observait caché dans le noir et avait, ce soir-là, fait semblant de dégrafer son soutien-gorge, sans aller jusqu'au bout, retardant le moment où il pourrait espérer voir enfin ses seins à l'air libre. Elle avait finalement tiré les rideaux, le laissant seul, assis dans son fauteuil et frustré, obligé de se branler en imaginant tout ce qu'elle l'avait empêché de voir.

Quand elle le voulait, Hayley pouvait être une parfaite petite allumeuse.

Avant de partir, elle fit le tour de toutes les pièces de la maison pour vérifier que les fenêtres étaient bien fermées. Les Parker, qui vivaient au bout de la rue, avaient été cambriolés six mois plus tôt. Depuis, les propriétaires du quartier payaient une société privée pour faire des rondes la nuit et surveiller les maisons vides, principalement pendant les périodes de vacances.

La jeune femme n'en était pourtant qu'à moitié rassurée. Tant de choses pouvaient se passer dans une maison délestée de ses habitants.

La porte de la chambre de son père était entrouverte. Elle se faufila à l'intérieur et marcha pieds nus sur le parquet flottant. Elle n'y était plus venue depuis longtemps, et avait du mal à y percevoir son empreinte, comme s'il n'y avait pas dormi depuis des jours. Tout semblait si froid, désincarné.

Les rideaux étaient tirés, elle les ouvrit pour laisser entrer un peu de lumière.

Un exemplaire du *Bûcher des vanités* de Tom Wolfe traînait sur la table de nuit. Son père avait toujours été un grand lecteur. Malgré les tentatives de celui-ci pour intéresser sa fille à la littérature, elle n'avait jamais réussi à finir le moindre roman.

Sur le mur au-dessus du lit était accroché l'agrandissement d'une photo représentant sa mère, prise alors qu'elle était enceinte d'elle, agenouillée sur le sable de Santa Monica State Beach. Hayley observa attentivement son visage qui fixait l'objectif en plissant les yeux à cause du soleil, ses cheveux châtains et bouclés qui descendaient jusqu'aux épaules et qu'elle avait par la suite coupés et toujours gardés courts. Elle y chercha à nouveau les ressemblances que tout le monde voyait habituellement entre elles. Elles n'avaient pourtant ni le même nez ni la même forme de visage. Hayley s'attarda sur le ventre arrondi de sa mère, s'imaginant lovée à l'intérieur. C'était peut-être sa présence en elle qui la rendait si heureuse et donnait cette lumière particulière à son sourire. Du moins c'est ce qu'elle aimait penser. Avait-elle été l'enfant, puis l'adolescente, que sa mère avait espérée à cet instant ? Si ce n'était pas le cas, sa joie du moment restait, elle, à jamais capturée sur le mur de cette chambre.

Ses parents avaient tous deux vécu à Santa Monica. Sa mère avait quatre ans de plus que son père et ils avaient fréquenté le lycée de High Hills à peu près à la même période. Elle avait un jour confié à Hayley qu'ils s'étaient souvent croisés enfants, puis adolescents, sans pour autant en venir à se parler. Ils s'étaient vraiment rencontrés lors d'une soirée organisée chez une amie commune. Sa mère avait vingt-deux ans, était étudiante en journalisme à Berkeley et vivait au campus le reste de l'année. Elle avait reconnu, à travers les traits de ce jeune homme assis dans un coin, celui qu'elle n'avait pas revu depuis au moins trois ans, ce garçon qui à l'époque était bien trop jeune pour qu'elle ose s'y intéresser. C'était du moins ce que supposait Hayley, elle qui, à la façon dont sa mère en parlait, l'avait toujours soupçonnée d'être tombée amoureuse de lui bien avant leur rencontre. Elle avait vu des photos de son père à quinze ans. Il était déjà irrésistible.

Ils avaient passé toute la nuit ensemble et ne s'étaient, dès lors, plus jamais quittés. L'hiver suivant, ils avaient emménagé dans un grand appartement dont les fenêtres donnaient sur l'océan, sur Barnard Way. Son père faisait des études d'ingénieur et sa mère avait rapidement trouvé un poste de journaliste sportive dans une chaîne locale pour subvenir à leurs besoins. Elle lui avait souvent parlé de façon nostalgique de cette période, de sa naissance qui était venue parfaire ce qui représentait les plus belles années de sa vie. Une parenthèse enchantée avant leur départ pour le Kansas. Hayley gardait de précieux souvenirs de son enfance là-bas : le balcon qui donnait sur l'avenue et où elle aimait s'installer, ses jambes dépassant des barreaux, avec plus loin le Pacifique qui brillait sous le soleil ; leur voisine du dessous, Mme Morris, qui lui offrait des sucreries quand elle la gardait certains soirs ; les fois où son père l'emmenait se promener sur la plage…

Malgré sa curiosité, Hayley hésita à ouvrir les tiroirs de la commode près du lit, par peur d'y trouver des magazines pornos cachés sous les caleçons de son père. Ou pire, la photo d'une autre femme.

Il avait eu l'air préoccupé lors du dernier dîner qu'ils avaient partagé la veille de son départ. Il lui avait préparé un de ses plats préférés, des tagliatelles au saumon. Cela faisait si longtemps qu'ils ne s'étaient pas retrouvés ainsi tous les deux. Ils avaient mangé sur la table basse du salon et avaient ensuite regardé un film, puis Hayley était partie rejoindre des amies dans un bar du centre-ville. Son père sortait de moins en moins, restant la majorité de ses soirées à la maison à lire. Il avait à peine trente-huit ans, et s'il n'y avait pas eu ce lien de parenté, elle l'aurait plus d'une fois forcé à venir avec elle.

Hayley continua son inspection de l'étage. Au rez-de-chaussée, elle brancha l'alarme et ferma la porte de la maison à clef.

Elle cala son caddie sur le siège, sortit de l'allée en marche arrière et resta un moment sur la route, à simplement regarder sa maison. Ils avaient fait repeindre les bardeaux de la façade récemment, ce qui la mettait plus en harmonie avec le reste de la rue. Cela lui semblait si étrange de partir, elle qui n'était pas habituée à dormir autre part que dans son propre lit… Mais elle devait le faire. Elle se sentirait bien mieux là-bas, loin de tous ces problèmes qui lui torturaient l'esprit.

Un gamin à vélo arriva derrière elle en zigzaguant et frappa la portière avant du pied. Hayley sursauta et reconnut Chad, le petit frère de Toby Carver. Sous le coup de l'énervement, elle fut prise par l'envie de lui courir après, mais il était déjà trop loin et elle se contenta de le regarder tourner sur la droite et disparaître derrière une rangée d'ormes.

Elle soupira et fit pivoter le rétroviseur chromé pour y regarder son visage, puis elle chercha ses lunettes de soleil dans son sac à main, démarra et, deux kilomètres plus loin, elle remonta la North Longford Lane, voulant faire un crochet chez Lindsay avant de partir.

Lindsay Robson habitait à Forest Hills. Ses parents, qui travaillaient dans l'aéronautique, étaient partis à Brescia, en Italie, la laissant seule tout l'été. C'était la première fois qu'elle échappait à la visite annuelle des Grands Lacs.

Hayley connaissait Lindsay depuis le collège. Au début elles se détestaient cordialement, sans vraiment d'autres raisons que la concurrence naturelle que leur imposaient les autres. À l'époque, Hayley s'entendait beaucoup mieux avec les garçons qu'avec les filles, et Lindsay ressemblait trop à la gamine riche et capricieuse qu'elle était encore un peu aujourd'hui. Elles avaient vraiment commencé à se parler quand elles avaient toutes les deux été mises en retenue pour avoir séché leur cours de musique. En l'absence de surveillant, elles avaient passé ce moment à ricaner et à se trouver plus de points communs qu'elles n'auraient pu le penser, et Lindsay était devenue au fil du temps la seule personne en qui Hayley avait vraiment confiance, la seule avec qui elle pouvait se permettre d'être elle-même, sans jouer ni tricher.

Et elle aimait croire que c'était réciproque.

Hayley se gara face à la maison de Lindsay, une imposante bâtisse bleu pâle qui, du haut de ses deux étages, surplombait avec orgueil le reste de la rue.

Une femme portant un chapeau en paille arrosait sa pelouse un peu plus loin. Elle avait une grosse marque au niveau du cou, qui ressemblait à une ancienne brûlure.

La porte d'entrée était ouverte et Hayley se rendit directement dans le salon. Quelques personnes dormaient sur les canapés ou à même le sol, emmitouflées dans des duvets. Des gobelets et des bouteilles vides traînaient un peu partout et l'air ambiant empestait un mélange de sueur, d'alcool et de tabac froid.

Un claquement de porte à l'étage attira son attention.

Et si Neil était encore là ? Et s'il était toujours avec Sydney ?

Un jeune homme trapu surgit de la cuisine en sifflotant, torse nu, une canette de bière à la main. Il passa devant elle et s'affala dans un fauteuil en cuir, sans même la remarquer.

Hayley trouva Lindsay dans le jardin, étendue sur un transat au bord de la piscine. Elle portait un bikini jaune, ses cheveux noirs et épais formant à cette distance une flaque autour de son visage. L'herbe était un peu humide, comme si la rosée avait persisté malgré le soleil pesant de ce milieu de matinée. Un garçon au crâne rasé se prélassait entièrement nu sur un autre transat. Hayley l'avait remarqué la veille parmi la meute entourant Lindsay. C'était donc lui qui avait gagné le trophée.

La voyant, Lindsay retira ses lunettes de soleil et se leva en tanguant un peu.

– Hayley ! J'étais morte d'inquiétude, s'exclama-t-elle en la prenant dans ses bras, son haleine chargée d'alcool. J'ai essayé de t'appeler sur ton portable, je t'ai cherchée partout hier mais tu étais déjà partie et je ne pouvais pas m'éclipser comme ça avec tout ce monde chez moi… Tu ne m'en veux pas, j'espère ?

– Je ne peux pas non plus en vouloir à la terre entière, fit Hayley en soupirant. Mais rassure-toi, tu n'es pas sur ma liste.

Le jeune homme, les entendant, se réveilla et observa Hayley de haut en bas. Lindsay lui fit discrètement signe de partir. Il se leva avec mollesse et regagna la maison.

– Il est toujours là ? demanda Hayley d'une petite voix. Neil…

– Non, non, il est parti assez tôt. Il était vraiment mal, Hayley, il s'est vite rendu compte qu'il avait fait une belle connerie. Il faut que vous parliez tous les deux, ça ne peut pas se terminer comme ça.

– Il est parti seul ? Avec sa voiture ?

– Oui, et j'ai foutu Sydney dehors juste après.

Hayley visualisa la scène mais n'eut pas le temps de s'en réjouir. Neil avait donc pris le volant alors qu'il avait sûrement bu plus que de raison. Il avait eu un accident au début de l'été en rentrant d'une soirée chez Anton Collins, qui vivait à Park City. Il avait percuté la barrière de sécurité sur la 135 et avait passé la nuit à l'hôpital. Deux côtes fêlées et une sacrée frousse. Hayley lutta contre l'envie de téléphoner chez lui pour au moins savoir s'il était bien rentré.

Mais s'il lui était arrivé quelque chose de grave, elle aurait été la première au courant. Personne ne pouvait les imaginer l'un sans l'autre.

– Hayley, tu penses à quoi ?

– À rien. Je vais partir chez ma tante, comme c'était prévu, je voulais juste te voir avant et j'aimerais en profiter pour te donner ça.

Hayley lui tendit son téléphone portable.

– Tu es sérieuse ? dit Lindsay en le prenant.

– Je ne veux pas tout foirer à cause de lui, Lindsay, je ne veux pas me jeter toutes les heures sur mon téléphone pour voir s'il m'a appelée, s'il m'a laissé un message dans lequel il parvient à trouver les bons mots pour me faire douter. Je ne veux pas courir le moindre risque d'entendre sa voix. Le numéro de ma tante est dans mon répertoire, tu réceptionnes mes appels et tu ne me contactes que si c'est urgent. Je te passerai un coup de fil de chez elle ce soir pour te dire que je suis bien arrivée.

– Et tu m'appelleras toutes les cinq minutes pour savoir s'il a donné signe de vie. Tu es complètement à l'ouest, là !

Hayley resta un instant pensive, sachant qu'au fond son amie avait raison.

Elle lui reprit alors le téléphone des mains et le jeta dans la piscine.

– Voilà, la question ne se pose plus !

Lindsay en resta bouche bée, comme si elle venait d'égorger un chat devant elle.

Hayley, en revanche, demeura impassible. Elle regrettait pourtant déjà son geste, mais ce n'était pas le moment d'avoir des états d'âme.

– Bon, tu es sûre de vouloir vraiment partir ? Vu ta nervosité tu ferais mieux de rester ici. Tu pourrais continuer à t'entraîner au country club, je ne vois pas pourquoi aller là-bas changerait quoi que ce soit. Tu m'as dit toi-même hier que tu pensais appeler ta tante pour lui annoncer que tu n'y allais plus. Fuir n'est pas la solution, Hayley.

– Mais je ne fuis rien ! La seule chose que je pourrais fuir, c'est ce putain de tournoi ! Tu n'imagines pas à quel point je flippe à l'idée d'essayer d'atteindre un niveau qui n'est plus à ma portée, tu peux le comprendre ? Et lui qui me fait ce coup-là juste maintenant…

Hayley marcha sur le bord humide de la piscine, où flottaient quelques mégots.

– Le pire, c'est qu'il a fait ça dans une maison remplie de gens qu'on connaît, comme s'il voulait que ça se sache, qu'il n'en avait plus rien à faire que je sois mise au courant. Et ensuite il serait venu chez moi comme si de rien n'était et…

Hayley se retourna vers Lindsay.

– Tu le savais ? Pour Neil et cette pute, tu le savais ?

Visiblement mal à l'aise, Lindsay se mordit le coin de la lèvre, et Hayley, la connaissant par cœur, sut qu'elle ne s'était pas trompée.

– Ce n'est pas aussi simple.

Hayley se rapprocha d'elle et la gifla.

Lindsay posa sa main sur sa joue, tellement surprise qu'elle n'eut pas le réflexe de lui rendre la pareille. En temps normal, elle se serait jetée sur elle et lui aurait arraché les yeux, meilleure amie ou pas.

Hayley s'affala sur le transat et se frotta le front avec le bras.

– Excuse-moi, dit-elle en baissant les yeux. J'ai l'impression que je vais devenir dingue.

– On m'avait dit qu'il se passait un truc entre eux mais je n'étais pas sûre, et jc ne voulais pas te faire de mal pour rien... Neil n'est pas fait d'une matière spéciale, Hayley, il est comme tous les autres. Alors tu vas stopper le mélodrame à deux balles, tu vas faire ce que tu as prévu si tu penses en avoir besoin, et tu gagneras ce putain de tournoi. Tu n'auras qu'à imaginer cette traînée quand tu frapperas la balle si ça peut te motiver. Et puis j'ai besoin que ma meilleure amie devienne riche et célèbre pour qu'elle me fasse rencontrer un mec tout aussi riche et célèbre et que je puisse enfin dire merde à mes parents et me casser d'ici !

Hayley poussa un petit rire. Lindsay avait le don de la faire rire en toutes circonstances.

– Bon, reprit Lindsay, on est bien d'accord que tu ne vas pas reprendre la route dans cet état, alors tu vas te reposer un peu, je vais te servir un bon thé glacé et tu vas décompresser.

– Si tu veux, dit Hayley en essuyant les gouttes de sueur qui commençaient à couler sur son front.

Lindsay lui fit un clin d'œil et se rendit dans la maison. Hayley s'allongea face à la piscine, son champ de vision encerclé par les gros massifs de fleurs qui bordaient tout le fond du jardin.

Les effets de la fatigue se firent rapidement sentir. Elle ferma les yeux juste un instant, entendit le vrombissement d'une tondeuse à gazon dans le lointain, le claquement d'une porte, la voix d'une femme qui appelait quelqu'un...

La femme parlait de fissures dans un mur, une femme aux cheveux rouges – elle la voyait à présent – qui se tenait sur un vélo, un oiseau sur l'épaule, et qui pédalait sans avancer en lui faisant des signes de la main, sa bouche grande ouverte.

L'oiseau prit la forme d'un clown au chapeau bleu et brillant, et lui plongea la tête dans du sable.

Son corps vibrait, il avait deux grandes ailes noires plantées dans le dos.

Hayley entrouvrit les yeux, sa vision broyée par la lumière écrasante du soleil. Mais la fatigue la ramena à nouveau dans une profondeur d'une infinie douceur.

Elle foulait des pieds le sable d'une plage qui s'étalait de toute part, le monde entier réduit à l'état de plage.

L'océan luisait à une centaine de mètres sous un énorme astre vieillissant. Elle entendait les vagues s'écraser sur la côte, mais de là où elle se trouvait, l'eau paraissait parfaitement calme.

Une autre femme était assise face à l'océan. Elle portait une robe en tissu épais qui claquait sous le vent et hurlait sa douleur face à l'immensité salée. Hayley s'approcha d'elle et se rendit compte qu'elle était en train d'accoucher, seule, abandonnée de tous, un liquide sombre et visqueux coulant d'entre ses jambes et serpentant en ruisseau sur le sable, en direction de l'eau écumeuse.

La tête de l'enfant commença à sortir, d'un rouge plus ardent que toute cette chair flasque qui le comprimait. Surmontant son dégoût, Hayley aida la femme à l'expulser de son ventre.

Le bébé dans les bras, Hayley se releva en faisant attention à ne pas le faire tomber. Et, sans se retourner vers sa mère, elle marcha jusqu'à l'océan, ses pieds s'enfonçant dans le sable mouillé et noirci par le sang, et elle continua sans s'arrêter, vers le grand large.

– Hayley ?

Lindsay lui tendit un verre de thé glacé, ses traits assombris par le contre-jour.

Le jeune homme au crâne rasé plongea dans la piscine juste à côté d'elles, les aspergeant de gouttelettes froides.

– Il veut nous impressionner, chuchota Lindsay en s'agenouillant sur les dalles. Il est pas mal au lit, mais on ne peut pas dire que ce soit une flèche.

– Tout à fait ton genre alors, dit Hayley en portant le verre à ses lèvres. Bon, je vais y aller maintenant, sinon je n'aurai plus le courage de partir.

– Tu es sûre ?

– Oui, ne t'inquiète pas, dit Hayley en se levant. Je n'en suis pas au point d'aller me vautrer dans le décor.

Lindsay l'accompagna jusqu'à sa voiture et à peine Hayley fut-elle assise que son amie lui balança une petite boule en plastique remplie de coke.

– C'est pour que tu ne te fasses pas trop chier pendant ta première soirée chez les ploucs.

– En effet, je risque d'en avoir besoin, dit Hayley en la fourrant dans la poche de son jean.

Lindsay fit le geste de se tirer une balle en pleine tête et retourna d'un pas nonchalant vers sa maison. Hayley la suivit du regard jusqu'à ce qu'elle claque la porte.

Elle devait maintenant cesser de trop réfléchir. Partir était une bénédiction. Elle aurait le temps de s'occuper de tout ce qui la perturbait à son retour.

Dans quatre heures, elle serait chez sa tante.

Dans quatre heures, elle aurait trouvé un moyen de ne plus penser à tout ce qu'elle s'efforçait de laisser derrière elle.

NORMA

Cette robe était parfaite. Un rêve de satin rose.

Norma Hewitt la décrocha du présentoir et se retourna tout excitée vers sa fille, adossée contre une pile de vêtements, sa sucette au caramel à la bouche. Feignant de ne pas voir sa moue dubitative, elle la lui tendit et lui fit signe d'aller l'essayer dans la cabine.

Sans discussion possible.

Elles faisaient les magasins pour chercher la robe la plus fidèle à celle qu'elle avait imaginée. Ne manquaient plus que quelques produits de maquillage et elles pourraient se concentrer sur l'essentiel.

La démarche, le discours, le sourire.

Impatiente, Norma tira le rideau. La robe était à première vue légèrement serrée au niveau des hanches, mais il ne faudrait que deux ou trois ajustements, rien de dramatique. Elle n'aurait pas à prendre la taille au-dessus, c'était un bon point. Cindy devenait de plus en plus friande de sucreries, mais les effets ne s'étaient pas encore trop fait sentir.

– Alors, elle te plaît ? demanda-t-elle en passant sa main dans ses beaux cheveux blonds.

La robe était un peu plus chère que le prix qu'elle s'était fixé, mais cela n'avait au fond aucune importance. Cindy serait magnifique, rien d'autre ne comptait.

– Bon, allez, rhabille-toi, ma chérie, on est un peu prises par le temps, dit Norma en refermant le rideau.

Les autres clients du magasin regardaient les articles sans passion, comme s'ils étaient seulement venus là pour tuer le temps ou profiter de la climatisation. Norma soupira et pensa à ce qu'il lui restait à faire avant de rentrer à la maison : d'abord emmener Cindy à son cours de danse, puis faire des courses au supermarché et peut-être passer chez le coiffeur. Les moments où elles pouvaient prendre un peu soin d'elles étaient si rares ces derniers temps…

Norma détailla son visage dans un grand miroir accroché sur le mur. Un visage devenu terne, ses longs cheveux noués en chignon, son teint si pâle qu'elle semblait sortir d'une grippe. Elle devrait faire un effort de présentation quand elle emmènerait Cindy à Tulsa, sinon les jurés auraient du mal à croire que c'était sa propre fille. Elle demanderait à son coiffeur à Kansas City de lui faire une frange, histoire de changer. Et il lui éclaircirait un peu les cheveux pour qu'ils soient du même blond que ceux de Cindy.

Sa fille sortit enfin de la cabine, laissant traîner la robe par terre. Norma l'attrapa violemment par le bras, saisit le vêtement en pestant et se dirigea vers la caisse.

Passant devant un magasin de hi-fi, l'attention de Norma fut happée par les écrans de télévision qui diffusaient des images du crash de l'avion d'American Airlines dans l'Atlantique. Un groupe de personnes se tenait devant, attendant peut-être d'apercevoir des cadavres remonter à la surface. Elles avaient, pensa-t-elle, sûrement besoin de ce genre de petits électrochocs, qui leur ferait regagner leur foyer le cœur un peu moins lourd. Après tout mieux vaut une vie terne que pas de vie du tout.

La pression d'une main sur son épaule la fit se retourner. C'était son amie Magda, essoufflée et portant un haut d'un jaune éclatant, les bras chargés de sacs de courses.

– Norma ! Petite cachottière ! Tu aurais dû me dire que tu allais en ville !

– Oui, c'est vrai, excuse-moi, je suis un peu débordée. Je suis juste venue acheter une robe à Cindy et l'accompagner à la danse.

– En voilà une chanceuse ! s'exclama Magda en se baissant vers Cindy.

– Je ne sais pas si je t'en ai déjà parlé, elle va participer à son premier concours de mini-miss la semaine prochaine à Tulsa. Ce n'est pas grand-chose, mais c'est un premier pas et elle peut gagner un prix de trois cents dollars et une belle couronne.

Norma fit le geste de sortir la robe du sac pour la lui montrer, mais elle s'arrêta net dans son élan en sentant le papier cadeau sous ses doigts.

– Eh bien, vous devez avoir hâte ! dit Magda en arrangeant les grosses boucles noires qui lui tombaient sur le front. Mais j'y pense ! Je pourrais aussi y inscrire ma Jamie ! Ça serait drôle de les voir défiler toutes les deux ! Tu crois que c'est encore possible ?

Norma faillit éclater de rire. Jamie, d'un an l'aînée de Cindy, n'avait aucune chance d'être prise dans ce type de concours. Elle avait malheureusement la silhouette hommasse de sa mère. Et son affreux nez.

– Non, les inscriptions sont closes, balbutia Norma en regardant ses chaussures, honteuse d'avoir eu une telle pensée envers une amie de plus de dix ans.

– Ah ! C'est dommage ! dit Magda, déçue. Mais bon, il y en aura d'autres, j'imagine. En tout cas, je suis sûre que ta Cindy a toutes ses chances, avec cette jolie frimousse. Tu peux en être fière. Vous vous ressemblez comme deux gouttes d'eau toutes les deux.

Elle pinça alors les joues de la petite fille, qui fit une grimace et la repoussa de la main.

– Tu es au courant pour Bree ? chuchota Magda. Thomas l'a laissée pour une de ses associées. La pauvre, elle est anéantie.

Bien que surprise par la nouvelle, Norma ne répondit rien. Elle détestait les commérages, et surtout sur ce genre de sujets. Magda, elle, s'en gavait. Pas étonnant qu'elle soit aussi grasse.

Sur les écrans de télévision, les sauveteurs repêchèrent un corps à moitié calciné. Dans les yeux d'une vieille femme à côté d'elle, on percevait de la fascination.

– Vous devriez venir un jour à la maison, dit Norma en posant sa main sur l'épaule de Cindy. Après le concours, j'aurai plus de temps.

– Oui, tiens, c'est une bonne idée. Jamie serait contente de venir jouer avec Cindy. Et vous avez un si beau terrain. Rien à voir avec mon jardinet où je peux à peine mettre une table et deux chaises. J'ai tellement envie de partir d'ici et de m'installer comme toi à la campagne, mais Harry ne veut rien savoir, et tu sais comment il est.

Norma acquiesça mollement. Elle n'avait jamais pu supporter le mari de Magda, un chômeur vulgaire qui passait son temps affalé sur son canapé.

– Je dois y aller, Magda. Je t'appelle bientôt et on voit ça ensemble, d'accord ?

Elles s'embrassèrent sur les joues, puis Norma saisit Cindy par la main et se rendit d'un pas pressé vers l'entrée de la galerie marchande. Elles sortirent sur Commercial Street, qui coupait le centre-ville en deux, et marchèrent sur le trottoir en direction du Granada Theater.

La chaleur à l'extérieur était intenable et la circulation beaucoup plus dense qu'à leur arrivée. Plusieurs véhicules klaxonnaient sans discontinuer. Des gens parlaient fort aux terrasses des cafés ou à leurs fenêtres. Norma ne pensait qu'à rentrer chez elle au calme, préparer un gâteau pour ses enfants, et ensuite s'allonger sur sa chaise longue avec un magazine et un bon cocktail.

Une grosse femme en robe verte sortit précipitamment d'une boutique de tissus et la bouscula dans son élan, avant de s'excuser en bafouillant. Norma, écœurée par son odeur de parfum bon marché, la contourna et accéléra le pas vers sa voiture.

Un marchand de glace était garé le long du trottoir opposé, son van diffusant de la musique pour signaler sa présence aux enfants du quartier. Norma eut à peine le temps de le voir qu'elle sentit la main de Cindy lui échapper, la vit passer comme au ralenti juste devant elle, et, sans qu'elle puisse l'en empêcher, traverser la rue.

Norma laissa tomber ses sacs sur le sol et hurla. Cindy s'arrêta alors en plein milieu de la chaussée, une décapotable rouge fonçant droit sur elle en klaxonnant. Un cri de femme se fit entendre sur sa droite, et elle perçut, comme si ses oreilles y étaient collées, le crissement des roues de la voiture qui freinait désespérément pour ne pas percuter sa fille.

Le monde prit à cet instant l'allure d'un film dont elle serait la seule spectatrice. Éjectée de la réalité, les yeux rivés sur l'écran.

La voiture pila à un mètre de Cindy, qui, les bras ballants, paraissait ne pas savoir si elle devait rester là ou retourner auprès de sa mère. Pourtant Norma voyait autre chose : sa fille étendue sur la route, le visage défoncé, son sang épais se répandant peu à peu sur le bitume.

Le conducteur, le visage rond, les cheveux gris et vêtu d'une chemise à fleurs, se précipita vers Cindy qui, comprenant enfin ce qui venait de se passer, se mit à pleurer.

Des passants les observaient, tandis que pour Norma la terreur se muait, sa fille saine et sauve, en honte. Elle avait l'impression d'entendre leurs chuchotements ; sentait leurs regards outrés posés sur elle, les yeux d'une foule anonyme qui se permettait de la juger sans connaître le moindre détail de sa vie. Se pensaient-ils si irréprochables ? Elle se demanda si la femme en robe verte avait assisté à la scène elle aussi, et éprouva à cet instant une colère qu'elle n'aurait jamais crue possible envers sa fille. Comment avait-elle osé ? L'humilier de la sorte, la faire passer pour une de ses mères incapables de s'occuper de leurs enfants, alors qu'elle lui avait toujours dit de faire attention, de ne jamais traverser la rue sans elle ? Y avait-il dans cette foule quelqu'un qu'elle connaissait ? Magda ?

Une vague de chaleur l'envahit. Elle aurait voulu continuer à marcher seule et disparaître, laisser Cindy pour qu'elle croie un instant qu'elle l'avait abandonnée.

Simplement pour lui apprendre.

Mais elle rejoignit sa fille et la prit par la main. Puis, sans un mot ni un regard pour le conducteur de la voiture, elle la ramena sur le trottoir.

Malgré ce qui venait d'arriver, elle ne se donnerait pas en spectacle.

Elle ramassa les sacs étalés sur le sol et continua à avancer, rassemblant le peu de dignité qui lui restait pour s'en forger une armure.

Et le monde qui l'entourait prit peu à peu la consistance d'une matière molle, grouillante, perverse.

Norma s'engouffra dans la première rue sur sa droite, s'assit sur un banc et, enfin à l'abri des regards, laissa couler quelques larmes amères.

Tout s'était passé si vite. En une fraction de seconde, sa vie aurait pu être bouleversée, piétinée. Elle avait failli perdre sa fille, elle qui comptait plus que tout au monde. Et elle n'aurait rien pu faire.

Près d'elle, Cindy continuait à sangloter. Norma la saisit par le menton pour la forcer à la regarder.

– Tu as fait très peur à ta maman, ma chérie, lui dit-elle droit dans les yeux. Tu te rends compte de ce qui aurait pu t'arriver ?

Cindy prononça un petit oui, mais pas assez franc, comme si elle ne le faisait que pour pouvoir passer à autre chose. Norma faillit la gifler.

– Bien. Alors maintenant tu vas aller à ton cours de danse et on ne reparlera plus de cette histoire, d'accord ?

Norma serra son bras plus fort, pour qu'elle comprenne qu'elle ne plaisantait pas, jusqu'à entendre le cri qu'elle n'osait pas pousser.

Elle la lâcha et plongea la main dans ses cheveux défaits.

– Et pour me faire plaisir, tu seras la meilleure la semaine prochaine. Il n'y a rien qui pourrait me rendre plus heureuse, tu le sais…

– Oui, maman, dit Cindy en battant des pieds dans le vide.

Norma lui releva à nouveau le menton avec le doigt et sa fille lui fit le plus beau des sourires.

Elles étaient donc bien d'accord. Tout était oublié, et n'aurait bientôt plus que la consistance d'un mauvais rêve.

Arrivée à sa voiture, elle rangea les sacs à l'arrière, s'assit au volant et démarra pour se rendre sur Wooster Drive, au nord d'Emporia, où Cindy prenait ses cours de danse.

Elle se gara face un petit immeuble de style Art déco, récupéra dans le coffre un sac de sport contenant les affaires de Cindy et l'accompagna à l'intérieur, alors qu'elle la laissait habituellement sur le pas de la porte. La salle de danse, située au deuxième étage, était baignée d'une lumière duveteuse et lui rappela un peu celle qu'elle-même fréquentait quand elle avait une dizaine d'années, à Knoxville. Elle n'avait jamais eu le talent de sa fille, loin de là, mais ces nombreuses heures passées à faire des pointes lui revenaient presque intactes au fur et à mesure qu'elle foulait ce parquet ciré.

Cindy rejoignit ses camarades dans le vestiaire pour se changer, et Norma en profita pour discuter avec son professeur, Mlle Goodge, une charmante femme d'une trentaine d'années et aux cheveux coupés à la garçonne. Elle était originaire du Kentucky et avait emménagé à Emporia l'hiver passé pour suivre son mari, qui travaillait dans les assurances. Elle ne tarissait pas d'éloges sur Cindy, qui, selon elle, faisait de constants progrès.

Norma ressortit de l'immeuble et traversa la rue pour se rendre au lac qui se trouvait de l'autre côté.

Elle irait chez le coiffeur une autre fois, tout compte fait. Elle attendrait simplement la fin du cours de Cindy à l'ombre de ce gros chêne, dont quelques branches surplombaient l'eau trouble. Rien de tel pour se vider l'esprit après le choc qu'elle venait de subir : se tenir à l'abri dans un îlot de douceur.

Norma s'allongea dans l'herbe tout en contemplant le ciel parsemé de filaments de nuages, puis elle ferma les yeux, sentant au fond d'elle cette angoisse qui, même étouffée, refusait de la quitter totalement.

Pourtant tout allait bien, pourtant la voiture s'était arrêtée à temps. Cindy n'avait rien. Elle était à présent en train de danser en collants blancs, et bientôt elle serait sur les podiums, sa beauté irradiant sous les projecteurs et éblouissant les jurés.

Norma s'empara de son téléphone portable et composa le numéro de Graham, son fils aîné. Elle tomba sur le répondeur et lui dit qu'elle aimerait qu'il reste à la maison cette nuit. Graham passait quasi toutes ses soirées chez sa petite amie, qui habitait dans le centre d'Emporia. C'était de son âge, bien entendu, mais elle ne pouvait s'empêcher de regretter le temps où il lui appartenait totalement.

Une musique se fit entendre au loin, qu'elle reconnut aussitôt. Elle vit avec stupeur le même camion de glaces que dans Commercial Street rouler le long du lac et se garer au niveau d'une cabine téléphonique. Sur le trottoir opposé de l'immeuble où se trouvait Cindy.

La coïncidence lui parut absurde. Pourquoi était-il venu jusque-là ? Les avait-il suivies ? Et dans quel but ? Le camion resterait-il jusqu'à ce que Cindy sorte de son cours et traverse à nouveau la rue pour le rejoindre ?

Mais c'était sûrement un autre véhicule. Peut-être y en avait-il plusieurs qui sillonnaient les rues d'Emporia.

D'où elle se trouvait, Norma n'arrivait pas à voir à quoi ressemblait l'homme à l'intérieur, mais elle n'avait, en y repensant, pas fait attention à son visage la première fois.

Et de toute façon l'incident était de sa faute à elle.

Intriguée, elle se leva et marcha dans sa direction. Des enfants commençaient à se diriger vers le camion. Le vendeur avait une petite soixantaine d'années et portait des lunettes en écaille. Norma s'en voulut d'avoir imaginé de telles âneries. Pensant que c'était une cliente, il lui demanda quel parfum elle désirait et, prise au dépourvu, elle commanda un cornet à la vanille. Il le lui tendit en la remerciant et elle pensa à la tête que Cindy ferait si elle la voyait, ce qui la fit pouffer de rire. Son cornet à la main, elle partit s'asseoir sur le muret qui entourait le lac. Cela faisait des années qu'elle n'avait pas mangé de glace, elle en aurait presque oublié à quel point cela pouvait être bon.

Elle la dégusta et jeta ce qui restait du cornet dans une poubelle.

Et, alors que le goût du sucre n'était déjà plus qu'un souvenir sur son palais, à nouveau l'angoisse la gagna. Norma ferma les yeux et respira lentement pour la chasser.

Quand sa fille sortit enfin de l'immeuble avec ses camarades, cygne égaré dans une mare aux canards, toutes ses peurs fondirent comme neige au soleil à la simple vision de son visage radieux.

Son visage qui lui souriait.

HAYLEY

Après de nombreuses sonneries, Olivia répondit enfin.

Se bouchant l'oreille gauche à cause des camions qui passaient derrière elle, Hayley tenta de lui expliquer où elle se trouvait, qu'elle n'était pas joignable sur son téléphone portable, et qu'elle serait chez elle dans le milieu de l'après-midi. Sa tante lui fit promettre d'être vigilante, cette route étant un vrai terrain de jeu pour les chauffards. Hayley la rassura en lui disant qu'elle ferait attention, puis elle raccrocha, sortit de la cabine téléphonique et entra dans le *diner* situé dix mètres plus loin.

Elle s'installa à une table dans le fond, derrière de larges fenêtres qui donnaient sur le parking et d'où elle pouvait surveiller sa voiture. À côté d'elle, un homme assez âgé dégustait une grosse pièce de bœuf avec de désagréables bruits de bouche.

Une serveuse vint prendre sa commande. Habillée d'un costume rose, elle était assez petite et avait un visage hélas bien trop maquillé. Hayley détailla la carte des menus, où rien ne lui semblait particulièrement appétissant, et choisit sans enthousiasme une Cobb Salad et un Coca light.

Il était presque midi. Elle s'accorda une demi-heure pour manger, ne voulant pas arriver trop tard à St. Joseph, afin de profiter un minimum du magnifique jardin de sa tante. Dès le lendemain, elle n'en aurait plus vraiment l'occasion si elle suivait son programme à la lettre. Elle se devrait d'être aussi sérieuse et concentrée sur son objectif que sa mère lui avait appris à l'être. Et cela lui permettrait de ne penser à rien d'autre. Et surtout pas à Neil.

Sa tante avait eu une voix assez étrange au téléphone, mais elle avait toujours été une femme un peu perturbée, son père ne s'était jamais gêné pour le lui rappeler. Hayley n'avait cependant que de bons souvenirs d'elle. Olivia était la sœur aînée de sa mère, toutes deux avaient été très proches, et, après sa mort, elle était souvent venue s'occuper d'elle quand son père s'absentait plusieurs jours pour son travail.

La serveuse lui apporta rapidement sa salade, qui devait traîner toute faite dans un réfrigérateur, et dont à peu près tous les ingrédients avaient la consistance du plastique. Elle devait avoir le même âge qu'elle, un visage un peu trop long mais aux traits fins. Elle aurait pu être vraiment jolie si elle s'était arrangée un peu. La jeune femme lui souhaita un bon appétit et Hayley la suivit du regard pendant qu'elle se rendait dans une arrière-salle où un cuisinier noir faisait griller des morceaux de viande, dégageant une fumée qui, par la porte entrouverte, se répandait dans tout le *diner*.

Elle attaquait sa première bouchée quand une femme et ses deux fils entrèrent en faisant tinter la porte, tous trois obèses. Le plus jeune des garçons, un blondinet aux cheveux coupés en brosse, donna une tape sur la tête de son frère, le même modèle avec deux ans de plus, et celui-ci la lui rendit si fort qu'il manqua tomber par terre. Leur mère resta impassible, comme si elle avait depuis longtemps abandonné le combat. Ce genre de personnes faisait horreur à Hayley. Elle n'arrivait pas à comprendre comment on pouvait autant se négliger, elle qui avait suivi un régime draconien, elle qui vivait dans un monde où, si on n'avait pas un certain physique, on n'était plus rien, du moins aux yeux de ceux qui comptaient vraiment.

Ils s'assirent à quelques tables d'elle. La mère passa commande et une autre serveuse leur apporta trois hamburgers et des monceaux de frites. Hayley les observa avec l'impression que chaque bouchée de sa salade était souillée de leur graisse. Sa propre mère avait toujours scrupuleusement surveillé leur alimentation, et même si son père était bien moins strict à ce sujet, Hayley faisait constamment attention à ne pas manger n'importe quoi. Quand elle faisait trop d'excès, sa mauvaise conscience la poussait parfois à aller se vider l'estomac dans les toilettes.

Une voiture de police se gara à une trentaine de mètres de là, au niveau d'un entrepôt situé de l'autre côté d'un terrain vague. Un policier fit claquer la portière et se dirigea vers la porte du bâtiment en parlant dans un talkie-walkie.

Hayley s'attendait à entendre des coups de feu, à voir des malfrats s'enfuir, le flic à leurs trousses.

Dans le fond du *diner*, un homme au crâne dégarni mit une pièce dans un vieux juke-box et on entendit résonner un morceau des Rolling Stones. L'homme retourna sur sa banquette en souriant, enivré par la musique, et continua à en chanter les paroles en engloutissant son bagel.

Hayley fit un signe à la serveuse qui se tenait derrière le comptoir et lui commanda un peu de café. La jeune femme vint à sa table et lui en versa dans une tasse ébréchée.

– C'est la première fois que je vous vois ici, non ? demanda-t-elle en se redressant.

– Je suis juste de passage, je me rends dans le Missouri. Vous-même, vous habitez dans le coin ?

– Oui, à El Dorado. Je suis de Kansas City à l'origine, mais j'ai trouvé ce boulot ici, il y a presque quatre ans.

Hayley ne sut quoi répondre, la plaignant de toute son âme. La serveuse, qui s'appelait Camilla, essuya la table avec un chiffon, puis elle prit son assiette et retourna derrière le comptoir.

Hayley fit machinalement le geste de chercher son téléphone portable dans son sac à main. Qu'est-ce qui lui avait pris de le jeter dans cette piscine ? Elle avait agi sans réfléchir, elle se détestait quand elle se comportait de la sorte.

Ne plus avoir son téléphone sur elle ne l'empêchait pas de penser à Neil. Bien au contraire. Lindsay avait raison. Elle ne pourrait plus savoir s'il avait essayé de la joindre ou non, s'il s'en voulait ou s'il n'en avait tout simplement plus rien à faire d'elle.

Elle aurait dû réagir autrement quand elle les avait surpris dans cette chambre. Pas s'enfuir pour se réfugier dans les toilettes, mais les affronter tous les deux.

Attraper cette traînée par les cheveux et lui frapper la tête contre les murs. Et pour lui, attendre qu'il se mette à genoux et la supplie devant tout le monde de lui pardonner.

Et alors, le larguer en beauté.

Elle n'était pas fautive dans cette histoire. Ce n'était pas elle qui devait avoir honte, ce n'était pas elle qui devait se cacher du regard des autres.

Hayley se calma en se disant que ce n'était plus son problème et qu'elle allait passer une semaine capitale pour son entraînement. Elle avait une sacrée chance de pouvoir rencontrer un joueur de la trempe de George Kingsbury. Sa mère lui en avait parlé autrefois, elle l'admirait énormément. On ne pouvait rêver meilleur coach pour cette dernière ligne droite.

Quand son attention se porta à nouveau sur sa voiture, elle remarqua qu'un jeune homme portant une casquette du même rouge que la carrosserie se trouvait près de la portière avant et regardait à l'intérieur. De là où elle se trouvait, Hayley eut l'impression qu'il essayait de l'ouvrir. Elle se leva d'un bond et courut vers l'entrée, manquant de se cogner contre un homme vêtu d'une chemise à carreaux et qui entrait dans le *diner*.

Hayley s'excusa et vit avec soulagement que le jeune homme s'était éloigné de sa voiture.

Un énorme camion passa sur la route, si près qu'il fit trembler les vitres. On entendait au loin quelqu'un parler dans un transistor. De l'autre côté du parking, la voiture de police était toujours garée près de l'entrepôt, dont la porte mal fermée claquait à cause du vent.

Hayley retourna à sa table et finit son café.

Puis elle se leva et régla l'addition.

Le jcune homme se tenait adossé à un poteau électrique quand elle sortit de l'établissement. Il fumait une cigarette en la regardant avec insistance. Elle le fixa à son tour, jusqu'à ce qu'il détourne les yeux.

Elle était très forte à ce jeu-là.

Après avoir attendu que deux camions passent devant elle, elle démarra et quitta l'aire de repos.

Olivia lui avait dit la veille que sa fille Milly les rejoindrait peut-être. Milly avait deux ans de plus que Hayley, et elles s'étaient souvent amusées ensemble quand elles étaient petites filles. Milly s'était mariée l'année passée avec un ophtalmologue de dix ans son aîné et vivait dans le centre de Kansas City. Elle attendait son premier enfant, ce qui avait choqué Hayley quand elle l'avait appris. À peine dix-neuf ans, déjà mariée et enceinte. Cela faisait des lustres qu'elles ne s'étaient pas revues, et Hayley ne savait pas si elles pourraient avoir cette même complicité, elles qui avaient toutes deux pris des chemins si différents. En tout cas, elle se sentirait un peu moins seule à ses côtés. Olivia était une femme adorable mais terriblement ennuyeuse, passant ses journées à lire et à faire de la tapisserie, et n'ayant connu aucune relation depuis son divorce, huit ans auparavant.

Hayley se souvint qu'elle avait promis à son père de l'appeler avant de partir. Elle n'avait pas pensé qu'il pourrait essayer de la joindre dans l'après-midi et s'inquiéter de tomber systématiquement sur le répondeur.

Il lui avait offert cette voiture hors de prix, lui avait permis de rouler avec sur une longue distance, mais elle se doutait bien qu'il devait à l'instant même ne penser qu'à cela, et ce jusqu'à ce qu'elle le rassure, une fois arrivée à destination. Bien évidemment qu'il s'inquiétait de voir sa fille unique prendre la route. Comment aurait-il pu en être autrement ?

Hayley se rappelait en détail ce soir où, cinq ans auparavant, des policiers s'étaient présentés à la porte de leur appartement. Elle était assise en pyjama devant la télévision qui passait un Tex Avery et avait vu, petite fille trop curieuse, son père se briser en deux dans le couloir de l'entrée, et, comme s'il avait d'un coup oublié sa présence, pousser un hurlement qu'elle n'aurait jamais imaginé pouvoir sortir de sa gorge.

Sa mère revenait d'un entretien à Oklahoma City qui s'était éternisé. Il pleuvait à verse en ce mois de novembre, mais elle avait refusé de passer la nuit dans un motel. La dernière fois que son père l'avait eue au téléphone, il lui avait demandé d'être prudente au volant, de ne pas prendre de risque inutile. Hayley, par la suite, n'avait jamais réussi à se remémorer leurs dernières paroles échangées, le dernier regard qu'elle lui avait lancé avant de passer, ce matin-là, le pas de leur porte.

Tout en gardant les yeux braqués sur la route, Hayley chercha ses lunettes de soleil dans son sac et les mit sur son nez, comme pour empêcher le soleil de faire briller les larmes qui commençaient à perler aux coins de ses yeux.

NORMA

Confortablement assise dans un salon de thé du centre d'Emporia, Norma saisit le verre de sa fille et y versa un peu de jus d'orange pressée. Elle ne connaissait pas du tout cet endroit charmant et décoré avec soin, aux grandes fenêtres encadrées de rideaux fleuris et avec vue sur un square où des mères de famille laissaient leurs enfants s'amuser dans un bac à sable. Elle l'avait remarqué tout à fait par hasard alors qu'elle revenait du Walmart pour acheter ce qui lui manquait pour le dîner. Un établissement aussi raffiné semblait presque incongru dans cette ville.

Face à elle, Cindy avait l'air ravie, même si son attention était par instants distraite par les enfants qui jouaient derrière la vitre.

Quelques années auparavant, Norma avait pris l'habitude de se rendre avec Magda et d'autres amies dans un salon de thé situé sur Commercial Street, sa propriétaire l'ayant entre-temps vendu pour laisser place à un snack. Elles profitaient de cette réunion hebdomadaire pour parler de leurs vies respectives autour d'un thé, et parfois de cinéma, des livres qu'elles avaient au programme de leur club de lecture. Un moment privilégié que Norma avait toujours attendu avec impatience, et où elle pouvait parler sans honte de tout ce qui lui passait par la tête… Au fil du temps, ces rendez-vous s'étaient faits de plus en plus rares. Elles se disaient souvent qu'il faudrait organiser cela à nouveau quand elles se croisaient ou s'appelaient. Ici peut-être, pensa Norma, ce lieu s'y prêtait parfaitement. Elle pourrait le proposer à Magda la semaine suivante, pour lui raconter comment le concours s'était déroulé.

Une femme âgée passa près de leur table en souriant à Cindy, qui se tenait comme une vraie petite dame, bien droite, faisant attention à ne pas tacher sa robe. Elle savait qu'on l'observait et donnait le change pour que sa mère soit fière d'elle.

Norma l'aimait tellement quand elle se comportait de la sorte. Elle ne s'en serait jamais remise si cette voiture…

Mais tout cela était derrière elles maintenant. Elle ne devait plus y penser.

En revenant à la maison, elle appellerait Mlle Goodge afin de répéter une dernière fois le numéro de danse que Cindy allait exécuter au concours. Tout allait venir si vite. Il ne fallait commettre aucune erreur.

Son téléphone vibra dans sa poche. Le numéro était masqué. Elle hésita à répondre mais finalement rangea l'appareil sans décrocher. Personne de son entourage ne l'appelait en anonyme.

Et cela pouvait être encore *elle*, sa sœur aînée, Elizabeth, qui l'avait jointe la veille alors qu'elles ne s'étaient pas adressé la parole depuis au moins six ans.

Norma avait mis un moment avant de comprendre que c'était bien elle à l'autre bout du fil. Pourtant sa voix n'avait absolument pas changé.

Elles avaient parlé de tout et de rien, comme si elles s'étaient quittées seulement une semaine auparavant, puis Elizabeth lui avait appris la vraie raison de son appel : la mort d'Edward, son mari, décédé des suites d'un cancer de la gorge. L'enterrement avait eu lieu la veille, au Montrose Cemetery. Sous le coup de la surprise, Norma n'avait su quoi dire, elle qui ignorait même qu'il était malade. Elle ne connaissait pas beaucoup Edward, qu'elle n'avait croisé qu'une fois, à leur mariage à Chicago, où sa sœur habitait depuis maintenant une bonne vingtaine d'années.

Elizabeth avait l'air de tenir le coup, elles avaient même au bout d'un moment évoqué de précieux souvenirs de leur enfance, ce qui les avait fait toutes deux rire à des centaines de kilomètres de distance. Pourtant aucune n'avait osé faire le premier pas pour inviter l'autre à venir passer un peu de temps chez elle.

Norma avait raccroché avec un curieux mélange de joie et de gêne. Peut-être que sa sœur s'était attendue à mieux en l'appelant, peut-être que Norma n'avait su trouver les mots dont elle aurait eu besoin. Mais comment l'aurait-elle pu, après tant d'années sans s'être parlé ?

À l'extérieur, une voiture klaxonna avec insistance. Norma maudit le conducteur qu'elle voyait s'agiter dans son habitacle.

Elle se leva de table et alla régler ce qu'elle devait à la jeune femme qui se tenait derrière la caisse.

La chaleur du dehors la happa quand elles sortirent du salon de thé. Les mauvaises odeurs de la rue aussi.

Emporia, Kansas.

Elles marchèrent sur Christian Street en direction de la voiture, Norma tenant fermement la main de Cindy dans la sienne pour éviter qu'elle ne s'échappe à nouveau. Un vendeur de hot-dogs la salua comme s'ils se connaissaient. Norma détourna le regard, écœurée par l'odeur de graisse que son échoppe dégageait. Une Cadillac grise se gara trois mètres plus loin et en sortit une femme habillée tout en rose, des chaussures au chapeau. Il s'agissait de Betsy Bloomberg, la femme du maire, que certains prenaient, à cause de ses excentricités vestimentaires, pour une parfaite illuminée. Emporia était une ville trop rigide pour accepter un peu de fantaisie.

Un peu plus loin, Norma passa devant un salon de coiffure et jeta un coup d'œil derrière la vitrine. Il n'y avait pas de client, le coiffeur était en train de balayer le sol. L'endroit, à première vue, paraissait douteux, et elle ne voulait pas courir le risque qu'on rate la coiffure de Cindy si près de la date fatidique. Elle l'emmènerait autre part, pourquoi pas directement à Tulsa. Il y aurait forcément des établissements plus fidèles à ses attentes là-bas. Elle devrait penser à faire des recherches sur Internet en rentrant.

Norma avait pris rendez-vous la semaine suivante dans une agence pour jeunes modèles de Kansas City. Beaucoup de studios contactaient ce genre d'établissement pour tourner dans des téléfilms, des publicités ou même des films de cinéma, sans parler des défilés photos et autres manifestations qui la feraient peut-être remarquer par quelqu'un d'important. Elle ne voulait pas penser que tout dépendait de ce premier concours, mais ce n'était pas une raison pour qu'elle n'y accorde pas toute son attention.

Alors qu'elle arrivait à l'angle avec Bush Avenue, elle s'arrêta en apercevant un homme portant un stetson noir traverser au passage piéton, et qui ressemblait à s'y méprendre à Vernon Leary, un ami de Harlan, son ancien mari. Cela faisait une bonne dizaine d'années qu'elle ne l'avait pas vu. Elle avait appris qu'il était parti vivre dans le Missouri avec sa femme et ses deux filles, à la suite d'une mutation professionnelle. Norma n'avait jamais particulièrement apprécié Vernon. Elle se souvenait du regard qu'il lui avait lancé lors de l'enterrement de Harlan, quand le prêtre avait fait son sermon au-dessus du cercueil. Un regard d'une telle froideur qu'elle avait cru qu'il essayait de la mettre mal à l'aise, de lui reprocher quelque chose sans qu'elle puisse savoir quoi. Debout parmi tous ceux qui étaient venus pleurer une dernière fois son mari, elle en avait serré la main de Graham si fort que, du haut de ses neuf ans, il avait levé la tête vers elle d'un air trahissant la douleur.

Après l'enterrement, Vernon et sa femme étaient partis sans venir lui parler, et depuis elle n'avait plus eu de nouvelles.

Voyant mieux son visage, elle constata que ce n'était absolument pas lui. Bien sûr que cela ne pouvait être lui. Il n'avait plus aucune famille dans la région, et Emporia n'était pas le genre de ville où on revenait après l'avoir quittée.

Norma en fut soulagée. Elle ne savait pas comment elle aurait réagi à cette confrontation. Vernon appartenait à une vie passée qui semblait maintenant tellement loin…

Une vie qui était morte en même temps que Harlan.

Le simple fait de repenser à son ancien mari la fit frissonner. Après dix longues années, alors que ses restes gisaient six pieds sous terre, il la faisait encore frissonner.

Norma posa ses sacs sur le siège avant de sa voiture et resta un instant à fixer l'arrière de la Dodge verte garée en face d'elle. Juste le temps d'évacuer le visage de Harlan de son esprit, presque aussi net que si elle venait de voir son fantôme dans la rue. De faire disparaître la désagréable impression de sentir à nouveau son odeur.

Elle n'avait plus rien à faire là, elle allait pouvoir repartir chez elle.

Le seul endroit au monde où elle se sentait à sa place.

Cindy avait le visage tourné vers l'extérieur. Si sage, préservée, elle qui ne savait rien, elle qui était née bien après que toute cette horreur les eut frappés de plein fouet.

Norma soupira, se recoiffa un peu, puis démarra.

Et, tout en remontant la rue pour rejoindre le nord d'Emporia, elle pria pour que cette journée finisse mieux qu'elle n'avait commencé.

HAYLEY

Concentrée sur la route, Hayley Hives jetait parfois des regards blasés vers les plaines brunes du Kansas qui s'étalaient tout autour d'elle, une monotonie de champs regorgeant de panneaux publicitaires, de pylônes électriques et de fermes anonymes qui s'évanouissaient aussitôt de ses pensées.

Elle n'avait jamais vraiment compris pourquoi ses parents avaient quitté la Californie pour venir s'installer à Wichita. Son père avait obtenu un poste en or chez Boeing mais cela ne pouvait pas tout expliquer. Hayley savait que, malgré les apparences, sa mère ne s'était jamais vraiment plu dans cette ville sans charme. Les enfants sentaient ce genre de choses. Sa mère lui avait même dit un jour qu'ils partiraient dans les années à venir, pour retourner à Los Angeles. C'était quelques semaines à peine avant l'accident.

Hayley se demandait parfois si elle y avait vraiment cru, et quelle serait leur vie à présent si un ouvrier du bâtiment du nom de Robert Vaughan n'avait pas autant bu en reprenant la route, et percuté à plus de cent kilomètres/heure la Dodge de sa mère, projetant chair, sang et os dans tout l'habitacle.

La jeune femme discerna la forme d'un 33 tonnes arrêté sur le bord de la route. Une voiture de police se tenait à côté. Hayley ralentit au moment où le conducteur leur présentait ses papiers et qu'un des flics se dirigeait vers l'arrière du camion. Elle les dépassa et jeta un dernier coup d'œil dans le rétroviseur. Cela avait peut-être un rapport avec la perquisition de l'entrepôt près du *diner*, et elle se sentit rougir en repensant au gramme de coke qu'elle avait caché au fond de sa poche de jean.

Le ciel bleu du Kansas se transforma en ciel encore plus bleu de Californie.

Neil avait loué une petite maison à Melrose. Ils devaient s'y rendre une semaine avant son tournoi, afin de décompresser et profiter un peu des vacances. Encore autre chose de foutu en l'air. Elle qui était si impatiente de revenir dans la ville où elle aurait pu avoir la chance de grandir, et où sa mère lui avait souvent promis qu'elle l'emmènerait un jour…

Ce ne sera pas pour cette fois, Hayley…

Tout en se concentrant sur la route, elle repensa au dernier moment qu'ils avaient passé en tête à tête, assis l'un contre l'autre sur la pelouse du Spring Lake Park à parler de leur prochain voyage, pour ne pas avoir à évoquer ce qui occupait réellement leurs pensées, ce qui allait advenir le soir même dans l'intimité d'une chambre. Elle ne l'avait jamais autant aimé qu'en cet instant précis, lui qui avait tout fait pour ne pas aborder le sujet, de peur de la rendre trop nerveuse. Et dans ces cas-là, comme la plupart des garçons amoureux, il avait été d'une touchante maladresse.

Pourquoi avait-il tout gâché ?

Il ne t'aimait pas, Hayley, il ne peut pas t'avoir aimée et t'avoir fait ça.

De nervosité, Hayley tapa le volant des doigts, et essaya de se recadrer sur ses objectifs.

Le tournoi. La seule chose à laquelle elle devait penser. Bientôt elle serait enfin fixée, elle saurait ce qu'elle valait vraiment. Le sacrifice d'une partie de son enfance ne devait pas rester vain, une enfance qu'elle avait passée sur les terrains du country club de Wichita, sa mère, *son coach*, constamment auprès d'elle, étudiant le moindre de ses coups avec l'intransigeance d'un caporal. Mais cet entraînement intensif lui avait permis de gagner l'*US Kid Golf Cup* à dix ans. Elle était devenue une petite célébrité dans son école et une équipe de télévision locale était même venue une fois l'interviewer dans sa classe, ce qui lui avait permis, peu après, de signer ses premiers autographes.

Sa mère lui avait promis une carrière prestigieuse, digne de celle d'Annika Sorenstam. Et Hayley, confiante en son enthousiasme, avait au fil du temps appris à aimer ce sport et à se faire une raison. Après tout sa mère était la mieux placée pour savoir ce qui était bon pour sa fille.

Hayley avait progressivement laissé tomber l'entraînement pour adopter la vie, plus douce, de l'adolescente normale, gardant néanmoins une partie des principes que sa mère lui avait inculqués. Ces années de privation s'étaient peu à peu éloignées sans qu'elle ait eu l'impression de tourner le dos, par pure paresse, à tout ce que sa mère avait essayé de construire pour elle. Elle n'avait simplement plus eu envie de continuer seule. Et son père, qui désapprouvait la fréquence de ses entraînements, n'avait jamais essayé de la remotiver.

Tout avait cependant changé quand, un an auparavant, Hayley avait assisté à la victoire de Sandra Oates dans un grand tournoi international, à Miami. Elles avaient parfois concouru ensemble étant enfants, et Hayley, qui était de loin la meilleure des deux à l'époque, avait éprouvé le sentiment cuisant qu'on lui avait volé une place qui lui revenait.

Le lendemain, elle avait contacté Meredith Parks, une ancienne joueuse professionnelle qui donnait des cours au country club. Elle lui avait expliqué la situation autour d'un café et Meredith avait accepté de l'entraîner, et ce jusqu'à ce qu'elle l'estime prête à reprendre la compétition, le *World Junior Girls Championship* comme objectif. Hayley avait peu à peu retrouvé un niveau qu'elle n'aurait jamais cru possible d'atteindre en un laps de temps aussi court. Et, dans les yeux de Meredith, elle avait vu la même expression que dans ceux de sa mère.

Encore une personne qu'elle ne pouvait se permettre de décevoir.

Hayley sortit brusquement de ses pensées quand elle remarqua une fumée blanche s'échapper du capot de sa voiture.

Ne la quittant pas des yeux, elle sentit son cœur battre de plus en plus vite. Ses bras se mirent à trembler, la forçant à serrer le volant pour ne pas perdre le contrôle du véhicule.

Elle ne devait surtout pas paniquer. Réfléchir à la situation. Ce n'était peut-être rien, il fallait juste s'arrêter pour vérifier l'état de son moteur, trouver une aire de repos avec un téléphone.

Cette voiture n'avait presque jamais servi, et elle n'avait rien fait qui aurait pu l'endommager. Ça ne devait pas être si grave.

Elle repensa alors au jeune homme du parking du *diner*, le revit caresser le capot de sa voiture.

Avait-il trafiqué quelque chose à l'intérieur ?

Dans le rétroviseur, Hayley distingua une camionnette qui roulait une cinquantaine de mètres derrière elle. Était-ce lui qui la suivait depuis la station-service ?

Mais ce n'était pas possible, elle l'aurait forcément vu s'il avait ouvert le capot.

Et ce n'était pas le moment de céder à la paranoïa.

Un panneau indiquait une sortie cinq kilomètres plus loin. Hayley ne tenait pas spécialement à quitter la Kansas Turnpike, mais elle n'avait pas vraiment d'autre solution. Elle pourrait chercher une petite ville avec un garage, c'était beaucoup plus sûr que de continuer à l'aveugle en espérant que son moteur n'explose pas.

Elle braqua sur sa droite, prit la sortie, et roula sur une dizaine de kilomètres, ne voyant aucun signe indiquant la prochaine ville. La fumée se fit de plus en plus dense, si bien qu'elle ne parvenait plus à distinguer la route et fut obligée de s'arrêter en plein milieu des champs, sans habitation à l'horizon, ne pouvant plus courir le risque de foutre en l'air son moteur.

Et bien sûr, elle n'avait plus aucun moyen d'appeler qui que ce soit.

Hayley s'extirpa de la voiture et ouvrit le capot, ce qui libéra d'un coup le reste de la fumée et la fit tousser. Elle n'y connaissait rien en mécanique. Le coup d'œil qu'elle jeta au moteur ne lui permit pas de déterminer d'où venait le problème.

De rage, elle frappa du pied le pneu avant.

TOMMY

L'eau dans laquelle il évoluait lui semblait plus froide qu'à l'ordinaire. Tommy se retourna sur le dos et nagea jusqu'au milieu du lac, là où il était, selon certains, profond d'au moins cinquante mètres. Une famille pique-niquait sur la rive. La mère, qui portait un chemisier blanc et un jean, était assise sur une table en bois pendant que le père, brun et bedonnant, donnait à manger à la plus petite de leurs deux filles. L'autre, qui avait une dizaine d'années, était debout sur un banc et chantait en agitant les bras. Tommy baissa les yeux et regarda ses jambes remuer dans le bleu sombre, puis il plongea la tête la première et remonta rapidement à la surface. Il remarqua alors que la plus grande des deux filles le fixait, une canette de Pepsi à la main.

Il lui sourit, regagna le ponton où il avait empilé ses vêtements, puis il s'y hissa, se sécha avec une serviette de bain et enfila son jean et son T-shirt.

Après avoir vérifié qu'il n'avait rien oublié, il marcha d'un pas pressé vers l'endroit où il avait laissé la voiture que lui avait prêtée son meilleur ami Dylan, parti la veille avec ses parents à Fort Lauderdale, une

Mustang noire sur le capot de laquelle il avait récemment fait peindre un énorme aigle royal.

Bientôt lui aussi aurait sa propre voiture. Sa mère le lui avait promis.

Il serait enfin libre de partir où bon lui semblerait.

Tommy se gara à vingt kilomètres de là, sur le bas-côté d'une petite route, et observa le toit rougeâtre de la propriété des Wilkins qui dépassait au loin derrière les champs de maïs. Il savait que venir en pleine journée n'était pas une bonne idée, mais l'envie était trop forte. Il ferma la portière et s'engouffra parmi les plants en sentant son cœur battre un peu plus fort à chaque foulée.

Tessa Wilkins était allongée sur une chaise longue au bord de la terrasse. Elle portait un bikini noir, un chapeau de paille et des lunettes de soleil. Un transistor posé près d'elle diffusait un genre de rock des années cinquante.

Tommy s'agenouilla à quinze mètres d'elle. Il aurait été capable de passer des heures à seulement l'admirer.

Mme Wilkins passa derrière la fenêtre de leur cuisine, des bigoudis de toutes les couleurs dans les cheveux. C'était son ancienne institutrice quand il était à l'école de Lobo. Il la détestait de toute son âme.

Tessa but une gorgée de jus de fruits. Tommy eut l'impression de sentir l'odeur de la crème solaire qu'elle avait étalée sur sa peau délicatement bronzée.

Il pourrait avancer derrière elle sans qu'elle s'en aperçoive. Un simple coup sur la nuque. Elle ne devait pas peser plus de soixante kilos. Il parviendrait à la porter jusqu'à la cabane sans difficultés.

Et elle serait enfin à lui.

Il l'avait vue pour la première fois à l'épicerie Holmes, six mois plus tôt, ce jour où elle était venue avec une de ses amies pour acheter des biscuits et des sodas, et où sa soudaine présence enrobée d'un parfum de pêche lui avait fait l'effet d'un éclair dans une nuit noire. Pris au dépourvu, Tommy était resté caché dans l'arrière-boutique, jusqu'à ce que M. Holmes lui demande de le rejoindre derrière le comptoir. Elle avait alors regardé Tommy d'un air surpris et lui avait souri. Aucune fille ne lui avait jamais souri de cette manière, aucune fille ne lui avait jamais souri tout court.

Il l'avait croisée dans la rue une semaine plus tard, alors qu'elle se promenait toute seule, son téléphone portable collé à l'oreille. Sa mère, qu'il avait aussitôt reconnue, était venue la chercher en voiture près de l'hôtel de ville et Tommy les avait suivies à scooter jusque chez elles tout en veillant à ce qu'elles ne le remarquent pas. Il avait passé ce jour-là une bonne heure à observer la maison, afin de savoir où se trouvait sa chambre.

Il était revenu le lendemain soir, et était monté dans un gros pommier pour l'observer par sa fenêtre ouverte. Il y était resté jusqu'à ce qu'elle éteigne la lumière.

Ses yeux, pleins à ras bord d'une autre lumière, en avaient un instant lui dans le noir, à la façon du filament d'une ampoule.

Un après-midi où la maison était vide, il était rentré par la porte de la cuisine et était monté dans la chambre de Tessa, ému comme s'il foulait les dalles d'un sanctuaire. Il avait fouillé son armoire, ses placards, avait lu des lettres qu'elle avait laissées sur son bureau, puis il s'était allongé sur son lit et avait humé avec passion l'air qu'elle respirait chaque jour. Excité à en mourir, il avait même imaginé attendre patiemment qu'elle rentre ; trouver un moyen de ne plus jamais quitter cette maison et ainsi toujours vivre avec elle ; se changer en air pour qu'elle le respire à son tour, abreuver ses poumons et la garder en vie.

Avant de partir, il avait volé une photo d'elle en maillot de bain, qu'il gardait dans son portefeuille. Il avait ensuite passé des heures à lécher son corps du bout de la langue.

Un jour prochain, il y retournerait pour en prendre d'autres.

Et elle, surtout elle.

Et cette fois, au bout de sa langue, il y aurait de la peau.

Mme Wilkins rejoignit Tessa, une assiette en porcelaine à la main. Tommy tendit l'oreille, mais n'arriva pas à entendre ce qu'elles se disaient. Mme Wilkins poussa alors un petit rire crispé et retourna dans la cuisine en chantonnant.

Tessa mangea ce qui ressemblait à une part de tarte et reposa l'assiette sur le sol. Puis elle feuilleta un magazine en en tournant bruyamment les pages.

Une Ford bleue entra par l'arrière et s'arrêta au niveau du porche de la maison. C'était ce crétin d'Elias Barnes. Il venait voir Tessa.

Tommy se coucha à plat ventre parmi les plants, de peur qu'il ne décèle sa présence.

Elias klaxonna. L'entendant, Tessa éteignit la radio et le rejoignit d'un pas nonchalant.

Tommy ne les quitta pas des yeux. Le bras d'Elias dépassait de la vitre ouverte. Le moteur tournait encore. Arrivée à son niveau, Tessa enleva son chapeau, puis elle se pencha pour l'embrasser, pliant sa jambe droite, le haut de son corps disparaissant dans l'habitacle de la Ford.

Elias coupa le moteur, Tessa se décala et il sortit de la voiture, vêtu d'un jean et d'un débardeur blanc.

Il la serra dans ses bras *et Tommy fit de même*, passa ses mains dans ses cheveux *et ils étaient si doux*, et l'embrassa à nouveau *comment oublier le goût qu'avaient ses lèvres ?*

Tessa lui murmura quelque chose à l'oreille et ils partirent main dans la main, de l'autre côté des saules, là où les ombres pullulaient.

Tommy savait où ils se dirigeaient, ce qu'ils allaient y faire, et il tenta de ne pas laisser la jalousie le consumer. Bercé par le bruit des plants de maïs qui se balançaient, il décida de les suivre jusqu'à une ancienne cabane à outils qui se trouvait à trois cents mètres de là, dans un bosquet près de la route, et où Tessa allait de temps en temps pour être seule.

Tommy se rendit vers l'arrière. Il y avait une fissure dans la cloison, assez large pour regarder à l'intérieur sans être vu.

Tessa était allongée sur un matelas, entièrement nue. La simple vision de ses seins lui coupa le souffle, c'était la première fois qu'il les admirait d'aussi près. Elias se tenait debout à côté d'elle et enleva son débardeur, exhibant son torse musclé que Tessa regardait comme un soleil. La jeune femme posa sa main sur son ventre et la fit glisser jusqu'en haut de son jean, qu'elle agrippa pour le faire venir à elle. Elias se déboutonna et enleva son caleçon tout en l'embrassant.

Gêné par la nudité d'Elias, Tommy se concentra sur Tessa, sur son visage, sa bouche entrouverte, ses cils qui semblaient battre comme les ailes d'un papillon. Elias lécha ses seins, pressa son corps contre le sien en écartant ses jambes. Tessa, elle, garda les yeux fermés et commença à pousser des petits cris sous son étreinte.

Tommy s'assit dans l'herbe en s'adossant contre le mur de la cabane. Un lézard se faufila parmi les pierres et disparut avant qu'il n'ait eu le temps de l'attraper.

Ce qu'ils faisaient derrière la cloison, il avait imaginé le faire avec elle des centaines de fois. Dans sa chambre, sur les bords d'une rivière, au sommet d'une montagne, sur le sol d'une planète inconnue.

Il resta de longues minutes à les écouter baiser, immobile et fixant le ciel. Quand ils partirent et qu'il les sut assez loin, il se faufila dans la cabane à son tour et s'allongea sur le lit.

Les draps sentaient les fragrances de sa chair.

Un jour prochain, c'est lui qui l'amènerait là.

Et lui aussi la ferait crier.

Un craquement lui parvint de l'extérieur. Tommy se précipita hors de la cabane. Un chien se tenait à cinq mètres de là. Il fouillait dans un tas de détritus, et, le voyant, prit la fuite.

Tommy ricana, s'éloigna de la cabane et courut dans la même direction que l'animal.

Il ne voulait pas rentrer chez lui dans l'immédiat. Il y passait d'ailleurs de moins en moins de temps, et, en dehors du travail, errait la plupart de ses journées dehors. Du moins jusqu'au coucher du soleil.

Sa maison, à la nuit tombée, était un des seuls endroits encore sûrs, un de ceux où celui qui se cachait dans les champs de maïs ne se risquait pas à entrer.

Mais pour combien de temps ? Ce démon lui parlait maintenant presque chaque nuit, lui montrait, dans des rêves baignés de rouge poisseux, des choses qu'il ne voulait pas voir mais qui parfois l'excitaient à en mourir. Et quand Tommy se réveillait, il avait parfois l'impression de sentir son haleine errer dans sa chambre, promesse de dents prêtes à mordre.

Tommy regagna sa voiture et remarqua un jeune homme à vélo qui se rapprochait. C'était Rodney Dupree, un ancien camarade du lycée, qui s'arrêta à côté de lui, torse nu, de la sueur coulant entre ses pectoraux.

L'avait-il vu sortir du champ des Wilkins ?

– Salut, Tommy ! Qu'est-ce que tu deviens ? demanda Rodney en s'essuyant le front avec le poignet.

La main sur la portière, Tommy hésita un instant à se faufiler dans la voiture et à démarrer. Rodney ne lui avait jamais adressé la parole auparavant, et, à présent face à lui, il n'arrivait pas à dégoiser le moindre mot.

– Pas mal, la caisse ! fit Rodney en contemplant le capot ou était dessiné l'aigle. On se demandait tous ce que tu devenais.

– Je bosse, je prends du bon temps.

– Cool pour toi. Moi j'ai un an à tirer et je me casse, j'ai peut-être un plan pour bosser dans un cinéma à Kansas City… En tout cas, tu ne loupes rien, ce bahut pue de plus en plus depuis qu'ils ont changé de proviseur.

– C'est plus M. Brooke ?

– Ah non, il a été remplacé. On ne sait pas trop pourquoi, mais je pense que l'alcool y a joué son rôle.

Tommy ne put s'empêcher de sourire. C'était un juste retour des choses. Qu'il se noie dans sa gnôle.

– Bon, à la prochaine, dit Rodney en remontant sur son vélo. Ma nana m'attend et elle va me tuer si je ne la rejoins pas au plus vite !

Ils se serrèrent la main et Tommy démarra, regardant Rodney s'éloigner sur la route.

Quel imbécile ! Il n'en avait sûrement rien à faire de ce qu'il pouvait bien devenir. Il était à l'époque comme tous les autres, à ne pas savoir quoi faire de ce garçon trop bizarre, qui ne se mêlait jamais à eux et disparaissait du semblant de vie sociale d'Emporia une fois les cours finis.

Tommy avait toujours détesté l'école. Enfant, il en était malade chaque matin à l'idée de s'y rendre, suppliant sa mère de le garder avec lui pour la journée. En désespoir de cause, il avait pris l'habitude de rester assis pendant les récréations à lire ses livres de contes et légendes ; de les regarder, eux, s'amuser, et, plus tard au collège, former des groupes et parler des filles.

Si seulement tous ces idiots avaient su le quart de ce qui se passait dans sa tête, ces désespérantes crevasses et ces sommets étincelants, ils en auraient rasé les murs chaque fois qu'ils l'avaient croisé.

Un après-midi, trois des filles les plus populaires du lycée l'avaient pris à part dans les toilettes des garçons pour lui proposer, leur haleine puant le tabac, de choisir laquelle lui taillerait une pipe. C'était bien connu que ces filles suçaient tous les mecs du bahut dans les chiottes. Pour des cigarettes, quelques dollars, ou, selon certains, tout simplement parce qu'elles aimaient sucer des queues.

Et lui, cet idiot, n'avait pas réfléchi, et avait choisi la plus belle et la plus blonde, Tracey Hillman.

Ils s'y étaient enfermés pendant que les deux autres montaient la garde en pouffant de rire. Tracey lui avait alors demandé d'enlever son jean et sa chemise. Pour le faire mordre à l'hameçon plus facilement, elle avait dégrafé son chemisier et lui avait permis de lui caresser un sein, ce qu'il s'était empressé de faire, manquant d'éjaculer dans son caleçon.

À cet instant précis, il aurait décroché la lune pour elle. Comme dans un rêve.

Il n'avait rien vu venir. Ne parlant à personne dans ce foutu lycée, il n'avait pas été mis au courant de ce que ces filles réservaient à ceux qu'elles estimaient indignes de fourrer leur sexe dans leur gorge.

Dans un état second, il avait laissé Tracey sortir en hurlant de rire avec ses affaires sous le bras. Le coup classique. Tellement banal. Il n'y avait que lui pour se laisser prendre.

Tommy avait mis un moment à se rendre compte qu'elle ne reviendrait pas. Il était resté tout le reste de la journée prostré en caleçon sur le siège glacé des toilettes, horrifié à l'idée qu'on le découvre, son cœur menaçant d'exploser à chaque fois qu'il entendait des gens entrer et essayer d'ouvrir la porte qu'il avait verrouillée.

Jusqu'à ce qu'une des surveillantes le trouve une heure après la fin des cours et lui ramène le reste de ses vêtements, qu'elle avait récupérés dans une poubelle.

L'air compatissante, elle avait voulu appeler sa mère, mais lui avait refusé.

Il pouvait déjà s'estimer chanceux qu'elles n'aient pas pris de photos de lui, des photos qui n'auraient pas tardé à circuler sur Internet.

Il n'en avait bien sûr jamais parlé à personne, et avait passé toute la soirée à pleurer de rage au fond de son lit.

Deux jours plus tard, Tommy avait craqué sur le premier qui l'avait regardé de travers, et leur avait ainsi montré à tous qui il était vraiment. Bradley Mellon, un des joueurs de l'équipe de foot. Depuis le temps qu'il se retenait. C'était comme s'il avait attendu ce moment toute sa vie. Il aurait continué jusqu'à réduire le visage de Bradley en bouillie si deux surveillants ne l'avaient pas arrêté et emmené dans le bureau du proviseur.

Tommy imaginait souvent leur faire subir les pires tortures, à eux qui passaient leur temps à l'humilier, et cette fois sans personne pour venir l'arrêter. Il avait baisé Tracey et ses copines des centaines de fois, leur avait arraché des cris que lui seul pouvait leur arracher, grisé par la terreur qu'il leur procurait ; jusqu'à ce que coule le sang d'entre leurs jambes, des plaies qu'il ouvrait de ses ongles sur leur visage, un sang qui s'engouffrait dans leur gorge pour étouffer le son de leur voix.

Et eux, tous ces vantards qui se prenaient pour des mecs, il leur avait fait subir des choses tellement pires… Son imagination en devenait infatigable, et quand il se lassait enfin de les torturer, il ne restait qu'une masse informe et spongieuse des corps qu'il abandonnait aux charognards.

Et il reprenait le cours normal de sa vie, apaisé.

Et quand la haine le consumait à nouveau, il replongeait en pensée ses mains dans leurs tripes pour endiguer le flux rance.

Du moins jusqu'à ce qu'il commence à goûter au sang des animaux.

Tommy appuya sur l'accélérateur et imagina faire demi-tour, rattraper Rodney et le percuter à plus de cent kilomètres/heure.

Le faire planer un instant au-dessus de lui. Pour se délecter ensuite du bruit de son corps chutant sur le bitume. Face contre terre.

Sa copine serait moins pressée de le voir après cela.

Tommy se gara en centre-ville, saisit son sac à dos puis entra dans une petite épicerie. Il prit un paquet de chips au poulet, s'assura qu'il n'y avait personne d'autre dans le rayon et cacha une flasque de whisky sous son pantalon. Il paya les chips au gérant qui détourna à peine les yeux de son téléviseur, et sortit de l'épicerie en courant.

Il jeta les chips, alla s'asseoir sur les marches d'un immeuble, et, à l'abri des regards, ouvrit la bouteille et en but quelques gorgées.

Des notes de piano s'échappaient d'une fenêtre entrouverte. Tommy plaqua son dos contre le mur, le visage agréablement réchauffé par le soleil qui perçait à travers les immeubles.

Un homme vêtu d'un costume gris passa à côté de lui et le regarda avec insistance en s'attardant sur sa bouteille d'alcool. Tommy se rendit un peu plus loin, dans une ruelle derrière l'immeuble, là où il serait plus tranquille pour se saouler.

Il remarqua alors un autre homme, assis sur un muret à une dizaine de mètres de lui, un petit garçon sur ses genoux. Le gamin mangeait une glace mais avait les yeux rouges comme s'il avait pleuré.

L'homme lui parlait à l'oreille. Tommy les observa tout en continuant à boire. Il n'avait rien mangé de la journée et sentit rapidement sa tête tourner.

L'homme avait la quarantaine, les cheveux bruns, le teint rougeaud des alcooliques. Tommy savait les reconnaître au premier coup d'œil. Le petit garçon, lui, restait silencieux, les yeux baissés, comme s'il n'osait plus regarder le monde en face.

Tommy reprit une gorgée de whisky, un peu plus amère que les précédentes.

Au bout d'un moment, l'homme sortit son téléphone de sa poche, puis se leva tout en parlant à son interlocuteur. Quand il raccrocha, il attrapa fermement le bras du petit garçon, qui poussa un cri de douleur et fit tomber sa glace par terre. L'homme le gifla, puis s'éloigna vers le fond de la ruelle en le tirant derrière lui.

Qu'allait-il lui faire dans le noir ?

Tommy s'essuya la bouche avec sa main, puis il s'empara d'un gros morceau de bois qui traînait contre un mur et, la rage s'épanouissant dans ses veines, il pressa le pas et les rejoignit en quelques enjambées.

Il n'y avait personne d'autre dans la ruelle. L'homme n'eut pas le temps de se rendre compte de sa présence. Tommy le frappa de toutes ses forces dans le dos.

L'homme s'effondra. Tommy le frappa à nouveau, sur les hanches et lui donna des coups de pied dans le ventre en hurlant.

Puis en plein visage, lui fracassant le nez.

Sous le choc, l'homme poussa un râle et perdit connaissance.

Tommy, après avoir repris son souffle, cracha sur cette pauvre chose inerte. Il ne devait pas rester là. Pourtant il avait tellement envie de continuer à l'avilir, de saisir un couteau et de le planter dans son ventre gras jusqu'à ce qu'il déverse ses intestins sur le sol.

Le petit garçon se tenait debout à côté du corps de l'homme, ses pieds trempant dans son ombre.

Mais il n'avait pas peur de lui. Il savait qu'il ne lui ferait pas de mal.

Ils se comprenaient.

HAYLEY

Hayley étala un fond de crème solaire sur ses bras pour ne pas se cramer la peau à force d'attendre quelqu'un qui pourrait lui proposer son aide.

Le soleil tapait avec insistance sur son front, lui faisant regretter de ne pas avoir pensé à prendre de chapeau ou de casquette pour s'en protéger. Évoluant dans l'air en rafales, de petits insectes noirs n'arrêtaient pas de se poser sur sa peau luisante et sentant une odeur de noix de coco qui semblait les attirer.

Cela faisait une demi-heure qu'elle croupissait dans les parages, à guetter le moindre véhicule. Elle devrait, si cela continuait, se résoudre à couper à pied à travers champs afin de trouver une maison, et même si elle n'était pas rassurée à l'idée de laisser sa Chevrolet sans surveillance sur le bord de la route.

Hayley reboucha le tube de crème solaire et le jeta sur le siège avant, puis elle attacha ses cheveux avec un élastique et alla se dégourdir les jambes sur le bitume chaud. À une cinquantaine de mètres de là, un vieil épouvantail était planté en plein milieu d'un champ de blé. Un corbeau, posé sur ses épaules, lui faisait office de tête.

Elle remarqua quelque chose qui clignotait de l'autre côté du champ, peut-être un objet qui reflétait la lumière du soleil. Elle plissa les yeux mais elle était trop loin pour en définir la provenance. Les intermittences de la lumière lui firent penser à du morse, comme si c'était un code, un signal qu'on lui adressait.

Ou alors à quelqu'un d'autre, pour lui indiquer une proie.

Hayley, as-tu vraiment besoin de te faire peur maintenant ?

De petites fleurs jaunes poussaient sur le bas-côté de la route. Elle en arracha une poignée et les porta à ses narines, mais elles ne sentaient rien d'autre qu'une vague odeur de terre.

Hayley distingua au loin une camionnette se rapprocher. Elle se plaça en plein milieu de la route et fit de grands gestes avec les bras. La camionnette s'arrêta à son niveau et un homme au visage buriné par le soleil et vêtu d'une chemise à carreaux sortit sa tête par la vitre ouverte. Son regard plongea directement dans son décolleté.

– Merci de vous être arrêté, dit Hayley en forçant son sourire. J'ai eu un problème de moteur sur l'autoroute, ça n'arrêtait pas de fumer, et je ne sais pas qui appeler pour faire venir une dépanneuse…

Sans un mot, l'homme coupa le contact, avança vers la Chevrolet, ouvrit le capot, et jeta un œil à l'intérieur.

– À mon avis, c'est votre radiateur d'eau qui est percé, il faut que vous l'emmeniez dans un garage pour pouvoir repartir.

– Et vous avez un téléphone pour que je puisse en appeler un ?

L'homme réfléchit un instant et regarda autour d'eux. Comme s'il vérifiait qu'ils étaient bien seuls.

– Désolé, ma petite dame, je n'ai pas de téléphone sur moi, mais si vous voulez je vous conduis en ville, c'est dans ma direction.

– Je préfère ne pas m'éloigner de ma voiture, dit Hayley de façon un peu hautaine. Serait-il possible de prévenir quelqu'un pour moi ?

– Je ne peux rien vous promettre, je suis déjà en retard à mon boulot. Et autant que vous le sachiez, il n'y a pas beaucoup de passage sur cette route.

– Bon, eh bien tant pis, je vais attendre quelqu'un d'autre alors, dit Hayley en allant s'asseoir sur le capot.

L'homme la dévisagea un instant, puis il redémarra en faisant crisser ses pneus. Pas vraiment rassurée, Hayley le suivit du regard pour vérifier qu'il ne s'arrête pas un peu plus loin ou fasse demi-tour.

Elle sursauta quand un groupe d'oiseaux passa au-dessus d'elle en piaillant.

La camionnette disparut de son champ de vision.

À nouveau, le silence.

Sur le coup, elle se trouva un peu idiote de ne pas être partie avec lui. Elle risquait maintenant d'attendre des heures une autre voiture. Mais de toute façon elle n'était pas si pressée que cela. Elle épousseta son short en jean, étendit une serviette de bain sur le capot de sa Chevrolet pour s'y allonger et admira le ciel qui, au-dessus d'elle, était coupé en deux par la traînée blanche d'un avion de tourisme. Une fois installée, elle sortit son vieil iPod de sa poche et mit un morceau de Katy Perry en chantonnant une phrase sur trois.

Plongée dans la musique, elle n'entendit pas la nouvelle voiture qui roulait vers elle, ne réagit pas quand le moteur s'arrêta, ni quand la portière avant claqua.

Une ombre parcourut son corps, puis remonta vers son visage. Hayley ouvrit les yeux en sursautant. Une femme se tenait au-dessus d'elle. Elle avait une quarantaine d'années, les traits fins, ses cheveux ramassés en chignon, vêtue d'une robe bleu clair.

– Vous avez visiblement besoin d'un coup de main, dit-elle en souriant.

– Oui, en effet, fit Hayley en enlevant ses écouteurs. Elle remarqua alors une petite fille blonde assise à l'arrière d'une Buick stationnée au milieu de la route, sa joue écrasée contre la vitre.

– J'ai croisé Max Botteker à une dizaine de kilomètres d'ici, reprit la femme. Il m'a dit où vous étiez et que vous aviez eu peur de monter avec lui. Max est un peu brusque au premier abord, il ne faut pas lui en vouloir, au fond ce n'est pas un mauvais garçon. Je n'y connais rien en mécanique mais je n'habite pas loin. Je peux tracter votre voiture jusque chez moi et on appellera une dépanneuse, je pense que ce sera le plus simple, non ?

– Oui, vous me rendriez un grand service, dit Hayley en sachant qu'elle n'avait de toute manière pas le choix. Cette personne était sans doute ce qu'elle pouvait trouver de mieux dans ce coin paumé.

La femme mit ses lunettes de soleil et retourna dans sa voiture. Elle se gara juste devant celle de Hayley, puis ouvrit son coffre et sortit une barre en métal qu'elle fixa entre les deux véhicules. Hayley récupéra son sac à main, ses clefs, et monta s'asseoir à l'avant. La femme démarra. Hayley se retourna vers la petite fille et lui fit un salut amical de la tête. La gamine resta impassible, observant le paysage.

– Au fait, je ne me suis pas présentée il me semble, dit la conductrice en gardant les yeux braqués sur la route. Je m'appelle Norma.

– Enchantée, moi, c'est Hayley.

– Ça faisait longtemps que tu attendais sur la route ?

– Une bonne heure, je dirais. J'aurais peut-être dû marcher jusqu'à la prochaine maison, mais j'avais peur de laisser ma voiture sans surveillance. Ce n'est pas très malin, car je serais sûrement déjà repartie.

– Oui, je vois. C'est vrai qu'il n'y a pas beaucoup de passage sur cette route, et il t'aurait fallu marcher plusieurs kilomètres pour trouver quelqu'un.

– En tout cas, je suis heureuse d'être tombée sur vous !

– Tu es de la région ?

– J'habite à Wichita, je me rendais à St. Joseph chez ma tante pour aller m'entraîner. Je vais bientôt disputer un tournoi de golf assez important, j'avais besoin de m'isoler un peu.

– Du golf ? fit Norma l'air franchement surprise.

– Je tiens ça de ma mère, elle a toujours été une passionnée de golf. Depuis toute petite, elle m'a répété qu'un jour je serai une grande championne. Bientôt je verrai si elle avait raison ou pas.

– Tu sais, une mère se trompe rarement sur le potentiel de ses enfants, dit Norma.

– Vous avez peut-être raison, oui, fit Hayley en regardant la route défiler.

Une dizaine de minutes plus tard, elles arrivèrent dans la propriété de Norma, une grosse bâtisse aux bardeaux peints en jaune clair et entourée d'immenses champs de maïs. Hayley monta les marches du perron et remarqua un attrape-rêves accroché à une fenêtre du premier étage.

Sitôt entrée dans la maison, la fillette gravit l'escalier menant aux étages et fit claquer une porte. Norma soupira et posa ses sacs dans le couloir.

– Je t'en prie, va m'attendre dans le salon, dit-elle, je t'apporte quelque chose à boire.

Hayley s'affala dans un profond fauteuil marron. Il faisait bon à l'intérieur, le salon était sobrement décoré mais sentait un peu le renfermé. Une multitude de photos représentant Cindy étaient posées sur la cheminée, ce qui, au fond, ne la surprit guère.

Norma lui tendit un verre de citronnade avant de s'installer dans le fauteuil à côté d'elle. Hayley en but une gorgée. Elle détestait le citron mais ne voulait pas se montrer irrespectueuse.

– Je vais appeler le garage de Robert Graves, c'est une bonne connaissance et il est tout ce qu'il y a de plus compétent. Il travaille à Emporia, à une vingtaine de kilomètres d'ici. Tu pourras vite reprendre la route.

Elle saisit un gros téléphone noir et composa le numéro.

– Bon, eh bien, la ligne est occupée, dit-elle en raccrochant. Je réessaierai un peu plus tard.

Cindy entra dans la pièce, un gros livre dans les bras, puis s'assit sur le tapis et commença à le lire.

– Tu fais de la danse ? demanda Hayley en regardant la couverture du livre, où était dessinée une ballerine en train d'exécuter des pointes sous la lumière des projecteurs.

– Oui, avec Mlle Goodge.

– Cindy est naturellement douée, dit Norma en posant ses mains sur les épaules de sa fille. Je ne suis pas sûre qu'elle s'en rende vraiment compte, sinon elle serait un peu plus consciencieuse. Elle va bientôt participer à son premier concours de beauté, j'ai parfois l'impression qu'elle s'en fiche totalement.

– Non, ce n'est pas vrai ! dit Cindy d'un ton boudeur.

– Et comme tu le vois, elle a aussi son caractère ! Elle a préparé un beau numéro de danse pour l'occasion, on passe notre temps à le répéter en ce moment.

Hayley entendit la porte d'entrée s'ouvrir. Un jeune homme vêtu d'un T-shirt noir et d'un jean entra dans la pièce, l'air surpris de la trouver là. Il avait les traits fins, de grands yeux bleus, les cheveux bruns ébouriffés. Hayley lui trouva un faux air de Nicholas Hoult.

Cindy sauta dans les bras du jeune homme qui l'embrassa sur la joue et la reposa sur le sol pour enlever son sac à dos.

– Graham, je te présente Hayley, dit Norma, elle est tombée en panne pas loin d'ici et on attend de pouvoir joindre le garage.

Le jeune homme s'approcha d'elle et lui serra la main, puis il prit une pomme dans une corbeille de fruits posée sur la table et disparut dans la cuisine.

Norma se servit un verre de citronnade et en but une gorgée.

Elle appela à nouveau le garage mais la ligne était toujours occupée.

– On va bien finir par l'avoir, dit-elle en souriant. Sinon on se débrouillera autrement. En attendant, installons-nous dans le jardin, ce sera plus agréable.

Hayley acquiesça et suivit Norma à l'arrière de la maison. Elles s'assirent sur deux chaises longues abritées par un grand parasol jaune. L'herbe semblait plus verte de ce côté-ci, comme si c'était la seule partie du terrain qu'elle entretenait.

– Vous êtes agricultrice ? demanda Hayley en se calant dans la chaise, le visage tourné vers les champs de maïs.

– Non, ces champs appartenaient à mon mari autrefois. Il y a plus de mille hectares. À sa mort, j'ai tout revendu à une entreprise qui s'en occupe dorénavant. Les choses de la terre, ce n'est pas mon truc, je me voyais mal m'en occuper seule.

Cindy les rejoignit une poupée Barbie à la main. Hayley pria pour qu'elle ne soit pas trop collante. Elle avait un seuil de tolérance très bas avec les enfants. Surtout les petites filles. Quand on commençait à leur parler, elles ne s'arrêtaient plus.

– Donc, raconte-moi un peu ce qu'il en est de ce tournoi, dit Norma, visiblement intéressée.

– Eh bien, il a lieu chaque été et voit s'affronter des équipes de joueuses de moins de dix-huit ans et représentant quinze pays différents. Inutile de vous dire que c'est une des meilleures façons de se faire remarquer pour espérer commencer une carrière professionnelle.

– Et c'est le premier auquel tu participes ?

– Non, j'ai gagné l'*US Kid Golf Cup* quand j'avais dix ans, j'étais vraiment bien partie, mais j'ai dû arrêter à la suite du décès de ma mère. Sans elle à mes côtés, ça ne rimait plus à rien. J'ai dû tout recommencer.

– Ah, je suis désolée, dit Norma en reposant son verre dans l'herbe.

Une coccinelle se posa sur sa main. Norma la fit déguerpir en la secouant.

– Il n'y a pas de problème, vous ne pouviez pas savoir. Elle est morte dans un accident de voiture quand j'avais douze ans, ce sont des choses qui arrivent, on n'y peut rien.

Hayley leva les yeux vers Graham, qui se tenait assis sur le rebord de sa fenêtre, une cigarette entre les doigts.

– Si tu as quelqu'un à joindre n'hésite pas, fit Norma en lui tendant le téléphone.

Hayley la remercia et pensa à rappeler sa tante. Mais elle l'inquiéterait inutilement, et de toute façon elle n'allait pas s'éterniser dans les environs. Elle reprendrait la route bientôt, même si elle se sentait bien en compagnie de cette femme qui, contrairement à l'image qu'elle se faisait des habitants de ce genre de patelin, était pleine d'esprit et chaleureuse.

Elle composa donc le numéro de son père et tomba directement sur le répondeur. Elle hésita à lui laisser un message mais finalement raccrocha. Elle entendait déjà ses réflexions, le ton qu'il prendrait quand il lui dirait avoir toujours su que quelque chose de ce genre allait arriver. Pourtant ce n'était quand même pas de sa faute si le moteur avait surchauffé, alors qu'elle n'avait presque jamais utilisé la voiture auparavant.

– Et tu te plais à Wichita ? demanda Norma en faisant tourner les glaçons dans son verre. J'y suis allée l'année dernière pour faire les magasins. Je trouve cette ville si froide, désincarnée…

– Nous sommes d'accord. Je ne me vois pas y rester longtemps, je rêverais de pouvoir passer ma vie à voyager. C'est un peu cliché, mais c'est aussi pour cette raison que je me suis remise à la compétition. C'est mon billet de sortie en quelque sorte.

– En même temps, qui n'a pas ce genre de rêves ?

– Mon père, par exemple, hélas.

– Oui, je vois, dit Norma en se penchant pour saisir ses lunettes de soleil posées sur la table de jardin. Et que pense ton père de tes projets ?

– Au départ, il n'était pas franchement enthousiaste, mais il s'est fait une raison. Quand ma mère est morte, il a refusé que je continue la compétition, il me trouvait trop jeune, c'était une source de dispute entre eux. Mais maintenant il a compris que ce n'était pas juste un caprice. Je sais que je peux réussir, et surtout je ne veux pas continuer à vivre en me demandant sans cesse comment serait ma vie si j'avais eu le courage de me lancer. Vous voyez ce que je veux dire ?

– Oui, parfaitement.

– Et vous, vous vivez ici depuis longtemps ?

– Oh, eh bien ça fait dix-sept ans. Je suis du Tennessee à l'origine, j'ai grandi dans la banlieue de Knoxville, puis j'ai suivi mon mari qui a acheté cette propriété, et voilà, rien de vraiment passionnant. Quand il nous a quittés j'ai pensé à vendre aussi la maison et plier bagage. Mais pour aller où ? Mes enfants avaient sept et neuf ans, je ne voulais pas les perturber plus, et j'ai appris à aimer ma vie ici au bout du compte, même si j'aurais facilement pu imaginer qu'elle soit différente. C'est maintenant des choses auxquelles je ne pense plus.

Norma prit le téléphone et rappela le garage, mais ça sonna à nouveau occupé.

– Il doit avoir un problème sur sa ligne, dit-elle un peu exaspérée. Je pense que le plus simple est que

Graham t'emmène directement là-bas. Moi je n'ai pas vraiment le courage de retourner en ville.

Sans attendre la réponse de Hayley, Norma interpella son fils, qui les rejoignit la mine ensommeillée.

– Mon chéri, peux-tu emmener la voiture de Hayley jusqu'au garage Graves ? J'essaie de l'appeler, mais la ligne est sans arrêt occupée et c'est assez urgent.

– Si tu veux, répondit Graham, semblant passablement apprécier de devoir ressortir. Au fait, je viens d'écouter ton message, tu n'avais pas l'air bien, il s'est passé quelque chose ?

– Non, enfin oui mais rien de grave, tout est arrangé. Tu manges avec nous ce soir ?

– Oui, je pense, mais après je rejoins Amber et je vais rester chez elle jusqu'à son départ, je t'en avais déjà parlé.

– Ah, c'est vrai, je ne m'en souvenais plus. Eh bien, bonne route alors, dit-elle en se tournant vers Hayley et en la prenant dans ses bras. J'espère que tes projets aboutiront.

– Je ferai tout pour, dit Hayley avant de suivre Graham vers la voiture.

Elle s'installa à l'avant et posa son sac à main sur ses genoux.

– Je ne voulais pas te déranger, dit-elle à Graham pendant qu'il démarrait. J'aurais pu me débrouiller autrement.

– Non, ce n'est rien, je sais ce que c'est, je suis tombé moi-même en panne la semaine dernière…

Ils s'engagèrent dans l'allée, puis prirent une petite route qui longeait un immense terrain en friche.

– Il t'est arrivé quoi avec ta voiture ?

– Un problème avec le radiateur d'eau a priori, le moteur n'arrêtait pas de fumer, j'ai quitté l'Interstate mais ça ne faisait qu'empirer, et après impossible d'aller plus loin, je pensais arriver à trouver un garage à temps mais comme je ne suis pas de la région, j'ai été un peu trop présomptueuse.

– Et tu fais quoi dans le coin, alors ?

– Je devais rejoindre St. Joseph pour aller passer une semaine chez ma tante. Je viens de Wichita.

– Tu es à la fac ?

– Oui, enfin j'y rentre après les vacances, en psycho. Et toi ?

– Deuxième année d'histoire, à Topeka, répondit-il en soupirant.

– Ça n'a pas l'air de te réjouir plus que ça.

– C'est un peu compliqué. Ma copine part vivre à New York à partir de la semaine prochaine, elle va faire une école d'arts plastiques là-bas. Moi, j'ai été accepté dans une école de photographie, mais je ne sais pas si je pourrai y aller…

– Et qu'est-ce qui t'en empêche ?

– On va dire que ma mère n'est pas franchement enthousiaste à cette idée. Je lui en ai parlé il y a deux ou trois semaines et elle a réagi comme si j'étais complètement irresponsable. Partir si loin, dans une ville que je ne connais pas, tu vois le genre…

– En même temps mon père réagirait pareil si je lui disais que je comptais habiter à l'autre bout du pays. Ça ne coûte rien de lui en reparler, de toute manière.

– Là, ce n'est pas le bon moment, elle est obnubilée par ce stupide concours de beauté auquel elle veut envoyer Cindy. Je ne sais pas si tu as vu à quoi ça ressemble, mais les gamines y sont maquillées comme si on allait les foutre après sur le trottoir. Je n'ai pas envie de voir ma petite sœur défigurée de la sorte, je ne comprends même pas que ma propre mère puisse cautionner une telle ineptie. On se croirait dans une version trash de *Little Miss Sunshine.*

– Oui, je suis d'accord, mais ça peut être amusant pour Cindy, tant que ça ne va pas trop loin.

– Si tu le dis. En tout cas je ne la reconnais pas, elle n'était vraiment pas comme ça quand j'étais gamin.

La radio, alors qu'ils dépassaient de grosses granges vermoulues, diffusa *Tennis Court* de Lorde.

– Ah, j'adore, dit Hayley. Je l'ai vue en concert le mois dernier, tu connais ?

– Oui, bien sûr, mais ce n'est pas vraiment ce que j'écoute en général.

– Et tu écoutes quoi ?

– Un peu de tout, plutôt rock et électro, genre Tame Impala, Interpol, Beirut, si tu vois ce que c'est.

– Non, pas vraiment, mais j'écouterai, promis.

Hayley passa son bras à l'extérieur et regarda les paysages qui défilaient, s'attardant sur une étable avec un visage blanc peint au-dessus de la porte, une église délabrée, une rivière presque asséchée qui serpentait entre les herbes sauvages, et où des adolescents s'amusaient à s'asperger d'eau…

Ils arrivèrent une vingtaine de minutes plus tard devant le garage de Robert Graves, un bâtiment gris et tout en longueur situé dans le centre d'Emporia.

Une ambulance était garée cent mètres plus loin sur sa gauche. Il y avait un attroupement de curieux à côté, qui observaient des brancardiers porter à l'intérieur un corps sur une civière.

Le garage sentait une odeur mêlée d'essence et d'huile de moteur. Un homme en salopette en jean était allongé sous une camionnette. Un poste radio posé sur une étagère diffusait en grésillant un morceau vaguement country.

– Monsieur Graves ? demanda Graham en élevant la voix.

L'homme fit glisser le chariot et se redressa.

– Tiens, salut, fiston, dit-il en s'essuyant le front. Que me vaut ta visite ?

– Hayley a eu un problème de moteur, on a tracté sa voiture jusqu'ici, donc si vous pouvez y jeter un coup d'œil, elle doit reprendre la route juste après.

– Très bien, fit l'homme en enlevant sa casquette. Montrez-moi ça.

– Ma mère a essayé de vous joindre, dit Graham en accompagnant Robert Graves à la voiture de Hayley. Mais ça sonnait toujours occupé, vous devez avoir un problème avec votre ligne.

Le garagiste s'arrêta en leur faisant signe d'attendre et se rendit d'un pas vif vers un bureau qui se trouvait à droite de l'entrée principale. Quand il y entra, Hayley aperçut une jeune femme vêtue d'un short en jean assise sur une chaise, le téléphone à la main. La jeune femme raccrocha, l'air confuse. Graves claqua la porte et les rejoignit à la voiture, dont il ouvrit le capot.

Il y jeta un rapide coup d'œil puis se redressa.

– Oui, effectivement, c'est votre radiateur d'eau qui est percé, je ne suis pas sûr d'avoir la bonne pièce à disposition mais je vais vous faire une réparation de fortune afin que vous puissiez repartir.

– Et vous pensez pouvoir vous en occuper dans combien de temps ?

– Pas avant la fin de l'après-midi, j'en ai peur, faut d'abord que je finisse celle-ci, dit-il en désignant la camionnette sous laquelle il se tenait quand ils étaient arrivés.

– O.K., dit Hayley avec une pointe de déception dans la voix.

– Au pire, tu reviens avec moi à la maison, proposa Graham, et je te ramène après.

– Merci, mais je t'ai assez embêté comme ça, je vais me trouver un café dans le coin et attendre.

– Vous n'avez qu'à y aller, fit M. Graves en toisant Graham. Je ferme le garage plus tôt aujourd'hui et ta maison est sur mon chemin, je ramènerai la voiture en passant et ça me donnera une bonne occasion de saluer ta mère.

Hayley prit un peu de temps pour réfléchir, pas vraiment enthousiaste à l'idée de laisser sa voiture. Mais elle avait encore moins envie de rester dans cette ville tout le reste de l'après-midi. Et elle n'avait rien contre passer un peu plus de temps avec Graham et Norma.

– Bon, eh bien, on va faire ça, dit Hayley.

L'ambulance qu'elle avait vue auparavant passa devant la porte du garage, toutes sirènes hurlantes.

M. Graves leva la tête et saisit un torchon pour s'essuyer les mains.

– Un homme s'est salement fait amocher, dit-il en regardant dans la direction où était partie l'ambulance. On l'a trouvé gisant dans une ruelle à deux pâtés de maisons de là, son gamin de six ans agenouillé à côté de lui, si ce n'est pas malheureux.

Hayley se posta à l'entrée du garage et jeta un coup d'œil dans la rue. Le petit attroupement, le spectacle fini, commençait à se disperser.

Graham enleva la barre de fer qui avait servi à tracter la voiture. Hayley ouvrit le coffre et en sortit sa valise et le caddie contenant ses clubs de golf, qu'elle alla disposer sur la plage arrière de celle de Norma. Elle donna ensuite les clefs à M. Graves, puis alla s'asseoir à l'avant au côté de Graham, observant dans le rétroviseur le garagiste pousser sa Chevrolet à l'intérieur de son établissement.

Après avoir allumé l'autoradio, Graham remonta la rue et tourna sur la droite, débouchant dans une avenue plus commerçante.

– Ma copine n'est pas chez elle, sinon on aurait pu aller la retrouver pour prendre un verre.

– Vous êtes ensemble depuis longtemps ?

– Ça va faire six mois. Et toi, tu as quelqu'un ?

– Oui, enfin c'est un peu compliqué en ce moment.

– Bon, je n'insiste pas, dit-il en souriant, le soleil sur son visage irisant l'extrémité de ses cheveux.

Hayley détourna le regard, se demandant si, sous ses airs de garçon plus que charmant, Graham était lui aussi du style à tromper sa copine quand elle avait le dos tourné. Elle ne put s'empêcher de rire intérieurement en imaginant quelle serait la réaction de Neil en la sachant en sa compagnie. Si elle avait eu son smartphone sous la main, elle les aurait pris en photo et la lui aurait envoyée.

– Je vais profiter d'être ici pour faire une ou deux courses si ça ne te dérange pas, dit Graham, ce qui la sortit d'un coup de ses pensées.

– Oui, pas de problème, dit Hayley tout en observant deux hommes en costume parler sur le trottoir.

Le jeune homme s'arrêta cinquante mètres plus loin, au niveau d'un magasin d'électroménager. Hayley resta assise à l'attendre et ouvrit la vitre de sa portière pour laisser passer un peu d'air. Elle prit un bonbon à la menthe dans son sac à main et regarda les gens qui passaient dans la rue : une femme blonde portant des lunettes de soleil, boudinée dans un haut trop serré ; un adolescent qui faisait du skate sur le trottoir ; une autre femme, habillée tout en rose et qui traversa la rue à grandes enjambées, comme si elle voulait éviter des flaques d'eau. Hayley ouvrit la boîte à gants et fouilla un peu à l'intérieur. Ne trouvant rien d'intéressant, elle détailla les petits immeubles de deux ou trois étages alignés de l'autre côté de la rue, se demandant comment Graham pouvait hésiter entre vivre là et partir pour New York.

Malgré ce nouveau contretemps, elle se sentait étrangement détendue. Après tout, rien ne pressait, un peu d'imprévu ne lui faisait pas de mal. Sa vie était dorénavant réglée comme du papier à musique, et cela continuerait au moins jusqu'au tournoi. Aujourd'hui, elle n'allait penser à rien, juste passer un peu plus de temps avec ces gens agréables qu'elle n'aurait jamais eu la chance de rencontrer si son moteur ne l'avait pas lâchée.

Que pouvait bien faire Neil à cette heure ? Était-il toujours chez lui à cuver ? S'était-il rendu chez elle pour tenter de s'expliquer ? Hayley arrivait de moins en moins à supporter le fait de ne rien savoir, de les imaginer toujours ensemble lui et Sydney, et qu'elle ne pourrait rien y changer jusqu'à son retour, dans une semaine.

Sydney devait croire qu'elle avait réussi son coup, qu'elle avait tout saccagé entre elle et Neil. Depuis le temps qu'elle lui courait après…

Maintenant qu'elle avait les idées un peu plus claires, Hayley se rendit compte à quel point elle avait abandonné la partie beaucoup trop tôt, sans même chercher à combattre. Cela ne lui ressemblait tellement pas. Lindsay avait peut-être eu raison en lui conseillant d'annuler son départ. Elle aurait au moins dû essayer de tout clarifier avec Neil avant de prendre la route, connaître au moins sa version des faits…

Neil ne l'aimait peut-être tout simplement plus. Peut-être avait-il même prévu de la quitter pour Sydney. Hayley n'avait jamais pensé à cette éventualité. Il lui manquait tellement ; la distance rendait ce manque encore plus insupportable. Elle était prête à ravaler son orgueil et lui pardonner, tout plutôt que de vivre loin de lui. Tout plutôt que de le laisser à cette fille.

Il y avait une vieille cabine téléphonique située près d'une laverie. Hayley fut surprise que cela existe encore. Elle jeta un regard vers la banque où se trouvait Graham, puis elle s'y rendit, introduisit quelques pièces et composa le numéro de téléphone de Neil de mémoire, le cœur battant. Elle tomba sur le répondeur et raccrocha sans laisser de message.

Elle réessaierait de chez sa tante. Il fallait qu'elle lui parle. Le plus vite possible.

Si elle s'écoutait, elle repartirait à Wichita dès ce soir.

Elle lui en ferait baver mais elle finirait par tout oublier.

Et Sydney n'aurait plus qu'à aller se pendre.

Ce n'était après tout pas une idée aussi stupide que cela. Elle se sentit comme soulagée d'avoir aussi cette éventualité.

La femme vêtue de rose s'étala sur le trottoir en poussant un cri. Les gens qui se trouvaient près d'elle la regardèrent fixement, sans faire le moindre geste pour l'aider. La femme se releva seule, puis elle épousseta consciencieusement sa robe, ramassa ses sacs éparpillés au sol et continua son chemin, souriant malgré tout à Hayley quand elle passa à côté d'elle.

NORMA

Norma sursauta en entendant un bruit au-dehors qui lui fit penser à un coup de feu.

Par la fenêtre de sa chambre, elle contempla un instant le terrain qui s'étendait sur une centaine de mètres devant sa maison. Un jour elle y mettrait un beau gazon pour remplacer cette herbe desséchée. Ce serait quand même beaucoup plus présentable pour ceux qui lui rendraient visite.

Le toit de l'imposante demeure des Fisher se découpait au loin. Norma se demanda si ce que lui avait dit Magda au sujet de Bree était vrai, et si elle se devait de l'appeler pour prendre des nouvelles. Elles se connaissaient sans pour autant être amies. Elles s'étaient rencontrées à la sortie de l'école. Bree avait des jumelles du même âge que Graham. C'était Norma elle-même qui lui avait parlé de cette maison qui était à vendre. Bree était vendeuse dans un magasin de chapeaux et Thomas travaillait à la Western Union. Norma savait que les choses n'allaient plus entre eux, mais était loin de se douter que Thomas la quitterait pour une autre. Cette sotte avait dû tout faire pour le retenir, elle était le genre de femme pour qui le monde se résumait à son mari, elle devait effectivement être dévastée.

Mais après tout personne n'était vraiment venu la voir, elle, à la mort de Harlan. Elle en avait assez de se sentir obligée de toujours prendre des nouvelles des autres. C'était toujours à sens unique.

Dans la cuisine, Norma décida de faire un gâteau pour se détendre. Elle avait de furieuses envies de sucré depuis le début de l'été. Heureusement elle avait un métabolisme qui l'empêchait de grossir. Elle sortit des placards et du réfrigérateur tous les ingrédients dont elle avait besoin : des œufs, de la farine, du sucre, et une tablette de chocolat Hershey.

Cindy vint s'asseoir à la table de la cuisine et commença à dessiner sur son cahier avec de gros feutres de toutes les couleurs.

Norma fit chauffer le chocolat et du beurre dans une casserole. L'odeur la fit se souvenir d'un après-midi où elle et sa mère étaient agenouillées sur une nappe installée dans le fond de leur jardin, et dévoraient des parts de gâteau en riant de leur gourmandise. Coincée dans sa maison de retraite, sa mère ne devait plus manger de gâteaux au chocolat, ne devait plus rire de bon cœur. Cela faisait presque deux ans qu'elle n'était pas passée la voir. C'était au-delà de ses forces d'essayer de rester souriante face à ce corps qu'on ne pouvait différencier d'un cadavre que parce qu'il respirait encore. De toute façon, sa mère ne la reconnaissait même plus. Et rien ne méritait qu'on endure d'être une inconnue dans le regard de celle qui vous a mise au monde.

Norma versa le mélange dans un saladier et y incorpora les œufs battus et le reste des ingrédients, puis elle transvasa l'ensemble dans un plat à tarte et le mit au four.

Vingt minutes plus tard, elle posa le gâteau sur les plaques. Elle prépara ensuite le nappage et le fit couler dessus.

Elle s'occupa aussitôt de la vaisselle. Elle ne supportait pas de voir des couverts sales traîner dans l'évier et faisait sans cesse la guerre à ses enfants pour qu'ils la suivent dans sa manie. Une fois qu'elle eut fini, elle enleva son tablier et se retourna vers Cindy, concentrée sur ses « créations ».

– Lève-toi, ma chérie, on va regarder la vidéo du concours de l'année dernière. Et après on mangera une part de gâteau.

Ça serait beaucoup plus constructif que ces affreux gribouillis.

Dans le salon, Norma alluma la télévision et inséra le DVD dans le lecteur. Elle zappa le passage de certaines des filles, insignifiantes, pour s'arrêter sur celle qui lui importait le plus, la gagnante du concours de 2016. Brittany Moore.

Elle brillait sur la scène comme un diamant dans un seau de charbon. Tout dans son être captait la lumière des projecteurs.

La mère de Brittany, Gloria, avait été Miss Iowa en 1995.

Les chiens ne font décidément pas des chats.

Elles vivaient toutes deux à Des Moines. Brittany n'arrêtait pas de faire des photos depuis sa victoire. Elle avait même été approchée par un agent de Hollywood pour tourner dans une mini-série.

Elle pourrait peut-être appeler Gloria pour qu'elle lui donne des conseils. Elle avait son numéro de téléphone quelque part, elle l'avait noté dans l'annuaire. Mais elle entendait déjà son ton condescendant, celui qu'aurait une ancienne Miss Iowa, mère d'un petit prodige, envers une simple mère au foyer du Kansas.

Pour la partie artistique, Brittany avait exécuté un numéro de claquettes. Cindy, elle, les clouerait à leurs fauteuils avec son numéro de danse, qu'elle avait travaillé avec Mlle Goodge sur la musique du *Lac des cygnes*.

D'ailleurs Brittany n'était pas parfaite physiquement, son nez était un peu trop long, ses yeux légèrement écartés. C'était son sourire et sa blondeur qui lui avaient valu tous les suffrages.

Norma stoppa sur l'instant du verdict, ces quelques secondes où le sang se figeait dans les veines de toutes les participantes et de leurs parents, où on pouvait entendre leurs nerfs se tendre, prêts à craquer.

À en voir son visage, Brittany savait au fond d'elle qu'elle allait gagner. Si seulement Cindy avait la même assurance…

Et cette couronne que la présidente du concours avait placée sur sa tête, en argent et incrustée de pierres rouges, que Norma imaginait si bien sa fille porter.

Bientôt, bientôt.

Sur CNN, Norma tomba à nouveau sur les images des débris de l'avion flottant dans l'Atlantique. Une des boîtes noires venait d'être retrouvée. On dénombrait cent quarante-huit victimes, pour la plupart américaines. Norma pensa alors à tous ces parents qui avaient appris en cette journée radieuse la mort de leur enfant, et qui devaient déjà être en route pour se recueillir dans une chapelle ardente.

Elle changea de chaîne et mit un programme de dessins animés pour Cindy.

– Tu as le droit de les regarder jusqu'au retour de Graham, mais ce soir pas de télé, d'accord ? Tu dois te coucher tôt, tu as de vilains cernes.

Dans la cuisine, elle se servit un verre d'eau fraîche, revit Cindy courir en plein milieu de la rue, la mort rôdant auprès d'elle et attendant qu'un monstre de tôle la lui offre dans un grand choc rouge.

Mais ce n'était pas arrivé.

Pourtant son angoisse ne s'était pas complètement estompée et ne pourrait la quitter, elle le savait, qu'après une bonne nuit de sommeil.

D'ici là, elle devrait s'affairer aux tâches ménagères qui lui restaient, pour s'occuper l'esprit.

Dans la remise attenante à sa maison, elle souleva un tas de linge fraîchement lavé, qu'elle mit dans un panier en plastique, et l'apporta dans le fond du jardin, où un étendoir était suspendu entre deux troncs d'arbres.

À cinq mètres d'elle, les feuilles de maïs bruissaient sous le vent. Norma plaqua un morceau de drap sur son visage et en respira la douce odeur de propre, prenant garde à ne pas le salir avec sa sueur.

Une voiture se fit entendre de l'autre côté de la maison. À l'oreille, elle sut que ce n'était pas la sienne. Norma jeta dans l'herbe les pinces à linge, fit le tour de la bâtisse pour savoir qui lui rendait visite, mais ne vit aucun véhicule. Pourtant elle n'était pas folle, elle avait bien perçu le bruit de pneus sur les graviers de l'allée. Elle voulut en avoir le cœur net et pressa le pas vers la vieille grange, qui se trouvait quinze mètres plus loin.

Elle la trouva alors, garée juste derrière. Une Mustang noire, qu'elle n'avait jamais vue auparavant. Et aucun signe du conducteur.

Prise d'un mauvais pressentiment, elle posa timidement sa main sur le capot, sur lequel était peint un aigle énorme, affreux.

À qui pouvait bien appartenir cette voiture de si mauvais goût ? Et pourquoi venir se garer chez elle ?

Le conducteur ne devait pas être loin. Peut-être se tenait-il derrière la grange, attendant qu'elle passe assez près pour l'agresser. Dorénavant on cambriolait les gens même en plein jour. Et elle n'avait rien sur elle pour se défendre.

Un chien se tenait au niveau du portail. Efflanqué et immobile. Appartenait-il au propriétaire de la voiture ?

Norma continua à avancer vers la barrière en faisant craquer des tiges sèches sous ses chaussures.

Et, à l'intérieur de la maison, Cindy hurla.

Le cœur de Norma bondit dans sa poitrine. Elle courut vers le perron, manquant, dans son élan, tomber dans l'herbe, puis se précipita dans le salon.

Cindy était allongée sur le tapis, les bras en avant. Elle criait en riant. Et lui, qui lui tournait le dos, se tenait au-dessus d'elle, s'amusant à la chatouiller.

Dans la panique, Norma ne l'avait pas reconnu l'espace de quelques secondes. Ses cheveux, son cou, ses oreilles, sortis dix-sept ans plus tôt de son ventre, avaient été ceux d'un autre, d'un prédateur penché sur sa fille pour la battre, la souiller, la tuer.

Tommy. Son propre fils.

L'entendant derrière lui, il se décala et lui fit un clin d'œil. Cindy en profita pour se relever et se jeta sur le canapé en continuant à crier.

– Vous m'avez fait une de ces peurs tous les deux, dit Norma en s'asseyant à la table à manger. Tu ne devais pas travailler aujourd'hui, Tommy ? Et à qui est cette voiture garée près de la grange ?

– C'est Dylan qui me l'a prêtée pendant ses vacances. Et M. Holmes m'a donné ma journée, il est allé voir sa mère qui est malade.

– Je l'appellerai pour vérifier, j'espère que tu ne racontes pas d'histoires, tu sais à quel point ce travail est important.

– Oui, maman. Il est là, Graham ?

– Non, ton frère est parti à Emporia avec une jeune femme qui a eu un problème de voiture sur la route.

L'air pensif, Tommy saisit un magazine qui traînait par terre et le feuilleta sans conviction. Il était de plus en plus étrange ces temps-ci, passait l'essentiel de son temps libre dehors à faire on ne sait quoi. Mais M. Holmes disait qu'il travaillait bien, qu'il était toujours à l'heure et que la clientèle l'appréciait. C'était le plus important, elle ne pouvait lui faire de reproche à ce niveau-là. Et elle ne voulait pas perdre son temps à essayer de le faire parler, pas aujourd'hui.

Norma soupira, et prit son exemplaire du *Tour d'écrou* de Henry James, rangé dans la bibliothèque.

Elle s'installa sur les marches du perron et chercha la page où elle avait stoppé sa lecture la veille.

Norma avait dévoré ce texte quand elle était adolescente, et l'avait retrouvé par hasard dans un vieux carton du grenier. Elle lisait peu ces temps-ci, mais elle avait aussitôt eu l'envie de s'y replonger, de ressentir à nouveau cette douce frayeur qui l'avait gagnée en en parcourant les pages, seule dans sa chambre, moins provoquée par les mots mêmes que par ce qu'ils suggéraient, sans qu'elle en comprenne parfaitement le sens.

Mais cette fois, elle y voyait autre chose, et toutes les névroses de l'héroïne lui semblaient briller à travers l'encre. Ce n'était évidemment pas qu'une simple histoire de fantômes, comme un enfant ou un idiot aurait pu le croire.

Une camionnette s'arrêta à la barrière. Un homme et une femme vêtus de vêtements bariolés en sortirent et examinèrent la maison avant de la prendre en photo. Norma resta impassible, son livre à la main, se retenant de leur hurler de déguerpir. Il en venait de plus en plus cette année, voulant se procurer un petit frisson gratuit en s'approchant le plus près possible de l'endroit où, trente-huit ans plus tôt, Daryl Greer avait tué ses propres parents, et même si cette bâtisse, construite au milieu des années quatre-vingt, n'avait plus rien à voir avec celle qui avait brûlé pendant cette fameuse nuit d'été. Norma elle-même avait suivi les derniers rebondissements de cette sordide affaire à la télévision, stupéfaite d'apprendre que cet adolescent mystérieux dont les mères se servaient parfois pour faire peur à leurs enfants turbulents était, après sa disparition, devenu une sorte de parrain de la drogue à San Francisco.

Les deux curieux remontèrent dans leur véhicule et repartirent en direction de la ville. Tant qu'ils ne se permettaient pas d'envahir son espace, elle ne pouvait rien dire, pas comme cette fois où, se réveillant d'une sieste sur le canapé du salon, elle avait surpris un homme l'observer, son front collé contre la vitre, et qu'elle avait dû chasser à coups de fusil.

Les yeux dans le vague, elle se força à croire que, dans les années à venir, cet endroit deviendrait tout aussi célèbre pour d'autres raisons : ce serait là que la jeune Cindy Hewitt avait passé son enfance, elle dont la carrière éclatante laverait ces terres des restes d'ombres qui continuaient à les recouvrir, prouvant à tous que d'un champ de bataille pouvait naître la plus délicate des roses.

HAYLEY

Hayley sentit d'emblée que quelque chose était différent quand la voiture entra dans la propriété de Norma, quelque chose d'impalpable, comme une harmonie brisée.

Pourtant c'était la même maison, le même terrain, le même ciel sans nuages.

Norma se trouvait sur les marches du perron, comme si elle les attendait. Les voyant, elle se leva en mettant sa main en visière à cause du soleil.

– Eh bien, que s'est-il passé ? demanda-t-elle.

– C'est le radiateur qui est percé, dit Hayley en sortant de la voiture. Et comme ça va prendre du temps pour le changer, Graham m'a proposé de repasser ici en attendant. M. Graves va faire un saut par chez vous pour me rapporter ma voiture et je pourrai repartir directement.

– Ah, très bien ! Je suis désolée que ça doive te retarder à nouveau, mais vous avez bien fait de revenir, cela dit. J'ai préparé un gâteau, tu vas me faire le plaisir d'en manger une part avec nous ! On va s'installer de l'autre côté, il fait trop beau pour rester à l'intérieur.

– D'accord, faisons ça, dit Hayley en la suivant le long de l'allée.

À l'arrière de la maison, elle enleva ses chaussures pour marcher pieds nus dans l'herbe, pendant que Norma retournait dans la cuisine.

Cindy ne cessait de la fixer. Hayley se retint d'engager la conversation. Elle aurait aimé pouvoir la faire déguerpir d'un simple geste de la main, comme une mouche.

Norma revint avec un plateau et le posa sur la table.

– J'ai bien fait de préparer ce gâteau, j'ai dû sentir que j'allais te revoir.

Hayley l'aida à placer les assiettes sur la table. À un moment, une lumière intense l'éblouit et la fit cligner des yeux. Un jeune homme était assis sur un gros rondin de bois, un peu plus loin. Assez maigre, les cheveux châtains et courts, il avait les yeux rivés sur elle et tenait un morceau de miroir, s'amusant à lui envoyer la lumière du soleil en plein visage.

Son sourire, à cette distance, ressemblait à une mutilation.

– Tommy, nous avons une invitée, viens lui dire bonjour, fit Norma d'un ton sec.

Le jeune homme jeta le morceau de miroir sur le sol, et, arrivé face à Hayley, il lui serra la main, le regard fuyant, comme gêné par sa présence.

– Tu veux une part de gâteau ?

– Je n'ai pas faim, maman. J'en mangerai plus tard.

– Comme tu veux, assieds-toi avec nous au moins…

– Non, j'ai des trucs à faire dans ma chambre, dit Tommy avant de rentrer dans la maison.

– Il ne faut pas lui en vouloir, dit Norma tout bas. Tommy peut se montrer timide avec les gens qu'il ne connaît pas. On est tous un peu comme ça dans la famille…

Norma avait donc trois enfants, pensa Hayley, elle qui en tant que fille unique avait toujours rêvé d'avoir un petit frère.

Graham les rejoignit, une bouteille de Coca à la main.

– Tu sais ce qu'il se passe avec Tommy ? demanda Norma à son fils.

– Non, on ne s'est pas beaucoup vus ces derniers jours, pourquoi ?

– C'est juste une impression, on verra ça plus tard, dit-elle en coupant une part de gâteau.

Ils mangèrent en silence, bercés par le bruit des feuilles de maïs ployées par le vent. Hayley lançait parfois de discrets regards à Graham, qui, l'esprit ailleurs, avala son gâteau en trois bouchées.

Après avoir longuement réfléchi sur la route, elle avait décidé de ne plus se rendre chez sa tante et de retourner chez elle, afin de tenter de voir Neil dès le lendemain et ainsi s'expliquer avec lui. Elle avait besoin d'être le plus sereine possible pour finir ses entraînements. Elle faisait peut-être une grosse erreur mais, maintenant qu'elle avait les idées plus claires, il était hors de question de rester une semaine à l'écart d'une vie qu'elle se devait de remettre sur les bons rails. Elle travaillerait deux fois plus dur au country club, demanderait à Meredith de l'aider à finir de s'entraîner, et irait à son tournoi regonflée à bloc.

Elle avait cela dans le sang. Elle ne laisserait pas la victoire lui échapper. À aucun prix.

Et puis gagner n'aurait plus la même signification si Neil n'était pas à ses côtés.

Au fond, elle n'avait jamais vraiment voulu partir là-bas, Lindsay avait raison. Elle l'avait décidé sur un coup de tête, en pensant que c'était le genre d'expérience que sa mère lui aurait conseillé de vivre. Mais elle n'était plus là. C'était à elle de faire ses choix maintenant, seule.

Elle se garda toutefois d'en parler à Norma. Elle ne voulait pas passer à ses yeux pour une girouette.

Après avoir fini de manger, Hayley appela sa tante et prit le temps de lui expliquer la situation. Visiblement déçue, Olivia commença à la sermonner, notamment sur le fait qu'elle allait manquer une belle opportunité, puis finit par dire qu'elle était assez grande pour savoir ce qui était le mieux pour elle, et lui recommanda une nouvelle fois de faire attention sur la route.

Sur le coup, Hayley se sentit mal de lui avoir fait faux bond au dernier moment, elle qui avait sûrement préparé un bon dîner, si heureuse d'avoir un peu de compagnie. Mais, d'un autre côté, elle était tellement soulagée à l'idée de retourner chez elle… Elle hésita à appeler Lindsay pour lui annoncer la nouvelle mais préféra lui faire la surprise.

Se sentant observée, elle leva la tête vers Tommy, posté derrière une fenêtre du deuxième étage de la maison. Elle lui fit un signe de la main, mais il resta immobile, ne la quittant pas des yeux.

Hayley rejoignit Norma. Elle espérait qu'elle ne lui pose pas trop de questions. Mais, après tout, elle ne faisait rien de mal, elle n'avait pas à se cacher.

Alors pourquoi ressentait-elle malgré tout cette pointe de honte ?

Cindy chuchota quelque chose à l'oreille de sa mère.

– Quelle bonne idée ! s'exclama Norma.

La petite fille courut dans la maison.

– Elle veut te montrer les pas de danse qu'elle a appris aujourd'hui, dit-elle en lui faisant un clin d'œil.

Sachant qu'elle ne pourrait pas y couper, Hayley acquiesça poliment.

Cindy sortit cinq minutes plus tard en tenue de ballerine.

Hayley se força à la regarder en espérant que cela ne durerait pas trop longtemps. Et puis, même si ses gestes étaient encore empreints de maladresse, qu'elle manquait de grâce dans ses pas, elle ne se débrouillait pas si mal, en définitive.

La représentation finie, Hayley et Norma applaudirent avec enthousiasme. Cindy fit une révérence et se jeta dans les bras de sa mère, ce qui rappela à Hayley les frissons qu'elle avait elle-même ressentis quand les spectateurs avaient célébré sa victoire, bien des années auparavant. Et surtout sa joie de savoir, sans la voir, que sa mère était parmi eux.

– Tu sais que Hayley va elle aussi participer à un concours, fit Norma en embrassant Cindy. Elle sera bientôt une grande championne de golf !

– Tu as déjà fait du golf, Cindy ? demanda Hayley en se penchant vers elle.

– Non, jamais, répondit Norma à sa place. Tu aimerais essayer, ma chérie ?

– Oh oui ! fit la petite fille, ne sachant peut-être même pas de quoi elles parlaient.

– Alors je reviens, dit Hayley en se levant.

Graham avait laissé son caddie et ses valises sur le porche. Au lieu de rentrer dans la maison, elle décida d'en faire le tour. À mi-chemin, elle sentit une odeur désagréable, comme si quelque chose était en train de pourrir, et chercha du regard s'il n'y avait pas de cadavre de chat ou de rat gisant quelque part.

Une fenêtre grillagée se trouvait dans le bas du mur, donnant sur une cave. Cependant l'odeur ne semblait pas venir de là, mais plutôt des champs de maïs, une dizaine de mètres sur sa droite.

Arrivée sur le perron, elle ouvrit son caddie et saisit un club de golf, un tee et un sac de balles. Elle se releva d'un coup et trop vite. Sa tête se mit à tourner. Hayley lâcha le club de golf et s'agrippa à une poutre en bois en fermant les yeux. Elle se sentait sur le point de perdre connaissance et resta ainsi quelques minutes, jusqu'à avoir repris ses esprits. Elle prit le club tombé à terre, retourna aux côtés de Cindy et Norma, planta le tee dans l'herbe, et y plaça la balle.

– Le plus important est de bien répartir le poids du corps, dit-elle en se positionnant. Pour réussir un swing, il faut surtout utiliser les muscles des jambes et le haut du corps. Garder un bon rythme et un bon équilibre. Et surtout bien suivre la balle des yeux.

Tenant le club de golf fermement dans ses mains, elle fit le geste de frapper la balle.

– Vous voyez ? C'est tout simple.

Elle répéta alors le même geste, plus lentement. Cindy avait l'air impressionnée et la regardait, la bouche grande ouverte.

– Viens, Cindy, je vais te montrer, dit Hayley en lui tendant la main.

Cindy se mit devant elle et Hayley bloqua ses pieds avec les siens. Elle plaça les mains de la petite fille sur le club et frappa à nouveau au ralenti.

– Tu as vu, maman ?

– Oui, c'est très bien, ma puce !

– Et tu peux l'envoyer loin ? demanda Cindy en se décalant.

– Attends, je vais te montrer, répondit Hayley en lui faisant un clin d'œil.

Hayley se concentra en plaçant ses mains sur celles de Cindy et fit le plus beau swing possible, envoyant la balle en plein cœur des plants de maïs.

– Elle est partie où ? demanda Cindy en regardant devant elle. Je peux aller la chercher, maman ?

Sans attendre sa réponse, elle se précipita vers la lisière du champ. Norma l'arrêta en lui saisissant le bras.

– Mais tu es folle ? Aller là-dedans ? Tu veux te perdre ?

Cindy cria de douleur. Norma la lâcha et la petite fille se jeta dans l'herbe.

– Quelle inconscience à cet âge ! s'exclama Norma en se frottant le front. Ça me met hors de moi. Elle ne comprend décidément rien à rien.

– Ce n'est pas grave, Cindy, dit Hayley en se baissant vers elle. J'en ai plein dans mon sac. Ta maman a raison, il ne faut pas aller là-bas, je suis sûre qu'il doit y avoir plein de bestioles bizarres en plus…

Elle sentit alors à nouveau sa tête tourner, de façon plus violente que la première fois. Elle laissa son club contre la table et s'assit sur une des chaises.

– Tout va bien ? demanda Norma en posant sa main sur son front. Oh, mais tu es brûlante ! Tu es sûrement restée trop longtemps au soleil, il faut aller t'étendre un peu à l'ombre dans le salon, ça ne pourra que te faire du bien...

Hayley la suivit dans la maison et s'allongea sur le canapé. Norma la laissa un instant, revint avec une serviette humide et lui en tamponna le front.

– Repose-toi, dit-elle en allumant un ventilateur blanc posé sur la table basse. J'espère que ce n'est pas une insolation. Je suis idiote, j'aurais dû te prêter un chapeau. Si tu as besoin de quelque chose, tu m'appelles, je suis dans le jardin. Je peux aussi faire venir un médecin.

– Merci, ça va vite aller mieux, ne vous inquiétez pas.

Norma lui sourit, se redressa et sortit de la pièce.

Des bruits de pas se firent entendre juste au-dessus d'elle, puis un frottement, comme si quelqu'un s'allongeait sur le sol de l'étage. Hayley perçut aussi de la musique venant de l'escalier, sûrement de la chambre de Graham. Ou peut-être de Tommy, ce garçon bizarre qui lui avait donné l'impression d'être parti se réfugier dans la maison à cause d'elle. Il semblait si différent de son frère. Ils devaient avoir deux ou trois ans d'écart, pas plus, mais il n'y avait aucune ressemblance entre eux, comme si l'un des deux avait été adopté, ou qu'ils n'avaient pas le même père.

Ce n'était pas que dans le physique, le second semblait avoir été fait en opposition au premier.

Hayley balaya la pièce du regard. Rien dans la décoration n'était particulièrement à son goût, sans réelle unité, mais il y régnait pourtant ce quelque chose d'indéfinissable qui faisait qu'on s'y sentait bien. Pourquoi n'avait-elle jamais ressenti cela dans sa propre maison ?

La simple présence d'une mère, qui changeait tout.

Hayley se mit à imaginer ce qu'il adviendrait quand elle se retrouverait face à Neil, évalua toutes les possibilités.

Lui hurler sa rage à la figure, écouter ce qu'il avait à dire, attendre patiemment qu'il lui demande de lui pardonner, le faire un peu souffrir à son tour.

Mais s'il ne voulait plus d'elle ? S'il refusait de la voir ? Elle ne pourrait supporter qu'il la quitte pour Sydney.

Les larmes lui montèrent aux yeux.

Elle n'avait visiblement pas assez pleuré pour la journée.

TOMMY

Au moment même où Hayley tentait de se reposer deux étages plus bas, Tommy Hewitt était couché sur son lit torse nu, les rideaux de sa chambre tirés, sa porte fermée à clef. Caché aux yeux du monde, il buvait le fond d'une bouteille de Wild Turkey au goulot, un gros casque sur ses oreilles diffusant à pleine puissance le morceau *Schism* du groupe Tool.

Il était à l'instant un guerrier en armure, arpentant, monté sur son cheval, une plaine immense dont la terre brune était jonchée des cadavres de son armée défaite.

Mais lui, il était toujours debout. Lui, le seul espoir de son peuple. Le dernier de sa race.

Son épée à la main, il chevauchait vers le monstre responsable de cette hécatombe : le dragon dont les yeux étaient braqués sur lui, semblables à deux petites voies menant à un monde d'incendie.

Dans certains arbres étaient accrochés des corps qui, y prenant des positions absurdes, semblaient couler à travers leurs branches. Tommy entendait les cris que poussaient leurs âmes, les voyait parfois se détacher de leurs carcasses fumantes. Dans ces cas-là, il fallait vite détourner les yeux. Ne pas chercher à connaître leur destination.

Le dragon se tenait à présent à dix mètres de lui, prêt à savourer son corps, à sentir sa vie le quitter quand ses crocs en perceraient la chair.

Tommy leva la pointe de son épée vers le ciel en hurlant, forçant sa monture à galoper vers sa cible. À son approche, le dragon se cambra brusquement pour le contrer, et Tommy sauta au dernier moment de son cheval, que le monstre attrapa d'un coup et broya entre ses mâchoires.

Il roula dans la poussière, se releva et bondit sur la bête pour lui planter la lame de son épée en plein cœur. Le dragon poussa un râle de douleur, sa gorge lâchant un souffle qui dévasta ce qui restait de la plaine, calcinant les cadavres jusqu'aux os.

Tommy fouilla le poitrail ouvert de son épée, le sang noir qui giclait de la blessure aspergeant son corps en pluie lourde, le recouvrant jusqu'à y former une armure poisseuse. Un sang qui vivifiait sa peau, la nourrissait…

Trois coups secs contre sa porte.

Tommy se redressa et enleva son casque.

– Tommy ?

Il reconnut la voix de Graham, se leva et alla lui ouvrir.

Son grand frère se tenait dans l'embrasure, vêtu d'un T-shirt blanc et d'un jean. Il avait les cheveux mouillés et sentait le gel douche.

– Tu ne bosses pas aujourd'hui ?

– Non.

– O.K., tu m'invites à en griller une ?

– C'est maman qui t'envoie ?

– Fumer un joint avec toi ? répondit Graham en sortant un bout de résine de cannabis de sa poche.

Tommy sourit, et Graham s'assit sur la chaise de son bureau et sortit des feuilles OCB.

– C'est qui cette nana, en bas ?

– Hayley ? Maman l'a prise en stop tout à l'heure sur la route, on est partis faire réparer son moteur à Emporia. Pourquoi, elle te plaît ?

– Pas mon genre, dit Tommy en essayant de prendre un air détaché.

Bien sûr qu'elle lui plaisait. Elle ressemblait à une poupée.

– C'est ça. Je lui parlerai de toi si tu veux, fit Graham en riant.

– Toi, elle ne t'intéresse pas ?

– Je ne suis pas sûr qu'Amber apprécierait, dit-il en roulant son joint. Je vais la rejoindre après manger, on passe plusieurs jours ensemble. Elle part bientôt, on essaye d'en profiter un maximum.

– Tu veux toujours aller là-bas, à New York ?

– Oui, j'aimerais vraiment, mais je n'en ai pas encore reparlé à maman, j'imagine déjà ce qu'elle va me dire.

– C'est clair !

– Si elle te demande quelque chose, tu es au courant de rien.

– Je ne vois pas de quoi tu me parles.

Graham tira quelques lattes sur le pétard et le tendit à Tommy.

– Et toi, tu comptes faire quoi après l'été ? Tu ne vas pas bosser dans cette épicerie toute l'année, non ?

– On verra. Je m'y plais bien.

– Pourquoi tu ne prendrais pas des cours par correspondance ? Tu travaillerais ici tranquillement et après tu aurais un peu plus de choix pour la suite.

– Je ne sais pas, je ne suis pas comme toi, Graham.

– Ne dis pas de conneries. C'est juste que je pense que, pour toi comme pour moi, le mieux c'est de se donner les moyens de partir. Désolé, mais c'est ma minute de grand frère impliqué ! Et peut-être que bientôt j'aurai moins l'occasion de te prendre la tête là-dessus.

Tommy ne répondit rien. Si seulement il pouvait lui dire tout ce qui se passait dans sa tête en ce moment. Mais Graham était le seul à ne pas le traiter comme un anormal. Il ne voulait pas courir le risque que cela change.

– Bon, frérot, j'y retourne, dit Graham en s'étirant.

Il se leva en lui donnant une tape sur l'épaule et sortit de la chambre.

Tommy se rallongea sur son lit, tira deux taffes sur le joint que Graham lui avait laissé, et repensa à l'homme qu'il avait frappé à Emporia. C'était la première fois que cela lui arrivait depuis qu'il s'était battu dans la cour du lycée avec Bradley Mellon et qu'il l'avait envoyé à l'hôpital. La première fois qu'il se défoulait sur autre chose qu'un animal. Mais là, contrairement à Bradley, ce pauvre type ne l'avait pas provoqué. Il ne savait même pas qui il était, s'il habitait dans le coin. Il n'avait tout simplement pas pu se retenir. Dans ces cas-là, il avait l'impression de ne plus être maître de lui-même.

L'homme devait être dans un sale état à présent, et il ne l'avait sûrement pas vu assez longtemps pour en faire un bon portrait-robot.

Mais et si, dans l'action, il avait laissé des indices permettant aux flics de remonter la piste jusqu'à lui ? Avec les animaux, il ne courait jamais ce genre de risques. Qui se souciait de chiens ou de chats disparus ?

Retrouveraient-ils ses empreintes sur le morceau de bois ? Sur la bouteille de whisky qu'il avait laissée sur les marches de l'immeuble ? Son estomac se noua à cette idée. Pourquoi n'avait-il pas réfléchi avant ? Mais cela avait été plus fort que lui, et il s'était senti tellement bien d'un seul coup, comme libéré.

Il devait juste apprendre à mieux se contrôler. Et ainsi il pourrait recommencer. Oui, il recommencerait. À nouveau dans cette morne vie quelque chose lui enflammerait le sang.

Bradley était resté trois jours à l'hôpital. Le nez cassé, deux côtes brisées. Ses parents n'avaient pas porté plainte, mais Tommy avait été exclu du lycée. Sa mère, qui avait tout fait pour faire changer son proviseur d'avis, ne lui avait ensuite pas adressé la parole pendant deux semaines, comme s'il n'existait plus à ses yeux. Elle était très forte à ce jeu-là.

Et maintenant Graham allait déménager pour New York.

Norma aurait du mal à s'y faire, surtout s'il partait vivre à l'autre bout du pays. Et lui ne savait pas trop s'il devait se réjouir de devenir ainsi le seul homme de la maison. Tommy avait été pendant une longue période jaloux de son frère aîné, de sa popularité au lycée, de toutes ces filles qui lui tournaient autour. Et surtout de la façon dont leur mère le regardait, comme si elle aurait pu aisément se satisfaire de ne pas avoir eu d'autres enfants après lui.

Un équipement de plongée était posé contre le mur de sa chambre : un masque, une combinaison et une petite bonbonne d'oxygène. Tommy avait prévu d'explorer le lac le lendemain après-midi, persuadé que ses eaux froides abritaient de nombreux trésors. Il aurait aimé en parler à Graham pour qu'il vienne avec lui, comme quand ils étaient plus jeunes et qu'ils partaient des journées entières à l'aventure.

Mais il serait trop occupé avec Amber. Il n'avait d'yeux que pour elle. Tommy l'avait vue deux ou trois fois. Maigre, brune et tatouée, elle n'était pas du tout son genre. Graham avait décidément un goût bizarre en ce qui concernait les filles.

Tommy se rendit dans la salle de bains qui se trouvait à l'autre bout du couloir. Sa mère en avait une dans sa chambre et Graham et Cindy partageaient celle du premier étage, si bien qu'il était le seul à l'utiliser.

Il se déshabilla et se faufila sous la douche. Il se lavait deux ou trois fois par jour, pour se débarrasser d'une crasse qu'il imaginait coller à sa peau chaque fois qu'il allait à l'extérieur.

Une fois séché, il jeta un coup d'œil par la fenêtre qui donnait sur l'avant de la maison, se demandant si Hayley était toujours là. Sa mère et elle avaient l'air de bien s'entendre.

Peut-être que Graham avait commencé à préparer le terrain avec elle. Il semblait parfois s'inquiéter que Tommy ne ramène jamais de petites copines chez eux, et lui avait même dit un jour que s'il était gay ce n'était pas un problème. Tommy avait été écœuré à cette simple idée. Comment pouvait-il penser une telle chose ?

Il marcha pieds nus sur le parquet du couloir et regagna sa chambre, puis il alluma sa télévision et tomba sur un épisode de *Law and Order,* qu'il regarda d'un œil distrait, finissant ce qui restait de la bouteille.

Des craquements lui parvinrent alors du couloir, les pas de quelqu'un qui marchait lentement vers la porte de sa chambre. Il tendit l'oreille, fixa la porte qu'il avait oublié de fermer à clef.

Ce n'était sûrement pas à nouveau Graham, il aurait déjà frappé. Était-ce sa mère ? Ou Hayley ? Mais que viendrait-elle faire à cet étage ? Une multitude d'hypothèses traversèrent son esprit. Certaines d'entre elles lui provoquèrent un début d'érection.

Il se redressa un peu mais n'entendit plus rien, comme si celui qui se trouvait de l'autre côté l'écoutait à son tour.

Rassemblant son courage, il se leva et ouvrit la porte.

Il n'y avait personne dans le couloir.

Intrigué, il sortit de sa chambre et regarda autour de lui. La fenêtre au bout était grande ouverte, ainsi que la porte de la salle de bains, d'où s'échappait un peu de vapeur.

Tommy frissonna en voyant sur le sol des empreintes de pas humides qui venaient jusqu'à sa chambre. Mais il comprit vite que c'était celles qu'il avait lui-même laissées après être sorti de la douche.

Et puis s'il y avait vraiment eu quelqu'un, il l'aurait entendu repartir.

Il retourna dans sa chambre en fermant cette fois-ci la porte à clef, d'un coup rassuré. Pendant un instant, il avait aussi imaginé que cela pouvait être *lui*, celui qu'il s'efforçait d'oublier, et qui peut-être avait trouvé un moyen d'entrer dans sa maison.

Mais pas comme cela, pas en pleine journée…

La veille au soir, il l'avait senti tout près en revenant de la grange, et alors qu'il n'avait plus que quelques mètres à faire pour rejoindre les marches du perron. La lune éclairait fortement les alentours, mais il n'avait pas osé regarder en direction des plants de maïs qui se dressaient sur sa gauche. Pris d'une terreur incontrôlable, il avait marché droit devant lui, lentement, sans quitter des yeux l'ampoule accrochée au-dessus de la porte d'entrée, et où des insectes venaient se cogner.

Il avait entendu des pas dans son dos, s'était précipité dans la maison et était passé devant sa mère, qui se tenait dans le couloir une pile d'assiettes à la main, sans même la regarder.

Dans sa chambre, caché derrière la fenêtre à guetter au-dehors, il s'était détesté d'être aussi faible.

Ses bras n'avaient complètement cessé de trembler que quand il s'était trouvé au seuil de l'endormissement.

Il avait découvert sa présence l'été dernier. Il se tenait assis sur la balançoire et fumait un joint en regardant le jour décliner au-dessus des champs de maïs. Sa mère était partie en ville avec Cindy, Graham n'était pas rentré de la fac. Profitant d'être seul pour décompresser de sa journée, il avait soudain eu la désagréable impression d'être observé. Il s'était naturellement retourné vers la maison, pensant y trouver Graham ou sa mère. C'est alors qu'il avait entendu des craquements provenant des champs. Il s'était levé et avait marché jusqu'à leur lisière, prêt à frapper l'intrus qu'il en verrait surgir.

Un cambrioleur qui cherchait des maisons vides de leurs habitants, Bradley qui serait venu se venger avec d'autres camarades…

Tommy était resté un instant immobile à écouter le silence, puis il avait jeté ce qui restait de son joint au pied de la balançoire. Il s'apprêtait à rentrer quand il avait entendu son rire, un rire rauque, qui avait empli tout l'espace et qu'il avait aussitôt reconnu. Un rire sorti tout droit de ses cauchemars.

Et lui était revenue en mémoire cette silhouette assise sur un lit d'enfant et dévorant quelque chose de pas tout à fait mort.

Horrifié, Tommy était revenu dans la maison et avait fermé la porte de la cuisine à clef. Il s'était ensuite prostré dans le canapé du salon et n'en avait plus bougé, jusqu'à ce que sa mère l'y retrouve, apeuré comme s'il avait assisté au meurtre de toute une famille.

Il n'avait rien osé lui dire. Elle ne l'aurait de toute façon pas cru, et Graham se serait sûrement moqué de lui.

Je l'ai vu dans certains rêves, et il était là, caché derrière la maison. J'ai reconnu son rire. J'avais fumé mais je sais que ce n'était pas une hallucination.

Tommy n'avait pas réussi à dormir de la nuit, persuadé qu'il était toujours quelque part, au-dehors, que baisser sa garde le condamnerait à sentir dans son cou ses dents se planter.

Le lendemain matin, il avait cherché dans le jardin des traces de sa présence, mais n'avait rien trouvé de particulier.

La nuit suivante, il avait passé son temps à regarder par la fenêtre, assis sur un tabouret. Et, à force de fixer les champs dans l'obscurité, il avait cru y déceler son visage se balancer au même rythme que les tiges de maïs.

Il avait dès lors pris l'habitude de dormir les rideaux tirés.

Mais le démon n'en avait pas fini avec lui. Tommy n'avait pas tardé à le revoir en rêve. Il se trouvait dans le couloir de son lycée et admirait une jeune femme qui parlait au téléphone, ses cheveux dorés crépitant sous la lumière du soleil, le bout de ses seins pointant sous son chemisier. Les sens aiguisés par ce corps qu'il ne pensait plus qu'à posséder, il l'avait alors remarqué juste à côté d'elle, lui, son épaule comme soudée à un des casiers, cette présence hideuse qu'à part lui personne ne semblait voir. Ne pouvant même pas appeler à l'aide, Tommy s'était figé de terreur en plein milieu du couloir, et le monstre avait poussé un rire sinistre pendant que la jeune femme, tout en continuant à parler au téléphone, commençait à perdre des filets de sang entre ses cuisses.

Tommy s'était réveillé en sursaut et avait pris un de ses carnets pour essayer de le dessiner. C'était la première fois qu'il le voyait d'aussi près. Il ne voulait pas oublier le moindre détail.

Il avait fait de nombreux croquis de lui, afin de connaître son ennemi, de tenter de représenter le plus fidèlement possible son corps longiligne et légèrement voûté ; la peau de son visage, comme recouverte d'une poudre blanche ; ce vieux costume verdâtre et mité qu'il portait ; ses cheveux en bataille ; ce regard noir de requin tueur ; les dents fines et innombrables qu'on apercevait quand il ouvrait la bouche, faites pour broyer chair et os.

Certaines nuits, il l'entendait lui parler alors qu'il était éveillé. Et dans les rêves qui suivaient, il lui montrait des choses qu'il ne voulait pas voir, des choses perverses, des choses sales, des choses dont il ne pouvait, au bout du compte, nier la beauté.

La couleur de l'intérieur d'un corps chaud ; le bruit des os quand ils craquaient sous la pression ; le souffle de la victime qui s'amenuisait sur la peau de son bourreau…

Tommy savait que la créature vivait quelque part au-dehors, attendant patiemment le moment où elle pourrait définitivement lui voler son âme.

Et qu'elle ne repartirait qu'en l'ayant piétinée, digérée.

Trois semaines auparavant, il avait senti pour la première fois sa présence en plein jour, alors qu'il buvait une bière au bord d'un cours d'eau. Il avait levé la tête et aperçu un corbeau juché sur un poteau électrique. L'oiseau le fixait comme s'il le surveillait.

Et à travers ses yeux noirs, il l'avait vu, *lui*.

Tommy avait tenté de le viser avec une pierre, mais le corbeau s'était envolé en croassant, et avait décrit quelques cercles au-dessus de lui, avant de s'éloigner vers le sud.

Parfois, certains de ces sales volatiles le pistaient quand il vadrouillait à l'extérieur. Il avait commencé à lancer des pierres pour pouvoir les atteindre. L'ogre ne devait pas sortir de son antre en journée, c'était pour cela qu'il envoyait ces charognards à sa recherche.

Des espions dévoués qui, eux, pouvaient le suivre n'importe où.

Un jour ce cauchemar cesserait. Tommy se le jurait parfois pour arriver à s'endormir.

Il remit son casque sur les oreilles, alluma un autre pétard, et s'amusa à faire des ronds de fumée avec la bouche. Plus qu'un mois à bosser et il aurait deux semaines de vacances. Il avait prévu de partir à Kansas City avec Dylan, ils iraient voir un match des *Royals*, puis resteraient dormir chez le grand frère de son ami, Patrick.

Il devait connaître plein de filles là-bas, c'était en tout cas ce que Dylan lui avait dit, un vrai *tombeur de ces dames*.

Tous deux pourraient alors s'occuper de celles qui restaient coincées dans son sillage.

À l'extérieur, Cindy s'amusait à frapper des balles imaginaires avec un club de golf, et sa mère était allongée sur son transat à lire un magazine. Au loin, on entendait une musique vaguement rock, comme si quelqu'un avait oublié son transistor en plein milieu des champs. Hayley n'était pas avec elles dans le jardin, elle se trouvait donc quelque part dans la maison. Était-ce vraiment elle qui était montée le voir ? Il se sentit rougir à cette idée.

Tommy se releva d'un bond et se mira dans la glace pour se recoiffer.

C'était maintenant à lui de jouer. Il devait redescendre, tenter sa chance.

Après tout, il avait tué le dragon. Il pourrait se présenter à la dame du donjon, auréolé de prestige.

Trois jours plus tard

Tout, autour d'elle, se mit à onduler, de minuscules cristaux roses glissant dans les déformations de l'air comme des grains de pollen.

La musique diffusée par la télévision lui faisait mal à la tête. À l'écran, Dorothy marchait en direction d'Emerald City en chantant, aux côtés de l'épouvantail, du lion et de l'homme de fer-blanc.

De petits fragments blancs ressemblant à des cailloux parsemaient le tapis visqueux sous ses pieds nus. Elle en prit un dans sa main et reconnut une de ses dents.

Elle le lâcha et parcourut de ses doigts tremblants les trous qu'elle sentait dans ses gencives, la boursouflure à la place de ses lèvres ; une grosse éclaboussure de sang s'étalant en arc de cercle sur le papier peint du salon.

Une douleur soudaine lui perfora le cerveau. Comme si on y enfonçait une aiguille. Elle ouvrit la bouche pour hurler, mais celle-ci ne produisit aucun son.

Dans le miroir posé contre le mur, elle vit ce qui restait de son visage. Elle mit encore un peu de temps, avant de réellement comprendre…

Et elle hurla. Cette fois un son déchirant sortit de sa gorge, un cri qui résonnait dans l'air quand un filet d'urine chaude lui inonda les cuisses.

Une porte claqua. Quelqu'un se mit à courir dans le couloir. Prise de panique, elle tenta de se lever en s'agrippant au canapé, mais ses jambes étaient trop faibles, elle ne pouvait pas s'enfuir. Sa tête lui faisait de plus en plus mal, et tournait, tournait…

La silhouette de Norma, qui surgit à contre-jour dans la pièce, fut la dernière chose qu'elle discerna avant que tout ce qui l'entoure ne disparaisse dans un basculement opaque et aussi doux qu'une étoffe.

HAYLEY

Debout sur le porche, Hayley regardait avec soulagement la camionnette de Robert Graves tracter sa Chevrolet le long de l'allée. Elle se sentait déjà beaucoup mieux, mais, par précaution, Norma lui avait prêté un chapeau de paille pour se protéger du soleil vif de la fin d'après-midi.

– Voilà, votre petit bijou est comme neuf, dit Graves en la rejoignant. J'ai mis un peu plus de temps que prévu, j'espère ne pas trop vous avoir retardée.

– Le plus important est que je puisse repartir ! Heureusement que vous étiez là.

– Par contre, je vous ai posé un radiateur d'appoint, il faudra en trouver un autre spécialement pour ce modèle quand vous aurez le temps, un garagiste près de chez vous pourra le commander sans souci.

Robert Graves leva les bras en voyant Norma venir à sa rencontre.

– Si je comprends bien, il faut que je roule jusqu'ici pour avoir de tes nouvelles !

– Oui, je sais, dit Norma en l'embrassant. Je suis tout le temps débordée en ce moment.

Hayley en profita pour aller chercher son portemonnaie dans son sac à main, qu'elle avait laissé près du canapé, et, par la fenêtre, observa un instant M. Graves et Norma discuter. À ce qu'elle lui avait dit, Norma vivait seule avec ses enfants. Elle avait peut-être choisi de ne jamais se remarier pour ne pas trop les perturber.

Hayley avait elle-même toujours eu du mal à accepter les conquêtes de son père. Il était resté assez longtemps sans voir personne après le décès de sa mère, et Hayley s'était montrée particulièrement désagréable avec les quelques femmes qu'il avait fréquentées par la suite. Depuis, il lui cachait plus ou moins ses relations éphémères et, le temps passant, elle avait parfois éprouvé l'envie de lui dire que cela ne lui posait plus de problèmes, qu'il pouvait refaire sa vie, qu'elle avait fini de piquer ses crises de petite fille qui voulait garder son papa pour elle toute seule. Mais cela faisait partie des sujets qui restaient délicats à aborder. Hayley ne s'étendait jamais non plus sur ses propres flirts. Son père n'avait vu Neil que deux ou trois fois. C'était le genre de discussion qui n'avait pas sa place entre eux. Cela aurait été sûrement différent avec sa mère, si elle avait été là.

Mais tout, alors, aurait été différent.

Hayley s'était demandé un nombre incalculable de fois comment se serait comportée sa mère avec l'adolescente qu'elle avait été, si elle aurait eu le même parcours avec elle présente à ses côtés.

Elle serait peut-être déjà championne, loin de se rendre malade à cause d'un concours ouvert aux débutantes.

Hayley régla ce qu'elle devait à M. Graves en espèces. Il fourra l'argent dans sa poche sans lui donner de facture. Elle ne s'en formalisa pas.

Ne voulant pas s'imposer dans leur conversation, elle s'éloigna vers sa voiture en poussant un soupir de soulagement. Son père ne s'en rendrait jamais compte. Même si, après tout, elle pourrait tout aussi bien lui dire qu'elle avait failli avoir un accident. C'était lui qui d'ordinaire s'occupait de cette voiture, il aurait dû voir que quelque chose clochait.

Si elle avait eu un accident par sa faute, il ne s'en serait jamais remis.

Après avoir discuté avec Norma, M. Graves retourna à sa camionnette et repartit chez lui.

Le téléphone sonna. Norma s'excusa et se rendit dans le salon. Il était 17 h 30. Hayley mettrait une bonne heure et demie à rentrer chez elle si la circulation était fluide. Son père ne serait pas revenu avant le lendemain et elle ne voulait surtout pas appeler Neil, elle le verrait quand elle saurait exactement quoi lui dire. Elle pourrait passer chez Lindsay à la place, mais, la connaissant, elle avait dû inviter plein de monde pour la soirée. Hayley n'avait pas envie de les affronter maintenant, bien consciente que cela avait forcément dû jaser sur son compte.

Un vent frais lui effleura le visage. Elle était anxieuse à l'idée de repartir, ne pouvant se défaire d'un désagréable sentiment d'échec. Mais elle n'allait pas une nouvelle fois changer d'avis.

Elle saurait bientôt si elle avait eu raison, ou pas.

– Bon, eh bien, je ne vais pas tarder, dit Hayley à Norma en regardant devant elle.

Ces immensités plates et mornes.

– Prête à reprendre la route ?

– Oui, je crois. Et même si je ne suis pas aussi pressée que ça.

– Ah, tu vois, tu commences à prendre goût au calme de la campagne, dit Norma en riant.

– Peut-être bien. Pour un temps du moins, une fois à Wichita, je redeviendrai le cliché de la bonne petite citadine.

– Est-ce que tu aimerais dîner avec nous ? On ne va pas manger trop tard et on fait un barbecue. Comme ça, tu partiras l'estomac plein.

– Oh, dis oui ! s'exclama Cindy en sautillant devant elle.

– Non, vraiment c'est gentil, mais je vous ai assez embêtée…

– Ah, mais puisque c'est moi qui te le propose ! Ça me ferait vraiment plaisir, et puis un dîner est encore meilleur quand il y a une invitée.

– S'il te plaît, fit Cindy en la tirant par le bras.

Hayley prit un instant pour réfléchir, touchée que Norma l'invite à partager leur repas. Cette femme était adorable, elle appréciait vraiment sa compagnie et être là l'empêchait un peu de penser aux soucis qu'elle retrouverait à son retour. Après tout, rien ne pressait, personne ne l'attendait ce soir. De plus, elle ne savait pas quand elle reverrait Norma, et si elle la reverrait un jour.

– Bon, eh bien, c'est d'accord alors, dit-elle avec enthousiasme.

– Super ! Je suis contente ! Tu peux prévenir ta tante, si tu veux.

– Non, ce n'est pas la peine, je lui ai dit que je rentrerais tard et qu'elle ne devait pas m'attendre.

– Parfait, allons donc préparer le dîner dans ce cas.

Dans la cuisine, Hayley regarda les cartes postales accrochées au mur. Norma alluma la radio et posa sur la table une assiette remplie de viande sous cellophane.

– Tu ne reprends pas la route pour le moment, dit-elle en saisissant une bouteille de zinfandel laissée sur le plan de travail. Tu peux te permettre de m'accompagner…

Norma lui tendit un verre. Hayley fut surprise qu'une femme comme elle serve de l'alcool à une mineure.

– Je ne pourrais pas me passer de mon verre de vin rouge journalier. Certains pensent que c'est excellent pour la santé, d'autres que ça fait de vous une alcoolique.

– Mon père adore le vin lui aussi, il s'est fait une petite cave à la maison et tente parfois de m'initier, mais j'ai du chemin à faire.

– Ah oui, tu en as de la chance ! J'ai souvent pensé à en mettre quelques-unes dans ma cave, mais je n'ai pas les moyens de m'offrir de grands crus, malheureusement.

Elles trinquèrent et Norma jeta un coup d'œil dans le jardin.

– En tout cas, Cindy s'amuse bien avec ton club de golf, dit-elle en rapprochant son verre de ses lèvres. Je l'ai prévenue d'y faire extrêmement attention, ça doit valoir cher, j'imagine.

– Ils appartenaient à ma mère, ils ont surtout une valeur sentimentale.

– Oh, tu aurais dû me le dire, je l'aurais rangé !

– Non, laissez-la s'amuser avec, il n'y a pas de problème. Je vous avoue que quand j'avais son âge, c'était tout sauf un amusement. Je les avais en horreur, je ne supportais plus de devoir m'entraîner chaque fois que je n'avais pas école, et de ne jamais pouvoir retrouver mes copines. Bon, en même temps, je vous raconte le quotidien de n'importe quelle jeune sportive de haut niveau. J'ai vraiment commencé à aimer ça quand j'ai gagné mon premier tournoi, j'ai ressenti quelque chose de tellement intense, et ma mère était si…

– Fière, dit Norma en s'installant à côté d'elle. Comment ne pas l'être dans ces cas-là… Je sais que je suis moi-même un peu trop exigeante avec Cindy, mais elle se décourage vite et il y a tellement peu d'élues dans ce métier. Pour l'instant elle prend ça comme un jeu, elle aura tout le temps pour me remercier plus tard. Elle a besoin de gagner ce concours pour y croire, exactement comme pour toi, au fond.

Graham passa alors devant elles, un gros sac de charbon à la main. Il le posa contre le mur, se servit un verre de vin à son tour et s'adossa contre la gazinière.

– Tu devrais forcer un peu Tommy à nous rejoindre, dit-il entre deux gorgées. Il passe un peu trop son temps enfermé dans sa chambre en ce moment.

– Je n'arrête pas de lui dire, Graham, que veux-tu que je fasse, que je le traîne jusqu'ici un pistolet sur la tempe ?

Graham éclata de rire. Hayley croisa son regard perçant, du bleu d'un ciel clair.

Elle se sentit rougir et tourna la tête.

Quelle idiote, il avait déjà dû remarquer qu'il ne la laissait pas indifférente. Dans ce genre de situation, on pouvait lire en elle comme dans un livre ouvert.

Graham laissa son verre sur le plan de travail, puis il attrapa le sac de charbon et l'emporta dans le jardin.

Il était 18 heures passées et l'air était un peu plus respirable. Norma et Hayley s'installèrent sur les chaises longues pendant que Cindy faisait de la balançoire, montant de plus en plus haut en faisant grincer les cordes. Norma la regardait avec un peu d'appréhension mais se retint de dire quoi que ce soit. Elle prit la bouteille de vin et remplit à nouveau leurs verres.

Hayley se sentit de plus en plus détendue, grâce un peu aux effets de l'alcool et parce que ne plus aller chez sa tante la libérait d'un poids. Quelle idée avait-elle eue de vouloir passer toute une semaine là-bas…

Norma et elle parlèrent de tout et de rien : de la chaleur inhabituelle qui frappait le Midwest depuis quelque temps ; du crash de l'avion d'American Airlines, que certains soupçonnaient d'être l'œuvre de terroristes. Puis, de façon presque naturelle, Hayley évoqua peu à peu des choses plus personnelles : sa relation compliquée avec Neil ; certaines de ses péripéties récentes avec Lindsay ; son père, qu'elle aimait par-dessus tout ; la vie qu'elle imaginait après son tournoi ; son désir de se rendre le plus tôt possible à Los Angeles et de fouler de ses pieds nus le sable de Santa Monica State Beach…

Où Neil la prendrait en photo, comme son père avait immortalisé sa mère, dix-huit ans plus tôt.

Norma l'écouta avec attention. Elle était de ces personnes qui savaient vraiment écouter les gens. Peut-être était-ce dû au fait qu'elle était plus âgée qu'elle, à peu près l'âge qu'aurait eu sa mère si elle vivait encore.

Ils dînèrent une heure plus tard dans le jardin, un vrai repas familial, comme Hayley n'en avait plus vraiment l'habitude. Norma avait accompagné le bœuf avec des épis de maïs grillés et des pommes de terre cuites dans la braise, et n'arrêtait pas de surveiller ce que Cindy mangeait, l'empêchant de mettre trop de ketchup ou de mayonnaise, ce qui semblait énerver Graham, qui, une fois sa mère partie chercher de l'eau dans la cuisine, jeta une grande tranche de bacon bien gras dans l'assiette de sa petite sœur, qui pouffa de rire en la portant à sa bouche.

Tommy, lui, dévorait les épaisses tranches de bœuf comme s'il n'avait pas mangé depuis des jours. Hayley avait bien vu les regards complices que les deux frères s'étaient lancés. Elle savait pertinemment qu'elle en était la cause.

Et cela l'amusait assez.

Les garçons restaient des garçons.

Norma revint avec un gros pichet d'eau pendant que Cindy mastiquait à la va-vite ce qui lui restait de bacon. Norma la dévisagea un instant et, se rendant compte de la situation, elle poussa un soupir et passa tendrement sa main dans ses cheveux, l'air d'être soudain au bord des larmes, comme si elle se rendait compte qu'elle était bien trop stricte avec une fillette aussi jeune.

Après avoir fini son assiette, Graham alla se préparer pour retrouver sa petite amie en ville. Hayley l'avait senti constamment préoccupé pendant le repas. Peut-être était-ce en rapport avec ce qu'il lui avait dit dans la voiture : son projet de partir à New York, et qu'il n'arrivait pas à en parler à sa mère. Graham embrassa tout le monde avant de partir. Hayley lui souhaita bonne chance en lui faisant un clin d'œil. Il comprit de quoi elle parlait et le lui rendit.

Norma emmena Cindy se coucher peu après. Hayley regarda avec anxiété le ciel s'assombrir. Elle n'était pas particulièrement enthousiaste à l'idée de rouler de nuit, mais elle n'aurait pas beaucoup de chemin à faire avant d'atteindre l'Interstate. Si son père le savait, il en ferait une attaque, se dit-elle grattant nerveusement le tissu de son jean.

Une lumière s'alluma dans une des chambres du premier étage. Hayley imagina Norma border sa fille dans son lit et se demanda si elle était du genre à lui raconter une histoire avant de dormir. Sa mère à elle lui chantait parfois une chanson. Elle n'était alors plus la même que sur les terrains de golf, se montrant d'une douceur qui, pendant les heures d'entraînement, aurait été une ennemie.

Hayley avait ensuite dû s'habituer à ne plus avoir de chansons ; à juste imaginer, les yeux fermés, la voix de sa mère lui parvenir du silence où elle était à présent perdue, une voix dont elle avait oublié le timbre et qui ressemblait dorénavant à un alliage de souvenirs incertains, un fil de plus en plus fin qu'elle tentait de garder dans un coin de sa tête.

Elle sortit brutalement de ses pensées quand elle remarqua que Tommy l'observait.

Des yeux qui crépitaient à la manière d'un feu de forêt. Des yeux de loup pensant en homme.

– Tu fais quoi, toi, cet été ? demanda-t-elle en buvant une gorgée d'eau.

– Je travaille dans une épicerie, j'ai quitté le lycée l'année dernière. Rien de passionnant.

– Tu as l'air de faire beaucoup de sport.

– Ouais, je vais à la salle de musculation deux trois fois par semaine, et puis ça maintient en forme de transporter des cartons toute la journée.

Il regarda ses seins, d'une façon franche, sans équivoque. Il la matait comme si elle était une strip-teaseuse se trémoussant sur une scène. Elle pria pour que Norma les rejoigne vite.

Tommy se leva d'un bond et lui passa la main dans les cheveux. Hayley eut un mouvement de recul et vit une petite araignée noire surgir sur sa paume.

– Il y en a plein ici, dit-il en pouffant. C'est infesté en cette saison.

Il écrasa alors l'araignée entre ses doigts, s'essuya la main dans l'herbe et retourna sur sa chaise.

– Merci, Tommy, fit Hayley en frissonnant. Je déteste les araignées, c'en est presque devenu pathologique.

– Graham m'a raconté que Maman t'avait trouvée en panne sur la route de la vieille église, dit-il en posant ses pieds sur la table, je passe toujours par là pour rentrer, j'aurais aussi pu venir à ton secours, qui sait.

Et je ne serais sûrement pas montée dans ta voiture, pensa Hayley.

– Tu dors à la maison cette nuit ?

– Non, pas du tout, d'ailleurs je ne vais pas tarder, j'ai de la route à faire.

Pourquoi lui posait-il cette question ?

Norma les rejoignit en faisant signe à Tommy d'enlever ses pieds de la table. Il prit quelques couverts en maugréant, et disparut dans la cuisine.

– Merci pour ce repas, ça m'a fait du bien, dit Hayley en se massant le cou, soulagée de se retrouver seule avec elle.

– Oh, je t'en prie, c'était trois fois rien. On a perdu l'habitude de dîner tous ensemble, Graham est tout le temps à droite à gauche. Mais c'est de son âge, après tout.

– Oui, mon père doit se dire la même chose à mon sujet.

– Tu as des frères et sœurs ?

– Je suis fille unique.

– Et ça ne te manque pas trop ?

– À vrai dire, je n'y ai jamais songé. Peut-être un peu, oui, j'aurais bien aimé avoir un petit frère.

Mais ma mère est morte avant. Et mon père savait que je ne supporterais pas qu'il ait un enfant d'une autre.

Elles débarrassèrent la table ensemble et Norma leur prépara un café dans la cuisine, utilisant une vieille cafetière italienne, quasi identique à celle dont son père se servait chaque matin.

– Bon, je pense que je ne vais pas tarder, dit Hayley sa tasse à la main, je vais avoir la flemme si je traîne trop.

– Oui, bien sûr. Moi, j'aime bien rouler la nuit, je trouve ça apaisant. Mais en même temps je n'en ai plus vraiment l'occasion.

Hayley but une dernière gorgée de café, puis Norma l'accompagna jusqu'au perron et l'aida à ranger ses valises et son caddie dans le coffre.

– Tu vois par où passer pour rejoindre l'Interstate ? Tu prends à gauche en sortant d'ici, tu continues sur deux kilomètres, puis tu tournes à droite au niveau du château d'eau. Après, la direction te sera indiquée. Je peux te faire un plan, si tu veux.

– Non, je me débrouillerai, merci.

– Parfait, eh bien, je te souhaite une bonne route alors, ça m'a fait plaisir de te connaître, et j'espère que tout se passera bien pour ton tournoi…

– Je l'espère aussi. Je ferai tout pour en tout cas.

– Tiens, je t'ai écrit mon numéro de téléphone là-dessus, dit Norma en lui tendant une petite carte. N'hésite pas à m'appeler pour me donner des nouvelles.

Elles s'embrassèrent chaleureusement. Hayley ouvrit la portière de sa voiture et s'installa au volant.

Elle attacha sa ceinture, fit un dernier au revoir à Norma de la main puis tourna la clef de contact.

Mais le moteur ne réagit pas.

Surprise, elle essaya à nouveau, mais rien n'y fit. Elle tenta de démarrer plusieurs fois, mais le moteur refusait obstinément de se déclencher.

De rage, elle en frappa le volant des mains.

– Il y a un problème ? dit Norma en se baissant de l'autre côté de la vitre.

– Le moteur ne veut plus démarrer ! Je ne comprends pas, le garagiste m'a pourtant dit que tout allait bien !

Hayley réessaya encore et encore et, excédée, elle claqua la portière et fit quelques pas dans l'allée en pestant.

Quelle idiote. Elle n'avait même pas pensé à vérifier que le problème avait été résolu avant de le payer. Voilà où cela menait de trop faire confiance aux gens.

– Je ne sais pas quoi te dire, fit Norma l'air embarrassée, ça ne lui ressemble pas, il est plutôt consciencieux d'habitude.

– Je veux bien vous croire, mais là le résultat est le même, dit Hayley d'un ton sec.

Elle s'en voulut aussitôt, ce n'était après tout pas sa faute.

– Il me semble malheureusement trop tard pour appeler qui que ce soit. On a une chambre d'amis au deuxième étage, et à moins qu'on puisse venir te chercher, tu peux dormir là. J'appellerai Robert dès demain matin pour lui demander de repasser. Je peux aussi t'accompagner à un hôtel en ville, si tu préfères…

Hayley se tourna vers elle, avec une furieuse envie d'éclater en sanglots. Tout allait décidément de travers en ce moment. Sa poisse la suivait comme une ombre. Il était vraiment temps que cette journée se termine.

Perdue au milieu de nulle part, si loin de son petit monde.

– Allez, viens, je vais te montrer où est la chambre, dit Norma en lui faisant signe de la suivre.

Sur le chemin de la maison, aucune des deux ne leva la tête vers celui qui, les observant du deuxième étage, arborait son plus beau sourire en pensant à tout ce que cette nuit allait lui réserver.

La chambre était petite mais agréable, les murs recouverts d'un papier peint bleu pâle, des meubles en bois clair assortis au lit. Hayley s'assit sur le matelas, un peu dur à son goût mais qui suffirait pour une nuit.

– Il y a une salle de bains dans le couloir juste sur ta droite, expliqua Norma en posant ses mains sur le radiateur. Des serviettes propres sont rangées dans le placard, si tu veux prendre une douche.

– Merci, j'avoue que ça me fera le plus grand bien.

– J'ai longtemps dormi dans cette chambre après le décès de mon mari, dit Norma en tirant les rideaux.

Je n'arrivais plus à retourner dans celle que nous avions partagée pendant tant d'années, c'était plus fort que moi.

– Votre mari était malade ?

Norma se massa la nuque d'un air pensif.

– Non, il a été tué. Un accident de chasse, a-t-on dit, dans une forêt à une vingtaine de kilomètres d'ici. On n'a jamais retrouvé le coupable.

– Je suis désolée, fit Hayley le regard baissé.

– Ce genre de choses arrive, c'est tout, se contenta de répondre Norma.

De retour au rez-de-chaussée, Hayley en profita pour prendre sa trousse de toilette dans sa voiture, ainsi qu'un T-shirt.

Elle posa son sac à main contre la table du salon, puis retourna voir Norma dans la cuisine.

– Je suis épuisée, dit Norma en passant un coup de torchon sur la table. Je pense que je vais aller me coucher. Tu peux regarder un film, si tu veux, on a plein de DVD.

Elles s'embrassèrent et Norma monta dans sa chambre. Hayley en fut presque déçue, elle aurait aimé pouvoir parler avec elle plus longtemps.

Et maintenant que faire ? Elle hésita un instant à se caler devant la télévision, mais, mal à l'aise de se retrouver seule, elle préféra monter dans la chambre. Après tout, elle devrait se réveiller tôt le lendemain matin. Et, Graham parti et Norma couchée, elle ne tenait pas vraiment à courir le risque de finir en tête-à-tête avec Tommy.

Au premier étage, elle s'arrêta devant plusieurs photos sous cadre représentant Norma et ses enfants. Elle s'intéressa à une en particulier, où elle se tenait devant la maison et où Graham, les cheveux plus courts, avait la tête posée contre son épaule. Norma portait Cindy dans ses bras, elle devait avoir deux ou trois ans. Les autres photographies montraient Tommy, Graham et Cindy à différents âges. Hayley constata qu'il n'y en avait aucune où figurait le mari de Norma.

La porte face à elle était entrouverte, laissant s'échapper une douce odeur de papier d'Arménie. Hayley y entra sans faire de bruit. C'était sûrement la chambre de Graham, bordélique comme n'importe quelle chambre de garçon, des piles de livres et de disques vinyles empilés un peu partout, des vêtements de toute sorte traînant par terre. Sur la table de nuit était posé un recueil de poésie d'Emily Dickinson, ainsi que des photos d'une jeune femme aux cheveux noirs coupés au carré, sûrement Amber, qui ressemblait exactement à l'idée qu'elle s'en était faite. Un mur entier était d'ailleurs recouvert de photographies en noir et blanc, représentant des visages d'anonymes, des paysages industriels, des devantures de bars… Hayley ne connaissait pas grand-chose à la photographie, mais tout cela formait sous ses yeux un ensemble fascinant.

Dans la salle de bains du deuxième étage, elle se lava les dents et se démaquilla, puis elle vérifia que la porte était bien fermée, se déshabilla et se glissa sous la douche. Le jet n'avait pas beaucoup de pression mais l'eau était bien chaude et son action sur sa peau la délassa instantanément. Elle se versa un peu de shampoing dans les cheveux et, quand elle se retourna, elle sursauta en ayant cru percevoir un mouvement derrière le rideau de douche. Elle le tira en clignant des yeux à cause de la mousse qui dégoulinait et constata avec soulagement qu'il n'y avait personne. Elle sourit de sa bêtise, se rinça les cheveux, puis se sécha avec des serviettes que Norma avait laissées pour elle sur le radiateur. Alors qu'elle s'apprêtait à entrer dans la chambre d'amis, elle remarqua que la porte à l'autre bout du couloir était entrebâillée et que Tommy s'y tenait torse nu, l'observant. Hayley lui fit un geste de la main et, prise d'un frisson, elle se précipita dans la chambre, hésitant un instant à en verrouiller la porte.

Elle se posta à la fenêtre et regarda au-dehors, s'attardant sur sa voiture. Elle arriverait sûrement à convaincre son père de lui en acheter une plus récente et de garder celle-là pour lui-même.

Elle en avait déjà assez de la vieille ferraille.

Hayley posa sa trousse de toilette sur le sol, et, quand elle se retourna, elle surprit une araignée courir sur la moquette et disparaître sous le lit. Cela la pétrifia. Voilà ce que c'était que de dormir dans une maison perdue au milieu de nulle part. Elle ne pourrait pas fermer l'œil de la nuit en sachant cette sale bestiole dans la chambre. Hayley saisit un balai posé dans un coin du mur, s'agenouilla et le glissa sous le lit pour essayer de l'en déloger. Elle y arriva, non sans mal, et l'écrasa sous ses chaussures avant qu'elle n'ait le temps de se réfugier autre part. Elle attrapa ce qui restait de l'araignée avec un mouchoir et le jeta par la fenêtre.

Elle éteignit la lumière et se glissa sous les draps. Allongée sur le dos, elle contempla l'ombre d'un arbre qui s'étalait en longueur sur le mur, attentive aux bruits nocturnes de la nature qui s'immisçaient par la fenêtre entrouverte. Elle repensa à Norma, se dit qu'elle avait eu beaucoup de chance de tomber sur elle. Elle ferait en sorte de lui trouver des places pour qu'elle vienne la voir à son tournoi. Elle le lui devait bien. Elle y rencontrerait alors sûrement son père. Serait-elle à son goût ? Norma était une belle femme après tout, et libre de surcroît. La simple idée que cela débouche sur quelque chose l'amusait assez.

Elle ferma les yeux, impatiente de s'endormir et de bientôt repartir chez elle pour tous les retrouver.

Et dans le « tous », il y avait Neil.

NORMA

Le regard perdu dans la nuit limpide du Kansas, Norma Hewitt finit de fumer sa cigarette du soir, ses pieds posés bien à plat contre le mur. Il y avait quelques mois de cela, elle fumait au moins un paquet par jour. Maintenant, elle s'autorisait seulement ce petit plaisir juste avant de dormir.

Une camionnette passa sur la route en faisant crisser ses pneus. Sûrement des jeunes du coin qui profitaient de la nuit pour dépasser la limitation de vitesse.

La lueur d'une lune presque ronde se reflétait sur la carrosserie de la voiture de Hayley. Si on lui avait dit ce matin qu'une jeune fille qu'elle ne connaissait pas dormirait chez elle ! Cela faisait des siècles que personne n'était venu passer la nuit ici… Au fond, cela l'avait rassurée qu'elle ne reparte pas après le dîner, et surtout après avoir appris ce qui était arrivé à sa pauvre mère. Elle avait elle-même longtemps dû lutter avec ses fils pour qu'ils ne prennent pas le volant trop tôt et avait souvent passé de longues soirées à attendre que Graham rentre enfin à la maison pour pouvoir aller se coucher en paix. Elle avait une fâcheuse tendance à dramatiser, elle le savait, mais ce n'était pas maintenant, à l'aube de ses quarante ans, qu'elle arriverait à changer sur ce point. En tout cas, elle leur préparerait un bon petit déjeuner le lendemain matin, afin que Hayley retourne chez elle en pleine forme. Cette jeune fille était si agréable, cela se voyait qu'elle avait reçu une bonne éducation, et elle était tellement ambitieuse… Norma espérait sincèrement qu'elles resteraient en contact. Hayley pourrait par la suite donner de bons conseils à Cindy, devenir pour sa fille un exemple, lui montrer ce qui pouvait advenir quand on se donnait à fond dans la discipline qu'on s'était choisie et surtout comment on pouvait rebondir après une chute. Car Norma savait mieux que personne que le chemin qui mènerait Cindy au succès serait semé d'embûches. Mais elles seraient deux pour les affronter, une chance que Hayley n'avait plus.

Norma finit sa cigarette, puis elle s'allongea sur le lit et alluma la télévision posée sur la commode face à elle.

À l'écran, un membre du Parti démocrate tirait à boulets rouges sur l'administration Trump devant une centaine de sympathisants. Elle l'écouta d'une oreille distraite, elle qui se désintéressait de plus en plus de la politique. Ses parents et Harlan étaient de farouches républicains. Elle-même avait voté pour George Bush lors de ses deux candidatures, mais depuis elle n'avait plus jamais mis les pieds dans un isoloir.

Norma repensa à sa sœur qui devrait à présent s'habituer à dormir seule. Peut-être était-ce au fond pour cela qu'elle l'avait appelée. Après tout, Norma était elle aussi passée par là dix ans auparavant. Elizabeth avait dû penser qu'elle saurait lui dire des choses qui la soulageraient un peu, qu'elle trouverait un moyen de l'aider à affronter une solitude qu'elle n'avait, en y repensant, jamais vraiment connue.

Que faisait-elle en ce moment ? Regardait-elle elle aussi la télévision pour se changer les idées ? Ou s'était-elle bourrée de cachets pour parvenir à dormir ? Norma avait envie de lui téléphoner, même s'il se faisait tard. Peut-être qu'Elizabeth n'attendait que cela, au fond.

Norma se revit avec elle quand, bien des années plus tôt, elles parlaient en chuchotant jusque tard dans la nuit, dans la chambre qu'elles partageaient dans leur maison du Tennessee, pour ne pas que leurs parents les entendent. Cette complicité dont il ne restait à présent presque rien. Elle pourrait peut-être songer à lui rendre visite à Chicago, afin de la soutenir dans cette épreuve. Sa sœur ne ferait pas le déplacement jusque dans le Kansas.

Et puis Elizabeth serait sans doute ravie de revoir, après tant d'années, ses neveux et sa nièce. Elle n'avait rencontré Cindy qu'une seule fois, trois semaines après sa naissance, quand elle était venue passer quelques jours chez eux. Norma lui avait envoyé des photos par la suite, puis plus rien, Elizabeth ne répondant jamais à ces attentions pourtant délicates.

Ne trouvant aucun programme intéressant, Norma éteignit la télévision.

Elle entendit Tommy marcher au-dessus d'elle, ainsi que le son assourdi de sa musique. Elle aurait dû prendre un peu de temps pour parler avec lui dans la soirée. Elle s'était bien rendu compte qu'il était soucieux, et cela commençait à elle-même la tracasser. Mais elle avait tant de choses à penser en ce moment. Tommy était à peine resté avec eux ce soir et n'avait presque pas prononcé le moindre mot. Ce n'était quand même pas Hayley qui l'avait à ce point impressionné !

Norma sourit en l'imaginant si timide face à une jeune fille qu'il ne connaissait pas, lui qui était si secret qu'elle en ignorait même s'il fréquentait quelqu'un.

Elle mit son réveil pour 7 h 30. Elle entamerait la journée en préparant le petit déjeuner et ensuite elle accompagnerait Hayley chez M. Graves pour qu'il voie enfin ce qui n'allait pas avec cette satanée voiture. Cette histoire était tout de même étrange, ce n'était pas dans ses habitudes de bâcler son travail. Il devait y avoir une bonne explication. C'était une vieille voiture après tout. Et encore heureux que le moteur ne l'ait pas lâchée sur la route du retour !

Elle profiterait d'être à Emporia pour faire des courses pour le reste de la semaine. Il fallait aussi qu'elle pense à se trouver une robe pour le mariage de Suzanne Blandry, auquel elle était invitée le samedi suivant. Toutes celles qui lui restaient étaient trop communes pour un tel événement. Elle avait d'ailleurs été surprise d'être conviée. Suzanne était avant tout une amie de Magda. Norma n'avait pas spécialement envie de s'y rendre, mais elle devait se forcer un peu pour voir du monde.

Elle trouverait aussi un peu de temps pour rendre visite à Tommy à l'épicerie, histoire qu'il sache qu'elle s'intéressait à ce qu'il faisait, et même si, au début, il lui avait fait comprendre qu'il ne voulait pas qu'elle vienne ni qu'elle dise qu'il travaillait là. Pourtant il n'y avait aucune honte à cela, il avait rapidement su se reprendre après son exclusion du lycée. C'était elle qui l'avait forcé à trouver un petit boulot.

Il n'était pas comme tous ces gamins de son âge qui restaient à ne rien faire toute la journée. De toute façon, elle ne l'aurait pas permis. Elle s'en voulait parfois d'être aussi dure avec lui, mais c'était pour son bien. Il avait besoin d'être cadré, contrairement à Graham qui commençait à faire sa vie de son côté. Mais Graham était plus vieux que lui, cela changeait beaucoup de choses. Dix-neuf ans déjà, l'âge qu'avait son père quand elle l'avait rencontré, *et quand elle l'avait perdu*. Et lui qui lui avait parlé de partir avec sa petite amie à New York ! Heureusement elle lui avait bien fait comprendre à quel point ce projet était inconscient, irréalisable. Amber n'était pas le genre de fille qu'il lui fallait, elle paraissait trop instable. Elle ne devait pas lui faire croire des choses et qu'il tombe de haut par la suite. Et l'idée même qu'il puisse vivre à des milliers de kilomètres d'elle… Et dans cette ville précisément ! Sa simple évocation avait inévitablement fait resurgir des souvenirs qu'elle s'était efforcée d'oublier.

Nathan… Si seulement il pouvait, de là où il était, se rendre compte à quel point son fils lui ressemblait.

Un choc contre la vitre la fit sursauter. Elle alla à la fenêtre mais ne vit rien de particulier à l'extérieur. Peut-être un oiseau qui était venu se fracasser contre le verre.

On entendait l'orage, au loin. Norma ferma la fenêtre et tira les rideaux, espérant qu'il n'éclate pas au-dessus d'eux pendant la nuit.

Un long sommeil sans rêves, c'était tout ce dont elle avait besoin.

TOMMY

Ses seins étaient un peu plus petits que ceux de Tessa.

Ses cheveux moins clairs.

Sa bouche, par contre, était plus pulpeuse. Et elle était un peu plus grande. Tommy aimait les filles aussi grandes que lui.

Et elle dormait sous le même toit, à l'autre bout du couloir.

Ou alors elle ne dormait pas, attendait impatiemment qu'il la rejoigne.

Hayley n'avait presque jamais osé le regarder pendant le dîner, sans compter la remarque qu'elle avait faite sur son physique. Aucune fille ne dirait ce genre de chose, si elle n'avait pas une idée derrière la tête.

Il avait bien senti son trouble quand il avait passé la main dans ses cheveux et respiré son doux parfum mêlé de sueur.

Mais sa mère était revenue et avait tout cassé.

En retournant dans la maison, il avait aussitôt su ce qu'il fallait faire. Il n'avait eu qu'à dévisser les bougies du moteur de la voiture de Hayley.

Un jeu d'enfant.

Il s'était posté à la fenêtre de la chambre d'amis, et en avait frémi d'excitation quand sa mère, debout près d'elle, lui avait proposé de passer la nuit chez eux.

Elle avait paru dépitée, mais il était persuadé que c'était ce qu'elle voulait, au fond.

Tommy était ensuite allé dans sa chambre et avait attendu patiemment son heure. Un peu plus tard, il l'avait écoutée prendre sa douche, et avait eu, en se la figurant nue, une furieuse envie de se branler.

Mais il avait préféré attendre.

Pour ne pas tout gâcher.

N'entendant plus l'eau couler, il s'était levé en espérant la voir sortir peu vêtue de la salle de bains.

Quand elle l'avait remarqué sur le pas de sa porte, il s'était senti rougir des pieds à la tête.

Tommy but quelques gorgées de whisky pour se donner du courage.

Graham avait dû lui parler de lui, et si elle n'était pas intéressée, il le lui aurait fait comprendre avant de partir, pour lui éviter de se prendre une veste. Au lieu de cela, il lui avait fait un clin d'œil, l'air de dire « vas-y, fonce ».

Devait-il lui téléphoner afin d'en être certain ? Il en profiterait ainsi pour recevoir des conseils, histoire de ne pas paraître trop gauche quand il se retrouverait face à elle.

Mais Graham avait mieux à faire en ce moment.

Amber lui prenait tout son temps.

Tommy savait d'avance que son grand frère la retrouverait à New York. Il avait une vraie chance de partir pour de bon, il serait idiot de ne pas la saisir.

Il allait se rendre vers la chambre d'amis, frapper à sa porte, et elle lui proposerait d'entrer, et il passerait le reste de la nuit avec elle. Oui, il allait le faire, et, après, il serait vraiment un homme, comme Graham, comme Rodney, comme tous les autres…

Tommy observa attentivement son visage dans la glace et se recoiffa un peu, ses cheveux étant trop courts pour que sa main y laisse durablement la moindre marque.

Il se remit un peu de parfum et sortit de sa chambre, le cœur battant.

Mais avant de rejoindre Hayley, il lui restait quelque chose à faire. Il descendit au rez-de-chaussée en caleçon, et, comme tous les soirs depuis qu'il était petit, vérifia que la porte d'entrée et toutes les fenêtres étaient bien fermées. C'était au fil du temps devenu une sorte de rituel, sans lequel il ne pouvait s'endormir. Il attendait que tout le monde soit assoupi pour s'assurer que personne ne pourrait s'introduire dans sa maison.

Un sac à main était posé contre la table du salon. C'était celui de Hayley. Il contenait des produits de maquillage, un portefeuille, un carnet, quelques chewing-gums et un iPod. Rien de vraiment intéressant. Tommy remit le sac à sa place, puis alla vérifier les autres pièces de la maison.

Dans la cuisine, il alluma la lumière et poussa un cri étouffé. La porte donnant sur le jardin était ouverte sur un noir de tombe, plus noir qu'une nuit ordinaire ne pouvait l'être, un grand vide dans lequel les épis de maïs s'agitaient comme les vagues d'un océan prêt à les engloutir, lui et la maison tout entière.

Tommy avança timidement vers la porte, ne la quittant pas des yeux. Il devait la refermer, et pour cela s'en approcher assez près.

Des voix l'appelaient dans les ténèbres. Des voix qu'il connaissait.

Leurs ailes, leurs ailes qui tournoyaient…

Et, face à lui, l'ombre au-delà du seuil changea subitement de forme.

HAYLEY

Elle se trouvait au milieu d'un terrain de golf immense et s'apprêtait à frapper sa dernière balle, celle de la victoire. Son père était dans les tribunes, et Norma se tenait à côté de lui. Main dans la main, ils se parlaient avec complicité. Hayley, dans le seul but de les impressionner, exécuta le plus beau swing possible. La balle s'éleva en chandelle en suscitant des vivats d'admiration dans le public. Quand Hayley se retourna à nouveau vers les tribunes, elle se rendit compte que son père n'était plus là, et qu'une silhouette maigre et noire comme du charbon avait pris sa place près de Norma, dont le regard braqué sur elle lui fit penser à celui d'une sorcière prête à plonger un chat dans son chaudron.

Il était à peine minuit. Encore dans les brumes de son cauchemar, Hayley referma les yeux et surprit une voix qui murmurait des profondeurs dans lesquelles elle se sentait attirée à nouveau. Mais que lui disait-elle ? Elle ne parvenait pas à la comprendre dans ce doux vertige…

Hayley.

Un contact chaud sur son bras, comme une caresse.

Elle rouvrit les yeux et sentit une forte odeur d'herbe.

Et elle discerna sa silhouette derrière une fine fumée bleue.

Il était assis en caleçon sur le rebord de son lit.

Tommy.

Hayley alluma la lumière. Elle n'arrivait pas à le croire. Il était vraiment là, tout près d'elle. Et il la regardait avec, dans ses yeux, des rêves de garçons.

Elle aurait dû verrouiller cette foutue porte.

– Qu'est-ce que tu fais là, Tommy ? demanda-t-elle en essayant de garder son calme.

Mais il ne lui répondit pas.

Depuis combien de temps la regardait-il dormir dans le noir ? Et qu'avait-il vu d'elle ? En avait-il profité pour la toucher ?

– Tu m'as fait peur, continua-t-elle. Il est tard, tu devrais retourner te coucher.

Tommy resta immobile, comme inconscient de ce qu'elle pouvait bien lui dire. Hayley sentit des gouttes de sueur couler le long de son dos.

Quelque chose, dans l'atmosphère tendue, se brisa sans sommation. Et Tommy se pencha vers elle pour l'embrasser.

Surprise, Hayley le repoussa.

– Non, mais qu'est-ce qui te prend ? Tu es malade ! s'exclama-t-elle en manquant le gifler.

Il écarquilla les yeux, comme s'il ne comprenait pas ce qu'elle disait.

– Je pensais que tu en avais envie, dit-il en baissant la tête.

Hayley en resta un moment ébahie. *Envie ? Envie de lui ?*

– Écoute, Tommy, je suis désolée si j'ai pu te faire croire ça, mais ce n'est pas le cas. Pas du tout même. Alors j'aimerais simplement que tu retournes dans ta chambre, je dois me lever tôt demain…

Sourd à ses paroles, Tommy se rapprocha à nouveau d'elle et lui saisit fermement le sein. Hayley poussa un cri, et il la frappa si fort au visage qu'elle tomba du lit en se cognant le front contre la commode.

Sa tête commençait à lui faire mal, son corps tremblait comme si on le secouait.

Elles riaient. Il les entendait, cachées derrière les murs. Elles riaient comme ce jour où elles l'avaient laissé à demi nu dans les toilettes du lycée.

Bientôt, Hayley rirait à son tour. Elle était comme les autres. Elle l'avait séduit pour le rejeter ensuite, l'humilier une fois de plus.

Tommy le puceau.

Mais, cette fois, il n'allait pas se laisser faire. Pour qu'elles se taisent à jamais.

Hayley hurla de toutes ses forces. Tommy lui cogna violemment le crâne contre le sol. Le plafond et les murs de la chambre se mirent à tourner, comme dans l'ivresse. Elle sentit ses mains sur elle, ses mains qui arrachèrent son T-shirt et sa culotte. Puis le contact chaud de sa bouche sur son ventre, de sa langue qui y laissait des sillons humides.

Tout ce dont il avait rêvé se trouvait là, sous ses yeux. Un corps parfait dont il était libre de faire ce que bon lui semblait. Et personne pour l'arrêter.

Surtout pas cette fille qu'il avait renvoyée à l'état de poupée inarticulée d'une simple claque.

Le gibier était dans son antre. Il était le chasseur.

Fou de désir, il caressa ses hanches, manquant d'éjaculer sur le coup, saisit ensuite son sein gauche à pleine main, le lécha et le mordit comme pour y laisser durablement l'empreinte de ses dents.

Il plaqua alors sa poitrine contre la sienne, comprimant la moindre parcelle d'air entre leurs peaux. Il le sentait tout près, les observant, celui qui, dans le noir derrière la porte, lui avait montré comment faire, celui qui à présent rôdait entre les murs de sa maison…

Les doigts blancs et griffus qui, s'enfonçant dans la chair, y traçaient des marques sanglantes…

Hayley se débattit, mais il était trop lourd et l'empêchait de bouger. Elle ne pouvait rien faire. Elle ressentait une terreur prête à lui figer le cerveau.

Et Tommy s'empara de son corps, troua son âme en plein milieu.

Il jouit rapidement en elle et se redressa en haletant, sa sueur séchant sous l'action de l'air qui rentrait par la fenêtre. Sa queue était encore dure, tachée d'un peu de sang.

Il admira son corps allongé sur la moquette, ce corps parfait qu'il possédait.

À lui, rien qu'à lui.

Et il recommença, de la plus violente des façons.

Hayley ferma les yeux et décida de ne plus les rouvrir jusqu'à ce qu'il ait fini, lui abandonnant une enveloppe charnelle qui n'avait plus aucune force pour le combattre. Elle imagina un soleil briller haut dans le ciel, un soleil aveuglant, consumant tout sous la force de ses radiations. Puis un océan déchaîné, dont le courant l'emporterait dans un grand monde bleu et profond. Elle se vit sur le terrain de golf de son enfance, et elle frappait la balle, encore et encore, l'envoyant de plus en plus loin, jusqu'à en briser les nuages.

Mais les grognements de Tommy à son oreille la firent brusquement revenir à la réalité, une réalité au goût plus amer que n'importe quel cauchemar. Et cette douleur… Elle avait l'impression qu'il la pénétrait avec un couteau, tant elle avait mal, comme s'il lui déchirait le bas-ventre.

Mais elle devait se taire. Ne pas crier.

Tommy regardait avec fascination sa queue aller et venir en elle, les secousses que provoquaient les coups dans ses hanches et ses cuisses. Et il accéléra la cadence, sa main plaquée sur la bouche de la jeune femme.

Sur le point de jouir à nouveau, il s'efforça de se retenir, pour que ce moment dure le plus longtemps possible.

Une éternité.

S'il avait eu un couteau sous la main, il l'aurait frappée avec, pour la faire hurler.

Mais elle restait désespérément silencieuse.

Au dernier moment, il se retira et éjacula sur le ventre de Hayley.

Puis il caressa son front où étaient collées des mèches de cheveux et lui lécha la joue.

Hayley garda les yeux fermés et resta sans bouger.

Elle ne se rendit compte qu'au bout de plusieurs minutes qu'il était parti.

Pourtant la pièce était chargée de sa présence. Hayley sentait toujours son odeur. C'était l'odeur de la peau de Tommy que sa propre peau exhalait.

Un filet d'air froid frôla sa joue. Sortant peu à peu de sa torpeur, elle marcha vers la porte entrouverte et la ferma à clef.

Elle resta un instant à fixer le lit, un fluide coulant le long de ses jambes. Sans oser regarder plus bas, elle pria pour que ce soit le poison blanc qui l'avait infectée, et non pas son propre sang.

Prise d'un frisson, elle releva la tête et observa la nuit par la fenêtre ouverte, seule au milieu d'un monde qui devint subitement étranger, hostile, le moindre bruit ravivant l'effroi et annonçant une nouvelle barbarie, sa poitrine criblée de douleurs qui y pulsaient à la façon de petits cœurs haineux.

Elle ramassa ses vêtements sur la chaise et se rhabilla lentement, luttant pour ne pas vomir.

Il fallait partir. Le plus vite possible. Elle pouvait le faire. *Juste quelques mètres.* Et ensuite fuir, courir vers la maison la plus proche et appeler la police. Et rentrer chez elle.

Résolue, Hayley tourna la clef dans la serrure.

Elle longea les murs du couloir pour atteindre l'escalier, sans même se rendre compte qu'elle avait oublié de se chausser. Elle descendit les marches une à une, sa détermination menaçant de fondre à chaque craquement de bois.

Juste un corps vidé, tendu vers un seul but.

Elle devina sa présence avant de le voir vraiment.

Tommy était debout de l'autre côté du couloir, encore nu, loup-garou ayant repris forme humaine, les moindres poils de son corps irradiés par la lumière de la lune qui passait à travers la fenêtre.

Il l'avait attendue. Il n'en avait pas fini avec elle. Tommy était un cauchemar dont on ne pouvait se réveiller.

Hayley courut vers la porte d'entrée, mais, avant qu'elle ne l'atteigne, un coup sec dans le bas du dos lui fit perdre l'équilibre. Sa tête heurta le sol. Un brouillard écarlate passa devant ses yeux.

Puis le froid du carrelage sur sa joue, une odeur de terre, la poussière qui lui piquait les narines.

Le visage de Tommy devint de plus en plus flou, hormis la blancheur de son sourire carnassier.

Allait-elle mourir ? Dans ce couloir ? Tommy ne pouvait pas être la dernière personne qu'elle verrait dans ce monde !

Elle n'avait même plus la force de lui cracher à la figure, de le griffer. Elle n'avait plus la force de rien.

Hayley lâcha prise, sans regrets.

Et sa vision s'obscurcit par touches successives, comme si de fines étoffes noires laissaient, en les effleurant, leurs empreintes sur ses yeux.

Tommy prit son pouls. Son cœur battait, elle n'était pas morte. Il la gifla, mais sans parvenir à la réveiller.

Devait-il en finir avec elle ? La tuer et cacher son cadavre quelque part ?

Sous la terre près du vieil abattoir, avec les autres.

Excité par cette idée, il pressa ses mains sur son cou, prêt à le serrer jusqu'à le briser.

Ce serait si facile, au fond.

Mais il ne pouvait pas aller plus loin. Hayley ne méritait pas de mourir dans ce couloir.

Alors il sortit de la maison et marcha droit devant lui, l'air vif lui fouettant la peau.

Mais si elle racontait ce qui s'était passé ?

À sa mère ?

Aux flics ?

Comme frappé par la foudre, Tommy s'arrêta près du capot de la voiture de Hayley.

Et, tout en en contemplant la carrosserie sombre, il comprit avec délectation ce qu'il devait faire.

Quand elle ouvrit les yeux, Hayley constata avec soulagement que Tommy était parti.

Elle se releva en s'agrippant au mur, ses mains tremblant tellement qu'elle avait peur de lâcher prise.

S'obstiner. Ne pas perdre le combat.

Plus que cinq mètres à franchir et elle pourrait s'enfuir.

Une faible lueur subsistait, là, tout au fond.

Les arbres alentour étaient si noirs qu'ils paraissaient peints avec de gros marqueurs sur le ciel. Tout ce qui se trouvait autour d'elle ondulait. Et cette chaleur…

C'est alors qu'elle remarqua l'odeur, une odeur de brûlé. Et ses yeux furent agressés par une fumée qui la fit tousser.

Un brasier, juste sur sa gauche. C'était sa voiture qui flambait. Et Tommy se tenait à côté, un bidon d'essence à la main, sautillant en poussant des cris d'aliéné.

Hayley continua à avancer, obnubilée par les flammes qui attaquaient la carrosserie.

Quelque chose lui coula dans les yeux. Elle comprit assez vite que c'était du sang.

Tommy détecta sa présence. Son sourire avait l'incandescence du feu. Il allait l'asperger d'essence à son tour. Elle aussi deviendrait fumée noire…

La lumière du porche s'alluma alors dans son dos. Sa propre ombre, immense et difforme, s'étalait sur plusieurs mètres, comme prête à la fuir.

Tommy lâcha le bidon d'essence et courut le long de l'allée. Quand Hayley se retourna, elle vit Norma se découper dans l'embrasure de la porte.

La jeune femme tenta d'appeler à l'aide, mais sa bouche ne put produire aucun son. Elle fit quelques pas vers Norma, attirée par la blancheur de sa chemise de nuit, comme s'il s'agissait d'un phare guidant les égarés en pleine mer.

Et le monde dans son dos explosa, dans un souffle brûlant et si puissant qu'il la projeta sur le sol.

Sonnée, Hayley recracha un peu de salive. Elle n'entendait presque plus rien, à part un sifflement persistant.

Tout vibrait sous ses paumes. Elle se traîna parmi des débris rougis par l'explosion, surprise de ressentir de la douleur.

Son corps était donc bien vivant.

Norma courut vers elle. Hayley se laissa rouler sur le dos, observant un instant la voûte étoilée par endroits obscurcie par la fumée.

Et elle attendit patiemment qu'elle la rejoigne, se permit de lâcher enfin prise.

Elle était sauvée.

NORMA

Ce fut le claquement de la porte d'entrée qui réveilla Norma. Tendant l'oreille, elle se demanda un instant si elle avait bien entendu, et si cela provenait de sa maison ou de l'extérieur.

Sûrement un effet de son imagination, un élément de cet étrange rêve dont elle était sortie bien malgré elle.

Était-ce vraiment lui qu'elle avait croisé au bord de la rivière ?

Il était à peine 1 heure du matin. Elle avait oublié de prendre ses cachets pour dormir et savait d'avance qu'elle aurait du mal à retrouver le sommeil. Dans ces cas-là, elle lisait un peu ou allumait sa télévision, en attendant que sa fatigue l'emporte à nouveau.

Elle avait la gorge sèche. Elle se leva et se servit un verre d'eau dans sa petite salle de bains.

Un cri se fit entendre au-dehors. À travers la fenêtre, elle reconnut Tommy, qui se tenait entièrement nu à côté de la voiture de Hayley. Norma frémit en se rendant compte qu'il était en train de l'asperger d'essence, n'arrivant pas à croire ce qu'elle voyait. Il y avait peut-être encore une chance qu'elle soit simplement en train de rêver.

Et alors les premières flammes surgirent de l'habitacle.

Norma revêtit sa chemise de nuit et descendit en courant au rez-de-chaussée. Elle alluma la lumière du porche, sortit de la maison et tomba sur Hayley, figée devant sa Chevrolet, tandis que Tommy courait en direction du portail.

La jeune femme marcha vers elle d'un pas faible.

Et la voiture explosa. Hayley fut projetée en avant et s'effondra sur le sol.

Norma se précipita vers elle, la saisit par les bras et l'aida à se relever, hypnotisée par l'incendie. Ce spectacle, au beau milieu de son terrain, lui parut totalement absurde. Craignant cependant que le feu ne se propage, elle laissa un instant Hayley sur les marches, puis revint avec un gros extincteur et pulvérisa la base des flammes. Dans la salle de bains du premier étage, elle fit couler de l'eau chaude dans le lavabo et y versa un peu de savon liquide. Elle y trempa un gant qu'elle passa sur sa blessure au front. Une blessure superficielle, qui ne semblait pas liée à l'explosion de la voiture, et qu'elle nettoya avec un désinfectant avant de la recouvrir d'un pansement.

Hayley ne réagit pas, choquée, sa main posée sur son bas-ventre.

– Hayley, tu m'entends ? dis-moi ce qui t'est arrivé, fit Norma en lui caressant les cheveux.

– Mon père, murmura-t-elle, il faut appeler mon père. Il va venir me chercher.

Norma lui essuya les joues, percevant la peur dans ses tremblements, la fêlure sous son crâne.

Mais elle devait savoir.

– Est-ce que Tommy t'a fait quelque chose ? demanda-t-elle d'une voix brisée.

Hayley se contenta de lever le visage vers elle. Et dans ses yeux, Norma comprit l'étendue de son mal. Elle la prit alors dans ses bras et la serra contre elle en espérant étouffer la douleur. À son contact, la jeune femme éclata en sanglots.

Mais la douleur, elle, restait perfidement lovée au creux de son ventre.

– Calme-toi, c'est fini, dit Norma. Je te promets que c'est fini…

Alors qu'elle savait que tout ne faisait que commencer.

Norma la conduisit ensuite dans sa propre chambre, l'allongea sur son lit et la couvrit avec le drap.

– Tu dois te reposer un peu. Je m'occupe de tout. Tu es en sécurité ici.

Elle lui donna un de ses somnifères. Hayley l'avala sans discuter. Elle était tellement déboussolée qu'elle ne prêta pas attention à ce qu'elle prenait.

– Je vais rester près de toi jusqu'à ce que tu t'endormes.

– Non, je ne veux pas dormir, fit Hayley en se débattant. Vous ne comprenez pas !

Norma la força à se recoucher en lui tenant fermement les poignets contre le matelas, attendant que le produit fasse son effet.

Hayley cessa rapidement de lutter. À un moment, elle la regarda en souriant, si bien que Norma se demanda si c'était bien elle qu'elle voyait.

Et, peu à peu, les paupières de la jeune femme s'épuisèrent.

Norma se rendit dans le couloir et ferma la porte à clef.

Voulant vérifier que Cindy dormait bien, elle poussa la porte de sa chambre et jeta un coup d'œil à l'intérieur.

– Maman ? fit Cindy timidement dans le noir.

Comment aurait-elle pu rester endormie avec tout ce raffut...

– Oui, ma chérie ?

– C'était quoi le gros bruit dehors ?

Norma la discerna alors sur son lit, tenant son oreiller serré contre elle. L'explosion avait dû la réveiller en sursaut.

– Ce n'était rien, juste l'orage, rendors-toi.

Tout en marchant de long en large dans le salon, Norma essaya de mettre un peu d'ordre dans son esprit, se sachant au bord d'un gouffre.

Un pas de trop, et elle tutoierait l'abîme.

Elle ne voulait pas croire que Tommy ait fait une telle ignominie à cette fille. Mais elle l'avait bien vu dans son regard : la souffrance de celle dont le corps avait été volé par un autre.

Souillé.

Qui appeler ? Un médecin ? La police ? Le père de Hayley ? Elle ne connaissait même pas son numéro de téléphone... Et que se passerait-il ? Ils arrêteraient son fils, le mettraient en garde à vue, puis le jugeraient pour viol et le jetteraient en prison. Une affaire simple, presque commune. Une victime, un coupable, une sentence. Personne ne chercherait à le comprendre. Elle-même ne pourrait rien faire pour l'aider, figée dans une indécente impuissance. Devait-elle le permettre ? En être la complice ?

Elle ne devait pas agir trop précipitamment, mais réfléchir, simplement prendre le temps de réfléchir.

Personne ne savait. Elle avait au moins cette chance. Elle devait d'abord penser à Tommy, pendant qu'elle le pouvait encore.

Il était hors de question qu'elle les laisse lui prendre son fils. Elle ne supporterait pas qu'il soit emprisonné. Elle savait ce qui arrivait aux gamins comme lui en prison.

Et tout le monde serait au courant. Sa vie deviendrait vite un enfer, celles de Cindy et de Graham aussi.

Pourquoi avait-il fait cela ? Pourquoi avait-il tout gâché ?

Mais elle n'était pas certaine de ce qui était arrivé dans cette chambre. Et si c'était Hayley qui l'avait séduit ? Jamais elle ne l'avouerait, mais c'était possible, après tout. Elle avait tout aussi bien pu lui faire des avances, même pour s'amuser, et lui, pauvre imbécile esclave de ses hormones, ne s'était pas contenu. Les garçons étaient ce qu'ils étaient, ses fils n'échappaient pas à la règle. Et elle savait pertinemment comment étaient les filles à cet âge.

Quelle inconscience de l'avoir fait dormir chez elle, si près de la chambre de son fils… Elle aussi avait sa part de responsabilité.

Ce satané coup de fil allait attendre.

D'abord, elle devait retrouver Tommy, faire en sorte qu'il lui parle, qu'il lui livre sa version de l'histoire.

Lui qui était seul dehors. Lui qui, plus que jamais, avait besoin de son aide.

Avec ce qu'elle lui avait donné, Hayley dormirait au moins deux ou trois bonnes heures. Norma saisit un manteau et une lampe torche posée sur un meuble du couloir, et sortit de la maison.

Ce qui restait de la voiture achevait de se consumer. Il n'y avait plus aucun bruit, la nature à nouveau apaisée. Le feu pâle de la lune était si intense qu'elle n'eut même pas besoin d'allumer sa lampe pour rejoindre l'allée.

En se dirigeant vers le portail, elle passa à côté de la grange et constata avec soulagement que la Mustang noire était toujours là. Il était donc parti à pied. Il ne devait pas être loin.

Aucun hurlement de sirène. Aucun gyrophare teintant le fond du ciel. Avec un peu de chance, personne ne s'était rendu compte de l'explosion. Norma hésita à attendre un peu sur le bord de la route, de peur de rater les hypothétiques secours qui viendraient jusque chez elle. Mais encore aurait-il fallu que quelqu'un les appelle. Les plus proches voisins, les Conroy, n'avaient sûrement rien entendu, et leur maison, qu'elle discernait vaguement de là où elle se tenait, était plongée dans le noir.

Norma continua à avancer, avec l'impression de percevoir plus fortement qu'en journée les odeurs de la nature qui l'entourait : odeurs de la terre, des pierres, des champs de maïs qui s'étendaient par-delà la route, du pelage des prédateurs qui y chassaient leurs proies.

Depuis quand n'était-elle pas sortie en pleine nuit ? Depuis cette fois où elle s'était enfuie de chez ses parents ? Elle avait à peine seize ans et était partie à vélo, un sac à dos en guise d'unique bagage, sans savoir vraiment où aller. Elle avait roulé sur une cinquantaine de kilomètres avant que sa roue ne crève, et avait dû se résoudre à continuer à pied. Elle était arrivée, après une heure de marche, dans une petite ville dont elle ne se rappelait plus le nom, et où le seul établissement ouvert était un bar de nuit qui s'appelait le *Woody's*. Elle s'était assise à une table, devant un Pepsi, incapable de savoir ce qu'elle allait bien pouvoir faire, jusqu'à ce qu'une serveuse s'appelant Lucie, et à qui elle avait brièvement parlé de sa situation, lui propose de la raccompagner chez elle.

Son père, qui avait déjà prévenu la police, l'attendait dans le salon et lui avait donné une correction qui lui avait enflammé les joues jusqu'au lendemain.

Norma s'était enfermée dans sa chambre en se promettant qu'un jour prochain elle partirait pour de bon.

Elle avait pour cela dû attendre deux ans. Sans savoir qu'elle quittait un monstre pour, quelques années plus tard, en trouver un autre.

Norma arriva à l'orée d'un bois qui se trouvait à deux kilomètres de la maison. Elle en longea la lisière et distingua la cabane que Graham et Tommy avaient construite quand ils étaient enfants. Tommy se tenait devant, accroupi et immobile. La pâleur de sa peau lui donnait des airs d'âme perdue.

Norma en fut soulagée. Elle s'agenouilla à ses côtés et posa la lampe torche par terre. Un gros scarabée se cacha dans l'herbe sous l'assaut de la lumière électrique.

Le vent faisait craquer les lattes en bois de la cabane. Tommy tremblait de tous ses membres, et ce n'était pas seulement à cause de la fraîcheur de l'air.

Norma ôta son manteau et le lui mit sur le dos. Son fils n'eut aucune réaction. Ce n'était sûrement pas le bon moment pour la moindre remontrance. Elle ne voulait pas le perturber davantage.

– Viens, on rentre à la maison, dit-elle en lui passant la main dans les cheveux.

– C'est de sa faute, murmura Tommy en gardant le regard baissé, il ne veut pas me laisser tranquille, c'est lui qui me force à faire ces choses, maman.

– Qui ça, Tommy ? De qui tu parles ?

Son fils leva la tête vers elle, et dans ses yeux elle vit une terreur qu'elle ne connaissait que trop bien, une terreur qu'elle y avait déjà vue alors qu'il n'était qu'un enfant.

– Il me laissera jamais tranquille, répéta Tommy en se mettant à pleurer.

Et, pour la seconde fois de la journée, Norma se remémora cet odieux visage.

Mais c'était impossible, il ne pouvait pas parler de lui.

Les morts restent dans leur tombe.

– Qu'est-ce qui ne va pas chez moi, maman ? fit Tommy, les yeux brillants de larmes. Pourquoi je suis comme ça ?

Norma sentit son cœur se serrer et se revit dans le couloir du premier étage de leur maison, dix ans auparavant, quand elle avait ouvert la porte de la chambre de Tommy alertée par les gémissements.

Son fils la repoussa et se leva d'un bond. L'air résolu, il ressemblait à un jeune soldat prêt à partir à la guerre.

– Viens, Tommy, s'il te plaît, dit Norma en lui tendant la main. Rentre avec moi à la maison.

Tommy se mit à reculer. Et, avant que Norma ne puisse le retenir, il courut droit vers les champs.

Norma se releva en hurlant son prénom. Mais il avait déjà disparu. Elle attrapa la torche et se précipita dans la même direction, le cherchant dans le noir, sa vision gênée par de longues silhouettes ombreuses qui, autour d'elle, faisaient une ronde.

Elle ne s'arrêta qu'au bout d'une centaine de mètres, incapable de remonter sa piste.

Son fils l'avait laissée seule, dans une nuit assez profonde pour l'y faire disparaître à son tour.

Elle dut se résoudre à repartir vers leur maison, espérant qu'il finirait par la rejoindre avant le lever du jour.

À peine arrivée, elle vérifia que Cindy s'était rendormie, puis se rendit dans la chambre d'amis.

Les draps pendaient hors du lit, une lampe était tombée par terre, ainsi qu'un petit vase, brisé en morceaux. Norma se baissa pour les ramasser. Une tache sombre sur la moquette lui fit détourner les yeux.

Au premier étage, elle se figea face à la porte du fond du couloir, celle de l'ancienne chambre de Tommy, fermée à clef depuis si longtemps.

Condamnée, comme tout le passé qu'elle renfermait.

Pourtant c'était comme si elle avait été ouverte par inadvertance, et que le mal retenu à l'intérieur pendant tant d'années les avait à nouveau infectés.

Dans le salon, Norma s'allongea sur le canapé, la lumière éteinte, attendant sans trop y croire que Tommy reprenne ses esprits et consente à la rejoindre.

C'était un enfant apeuré qu'elle avait trouvé devant la cabane, pas un criminel, pas celui que les autres, tous les autres, montreraient du doigt quand il serait livré à la justice. Personne ne le connaissait comme elle, personne ne savait ce par quoi il était passé. Personne d'autre qu'elle ne pourrait le comprendre. Et, à présent, il était seul dans cette nuit noire. Peut-être n'oserait-il même plus revenir. Il était si vulnérable. Elle avait tant besoin de le serrer à nouveau dans ses bras, de lui promettre qu'elle le protégerait envers et contre tout, comme toute mère sensée se devait de le faire.

Le parquet se mit à craquer au-dessus d'elle.

C'était Hayley, ce ne pouvait être que Hayley. Elle ne lui avait pas donné assez de calmants.

Puis des coups contre la porte, et des cris.

Norma prit par réflexe la lampe torche posée près d'elle et s'avança vers l'escalier.

Hayley frappait de plus en plus fort contre la porte de sa chambre, hurlait qu'on la fasse sortir, l'insultait. Elle n'avait plus rien à voir avec la jeune fille blessée de tout à l'heure. Une folle. *Un danger.*

Dès qu'elle partirait, elle dénoncerait Tommy. Norma en était persuadée, elle connaissait ce genre de fureur. Elle n'aurait plus aucune chance de la calmer. Hayley se vengerait. Et par n'importe quel moyen.

Norma s'approcha de la porte sans faire de bruit. Ses jambes tremblaient, elle se sentait prête à défaillir.

Elle avait peur. Elle avait peur dans sa propre maison.

Mais elle devait lui ouvrir, elle n'avait pas le choix.

Hayley s'arrêta de tambouriner de l'autre côté, comme si elle avait deviné sa présence.

Norma frissonna à cette idée. À quoi pensait-elle ? S'apprêtait-elle à lui bondir dessus ? Lui ferait-elle du mal à son tour ?

Mais elle devait lui ouvrir, elle n'avait pas le choix.

Alors elle sortit la clef de sa poche, l'introduisit dans la serrure et tourna la poignée, le souffle coupé.

Hayley recula en la voyant, ses traits comme gonflés par la rage, presque laide. Elle semblait encore faible et avait du mal à se tenir bien droite sur ses jambes, mais, dans ses yeux, Norma vit en une fraction de seconde ce que l'avenir leur réservait à elle, à Tommy, à eux tous.

Et, sans plus réfléchir, elle la frappa en plein visage avec la torche.

Sous le coup de la surprise, Hayley se mit à tanguer et Norma la frappa à nouveau et de toutes ses forces, juste au niveau des tempes. La jeune femme tomba en arrière sur le sol.

Norma, une fois certaine qu'elle l'avait assommée, jeta la lampe torche sur le lit, puis elle se rendit dans la salle de bains et s'empara d'un flacon de somnifères. Elle prit ensuite une seringue neuve, la remplit, revint vers Hayley, fit un garrot à son bras avec une ceinture, et chercha une veine assez visible pour lui injecter le produit, effrayée à l'idée que la piqûre ne la réveille d'un coup.

Mais rien ne se passa.

Une fois qu'elle eut fini, Norma scruta le noir de l'autre côté de la fenêtre, sentant, en rythme avec ses propres battements de cœur, le monde craquer tout autour de sa maison.

Elle devait d'abord déplacer Hayley, l'éloigner le plus possible de sa fille. L'enfermer dans un endroit d'où elle ne pourrait s'échapper.

Ne pas trop penser à ce qu'elle venait de faire.

Si seulement elle pouvait simplement la jeter dans sa voiture et l'emmener loin, la laisser dans une chambre de motel ou un hôpital. Et qu'elle oublie tout, jusqu'à leur existence, qu'elle les laisse en paix…

Ne voulant pas perdre de temps, Norma saisit la jeune femme par les épaules et la tira hors de sa chambre, puis dans le couloir, en s'y prenant à plusieurs fois, priant pour que Cindy ne se lève pas à ce moment-là, alertée par le bruit.

Elle descendit le corps inerte dans les escaliers, sans faire attention aux chocs de ses membres contre les marches.

Des bleus, juste des bleus… Même un corps aussi affaibli s'en remettrait vite.

Au rez-de-chaussée, Norma laissa Hayley étendue sur le parquet du couloir.

Bien sûr, la conduire en ville n'était plus possible, il était déjà trop tard. Alors où enfermer cette fille ? Elle devrait aussi se résoudre à l'attacher solidement, pour qu'elle ne tente pas de l'attaquer en se réveillant.

Et, les mains liées, Hayley serait obligée de l'écouter.

Pourtant, en cet instant précis, Norma ne savait absolument pas ce qu'elle allait bien pouvoir lui dire.

J'ai eu peur, Hayley. Quand je t'ai vue, j'ai cru que tu allais me faire du mal, je n'ai pas réfléchi. Je suis désolée. Je ne voulais pas te blesser. Pardonne-moi. Pardonne mon fils pour ce qu'il t'a fait…

À la recherche de quelque chose d'assez solide pour l'attacher, Norma repensa aux menottes que Herbert Bones, à présent sheriff du comté de Lyon, avait offertes à Harlan peu après leur emménagement. Elles avaient, paraît-il, servi à arrêter Michael

Horowitz, un mécanicien qui avait sur un coup de tête abattu sa femme et ses deux fils, à Emporia, au début des années quatre-vingt-dix. L'affaire avait été particulièrement médiatisée à l'époque et avait permis à Herbert, alors simple flic, de devenir sheriff une dizaine d'années plus tard.

Norma les avait rangées à la cave avec tous les outils de Harlan.

La cave.

C'était tellement évident. Pourquoi n'y avait-elle pas pensé plus tôt ?

Norma s'avança dans le couloir et ouvrit la porte de la cave, une porte renforcée qu'avait installée Harlan sans qu'elle sache pourquoi, une porte qui ne pouvait s'ouvrir que de l'extérieur.

Elle alluma la lumière, descendit l'étroit escalier en bois et fouilla dans l'établi qui regorgeait d'outils de jardinage et de bricolage. Elle les trouva rapidement dans un des tiroirs. Un peu ternies par le temps, les menottes étaient aussi impressionnantes que dans son souvenir.

Norma balaya la pièce du regard, cette cave sombre qui était l'unique vestige de l'ancienne maison.

C'était là qu'elle devait amener Hayley, c'était évident, il n'y avait pas d'endroit plus sûr.

Deux vieux matelas étaient entreposés contre le mur sur sa droite. Norma fit glisser le premier sur le sol, puis le traîna de l'autre côté de la cave et le cala au niveau d'un gros tuyau rouillé solidement fixé au mur.

Tommy, si seulement tu pouvais te rendre compte de ce que tu m'obliges à faire…

Dans la cuisine, elle se servit un verre de whisky pur et le but d'une traite en s'adossant contre la table. Juste pour se donner un peu de courage.

Elle ne croyait plus en Dieu, elle ne pouvait même pas le détester de lui avoir envoyé une telle épreuve.

Norma rejoignit Hayley dans le couloir. Prise de soudaines nausées, elle dut se retenir pour ne pas vomir le whisky qu'elle venait d'ingurgiter. Sans plus perdre de temps, elle la tira par les bras, la fit glisser sur le parquet, puis elle la saisit à nouveau par les épaules et lentement, marche après marche, elle la descendit à la cave.

Elle la coucha sur le matelas, saisit les menottes, en accrocha une à son poignet, fit passer la chaîne derrière le tuyau et s'occupa de l'autre poignet.

Elle n'avait pas le choix, elle devait prendre toutes les précautions, elle devait aussi se préparer au pire.

Hayley donnait l'impression de dormir paisiblement. Peut-être rêvait-elle. Un rêve que Norma lui souhaita léger et agréable.

Car, après, viendrait d'un moment à l'autre le réveil, un réveil qui prendrait pour Hayley un air de cauchemar, dans lequel Norma serait forcée de plonger la jeune femme pour ne pas se laisser, elle-même, enfermer dans un autre, encore plus insoutenable.

Devait-elle rester auprès d'elle ? Hayley dormirait jusqu'au matin avec ce qu'elle lui avait administré.

Et cet endroit lui filait la chair de poule. Triste, humide, poussiéreux. Elle avait l'impression que la présence de Harlan en imprégnait les murs.

Norma pressa sa main sur le bras de la jeune femme.

Et elle lui demanda, en pensée, de lui pardonner.

Pour tout ce qui s'était passé.

Pour tout ce qui risquait d'advenir.

Puis elle se leva en époussetant un peu sa chemise de nuit, bien consciente qu'elle devrait bientôt revenir l'affronter.

Elle ne dormirait pas cette nuit, attendrait patiemment que Tommy rentre à la maison.

Et elle trouverait une façon de le guérir.

Pour la seconde fois.

TOMMY

Il ne pouvait plus faire confiance à la lune pour le guider. Elle ne l'avait mené nulle part. Il n'arrivait même plus à s'orienter.

Tommy s'arrêta de courir en plein milieu d'un chemin de terre qui longeait les champs de maïs. Ses jambes lui faisaient mal, il avait des écorchures aux pieds à force de marcher sur des cailloux.

Il était bel et bien perdu, comme s'il ne se trouvait déjà plus dans ce Kansas qu'il connaissait pourtant par cœur. Mais il devait continuer à avancer, afin de trouver un endroit qui le renseignerait sur sa position.

Au loin, on entendait l'aboiement d'un chien.

Se jeter sur lui, ouvrir son ventre avec les mains.

Il pourrait trouver la maison d'où provenaient les aboiements, téléphoner à sa mère pour qu'elle vienne le chercher.

Mais comment réagiraient ses propriétaires en le voyant entièrement nu à leur porte ?

Comme la surveillante dans les toilettes du lycée.

Le regard qu'elle avait posé sur lui.

La lune, énorme et orangée, déversait des nappes de lumière duveteuse sur le paysage endormi.

Tommy continua à marcher sur une centaine de mètres, les narines pleines de l'odeur de la nature qu'il écrasait sous ses pieds, et s'arrêta brusquement quand il discerna une forme étincelante qui se rapprochait.

C'était une voiture de flics, qui fendait les champs comme la proue d'un bateau dans la mer, sans le moindre son, les feux de ses gyrophares illuminant les ténèbres, sa carrosserie brillante renvoyant aux alentours une multitude de reflets bleutés.

C'était lui qu'ils cherchaient.

Tommy ne la quitta pas des yeux jusqu'à ce qu'elle disparaisse.

Ses jambes tremblant de plus en plus, il attendit quelques instants, puis se remit en marche et atteignit une route dont le bitume était chaud comme en plein jour. Il accéléra le pas, ne faisant pas attention aux formes qui se mouvaient sur le bas-côté, aux craquements qui surgissaient de toute part, aux frôlements des ombres sur sa peau.

Il décela l'odeur d'un feu de bois, distingua le toit d'une maison vingt mètres plus loin.

Aucune voiture n'était garée le long de l'allée, aucune lumière n'était allumée. Tommy poussa la porte d'entrée, qui était restée ouverte, comme une invitation. Il faisait froid à l'intérieur, malgré le feu rugissant dans la cheminée. Tommy se rendit dans la cuisine, où tout était recouvert d'une fine poussière rosâtre. Un grincement au dehors l'alerta. Le jeune homme sortit par la véranda et se retrouva sous un ciel rempli d'étoiles. On voyait de façon parfaitement nette les alentours. Presque de la féerie.

À sa gauche, un petit garçon blond était assis sur une balançoire et lui tournait le dos, faisant crisser les cordes.

Quand il arriva à son niveau, Tommy effleura son épaule de la main. Sans se retourner, le petit garçon poussa un cri et courut vers le champ de maïs.

Tommy tenta de le retenir en lui hurlant de ne pas y aller. Mais, sourd à son avertissement, l'enfant disparut entre les plants. Tommy ressentit une vive douleur en plein cœur. Il ne pouvait pas l'abandonner. Il ne savait que trop bien ce qui risquait de lui arriver dans cet enfer.

Il se baissa, attrapa une pierre et avança en écartant des mains les feuilles rêches qui lui frôlaient les hanches.

Il marcha ainsi pendant une dizaine de minutes, la pierre fermement serrée dans la main, à l'affût du moindre indice qui lui indiquerait la position du petit garçon. Il n'osait pas l'appeler, de peur d'alerter celui dont il commençait déjà à sentir la présence tapie dans l'obscurité.

Il était encore temps de faire demi-tour, de rejoindre la route puis sa maison, s'enfermer pour toujours entre les quatre murs de sa chambre.

Mais il y eut alors ce bruit que le vent lui souffla aux oreilles, ce bruit qu'il reconnut aussitôt…

Sachant qu'il n'avait plus le choix, Tommy plongea la tête la première dans ce cauchemar à ciel ouvert.

L'enfant était allongé sur le sol terreux, cinq mètres plus loin. Et l'ogre le surplombait, sa main plaquée sur son torse, dévorant son visage à pleines dents.

Tommy ne put détacher les yeux de l'affreux spectacle. Tout en mastiquant la chair, l'ogre plongeait ses doigts acérés à l'intérieur du front ouvert de sa victime, pour en sortir une sphère iridescente qu'il avala goulûment.

Le corps du petit garçon se mit à flétrir, jusqu'à devenir une masse grisâtre qui se mêla à la terre. Les corbeaux s'agitèrent en croassant, cachant de leurs ailes la lumière de la lune, ce qui plongea les environs dans une obscurité où seuls les yeux pervers du prédateur continuèrent à briller.

Tommy lâcha la pierre et fit quelques pas pour s'enfuir, mais la tempête sous son crâne était trop intense, la tension trop vive, et il s'écroula face contre terre en perdant connaissance.

Le ciel bleu dans tout son champ de vision. La mélopée des plants de maïs qui se balançaient sous le vent.

Tommy se leva péniblement, le corps endolori, avec l'impression d'avoir dormi mille ans.

Mais c'était le matin. L'atmosphère était purifiée. Et au loin, le vieux château d'eau lui indiquait le chemin à suivre pour retrouver sa maison.

Pourquoi l'avoir laissé vivre ? Encore une fois ?

Tommy quitta le champ puis longea le bord de la route en se cachant le sexe avec les mains, intimidé par sa nudité offerte à tous les regards.

Le bruit d'une voiture le força à s'accroupir dans les broussailles, une Mercedes bleue qui passa suffisamment près pour lui permettre de voir la conductrice, une belle blonde portant un foulard blanc et des lunettes de soleil.

La porte de la cuisine de sa maison était restée ouverte. Il se faufila à l'intérieur, s'attendant à ce qu'un flic caché derrière un mur lui tombe dessus.

Mais tout paraissait calme. La gorge sèche, il but un grand verre d'eau puis se rendit dans le salon et trouva sa mère étendue sur le canapé. Elle semblait dormir profondément et il hésita un instant à la réveiller. Mais que lui dirait-il de toute façon ?

Il ne put que tenter de retenir ses larmes, bien conscient de tout ce qu'il avait perdu.

La chambre où avait dormi Hayley était vide. Tout était rangé comme si elle n'avait jamais été occupée.

Sa mère l'avait peut-être emmenée en ville.

Hayley raconterait forcément toute l'histoire aux flics. Ce n'était plus qu'une question de temps.

Mais il n'avait aucun regret, et même s'il ne lui avait fait, dans la précipitation, que le quart de ce qui lui avait traversé l'esprit.

S'il la retrouvait, il ferait en sorte que ce soit beaucoup plus long.

Et à la simple idée de s'enfouir à nouveau dans cette humide chaleur…

Conscient que le temps lui était compté, Tommy revêtit un T-shirt et un jean, fourra quelques affaires dans un gros sac de sport et saisit une boîte à gâteaux métallique qui contenait tout l'argent qu'il avait économisé. Il y avait plus de trois mille dollars, somme dont il comptait se servir pour s'acheter sa première voiture.

Avant de partir, il retourna dans le salon et contempla à nouveau sa mère.

Elle avait l'air si paisible, sereine. Peut-être était-ce la dernière fois qu'il la voyait, la dernière image qu'il garderait d'elle.

Il savait que sa vie ne serait désormais plus la même. Mais il s'était préparé au jour où les apparences se briseraient.

Une fois à l'extérieur, Tommy jeta son sac dans le coffre de la Mustang et s'assit au volant.

Il pouvait dès à présent partir n'importe où. Pour l'instant, le plus important était de trouver un endroit où se cacher. Emporia était inenvisageable, peut-être l'y recherchait-on déjà pour avoir agressé cet homme dans la ruelle.

Et Hayley.

Il comprit rapidement où il devait se rendre. Là où personne ne songerait à le chercher. Le seul endroit où il se sentirait vraiment en sécurité.

Tommy démarra et se concentra sur la route qui menait au vieil abattoir.

Arrivé à destination, il gara la voiture derrière le bâtiment, et, enfin réfugié à l'intérieur, se remplit les poumons de cette odeur familière, mélange de poussière, de métal et de vieux sang.

Il s'installerait au premier étage, dans l'ancien bureau du gardien, où restait un petit lit en fer posé contre le mur du fond.

Si le monstre venait le chercher, il saurait le recevoir.

Et il était dans un abattoir. Il le tuerait, arracherait ses organes de ses propres mains et pendrait ensuite ce qui subsistait de sa carcasse à un crochet.

Ici même. Son trophée. Et le bruit du balancement de son cadavre rythmerait son sommeil.

À cette idée, Tommy éclata de rire et ferma la lourde porte d'un coup sec.

Silence et ténèbres retrouvés.

NORMA

C'était de Tommy qu'elle venait de rêver, elle en était certaine, même si, le temps de reprendre ses esprits, ce rêve s'était évanoui dans son crâne comme une vapeur.

D'abord surprise d'avoir passé tout le reste de la nuit sur le canapé, Norma monta en hâte dans la chambre de son fils pour constater, avec une pointe au cœur, qu'elle était vide. Elle se pencha légèrement par la fenêtre et se rendit compte que la voiture qu'il avait laissée derrière la grange n'était plus là.

Il était donc revenu pendant qu'elle dormait. Norma en poussa un cri de rage et sortit dans le couloir en claquant la porte.

Cindy allait bientôt se réveiller. Il fallait qu'elle se contrôle et fasse comme si de rien n'était, qu'elle lui prépare son petit déjeuner et l'installe dans le jardin par ce beau soleil.

Une journée comme une autre.

Et Hayley… Peut-être avait-elle déjà repris connaissance. Elle serait bien obligée d'aller la voir.

Cette sordide réalité qui, en plein jour, lui revenait dans la figure.

Si seulement elle pouvait faire ce qu'elle avait prévu la veille avec Cindy : se promener en forêt, pique-niquer au bord de la rivière, rendre visite à Graham et Amber…

Graham. Et si elle lui demandait de retrouver son frère à sa place ? Il saurait mieux qu'elle où le chercher. Mais il lui poserait forcément des questions, des questions auxquelles elle ne pourrait se résoudre à répondre.

Non, elle ne devait pas l'impliquer. C'était elle, et elle seule, qui devait tenter d'arranger les choses.

Au rez-de-chaussée, elle posa l'oreille contre la porte de la cave. On n'entendait rien. Hayley dormait-elle encore ?

Ou alors c'était ce qu'elle voulait lui faire croire. Elle avait peut-être réussi à se libérer et l'attendait camouflée dans l'ombre, prête à lui bondir dessus dès qu'elle entrerait.

– Maman ?

Norma se retourna en sursautant. Debout près de l'escalier, Cindy tenait sa poupée à la main, l'air ensommeillée.

Ne pas craquer. Pour elle.

Norma regarda sa fille manger ses céréales sans parvenir à se défaire de la vision de cette jeune femme enchaînée sous le plancher.

Si elle s'y prenait de la bonne façon, elle pouvait tenter d'arranger la situation. Tout n'était peut-être pas perdu. Il fallait juste trouver les bons mots.

Je ne savais pas quoi faire, Hayley, les choses se sont succédé tellement vite. Quand je t'ai vue face à moi en ouvrant la porte, j'ai cru que tu allais me faire du mal. J'ai eu peur, je n'ai pas réfléchi...

Une fois que Cindy eut fini son petit déjeuner, Norma lui demanda de monter se laver et s'habiller.

Puis elle nettoya son bol dans l'évier.

Elle devait songer à lui préparer à manger à *elle* aussi. Hayley serait affamée en se réveillant, et deviendrait sûrement plus conciliante le ventre plein.

Et ainsi prête à l'écouter.

Des fruits, du pain grillé, du chocolat.

Ce serait un premier geste envers elle.

Un geste de paix.

HAYLEY

D'abord cette odeur d'humidité et de poussière mêlées, puis, quand elle ouvrit les yeux, l'impression que tout ce qui l'entourait se mettait à tanguer.

Elle était allongée sur le dos, sur un petit lit calé contre un mur en ciment. En tentant de se lever, elle se rendit compte qu'elle avait les poignets solidement attachés à un tuyau de canalisation fixé derrière elle.

Hayley tira sur les menottes le plus fort qu'elle put, mais sans succès.

La pièce où elle se trouvait était assez vaste et remplie de cartons divers. Dans le fond, des dessins d'enfant étaient accrochés à un panneau en bois. La lumière du jour ne rentrait que par une ouverture grillagée.

Une cave. Celle située sous la maison de Norma.

Alors tout lui revint en mémoire, sa voiture qui brûlait dans la nuit du Kansas, l'explosion, Tommy…

Hayley tenta de garder son calme et de comprendre. Comprendre pourquoi elle n'était pas dans un hôpital ; Tommy au poste de police pour être interrogé ; son père déjà en route pour venir l'arracher à cet enfer…

Et pourquoi elle était enchaînée dans cet endroit sordide.

Puis elle revit Norma l'assommer avec une lampe torche.

Le grincement d'une porte, une odeur de renfermé, le choc de son corps jeté sur un sol froid.

Le silence, et à nouveau le noir.

Norma avait dû lui donner quelque chose pour la forcer à dormir. Oui, quand elle l'avait fait s'allonger dans sa chambre. Cela expliquait pourquoi elle se sentait aussi comateuse.

Droguée.

Depuis combien de temps était-elle là ? Quelle heure était-il ? Avait-elle passé tout le reste de la nuit dans cet endroit ?

Et pourquoi cette femme si douce lui avait-elle fait une telle chose ?

La porte de la cave s'ouvrit. Hayley se cambra, terrifiée à l'idée de voir Tommy surgir dans l'escalier. Mais c'était seulement Norma. Elle avait le regard baissé, tenait un plateau avec une assiette, et descendait les marches en faisant attention de ne pas le renverser.

Hayley se força à se contrôler, consciente qu'elle ne maîtrisait plus la situation.

Norma posa le plateau sur le sol. Elle avait les traits tirés, comme si elle n'avait pas dormi de la nuit.

– Qu'est-ce que vous allez faire de moi ? demanda Hayley sans la quitter des yeux.

Norma s'agenouilla face à elle, sans lui répondre.

– Je vous promets que je ne dirai rien, laissez-moi juste partir ! Vous ne pouvez pas me garder ici !

– Je vais te donner à manger, tu dois être affamée, dit Norma en levant l'assiette.

– Je n'ai pas faim ! Vous ne comprenez pas ! Je veux sortir ! Libérez-moi tout de suite !

– Je t'en prie, calme-toi, Hayley, tout est déjà assez difficile comme ça ! Tu dois être complètement chamboulée, me détester de toute ton âme pour ce qui t'arrive, et ce serait idiot de t'en vouloir. Je ne te cache pas que je me demande comment je vais arriver à nous sortir de cette impasse.

– Personne ne saura ce qui est arrivé, je vous le promets.

– Ne me sors pas ce genre de phrase apprise dans un mauvais film. Tu veux vraiment me faire croire que je peux te faire confiance là-dessus ? Je ne suis pas idiote, je sais ce que Tommy t'a fait, quelque chose que tu ne pourras ni oublier ni lui pardonner. Je ne cherche pas à minimiser ses actes, mais je ne le laisserai pas croupir en prison, Hayley, quoi qu'il m'en coûte. Il ne s'en remettrait pas…

Après un temps de silence, Norma reposa l'assiette sur le plateau.

– Les choses sont simples. Tu ne sortiras de cette cave que quand je serais certaine que tu ne feras courir aucun risque à mes enfants. Il n'y a pas que le sort de Tommy en jeu. Graham et Cindy en paieraient eux aussi les conséquences. Comment veux-tu que je l'accepte ? Fais au moins un effort pour le comprendre, Hayley. Dans la même situation, ta mère aurait sûrement fait la même chose. Ça te choque, hein, que je te dise ça, mais c'est la vérité. Tu sais, à dix-neuf ans, j'avais déjà Graham et, contrairement à toi, je n'avais personne pour me venir en aide quand j'en avais besoin. Je me suis mariée avec un homme que je n'aimais pas pour l'élever dans les meilleures conditions. Et, après, est venu Tommy. On lui a fait du mal, beaucoup trop de mal, le genre de choses dont un petit garçon ne peut pas se remettre. Et moi je ne voyais rien, je n'ai pas réussi à le défendre. Moi aussi j'avais des rêves à ton âge, mais ils sont vite partis en fumée quand j'ai dû me confronter à la réalité. Ma première grossesse, la lâcheté de mes parents, la peur de ne pas avoir assez à manger pour mon gosse. Quand j'ai rencontré Harlan, le père de Tommy, je pensais que les années noires étaient derrière moi.

Norma s'arrêta de parler et soupira en remettant en place une mèche de cheveux.

– Il ne faut pas sous-estimer la force qu'on a en nous, Hayley, ce que l'on peut faire pour protéger nos enfants. Personne ne peut me juger. Et je ne laisserai pas tomber mon fils une nouvelle fois.

Elle détourna alors le visage et s'essuya les yeux et les joues avec le dos de la main.

– Si seulement j'étais sûre et certaine que tu ne diras rien, si seulement je pouvais te faire confiance.

– Je veux juste rentrer chez moi et tout oublier, fit Hayley en essayant de croiser son regard. Vous ne pourrez pas me garder ici indéfiniment, et vous le savez.

– Il faut que tu manges un peu. Ensuite nous reprendrons notre discussion.

– Je n'ai pas faim ! hurla Hayley, incapable de se contenir. Vous ne comprenez pas ? Vous êtes complètement folle ou quoi ?

– N'élève pas la voix, s'il te plaît.

– Sinon quoi ? Libérez-moi pendant qu'il en est temps, Norma ! Vous n'avez pas le choix !

– Si, justement, j'ai le choix.

– Vous n'allez pas vous en tirer comme ça ! J'ai parlé à beaucoup de monde hier ! Le garagiste se souviendra de moi, et il dira que j'étais chez vous ! Ma tante trouvera le numéro de téléphone d'où j'ai passé mon appel ! Et la police viendra et vous finirez en taule, et Tommy aussi, et votre sale gamine ira pourrir dans un orphelinat !

Norma se raidit un peu. Hayley comprit alors son erreur.

Trop impulsive. Sa mère le lui avait sans arrêt répété sur les terrains de golf.

– La seule qui risque de pourrir bientôt, c'est toi, Hayley, dit Norma, une lueur malsaine dans le regard.

Hors d'elle, Hayley lui cracha au visage. Norma resta un moment sans réagir, puis elle lui serra une sorte de bâillon autour de la bouche, pendant que la jeune femme se débattait en hurlant pour essayer en vain de l'en empêcher.

Une fois qu'elle eut fini, Norma sortit de la cave sans un mot.

La première chose qui traversa l'esprit de Hayley fut de ne surtout pas vomir, de peur de s'étouffer.

Hayley resta une partie de la matinée à imaginer tout et n'importe quoi : ce qui se passait dans la tête de Norma, ce qu'elle comptait faire pour se sortir de cette situation…

Savait-elle vraiment ce que Tommy lui avait fait subir ? Comment pouvait-elle la traiter de cette manière après cela ?

Et son père ? Que penserait-il alors qu'il rentrerait chez lui et, prévenu par Olivia, s'attendrait à l'y trouver ? Combien de temps se passerait-il avant qu'il n'alerte les autorités ? Et comment feraient-ils pour savoir où elle était ? Combien de gens disparaissent chaque année sans que personne ne les retrouve ?

Elle repensa aussi à la succession d'événements qui l'avait conduite dans ce piège : ce problème de moteur qu'elle aurait pu appréhender d'une autre manière ; sa rencontre improbable avec Norma ; son inconscience de rester dormir chez des inconnus… Elle eut presque l'impression de se retrouver dans une mauvaise série B, comme celle qu'elle avait regardée sur le câble une semaine auparavant, où une jeune fille trop stupide se retrouvait prise au piège dès les vingt premières minutes dans la maison d'une famille de cannibales.

Que serait-il advenu si elle avait continué sur la Kansas Turnpike ? Aurait-elle pu trouver une aire de repos ?

De l'extérieur, Norma appela Cindy avec insistance. Puis une porte claqua.

Hayley n'avait pas encore perçu la voix de Tommy. Pourquoi ne s'était-il pas manifesté ? Peut-être ne savait-il même pas qu'elle était enfermée. En un sens, c'était mieux ainsi. Elle ne pourrait supporter qu'il l'approche à nouveau, alors qu'elle avait les mains liées, soumise par les chaînes.

Elle le revoyait encore, entièrement nu, tenant un bidon d'essence à la main, prêt à l'en asperger.

Il était cinglé. Ils étaient tous cinglés.

Et Graham ? Était-il au courant de ce que lui avait fait subir son frère ? Lui, il pourrait l'aider. Il n'était pas comme eux. Il arriverait à faire entendre raison à sa mère. Elle n'aurait qu'à faire le plus de bruit possible quand elle entendrait sa voix, taper contre les cloisons, arriver à enlever son bâillon et hurler. C'était peut-être sa seule chance de s'échapper.

De petites formes noires évoluaient sur le mur éclairé par la lumière du jour. Hayley repensa à ce que Tommy lui avait dit dans le jardin au sujet des araignées. Cette cave devait en être infestée. Elle les imagina grouiller tout autour d'elle, attendant qu'elle s'assoupisse pour investir son corps.

Quelque chose s'immisça sous son T-shirt et remonta dans son dos. Hayley bougea dans tous les sens et hurla à travers son bâillon, hurla à s'en déchirer les cordes vocales, jusqu'à, malgré le tissu qui lui recouvrait la bouche, tenter d'ameuter tous les habitants du Kansas, jusqu'à ce que Norma n'en puisse plus de l'entendre et vienne lui défoncer le crâne à coups de pioche.

Elle avait tellement soif, sa gorge s'asséchait, et elle ne put qu'imaginer, pour pallier le manque, des torrents d'eau fraîche s'y déverser.

Elle entendit Cindy courir au-dessus, et Norma qui parlait en marchant de long en large dans ce qu'elle imaginait être la salle de séjour.

Cette folle continuait à mener sa vie comme si de rien n'était, comme si elle était habituée à séquestrer des gens dans sa cave. Hayley ne pouvait croire que c'était la même personne qui lui avait porté secours sur la route, qui l'avait invitée chez elle, qui l'avait soignée quand elle avait eu son coup de chaleur, à qui elle avait confié des choses si intimes sur sa propre vie.

Peut-être n'était-elle pas la première à qui cela arrivait, peut-être que Norma avait emprisonné d'autres filles, que Graves était de mèche avec elle et avait délibérément saboté son moteur pour la retenir.

Viendrait-il la violer lui aussi ?

Cette douleur, bien présente entre ses cuisses, cette douleur qui continuait à se propager…

Hayley chercha le moindre signe de la présence d'autres prisonnières qui l'auraient précédée.

Des traces de sang, de griffures sur le mur.

Elle visualisa alors des dizaines de cadavres enterrés autour de la maison. Le sien prêt à les rejoindre bientôt, sans que personne n'en sache rien.

De l'engrais pour les terres environnantes.

Tommy l'avait violée sans se soucier des conséquences, car il savait qu'elle ne sortirait jamais vivante de chez lui. Norma la lui avait livrée en pâture. Un accord tacite entre une mère cinglée et son fils pervers.

Non, elle allait trop loin, elle devait juste reprendre ses esprits et surtout rester attentive, faire le plus de bruit possible pour signaler sa présence quand elle entendrait une voix étrangère. Mais elle savait au fond d'elle-même que Norma ne ferait entrer personne dans cette maison tant qu'elle y serait captive.

Il fallait aussi réfléchir à ce qu'elle dirait quand Norma reviendrait, quelque chose qui puisse la ramener à la raison.

C'était une femme sensée, juste un peu dépassée par la situation.

Elle arriverait bien à trouver un point sensible sur lequel appuyer pour qu'elle la libère.

Cela ne pouvait pas se passer autrement.

NORMA

Il était plus de 17 heures. Norma avait passé l'après-midi au volant, à chercher Tommy partout où elle l'avait pu. Elle était retournée à la cabane, puis était passée à l'épicerie Holmes, et dans tous les endroits d'Emporia où il avait l'habitude d'aller, comme le terrain de basket ou l'ancien cinéma sur George Street, mais sans le moindre résultat. Elle avait même fini par appeler Graham et, comme elle était tombée sur le répondeur, elle lui avait demandé de la façon la plus calme possible s'il savait où était son frère, avant de raccrocher.

Tommy était peut-être déjà loin maintenant.

Tout cela à cause de cette fille.

Pourquoi était-elle entrée dans leur vie ? Pour tout saccager ?

Tommy n'avait même pas pris son téléphone portable avec lui. Elle n'avait aucun moyen de le joindre, elle n'avait plus qu'à attendre qu'il se manifeste.

Près d'elle, Cindy coloriait tranquillement dans son cahier. Norma remarqua alors le sac de Hayley laissé contre la table du salon. Un beau sac en cuir noir, d'une marque qu'elle ne connaissait pas mais qui devait être réputée, rempli de toute sorte de choses : des produits de maquillage, un paquet de chewing-gums, un vieil iPod… Norma en sortit un portefeuille, qui contenait soixante dollars en liquide ainsi que les papiers d'identité de Hayley, puis elle s'empara ensuite d'un tube de rouge à lèvres Chanel et le renifla en fermant les yeux. Elle n'en mettait plus depuis des années, mais cela lui rappela à quel point elle en aimait l'odeur. Elle se posta devant un miroir et l'appliqua délicatement sur ses lèvres. Il était d'un rouge intense, qui tranchait trop avec le teint de sa peau. Norma sourit en se rendant compte de l'air vulgaire que cela lui donnait soudain. Elle frotta vigoureusement sa bouche avec son avant-bras et jeta le tube de rouge à lèvres dans le sac à main.

Elle ne devait pas laisser la pitié qu'elle éprouvait pour cette jeune femme l'envahir. Bannir tout sentiment. Après tout, Hayley n'était qu'une étrangère. Elle ne la connaissait que depuis quelques heures, quelques heures qui ne suffisaient pas pour qu'elle la laisse saborder le reste de leur existence.

Il y avait forcément une solution. Elle devait juste prendre assez de temps pour la trouver. Atténuer la haine que devait éprouver Hayley envers Tommy.

Pour cela, il faudrait peut-être qu'elle lui dise tout. Hayley avait l'air d'être une fille intelligente, elle comprendrait sans doute, si elle apprenait ce que Tommy avait traversé. Tout ce qu'on lui avait fait. Elle comprendrait à quel point lui aussi était une victime.

Mais Norma savait d'avance qu'elle n'en aurait pas la force. Personne n'était au courant. Elle avait réussi à tout garder secret pendant si longtemps… Comment expliquer aux autres qu'une vie simple, sans histoires, abritait en son sein le plus inavouable des cauchemars ?

Elle se revit à nouveau le jour où elle était arrivée sur ces terres dans la vieille Ford de Harlan. Elle avait à peine vingt ans et avait ressenti un intense sentiment de soulagement en apercevant enfin cette imposante maison qu'elle ne connaissait qu'en photos. Graham s'était mis à gambader dans le jardin, tandis que Harlan l'avait prise par la main et emmenée à l'intérieur, où l'attendait un énorme bouquet de roses rouges, posé sur la table du salon. Enceinte de Tommy, Norma avait eu la certitude que c'était bien là qu'elle recommencerait sa vie. Et la propriété était si grande, rien à voir avec l'appartement du centre de Knoxville où elle vivait jusqu'alors. Harlan lui avait promis qu'il lui offrirait tout ce dont elle avait toujours rêvé. Elle avait mis trop de temps à se rendre compte de ce qui se cachait réellement derrière ces belles paroles.

Les premières années étaient passées sans encombre, leur exploitation agricole prospérant de plus en plus et subvenant largement à leurs besoins. Graham et Tommy étaient devenus en grandissant deux enfants joyeux et pleins de vie, même si Harlan faisait une nette différence entre celui qui était son fils biologique et celui qui ne l'était pas. Norma ne l'avait, au fond, jamais aimé, mais elle s'était néanmoins sentie redevable envers cet homme qui lui avait permis de changer de vie. Elle lui avait souvent pardonné ses excès de boisson, qui devenaient particulièrement fréquents. Après tout, il n'avait jamais levé la main sur elle, et avait eu la décence de ne pas se saouler devant les garçons.

Ce n'est que vers ses six ans que Tommy avait brutalement changé, de plus en plus sujet aux cauchemars, se montrant agressif avec les autres enfants de son école.

Mais cela ne l'avait pas alertée. Il avait toujours été un peu turbulent.

Un Hewitt. Avec dans le sang la rudesse des terres du Kansas.

Puis était venu cet après-midi de septembre où tout s'était brisé pour de bon.

Norma était partie voir sa mère dans sa maison de retraite, à Knoxville, et était rentrée chez eux plus tôt que prévu. Elle n'avait pas appelé son mari, voulant lui faire la surprise de son retour. Graham était à l'école, mais Tommy était resté à la maison avec son père. Harlan lui avait dit au téléphone qu'il était malade et qu'il avait préféré le laisser se reposer.

Elle s'était garée à côté de la grange, avec l'agréable sensation de revenir chez elle, impatiente de les revoir. Ne les trouvant pas au rez-de-chaussée, elle avait monté les marches de l'escalier et s'était dirigée vers la chambre de Tommy, qui se trouvait à cette époque au premier étage, au fond du couloir.

Et à peine avait-elle poussé la porte qu'elle s'était retrouvée devant une scène qu'aucune mère ne devrait voir.

Norma était ressortie sans cri ni prémices de révolte, le cerveau vidé.

Elle s'était assise dans le salon et était restée sans bouger pendant un temps incertain, jusqu'à ce que Harlan descende et l'y trouve.

Il l'avait embrassée et elle l'avait laissé faire, sans pouvoir prononcer le moindre mot. Quand il lui avait demandé depuis combien de temps elle était là, elle lui avait répondu qu'elle venait d'arriver à l'instant. Juste ce qu'il voulait entendre.

Norma s'était ensuite absentée dans la salle de bains, et, enfin seule, elle avait essayé de comprendre ce qu'elle avait vu. Après tout, elle avait aussi pu se tromper, elle avait peut-être juste surpris un père aimant tenant serré contre lui son fils malade.

Elle n'avait tout simplement pas pu se résoudre à accepter l'évidence.

Pourtant cette lumière rouge sur leurs corps, le regard opaque de Tommy, ces images affreuses qui n'arrêtaient pas de défiler dans sa tête alors qu'elle avait l'espoir d'arriver à leur donner un autre sens…

Et elle s'était rendu compte seulement à ce moment-là que Tommy était toujours dans sa chambre, qu'elle n'était pas allée le voir depuis que Harlan était descendu.

Mais elle n'en avait pas eu la force. Il ne se trouvait qu'à l'autre bout du couloir, mais les quinze pas qu'elle aurait dû faire pour se rendre à son chevet lui avaient paru insurmontables.

Et il était malade, il avait besoin de repos. C'était ce que Harlan avait dit au téléphone, c'était pourquoi il l'avait gardé avec lui à la maison.

Norma n'était sortie de la salle de bains que pour s'occuper de Graham, rentré par le bus scolaire. Elle avait dû se retenir de pleurer quand elle l'avait pris dans ses bras, ne voulant même pas imaginer que Harlan ait pu lui faire du mal à lui aussi. Quand Tommy les avait rejoints, elle n'était tout d'abord pas parvenue à le regarder. Puis il s'était approché et les avait enlacés tous les deux à son tour, sans un mot.

Sa main sur son dos, brûlante comme de la braise.

Norma n'avait pas dormi de la nuit, repoussant toutes les tentatives de rapprochement de Harlan. Elle n'aurait pu supporter un instant le contact de leurs deux corps. Elle aurait saisi la moindre lame à sa portée pour la lui planter dans les yeux.

Le lendemain, elle avait préparé le petit déjeuner et avait emmené ses deux garçons à l'école, comme d'habitude. Elle était restée ensuite une grande partie de la journée à l'extérieur, ne pouvant plus retourner dans cette maison vidée des deux seuls êtres qui l'empêchaient de s'effondrer.

Elle avait passé une semaine à essayer de reprendre une vie normale, à s'occuper de ses fils comme si de rien n'était, en faisant attention à ne pas se retrouver trop souvent seule avec Tommy. Elle s'était détestée pour cela, bien consciente que Harlan recommencerait, que son silence même ferait qu'il recommencerait, comme le père de son amie d'enfance, Theresa Limp, qui n'avait mis fin à son calvaire qu'en se jetant, à treize ans à peine, du toit d'un immeuble du centre de Knoxville.

Un dimanche matin, alors que Harlan était parti tôt pour chasser, Norma était restée une heure à parcourir du regard les multiples fissures du plafond, si fines qu'il fallait se concentrer pour ne pas les perdre de vue.

Puis elle s'était habillée en hâte et avait pris un des fusils rangés dans l'armurerie, un de ceux que Harlan s'était vanté de ne jamais avoir déclarés aux autorités. Elle savait où il était parti, et qu'il était seul. Elle n'avait pas mis longtemps à le retrouver. Ce porc se tenait embusqué derrière un talus à l'affût de sa proie.

Elle l'avait visé sans penser à autre chose qu'à la trajectoire de la balle. Un seul coup, en plein cœur.

C'était lui qui lui avait appris à manier les armes, afin qu'elle puisse se défendre si un intrus pénétrait dans la maison.

Norma était calmement retournée chez elle, puis elle avait rejoint Tommy et s'était allongée à ses côtés. Et par son étreinte, si longtemps différée, elle avait tenté de lui faire comprendre qu'il n'aurait plus rien à craindre.

Elle avait nettoyé le fusil, l'avait remis à sa place. Et elle avait patiemment attendu le coup de téléphone.

Lors de l'enterrement, dans le cimetière d'Emporia, elle n'avait pas versé la moindre larme. Ses yeux secs cachés derrière ses lunettes de soleil, elle leur avait à tous montré ce qu'ils voulaient voir : une femme brisée mais digne.

Elle n'était, par la suite, plus jamais retournée au cimetière. Sa tombe pouvait bien pourrir, elle aussi.

Norma n'avait jamais été suspectée pour la mort de son mari. Il avait été impossible aux experts de remonter jusqu'à l'arme à partir de la balle retrouvée dans le corps de Harlan. Les accidents de chasse restaient assez fréquents au Kansas. Un adolescent avait été tué aux environs de Topeka un an auparavant. Il s'était pris une balle d'un chasseur qui poursuivait un cerf.

Tommy était trop petit pour réellement comprendre. Il suffisait d'oublier. Norma ne faisait de toute façon pas confiance aux psychologues, qui lui auraient torturé inutilement l'esprit. Et elle n'aurait pas supporté leurs regards sur elle, qu'ils se permettent de la juger.

Le temps réparait tout.

Mais pourquoi lui avait-il dit ces mots devant la cabane ?

Debout sur le perron, Norma fit face à ce qui restait de la Chevrolet de Hayley, cette grosse épave noircie, affreuse. Le chant des oiseaux, au loin, lui fit l'effet d'une provocation.

Alors qu'elle s'apprêtait à retrouver sa fille, une voiture de police entra dans la propriété, sa carrosserie renvoyant des éclats de soleil.

C'était Herbert Bones. Mais il ne venait sûrement pas lui faire une visite de courtoisie. Norma descendit les marches les bras croisés et avança vers lui, consciente qu'elle devait rester le plus naturelle possible. Et surtout arrêter de trembler.

Même si Hayley hurlait, on ne pourrait l'entendre, grâce au bâillon. Mais cela ne la rassura qu'à moitié. Herbert pouvait aussi être là pour elle, même s'il était trop tôt pour qu'un avis de recherche ait été lancé.

Tommy serait-il allé se dénoncer ?

Herbert était encore simple flic quand Norma avait emménagé au Kansas. Il était marié à Marina Donoghue, une belle brune avec qui il avait eu trois enfants, Brendan, William et Nelly. C'était Herbert qui lui avait parlé en premier lors du barbecue que Harlan avait organisé pour la présenter à tous ses amis. Il s'était dès le départ montré courtois, attentif à ce qu'elle lui disait, alors que les autres l'avaient regardée comme si elle était une énigme à déchiffrer. Mal à l'aise, elle avait prétexté la fatigue pour aller se reposer un peu dans leur chambre. À peine avait-elle fermé la porte qu'elle les avait entendus rire aux éclats dans le jardin. Elle était restée debout près de la fenêtre à tenter de saisir des bribes de leur conversation, croyant qu'ils en profitaient pour parler d'elle. Elle s'était assise sur le rebord du lit, puis avait finalement décidé de redescendre les affronter. Par la suite, elle n'avait pas mis beaucoup de temps à s'en faire apprécier, se comportant comme l'épouse modèle qui faisait l'orgueil de Harlan.

À la mort de ce dernier, Herbert et sa femme les avaient parfois invités elle et ses enfants à venir déjeuner dans leur grande maison située en plein centre d'Emporia. Les années passant, ils ne s'étaient plus croisés que de façon épisodique, quand elle se promenait en ville ou quand lui-même faisait l'effort de passer les voir pour s'assurer que tout allait bien.

Norma se força à rester souriante. Arrivé à son niveau, Herbert enleva ses lunettes de soleil, visiblement préoccupé.

– Salut, Norma, dit-il en l'embrassant sur les joues. Je suis passé pour voir Tommy, je ne sais pas si tu es au courant mais un habitant du coin s'est fait tabasser hier midi dans une ruelle d'Emporia. Un témoin affirme avoir vu ton fils sortir en courant de cette ruelle peu après l'agression.

– Oh, mon Dieu, fit Norma en plaquant sa main sur sa bouche.

Un témoin ? Cette ville les détestait-elle à ce point ?

– La victime est dans le gaz, mais les médecins sont optimistes, ils pensent qu'il va s'en sortir avec le nez fracturé et quelques côtes cassées. Je ne pense pas que Tommy ait quelque chose à voir là-dedans, Norma. Je connais ton fils, le fils de Harlan, mais depuis ce qu'il s'est passé à son lycée, tu comprends que je souhaite quand même l'interroger.

– Oui, je comprends, mais je ne sais pas où est Tommy, il est parti tôt ce matin, je lui demanderai de passer te voir quand il rentrera, tu es d'accord ?

– Pas de problème, c'est juste un interrogatoire de routine, tu sais comment sont les gens ici.

– Mais qui l'aurait vu, tu peux me le dire, non ? Si quelqu'un l'a reconnu, c'est qu'il le connaît, et je suis sûre qu'il s'agit d'un malentendu. Tommy était avec moi hier, ça ne peut pas être lui.

Mentir avec autant d'aplomb. Cela aussi, elle l'avait appris avec le temps.

– Tu te doutes bien que je ne peux pas te donner cette information…

Herbert s'était toujours montré si bienveillant envers elle. Elle avait la possibilité de tout dire, de se débarrasser de ce poids avant que cela n'aille trop loin. Herbert ne traiterait pas la veuve de Harlan Hewitt comme n'importe qui. Il aiderait peut-être Tommy à ne pas finir sa vie en prison.

Mais jusqu'où pourrait-elle flirter avec la vérité ?

Herbert tourna la tête et vit alors ce qui restait de la Chevrolet de Hayley.

– Il est arrivé quoi à cette voiture ?

– Je ne sais pas, fit Norma en manquant défaillir. C'est arrivé cette nuit, j'avais laissé le portail ouvert, ça peut être n'importe quel gamin des environs. Je venais de l'acheter dans un garage d'occasion à Kansas City pour l'offrir à Tommy.

– Tu aurais dû me le signaler ! Je te conseille de porter plainte, qui sait, ça peut aboutir. Ce genre de vermine se fait pincer à un moment ou à un autre, ils ne savent jamais s'arrêter.

– J'y penserai, dit-elle en essayant de se montrer convaincue.

Herbert la regarda avec insistance, sans bouger ni parler, comme s'il attendait quelque chose d'autre. Norma savait qu'il avait toujours été plus ou moins attiré par elle. À l'époque de son mariage avec Harlan, il s'amusait constamment à la provoquer en lui faisant des yeux doux, en lui disant à tout bout de champ que c'était lui qu'elle aurait dû choisir. Il était plutôt beau d'ailleurs, les traits réguliers, son corps plus musclé que celui de Harlan. Dix-sept ans plus tard, il était seulement bedonnant, avec une calvitie qu'il cachait continuellement sous son stetson. Elle ne risquait plus de tomber sous son charme.

– Et tout marche bien pour toi ici ? Les enfants sont grands maintenant, c'est dingue comme le temps passe vite, Nelly rentre à l'université l'année prochaine.

– Oui, c'est vrai, que veux-tu, on ne peut rien y faire.

– Non, personne ne connaît la formule magique, hein ! Bon, j'y retourne, tiens-moi au courant pour Tommy, et viens donc nous voir à l'occasion avec tes mômes, Marina sera ravie.

– Pas de problème, Herbert, merci d'être passé.

Il la salua et se rendit vers sa voiture.

Norma sentit la pression tomber au fur et à mesure qu'il s'éloignait. Elle attendit qu'il ait disparu de sa vue pour retourner dans la maison.

Tommy avait-il vraiment frappé cet homme à Emporia ? Si c'était le cas, cela s'était passé avant qu'il ne revienne au volant de cette voiture. Lui avait-il menti et l'avait-il volée à sa victime ? Mais le fait que Tommy se soit battu dans la cour de son lycée ne voulait rien dire, même si elle lui en avait terriblement voulu. Moins pour l'acte en lui-même que pour l'exclusion définitive que cela lui avait value. Les commères d'Emporia en avaient fait leurs choux gras. Il n'en fallait pas plus pour que l'on vous pointe du doigt au cœur du cœur de l'Amérique.

Et d'ailleurs qui avait bien pu le reconnaître ? Combien de temps allaient-ils lui faire payer ?

Il était plus que nécessaire qu'elle lui parle dès qu'il reviendrait. Mais si Herbert l'interrogeait avant ? Et que Tommy finissait par craquer et passait aux aveux ?

Prise de panique, Norma rappela Graham sur son téléphone et tomba à nouveau sur le répondeur. Cette fois, elle ne lui laissa pas de message.

Elle zappa sur plusieurs chaînes et tomba sur un flash info de Fox News, où on prédisait de fortes tornades dans les États du Kansas, du Missouri et de l'Oklahoma.

Qu'elles viennent, pensa Norma, et qu'elles emportent tout sur leur passage.

Des coups résonnèrent dans les tuyaux. C'était Hayley, elle ne pouvait donc pas la laisser en paix.

Norma mit le son plus fort et tenta de se concentrer sur les images.

Et si elle prenait le risque de la laisser repartir, que se passerait-il réellement ? Elle vivrait constamment dans l'angoisse, s'attendrait à chaque instant à ce qu'une ribambelle de voitures de flics surgissent pour les arrêter, elle et Tommy. Ou elle seule, si Tommy ne revenait pas d'ici là. Cindy serait une orpheline. Graham ne voudrait plus la voir. Et les autres, tous les autres…

Elle s'enfermerait pour toujours derrière un mur de honte.

Hayley lui avait promis qu'elle ne dirait rien à personne, mais elle pouvait tout aussi bien lui avoir menti pour qu'elle la relâche. Dans ces conditions, n'importe qui dirait ce que l'autre voulait entendre.

Et si vraiment elle comptait se taire, combien de temps arriverait-elle à vivre avant de craquer et de se délester enfin de ce poids ?

Aucune vie normale possible, et, après le silence, le besoin de vengeance.

Quelques mois auparavant, Norma avait suivi un reportage où une jeune femme de Nashville avait dénoncé son violeur deux ans après les faits. Il avait été inculpé et croupissait en prison. On était au Kansas, les jurés n'auraient aucune clémence pour un viol, même si Tommy était mineur. Et elle savait quel était le sort réservé aux violeurs en prison.

Elle n'avait aucun moyen d'être certaine que Hayley tiendrait sa promesse. La question était de savoir si elle pouvait prendre ce risque, ou pas.

Remettre le sort de toute sa famille entre les mains de cette fille.

Et Hayley ne s'arrêterait pas au viol. Elle raconterait aussi comment elle l'avait assommée et séquestrée dans une cave, au mépris de ses supplications. Elle en rajouterait même volontiers dans l'horreur, afin d'être sûre qu'elle ne s'en relève jamais.

Pour apaiser une telle souffrance, le meilleur moyen était de la faire payer à un autre. Au centuple.

Herbert ne pourrait rien faire pour l'aider. Personne ne le pourrait.

Hayley savait où elle habitait. Si elle la relâchait, elle serait capable de revenir avec des sales types pour leur faire du mal à son tour.

Norma était prise au piège.

Elle sortit un reste de rôti du réfrigérateur en tentant de chasser ses idées noires. Elle allait préparer à manger pour Cindy et la coucher plus tôt que d'habitude. Ensuite, elle lui apporterait à manger à *elle*.

Norma fit réchauffer des légumes au micro-ondes et se rendit dans le jardin pour mettre les couverts sur la table.

Après le dîner, elle demanda à Cindy de s'endormir vite en lui promettant que le lendemain elles iraient ensemble au cinéma, puis elle fit la vaisselle, comme à son habitude, et plaça les restes de nourriture qu'elle destinait à Hayley sur une assiette.

Un couteau à viande était posé sur le plan de travail, celui avec lequel elle avait coupé des tranches de rôti. Norma fut prise d'un frisson en imaginant une manière d'en finir une bonne fois pour toutes.

C'était si simple. Un seul coup, en plein dans le ventre, et elle repartirait sans se retourner et la laisserait se vider de son sang dans cette cave toute la nuit.

Personne à part elle ne savait que Hayley était là. Et si elle faisait ce qu'il fallait, si elle se montrait assez forte, personne ne le saurait jamais. Elle l'enterrerait quelque part sur son terrain. Hayley disparaîtrait de leur vie. Mais elle disparaîtrait aussi du monde. Et de quelle manière, au bout du compte, le monde réagirait-il ?

Norma en frémit. Elle devenait folle. Comment pouvait-on penser à une telle chose !

Mais quel choix lui laissait-on ? Maintenant qu'il était trop tard pour revenir en arrière ? Elle aurait pu raisonner Hayley quand elle avait ouvert la porte de sa chambre. Maintenant elle ne l'écouterait plus.

Et puis elle avait déjà tué. Elle savait comment faire.

En aurait-elle encore le courage ? Elle n'éprouvait aucune animosité envers cette pauvre fille. Elle ne lui avait rien fait de mal, rien qui puisse l'amener à lui planter une lame dans le corps.

Et oserait-elle affronter son regard quand elle descendrait dans la cave le couteau à la main ? Elle, dont la seule faute avait été de croiser le chemin de son fils ?

Norma remplit un verre d'eau et le posa sur le plateau, regardant son reflet dans sa lame.

Ne pas flancher.

Tommy, Graham, Cindy.

Il y avait, après tout, plusieurs façons de tuer un être humain. En particulier quand il était attaché dans une cave en plein été. Elle n'avait pas besoin de redescendre.

Elle se sentit d'un coup libérée. Elle n'aurait pas à l'affronter à nouveau.

On ne survivait pas plus de quatre jours sans boire ni manger. L'être humain était au fond si vulnérable.

Il n'y avait aucune honte à détruire quelque chose d'aussi fragile.

Norma fut stupéfaite que de telles pensées lui semblent si évidentes. Elle devrait avant tout être patiente et faire en sorte que personne ne soupçonne la présence de Hayley sous leur plancher. Graham était par chance parti chez sa petite amie. Il n'y avait aucune raison qu'on lui rende visite pendant ce laps de temps.

C'était la seule solution. Tout redeviendrait comme avant. Et elle seule en porterait le poids.

Le cœur soudain pétillant d'espoir, Norma saisit le verre d'eau et en vida tout le contenu dans l'évier.

Deux jours plus tard

Elle ouvrit les yeux et ce fut tout autour d'elle une sorte de faux monde en mouvements flous, comme si elle se trouvait face à un écran de cinéma.

Son visage lui faisait tellement mal, elle avait l'impression que sa tête était deux fois plus grosse que d'habitude tant elle avait de difficulté à la bouger. Elle sentit alors des mains lui serrer les bras, vit un homme qu'elle ne connaissait pas lui plaquer quelque chose sur la bouche.

Elle respira un air nouveau qui lui inonda les poumons. Puis on la souleva et elle glissa dans l'air comme si elle était sur un tapis volant, vit un peu de ciel bleu au-dessus d'elle, le soleil au milieu qui lui fit cligner des paupières, l'ambulance où on l'emmenait...

Et ensuite les lumières des néons qui défilaient sur un plafond blanc, ces visages et ces voix qui surgissaient comme le bruit des voitures qui nous dépassent sur l'autoroute...

Autour d'elle se tenaient des femmes en blouse blanche, et un homme qui portait un masque vert sur la bouche, et cet homme lui fit un petit signe avec les doigts, et elle vit la seringue que tenait une des infirmières, sentit la piqûre sur son bras et, avant qu'elle ne songe à avoir peur, sa vision se troubla et elle bascula à nouveau dans l'abîme.

HAYLEY

À bout de force, Hayley arrêta de frapper ses menottes contre le tuyau. Cela faisait plus d'une heure qu'elle essayait de forcer Norma à descendre, mais elle se rendait bien compte que cela ne servirait à rien.

Elle n'avait aucune idée de l'heure qu'il pouvait bien être, et commençait à sentir la faim lui tenailler le ventre. Sa gorge était si sèche qu'elle avait l'impression qu'elle allait, si cela continuait, se fissurer par endroits.

Ce ne pouvait pas être la réalité.

Elle enrageait de ne rien pouvoir faire pour se sortir de là. Elle avait tenté de se libérer maintes et maintes fois en tirant sur la chaîne des menottes, mais elle était trop solide. Norma devait garder la clef sur elle, peut-être que si elle s'approchait assez près, elle pourrait la frapper avec les pieds, l'assommer et avoir une chance de les lui prendre en les faisant glisser jusqu'à elle.

Elle l'enfermerait alors à son tour et appellerait la police. Et si Tommy se montrait pendant ce temps, elle n'aurait aucune pitié. Légitime défense.

Un couteau. Un tournevis. Une scie. Juste pour voir quel effet cela faisait de planter quelque chose dans son corps à lui.

Elle détendit ses bras, qui commençaient, comme ses épaules, à lui faire mal à force de rester dans la même position.

Elle sortirait bientôt. Elle devait se raccrocher à cette idée, combattre la peur avec cette certitude. Et tout ne serait plus qu'un lointain souvenir. Elle retournerait chez elle, retrouverait son père, à qui elle serait bien obligée de tout raconter. Il annulerait ses rendez-vous d'affaires pour s'occuper d'elle, comme avant, comme quand il estimait nécessaire de la protéger contre le monde entier.

En sachant tout ce qu'elle avait enduré, il n'aborderait jamais le sujet de la voiture. Un moindre mal comparé à la vie de sa fille unique.

Elle les dénoncerait, et Norma et Tommy finiraient en prison. Elle prendrait alors un malin plaisir à rendre visite à ses bourreaux quand ils seraient prisonniers des barreaux d'une cellule.

Et ce serait à son tour de les narguer.

Sa vessie commençait à faire pression dans son bas-ventre. Elle serra les cuisses et tenta de ne plus y penser. Elle n'allait quand même pas se faire dessus. Cette simple idée l'écœura. Elle tiendrait jusqu'au bout. Pour au moins garder ce qu'il lui restait de dignité.

Quelque chose lui effleura les chevilles. Elle se redressa en criant et inspecta le matelas au niveau de ses pieds, mais il n'y avait rien.

Pourtant, elle les sentait grouiller dans les nombreux coins d'ombre de la cave.

Les araignées.

Et il était hors de question de fermer l'œil et qu'elles en profitent pour lui grimper dessus.

Ou de courir le risque, en se réveillant, de le revoir lui, debout à côté d'elle, prêt à la torturer à nouveau.

Mais, en y repensant, il ne pouvait pas savoir qu'elle était enfermée dans cette cave, elle qui, les bras liés et presque offerte, serait une proie facile pour ce porc.

Norma avait fermé la porte à clef. Elle était au moins protégée de lui.

Cela faisait des heures que Norma n'était pas redescendue. Hayley n'en pouvait plus d'attendre, bloquée dans la même position. C'était absurde, cela ne servait à rien de la retenir prisonnière, elle ne faisait que reculer les choses.

Elle s'était rendu compte au premier regard que Tommy était bizarre, elle n'aurait jamais dû le laisser s'approcher d'elle. Qu'avait-elle donc fait pour qu'il s'imagine qu'elle le désirait ? Elle avait l'impression de sentir le poids de son corps. Elle avait eu si mal, elle n'aurait jamais imaginé que cela soit aussi douloureux. Elle ne pouvait s'empêcher de revivre cet enfer. Si seulement elle pouvait attraper toutes ces images, ces sensations, et les tordre, en faire une grosse boule afin de la jeter dans un puits sans fond.

Elle ne s'était pas assez débattue, elle l'avait presque laissé faire. Elle aurait peut-être pu se dégager, saisir n'importe quoi pour l'assommer et s'enfuir dans l'espoir de trouver des secours.

Tout plutôt que sa faiblesse.

Elle la payait maintenant tellement cher.

Des pas se firent entendre au-dessus d'elle, puis cessèrent subitement, comme si l'individu, la sachant à l'écoute, s'était d'un coup figé.

Une odeur de viande grillée lui parvint par la fenêtre, ce qui raviva sa faim. Norma préparait sans doute à manger, et elle lui apporterait enfin un vrai repas. De la viande, des légumes, du fromage, des fruits juteux, et de l'eau, surtout de l'eau, une bouteille entière d'eau fraîche. La simple idée qu'elle serait bientôt rassasiée la calma un peu. Elle avait quelque chose d'accessible à quoi se raccrocher. Elle n'avait jamais eu aussi faim et soif de toute sa vie.

Elle était assise sur le lit de la chambre d'amis. Il faisait jour mais la lumière qui se déversait par la fenêtre paraissait trop artificielle pour être celle du soleil. Hayley entendit le chant d'un oiseau à l'extérieur et, au moment de se lever, elle se rendit compte que Tommy se tenait dans l'embrasure de la porte, son corps nu bordé de ténèbres et beaucoup plus musclé que la première fois. Des muscles gorgés de fiel.

Et il se jeta sur elle en hurlant, s'étala sur sa peau comme une matière molle.

Mais, cette fois, elle lui plongea la lame d'un énorme couteau en travers de la gorge.

Hayley tenta de se redresser, mais les menottes lui firent tellement mal aux poignets qu'elle retomba lourdement sur le matelas. Elle regarda autour d'elle, comme si Tommy était tout près. Mais il n'y avait que du noir. Elle fit plusieurs fois le geste d'ouvrir et fermer les yeux. À chaque fois, le noir total. Elle se rendit alors compte que la nuit était tombée.

Combien de temps avait-elle bien pu dormir ?

Elle n'arrivait plus à distinguer ce qui se trouvait au-delà du matelas, même ses pieds disparaissaient en partie dans l'obscurité.

C'était déjà la nuit, et Norma n'était pas descendue pour lui apporter à manger et à boire.

Plus aucun bruit dans la maison. Tout le monde dormait. Norma était partie se coucher sans penser à elle.

S'amusait-elle à lui faire peur ?

Non, elle ne l'avait pas oubliée, elle l'avait fait sciemment. Elle voulait lui faire payer ce qu'elle lui avait dit sous le coup de la colère.

Elle la laisserait ainsi jusqu'au matin.

Hayley hurla. Alourdi par sa salive, le bâillon glissa un peu, mais il était encore trop serré pour qu'elle puisse le dégager avec la langue. Elle sentit alors un filet chaud jaillir d'entre ses jambes, ne put rien faire pour l'arrêter. Son corps ne lui obéissait plus. Elle éclata en sanglots, l'odeur de sa propre urine lui donnant des haut-le-cœur.

Norma ne la séquestrait pas seulement pour protéger son fils, mais aussi et surtout pour lui faire rater son tournoi, la mettre plus bas que terre, par pure jalousie. Son discours sur ses enfants n'était que du vent.

Elle voulait juste la faire souffrir. Elle la laisserait s'affaiblir dans cette cave. Juste pour l'empêcher d'atteindre quelque chose que ni elle ni sa peste de fille n'arriveraient jamais à toucher du doigt.

Il était hors de question qu'elle se rendorme une fois de plus. Elle attendrait patiemment que le jour se lève.

Et peut-être, avec lui, le retour de Graham.

Il ne la laisserait pas dans cet état, elle en était persuadée. Il n'était pas comme eux.

Et pour la première fois depuis des années, Hayley pria. Elle pria pour trouver un moyen de s'en sortir, pour que quelqu'un lui vienne en aide. Pour qu'une tornade se déchaîne contre les murs de cette maison, l'emportant avec eux tous, et la laissant, elle, enfin libre.

Quelque chose lui bondit sur la joue. Hayley remua la tête dans tous les sens, certaine que c'était une araignée.

Un rire étouffé se fit entendre au fond de la pièce. Le rire de quelqu'un qui avait mis sa main sur sa bouche pour ne pas être découvert. Un enfant pervers sur le point de faire une mauvaise blague.

Tommy était là, tapi dans l'ombre.

À force de scruter l'obscurité, elle remarqua une forme plus noire que le reste dans le fond de la pièce, presque penchée, comme si elle se tenait accroupie, prête à bondir. Hayley ne la quitta pas du regard, pour essayer de définir si c'était bien Tommy.

La forme ne bougeait pas.

Il savait qu'elle le voyait. Il jouait avec elle.

Il avait dû rentrer pendant qu'elle dormait. Et il attendait qu'elle baisse sa garde pour s'approcher d'elle, et, une nouvelle fois, s'emparer de son corps comme un cauchemar d'une âme assoupie.

Mais pourquoi prendrait-il cette peine ? Elle était attachée, elle ne pourrait, de toute façon, rien faire pour l'en empêcher.

De l'autre côté de la cave, la forme semblait différente, comme si elle avait légèrement changé de position. Hayley ne pouvait la quitter des yeux, guettant le moindre mouvement, comme cette fois où, enfant, elle avait fixé une grosse ombre ronde sur le mur de sa chambre, et qu'elle avait imaginé, tétanisée, être la tête d'un homme qui l'observait par la fenêtre.

Elle n'avait jamais su d'où cela pouvait provenir. Elle n'avait depuis lors jamais plus dormi les rideaux ouverts.

Hayley se força à prononcer son prénom, mais personne ne répondit. Elle se concentra sur son souffle, seule méthode qu'elle connaissait pour parvenir à se calmer. Mais elle était terrifiée à l'idée qu'il lui bondisse dessus quand elle s'y attendrait le moins, comme les araignées.

Et s'il y avait une chance que Tommy ne soit pas vraiment là, les araignées, elles, l'encerclaient peut-être déjà, comme des soldats un village qu'ils s'apprêtaient à incendier.

Elle sentirait à nouveau le contact de sa main sur sa cuisse, l'odeur de son haleine, le poids de ses muscles sur son ventre. Elle aurait à nouveau mal.

Mais, cette fois, elle le tuerait, elle le tuerait, elle le tuerait.

TOMMY

Tommy actionna le bouton de sa lampe torche, éclaboussant de lumière froide le mur craquelé qui lui faisait face. Il luttait depuis plus d'une heure pour ne pas l'allumer, de peur que, de l'extérieur, quelqu'un remarque sa présence. La nuit était bien trop noire entre ces murs, bien plus que celle à laquelle il s'était habitué dans le silence de sa chambre. Il connaissait pourtant l'endroit par cœur, mais, là, tout semblait si différent. Les contours de l'abattoir avaient brusquement changé et perdu leur caractère familier.

Et puis il faisait tellement froid.

Il était hors de question de dormir. Il attendrait que les premiers rayons du soleil fassent leur apparition pour se reposer.

Tommy plaça la lampe torche sur le sol, éclairant les monticules de poussière qui s'étaient accumulés avec le temps.

À travers la fenêtre, on ne voyait rien d'autre que les champs immobiles.

Hayley devait être loin maintenant, chez elle, dans cette ville où il n'avait que rarement mis les pieds. Elle non plus n'oublierait jamais le moment qu'ils avaient passé ensemble. Elle avait aimé ce qu'il lui avait fait, il en était persuadé. En y repensant, il ne s'était pas si mal débrouillé que cela pour une première fois, même s'il n'avait pu se défaire de la crainte d'éjaculer trop vite, de ne pas être à la hauteur de cet instant qu'il avait pendant si longtemps fantasmé.

Et qui bientôt se reproduirait. À l'infini.

Dans l'après-midi, il avait couru le risque de se rendre sur les bords d'une rivière, où il était resté allongé dans l'herbe à fumer des cigarettes. À un moment, une jeune femme s'était arrêtée un peu plus loin à vélo, pour boire de l'eau et téléphoner. Vêtue d'une robe à pois, sa chair recouverte d'une peau diaphane, elle avait même esquissé un sourire quand leurs regards s'étaient croisés. Tommy avait un instant hésité à aller la voir, tenter sa chance, revivre cette exquise possession d'un corps, dans l'espoir de s'améliorer et de ne plus répéter les mêmes erreurs. Mais, soudain penaud dans la clarté du jour, il l'avait simplement observée parler à son interlocuteur, tout en tentant de calmer l'excitation qu'il sentait poindre en lui.

Ce serait Tessa Wilkins la prochaine, et personne d'autre.

Elle seule l'empêchait de partir à l'autre bout du pays pour ne plus revenir. La savoir tout près le rassurait, lui donnait de l'espoir, elle qui, au même moment, devait être paisiblement endormie, rêvant peut-être d'un ailleurs, si belle plongée dans ce sommeil que lui-même refusait.

Tommy coupa un morceau de fromage, l'étala sur une tranche de pain de mie et mangea le tout sans passion.

Tant de choses s'embrouillaient dans sa tête. Il ne se serait jamais douté que se retrouver seul dans cet endroit serait aussi dur. Il refusait de s'avouer sa peur. Il aurait tant aimé à cet instant rejoindre son grand frère chez Amber, pour qu'il lui dise quoi faire, qu'il l'aide à se sentir moins démuni.

À cette idée, les larmes montèrent, traîtresses. Il les essuya avec la paume de sa main.

Il ne devait pas pleurer. Il n'était plus un gamin.

Les gamins, on les dévorait dans les champs à la nuit tombée. Les gamins, on les faisait hurler derrière les portes closes.

Tommy s'efforça de penser à autre chose pour ne pas se laisser envahir par ses idées sombres : son corps contre le corps de Tessa, blotti dans ses bras ; cette grande maison où ils habiteraient avec leurs enfants ; cet avenir que, s'il ne faisait pas d'erreurs, il pourrait bientôt toucher du doigt.

Mais avant…

Ne pas s'empêcher de fermer les yeux. Dormir pour que la nuit passe plus vite. Demain serait un autre jour.

Demain, il prendrait une décision.

GRAHAM

Graham Hewitt observait un rai de lumière orangée sur le mur de la chambre quand il sentit un mouvement à côté de lui. Il entendit plus distinctement le bruit de sa respiration et vit qu'elle était enfin réveillée, et qu'elle le regardait. Déjà captif, il se rapprocha d'elle pour l'embrasser. Amber, dont le cou exhalait le parfum qu'il lui avait offert la veille, cala son corps contre le sien, et ils restèrent de longues minutes enlacés, bercés par leurs respirations qui s'harmonisaient, tous deux encore épuisés par cette longue nuit passée à parler et à s'étreindre.

Ils prirent une douche ensemble puis, une fois habillé, Graham se rendit dans le salon pendant qu'Amber se séchait les cheveux, assise sur le lit. La table basse était jonchée de canettes de bière vides et de cartons de pizzas. Il ouvrit la fenêtre en grand pour aérer et huma l'air chaud et saturé de gaz d'échappement.

Amber vivait dans cet appartement depuis plus d'un an. Son meilleur ami, Glenn, s'y était incrusté rapidement, ses parents l'ayant viré de chez eux après avoir appris qu'il était gay. Glenn avait pour projet de partir avec la jeune femme à New York, dans l'espoir d'y suivre des cours de théâtre. Il avait à peine dix-huit ans mais semblait s'être pris assez de coups dans le ventre pour une vie entière.

Tous deux comptaient d'abord emménager chez une cousine d'Amber qui vivait à Greenwich Village, puis, quand Graham les rejoindrait, il était question qu'ils louent ensemble un appartement.

Graham rêvait de New York depuis le début de son adolescence. Son père y avait vécu une quinzaine d'années, jusqu'à ce que ses propres parents déménagent pour le Tennessee. Du moins, c'était ce que lui avait raconté Norma, l'une des rares fois où elle avait abordé le sujet. Son père était mort avant sa naissance, alors qu'il avait dix-neuf ans, soit l'âge de Graham aujourd'hui. Norma avait toujours refusé de parler des circonstances du drame qu'elle semblait tout faire pour oublier. Graham n'avait jamais vraiment fait de recherches jusqu'à présent. Il savait juste que ses parents s'étaient rencontrés sur les bancs de la fac, et que son père, dont il n'avait jamais vu la moindre photographie, avait écrit à cette époque de nombreux poèmes dans un cahier à la couverture en cuir rouge, que Norma conservait jalousement dans son armoire. Elle lui en avait lu des passages pour la première fois l'année précédente, des textes qu'il avait composés spécialement pour elle, d'autres où il évoquait son enfance à Brooklyn, sa vie quotidienne, cette sensation étrange de ne pas vraiment appartenir à un monde qu'il regardait pourtant vivre avec l'intérêt de celui qui garde, malgré tout, les yeux grands ouverts. Graham s'était souvent rendu dans sa chambre pour en lire à haute voix, en copier dans son propre carnet, si bien qu'au fil du temps il avait fini par les connaître presque tous par cœur. Malgré ses supplications, Norma avait refusé d'envoyer le manuscrit à un éditeur. N'ayant jamais pu se résigner à l'idée que ces vers puissent rester indéfiniment dans un placard, Graham avait commencé à en écrire un peu partout, soit quelques lignes, soit des strophes entières, sur des murs, des trottoirs, des troncs d'arbres, afin que la seule voix qu'il connaissait de son père ne reste plus enfermée dans le silence d'une chambre. Il avait même immortalisé un de ses poèmes préférés sur le mur de l'immeuble d'Amber, et le lui avait fait lire un soir sans lui apprendre qui en était l'auteur. Il avait frissonné quand elle lui avait dit à quel point elle le trouvait beau, et s'était promis, quand il s'y rendrait, d'en recouvrir les murs de New York, cette ville qui était tout ce qu'Emporia, Kansas, n'était pas.

La radio passa *Venus in Furs* du Velvet Underground. Amber le rejoignit et Graham lui servit un verre de jus d'orange.

– Glenn dort encore ? demanda-t-elle en portant le verre à ses lèvres.

Graham lui fit signe qu'il n'en savait rien en s'enfonçant plus profondément dans le canapé.

– Ça te dit d'aller au lac ? Quand j'y pense, ça sera a priori la dernière fois, et j'ai envie de nager avant d'aller chez mes parents…

– Oui, comme tu veux, ça ne me fera pas de mal à moi non plus.

Glenn surgit alors de sa chambre, seulement vêtu d'un boxer noir, l'air ensommeillé. Il leur fit un signe de la main et se rendit aux toilettes.

Amber posa sa tête contre l'épaule de Graham.

– J'ai du mal à imaginer qu'on sera bientôt là-bas. Tout me semble si abstrait, et ça le restera sûrement tant qu'on n'aura pas atterri à La Guardia. J'ai passé une heure sur Skype avec ma cousine hier, elle est aussi excitée que moi à l'idée qu'on se revoie après toutes ces années. Elle sera en vacances quand on arrivera, elle nous a déjà préparé un programme chargé apparemment ! Après, on verra comment se démerder pour se trouver un appart quand tu nous rejoindras. Elle m'a dit que ce n'était pas pressé et que sa chambre d'amis servait à ça, mais, bon, je ne veux pas non plus abuser. Et j'ai tellement hâte qu'on soit à New York tous les trois.

Glenn les rejoignit et s'affala dans un fauteuil en cuir rouge. Avec ses cheveux bruns coupés court, il ressemblait à une jeune recrue des Marines.

– J'ai dormi comme une masse, dit-il en se grattant le menton.

– En même temps, ce n'est pas étonnant avec tout ce que tu as bu hier soir, s'exclama Amber en lui faisant un clin d'œil.

– Mon dernier hommage au bon vieil alcool du Kansas !

– On va au lac avec Graham, tu viens avec nous ?

– Oui, pourquoi pas, je n'ai rien prévu de particulier et je dois parfaire mon bronzage.

Glenn regarda ses avant-bras et fit la moue, la lumière du soleil faisant briller le vert de ses pupilles, presque le même que celles d'Amber, si bien qu'on pouvait les prendre pour frère et sœur. Graham avait l'impression que ses traits s'étaient endurcis, de la même manière que son corps en salle de musculation. Seule sa bouche restait voluptueuse, ces lèvres charnues qui excitaient les mecs à en mourir, à en croire Amber.

– Je vais chercher les billets d'avion chez mes parents en fin d'après-midi, expliqua Amber à Glenn. Si tu veux, on en profite pour passer chez toi prendre tes affaires.

– Non, je n'ai plus rien à prendre là-bas. Et je n'ai pas spécialement envie de tomber sur eux.

– Tu leur as dit que tu partais bientôt ?

– Franchement, je ne vois pas pourquoi je le ferais. De toute façon, pour eux ce sera la même chose, sauf que maintenant ils pourront sortir en ville sans angoisser à l'idée de me croiser.

– Ne dis pas ça, tu sais bien que ce n'est pas vrai.

– Bon, je vais prendre une douche en speed, fit Glenn en coupant court à la discussion, je suis prêt dans cinq minutes.

Amber acquiesça et Glenn bondit de son fauteuil pour se rendre dans la salle de bains.

Dans la cuisine, elle prépara quelques sandwichs en tentant de dissimuler sa peine. Graham la rejoignit et frotta son front contre son cou à la manière d'un chat. Et ce, jusqu'à la faire rire à nouveau.

Le lac Blue Moon, creusé à la fin des années quatre-vingt-dix et bordé sur toute sa longueur par une plage de sable directement importé des côtes californiennes, se trouvait une quinzaine de kilomètres à l'est d'Emporia. La plupart des jeunes du coin y allaient après les cours ou pendant les vacances pour se retrouver et, le soir, se rassembler autour de feux improvisés.

Graham se gara sur le parking et ils marchèrent jusqu'au bout de la plage, là où il y avait un peu moins de monde.

Au loin, on voyait de petits bateaux aux voiles de toutes les couleurs. Des enfants, qui faisaient partie d'un centre de vacances, s'amusaient sur le rivage avec des ballons en plastique et des pistolets à eau.

Déjà en bikini, Amber s'installa sur une des serviettes et étala de la crème solaire sur ses bras et ses jambes en sifflotant. Graham lui en passa ensuite sur le dos pendant que Glenn courait vers le lac. Graham se mit en maillot de bain à son tour et ils plongèrent dans l'eau l'un après l'autre, nagèrent sur une centaine de mètres, puis revinrent en faisant la course, avant de secouer leurs têtes au-dessus d'Amber pour l'asperger de gouttelettes froides.

– Bande d'idiots ! fit-elle en se retournant sur le dos. Pires que des gosses !

– Je croyais que tu voulais aller nager, dit Graham en s'allongeant sur sa serviette.

– J'irai un peu plus tard, pour l'instant je laisse un peu le soleil faire son travail.

Graham fit alors signe à Glenn de la saisir par les pieds. Lui-même l'attrapa par les épaules et ils la portèrent en courant jusqu'à la rive.

Ne pouvant s'empêcher de rire à son tour, elle tenta de leur ordonner de la reposer sur le sable, mais ils ne l'écoutèrent pas et la jetèrent à l'eau. Amber se releva d'un bond et se précipita sur Graham en l'attrapant par le cou, le faisant tomber en arrière.

Glenn resta à les regarder s'étreindre sous l'eau. Leurs corps y brillaient encore plus que les reflets du soleil à la surface.

Ils ne lui avaient jamais paru aussi beaux qu'en cet instant.

Alors qu'ils revenaient ensemble sur la rive, Amber fit un grand geste de la main en direction de la plage, où Alice Blake et Tessa Wilkins les attendaient, toutes deux en bikini.

Ils s'assirent tous ensemble sur les serviettes. Au loin on entendait un homme parler dans un mégaphone.

– Bientôt le grand départ ? fit Tessa sans quitter des yeux l'écran de son smartphone.

– Oui, après-demain, répondit Amber. C'est bizarre, ça me fait un peu comme si on s'en allait pour les vacances, je n'ai même pas fini d'emballer mes affaires.

– Tu vas rendre ton appartement ?

– Non, mes parents le gardent avec mes meubles, au cas où ça ne marche pas. Ils ont toujours été prévoyants à ce niveau-là, je dois le leur concéder.

– Ne leur en veux pas d'espérer que tu reviennes.

– Ça me fait justement un peu de peine qu'ils imaginent que je puisse revenir.

– Et toi, Graham, tu en es où ?

– J'espère les rejoindre avant la fin de l'été. J'ai des choses à régler avant, mais je compte sur Amber et Glenn pour préparer le terrain.

– J'ai l'impression que tout le monde part, dit Tessa d'un air dépité. C'est affreux, ça va être encore plus mort ici l'année prochaine. Vous avez intérêt à m'inviter pour les vacances d'hiver !

– Et donc vous allez habiter tous les trois ensemble ? demanda Alice en tournant son visage vers le soleil.

– C'est ce qui est prévu, répondit Amber. Ça serait trop con d'être éparpillés dans une ville aussi grande.

– Bon, arrête, dit Tessa en jetant son téléphone dans son sac à main. Je vais vraiment finir par t'en foutre une !

Elias Krudup, le petit copain de Tessa, s'agenouilla face à eux, vêtu d'un débardeur blanc et d'un short en jean trop serré. Graham le salua sans enthousiasme. Il n'avait jamais réussi à lui trouver le moindre intérêt. Elias était le prototype même du bouseux du Kansas, à l'esprit aussi épais que les semelles de ses chaussures.

– C'est vrai ce qu'on raconte, Graham, tu fricotes avec les deux bords ? demanda-t-il en enlevant sa casquette d'un air moqueur.

– Elias, tu es vraiment trop con, dit Amber.

– Oh, ça va, je plaisantais, on sait bien que Graham n'est pas une tapette !

Glenn fit signe à son ami de laisser tomber. Il essayait de ne pas le montrer mais Graham savait que cette simple moquerie l'avait touché en plein cœur. Et c'était lui que cet imbécile voulait blesser. Toujours le plus faible.

Graham l'attrapa alors par le cou et, ne quittant pas Elias du regard, il l'embrassa à pleine bouche devant tout le monde.

Les filles poussèrent des cris d'amusement. Glenn, complètement surpris, écarquilla les yeux. Face à eux, Elias fit une moue écœurée.

– Ça te branche aussi, Elias ? demanda Graham en passant sa langue sur ses lèvres. À ce qu'il paraît, j'embrasse bien.

Elias nc sut comment réagir et s'éloigna d'un pas nerveux, en faisant signe à Tessa de le suivre. Sans un mot, la jeune femme se leva et remit ses lunettes de soleil sur le nez.

– Tu ne restes pas avec nous ? demanda Amber.

– Non, on doit aller en ville, je t'appelle plus tard.

– N'oublie pas qu'on fait une petite bouffe à la maison ce soir.

– Pour rien au monde, dit Tessa avant de s'éloigner en direction du parking, là où Elias l'attendait, assis à l'avant de sa voiture.

– Eh bien, les gars, je vais vous surveiller maintenant, dit alors Amber d'un air amusé. En même temps, je dois avouer que c'était assez excitant, faudra me refaire ça à l'occasion quand on sera tous les trois !

Glenn rougit instantanément et tourna la tête vers le lac. Graham prit Amber dans ses bras et posa un doux baiser sur son cou.

Près d'eux, Glenn paraissait perdu dans ses pensées. Graham sortit son appareil photo de son sac à dos et immortalisa l'instant.

Il se rallongea, alluma son téléphone et écouta le message que lui avait laissé sa mère la veille, et où elle lui demandait s'il savait où se trouvait son frère. Étonné par le ton de sa voix, il la rappela mais elle ne décrocha pas.

– Quelque chose ne va pas, Graham ? s'inquiéta Amber.

– Je ne sais pas, je viens d'écouter un message de ma mère, elle avait l'air bizarre.

– Ne m'en veux pas, mais ta mère a toujours eu l'air un peu bizarre. Rappelle-la tout à l'heure, je suis sûre que ce n'est rien de grave.

– Je préfère passer chez moi vite fait, dit-il en se levant, je vais en profiter pour récupérer quelques affaires.

– Tu veux que je t'accompagne ?

– Non, reste avec Alice et Glenn, ce n'est pas loin, je n'en aurai pas pour longtemps.

– Comme tu veux, fit Amber en plongeant sa main dans le sable chaud, sans savoir que quelque chose de vivant s'y terrait, tout près.

Quand Graham arriva chez eux, il constata avec étonnement que le portail était fermé, alors qu'ils le laissaient ouvert en journée.

Norma se tenait un peu plus loin, assise avec Cindy sur une nappe jaune, près de la vieille grange.

La petite fille courut vers lui et sauta dans ses bras. Norma, elle, resta assise des cartes à jouer à la main.

– Je suis désolé, je viens juste d'avoir ton message, dit-il en reposant Cindy par terre. Je n'ai pas rallumé mon téléphone depuis hier. Il s'est passé quelque chose avec Tommy ?

– Tommy ? Oh non, rassure-toi, je le cherchais et je pensais qu'il était avec toi, c'est tout. Tu n'aurais pas dû te déranger pour si peu.

– Et il est là ?

– Il n'est pas à la maison, il est parti ce matin avec un de ses amis.

– Tu parles de Dylan ?

– Non, quelqu'un d'autre.

– Très bien, fit Graham en observant la fenêtre de sa chambre.

Pourquoi avait-il l'impression qu'elle lui mentait ?

– Tout va bien, tu es sûre ?

– Mais oui mon chéri, pourquoi ça n'irait pas ?

– Je n'en sais rien. Bon, dans ce cas, je vais chercher deux trois trucs dans ma chambre et je repars au lac.

– Parfait, dit Norma, la voix légèrement étranglée.

Graham emprunta l'allée qui menait à la maison, sans parvenir à se défaire d'une tenace sensation de malaise. Dans sa chambre, il récupéra quelques vêtements et le roman qu'il était en train de lire, puis il descendit dans la cuisine et se servit un verre de jus de pomme. Il entendit alors des bruits dans les tuyaux de canalisation, n'y prêta pas attention, et retourna aux côtés de sa mère, ses affaires sous le bras.

– Appelle-moi si tu as besoin de quoi que ce soit, dit-il en arrivant à son niveau. Je vais garder mon téléphone allumé, je reviens après-demain soir, je pense.

– Pas de problèmes, Graham, amuse-toi bien.

Il se pencha et l'embrassa sur la joue. Sa mère sentait un parfum qu'elle n'avait jamais mis auparavant, léger et fruité, et qui ressemblait à celui d'Amber.

Une fois à sa voiture, Graham jeta un dernier coup d'œil vers Norma en ouvrant la portière. Elle regardait droit devant elle, concentrée, semblant lutter pour ne pas tourner la tête vers lui.

Se doutait-elle qu'il allait, d'un moment à l'autre, évoquer à nouveau son départ ? Que, cette fois, elle ne pourrait rien faire pour le convaincre de rester ? Et lui qui retardait sans cesse l'échéance… Ce n'était pas qu'elle refuse à nouveau qu'il s'en aille qui lui faisait peur, elle n'aurait de toute façon aucun moyen de le retenir. Il se sentait simplement mal de la laisser dans cette tombe rurale, de lui faire croire qu'il fuyait une vie qui ne lui convenait plus, et que partir à des centaines de kilomètres d'elle le rendait à ce point indifférent.

Sa mère et lui n'avaient au fond jamais été vraiment séparés. Il connaissait tous les sacrifices qu'elle avait faits pour lui avant qu'elle ne rencontre Harlan. Leur relation était bien différente de celle qu'elle avait avec Tommy, ou même Cindy. Il était son premier fils et savait, même si elle le cachait, qu'à travers ses yeux elle voyait toujours un peu son père.

Et, pour rien au monde, il ne voulait lui faire de la peine.

Il se souvenait de l'expression de son visage quand, alors qu'ils étaient tous les deux assis dans le jardin, il lui avait expliqué qu'Amber allait faire une école d'arts plastiques à New York et qu'il envisageait de partir avec elle pour intégrer une école de photographie. Norma était restée un instant sans pouvoir parler, puis lui avait ensuite dit sur un ton précipité qu'il était inconscient, qu'il connaissait à peine cette fille, qu'il n'avait aucune raison de tout quitter pour elle… Et comment comptait-il se débrouiller dans une ville si grande, alors qu'il avait tout ce dont il avait besoin chez eux ?

Il ne lui en avait plus jamais reparlé, et elle non plus. Elle devait présumer qu'elle était parvenue à lui faire entendre raison.

Bientôt, il devrait la mettre devant le fait accompli. Et ne pas céder.

Mais, pour le moment, il ne pensait qu'à une chose, rejoindre Amber et tout oublier dans ses bras.

HAYLEY

Hayley tira sur la chaîne des menottes le plus fort qu'elle put, en dépit de la douleur insoutenable qu'elle ressentait aux poignets, avec l'impression que le métal commençait à cisailler sa chair.

La chaîne ne céderait pas. Et, bientôt, Hayley n'aurait plus assez de force pour simplement lever les bras.

Mais elle réessaierait plus tard. Elle ne pouvait faire autrement : réessayer, encore et encore.

Sa mère lui avait au moins appris la patience lors de ses entraînements.

Elle était restée éveillée toute la nuit, à l'affût du moindre bruit, son esprit privé de repos, et s'était finalement endormie sans s'en rendre compte. Quand elle s'était réveillée, le soleil inondait déjà la cave.

Elle en avait presque crié de joie.

Tommy n'était plus là, s'il l'avait vraiment été.

La nuit était passée.

À nouveau l'espoir. Et, ensuite, l'attente. Cette longue attente, absurde, que Norma descende enfin la libérer.

Ou au moins qu'elle lui apporte à boire et à manger.

Juste un peu de pitié de sa part.

Son ventre lui faisait de plus en plus mal, comme si des cailloux circulaient à l'intérieur. Sa langue avait doublé de volume. Et dès qu'elle bougeait la tête un peu trop vite, elle manquait s'évanouir.

Il faisait tellement chaud. Elle se sentait sale, puante. Elle n'arrivait même plus à faire l'effort de regarder son propre corps.

Si elle se levait, arriverait-elle à marcher pour atteindre la porte ? Si elle tombait, aurait-elle assez d'énergie pour se relever ?

Elle n'avait aucune idée de l'heure qu'il pouvait bien être. Déphasée, figée à la façon d'un insecte dans de l'ambre.

Juste un peu d'eau. Un peu d'eau qui coulerait dans sa gorge apaiserait les souffrances, refroidirait son organisme.

Hayley, pourquoi espères-tu encore ?

Si Norma avait l'intention de descendre, elle l'aurait déjà fait.

Ne te berce plus d'illusions.

Elle allait mourir là. De la pire mort qui soit.

Seule.

Ils enterreraient son cadavre. Personne ne saurait jamais ce qui lui était arrivé. Elle resterait une disparue, une énigme qui, pour un temps, affolerait les journalistes en mal de scoops morbides.

Son père n'en dormirait plus.

Sa mère hurlerait dans sa tombe.

Mais, alors, leurs âmes se trouveraient.

Hayley ne supportait pas l'idée qu'ils la touchent quand elle ne serait plus là, qu'ils fassent d'elle ce que bon leur semble. Son corps lui appartenait, elle ne voulait pas le leur laisser. Même à l'état de viande morte.

Enterrée comme un vulgaire animal. Près d'eux pour toujours. Comme si elle faisait à présent partie de leur famille.

À quoi avait-il servi de vivre ces dix-sept années, si c'était pour finir de cette façon ?

Juste un peu d'eau.

Hayley essaya de décoller son dos du matelas trempé de sueur. Mais la pression des menottes sur ses poignets la cloua à nouveau au lit.

Elle s'échapperait de cette cave. Ce n'était qu'une question de temps. Elle prendrait un car jusqu'à Wichita, ou alors Lindsay viendrait la chercher en voiture. Elles passeraient la nuit chez elle, à boire et à regarder des films plus ineptes les uns que les autres. Et elle pardonnerait à Neil. Ils partiraient ensemble en Californie comme c'était prévu. Elle lui ferait promettre de ne plus recommencer. Tout s'arrangerait. Sydney ne gagnerait pas la partie aussi facilement.

Cette horreur la pousserait vers quelque chose de meilleur.

Le rire de Cindy se fit entendre à travers la petite fenêtre, un rire qui rebondit dans sa tête comme une balle de squash jusqu'à l'étourdir, d'une laideur absolue.

Plus tôt dans la journée, elle avait cru percevoir la voix de Graham. Mais elle avait vite compris que ce ne pouvait être lui. Sinon, il l'aurait déjà découverte et libérée.

Cindy courait au-dessus d'elle sans s'arrêter, les bruits de ses pas résonnant à travers le plancher comme des aiguilles qu'on lui aurait enfoncées dans les tempes. Elle semblait, la sachant en dessous, le faire exprès.

Hayley arrachait la peau et les muscles du visage de cette sale gamine, jusqu'à l'empêcher à jamais de rire.

Elle n'avait pas faim, pas soif, pas peur. Elle était juste épuisée, elle avait juste besoin de dormir, que sa mère se tienne à côté d'elle et lui chante une chanson pour qu'elle ne fasse pas de cauchemars.

Sa main sur son front, la douceur d'un baiser sur sa joue.

Farewell Angelina, the bells of the crown...

Pourquoi son père ne lui avait-il jamais fredonné de chansons avant qu'elle s'endorme ? Pourquoi devait-elle se souvenir de la voix d'une morte pour arriver à se calmer ?

Il la détestait. Il lui en voulait encore pour la mort de sa mère. C'était à cause d'elle qu'elle était rentrée en pleine nuit d'Oklahoma City, alors qu'il pleuvait à verse et qu'elle aurait pu dormir dans un hôtel. Hayley avait insisté au téléphone pour qu'elle rentre, elle avait même *pleuré,* petite fille gâtée qui avait toujours su comment manipuler les gens qui l'aimaient.

Il serait sûrement soulagé d'être enfin débarrassé d'elle.

Il avait saboté sa voiture pour qu'elle disparaisse à jamais de sa vie.

Elle marchait dans les rues d'une ville sans nom, main dans la main avec sa mère et celui qu'elle savait être son père, même s'il avait le visage d'un autre. Les immeubles autour d'eux étaient d'une blancheur foudroyante et la rue qu'ils arpentaient descendait en pente douce vers l'océan. Ses parents lui avaient promis qu'ils feraient du bateau et qu'elle mangerait une glace à la vanille et à la fraise. Elle avait tellement chaud, sa gorge était asséchée, elle avait envie de plonger la tête dans l'eau fraîche pour la boire.

On ne distinguait plus l'océan, juste de longs murs dont la surface semblait aussi brûlante que l'intérieur d'un four. Un orage éclata au-dessus de leurs têtes. Les vents qui balayaient la rue furent si violents que sa mère fut emportée sans qu'elle ne puisse rien faire pour la retenir.

Son père la regarda comme si c'était elle qui avait commandé le vent, et lui fut arraché à son tour.

Et elle resta seule dans une rue où tous les bâtiments se mirent d'un coup à s'amollir.

Le soleil, impitoyable, se déversait sur son visage par l'ouverture grillagée et chauffait ses traits jusqu'à les faire fondre, les remodeler.

Elle serait méconnaissable, ils ne pourraient jamais la retrouver.

Si elle inondait ses joues de larmes, parviendrait-elle à les boire ?

Des pas de l'autre côté de la porte.

Des bruits de coups contre le bois. Une lumière intense qui s'échappa de la serrure.

Puis plus rien.

Hayley tenta de hurler, mais sa gorge lui fit trop mal pour émettre le moindre son.

Elle passa une heure à regarder une brique qui saillait du mur. Elle la retira, et, à travers l'ouverture, contempla des champs, la mer, la rue d'une ville aux immeubles étincelants. Sa propre chambre, vidée de sa présence.

Elle frappa le mur de toutes ses forces avec la brique pour l'abattre et s'enfuir.

Elle frappa le visage de Norma jusqu'à le réduire en miettes.

Elle était étendue sur du sable noir qui collait à sa peau, en plein milieu d'un désert encerclé d'horizon et sous un ciel plombé de gros nuages gris veinés de pourpre. Vêtue d'une longue robe blanche, Norma, ses yeux brillants et injectés de sang, lui tenait fermement les poignets pendant qu'une silhouette couleur charbon était couchée sur elle et la pénétrait, lâchant dans un spasme un jet froid et piquant, comme vivant, dans tout son corps. En tournant le visage, Hayley vit avec terreur des dizaines de silhouettes parfaitement identiques à la première et qui, les unes derrière les autres, attendaient patiemment leur tour, la toisant tous avec les mêmes yeux que Norma.

Il faisait jour au-dehors. Mais, au fond, cela n'avait plus d'importance. Que la nuit vienne, elle ne lui faisait plus peur.

Bientôt, elle n'aurait plus à ouvrir les yeux.
Bientôt, elle n'aurait plus faim, plus soif, plus mal.
Bientôt, elle basculerait vers la douceur.

NORMA

Norma Hewitt entra dans sa propre maison sur la pointe des pieds, comme une intruse, après être restée dans le jardin avec Cindy tout l'après-midi à essayer d'oublier qu'une jeune femme était en train de dépérir dans sa cave.

La journée était finalement passée assez vite. Elles avaient pique-niqué ensemble sur une de ses plus belles nappes, puis avaient joué aux cartes, à la poupée, fait du vélo le long de l'allée. Quand Graham était venu à l'improviste, elle avait failli tout lui dire. Quelle sotte ! Heureusement elle s'était reprise à temps. Elle n'avait même pas imaginé qu'il puisse revenir sans la prévenir. Une fois Herbert parti, elle avait réussi à cacher ce qui restait de la voiture de Hayley dans la grange en la poussant avec la sienne, puis à nettoyer les graviers des débris consécutifs à l'explosion. Elle préférait ne pas penser à sa réaction si Graham l'avait vue, aux questions auxquelles elle aurait été obligée de répondre. Elle n'aurait pas supporté qu'il apprenne ce que Tommy avait fait.

Tommy avait besoin de son grand frère. Elle ne pouvait pas risquer de semer des orages entre eux.

Graham lui avait dit qu'il reviendrait deux jours plus tard. Normalement, tout serait fini avant, peut-être même dès le lendemain. Hayley avait été affaiblie par son coup de chaleur. Elle pouvait prendre cela en compte.

Dans ce cas, elle devait commencer à définir l'endroit où elle l'enterrerait. Sûrement dans le fond du jardin, à une centaine de mètres de la maison, là où il y avait toutes ces mauvaises herbes. Personne n'aurait l'idée d'aller fureter là-bas, personne n'aurait de raisons de le faire. Il était bien sûr exclu de sortir son cadavre de la propriété. Il faudrait que le trou soit assez profond pour que l'odeur ne remonte pas à la surface. Et puis elle ferait mieux de recouvrir le corps de chaux vive avant d'y jeter les premières pelletées de terre.

Pour ne pas se salir, elle mettrait de vieux vêtements et des gants. Elle se servirait du vieux chariot entreposé dans la remise pour transporter le corps jusque dans sa tombe.

Elle devrait aussi s'attendre à ce qu'une enquête sur Hayley soit rapidement ouverte. Son père avait sûrement les moyens d'ameuter les médias et les autorités. L'année précédente, Emma Woof, une adolescente de seize ans, avait disparu à Emporia, et un grand nombre de policiers avaient été déployés pour la retrouver, mais sans résultat. Norma avait elle-même participé aux recherches dans les champs alentour, accompagnée de Magda.

Tant de gens s'évanouissaient dans la nature sans laisser de traces.

En y réfléchissant, Robert Graves était, à part ses fils, le seul à savoir que Hayley était venue chez elle. S'il tombait sur un avis de recherche, s'il voyait son portrait à la télévision, il l'appellerait forcément. Elle lui dirait alors sur un ton calme que la jeune femme était partie après dîner et qu'elle n'était pas au courant de ce qu'elle avait fait par la suite. Robert ne chercherait pas plus loin, il n'en viendrait jamais à la suspecter de quoi que ce soit. Si la police venait l'interroger, elle leur raconterait la même chose. Herbert n'imaginerait pas une seule seconde qu'elle soit impliquée.

Norma balança le sac qui contenait les affaires de Hayley dans une poubelle en ferraille située près de la remise. Puis elle l'arrosa d'essence, avant d'y mettre le feu.

Le club de golf dont la jeune femme s'était servie pour montrer à Cindy comment swinguer était resté dans l'herbe. Sachant qu'elle ne pourrait pas le faire brûler aussi aisément, elle l'attrapa, se rendit dans le salon et le posa contre le mur près de la cheminée.

Elle trouverait bien un autre moyen de s'en débarrasser.

Norma composa le numéro de téléphone de l'épicerie où travaillait Tommy et expliqua à M. Holmes que son fils était malade et qu'il ne pourrait pas venir travailler les jours prochains. Le gérant, toussant à l'autre bout de la ligne, lui répondit que ce n'était pas grave et qu'il espérait qu'il se rétablirait vite. Il était si gentil et conciliant. Cela lui fit mal de mentir à cet homme qui avait accepté sans sourciller d'aider Tommy après son exclusion du lycée.

Tommy ne perdrait pas son emploi quand il rentrerait. Il ne mesurait pas sa chance d'avoir une mère comme elle.

Cindy continuait à faire du vélo le long de l'allée menant au portail. Le concours n'était que dans deux jours, il ne fallait pas oublier de lui faire répéter son discours. Elle lui avait à nouveau demandé d'exécuter son numéro avant le goûter. Elle l'exécutait de mieux en mieux, semblait même plus appliquée dans ses mouvements. Cette charmante enfant voulait lui faire plaisir, elle savait à quel point cela comptait pour elle, surtout en ce moment.

Le téléphone sonna. Norma décrocha et entendit la voix de Magda. Guillerette comme à son habitude, celle-ci lui proposa de passer prendre un café chez elle, et Norma lui rétorqua qu'elle n'aurait sans doute pas le temps, même si elle n'était pas contre s'évader un peu de cette maison. Mais elle ne pouvait courir le risque que quelqu'un passe pendant son absence, ou que Tommy rentre enfin et trouve la maison vide.

Elle fit quelques pas dans le couloir, le combiné à la main, écoutant Magda lui raconter le début de sa journée, et s'arrêta brusquement à deux mètres de la porte de la cave, ayant l'impression qu'elle était légèrement entrouverte.

Elle s'en approcha et se rendit compte avec soulagement que c'était juste un effet d'optique. Une ombre sur le chambranle et qu'elle ne voyait déjà plus de là où elle se trouvait.

Magda continuait de parler, d'une voix de plus en plus aiguë.

Norma posa la main sur la porte et hésita à l'ouvrir. Pour juste voir, du haut des marches, dans quel état se trouvait Hayley.

Enchaînée, elle ne risquait pas de lui bondir dessus.

– Tu es toujours là ? fit Magda.

– Oui, oui, répondit Norma en reprenant ses esprits et en retournant dans le salon.

– Au fait, tu peux me dire quand a lieu le concours de Cindy ?

C'était donc ça, elle projetait encore d'y inscrire sa fille. Ou alors elle voudrait les accompagner, histoire de trancher à vif son quotidien désespérément banal, de fantasmer un peu. Ce genre de rêve n'était pourtant pas à la portée de tous. Sinon à quoi cela servait-il de se donner autant de mal…

– C'est après-demain. On partira en début de matinée pour ne pas risquer d'être coincées dans les embouteillages. Je te raconterai tout dans les moindres détails, si tu veux.

– Avec plaisir ! En tout cas, je croise les doigts pour elle.

Cindy surgit dans la pièce et se jeta dans le canapé, son casque de vélo sur la tête.

Norma s'excusa auprès de Magda, raccrocha et s'assit à côté de sa fille.

– Tu as envie de revoir la vidéo ? demanda-t-elle en attrapant la télécommande.

Sans attendre sa réponse, Norma mit le film au moment où Brittany se voyait remettre sa couronne.

– Bientôt, ce sera ton tour. Et l'année prochaine, de nombreuses petites filles te regarderont de la même façon pour prendre modèle sur toi, dit Norma avant de laisser Cindy devant la télévision.

Dans sa chambre, elle sortit précautionneusement la robe du concours de son sac et descendit avec en la serrant fort contre elle, respirant son agréable odeur de neuf.

Juste la revoir un instant dedans. Quelque chose qui lui permette de tenir.

Tout excitée, elle l'aida à l'enfiler, arrangea un peu ses cheveux, puis saisit son appareil photo posé sur la table basse et la mitrailla à la façon d'un photographe de mode. Amusée, Cindy prit à chaque fois des poses différentes, comme un mannequin professionnel.

Elle était décidément faite pour cela.

Norma l'emmena vers un grand miroir accroché au mur. Cindy fut comme éblouie par son propre reflet. C'était tellement important pour une petite fille de se sentir belle à travers les yeux de sa mère. Norma en avait toujours voulu à la sienne de ne pas lui avoir assez montré à quel point elle était fière d'elle. Elle l'avait aimée bien sûr, mais elle n'avait jamais eu ce genre d'attention pour elle, comme lui acheter de belles robes, lui apprendre à se maquiller, à bien se tenir… Ce n'est qu'au lycée qu'elle avait vraiment pris conscience de l'attrait qu'elle pouvait exercer sur les hommes.

Une fois Cindy couchée, Norma remit la robe dans son sac et la rangea dans l'armoire pour ne pas l'abîmer.

Une journée de plus de passée.

Et maintenant qu'elle était seule, que faire à part attendre ?

Il était trop tôt pour que tout soit fini, elle ne pouvait se faire d'illusions là-dessus.

Si Hayley n'était pas morte le lendemain soir, elle serait bien obligée de l'achever, pour ne plus courir de risque inutile. Elle devrait juste retrouver le même courage que quand elle avait tué Harlan.

Si seulement elle pouvait savoir dans quel état se trouvait la jeune femme. Mais, pour cela, il fallait redescendre dans cette cave, à nouveau croiser son regard, y revoir la douleur infligée.

Elle ne devait pas céder. Mais dormir, laisser au moins huit heures passer à la vitesse d'un songe.

Le lendemain, elle resterait à nouveau avec Cindy dans le jardin. Elles profiteraient du soleil et passeraient une journée identique à la précédente.

Comme si elles continuaient à mener une vie normale. Une normalité qu'il fallait rappeler à grands cris.

Elle monta dans la chambre de Tommy. Sur son bureau traînaient de nombreux dessins, des magazines de musique, des figurines de jeu de rôle plus affreuses les unes que les autres. Dans un tiroir, elle trouva une photographie les représentant, Graham et lui, alors qu'ils étaient âgés de sept et cinq ans. Elle s'en souvenait parfaitement, c'était elle-même qui l'avait prise avec son vieil appareil devant la grange.

Elle détailla le visage de Tommy, qui tenait son grand frère par les épaules : ses yeux rieurs, son sourire franc. Il n'avait par la suite plus jamais souri de cette manière. Norma avait, en le regardant attentivement, du mal à le reconnaître.

Elle se revit l'emmener à l'école, deux jours après avoir poussé la porte de sa chambre.

Tommy n'avait rien dit de tout le trajet, assis à côté de Graham. Pourtant, juste avant d'entrer dans le bâtiment, il s'était retourné vers elle et l'avait fixée avec colère, comme s'il lui en voulait de quelque chose.

Elle qui avait *vu,* elle qui n'avait rien *dit*.

Norma avait été convoquée un an plus tard par sa maîtresse de l'époque, Mme Wilkins, qui lui avait expliqué s'inquiéter pour Tommy. Elle ne savait pas quoi faire de ce petit garçon de plus en plus sauvage, et qui, dès qu'il en avait l'occasion, se réfugiait dans un monde imaginaire dont il interdisait l'accès aux autres.

Un jour, Norma était passée près de la cour au moment de la récréation et elle l'avait vu assis tout seul sur les marches du préau, rejeté par les enfants qui s'amusaient autour de lui. Et, malgré la peine qui l'avait submergée, elle s'était vite éloignée avant qu'il ne l'aperçoive à son tour.

Norma n'avait pas été surprise en apprenant qu'il avait frappé ce garçon au lycée. Elle seule savait d'où venait cette haine, et qu'il était déjà trop tard pour la guérir. Depuis, elle le surveillait constamment, ne lui pardonnant aucun faux pas, alors qu'elle laissait Graham vivre sa vie de jeune homme. Mais elle ne pouvait faire autrement, elle avait toujours pressenti que quelque chose allait arriver, *exploser, trancher,* elle s'y était préparée.

Et maintenant que ce jour était venu, elle était à nouveau prête à plonger ses mains dans la boue, quitte à ne jamais plus pouvoir en effacer les traces sur sa peau.

Dans sa propre chambre, la lumière éteinte, elle resta de longues minutes à regarder le plafond.

Elle n'avait pas du tout envie de dormir, mais prendre ses somnifères était exclu, elle ne pouvait se permettre de se plonger dans un sommeil trop lourd.

Elle devait trouver un moyen de se fatiguer assez pour s'écrouler comme une masse.

Comme creuser une tombe.

HAYLEY

La porte d'entrée était ouverte sur un ciel vidé de toute couleur.

Sa voiture, sa si belle Chevrolet rouge cerise, était garée juste devant le porche. Elle entendait le bruit de son moteur tourner.

Mais pourquoi, alors qu'elle s'en approchait, que ses forces lui revenaient comme de petites décharges électriques, tout ce qui se trouvait autour d'elle perdit soudain toute couleur, toute réalité ?

La douleur de la pression des menottes sur ses poignets.

L'odeur acide de sa transpiration.

Les ténèbres de la cave.

Elle observait un morceau de lune par la fenêtre grillagée. Une lune que des milliers de personnes devaient regarder au même moment : une femme se promenant sur une plage ; un couple allongé sur le toit d'un immeuble ; un enfant se réveillant d'un coup après un cauchemar ; Lindsay assise sur son lit, son casque sur les oreilles ; son père, inquiet pour elle, sillonnant la ville au volant de sa voiture ; un meurtrier surplombant un cadavre dans un bois ; un loup, effrayé par le monstre humain et s'enfuyant parmi les arbres ; Tommy…

Des dizaines de formes noires grouillaient tout autour d'elle. Tétanisée, elle ne put rien faire pour empêcher les araignées de remonter le long de sa poitrine, et sentit leurs crochets percer sa peau, le poison lentement remonter jusqu'à son cœur pour le figer.

Qu'elles la dévorent après tout, qu'elles pénètrent en elle pour se lover dans ses entrailles et y pondre leurs œufs, et que des centaines de leurs semblables s'évadent de sa chair malade, prêtes à déferler sur un monde auquel elle n'appartiendrait déjà plus.

Norma se tenait debout face à elle. Un plateau était posé sur le sol, contenant une carafe remplie d'eau fraîche et une assiette avec un gâteau au chocolat et des fruits. Sous l'émotion que lui procura cette vision, Hayley ne put retenir ses larmes, sachant qu'elle n'avait aucune chance de l'attraper seule. Et Norma, bien sûr, le savait aussi. Hayley lui lança un regard suppliant mais Norma resta immobile, le sourire aux lèvres. La jeune femme se recroquevilla, ne quittant pas la nourriture des yeux.

Norma saisit le plateau et le jeta violemment contre le mur situé à l'autre bout de la cave.

Hayley hurla sans pouvoir s'arrêter.

Il arriverait bien un moment où sa voix la quitterait, elle aussi.

Il y avait de la lumière dans la cave, se répercutant le long du mur face à elle, et Hayley comprit que cette lumière bougeait sous le poids de son regard, guidée par ses yeux comme s'ils la produisaient.

Elle maîtrisait la lumière. Elle l'utiliserait pour les incendier.

Épuisée, elle s'endormit en quelques instants.

Quand elle se réveilla, elle eut, le temps d'une fraction de secondes, l'impression d'observer son propre reflet dans un miroir. Mais ce n'était pas elle qu'elle voyait. Ces yeux noirs et vicieux n'étaient pas les siens, ils appartenaient à un autre visage, entièrement blanc et penché au-dessus d'elle, un visage qui avait en lui, et de façon harmonieuse, tout ce qui faisait habituellement peur aux enfants.

Hayley n'eut même pas l'idée de hurler. Ce qu'elle ressentait était bien au-delà de la terreur. Elle se contenta de le regarder. Anéantie.

Il n'était pas là pour la sauver, mais pour dévorer d'un seul coup de mâchoire ce qui restait d'elle.

Alors, elle rassembla ses forces et se redressa vers lui, dans le seul but de lui faciliter la tâche.

GRAHAM

Ayant la sensation d'avoir trop bu, Graham reposa son verre de rhum sur la table basse et alla s'asseoir sur le rebord de la fenêtre. Malgré l'heure tardive, ils étaient une dizaine à squatter le salon d'Amber, seulement éclairés par des bougies et des guirlandes électriques rouges et jaunes accrochées aux murs, un petit groupe d'amis qui s'était formé au fil des années, certains se connaissant depuis l'école primaire, et célébrant le prochain départ de trois d'entre eux, avec, dans les gestes, les voix et les regards, un mélange de joie et d'appréhension.

Amber se tenait à l'autre bout de la pièce, en pleine conversation avec Tessa, dont Graham croisa le regard. Elle lui fit un clin d'œil charmeur, presque un baiser.

Graham avait flirté avec Tessa avant de rencontrer Amber. D'un commun accord, ils avaient décidé de ne pas lui en parler, même s'il n'y avait jamais eu d'ambiguïté par la suite.

Graham vérifia sur son téléphone qu'il n'avait pas reçu de nouveau message de sa mère. Il n'avait pas arrêté de penser à elle depuis son retour, sans parvenir à s'ôter de l'esprit qu'elle lui avait caché quelque chose au sujet de son frère.

Il avait essayé de joindre Tommy plusieurs fois en début de soirée pour l'inviter à venir, afin qu'il se change les idées. Il devait être encore cloîtré dans sa chambre à regarder des films ou à jouer à des jeux vidéo.

Tessa le rejoignit et s'accouda à la rambarde en fer forgé de la fenêtre, une cigarette allumée à la main.

– Tu as l'air pensif, dit-elle regardant au-dehors.

– J'avoue que je suis un peu ailleurs, et il y a la fatigue, aussi… Et toi, ça va ?

– J'ai un peu trop bu, je crois, heureusement que c'est mon jour de repos demain.

– Tu bosses toujours dans le magasin de ta tante ?

– Oui, jusqu'à la fin du mois. Je ne me plains pas, j'aurais pu trouver pire.

Tessa sortit son téléphone portable de sa poche et y lut le texto qu'elle venait de recevoir.

– C'est Elias, il passe me chercher dans cinq minutes, je serais bien restée plus longtemps.

– Dors ici, si tu veux.

– Tu connais mes parents, j'ai déjà amplement outrepassé la permission de sortie. Les week-ends prochains, je pourrai dormir dans l'appartement de ma tante, au-dessus du magasin, ça sera plus facile.

Amber éclata de rire de l'autre côté de la pièce, et Tessa et Graham se retournèrent en même temps vers elle.

– Ça me fait vraiment bizarre de les voir partir, dit Tessa en soupirant. Et, dans peu de temps, ça sera ton tour.

Elle tira une taffe sur sa clope et jeta le mégot dans la rue.

– J'ai déjà prévu de venir vous voir, j'imagine que vous ne remettrez pas les pieds ici avant longtemps.

– Je ne pense pas, non.

– Tu t'occupes bien d'Amber, hein ? Elle fait la forte comme ça, mais elle flippe carrément.

– Et toi, tu largues ce plouc, et tu te trouves quelqu'un de potable, échange de bons procédés.

– Oui, bon, je sais ce que tu penses de lui, et je ne vais pas perdre mon temps à te prouver que tu te trompes. Disons que je le garde jusqu'à la fin des vacances, pour passer le temps, et après je me trouve quelqu'un d'autre, genre un beau mec de passage, qui ne pourra plus se passer de moi et m'emmènera dans ses valises.

Graham remarqua la Ford d'Elias remonter la rue et se garer en bas de l'immeuble.

– Votre carrosse est arrivé, fit-il d'un air moqueur.

Tessa lui donna un coup sur l'épaule et l'embrassa à la commissure des lèvres. Graham la prit dans ses bras et la serra fort contre lui, *comme avant*. La jeune femme s'écarta rapidement, l'air mélancolique, comme prête à éclater en sanglots, puis elle retourna aux côtés d'Amber et de Glenn pour leur dire au revoir.

Il n'y avait presque aucune lumière dans les bâtiments alentour, ce qui les faisait ressembler à des décors de cinéma abandonnés. Entendant la porte de l'immeuble claquer, Graham se pencha et observa Tessa ouvrir la portière de la voiture.

Puis il alla discrètement s'allonger dans la chambre d'Amber.

Il avait encore un peu de mal à se rendre compte qu'elle partait bientôt. Il ne voulait pas penser aux longues journées qu'il allait passer sans elle, à ce vide nouveau, face auquel il se sentait démuni. *Devoir, malgré tout, sourire, même si on vous arrache un morceau de cœur.* Mais il la rejoindrait, c'était cela le plus important. Cette certitude le rassurait. Plus rien dans sa vie ne devait être figé.

Si on lui avait dit un an auparavant qu'il quitterait tout pour suivre une fille, lui qui, au début de son adolescence, avait mis un point d'honneur à simplement vivre ses expériences sans trop faire attention aux conséquences.

Graham Hewitt ne faisait rien pour aller vers les filles. Il ne draguait pas, n'en avait jusqu'à présent jamais eu besoin, c'était plutôt comme s'il les trouvait sur le bord de la route à l'attendre, et qu'il décidait de s'arrêter ou non pour leur permettre de partager un moment de son trajet. La seule chose qu'il leur demandait était de ne pas trop s'attacher à lui. Mais en général elles ne l'écoutaient pas, et il avait brisé beaucoup de cœurs sans vraiment s'en rendre compte.

Puis il avait rencontré Amber.

Même s'ils se connaissaient de vue, ils s'étaient vraiment parlé pour la première fois à la sortie d'un cinéma de Topeka qui repassait *Splendor in the Grass* d'Elia Kazan, surpris de se retrouver là tous les deux. Ils avaient discuté un peu, à l'abri de la pluie, puis étaient partis boire un verre dans un café près du cinéma, avec l'idée de s'échanger leurs impressions, s'étant alors découvert de nombreuses références communes.

Et cette attirance immédiate qu'aucun des deux n'avait cherché à cacher.

Le lendemain, il l'avait rejointe dans le restaurant où elle travaillait, et ils avaient ensuite passé la nuit chez elle. Une nuit dont il se souvenait de chaque seconde.

Trois semaines plus tard, Graham avait fait la connaissance de Patrick et Eden Gale, les parents d'Amber, tous les deux professeurs à l'université de Kansas City. Amber était leur fille unique et Graham avait vite surmonté sa gêne devant l'intérêt qu'ils semblaient naturellement lui porter. Graham était en général très apprécié des parents de ses amis ou de ses petites copines, et Patrick et Eden l'avaient vite adopté. Amber n'était jusque-là sortie qu'avec des hommes beaucoup plus âgés. Son dernier petit ami avait trente-cinq ans et était guitariste dans un des groupes de rock qui avaient un certain succès dans le coin. Graham avait vu plusieurs photos de lui et s'était rendu compte avec amusement qu'on ne pouvait pas faire plus différents qu'eux deux.

Graham, Amber et Glenn prenaient de plus en plus souvent la route ensemble, pour se rendre à Kansas City, Wichita ou St. Louis, et où ils passaient généralement leurs nuits à sillonner la ville, partageant la même chambre d'hôtel, dormant parfois dans le même lit. Juste eux trois, et puis le monde tout autour, un monde qui, accélérant ses pulsations sous leurs différentes ivresses, devenait alors un peu moins pénible à supporter.

Glenn ramenait parfois des garçons chez eux, toujours des aventures d'un soir, dont les souvenirs désertaient sa mémoire dès que leurs corps quittaient son lit. Glenn ne semblait pas chercher autre chose. Glenn n'avait pas l'amour facile.

Même s'il n'en montrait rien, le jeune homme restait profondément affecté par le comportement de ses parents. Ses amis l'entendaient parfois pleurer quand il était seul dans la pièce qui lui servait de chambre. Graham n'avait jamais vraiment osé évoquer le sujet, et même s'il avait néanmoins réussi à lui faire comprendre qu'il serait là en cas de besoin.

Les yeux fermés, Graham se sentit lentement partir. Une porte claqua et le réveilla à moitié. Amber s'allongea à ses côtés et posa sa tête contre son torse.

– Je leur ai dit qu'ils pouvaient rester bavarder dans le salon, certains sont trop saouls pour rentrer en voiture, de toute façon.

Graham ne lui répondit pas, encore dans un état de demi-sommeil.

– Tu te sens bien ? Tu as l'air ailleurs depuis que tu es revenu de chez ta mère.

– Oui, excuse-moi, dit-il en s'étirant. J'ai beaucoup de trucs en tête en ce moment. Et puis, justement, je ne fais que repenser à son comportement de tout à l'heure. Je suis sûr qu'elle me cachait quelque chose, mais je n'arrive pas à savoir quoi. Je me trompe peut-être, mais je vais retourner chez moi demain matin pour tirer les choses au clair.

– Si tu penses que c'est nécessaire, vas-y. Moi, de toute façon, j'ai plein de tri à faire, et j'ai promis d'aller prendre un verre avec Alice et Tessa dans l'après-midi.

– Tu vas chez tes parents après ?

– Oui, et d'ailleurs je pense que je dînerai là-bas, c'est ma mère qui me l'a demandé, je n'ai pas pu refuser.

– Je viendrai te chercher si tu veux, et on passera la fin de la soirée ensemble.

– Ah, mais j'y compte bien, fit Amber en l'enlaçant. D'ailleurs, je me disais que je te laisserais bien le double des clefs de l'appart, tu pourras venir quand tu veux, quitte à crécher là le temps de nous rejoindre.

– Oui, en plus je pense que ma mère apprécierait, elle doit patiemment attendre que tu te casses pour me voir plus souvent à la maison. Et puis, franchement, ça me ferait bizarre de me retrouver seul ici.

– Vous avez reparlé un peu ?

– Non, pas encore, je vais trouver un moment, ne t'inquiète pas.

– Ne la mets pas non plus au pied du mur.

– Tu te soucies de ça, maintenant ?

– Je n'ai pas envie que ça se passe mal, c'est tout.

– Tout ira bien. Du moins, je ferai tout pour que ce soit le cas, dit-il en posant ses lèvres sur son front.

Lorsque, le lendemain matin, il se gara près du porche de sa maison, Graham entendit le bruit d'un hélicoptère. Il discerna l'appareil dans le fond du ciel qui s'assombrissait, prémices d'un orage.

Il enfila sa veste tout en remontant l'allée. Un chat errant s'amusait sur sa droite avec un sac en plastique. Le suivant du regard, il remarqua alors un gros morceau de verre à moitié fondu qui dépassait des graviers de l'allée.

Il s'en approcha et le prit dans sa main. Puis il en découvrit d'autres que le soleil faisait briller, ainsi que des petits fragments de métal carbonisé.

Face à lui, des traces assez profondes étaient visibles dans l'herbe, menant à la vieille grange. Comme si on y avait poussé un véhicule accidenté. Des ornières qu'il n'avait pas décelées la dernière fois qu'il était passé.

Graham les suivit. Une fois à l'intérieur du bâtiment, il resta pétrifié devant l'épave de la Chevrolet de Hayley, en partie recouverte d'une grosse bâche, aussi laide et nue qu'un cadavre.

Il entra dans la maison et se rendit dans la cuisine. Sa mère était là, assise à la table, le visage tourné vers la fenêtre. La radio était allumée et diffusait un morceau de musique classique. Piano et cordes. La pièce embaumait le café chaud.

Graham posa son sac à dos sur le sol. Norma se retourna en sursautant.

– Graham ? Tu m'as fait peur ! Pourquoi es-tu revenu si tôt ?

Elle avait les yeux rouges. Elle avait pleuré.

– Je te dérange ?

– Mais non, pas du tout, quelle question ! s'exclama-t-elle en se frottant les yeux. Tu veux du café ?

– Non, ça ira, maman, merci.

– D'accord, ne fais pas trop de bruit, ta sœur est en train de dormir. C'est demain le grand jour, elle a besoin de prendre des forces.

Graham tira une des chaises et s'assit à côté d'elle.

Il devait le faire, il devait savoir maintenant.

– Au fait, je ne t'ai pas demandé, mais Hayley est bien rentrée l'autre soir ?

– Je pense, oui. Elle a pris la route juste après dîner.

– Donc, il n'y a plus eu de problèmes avec sa voiture.

– Pas que je sache.

Peut-on réellement sentir son cœur se comprimer à cause de mots aussi simples ?

– Et Tommy, tu as de ses nouvelles ?

– Il n'est pas revenu de chez son ami. Pourquoi me poses-tu ces questions ?

Graham prit sa main dans les siennes et tenta de croiser son regard.

– Où est Hayley, maman ? demanda-t-il plus fermement.

– Je viens de te le dire !

– Arrête de me mentir, j'ai vu ce qui restait de sa voiture dans la grange !

Norma le dévisagea, comme si elle n'avait pas compris ce qu'il venait de dire.

Et, au creux de ses mains, il sentit la sienne trembler.

– C'est Tommy, c'est ça ? Il a quelque chose à voir là-dedans ? Quand je suis passé hier, j'ai bien vu que tu étais préoccupée, et tu ne m'aurais pas laissé ce message sans raison. Il faut que tu me parles, maman !

– Mais qu'est-ce que tu me racontes ? Effectivement il y a eu un incident avec la voiture de Hayley, mais Tommy n'a rien à voir avec ça ! Si tu veux tout savoir, nous étions en train de finir le dessert dans le jardin quand nous avons senti l'odeur de quelque chose qui brûlait. Quand nous sommes allés de l'autre côté de la maison, il était déjà trop tard, la voiture était en feu, prête à exploser. Tommy est parti en courant pour trouver les responsables, c'est pour ça que je t'ai laissé ce message. Comme il tardait à revenir, j'ai eu peur pour lui, voilà tout.

– Et qui aurait fait une telle chose ?

– Je viens de te dire que je ne savais pas ! Nous n'avons pas eu le temps de les voir ! J'en ai parlé à Herbert et il m'a dit que ce n'était pas la première fois que ça arrivait. Une si belle voiture, ça attire les envieux. Ces voyous préfèrent détruire ce qu'ils n'auront jamais les moyens d'avoir.

– Et Hayley, comment a-t-elle fait pour rentrer, alors ?

– Elle a dormi dans la chambre d'amis. Je l'ai emmenée à Emporia le matin et elle a pris un car pour Kansas City.

– Vous avez porté plainte ?

– Oui, mais je doute que ça aboutisse à quelque chose.

– D'accord. Désolé, je me suis un peu emporté.

– Ce n'est rien. Tu aurais dû m'appeler, je t'aurais tout expliqué au téléphone. Amber part bientôt, non ? Tu ferais mieux d'aller la retrouver et de profiter de vos derniers moments ensemble.

– Elle a plein de trucs à faire aujourd'hui, je la rejoindrai plus tard. Maintenant que je suis là, je vais aller me reposer un peu là-haut.

– Comme tu veux, mon chéri. Mais ne te sens pas obligé de rester non plus, tout va bien.

– Si tu le dis, fit Graham en se levant.

Dans sa chambre, il s'allongea sur son lit et alluma un joint pour se détendre. Toute cette histoire paraissait si invraisemblable. En y réfléchissant, plusieurs détails clochaient dans ce que sa mère lui avait raconté. D'abord, elle avait parlé de façon trop mécanique, sans une seule fois croiser son regard. En temps normal, Norma Hewitt ne baissait jamais les yeux quand elle vous parlait.

Et puis, si c'était vraiment des inconnus qui avaient mis le feu à la voiture, pourquoi sa mère avait commencé par prétendre que Hayley était tranquillement repartie à St. Joseph ?

Mais pourquoi lui aurait-elle menti ? Que lui dissimulait-elle ? Avait-il vraiment envie de le savoir ?

Non, il se faisait sûrement des idées. Avec un peu de chance, Tommy rentrerait dans la journée et confirmerait les propos de leur mère. Et il se sentirait alors bête à en mourir d'avoir mis sa parole en doute.

Graham posa le joint dans un cendrier au moment où Cindy entra dans sa chambre et se jeta sur son lit. Il la prit dans ses bras et l'embrassa sur la joue.

– Ça va, toi ? Tu as bien dormi ?

– Tu piques !

Graham ricana et la reposa sur le sol.

– Maman m'a dit que c'est demain ton concours ?

Cindy opina de la tête.

– Et tu as hâte d'y aller ?

– Tu veux voir ma nouvelle amie ? demanda-t-elle en lui tendant une poupée en porcelaine vêtue d'une robe en soie. Elle était à maman, elle me l'a donnée.

– Elle est très belle, dit Graham en contemplant ses yeux verts et fixes. Au fait, tu n'as pas eu trop peur quand la voiture de Hayley a pris feu l'autre soir ? Ça devait être impressionnant !

La petite fille avait l'air de ne pas comprendre de quoi il parlait.

– Mais tu étais peut-être déjà couchée. Maman m'a dit que Hayley avait dormi à la maison. Tu l'as vue le lendemain matin ?

– Non, dit Cindy en tirant la robe de sa poupée.

– D'accord, ce n'est pas grave. Elle a dû partir tôt.

On entendit alors des pas se rapprocher dans le couloir.

C'était Norma, qui les rejoignit un peu essoufflée.

– Ah, mais tu es réveillée, ma chérie, dit-elle en caressant les cheveux de sa fille. Tu as faim ? Je vais nous préparer le petit déjeuner. Graham, tu manges avec nous ?

– Non merci, j'ai pris un truc chez Amber.

– Très bien. Je me disais qu'on pourrait en profiter pour partir en ville tous les trois. Aller au restaurant, au cinéma, faire les boutiques… Et, comme ça, je te ramènerai directement chez Amber ensuite.

– Je ne sais pas, je t'avoue que j'ai un peu la flemme de ressortir, pour l'instant.

– On en reparlera plus tard, dans ce cas. Cindy, tu me rejoins dans le jardin dans cinq minutes ? Et fais attention à la poupée, elle est très fragile.

– Oui, maman, dit-elle en posant avec précaution le jouet sur la moquette.

Norma redescendit au rez-de-chaussée. Graham se tourna vers la fenêtre et suivit des yeux une nuée d'engoulevents se déplacer dans le ciel au-dessus des champs.

– Tu crois qu'il est encore là, le fantôme de la cave ? demanda alors Cindy, le tirant de ses pensées.

– Qui ça ?

– Maman m'a dit qu'il n'y avait personne, mais moi je sais qu'il est là, je l'ai entendu l'autre jour quand je suis passée près de la porte. Tu mc protégeras s'il arrive à sortir ?

Graham en fut d'abord surpris, lui qui enfant avait eu pendant longtemps une peur bleue de cette cave et de toute l'obscurité qu'elle renfermait. Puis il se souvint du bruit que lui-même avait entendu quand il était venu la veille, comme si quelqu'un avait frappé contre les canalisations.

Ce bruit auquel il n'avait pas vraiment prêté attention.

– Maman a raison, il n'y a pas de fantôme. Viens, je t'accompagne en bas, d'accord ? Il est temps d'aller prendre ton petit déjeuner.

Ils se rendirent ensemble dans la cuisine, et Cindy sautilla vers leur mère, qui étendait du linge au fond du jardin. Graham les observa un instant, puis se dirigea vers la porte de la cave, la peur au ventre exactement comme quand il était enfant.

Il devait juste vérifier une idée, terrible, qui lui était venue en tête.

Graham abaissa la poignée, mais la porte était fermée à clef. Ce n'était jamais le cas, d'habitude. Ayant un double sur son trousseau, il alla le chercher dans la poche de sa veste.

À reculons. Avec la sensation de glisser sur une pente.

Une fois la porte ouverte, il s'engouffra à l'intérieur et la ferma sans un bruit. Il ne pensa même pas à allumer la lumière, descendit l'escalier en retenant son souffle, et vit Hayley, étendue sur le dos et immobile. Sa pâleur la faisait ressembler à un corps gisant dans une salle d'autopsie. Sous le choc, il s'approcha d'elle sans oser prononcer le moindre mot. Elle était, Dieu soit loué, simplement endormie. Mais elle paraissait si faible, comme si elle avait été affamée pendant des jours.

Depuis quand sa mère la gardait-elle prisonnière ? Et dans quel but ?

Tommy. Qu'as-tu fait ?

Hayley poussa un gémissement et remua le bras. Graham remonta en courant dans la cuisine et prit du yaourt à boire ainsi qu'une bouteille d'eau minérale dans le réfrigérateur.

Puis, après avoir vérifié que sa mère ne se doutait de rien, il retourna dans la cave, inconscient de ce qui allait bientôt être brisé.

Quatre heures plus tard

Elle marchait sur la route en briques jaunes, accompagnée de l'homme de fer-blanc, de l'épouvantail et du lion. Au loin se dressait Emerald City, là où elle pourrait demander au magicien d'Oz de la ramener au Kansas.

Elle se réveilla dans la chambre d'hôpital. Son visage l'étouffait, elle arrivait à peine à ouvrir son œil droit, se focalisant sur la forme floue d'un arbre qui se balançait au loin.

Sa mère était assise près de le fenêtre. Était-elle en train de rêver ? Elle n'arrivait pas à croire qu'elle puisse être là et tenta de l'appeler, mais elle n'avait plus de voix et ne put pousser qu'un râle qui lui provoqua une douleur atroce dans la gorge.

Sa mère la regarda enfin, et prit sa main dans la sienne. Une main chaude comme si elle l'avait enfouie dans du sable.

Mais pourquoi faisait-elle tout pour détourner le regard de son visage ?

Elle referma son œil. Et quand elle le rouvrit, elle se trouva à nouveau seule dans la chambre. Une fois encore abandonnée.

Et elle entendit le grincement du parquet derrière elle, vit avec terreur la sombre silhouette brandir son arme étincelante. Elle n'eut pas le temps de hurler qu'elle sentit le choc contre sa tête, son visage se pulvériser, et le monde tout autour d'elle redevint, en un instant, absolument rouge.

HAYLEY

C'était un cri lointain, mais qui parvint pourtant à la sortir des ténèbres dans lesquelles elle était figée.

Un trait de lumière se dessina sur le mur. Étaient-ce des pas qu'elle entendait ?

Un parfum frais emplit ses narines. On lui retira son bâillon, puis une main lui soutint fermement la nuque et de l'eau coula dans sa bouche.

Quand elle ouvrit les yeux, un regard d'un bleu transparent aimanta le sien.

Graham.

Il la redressa et fit glisser dans sa gorge une matière douce et sucrée qui la vivifia d'un coup. Hayley comprit qu'il lui parlait, mais elle n'arriva pas à lui répondre, et quand elle émergea complètement, il était déjà parti.

Elle se demanda en refermant les yeux si elle n'avait pas rêvé, mais le goût persistant de fraise sur son palais lui redonna espoir.

Graham revint en début d'après-midi, et la fit manger à nouveau. Des morceaux de fruits gorgés de jus, du pain et du chocolat noir.

Elle avait l'impression de ne jamais rien avoir avalé d'aussi bon, même si chaque bouchée lui faisait mal à la gorge. Mais seule comptait la sensation, peut-être illusoire, qu'elle se reconstituait de l'intérieur.

Graham lui fit boire de l'eau et une canette de Coca-Cola. Elle y alla doucement, par peur de tout vomir. Son corps n'avait pas le droit de rejeter ces douceurs, il devait en absorber la moindre molécule.

– Comment tu te sens ? demanda-t-il en reposant la canette sur le sol. Je ne sais pas quoi te dire. Je ne suis rentré que ce matin et je n'étais au courant de rien. C'est par hasard que je t'ai trouvée ici. Je sais que ça doit être difficile, mais il faut que tu m'expliques ce qui s'est passé, j'ai vraiment besoin de savoir.

– Ta mère, murmura-t-elle, c'est elle qui m'a enfermée.

– Depuis combien de temps ? Depuis le soir où tu as dîné chez nous ? Et ta voiture, qui l'a fait brûler ?

– Tommy.

Graham poussa un soupir.

– Il t'a fait du mal, c'est ça ?

Déjà prête à tout lui dire, Hayley se retint au dernier moment et prit un instant pour réfléchir. Si elle lui avouait la vérité, quelles seraient les probabilités qu'il lui fasse la même chose que sa mère afin de sauver son frère ? Elle ne devait pas répéter la même erreur.

– Non. Il a juste essayé et je l'ai repoussé. Ensuite, tout s'est passé si vite… Il est devenu complètement dingue et il a mis le feu à ma voiture pour que je ne puisse pas repartir. Quand ta mère est sortie de la maison, il s'est enfui.

– Et tu sais où ?

– Non, j'étais choquée et blessée à la tête à cause de l'explosion. Je n'ai même pas eu le temps de tout expliquer à Norma. Elle m'a accompagnée dans sa chambre pour que je m'allonge, puis elle m'a droguée, et quand je me suis réveillée, j'étais menottée sur ce lit.

– Mais c'est complètement absurde ! Pourquoi est-ce qu'elle aurait agi comme ça ?

– Je ne sais pas. Où est-il ? Où est Tommy ?

– Maman m'a dit qu'il n'était pas revenu depuis l'autre nuit, mais je t'avoue que maintenant je ne suis plus sûr de rien.

– Aide-moi à partir d'ici, Graham.

– Il faut d'abord que tu reprennes de l'énergie. Je vais monter et forcer ma mère à te libérer, c'est elle qui doit avoir les clefs.

– Non, je t'en prie, ne lui dis rien ! Elle est complètement folle ! Tu vois bien ce qu'elle m'a fait ! Tu es ma seule chance de sortir de là !

– Ne m'oblige pas à te remettre le bâillon ! Je reviens dès que je peux. Garde ton calme en attendant. Je sais que je te demande beaucoup, mais essaie juste un instant de te mettre à ma place.

Et, sans un mot de plus, il s'éloigna dans l'ombre qui en un instant l'avala.

À nouveau seule, Hayley lutta pour ne pas hurler. Norma ne devait surtout pas se douter qu'elle n'avait plus son bâillon.

Et elle ne pouvait gaspiller la seule chance qui lui était offerte. Du moins, si Graham l'avait crue.

Elle entendit alors Cindy pousser des cris de joie dans le jardin.

Le concours.

Elle l'aurait presque oublié. Norma ne devait penser qu'à cela à l'heure qu'il était.

Laissant la rage l'envahir, Hayley imagina que cette petite peste se prenait les pieds dans un tapis et s'étalait devant un jury atterré, rendant Norma, assise au premier rang, rouge de honte.

Cette simple idée la fit rire de bon cœur.

GRAHAM

Comment avait-elle pu commettre une telle folie ? Norma Hewitt, celle qui leur chantait des chansons chaque matin en allant à l'école, qui les avait élevés tous les trois en leur apprenant à faire la distinction entre le bien et le mal ; avec quelle facilité avait-elle franchi la ligne ?

Et Tommy… Il avait bien vu que son petit frère n'allait pas bien ces derniers temps. Il était au courant de ses multiples sautes d'humeur, de ses accès de violence de plus en plus répétés, du fait qu'il restait la plupart du temps seul. Mais de là à tenter d'agresser cette fille sous leur propre toit ?

Son téléphone portable vibra dans sa poche. C'était Amber, mais il renonça à répondre. Si elle l'entendait, elle saurait que quelque chose n'allait pas, et il était hors de question de la mêler à cette histoire.

Résister à l'envie de tout laisser tomber, de prendre l'avion avec elle pour ne plus jamais remettre les pieds dans cet endroit.

Une violente bourrasque lui fouetta le visage, faisant craquer les bardeaux de la maison. Graham se retourna vers les champs. Il ressentait la curieuse impression d'être observé, comme si quelqu'un se tenait caché là, au milieu des épis.

Lui revint alors en mémoire ce que lui avait raconté Tommy un soir où ils avaient tous deux un peu forcé sur la bouteille : qu'une sorte d'ogre vivait caché dans les plantations et s'apprêtait à le capturer pour lui voler son âme. Graham avait d'abord pensé que Tommy se moquait de lui, mais il s'était vite rendu compte à quel point son frère était terrorisé, lui qui n'avait pourtant plus l'âge de croire à ce genre de choses. Pour le rassurer, Graham lui avait dit que, si c'était le cas, il serait là pour le protéger. Tommy lui avait froidement répondu que personne ne le pourrait.

Et, plus seul que jamais, Graham comprit à quel point Tommy avait eu raison. Le monstre qui l'effrayait tant avait, d'une façon ou d'une autre, réussi à entrer chez eux.

Norma était assise avec Cindy dans le canapé du salon, toutes deux regardant la télévision.

– Tu as vu comme elle est belle ? dit sa mère en lui montrant Cindy de la main. C'est la robe que je lui ai achetée pour son concours. Elle voulait la mettre exprès pour toi.

Effaré, Graham se força néanmoins à sourire.

– Oui, c'est vrai, elle est jolie.

– Alors, tu t'es décidé ? On va se promener en ville tous les trois ?

– Non, désolé, je n'ai toujours pas envie de sortir.

– Bon, tant pis. Pour une fois qu'on pouvait faire quelque chose ensemble. Cindy, tu peux aller t'amuser dans ta chambre si tu veux. Et n'oublie pas d'enlever ta robe pour ne pas l'abîmer.

La petite fille s'exécuta. Graham s'affala dans un des fauteuils en sentant son ventre se comprimer.

Il était temps de tout lui dire. Maintenant qu'il connaissait la vérité, elle ne pourrait plus nier.

Mais il assisterait au spectacle de sa mère qui s'effondrerait sous ses yeux. Ou plutôt de cet être qui, face à lui, avait pris les traits de sa mère.

– Je vais m'allonger dehors, dit-elle d'un ton passablement énervé. Il fait trop beau pour rester enfermés, tu repars quand en ville ?

– Je ne sais pas, maman. Dans l'après-midi.

– Très bien. Je te laisse t'occuper du déjeuner, dans ce cas.

Norma mit ses lunettes de soleil sur le nez et sortit de la pièce, le laissant seul avec lui-même.

Mais comment trouver les mots ? Comment lui avouer qu'il savait qu'elle avait menti, qu'il savait ce que Tommy et elle avaient fait à cette fille ? Et ainsi courir le risque que celle qui l'avait mis au monde ne le regarde plus jamais comme avant ?

Graham remonta dans sa chambre en laissant la télévision allumée. Aussitôt entré, il claqua la porte et, ses bras tremblant sous la tension, frappa le mur du poing.

Il ralluma son joint et le fuma, incapable de se détendre autrement.

Un bruit sourd se fit entendre à l'étage du dessus. Il se demanda un instant si ce n'était pas Tommy qui était rentré en douce, mais il n'eut pas la force de monter pour vérifier.

Par la fenêtre ouverte, il observa sa mère assise sur le transat, un magazine à ses pieds. Elle se frottait les yeux des doigts, comme si elle venait de pleurer.

Il savait l'épreuve qu'elle devait traverser, cette sensation d'être seule dans ce cauchemar. Seule, car elle n'avait pas voulu l'y plonger à son tour.

Comptait-elle vraiment laisser cette fille mourir de faim et de soif dans cette cave ? Était-elle capable d'une telle cruauté ? Cela lui paraissait si absurde qu'elle en soit arrivée à cette extrémité alors que Tommy n'avait pas été au bout de sa folie.

Graham savait d'avance qu'essayer de la raisonner serait inutile. Quand Norma Hewitt avait une idée en tête, il devenait quasi impossible de la faire changer d'avis.

Parmi tous les sentiments contradictoires qu'il éprouvait pour sa mère, il ne se concentra que sur sa peine, et sur son besoin de l'aider, de la seule façon envisageable.

Hayley lui avait promis qu'elle garderait le silence. Il n'avait pas d'autre choix que de lui faire confiance.

Ensuite, il dirait tout à sa mère, calmement, une fois que la jeune femme serait hors d'atteinte.

Et, dès qu'ils auraient retrouvé Tommy, ce serait alors à eux trois de trouver un moyen de sortir de cette impasse.

Il n'avait pas beaucoup de temps. Il ne pouvait pas savoir comment réagirait sa mère quand elle saurait que Hayley commençait à reprendre des forces.

Résolu, Graham entra dans la chambre de sa mère, chercha partout la clef des menottes et, par chance, la trouva dans le tiroir de sa commode. Puis il retourna au rez-de-chaussée. Du salon lui parvint une musique qu'il reconnut comme celle du *Magicien d'Oz*.

Il ouvrit la porte de la cave au moment même où Dorothy rencontrait le lion qui manquait de courage.

Couchée sur le côté, Hayley l'observait sans un mot. Elle devait se demander pourquoi il ne lui avait pas apporté de nourriture. Graham lui fit signe de rester silencieuse, la libéra et l'aida à se relever en la saisissant par les hanches.

– Tu vas devoir faire vite. Ma mère est dans le jardin et je vais aller la rejoindre pour m'assurer qu'elle ne se rend compte de rien. Je te demande juste une chose, tiens ta promesse, ne dis jamais à personne ce qui s'est passé ici. Tommy ne pouvait pas être dans son état normal, ce n'est pas lui, ce n'est pas le Tommy que je connais et avec qui je vis depuis dix-sept ans. Et pour ma mère, quoi que tu en penses, c'est quelqu'un de bien, elle voulait juste le protéger, c'est dingue à comprendre mais c'est la vérité. Je sais qu'elle t'aurait libérée à un moment ou à un autre, quand elle aurait enfin compris son erreur. Maintenant ça ne se passe qu'entre toi et moi, comme une sorte de contrat. J'ai confiance en toi, ne me le fais pas regretter.

– Je te le promets, fit Hayley en éclatant en sanglots.

Graham acquiesça et l'aida à marcher vers l'escalier de la cave.

– Attends un instant, dit-il en la faisant s'asseoir sur les marches.

Il s'éclipsa une dizaine de secondes, puis revint avec des petites chaussures en tissu rouge et une veste en jean.

– Ce sont les affaires d'Amber. Il y a un vélo posé près de l'entrée. Je sais que tu n'as pas beaucoup de forces mais la route est plate jusqu'à Emporia.

Là-bas, rends-toi à la gare routière, au sud de la ville, et tu pourras prendre un car pour Wichita.

Il fourra alors deux billets de vingt dollars dans la poche de la veste, puis il serra Hayley contre lui.

– Je te demande pardon pour tout ce qu'ils t'ont fait subir, chuchota-t-il à son oreille. Je sais que ça ne changera rien, mais je tenais quand même à te le dire.

Il prit son visage dans ses mains et la regarda droit dans les yeux.

– Je peux te faire confiance, hein ?

Hayley lui fit un « oui » de la tête. Graham esquissa un sourire, puis il se releva et sortit de la cave.

De retour dans la cuisine, il se passa un peu d'eau sur le visage et se rendit, la gorge serrée, dans le jardin, où Norma était allongée sur sa chaise longue. Il s'assit dans l'herbe à quelques mètres d'elle, n'osant ni se retourner vers la maison ni vers sa mère, bien conscient qu'il devrait rester là le temps que Hayley parvienne à s'enfuir.

Et il pria pour que tout se finisse vite et pour avoir pris la bonne décision. Il devait s'en convaincre et ne pas céder à l'angoisse que bientôt, et par sa seule faute, le monde ne se déchaîne à nouveau sur eux pour cette fois les happer.

HAYLEY

Hayley mit un moment à se relever. Son corps entier continuait à lui faire atrocement mal. Mais elle devait combattre la douleur. Elle n'avait pas le choix.

Après avoir gravi les dernières marches de l'escalier, elle s'adossa contre le mur, les yeux aveuglés par la lumière. Elle avait tellement rêvé de cet instant qu'à présent elle avait peur de la moindre seconde.

Une musique se fit entendre au cœur de la maison, qu'elle mit un peu de temps à reconnaître. C'était celle du *Magicien d'Oz*, un de ses films préférés quand elle était petite.

Il n'y avait personne dans le couloir. Elle avança avec précaution pour ne pas faire grincer le parquet et eut l'impression subite de voir un mouvement en haut sur sa gauche, près de l'escalier menant aux étages, comme une ombre fuyante.

Mais Hayley continua néanmoins à marcher droit devant elle, se concentrant pour ne pas tomber.

La porte du salon, sur sa droite, était ouverte. C'était de là que provenait la musique.

Bientôt le sang sur les murs, bientôt les dents fracassées, un beau visage ouvert comme un cadeau de Noël...

Hayley ne pensait qu'à rejoindre la porte d'entrée, qui se trouvait trois mètres devant elle. Mais, en jetant un coup d'œil à l'intérieur du salon, elle y vit un de ses clubs de golf négligemment posé près de la cheminée, celui qu'elle avait utilisé pour montrer à Cindy comment swinguer.

Elle ne pouvait pas leur laisser une des seules choses qui la reliaient encore à sa mère. Elle entra dans la pièce pour tenter de le récupérer. À l'écran, Dorothy, l'épouvantail, l'homme de fer-blanc et le lion marchaient sur le chemin jaune menant à Oz.

Dorothy qui n'avait jamais perdu l'espoir de retourner chez elle.

Et ce n'est qu'à cet instant que Hayley remarqua sa présence.

Alors qu'il était déjà beaucoup trop tard.

Cindy.

Habillée d'une robe rose et agenouillée sur le tapis, elle lui tournait le dos, captivée par le film, chantonnant les paroles en même temps que Judy Garland.

We're off to see the wizard. The wonderful wizard of Oz...

Hayley tendit la main vers le club de golf sans quitter la fillette des yeux. Si Cindy la voyait, elle serait capable de hurler et tout serait perdu.

Mais elle ne pouvait partir sans au moins...

We hear he is a whiz of a wiz, if ever a wiz there was...

Le parquet craqua au moment où elle effleurait le manche du club des doigts.

Cindy se retourna en sursautant et fit tomber la télécommande sur le tapis. Elle avait le contour des yeux trop maquillé et portait un rouge à lèvres qui avait bavé sur sa peau. Une expression d'incompréhension déforma ce visage qui faisait la fierté de Norma et qu'elle allait bientôt exhiber sans pudeur.

À cette vision, Hayley sentit une haine insupportable remonter en elle.

Mais elle devait partir, elle devait courir maintenant vers la sortie.

La petite fille se releva d'un bond, comme pour tenter de fuir.

Hayley saisit le club de golf, resserra sa prise sur le manche.

Et, sans plus réfléchir, elle frappa l'enfant en plein visage.

Cindy tomba à quatre pattes, son sang commençant à goutter sur le tapis. Hayley éclata de rire. Cette sale peste, sous le choc, n'avait pas l'air de comprendre ce qui lui arrivait. Au niveau de ce qui restait de sa bouche, les rouges organiques et cosmétiques s'harmonisaient. Sa belle robe, à présent tachée, lui donnait des airs de princesse de film d'horreur.

Norma ne s'en remettrait jamais, ses espoirs de voir sa fille briller un jour sous les feux de la rampe fracassés en même temps que son charmant petit nez.

Cindy vomit sur sa robe et commença à pleurer, ses larmes traçant des sillons aqueux entre les meurtrissures de sa peau.

Et, juste pour le frisson de la vengeance, Hayley lui donna un autre coup sur les joues, qui firent sous l'impact le bruit d'un ballon qui éclate. Puis elle la frappa à nouveau, en un swing parfait et avec toute la force dont elle était capable, et qui lui défonça la mâchoire en projetant une énorme giclée de sang sur le mur.

Cindy s'écroula lourdement en arrière. Hayley se pencha au-dessus d'elle, fascinée. La petite fille ne bougeait plus. Il était difficile de voir si elle respirait encore.

Pars, Hayley, maintenant.

Alors, elle se précipita vers la porte, le club de golf à la main, prête à se battre avec quiconque se mettrait sur son chemin. Elle passa devant le vélo dont Graham lui avait parlé sans y prêter la moindre attention, descendit les marches du perron et courut vers la voiture de Norma, mais toutes les portières étaient fermées. Prise de panique, elle vit une autre voiture garée plus loin dans l'allée, celle de Graham.

Par chance, la portière du conducteur était ouverte, les clefs sur le contact. C'était comme s'il les avait laissées pour elle.

Gagnée par l'euphorie, Hayley démarra et fonça vers le portail en marche arrière. Puis elle prit directement la route sur la gauche en espérant que c'était la bonne direction.

Mais toutes les directions étaient les bonnes pour sortir de cet enfer.

Elle ne pouvait plus lever le pied de l'accélérateur. Ses bras tremblaient tant qu'elle serrait le volant le plus fort possible pour ne pas se planter dans le décor.

Mais plutôt s'écraser contre un arbre que retomber entre leurs griffes.

Une dizaine de kilomètres plus loin, elle trouva un panneau lui indiquant le chemin pour rejoindre la Kansas Turnpike.

Elle était sauvée.

Rien ne l'arrêterait. *Plus jamais.*

Elle poussa un cri de rage et de joie mêlées, puis un autre, et encore un autre, jusqu'à en remplir tout l'habitacle de la voiture.

NORMA

Oui, elle porterait la robe qu'elle avait achetée à Kansas City l'année dernière. Noire, sobre et cintrée. Elle ne voulait surtout pas donner l'impression d'en faire trop. C'était sa fille que les autres devraient remarquer, pas elle.

Elles partiraient aux alentours de 9 heures du matin. Il fallait qu'elles soient au Madison Theatre pour le milieu de l'après-midi, et Tulsa était à plus de trois heures de route. Le trajet le plus rapide était de prendre la 99, puis la 75. Avant le dîner, elle rangerait dans la voiture tout ce dont elles auraient besoin, pour gagner un peu de temps. Et puis il ne faudrait pas oublier de passer chez le coiffeur qu'elle avait sélectionné sur Internet. On avait dû dépêcher une équipe sur place pour l'événement, mais elle ne voulait surtout pas courir le risque qu'ils bâclent leur travail, ou qu'ils la coiffent comme toutes les autres.

Elle aurait mieux fait de vite réserver par téléphone… Quelle idiote, cela lui était complètement sorti de la tête ! On ne venait pas dans ce genre de salon sans rendez-vous ! Avec les drames de ces derniers jours, elle n'avait même pas pensé à les appeler pour savoir s'ils auraient eu un créneau pour sa fille.

Et il était hors de question d'attendre là-bas qu'une place se libère, avec toute cette tension qu'elles éprouveraient avant le grand saut.

Ou elle se rendrait chez son coiffeur habituel. Louise, celle qui s'était occupée d'elle la dernière fois, était charmante, et tout à fait capable de rendre Cindy la plus ravissante possible.

Le bruit d'une voiture, qui démarrait, puis accélérait, la sortit de ses pensées. Ouvrant les yeux, elle croisa le regard inquiet de Graham.

Norma se leva au moment où, des profondeurs de la maison, lui parvint le hurlement de Cindy.

Quand elle surgit dans le salon, elle ne la reconnut au départ que grâce à sa robe, alors qu'elle se tenait agenouillée sur le parquet du salon.

Norma se jeta sur sa fille, qui, sous le coup de l'émotion, perdit connaissance.

Graham accourut à son tour et se figea dans l'embrasure de la porte.

– Une ambulance ! hurla Norma. Graham, appelle vite une ambulance !

Sous le choc, le jeune homme attrapa le combiné et composa le 911.

Norma glissa sa main sous la tête de Cindy, se forçant à ne pas détourner le regard tant qu'elle ne verrait pas au moins son sourire percer à travers cet horrible masque. Elle ne discernait même plus ses yeux dans cette chose sanguinolente. Tout ce qui composait son beau visage, avant, comme envolé.

Mais elle respirait. Même si son souffle lui paraissait curieusement étranger, elle essayait de se raccrocher à la vie.

Elle devrait donc elle-même en faire autant. Se caler sur sa résistance.

Mais ce sang. Tout ce sang. Sur le tapis. Sur les murs. Dans ses cheveux. Sur son visage. Si abondant qu'elle en avait le goût dans la bouche.

Que s'était-il passé ? Qui avait bien pu faire ça à sa fille ?

Norma reposa doucement Cindy sur le tapis, puis, les jambes tremblantes, elle se rendit à la cave. La porte était grande ouverte. Le lit portait encore l'empreinte du corps de Hayley. Les menottes gisaient au sol, ouvertes.

Norma les serra dans sa main avec le mince espoir que le métal avale sa fureur.

Graham se tenait en haut de l'escalier, bouche bée, incapable de prononcer le moindre mot.

N'arrivant pas à soutenir son regard, il détourna les yeux.

Norma jeta les menottes par terre, puis elle remonta l'escalier et passa près de lui en silence, laissant un souffle glacé s'insinuer entre leurs deux cœurs.

Des étrangers allaient bientôt venir pour lui prendre sa fille. Elle ne pourrait pas les en empêcher. Elle ne pourrait plus rien empêcher. Elle n'avait même plus la force d'essayer de trouver une parade.

Dans la cuisine, elle attrapa une grosse éponge qu'elle trempa dans de l'eau chaude, puis elle revint auprès de Cindy et commença à lui nettoyer le visage, espérant retrouver sous le sang les traits qu'elle connaissait par cœur, elle qui respirait tout doucement, comme si elle dormait. Un souffle régulier, presque reposant…

Elle n'avait pas l'air de lui faire mal. Peut-être que si elle frottait plus fort, elle parviendrait à lui enlever entièrement cette horreur.

Mais ce qu'elle découvrit, au fur et à mesure qu'elle passait la serviette humide sur sa peau meurtrie, fut bien pire que tout ce qu'elle aurait pu imaginer.

Et seul le sang partait.

Norma s'évada un instant par la fenêtre, ses pensées s'évaporant dans un ciel subitement incolore.

Elle ne refit surface que lorsqu'elle entendit les sirènes de l'ambulance se rapprocher de la maison. Trois hommes en sortirent avec un brancard. Norma éteignit la télévision et alla leur ouvrir. Ils lui demandèrent où était la victime, et elle leur indiqua le salon de la main. Puis, après avoir vérifié que personne ne la voyait, elle ferma la porte de la cave à clef et les rejoignit.

Ils étaient tous les trois à s'agiter autour de Cindy. L'un d'eux, le plus jeune, lui mit une sorte de minerve autour du cou pendant que l'autre lui plaçait un masque à oxygène sur le visage. Norma s'efforça de rester calme, et surtout de ne rien dire. Ils étaient simplement là pour les aider.

Un des hommes, la quarantaine, son ventre dépassant de sa chemise, la dévisagea avant de s'éloigner vers le fond du salon, son téléphone portable à la main.

Que pensaient-ils ? Que c'était elle qui avait fait ça à sa propre fille ? À cette idée, elle manqua s'étrangler avec sa salive. Comment pouvait-on imaginer une telle chose ? Et elle, comment l'expliquerait-elle ?

Pour le moment, mieux valait se taire. Ils pouvaient penser ce qu'ils voulaient, après tout.

Le dos tourné, l'homme continua de parler à son interlocuteur. Elle mourait d'envie de s'approcher suffisamment de lui pour entendre ce qu'il disait. Était-il en train de la dénoncer à la police ?

Les deux autres ambulanciers installèrent délicatement Cindy dans ce qui ressemblait à une coquille, puis la déposèrent sur un brancard. Norma eut la désagréable impression qu'ils refusaient de croiser son regard.

L'homme au téléphone raccrocha enfin et les rejoignit.

– Votre fille va avoir besoin de soins d'urgence, nous devons partir immédiatement à l'hôpital d'Emporia, vous pouvez venir avec nous ou nous suivre en voiture. Pensez-vous tenir le coup ?

– Oui, bien sûr, dit-elle, presque vexée qu'il lui pose la question.

L'homme acquiesça et fit un signe aux deux autres. Ils levèrent le brancard et transportèrent Cindy à l'extérieur.

Norma les suivit en pressant le pas. S'apercevant que sa fille était à nouveau consciente, elle lui dit qu'elle était là, qu'on allait bien la soigner, que tout allait s'arranger. Cindy tenta de lui sourire, un sourire mutilé qui lui fit encore plus mal que la simple vision de ses blessures.

– Est-ce qu'elle va s'en sortir ? demanda Norma à l'ambulancier le plus près d'elle.

– Je ne suis pas en mesure de vous le dire, mais soyez assurée que les médecins feront tout leur possible…

Il lui tendit la main pour l'aider à monter dans l'ambulance. Elle s'assit sur une banquette et observa Cindy, qui, sanglée dans le brancard, avait un œil ouvert et semblait la regarder. Mais cette fois son regard était vide, comme si, à sa place, elle voyait un mur.

L'équipe qui les attendait à l'entrée des urgences emmena Cindy à l'intérieur. Norma fut prise en charge par une infirmière vêtue d'une blouse saumon, qui la guida vers une des salles d'attente en lui expliquant qu'on viendrait bientôt la voir.

Tout le monde courait autour d'elle. Sa tête commençait à tourner à cause de leurs incessants va-et-vient.

Elle attendit ainsi pendant plus d'une heure, dans un état d'angoisse continu, jusqu'à ce qu'un des médecins urgentistes la rejoigne.

– Madame, je m'appelle Paul Reed, dit-il en lui serrant la main. Tout d'abord, je dois vous informer que, pour éviter certaines complications, votre fille a été placée dans un coma artificiel. Nous lui avons fait passer plusieurs scanners et n'avons détecté aucun problème particulier. Elle a en revanche fait une petite hémorragie nasale, qui a été facilement résorbée. Nous allons maintenant l'emmener au bloc opératoire, où elle sera prise en charge par notre équipe de chirurgie faciale, puis elle sera transférée en soins intensifs…

– Et quand pourrais-je la voir ? demanda Norma, déboussolée.

– Pas avant plusieurs heures après l'opération, il faudra s'armer d'un peu de patience. Une infirmière viendra vous prévenir, ne vous inquiétez pas. D'ici là, je vous propose de remplir tranquillement tous les formulaires et d'essayer de vous détendre.

Il la salua et retourna au bloc opératoire. Norma tenta de récapituler les mots qu'il avait prononcés, mais quelque chose en elle refusait de vraiment les comprendre. Elle n'arrivait toujours pas à savoir dans quel état elle retrouverait sa fille.

Reprenant peu à peu ses esprits, elle avança vers l'accueil, où elle demanda si elle pouvait téléphoner.

La standardiste lui montra une cabine près de l'entrée. Elle s'y rendit, le cœur serré, composa le numéro du commissariat et demanda à parler à Herbert. Elle n'avait pas le choix. La police viendrait forcément lui poser des questions. Lui, au moins, ne la regarderait pas comme une suspecte.

Herbert décrocha au bout de quelques sonneries. Tout en s'évertuant à rester calme, elle lui dit qu'elle se trouvait à l'hôpital car Cindy venait de se faire agresser dans son salon. Herbert lui demanda de ne pas bouger et lui promit d'arriver le plus vite possible.

Norma raccrocha et s'assit à côté d'une femme obèse qui semblait sous morphine. Une grosse cicatrice pourpre serpentait sur toute la base de son cou, prête à l'étrangler.

Herbert arriva accompagné d'un officier d'une vingtaine d'années, qui ressemblait à s'y méprendre à son fils Brendan.

Il retira son stetson et la prit dans ses bras.

– Tu tiens le coup ? demanda-t-il en l'embrassant sur les joues. Je sais que ça va être difficile, mais il va falloir que tu m'expliques tout depuis le début.

Norma resta un instant perdue dans ses pensées. Pour la deuxième fois, elle avait la possibilité de tout lui dire. Elle pourrait simplement lui donner le nom de celle qui avait fait cela à Cindy, juste six lettres.

Mais alors tout le reste remonterait à la surface.

Tout a commencé quand Tommy a violé cette jeune fille dans ma maison. Ah non, je suis idiote, tout a vraiment commencé quand, il y a dix ans, j'ai froidement tué mon mari parce qu'il avait détruit la vie de mon fils.

Norma posa sa main sur son front, qui lui parut brûlant.

– Je ne sais pas, Herbert, je n'arrive pas à comprendre. J'étais dans le jardin, et Cindy dans le salon à regarder la télévision. Et puis j'ai entendu cette voiture partir à toute vitesse, et après le cri de Cindy. Tout a été si soudain. Je n'ai rien pu faire.

– La voiture de Tommy qu'on incendie, et maintenant ça, il faut que tu réfléchisses bien, Norma. Penses-tu que quelqu'un puisse t'en vouloir à ce point ?

La voiture, cette satanée voiture… Il était flic, il était forcé de faire le rapprochement…

– M'en vouloir ? Mais qui pourrait m'en vouloir ?

Cette fille que j'ai séquestrée parce que j'étais trop lâche ? Cette fille qui serait peut-être déjà morte si Graham ne l'avait pas libérée ? Et toi, Herbert, comment réagirais-tu si tu savais ce que j'ai fait ? Tout ce que j'ai fait pour eux ?

– On ne doit écarter aucune piste dans ce genre d'affaires. Le mois dernier, une femme de Salina s'est fait agresser chez elle par deux hommes qui pensaient qu'elle gardait de l'argent liquide dans son salon. Ils l'ont frappée à mort avec une batte de base-ball. Mais une enfant… Seigneur, ce monde est de plus en plus horrible.

Herbert toussa et remit son chapeau sur la tête.

– Bon, je sais que ce n'est pas le moment idéal, mais est-ce que tu sais avec quoi…

– Non, le coupa-t-elle. Je ne sais pas, ils n'ont rien laissé.

– Ils ? Tu penses qu'ils étaient plusieurs ?

– Mais enfin, c'est toi qui m'as dit qu'ils étaient plusieurs à avoir violenté cette femme !

– Ce n'était qu'une simple supposition, Norma. Je vais aller chez toi pour essayer de relever le plus d'indices possible.

– Fais ce qui te semble le mieux, dit Norma, comme si elle y voyait un nouvel espoir.

Alors qu'elle priait intérieurement pour qu'il ne trouve rien.

GRAHAM

Traversant Commercial Street, Graham entendit un klaxon sur sa gauche et pressa le pas pour rejoindre le trottoir. La voiture, une Thunderbird grise, passa devant lui en faisant crisser ses pneus, son conducteur hurlant à l'intérieur en frappant le volant.

La simple idée de se rendre à l'hôpital le terrifiait.

Par peur d'affronter à nouveau sa mère.

Par peur de ne revoir sa petite sœur qu'à l'état de cadavre, recouverte d'un drap blanc.

Mais il fallait qu'il sache. L'incertitude lui devenait de plus en plus insupportable.

Autour de lui, les passants continuaient à vaquer à leurs occupations quotidiennes. Une journée banale dans une ville banale du Midwest. Pourtant, à vingt kilomètres de là, les murs d'un salon étaient recouverts du sang d'une fillette. Et bientôt la nouvelle se répandrait comme la peste. Il les entendait déjà, eux qui déambulaient mollement sous ses yeux, petites âmes grisâtres si friandes de faits divers…

On ne parle que de ça en ville… Quelqu'un s'est introduit chez les Hewitt en début d'après midi… La gamine a été transportée à l'hôpital…

Cette si jolie petite fille... Si atrocement mutilée en pleine journée... Et pendant ce temps-là, sa mère était soi-disant allongée dans le jardin... C'est souvent la mère la responsable dans ce genre d'histoires, elle était si dure avec elle...

Moi, je suis sûre qu'elle la battait, c'est Mme Burns qui m'a raconté ça... Parfaitement, des bleus sur ses bras... Cette fillette avait l'air si triste quand on l'a vue la dernière fois, je sais reconnaître ces choses-là, moi...

Ces gens sont si étranges...

Rappelez-vous que le mari a été tué il y a plusieurs années et qu'on n'a jamais retrouvé le coupable... Et le plus jeune des deux fils, c'est peut-être lui qui a fait ça à sa petite sœur, il en serait bien capable...

Cet incident qui s'est produit à son lycée... Je vous ai bien dit qu'il y avait un truc qui clochait avec cette famille...

Il y a quelque chose de mauvais là-bas... Depuis toujours... Qui peut oublier ce qu'a fait Daryl Greer à ses parents il y a trente-huit ans ?

Comment Hayley avait-elle pu s'en prendre à une enfant sans défense ? Simplement pour se venger de sa mère ?

Un acte si cruel, gratuit, pervers ?

Elle qui lui avait promis qu'elle ne dirait rien. Avait-elle eu ce plan depuis le début ?

Hayley devait être déjà loin maintenant. Il pouvait se rendre directement au bureau du sheriff et la dénoncer. Même s'il ne connaissait pas son nom de famille, ils finiraient bien par la retrouver... Mais, dans ce cas-là, tout le monde saurait ce que sa mère lui avait fait subir...

Ils étaient piégés.

Norma ne leur parlerait sûrement pas d'elle, il ne pouvait pas le faire dans son dos.

Pas encore une fois.

Un autre camion de pompiers passa devant lui. Graham scruta le ciel pour y déceler la moindre fumée d'incendie. Une telle chaleur rendait la nature folle.

Son téléphone vibra dans sa poche. C'était Amber. Il dut faire un effort pour ne pas céder à l'envie de décrocher.

Son appartement n'était qu'à trois rues de là. Il pourrait tout lui dire, ne plus affronter ce cauchemar seul. Et elle lui parlerait comme elle savait le faire, le soutiendrait dans cette épreuve. Il n'était pas obligé de tout garder pour lui.

Il n'avait rien fait de mal.

Du moins, pas consciemment.

Ma petite sœur s'est fait agresser par une jeune femme qui l'a frappée au visage jusqu'à la rendre méconnaissable. Une jeune femme qui est restée enfermée dans notre cave pendant trois jours. C'est moi qui l'ai libérée. Ma mère l'y a enfermée pour protéger mon frère.

Mon frère qui a tenté de la violer.

Mais moi, je ne suis pas comme eux, Amber.

C'est simplement ma famille. Nous partageons juste le même sang.

Il savait d'avance qu'il n'en aurait pas le courage, pas alors qu'elle se préparait à partir à trois mille kilomètres de là, et de courir ainsi le risque que la distance et l'incompréhension l'éloignent à jamais de lui.

Elle le saurait bien assez tôt, et il devrait s'en tenir à la version que sa mère donnerait aux autorités.

Pris d'une soudaine angoisse, Graham remonta en hâte la rue qui menait à l'hôpital, sa vision parasitée par les éclats de soleil qui perçaient à travers les branches des arbres.

Il trouva sa mère dans une des salles d'attente et s'assit près d'elle, sans d'abord oser la regarder.

– Cindy est au bloc opératoire, dit-elle le visage tourné vers la fenêtre. Je ne peux rien faire, à part attendre d'aller enfin la voir.

– Si tu savais à quel point je suis désolé, je…

– Non, Graham, s'il te plaît, chuchota-t-elle en vérifiant que personne ne les entendait. On en parlera plus tard. Moi aussi, j'ai beaucoup de choses à te dire, notamment pour que tu comprennes pourquoi j'ai dû enfermer cette fille, et pourquoi je t'ai menti à ce sujet. Cependant nous avons d'autres soucis pour le moment. Herbert est passé me voir. Il doit déjà être en route pour la maison afin d'y chercher des indices qui permettraient d'appréhender le coupable. J'ai plus ou moins réussi à l'envoyer sur une fausse piste, mais il ne faut pas qu'il trouve le moindre élément qui contredise ma version. Moi, je dois rester auprès de ta sœur, tu t'en doutes, alors il faut que tu retournes là-bas, et que tu surveilles Herbert et ses hommes à ma place. Et quand il t'interrogera, tu devras lui dire qu'on était tous les deux dans le jardin, qu'on n'a pas eu le temps de voir qui était l'agresseur. À aucun moment tu ne dois parler de Hayley. Elle n'existe plus pour nous. On ne doit plus jamais penser à elle.

Graham resta silencieux, fixant le mur blanc devant lui.

Elle avait déjà pensé à tout.

– Tu comprends, n'est-ce pas ? demanda Norma en posant sa main sur sa joue. Ça ne prendra pas trop de temps. Quand ils seront partis, tu iras chercher le carnet de santé de Cindy dans l'armoire de ma chambre, ainsi que des affaires de rechange et mon téléphone portable. Puis tu fermeras toutes les portes de la maison à clef et tu me rejoindras à l'hôpital. Je vais dormir ici cette nuit, et toi, je préfère que tu ailles chez un ami ou chez Amber, ce sera plus prudent. Je vais te donner de l'argent pour prendre un taxi, et tu reviendras avec ma voiture.

– Jamais je n'aurais imaginé qu'elle puisse faire une telle chose, fit-il, sa voix nouée par l'émotion. J'étais persuadé que c'était la seule solution, elle m'avait juré qu'elle ne dirait rien.

– Pas après ce que Tommy lui a fait subir. Tu te doutes bien que sinon je n'en serais pas arrivée à une situation aussi extrême. Quand j'ai tout découvert, il était trop tard. J'étais seule, je n'ai pas eu le temps de réfléchir. Il fallait avant tout que je gagne du temps, que j'empêche cette fille de tout saccager. Ton frère est malade, il ne savait pas vraiment ce qu'il faisait. Et moi, je dois le protéger, quoi qu'il m'en coûte.

– Mais justement, c'est ça que je ne comprends pas. Hayley l'a repoussé à temps, c'est elle qui me l'a dit dans la cave. Cela n'a pas été plus loin !

– Vraiment ? demanda Norma en poussant un petit rire. Je comprends mieux, maintenant. Elle est bien plus intelligente que je ne le pensais. Tommy l'a violée, Graham. Violée. Sous mon propre toit. Elle t'a simplement menti pour que tu la libères. J'imagine qu'adoucir la vérité a aidé à peser dans la balance.

À ces mots, Graham eut l'impression de recevoir un coup de poing dans le ventre.

Et il comprit combien il s'était fait berner. Et toute l'étendue du mal qui avait gangrené sa maison.

Violée.

– Elle a pris ma voiture ! dit-il dans un sursaut. J'avais laissé les clefs sur le tableau de bord comme d'habitude, je suis vraiment trop con.

– Ce n'est qu'un détail, ne t'inquiète pas. Tu n'avais rien d'important à l'intérieur, n'est-ce pas ?

– Non. Mais elle pourrait s'en servir contre nous, comme une sorte de preuve.

– Elle n'en fera rien. Elle aurait trop à y perdre, elle aussi. Je la vois mal nous dénoncer à la police après ce qu'elle a fait à ta petite sœur.

Sachant qu'elle avait raison, Graham fut néanmoins surpris qu'elle lui parle avec un tel détachement. Mais il n'était pas dupe, il savait que sa mère se retenait du mieux qu'elle le pouvait, que si elle se retrouvait face à Hayley, seule à seule, elle se jetterait sur elle et la tuerait de ses propres mains.

La haine émanait d'elle comme une mauvaise odeur qu'elle essayait, en vain, de cacher.

Une fois parti de l'hôpital, Graham héla le premier taxi libre. Le conducteur avait une trentaine d'années, le visage buriné par le soleil. Graham s'installa à l'arrière et l'homme, qui écoutait les informations à la radio, évoqua les tornades qui s'étaient abattues à Salina, et le fait que plusieurs membres de sa famille y avaient par chance échappé. Graham lui répondit par politesse, mais lui fit vite comprendre qu'il n'était pas d'humeur à engager une conversation. Le conducteur se contenta ensuite de siffler au rythme de différentes musiques sur le reste du trajet.

Deux voitures de police étaient garées face au porche de sa maison. Graham hâta le pas le long de l'allée et, voyant Herbert sortir par la porte d'entrée, il lui adressa un signe de la main.

– Je suis vraiment terrassé par toute cette merde, dit le sheriff du comté de Lyon quand il arriva à sa hauteur. Tu as des nouvelles de ta petite sœur ?

– Elle est toujours en salle d'opération, je vais rejoindre maman après…

Des voix d'hommes lui parvinrent de l'intérieur. Graham espéra ne pas être revenu trop tard.

– Fiston, pardonne-moi de te demander ça directement, mais as-tu une idée de qui a pu agresser Cindy de cette façon ?

– Non, j'étais avec maman dans le jardin comme elle a dû te le dire, on n'a eu le temps de rien voir, quand nous sommes entrés dans le salon, il avait déjà pris la fuite.

Mentir si facilement à un représentant de l'ordre. Sa mère pouvait être rassurée. Et fière.

– En y repensant, j'ai du mal à y voir une simple coïncidence avec le fait que la voiture de ton frère ait brûlé.

Graham ne vit tout d'abord pas où il voulait en venir.

La voiture de son frère ?

– Pas toi ? demanda Herbert en remarquant son air surpris. C'est ta mère qui m'en a parlé quand je suis venu lui rendre visite. Il est tout à fait possible que ceux qui ont fait ça aient aussi fait du mal à ta petite sœur.

– Tu penses vraiment que cela puisse être lié ? dit Graham en comprenant plus ou moins la situation.

– L'inverse serait plus improbable. D'ailleurs, tu as vu ton frère dernièrement ?

– Pas depuis ce jour-là, non.

– Tu l'as trouvé bizarre ces jours-ci ? Plus agressif que d'habitude ?

– Pas que je sache.

– Et en général, Tommy s'entendait bien avec Cindy ?

– Bien sûr que oui, que veux-tu insinuer ?

– Rien du tout, ce sont de simples questions. Tu sais comme Tommy peut être imprévisible. Je ne suis là que pour vous aider. De toute façon, il faudra que j'aie une conversation avec lui tôt ou tard. Je vais rejoindre mes gars à l'intérieur, nous n'en aurons plus pour longtemps.

Graham acquiesça et, se rappelant les consignes de sa mère, il le suivit dans le salon.

– L'agresseur a dû prendre l'arme du crime avec lui, dit Herbert en retirant son stetson et en le posant sur la table à manger. J'attends le rapport des médecins pour qu'on sache quoi rechercher.

Graham ne pouvait détacher les yeux du sang qui tachait le mur et le tapis.

– Rien n'a été volé, à première vue ? demanda Herbert en se retournant vers lui.

– A priori, non.

– Je n'arrive pas à comprendre. Comment quelqu'un peut-il entrer chez des gens en plein jour, dans le seul but d'agresser si violemment une gamine qui n'a jamais fait de mal à personne ? Cette histoire est tellement absurde. Il ne peut s'agir que de l'œuvre d'un déséquilibré, ou d'une vengeance pure et simple.

Un des hommes d'Herbert, agenouillé sur le tapis, se saisit de ce que Graham reconnut comme étant un fragment de dent, avant de le glisser dans une pochette en plastique.

Il détourna les yeux, pris d'une légère nausée alors que les mouches bourdonnaient de plus en plus fort dans la pièce surchauffée.

Et cette odeur infecte qu'il percevait par intermittence, comme si un morceau de chair arraché au visage de sa petite sœur commençait déjà à pourrir, coincé entre deux lattes de parquet.

– Tu vas bien, fiston ? Tu es tout pâle.

– J'ai juste besoin de sortir un peu, je crois.

– Ce n'est pas beau à voir. Je demanderai que tout soit nettoyé avant votre retour. Et je peux te promettre que je retrouverai le coupable, il paiera pour ce qu'il a fait à Cindy.

Graham ouvrit la fenêtre et respira à pleins poumons l'air du dehors, son visage affichant un espoir qu'il savait désespérément vain.

Une fois qu'ils furent partis, il attrapa le téléphone portable de sa mère, laissé sur la table de la cuisine, monta dans sa chambre, prit deux pantalons, des chemisiers, des sous-vêtements, ainsi que sa trousse de toilette, qu'il jeta dans un sac de voyage, en plus du livret de santé de Cindy, rangé là où Norma gardait tous ses papiers.

Puis il ferma la porte de la cuisine, sortit par celle de l'entrée et la ferma à son tour.

Pas encore tout à fait prêt à prendre la route, il s'assit sur le perron et alluma une cigarette.

Où diable Tommy pouvait-il se terrer ? Il avait du mal à l'imaginer seul depuis trois jours. Peut-être que sa mère lui avait aussi menti là-dessus, et qu'elle l'avait caché quelque part en attendant que tout se calme.

Avec elle, il ne pouvait jamais vraiment savoir.

Il se souvenait de ce moment où, dix ans auparavant, elle lui avait fait promettre de toujours veiller sur son petit frère. Ils se tenaient sur ce même porche, pendant que Tommy jouait dans l'herbe avec ses voitures. C'était deux jours seulement après que Harlan s'était fait tirer dessus par un chasseur. Graham n'avait jamais pu oublier le ton de la voix de sa mère, comme si elle-même craignait de se faire tuer à son tour. Il avait par la suite pris son rôle au sérieux et s'était battu à de nombreuses reprises dans la cour de l'école avec ceux qui s'amusaient à chahuter Tommy. Il ne comptait plus toutes les fois où il l'avait forcé à venir jouer dehors avec lui, alors qu'il restait de plus en plus souvent enfermé dans sa nouvelle chambre ; toutes les fois où il s'était rendu à son chevet en pleine nuit après l'avoir entendu hurler, et qu'il était resté allongé à ses côtés jusqu'à ce qu'il se rendorme.

Violée.

Il ne voulait pas le croire. Mais pourtant, cela expliquait tout : la réaction de sa mère, sa fuite, l'acte de Hayley.

Il se revit quand il avait rejoint Tommy dans sa chambre pour fumer un joint, et qu'il s'était amusé à le chambrer au sujet de Hayley.

Avait-il lui aussi sa part de responsabilité ?

Il ne savait pas ce qu'il faisait.

Graham frémit sous le vent chaud et chargé de l'odeur âcre des terres environnantes. Conscient qu'il était temps de repartir pour Emporia, il se rendit à la voiture et jeta le sac contenant les affaires de sa mère sur le siège passager. Puis il démarra et recula jusqu'à l'entrée du terrain.

Lorsqu'il sortit de la voiture pour refermer le portail, il vit passer à vélo une de leurs plus proches voisines, Mme Breuer. Elle s'arrêta sur le bas-côté de la route, vêtue d'une robe à fleurs.

– Bonjour, Graham, dit-elle en soufflant un peu, son visage rouge d'avoir trop pédalé. Je venais voir ta mère, elle est là ?

– Non, il n'y a personne.

– Et elle revient quand ? Tu le sais ?

– Non plus, dit Graham en se retournant vers elle, légèrement agacé.

– J'ai vu des voitures de police garées devant chez vous en passant tout à l'heure, il n'est rien arrivé de grave, j'espère ?

C'était donc pour cela, elle n'était pas venue faire une visite de courtoisie. Un petit vautour attiré par l'odeur du sang.

– C'est arrangé, il n'y a plus rien à voir.

– Tout va bien alors ? Tu es sûr ? insista-t-elle en s'essuyant le front de la main.

– Oui, et si ce n'était pas le cas, je ne me sentirais pas non plus obligé de vous le dire.

Surprise, Mme Breuer fit une petite moue de mécontentement.

Graham n'était pas dupe. Elle n'en avait rien à faire que tout aille bien, elle voulait juste savoir ce qui avait nécessité la présence de deux voitures de police au domicile d'une famille sans histoires. Elle était déjà prête à appeler toutes les commères du coin si elle apprenait quelque chose.

Graham ouvrit la portière et se rassit au volant.

Mme Breuer resta plantée sur son vélo à le dévisager, devant le trouver très malpoli de la laisser de la sorte, sans son os à ronger.

– Bon, eh bien, dis à ta mère que je suis passée, je l'appellerai dans la soirée, d'accord ?

– Pas de problème, fit Graham en allumant le moteur. *Qu'elle appelle, de toute façon personne ne répondra.*

L'air déçu, elle se recoiffa un peu, puis empoigna son guidon et s'éloigna en jetant un dernier coup d'œil vers la maison.

Graham la regarda partir dans le rétroviseur, sachant qu'il avait seulement un peu retardé les choses, qu'elle aussi apprendrait tôt ou tard ce qu'il avait tenté de lui cacher.

Elle n'avait été que la première. Les autres suivraient bientôt, et lui et sa famille devraient alors affronter les regards curieux d'une armée de voisins, d'amis, de simples connaissances, qui ne leur voudraient que du bien, et les étoufferaient peu à peu sous leur compassion.

HAYLEY

Arrêtée à un feu rouge sur North Rock Street, Hayley ne put tourner la tête vers les conducteurs des autres voitures qui, elle le savait, la dévisageaient. Elle-même n'avait pas une seule fois osé se voir dans le rétroviseur. La vision de ses bras recouverts de crasse et l'odeur infecte que dégageait son corps lui suffisaient bien assez.

Cela faisait presque deux heures qu'elle s'était enfuie de la maison de Norma. Elle avait roulé sur la Kansas Turnpike dans un état second et avait dû s'arrêter plusieurs fois dans des aires de repos pour ne pas risquer de s'évanouir au volant.

Mais elle avait réussi à rentrer chez elle.

Le feu passa au vert. Hayley accéléra et tourna sur sa droite, passant devant le centre commercial de Stuyvesant Street, où elle avait pris l'habitude de se rendre avec Lindsay chaque samedi.

Dans cette vie d'avant. À présent si lointaine.

Une fois dans sa rue, elle roula prudemment et se gara dix mètres avant sa maison. Des enfants s'amusaient sur les larges pelouses baignées de soleil qu'elle était si heureuse de revoir. Le club de golf à la main, arme à présent inutile, elle remonta le trottoir en espérant ne croiser personne.

La voiture de son père n'était pas dans l'allée et les fenêtres de la maison étaient toutes fermées. Hayley sonna avec insistance mais personne ne vint lui ouvrir.

Au niveau du garage, elle souleva une grosse pierre et saisit le double des clefs qui y était dissimulé.

Elle avait l'impression de ne pas avoir mis les pieds chez elle depuis une éternité. Cela sentait le tabac froid. Des journaux étaient empilés sur la table basse, à côté d'une cafetière et d'un mug à moitié plein.

Dans sa chambre, elle posa le club de golf contre le mur et fila sous sa douche. Elle utilisa tout ce qu'elle avait de savon liquide et resta sous l'eau jusqu'à ce qu'elle devienne complètement froide. Elle ne cessa de frotter son corps que quand elle estima avoir effacé les traces visibles de son calvaire.

Enfin débarrassée de la crasse, de l'odeur, de la honte.

Une fois sortie, elle se regarda dans le miroir. Son teint était terriblement terne et les cernes sous ses yeux s'étaient accentués. Mais elle s'était attendue à bien pire. Une fois maquillé, son visage ne la trahirait plus vis-à-vis des autres.

Elle s'était tant de fois promis au fond de cette cave que si elle arrivait à s'échapper, elle dénoncerait ses bourreaux au monde entier. Mais il n'en était plus question après ce qu'elle avait fait à Cindy. C'était le prix à payer. Elle n'avait aucun regret. Elle n'aurait pas pu trouver meilleur moyen pour toucher Norma en plein cœur.

Malgré les prouesses de la chirurgie esthétique, cette gamine resterait à jamais défigurée. Peut-être n'avait-elle même pas survécu à ses blessures. Hayley souhaitait pour elle que ce soit le cas. On vivait dans une société qui ne laissait pas la moindre chance à ses monstres.

Il faudrait bien que Hayley explique sa disparition à son père. Pour cela, elle devrait trouver quelque chose de crédible, sinon il ne la laisserait plus mettre le nez dehors jusqu'à sa majorité.

Pour que son mensonge passe, il fallait s'inspirer le plus possible de la réalité. Elle pourrait raconter qu'elle s'était fait séquestrer par un homme qu'elle avait croisé après être tombée en panne d'essence. Elle n'aurait qu'à décrire celui de l'autre jour, elle se rappelait parfaitement son visage. Il lui avait proposé de venir chez lui pour qu'elle puisse téléphoner, l'avait droguée et enfermée dans une cave. Elle avait réussi à s'enfuir mais ne se souvenait plus de l'endroit où il l'avait retenue prisonnière. Elle avait ensuite convaincu quelqu'un de la ramener. Elle n'aurait pas à se creuser la tête pour trouver des détails percutants. Et, après tout, on n'était pas dans un tribunal. Elle n'avait de comptes à rendre à personne. C'était elle la victime.

Et pas cette gamine, pas cette gamine, pas cette gamine.

Hayley se surprit à tout prendre avec tant de détachement. Mais cela ne servait à rien de se tourmenter sur son sort. Elle n'allait pas faire comme toutes ces filles qui restaient bloquées parce qu'un homme les avait violées. Elle se savait plus forte que cela. Ce qu'elle avait subi ensuite dans cette cave, le simple fait d'être encore vivante, agissait en elle comme un contrepoison.

Elle n'était plus leur victime. Elle ne le serait plus jamais.

Des recherches seraient entreprises sur la foi de ses déclarations, mais elles n'auraient aucune chance d'aboutir. L'affaire resterait sans suite. Et elle passerait alors à autre chose, même si Tommy ne serait jamais inquiété.

À moins qu'elle ne retourne là-bas un jour pour l'abattre d'une balle en pleine tête.

Elle se sentit presque mieux en sachant qu'elle en aurait toujours la possibilité.

Maintenant elle devait se concentrer sur le plus important : le tournoi. Elle avait plus de deux semaines pour finir de s'y préparer. Il était exclu qu'elle abandonne. Elle pourrait s'offrir un ou deux jours de repos, puis retourner s'entraîner au country club de Wichita, comme avant. Pendant ce temps, elle ne penserait à rien d'autre. Elle avait encore toutes ses chances de gagner. Elle ne les laisserait pas détruire cela aussi. Elle en faisait une affaire personnelle. Norma en serait verte de rage le jour où elle apprendrait sa victoire.

Hayley frotta énergiquement le club de golf avec de l'eau de Javel pour enlever les taches de sang séché. Elle le jeta ensuite dans un placard, bien consciente qu'elle devrait, à un moment ou à un autre, se résoudre à s'en débarrasser. Si Norma la dénonçait malgré tout, et que les flics mettaient la main dessus, ils y trouveraient sûrement des indices pouvant l'inculper, comme dans *Les Experts*, et tout serait fini.

Ensuite, peut-être, la prison.

Une nouvelle fois enfermée.

À cette idée, son ventre se comprima.

Mais, de toute façon, aucun jury ne la condamnerait après tout ce qu'elle avait vécu dans cette maison. On était aux États-Unis, personne ne la traiterait comme une criminelle.

Elle pourrait dire que Cindy voulait alerter sa mère, qu'elle n'avait pas réfléchi, que c'était sa seule chance de s'enfuir. Ce serait interprété comme de la légitime défense. Qui pourrait la blâmer d'avoir eu peur de retourner dans cet enfer ?

Combien de coups lui avait-elle assénés ? Deux, trois ?

Hayley s'allongea sur son lit et sentit la fatigue s'abattre sur elle. Elle se savait à l'abri, son corps n'essayait plus de lutter. Elle se redressa un peu et cala son dos contre l'oreiller. Elle ne voulait surtout pas s'endormir alors qu'elle était seule chez elle.

Une porte claqua au rez-de-chaussée. Hayley bondit de son lit et courut dans le couloir. Elle appela son père du haut de l'escalier, mais personne ne répondit.

Elle l'appela à nouveau, d'une voix plus timide, sans succès.

Peut-être un simple courant d'air. Elle agrippa la rambarde et regarda fixement le bas de l'escalier, à l'affût du moindre bruit.

Mais la maison restait désespérément silencieuse.

Pour en avoir le cœur net, elle descendit prudemment les marches et se rendit dans le salon. La porte donnant sur le jardin était restée grande ouverte. Elle la ferma en frissonnant, imaginant Tommy rentrer en douce ; Norma, assise dans sa voiture et attendant patiemment que son fils termine ce qu'il avait commencé quelques jours plus tôt.

Mais ils n'avaient pas pu la suivre, elle ne leur en avait pas laissé le temps. Et comment auraient-ils pu savoir où elle habitait ?

Elle repensa à son sac à main, laissé chez eux tout comme le reste de ses affaires. Ils n'auraient qu'à prendre sa carte d'identité pour connaître son nom. Une simple recherche sur Internet suffirait à leur apprendre son adresse. Ils n'étaient qu'à une heure et demie de là par la route 35.

Et ils avaient aussi ses clefs.

Commençant à paniquer, la jeune femme regarda tout autour d'elle, s'attendant à ce que Tommy surgisse de derrière un mur.

Son père avait toujours refusé la présence d'armes à feu dans la maison. Elle n'aurait rien pour se défendre.

Dans la cuisine, elle saisit un gros couteau à viande, puis, consciente qu'elle devait avant tout se calmer, elle s'assit dans le canapé et alluma la télévision.

Elle resta ainsi pendant une bonne heure, l'esprit plongé dans le vague de l'écran, jusqu'à entendre le bruit d'une serrure qu'on ouvre, celle de la porte d'entrée.

Son père avait ses cheveux bruns ébouriffés, était habillé d'une chemise blanche et portait des lunettes de soleil.

Il ferma la porte, jeta ses clefs sur un guéridon et, la voyant, se figea.

Sans plus attendre, Hayley courut vers lui et se blottit dans ses bras.

– Hayley ? demanda-t-il en passant sa main dans ses cheveux. Mais enfin ou étais-tu ? J'étais mort d'inquiétude !

– Papa, je suis désolée…

Elle savait qu'il était en colère, elle imaginait le sermon qu'il avait préparé pour le moment où ils se retrouveraient face à face. Mais elle sentit à son contact que toutes ses résolutions se diluaient peu à peu. Seul restait le sentiment horrifiant que tenir sa fille contre lui en cet instant était une chance inestimable, quelque chose qu'il aurait pu risquer ne jamais plus faire à nouveau.

Et, tout en respirant le parfum qu'il dégageait, Hayley réfléchit une dernière fois à ce qu'elle allait devoir lui dire.

NORMA

Ne parvenant plus à rester assise sur sa chaise, Norma se leva et marcha d'un pas nerveux dans le couloir. Un peu plus loin, deux infirmières pouffaient de rire en espionnant quelqu'un à travers une fenêtre, ce qui lui donna une furieuse envie de se jeter sur elles pour leur arracher les cheveux.

N'avaient-elles aucune décence ?

Tout le monde s'agitait autour d'elle, patients et personnel hospitalier. Certains visages lui paraissaient plus familiers que d'autres. Que dirait-elle si elle croisait quelqu'un qu'elle connaissait ? Tout se savait tellement vite dans cette ville. Des journalistes étaient peut-être déjà prêts à rédiger les articles les plus obscènes possible pour doper les ventes de leur gazette locale. Elle devrait faire attention à ce qu'ils ne débarquent pour essayer de prendre un cliché de Cindy. Cette simple idée lui souleva le cœur.

Cela faisait une bonne heure et demie que Graham l'avait quittée. En l'envoyant là-bas, elle n'avait même pas émis l'hypothèse qu'il s'emmêle les pinceaux face à Herbert, ou qu'il craque sous la pression et lui dise toute la vérité. Mais elle avait confiance en son fils. Maintenant il ne savait que trop bien ce qu'ils risqueraient de perdre.

Et, après tout, Herbert et ses hommes ne s'étaient pas rendus chez des criminels, mais chez leurs victimes.

Ils n'étaient là que pour les aider.

Heureusement qu'elle avait fermé la porte de la cave à clef et eu le bon sens de brûler toutes les affaires de Hayley alors qu'elle était encore enfermée.

Rien ne la reliait à elle.

Herbert ne pouvait chercher que des indices inexistants.

Et l'arme du crime ?

Dans la panique, elle n'avait pas vraiment pris le temps de chercher avec quoi Hayley avait agressé sa fille. L'avait-elle laissée sur les lieux avant de s'enfuir ?

Mais elle l'aurait forcément remarquée si cela avait été le cas. Et que chercher ? Avec quoi l'avait-elle frappée ? Si Herbert trouvait quoi que ce soit, il pourrait y recueillir des empreintes. Et si Hayley était déjà fichée pour une raison ou une autre ?

Non, elle en était certaine, elle n'avait rien vu près de Cindy.

À bout de nerfs, Norma tenta de ne se concentrer que sur sa fille et sur le fait qu'elle allait bientôt la revoir. C'était la seule chose qui comptait pour l'heure.

Elle était bien consciente qu'elle n'avait pas d'amie assez proche pour lui demander de venir l'épauler, pas une seule amie dont la présence ne serait pas un poids de plus à supporter. À part ses enfants, elle n'avait personne. Et parmi eux, l'un s'était enfui et une autre était allongée en salle d'opération.

Et sa sœur, Elizabeth ?

Mais elle savait qu'elle n'aurait pas le courage de tout lui expliquer et de la faire se sentir si impuissante du fait de la distance qui les séparait.

Graham la rejoignit enfin et lui tendit le sac contenant ses affaires.

– Merci, mon chéri, dit-elle en l'attrapant par la poignée. Tu as vu Herbert ?

– Il était déjà là avec trois de ses hommes quand je suis arrivé. Il m'a posé quelques questions, mais rien de dramatique. Et Cindy, tu as des nouvelles ?

– On ne m'a rien dit de plus, je commence à me demander pourquoi c'est aussi long. Tu m'accompagnes dehors ? J'ai besoin de prendre un peu l'air.

– Oui, d'accord, fit-il en la suivant jusqu'à un espace herbeux situé non loin de l'entrée principale.

– Tu aurais quelque chose à fumer ? Ça ne me ferait pas de mal de me détendre un peu.

– Je dois avoir ça, répondit Graham en sortant son paquet de Marlboro.

– Je ne pensais pas à ce genre de cigarettes, dit Norma en poussant un petit rire.

Son fils la regarda avec l'air de ne pas savoir si elle plaisantait.

– Graham, je t'en prie, tu me crois vraiment si naïve ?

– Non, je… enfin bref, dit-il en sortant un joint de la poche de son jean.

Il l'alluma et le lui tendit. Norma le porta à sa bouche et en tira quelques lattes en fermant les yeux.

– Tu n'as pas peur que Cindy raconte tout une fois qu'elle sera réveillée ? demanda Graham en frottant la semelle de sa chaussure sur les graviers. Si les médecins l'interrogent ? Ou la police ?

– Je ne vois pas comment ils pourraient faire ça sans mon accord ! De toute façon, on ne sait même pas si elle se souviendra de quelque chose. Et puis, entre nous, j'espère pour elle que ce ne sera pas le cas.

– Et Tommy ? Ce n'est pas toi qui le caches quelque part, hein ? Tu me le dirais ?

– Mais quelle idée ! s'exclama Norma, franchement surprise. Tu crois que je joue la comédie ? Tu n'imagines pas à quel point je m'inquiète pour lui ! Je veux qu'il revienne à la maison !

– Je me fais peut-être des films, mais, tout à l'heure, j'ai eu l'impression que Herbert le soupçonnait de quelque chose, peut-être même d'être l'auteur de l'agression de Cindy.

– Mais non, ce serait ridicule ! Il n'aurait aucune preuve. Et puis il connaît Tommy depuis qu'il est bébé, jamais il n'envisagerait une telle possibilité. Il t'a posé des questions de routine, c'est tout.

– Oui, tu as sans doute raison.

– Décidément, ça fait vite de l'effet cette saloperie, dit Norma en lui tendant son joint. Je crois que je n'en avais plus fumé depuis la fac.

Depuis ton père, à qui tu ressembles tellement.

Amusé, Graham fuma à son tour, tandis qu'une ambulance s'arrêtait face à l'entrée des urgences. Son téléphone se mit à vibrer et il le rangea dans sa poche sans répondre.

– C'est Amber. Elle doit se demander pourquoi je ne lui donne pas de nouvelles.

– Va la rejoindre. Je sais qu'elle part demain, profitez un peu de vos derniers moments ensemble. Moi, je vais retourner à l'intérieur et attendre de voir le médecin.

– Tu es sûre ? Et tu vas dormir où ce soir ?

– Dans un hôtel. Il y en a un pas loin, je vais appeler pour réserver une chambre.

– Bon, d'accord, mais si tu as besoin de quoi que ce soit tu m'appelles. Et si tu veux passer chez Amber pour manger avec nous, tu seras la bienvenue.

– C'est gentil, mais je vais vous laisser entre vous. Et je pense que je vais dormir tôt pour pouvoir venir voir Cindy dès que les visites seront autorisées.

– Tout va bien se passer, fit Graham en la serrant dans ses bras. Cindy est forte, elle se rétablira vite. Tu m'envoies un message dès que tu as du nouveau ?

– Bien sûr, mon chéri. Et ce sera pour de bonnes nouvelles.

– J'en suis certain, dit-il avant de l'embrasser sur la joue et de s'éloigner de l'autre côté du parking.

Quand elle retourna en salle d'attente, une des infirmières l'informa que Cindy avait été transférée en soins intensifs et qu'elle ne serait autorisée à la voir que d'ici trois ou quatre heures, le temps qu'elle se réveille de son coma artificiel et récupère un peu. Elle n'avait en revanche aucun détail sur l'opération en elle-même. À la fois soulagée et anxieuse, Norma lui demanda alors où elle pouvait boire une boisson chaude et la jeune femme lui indiqua la direction de la cafétéria de l'hôpital.

L'endroit était assez grand, le sol recouvert d'un beau carrelage noir et blanc, ses fenêtres donnant en partie sur le parc.

Norma se rendit au distributeur automatique et se prit un café bien serré, avant de s'installer à la table la plus proche.

– Ce jus de chaussette est infect, je vous préviens, fit une voix derrière elle.

Norma se retourna vers une femme vêtue d'un gilet marron et d'un jean. Elle avait la soixantaine, les yeux cernés. Ses longs cheveux gris lui descendaient au milieu du dos.

– Pardon, je ne voulais pas vous faire peur, dit-elle en souriant. C'est une fâcheuse habitude que j'ai de m'adresser aux gens comme si je les connaissais depuis longtemps. Me permettez-vous néanmoins de me joindre à vous ?

Norma la dévisagea un instant, puis lui fit un petit « oui » de la tête.

– Je vous remercie, je trouve ça tellement triste de se retrouver seule dans cet endroit. Je m'appelle Diane, et vous ?

– Norma, fit-elle en reposant sa tasse sur la table. Et vous aviez raison au sujet du café.

– Je vous l'avais dit ! Un de vos proches est hospitalisé ici ?

– Oui, ma fille, elle vient de sortir de la salle d'opération.

– Oh, je vois, dit la femme d'une voix plus douce. Elle a quel âge ?

– Elle aura bientôt huit ans.

Son prochain anniversaire, comment le fêteraient-ils ?

– Moi aussi, j'ai une fille, Virginia. Elle est avocate et habite à Portland, du moins c'était le cas la dernière fois que j'ai eu de ses nouvelles. Vous avez beaucoup d'enfants ?

– Trois. Deux garçons et Cindy, donc, qui est la plus jeune.

– Tout comme moi, sauf que les miens ont tous dépassé la trentaine. Vous habitez dans le coin, non ? Votre visage ne m'est pas inconnu.

– Oui, j'ai une maison à vingt kilomètres d'ici. Je sors de moins en moins à Emporia à vrai dire, mais la ville n'est pas grande, on a déjà dû se croiser.

– Sûrement. Moi, ça fait un mois que je passe toutes mes journées dans cet hôpital. Mon second mari, Terrence, a un cancer des poumons en phase terminale, il n'en a plus pour longtemps, j'en ai bien peur.

– Oh, je suis désolée, dit Norma.

– Ne vous en faites pas, c'est la vie, comme on dit.

– Et vos enfants, ils vous soutiennent, j'imagine ?

Diane émit un petit rire. Mais un rire teinté de peine.

– Mes enfants, ça fait des années que je ne les ai pas vus. C'est comme s'ils avaient oublié qu'ils avaient une mère, vous voyez ? Même ces choses-là s'oublient, en fin de compte.

– Non, je ne crois pas, dit Norma en ne pouvant s'empêcher de penser à Tommy.

– Pour tout vous dire, ils n'ont jamais pu accepter que je quitte mon mari pour Terrence. Ils habitent tous loin d'ici, et le temps qui a passé n'a rien arrangé. Mais je ne regrette pas, rien ne pourra m'enlever tout ce qu'on a vécu ensemble durant ces dix dernières années. Je leur souhaite à tous de connaître la même chose. C'est grâce à lui que je suis partie pour la première fois de ce pays, que j'ai visité l'Europe, l'Asie… Et maintenant, il est dans ce lit, branché sur un respirateur artificiel, sans plus assez de voix pour murmurer ne serait-ce que mon prénom. C'est sa voix qui me manque le plus. J'ai encore parfois droit à son si beau regard quand je viens le voir. Et ça me donne la force de ne pas craquer. J'aurai tout le temps pour ça.

Norma posa sa main sur la sienne.

– Mon Dieu, fit Diane, j'ai l'impression d'être comme toutes ces vieilles bonnes femmes qui racontent leur vie après un simple bonjour !

– Ne vous en faites pas. Et vos enfants, vous n'avez pas essayé de les appeler ?

– Non, peut-être aurais-je dû… Terrence s'en voulait tellement de la manière dont les choses se sont passées, pourtant ça n'a jamais été sa faute, il aurait tout fait pour qu'ils l'acceptent. Je me suis parfois demandé ce que cela aurait donné si j'étais restée avec leur père, si mes enfants seraient aujourd'hui plus proches de moi qu'ils ne le sont. J'ai simplement quitté quelqu'un que je n'aimais pas pour celui qui restera comme le seul que j'aie jamais aimé. La vie n'est au fond qu'une question de choix. Même si je ne sais vraiment pas ce que je deviendrai quand il ne sera plus là. Ça, c'est l'inconnu, et c'est ça qui fait peur. Et vous, vous êtes mariée ?

– Je l'ai été il y a de cela une éternité.

– J'imagine que les prétendants doivent se bousculer au portillon, une belle femme comme vous.

Touchée, Norma se sentit rougir.

– Disons que ce n'est plus quelque chose qui m'importe vraiment.

– Oui, je vois, pardon d'être si indiscrète !

– Ce n'est rien, fit Norma, elle-même surprise de s'être confiée si facilement à une étrangère.

– La première fois que je suis venue dans cet hôpital, c'était pour Ron, mon fils aîné, qui s'était fracturé le tibia en tombant de vélo. Il devait avoir dans les dix ans. C'est effrayant comme le temps passe vite. C'était quelqu'un de trop fragile, je me suis toujours inquiétée à son sujet quand il était enfant. Mais comme toutes les mères, j'imagine.

Tout en l'écoutant, Norma se souvint de la fois où elle avait appris à Tommy à faire du vélo, le long d'un chemin de terre près du château d'eau ; son air victorieux quand il avait commencé à rouler seul et que, marchant à ses côtés, elle n'avait cessé de l'encourager.

Malgré la peur qu'il ne chute et se fasse mal.

Mais, bien des années plus tard, elle l'avait pourtant laissé faire l'expérience de la vraie douleur, celle qui brise, qui ne lâche plus, qui terrorise l'âme et la chair.

– Vous auriez vu son regard, dit Norma d'une voix prête à se briser, vous auriez vu ce que ce monstre lui a fait. On ne peut pas faire subir ça à un enfant, c'est… inhumain.

– De qui parlez-vous, Norma ? demanda Diane en se rapprochant d'elle.

Se rendant compte de ce qu'elle venait de dire, Norma baissa les yeux.

Elle parlait de Tommy, bien entendu, de son Tommy, ce petit garçon qui l'avait regardée en espérant qu'elle le sauve, ce jour où elle avait ouvert la porte de sa chambre en intruse.

Comme pour atténuer sa peine, Diane la prit alors dans ses bras, et Norma, à bout de nerfs, éclata en sanglots.

– Tout va s'arranger, fit Diane en passant sa main dans ses cheveux. Ça fait du bien de pleurer, ne vous en faites pas.

Se cramponnant à elle, Norma se surprit à y croire. Oui, tout s'arrangerait, Tommy reviendrait à la maison, Cindy se rétablirait vite et n'aurait aucune séquelle. Et ils partiraient, tous les quatre, laisseraient derrière eux ce Kansas de mort, le Kansas de Harlan Hewitt, celui dont il les avait forcés pendant tant d'années à manger la terre.

À cette idée, elle pleura de plus belle, sans la moindre honte, son visage enfoui dans la bonté de cette femme qui sentait la crème pour les mains, se demandant si elle pourrait arriver ainsi à prendre un peu de sa force à elle, elle qui peut-être ne l'aurait pas consolée de cette façon si elle avait su qui elle était vraiment.

Et, l'espace d'un précieux instant, Norma fit en sorte d'elle-même l'oublier.

Cindy était allongée sur un des deux lits de la chambre où on l'avait installée. Norma entra, suivie de l'infirmière. À la vue du petit être qui lui faisait face, elle se retint de ne pas pousser un hurlement.

Le visage de sa fille avait doublé de volume, un bandeau blanc masquait son œil gauche et une attelle avait été placée sur son nez, ainsi que des pansements sur ses joues et son menton. Se rapprochant, Norma se rendit compte à quel point la peau de Cindy s'était tendue, violacée et luisante, comme prête à craquer.

D'abord choquée par cette vision ignoble, elle se ressaisit rapidement et prit la main de sa fille dans la sienne.

Malgré tout, Cindy était paisible, comme si la douleur l'avait désertée.

– Comment s'est déroulée l'opération ? demanda sèchement Norma à l'infirmière. On ne m'a encore rien dit ! J'aimerais au moins qu'on m'explique exactement ce qu'on a fait à ma fille !

– Je comprends, Madame Hewitt. Il me semble que les chirurgiens qui ont opéré Cindy sont toujours au bloc, mais je vais voir ce que je peux faire.

L'infirmière saisit alors le dossier médical de Cindy accroché au pied du lit et sortit de la chambre.

Enfin seule avec sa fille, Norma soupira, puis s'assit près du lit.

– Ma chérie, je veux juste que tu saches que ta maman est là, et que tu es très courageuse, dit-elle en caressant la peau de son bras. Tout va bien se passer. Je t'aime fort.

Mais la chose difforme et inerte qu'elle avait sous les yeux lui donna l'impression de parler à une étrangère. Ne pouvant en supporter plus, Norma se rendit à la fenêtre et contempla les feuilles des arbres du parc qui frémissaient par-delà la vitre. Elle aurait presque pu, en tendant la main, en saisir quelques-unes ; sentir, en fermant les yeux, leur odeur verte.

Des patients et quelques membres du personnel hospitalier se promenaient dans les allées. Les oiseaux perchés dans les arbres chantaient comme s'ils ne percevaient pas la mort qui, en ces lieux, planait continuellement autour d'eux à la façon d'un mauvais sort. Cindy adorait les oiseaux, elle lui avait souvent demandé d'en avoir un bien à elle, dans sa petite cage dorée.

Norma ferait en sorte de l'emmener dans le parc quand elle irait mieux. De toute manière, elle la sortirait de là le plus vite possible. Hors de question qu'elle reste dans cette chambre.

On frappa à la porte. C'était un médecin des soins intensifs, âgé d'une cinquantaine d'années. Il referma la porte et remit le dossier médical de Cindy à sa place.

– Je vous prie de m'excuser, Mme Hewitt, mais c'est un peu la cohue depuis ce matin, lui dit-il après lui avoir serré la main. Tout d'abord, il faut que vous sachiez que l'opération du nez de votre fille s'est bien passée. Elle n'a pas fait d'autre hémorragie à ce niveau. De plus, il a été confirmé que son cerveau n'a pas été touché, ce qui est une très bonne nouvelle. Par contre, je suis au regret de vous apprendre qu'elle a été durement frappée à l'œil gauche et qu'il n'a pas été possible de le sauver.

– Comment ça ? demanda Norma, ayant du mal à comprendre ce qu'il venait de dire.

– Des lésions aussi graves à cet endroit ne laissent malheureusement pas beaucoup de marge de manœuvre, Mme Hewitt, je suis vraiment désolé. Je me dois aussi de vous avertir que, même si son état s'est stabilisé, certaines complications nerveuses pourraient dans les prochains jours occasionner une paralysie du côté gauche de son visage. Mais, avec le travail quotidien d'un kinésithérapeute, il y a de grandes chances que cela se résorbe avec le temps.

– Mais quand sera-t-il possible de la ramener à la maison ?

– Elle va vraisemblablement rester hospitalisée quatre ou cinq jours, et ensuite elle pourra rentrer chez elle. Je sais que cela doit être impressionnant à voir, mais avec un peu de patience et de travail, Cindy pourra au fil du temps reprendre une vie normale.

Norma ne sut quoi répondre.

Quelle vie normale ?

Une paralysie du visage ?

Et la dure réalité la frappa, sans lui laisser le moindre espoir. Norma, épuisée, se sentit tomber, tomber, tomber, alors qu'elle se tenait debout face à cet homme qui avait prononcé des mots qui lui lacéraient l'intérieur du crâne.

Ce ne pouvait pas être vrai.

Ce n'était pas de cette façon que cela aurait dû se passer.

De n'importe quel cauchemar on se réveillait un jour.

– Votre fille va sûrement dormir toute la nuit, elle a surtout besoin de récupérer. En attendant, je vous conseille d'aller vous reposer. Elle est entre de bonnes mains. Quelqu'un peut-il venir vous chercher ?

– Non, je vais dormir dans un hôtel des environs.

– D'accord, vous pourrez venir la voir dès demain matin. Je vais maintenant devoir vous laisser, mais n'hésitez pas à appeler le service si vous avez la moindre question.

Il lui tendit la main, qu'elle serra sans conviction.

Norma n'osa même plus se retourner vers Cindy, en venant presque à lui souhaiter que son sommeil soit le plus long possible, se sentant déjà incapable de lui expliquer quelle serait, dorénavant, son existence.

Tanguant dans la tempête, elle sortit dans le couloir à son tour et y avança insensible à ce qui l'entourait, chaque pas l'éloignant de la chambre la rendant plus légère.

Où était-elle allée ? Où s'était enfuie sa petite fille ? Pouvait-elle encore la retrouver ?

Une fois dehors, Norma huma l'air frais de ce début de soirée, prise par l'envie de continuer à marcher sans plus s'arrêter, et fuir cette vie dont elle ne voulait plus.

TOMMY

La serrure de la porte de la cuisine ne mit pas longtemps à céder. Tommy entra et la referma derrière lui avec précaution. Les propriétaires de la maison, les Hayes, étaient partis plusieurs semaines, mais il ne pouvait pas savoir si quelqu'un d'autre l'occupait pendant leur absence.

Il fit une rapide inspection du rez-de-chaussée, puis du premier étage. Constatant qu'il n'y avait personne, il redescendit à la cuisine en sifflotant. Cette demeure était l'une des plus proches du vieil abattoir où il avait élu domicile. Les Hayes travaillaient tous les deux dans une banque d'Emporia. Mme Hayes portait tout le temps des minijupes. Tommy avait souvent pensé à elle avant de s'endormir.

Le réfrigérateur était presque vide. Tommy y attrapa un morceau de fromage, puis, dans les placards, des boîtes de conserve ainsi qu'une grosse miche de pain un peu rassis. Il rangea le tout dans son sac à dos, sans oublier deux bouteilles de whisky posées près de l'évier.

Dans la chambre, imprégnée de l'odeur des ébats passés, il ouvrit la penderie et frôla des doigts les nombreuses robes de Mme Hayes, plongea la main dans ses sous-vêtements en imaginant la douceur de la peau qu'ils recouvraient.

Il pensa un instant rester là pendant leur absence, dans ce genre d'intérieur cossu qu'il rêvait de posséder un jour, mais il savait que ce ne serait pas prudent. Et la prudence était une des seules choses qui lui restaient.

Une fois dans le jardin, Tommy enjamba la barrière et marcha sur le bas-côté de la route, attentif à la moindre voiture qui pourrait passer dans les parages.

L'abattoir se profilait déjà au loin, plus imposant qu'à l'accoutumée.

Tommy quitta la route et coupa à travers champs.

Arrivant à une centaine de mètres du bâtiment, il s'arrêta net et s'accroupit derrière un arbre.

Un homme se tenait face à l'entrée. Légèrement penché, il tentait de regarder à l'intérieur.

C'était Elmer, un vieux clochard qui traînait dans le coin depuis des mois. Sachant qu'il ne risquait rien, il s'en approcha sans le quitter des yeux. Habillé d'une veste marron et d'un jean troué, Elmer lui tournait le dos. N'ayant pas remarqué la présence du jeune homme, le vieillard fit le tour de l'abattoir et disparut derrière.

Tommy posa son sac à dos près de l'entrée et prit la même direction qu'Elmer pour le rattraper. Parvenu de l'autre côté, il se rendit compte avec stupeur qu'il s'était volatilisé. Pourtant, à sa connaissance, le bâtiment n'avait aucune autre entrée.

Elmer avait peut-être piqué un sprint pour rejoindre la route, un peu plus bas. Mais comment un homme avec les jambes sciées par l'alcool pouvait-il courir aussi vite ?

Tommy revint sur ses pas, saisit son sac à dos et s'engouffra à l'intérieur de son antre, jetant un dernier coup d'œil autour de lui.

Allongé sur le matelas, il fuma une cigarette en repensant au rêve qu'il avait fait la nuit précédente, et dans lequel il avait tellement peur de replonger une fois les yeux fermés.

Il était prostré contre le mur de la cuisine, pendant que de l'extérieur l'ogre faisait crisser ses griffes sur la fenêtre, ses yeux devenus fous, aux reflets arc-en-ciel. Tout en résistant à ses tentatives de l'inviter à entrer, Tommy avait reconnu la voix de sa mère, laquelle se tenait près de l'évier, ses mains plongées dans l'eau froide. Mais sa voix avait paru si lointaine, comme si elle ne provenait pas de sa bouche. Quand il s'était levé pour la rejoindre, il s'était rendu compte que la porte donnant sur le jardin était grande ouverte, et que le monstre avait déjà fait un pas à l'intérieur. Horrifié, Tommy avait compris que c'était sa mère qui l'avait fait entrer. Et, sans qu'il ait pu lui opposer la moindre résistance, l'ogre s'était jeté sur lui. Tommy avait juste eu le temps de voir ses dents s'enfoncer dans sa chair avant de se réveiller en hurlant. Trempé de sueur, il avait alors eu l'impression que quelqu'un se trouvait près de lui dans le noir. Mais il n'y avait pas d'électricité et sa lampe torche se trouvait dans son sac à dos, à l'autre bout de la pièce.

Il n'était parvenu à se rendormir qu'une heure plus tard, figé dans sa terreur.

Tommy savait qu'il ne pourrait pas rester à cet endroit. Quelqu'un se rendrait forcément compte de sa présence. Il n'aurait qu'à voler une autre voiture et il partirait dans n'importe quelle direction. Il chercherait une ville assez grande pour y vivre en sécurité, se trouverait un petit boulot et un appartement, et ainsi il pourrait revenir chercher Tessa et l'emmener à son tour loin de ce trou pourri.

Ils ne se quitteraient plus. Elle lui appartiendrait totalement.

La veille, il avait couru le risque d'aller chez elle pour la revoir. Il avait attendu une bonne heure accroupi derrière un arbre avant qu'elle n'apparaisse enfin à sa fenêtre. Elle s'était assise sur le rebord, l'air pensif, presque triste. Son père l'avait alors appelé et, avant de partir le rejoindre dans la cuisine, elle avait regardé un instant dans sa direction, comme si elle savait qu'il était là. Tommy était ensuite reparti en se demandant pendant tout le trajet si ce qu'il avait vu sur son visage avait bien été un sourire. Peut-être n'attendait-elle que cela après tout, qu'il vienne l'enlever à cette vie qui la jetait dans le plus morne ennui.

Tommy but quelques gorgées de whisky au goulot. Comme il avait l'estomac vide, l'ivresse le gagna à une vitesse foudroyante.

La pièce commençait à s'assombrir. La bouteille à la main, il décida de se rendre un peu à l'extérieur, voulant profiter des derniers instants de luminosité avant de se barricader derrière les hauts murs de tôle.

Au loin, le soleil paraissait légèrement écrasé, plein à ras bord de liquide rouge. Tommy alluma son vieux lecteur MP3 et marcha en agitant les bras au son des riffs de guitare, tentant, par cette exaltation fugitive, de lutter contre l'angoisse qui se renforçait dès que le jour l'abandonnait.

Et aussi d'oublier qu'il était, qu'il le veuille ou non, désespérément seul, lui qui aurait tant aimé dormir à nouveau dans sa chambre, sous la protection du petit monde qu'il s'était construit au fil des années, au cœur de ses remparts.

Peut-être pourrait-il s'y faufiler à l'insu des autres ? Cette nuit. Juste pour cette nuit…

Mais il savait que ce serait trop risqué. Il n'avait pas tenu jusque-là pour tout compromettre avec ces gamineries.

Alors que dans ses écouteurs passait *Closer* de Nine Inch Nails, il suivit du regard un corbeau qui décrivit des cercles au-dessus de l'abattoir, avant de se percher sur un des poteaux d'une barrière en bois.

Ses yeux d'espion posés sur lui.

Tout en tapant du pied au rythme de la musique, Tommy saisit une grosse pierre et, s'approchant de la barrière, la lança de toutes ses forces sur l'odieux volatile, qui s'enfuit en croassant. Déterminé à l'atteindre, il le poursuivit en tentant de le viser à nouveau, mais son pied heurta une racine et il tomba lourdement sur le sol.

Il se releva en recrachant un peu de terre, avec l'impression d'entendre un rire quelque part, aussi moqueur que strident.

Le corbeau avait disparu. Tommy épousseta son jean et rebroussa chemin, sa tête gagnée par une tension qu'il ne parvint pas à évacuer.

Un léger vent fit trembler la porte de l'abattoir. On sentait parfois dans l'air une odeur de bois brûlé.

Tommy savait qu'on l'observait. Et que, cette fois, il ne s'agissait pas d'un vulgaire corbeau.

Il serra la bouteille dans sa main, certain qu'il pourrait assommer n'importe qui avec, s'il avait assez de force.

Même *lui*.

La nature s'était subitement tue. Tout paraissait figé dans ce silence pesant, le silence d'un monde en attente d'un massacre.

Tommy le vit alors qui se tenait derrière un muret.

Elmer. Ce n'était qu'Elmer.

Il n'était donc pas parti, il s'était juste caché quelque part en attendant patiemment qu'il baisse sa garde.

Pour l'attaquer, lui voler son argent, ou pire.

Mais Tommy s'en trouva néanmoins soulagé.

Juste un simple clochard. Rien de plus.

Sachant qu'il l'avait remarqué, Elmer se décala un peu, puis tenta de regagner la route en titubant.

Cette fois il n'allait pas le laisser s'échapper aussi facilement. Il le rejoignit sans peine, en quelques enjambées, et bondit devant lui, le sourire aux lèvres.

Elmer sursauta et faillit tomber à la renverse.

– C'est chez moi ici, dit-il d'un air furieux. Tu n'as rien à y faire, sale morveux !

Tommy prit un air amusé. Cette épave faisait tellement peine à voir, malgré l'assurance factice qu'il affectait. Son visage flasque était d'un rouge maladif. Il lui manquait quasiment toutes ses dents et il avait un œil au beurre noir. Le genre de type qui donnait naturellement envie qu'on le frappe. Plus laid qu'un épouvantail.

Elmer devait bien savoir qu'il ne ferait pas le poids face à un jeune homme plein de force. Seule une petite fierté virile l'empêchait de détaler.

Enflammé par les images poisseuses qui défilaient dans sa tête, Tommy s'approcha encore un peu de lui et le poussa avec le pied. Elmer tomba sur le côté et hurla quand sa hanche heurta des cailloux. Le clochard eut un haut-le-cœur, prêt à vomir tout l'alcool qu'il avait dû ingurgiter dans la journée.

Mais il se releva et décampa sans se retourner, loin de son agresseur. Il voulait rejoindre la route. Il voulait s'enfuir. *Vivre encore un peu.*

Tommy lui laissa un peu d'avance, juste par jeu. Puis il saisit une pierre au bord aiguisé, qui bientôt ne fit plus qu'une avec sa main.

Elmer ne songea même pas à crier à l'aide, lui qui n'était pas le genre d'homme qu'on avait envie de sauver.

Sans plus attendre, Tommy lui frappa la nuque d'un coup sec. Elmer s'écroula à nouveau. Le bruit du choc avait donné à Tommy l'impression qu'il lui avait brisé quelque chose.

Face au corps inerte de sa proie, Tommy perçut sans peine les organes vitaux palpiter sous la peau crasseuse, le sang irriguer ses veines.

Et même son sang avait l'air sale.

HAYLEY

Camouflée derrière la fenêtre de sa chambre, Hayley observait avec inquiétude la nuit s'étendre sur la rue. Les lampadaires s'étaient allumés mais laissaient malgré tout de larges pans d'ombre dans les recoins arborés des jardins. Des parages où, l'ayant déjà retrouvée, Tommy pourrait se tenir caché, prêt à passer à l'action quand tout le monde dormirait.

Son père était dans le salon, installé devant la télévision. Un peu plus tôt dans la soirée, elle lui avait calmement raconté tout ce qu'elle avait prévu de lui dire, en se retenant à maintes reprises de craquer devant l'expression de plus en plus décomposée de son visage.

Elle n'avait pas eu le choix. Elle n'avait pas à avoir de remords.

Lui, sous le choc, avait aussitôt voulu appeler la police. Elle l'avait supplié de ne pas le faire, lui avait affirmé que cela ne servirait à rien, qu'elle ne se souviendrait pas de l'endroit où elle avait été enfermée durant ces trois jours. Elle avait trouvé quelqu'un pour la ramener. Et puis elle s'était douchée en rentrant, on ne pourrait plus trouver de preuves qui pourraient incriminer son agresseur. Elle lui avait décrit l'homme le plus ordinaire possible, sans signes distinctifs, alors que le visage, le corps, l'odeur de Tommy étaient constamment venus parasiter son esprit.

Elle avait senti, sans pouvoir les calmer, la fureur de son père, son incompréhension, prêtes à tout tordre.

Et, en elle, le sentiment abject qu'elle sauvait la vie du monstre qui l'avait violée.

Il était exclu qu'elle ferme l'œil cette nuit. Elle ne voulait pas baisser sa garde, elle ne voulait pas risquer de retrouver Tommy ou Norma dans ses rêves, ou près d'elle en se réveillant.

Elle alla chercher le téléphone dans le couloir et composa le numéro de Lindsay.

Sa meilleure amie répondit avec la voix enrouée de celle qui avait trop fumé. Hayley lui annonça qu'elle était rentrée plus tôt que prévu, et Lindsay lui proposa aussitôt de passer chez elle. Après avoir raccroché, Hayley se rendit dans sa salle de bains. Elle devrait se maquiller un peu, afin que Lindsay ne lui pose pas trop de questions sur sa mine fatiguée. Et aussi convaincre son père de la laisser sortir.

Une fois présentable, elle s'aspergea de parfum et attrapa une veste en daim posée sur la chaise de son bureau.

Son père visionnait un match de basket-ball, une bière à la main. Il se tourna vers elle quand il l'entendit s'approcher.

– J'ai besoin de sortir, papa, je vais chez Lindsay.

– Maintenant ? demanda-t-il en se frottant le front. Il est déjà tard, et tu as surtout besoin de te reposer.

– Ça va, je t'assure.

– Elle vient te chercher ?
– Non, je pensais prendre un taxi.
– Hors de question, fit son père en se levant, je t'accompagne.
– Te sens pas obligé, je ne suis pas en sucre, non plus !
– Ne t'en fais pas. Et puis j'ai besoin de me dégourdir un peu les jambes après la journée que je viens de passer.

Il faisait bon au-dehors ; une odeur d'oignons revenus dans du beurre flottait dans l'air. La fenêtre de la cuisine des Mackenzie était grande ouverte. Hayley y aperçut Mme Mackenzie, ses cheveux noirs remontés en chignon, une casserole à la main.
– Je comprends que tu aies besoin d'aller voir ton amie, fit son père en ouvrant la portière de sa Mercedes. Il faut que tu penses à autre chose, et je préfère te savoir avec elle que toute seule dans ta chambre. Je veux juste que tu gardes en tête que si tu as besoin d'en parler, je suis là.
– Je sais papa. Je dormirai chez Lindsay, ça sera plus simple.
– Comme tu veux, ma chérie, dit-il en démarrant.

Il était à peine 22 heures. Son père roula lentement dans les rues de Forest Hill, l'air préoccupé. Ne sachant quoi dire pour détendre un peu l'atmosphère, Hayley se contenta de regarder les maisons qui défilaient autour d'eux, pour la plupart plongées dans le noir.

Au moment où ils arrivèrent sur Sequoia Street, son père arrêta la voiture d'un coup, la lumière des phares continuant à éclairer les troncs des arbres plantés le long du trottoir.

– Je suis désolé, mais je n'arrive pas à comprendre, Hayley, dit-il alors précipitamment. Je n'arrive pas à me dire qu'on ne peut rien faire… Je ne peux pas supporter que cette ordure ne soit jamais retrouvée, ce n'est juste pas possible, merde ! Il doit bien y avoir un moyen ! Je ne pourrais pas vivre avec ça, je regrette, et je ne peux pas imaginer que tu y parviennes, toi, quoi que tu en dises. Je sais que tu es forte, Hayley, tu tiens ça de ta mère, mais c'est quelque chose qui me dépasse. Imagine un peu ce qui aurait pu advenir si tu n'avais pas réussi à t'échapper…

Il resta un instant sans dire un mot, puis frappa le volant avec le poing.

– Papa, je t'en prie, calme-toi, dit-elle en posant sa main sur son épaule.

– Tu dois au moins aller faire une déposition, ne serait-ce que pour toi. C'est quelque chose que tu es obligée d'affronter. Et je serai là, à tes côtés, tu ne seras pas seule. Je viendrai te chercher chez Lindsay demain matin et on ira ensemble. Et je ne te laisse pas le choix.

– Bon, d'accord, comme tu veux.

– Ce n'est pas comme je veux, c'est juste que tu ne peux pas faire autrement, Hayley, dit-il en redémarrant. Eh oui, je peux au moins espérer que celui qui a fait du mal à ma fille pourrisse en prison, non ?

Hayley sentit son ventre se serrer en imaginant de telles pensées dans la tête de Norma, et posa son front contre la vitre.

Comment son père qualifierait-il ce qu'elle avait fait, de sang-froid, à cette petite fille en robe rose ?

Ils arrivèrent cinq minutes plus tard devant la maison de Lindsay, où seule la lumière du salon était allumée.

– Tu es sûre que ça va aller, ma chérie ? demanda son père en coupant le moteur.

– Oui, ne t'inquiète pas, j'ai juste besoin de me changer les idées. Et pour ça, au moins, je peux compter sur Lindsay…

– O.K., fit-il en se penchant pour l'embrasser sur la joue. Je passerai te chercher en fin de matinée, je t'enverrai un texto quand je partirai de la maison.

Hayley acquiesça, puis elle sortit de la voiture.

Son père la regarda marcher jusqu'à la porte et ne démarra que quand Lindsay vint lui ouvrir. Hayley se sentit coupable de le laisser repartir seul chez eux.

– Eh bien, tu rentres ? dit Lindsay, négligemment habillée d'un survêtement gris.

Sans lui répondre, Hayley la suivit dans le hall.

– Tu as failli mourir d'ennui, je parie, je savais bien que tu ne tiendrais pas toute une semaine là-bas.

– Tu me connais si bien que ça ? demanda Hayley en enlevant sa veste.

Elles s'assirent dans le salon. Sur la table basse étaient posées une bouteille de vodka et une brique de jus d'orange.

– Alors, raconte-moi ton périple chez les péquenots. Tu as mauvaise mine, on croirait que tu n'es pas sortie de ton lit pendant un mois !

– Une autre fois si tu veux. Là j'ai juste envie de penser à autre chose. Dis-moi plutôt tout ce que j'ai loupé.

– Oh, tu sais, presque tout le monde est parti. Moi, j'hésite à rejoindre Daphné à Cape Cod. Mes parents rentrent plus tôt que prévu, donc fini la belle vie.

– Tu as des nouvelles de Neil ? osa Hayley, ne pouvant attendre plus longtemps.

– Je crois qu'il s'est taillé avec Michael et Dennis à Houston. Tu ne comptes quand même pas le rappeler ?

– Non. Enfin je ne sais pas. J'ai eu le temps de relativiser pas mal de choses, mais je ne pourrai jamais lui pardonner, je crois.

– Ouais, je préfère. Il a joué, il a perdu, tant pis pour lui. De toute façon, il faudra bien que vous en parliez tous les deux. Vous ne pourrez pas vous éviter indéfiniment. Enfin bref, tu as mangé ?

– Je n'ai pas spécialement faim.

– Je vais quand même nous faire réchauffer une part de tarte aux légumes, moi je n'ai pas bouffé de la journée, dit Lindsay avant de siroter sa vodka et de se lever en s'étirant.

Hayley regarda l'image de l'écran plasma, figée sur une scène de film où elle reconnut Matt Damon, dévalant à toute vitesse la rue d'une ville qui ressemblait à New York.

– Tu te matais quoi ?

– *La Mort dans la peau*, ou *La Vengeance,* je ne sais plus. De toute manière je ne suivais pas vraiment, j'ai du mal à me concentrer…

Lindsay éteignit le lecteur Blu-ray et se rendit dans la cuisine. Hayley enleva ses chaussures, puis elle prit la télécommande et zappa sur les différentes chaînes du câble.

Elle tomba sur un bulletin d'information, relatant les dégâts qu'avait causés une tornade au centre du Kansas. Des débris partout dans un champ, des arbres défoncés, des granges et des maisons détruites. Un spécialiste expliquait en plateau qu'on avait assisté à une des F4 les plus dévastatrices depuis des années, puis un journaliste dépêché sur place interviewa une femme complètement déboussolée, son visage et ses vêtements recouverts de poussière.

Hayley ne pouvait détacher les yeux de l'écran. Elle espéra y reconnaître la maison de Norma.

Tout serait fini. Plus de témoins. Plus rien.

Elle n'aurait plus besoin d'avoir peur, elle serait libre. Personne ne saurait jamais.

Mais elle ne vit que les visages d'anonymes qui avaient tout perdu en une fraction de seconde.

L'ordinateur portable de Lindsay était allumé et posé sur la table basse. Hayley chercha sur Google des informations concernant une petite fille admise aux urgences de l'hôpital d'Emporia. Mais elle ne trouva rien. Il était sûrement trop tôt.

Elle ne pouvait pas l'avoir tuée, pas de cette façon.

Et si elle avait eu une hémorragie interne ? Si les secours étaient arrivés trop tard ? Ou que Norma, au comble de la folie, ne les avait simplement pas appelés ?

Elle se revit, dans ce salon surchauffé, la frapper de toutes ses forces.

Alors que Cindy ne représentait pas une menace. Que même ses hurlements ne l'auraient sûrement pas empêchée de s'enfuir de cette maison.

Elle ressentit à nouveau ce qu'elle avait éprouvé quand, sous la puissance de son swing, une partie de ce qui avait composé ce visage si délicat était allée s'écraser contre les murs.

Un sentiment de justice rendue. Une incomparable jouissance.

Elle avait eu raison de faire cela. Elle n'avait pas à s'en vouloir. Ce n'était pas elle, la criminelle.

Eux, toute cette famille de fous.

– Emily m'a envoyé un texto, dit Lindsay en la rejoignant, elle va passer avec son mec et un pote à lui, si ça ne te dérange pas.

– Tu es chez toi, fit Hayley en se resservant de la vodka.

Après tout, elle était venue là pour se changer les idées.

Lindsay brancha son ordinateur sur la chaîne hi-fi et mit le dernier album de Rihanna.

Elle s'empara ensuite d'une boîte argentée et en sortit un sachet de coke. Elle en versa un peu sur la table basse, fit quatre lignes avec une carte bleue et tendit une moitié de paille à Hayley.

– Bon, allez, il faut qu'on se réveille un peu, dit Lindsay pendant que Hayley sniffait sa part. Je vais me changer avant qu'ils ne débarquent, tu viens ?

– Je te suis, répondit Hayley en sentant les effets de la cocaïne monter d'un coup, mêlés à ceux de l'alcool.

La chambre de Lindsay se trouvait au premier étage de la maison, ses fenêtres donnant sur le jardin. Hayley s'assit sur le lit, tandis que, face à elle, Lindsay décrochait un jean et un haut noir de sa penderie, avant d'aller dans sa salle de bains.

En l'observant se remaquiller, Hayley imagina quelle pourrait être sa réaction si elle lui disait tout, sachant d'instinct qu'elle serait sûrement la seule à la comprendre, que, dans les mêmes conditions, elle aurait peut-être agi comme elle.

– Ne t'endors pas, hein ? fit Lindsay en se tournant vers elle. Tu as vraiment l'air crevée, reprends un peu de coke, ça te fera le plus grand bien

Prendre plus de coke, s'enivrer d'alcool, tout oublier pour ce soir.

– Tu le vois toujours, le mec de l'autre fois ? demanda Hayley en parcourant l'épaisse moquette de ses pieds nus.

– Xavier ? Non, enfin je ne l'ai pas rappelé.

Hayley se leva avec nonchalance et s'assit derrière Lindsay, observant leurs reflets dans le miroir. Deux jeunes filles éclairées par l'ocre de la lampe, et dont l'une d'elles avait été forcée à ne plus jamais être la même.

– Attends que je t'arrange un peu, dit Lindsay en lui passant un peu d'eye-liner. À croire que tu as brisé tous les miroirs que tu avais chez toi.

Hayley se laissa faire, tout en se retenant de fondre en larmes.

– Voilà, tu es quand même plus jolie comme ça, non ?

Hayley ne put s'empêcher de sourire.

Jolie.

Si elle n'avait pas été aussi *jolie*, Tommy ne l'aurait peut-être jamais touchée.

De retour dans le salon, elles partagèrent encore quelques rails de coke avant que la sonnerie de l'entrée ne retentisse.

Emily Rampike était plus âgée qu'elles et vivait aussi à Forest Hill. Elle était institutrice dans une école privée du centre de Wichita. Hayley se leva et l'embrassa sur les joues. Emily avait coupé ses cheveux noirs, ce qui lui donnait un air androgyne. Son petit copain, Bryan, ainsi qu'un de ses amis, entrèrent à leur tour dans le salon. Hayley connaissait Bryan de vue, mais l'autre jeune homme ne lui disait rien. Il avait le visage carré et le corps massif de ceux qui passaient la plupart de leur temps libre en salle de musculation. Il s'appelait Michael et étudiait à la fac de St. Louis. Lindsay l'invita naturellement à s'installer près d'elle.

Déjà un peu saoule, Emily leur raconta sa journée à ses yeux mouvementée, mais pourtant parfaitement inepte. Hayley l'écouta d'un air distrait et hésita à lui dire en quoi avait consisté sa journée à elle, pour le simple plaisir de lui clouer le bec.

Être là avec eux lui semblait presque irréel. Elle tenta tant bien que mal de s'accrocher à leurs conversations, se demandant combien de temps ils allaient rester.

Quand elle se servit un autre verre, elle remarqua que Michael la regardait fixement et, mal à l'aise, détourna les yeux.

Cette fois, juste pour cette fois.

S'ennuyant de plus en plus, elle repensa à son père, seul chez eux, et qui lui-même ne devait pas pouvoir penser à autre chose qu'à elle.

Et si Tommy s'attaquait à lui pendant qu'elle n'était pas là ? Elle ne risquait rien loin de chez elle, mais lui, par sa faute, était peut-être en danger…

As-tu vraiment cru que tout pourrait se terminer aussi facilement ?

Hayley reposa son verre sur la table et monta dans la salle de bains de l'étage. Elle ferma la porte à clef, s'assit sur le rebord de la baignoire et éclata en sanglots.

Une fois calmée, elle enleva ses larmes avec les doigts pour ne pas trop faire couler son maquillage.

Elle le sentait toujours en elle, comme si quelque chose de lui était resté planté dans son corps à la façon d'un drapeau de guerre, sans qu'elle ne puisse rien faire pour l'en déloger.

Au lieu de rejoindre les autres dans le salon, Hayley se rendit dans la chambre d'amis et resta un instant immobile sur le seuil, repensant à ce qui s'y était passé entre Neil et Sydney quelques jours auparavant. Mais elle se surprit à ne plus rien ressentir. Tout cela lui semblait à présent tellement loin.

Le lit avait été fait, la pièce exhalait une douce odeur de vanille. Finalement, elle n'avait plus envie de retourner dans le salon, elle n'avait plus envie de faire comme si tout allait bien.

Hayley s'allongea sur le lit et ferma les yeux. Elle pourrait dormir sans crainte. Elle devrait reprendre des forces pour répéter aux flics tout ce qu'elle avait déjà dit à son père. Mentir en les regardant dans les yeux, sans faillir.

Le rire de Lindsay lui parvint du salon.

Au fond d'elle, elle lui en voulait un peu de ne s'être rendu compte de rien. *Les vraies amies devaient se comprendre sans se parler.* Lindsay mettrait sûrement un moment avant de remarquer son absence. Elle devait être bien trop occupée à essayer de séduire ce Michael. Hayley avait tout de suite vu qu'il plaisait à Lindsay et savait qu'elle arriverait sans peine à le mettre dans son lit. Quand elle se comportait de la sorte, elle la dégoûtait presque. N'avait-elle pas un minimum d'amour-propre ?

Après tout, peu lui importait.

Hayley tenta de ne plus penser à rien, prête à se glisser dans une nuit qu'elle espérait sans rêves.

Avec au moins cette certitude que, quoi qu'il advienne, elle se réveillerait dans cette pièce, et pas là-bas.

TOMMY

Elmer avait cessé de gémir. Tommy pointa le faisceau de la lampe sur lui, couché à trois mètres de là. Ce vieux poivrot devait s'être endormi.

Il l'avait amené jusque-là en s'y prenant à plusieurs fois et lui avait solidement ligoté les poignets et les chevilles avec des fils électriques. Il n'avait pas voulu le laisser en bas. Si Elmer parvenait à se libérer dans son dos, Dieu seul savait de quoi il aurait été capable.

En un sens, Tommy aurait préféré l'avoir tué sur le coup. Il l'aurait déjà enterré avec les cadavres des animaux à l'heure qu'il était. Maintenant, il le traînait comme un poids presque mort.

Sa lampe torche grésillait parfois et la lumière paraissait plus faible. Il la secoua et la frappa avec le plat de la main, mais sans résultat.

Il devrait penser à trouver des bougies quand il retournerait chez les Hayes. Il pourrait en disposer quelques-unes dans la pièce sans que personne ne le remarque du dehors. Mais qui, de toute façon, s'aventurerait en ces lieux à la nuit tombée ?

À part les hiboux. Les coyotes. Les fantômes.

Quand il se leva pour attraper son sac à dos, Tommy se rendit compte qu'Elmer le toisait sans un mot, souriant d'un air moqueur.

Hors de lui, il lui donna un violent coup de pied en plein visage. Elmer essaya de se débattre, et Tommy continua de le cogner au ventre, de plus en plus fort, jusqu'à ce qu'il perde à nouveau connaissance.

Dans son état, il n'en fallait pas plus pour attiser sa rage.

Finalement, il pourrait le garder attaché de cette façon, à sa merci, juste pour se défouler sur lui quand il en éprouverait l'envie.

Même si ce n'était pas Bradley, même si ce n'était pas Elias, même si ce n'était pas cet homme dans la ruelle…

Grisé par l'emprise qu'il avait sur lui, Tommy se vit planter la lame du couteau dans son abdomen, dans ses cuisses, dans ses joues, et pensa à ce qu'il ressentirait au contact de son sang sur ses mains.

Il avait des centaines de fois imaginé faire ces mêmes gestes contre eux tous. Maintenant, il ne voulait plus ressentir cette amère impuissance qui accompagnait toujours son retour à la réalité.

Quelle réalité maintenant ? Quelle réalité pour lui ?

Se relevant, Tommy remarqua une petite lumière scintiller au-dehors. Intrigué, il se rapprocha de la vitre et plissa les yeux, se souvenant de cette fois où, alors qu'il avait six ou sept ans, il avait vu en pleine nuit des milliers de lueurs identiques à celle-ci derrière la fenêtre de son ancienne chambre. Il s'était ensuite parfois demandé s'il avait rêvé ou si tout cela s'était vraiment produit. C'était, quand il y repensait, un des rares souvenirs qu'il gardait de cette période.

Tommy avait parfois l'impression que son enfance l'avait fui.

Il se tenait à l'extérieur de l'abattoir. Sa mère courait dans le lointain, fuyant quelque chose qu'il n'arrivait pas à discerner, habillée d'une longue robe blanche aussi vaporeuse qu'une brume. Mais il ne pouvait la rejoindre, ses jambes figées dans une terre qui refusait de les relâcher.

Le ciel qui les recouvrait bruissait de toute part, tapissé jusqu'à l'horizon de millions de plumes noires, et dont les seuls astres visibles étaient les yeux des corbeaux braqués sur lui.

Et, alors, vint le hurlement.

Tommy se réveilla en sursaut. C'était bien un cri qu'il venait d'entendre, mais pas dans son rêve. Tout près de lui, là, dans cette pièce. Un rire d'homme, rauque, agressif.

Elmer avait disparu. Les fils électriques qui avaient servi de liens gisaient sur le sol.

Comment avait-il fait pour se libérer ?

Et lui, combien de temps s'était-il endormi ?

Le bruit de sa respiration le désignant pour cible, il imagina Elmer se tenir au-dessus de lui, libre de le tuer dans son sommeil.

Mais il ne l'avait pas fait. Il avait préféré la fuite.

Tommy balaya tous les recoins de la pièce avec le faisceau de la lampe, effrayé à l'idée de trouver le vagabond caché dans un renfoncement, prêt à lui bondir dessus avec…

Son couteau.

Il se retourna et le saisit par le manche, soulagé qu'Elmer ne le lui ait pas subtilisé.

Ainsi armé, il marcha le long du couloir pour prendre l'escalier. Ce sale clochard pouvait se cacher n'importe où, il devait rester le plus vigilant possible.

Mais s'il avait vraiment voulu se venger, il l'aurait fait quand il en avait l'occasion.

Tommy s'arrêta sur la passerelle, tendant l'oreille en espérant percevoir des bruits qui pourraient le renseigner sur la position du fuyard. De l'eau gouttait quelque part, pourtant il n'avait pas plu cette nuit, il en était persuadé.

La porte de l'abattoir était grande ouverte. Un filet d'air froid caressa son visage. Dans le ciel, la lune, si belle et pleine, le rassura un instant par sa rondeur familière.

Pointant la lampe torche droit devant lui, il se dirigea vers la route en serrant dans sa main le couteau. Elmer avait forcément dû courir là-bas pour chercher de l'aide.

Au loin, un étrange rectangle lumineux flottait au-dessus du sol. Était-ce ce qu'il avait aperçu un peu plus tôt par la fenêtre ? Mais pourtant, il n'y avait rien à cet endroit, aucune maison, aucun bâtiment. L'odeur de brûlé amenée par le vent lui rappela celle des carcasses de porcs qui cramaient dans la ferme des Adams quand il y était passé l'année précédente avec sa mère.

Tout en avançant, il aperçut une silhouette immobile face à lui, le dos tourné. À cette distance, il n'arrivait pas à voir s'il s'agissait d'Elmer ou de quelqu'un d'autre.

Décelant sa présence, l'homme se décala et disparut dans l'obscurité. Tommy se mit à courir en le cherchant avec la torche, et le retrouva un peu plus loin, figé dans la même position.

Ce n'était pas Elmer, il était plus grand, affublé d'une veste bariolée et d'un pantalon noir, ses cheveux grisonnants coupés court.

Était-ce lui qui l'avait libéré ?

Tommy l'interpella mais l'étrange individu resta immobile, la bouche grande ouverte et les yeux révulsés, comme en état de choc.

Horrifié par cette vision, Tommy manqua s'écrouler dans l'herbe. De fines particules multicolores, aussi légères que de la cendre, s'élevèrent, puis s'éparpillèrent dans le silence.

Et alors les yeux de l'homme s'enflammèrent.

Tommy s'enfuit le plus vite qu'il le put. Sa lampe torche n'éclairait presque plus rien, elle pouvait le lâcher d'une seconde à l'autre. Et il se retrouverait à nouveau dans le noir.

À bout de souffle, le jeune homme s'arrêta pour reprendre sa respiration. Il ne savait plus comment regagner l'abattoir. Il ne savait même pas où il se trouvait.

Il tomba à genoux et posa ses mains à plat sur le sol. Un sol rugueux, rocheux. Un sol qui ne ressemblait pas à celui du Kansas.

Quelque chose lui frôla les cheveux. Sa lampe grésilla une dernière fois et rendit l'âme. Il tapa dessus pour la faire remarcher, mais en vain, et la jeta dans l'herbe. Il se résolut à continuer à avancer les bras en avant, ne voyant ni la lune ni la moindre étoile, comme si un brouillard compact recouvrait le ciel. Comme si le monde entier s'était brusquement éteint.

Une odeur infecte lui monta aux narines, celle d'un animal en décomposition. Ses yeux s'habituèrent peu à peu à l'obscurité et il distingua une étendue de terre plus claire vingt mètres plus loin, où étaient plantés de gros poteaux.

Une multitude de formes noires se tenaient sur le sol, comme des fleurs non écloses. Elles encerclaient la zone, frémissantes, vivantes.

C'était, il le comprit trop tard, des corbeaux, des centaines de corbeaux qui, malgré sa présence, restaient parfaitement immobiles.

Il n'avait pas le choix. Il marcha parmi eux, les jambes tremblantes. Leurs yeux d'un rouge irréel rivés sur lui, ils paraissaient si calmes… Comme s'ils l'avaient attendu.

Tommy fit un brusque mouvement en arrière, brisant des brins d'herbe sèche à ses pieds, avec d'étranges bruits de carillons. La sueur qui coula sur son front devint froide comme de la glace. Ce qu'il avait pris d'abord pour des poteaux était en réalité des pieux, alignés et solidement fichés dans la terre, des corps nus empalés sur certains d'entre eux. À cette distance, Tommy vit du sang former une mare brillante à leurs pieds.

Il atteignit la première rangée et reconnut Rodney Dupree parmi les suppliciés. Le jeune homme avait les mains liées dans le dos, les yeux grands ouverts, la pointe du pieu lui ressortant par le milieu du crâne. Plus loin se trouvait Bradley Mellon, celui que Tommy avait frappé dans les couloirs du lycée, embroché au niveau du ventre, une grande partie de son visage déchiré. Tommy continua à progresser, sentant l'excitation lui chauffer le sang, et tomba sur Tracey Hillman, celle qui lui avait proposé de lui tailler une pipe dans les toilettes. Elle était nue comme tous les autres, le pieu entrant par son vagin et ressortant en plein milieu de sa poitrine. Tommy caressa sa joue. Elle était tiède. La jeune femme ne devait pas être morte depuis longtemps. Il ferma les yeux et lui lécha la joue, alors qu'elle ne pouvait plus rien faire pour l'en empêcher, puis il attrapa fermement son sein droit et le tordit en le tirant si fort qu'il l'arracha. Il observa un instant la masse sanguinolente et la jeta sur le sol.

Elle atterrit dans une grosse flaque de graisse et y resta échouée comme une méduse.

Le petit garçon blond était assis sur un monticule terreux, le bas du visage recouvert de sang, tenant à la main un morceau suintant qu'il avait volé à un des cadavres. L'enfant eut l'air amusé de le voir et poussa un rire rauque, qu'on aurait dit échappé d'une gorge d'adulte. Ses yeux étaient du même noir que ceux de l'ogre.

Et ses dents pointues à nouveau mastiquèrent la chair morte.

Écœuré, Tommy s'éloigna à grandes enjambées. Quand il se retourna, il n'aperçut plus rien d'autre que les plaines qui s'étiraient sous la lumière de plus en plus vive de la lune.

Et alors lui revint cette puanteur, portée par le vent, et qu'il reconnut enfin.

Il était à nouveau chez lui. Plus loin, il distinguait déjà la forme massive de l'abattoir.

Mais, à peine eut-il le temps de s'en réjouir, qu'un violent choc à la base du crâne le fit s'écrouler à terre.

Des mains serrèrent son cou. Et il sentit cette odeur infecte, celle de la pourriture.

Au-dessus de lui se tenait Elmer, son visage rouge de colère, de la bave coulant de sa bouche ouverte.

Il essayait de l'étrangler, il essayait de le tuer.

Tommy ne pouvait plus respirer mais parvint à lui donner un coup de pied dans le ventre. Elmer lâcha prise. Tommy roula sur le côté et avala de grandes bouffées d'air. Elmer se jeta à nouveau sur lui et Tommy le frappa en plein visage, l'assommant net.

Il se leva en toussant à s'en arracher la gorge. Son poing saignait. Il le porta à sa bouche et en lécha la plaie.

Ce fils de pute n'allait pas s'en tirer aussi facilement. Il avait fait sa dernière erreur en s'attaquant à lui.

Tommy tira le corps inerte d'Elmer jusqu'à l'abattoir et le laissa dans la salle principale, sous un des crochets qu'il n'avait, hélas, aucun moyen d'abaisser.

Puis il s'empara de son couteau et attendit patiemment qu'il se réveille.

Elmer se mit à ricaner en ouvrant les yeux. Ce fumier s'amusait à le provoquer. Et Tommy comprit alors quelque chose qu'il n'avait pas su voir.

Il n'était pas venu jusqu'à lui par hasard. C'était l'ogre qui l'avait envoyé pour le trouver et le tuer, c'était lui qui avait guidé ses mains sur son cou.

Mais ce dégénéré avait failli à sa mission. Et maintenant c'était à lui, Tommy Hewitt, d'envoyer un message à son maître.

Il contempla son reflet dans la lame du couteau et ressentit un frisson voluptueux dans tout le dos en rejoignant le clochard d'un pas dansant.

Elmer écarquilla les yeux, voyant sa propre mort se rapprocher dans les mouvements d'un jeune exalté.

Tommy eut l'impression de discerner les moindres parties de son corps, comme s'il les touchait toutes à la fois.

Il ne laisserait plus passer cette chance qui lui était offerte.

Elmer se mit à trembler. Il était terrifié. Et c'était lui, Tommy Hewitt, l'objet de cette terreur.

Il se savait, en cet instant, irradier.

Avant qu'Elmer n'ait pu faire quoi que ce soit pour se défendre, Tommy se rua sur lui et lui planta la lame en plein milieu de la poitrine. Et il recommença, de plus en plus fort, ne s'arrêtant que quand il butait sur des os, pour reprendre autre part – son ventre, ses hanches, sa gorge – les hurlements d'Elmer laissant bientôt place aux seuls bruits de sa peau qui se déchirait, de ses organes qui crevaient un à un sous l'effet d'une si rayonnante rage.

Tommy plongea ensuite les mains dans les entrailles fumantes et arracha tout ce qu'il pouvait en arracher. Il y avait tellement de trésors, de toutes les formes, avec des couleurs qu'il n'arrivait même plus à définir.

Cela n'avait rien à voir avec les animaux, rien à voir avec l'idée qu'il s'en était faite. Son être tout entier en fut bouleversé de l'intérieur, alors qu'autour de lui, l'abattoir revivait ses meilleures années.

Tommy pressa la lame du couteau sur le cou d'Elmer.

Et, sans plus attendre, il le trancha net.

Mais ce n'était suffisant.

Il attrapa fermement sa tête par les cheveux et l'arracha avec une facilité déconcertante. Puis il frappa cette masse de chair et d'os contre le sol, poussant des cris de joie chaque fois qu'elle venait s'écraser sur le ciment en y laissant son empreinte humide.

C'était en cet instant son visage à *lui* qu'il défonçait.

Pour que plus jamais il ne pose les mains sur son corps, pour que plus jamais il ne tente de s'immiscer dans sa chambre la nuit, pour que plus jamais il ne lui fasse de mal.

Épuisé, Tommy balança ce qui restait de la tête près du cadavre décapité, son propre sang coulant dans ses veines comme un courant électrique.

Le tableau, ainsi, était parfait.

NORMA

Norma Hewitt avait toujours eu une idée précise de ce à quoi devrait ressembler sa propre vie, elle qui, au seuil de l'adolescence, avait passé des heures et des heures assise à la fenêtre de sa chambre, à imaginer les années qui suivraient son départ de cette maison nichée au cœur des collines du Tennessee.

Son père, Quentin Jameson, travaillait à l'époque à la scierie Bloomfield, de l'autre côté de la vallée. Sa mère, Margaret, avait été secrétaire dans un cabinet d'avocat à Knoxville avant sa naissance, mais restait depuis à la maison pour s'occuper de ses deux filles. Ils avaient acheté cette grande bâtisse en bois située au fond d'une allée un an tout juste après leur rencontre.

Norma était la cadette, Elizabeth de quatre ans son aînée. Elles auraient dû avoir un petit frère prénommé Jimmy, mais le sort en avait décidé autrement. Même s'il n'avait jamais quitté leurs pensées, elles n'avaient plus parlé de lui que dans le noir, par la suite, sentant parfois le corps chétif de l'enfant prostré entre les leurs. Et c'était dans leur imagination qu'elles l'avaient étreint, pour qu'il n'ait plus peur du grand vide qui terrasse.

Leur père rentrait tard le soir, traînant dans les bars après le travail afin d'oublier un peu plus qu'il avait une famille. Ses deux filles étaient déjà couchées quand il consentait à revenir. Il prenait à chaque fois une douche dans la salle de bains du premier étage et s'asseyait seul à la table de la cuisine, où sa femme, aimante et silencieuse, lui servait son dîner. Norma connaissait par cœur les bruits de la porte d'entrée qui s'ouvrait, des pas lourds qui résonnaient dans le hall, puis dans l'escalier, de l'eau de la douche qui s'écoulait dans les canalisations, ceux, ensuite, des couverts qui butaient contre la porcelaine, de la télévision sur laquelle il regardait les informations du soir. Le tout mêlé d'éructations malsaines.

Quand il se trouvait dans la même pièce qu'elles, c'était à peine s'il remarquait leur présence. L'ambiance devenait d'un coup plus lourde, sans que personne ne sache quoi faire pour la détendre. Margaret leur expliquait parfois qu'il était fatigué à cause de son travail, qu'il avait des soucis d'adulte, mais qu'il les aimait, même s'il avait du mal à le leur montrer.

Elizabeth elle-même avait dit à Norma, un soir où elles l'observaient assis seul sur une chaise du jardin, qu'il avait toujours voulu un garçon et que la mort de Jimmy lui avait fait beaucoup plus de mal qu'il ne le laissait paraître. Que c'était peut-être pour cela qu'il se conduisait de la sorte. Qu'elles devaient juste être patientes.

Norma ne l'avait jamais crue. Si Elizabeth avait besoin de se fourrer ce genre d'idées dans la tête, c'était son problème. Il était déjà comme cela bien avant que ce drame ne frappe sa famille. Il n'avait jamais voulu avoir de filles. Et c'était tout.

Elizabeth s'arrangeait pour se faire remarquer par leur père, mais Norma, elle, restait parfaitement indifférente à son mépris, lui qui se comportait comme s'il venait d'un quartier mal famé et traitait leur mère comme une moins que rien. Elle n'arrivait même pas à comprendre comment celle-ci avait fait pour tomber amoureuse d'un homme pareil, si rustre, si gras, si vulgaire ; ce qui l'avait poussée à lui prêter la moindre attention. Il ne pouvait pas être si différent que cela à l'époque. Juste un peu plus mince, dissimulant sa banalité sous les grands airs d'un amour ayant bien facilement atteint sa cible.

Norma commença vraiment à détester son père cet après-midi où, à l'âge de huit ans à peine, elle se rendit au vieux puits qui se trouvait derrière la maison, à la lisière de la forêt, et même s'il lui était formellement interdit de s'en approcher. L'herbe était humide et brillante, suite à une averse. De nombreux oiseaux chantaient non loin de là. Après avoir hésité un instant, Norma poussa de toutes ses forces la plaque en ferraille qui recouvrait le puits, voulant savoir quelle en était la réelle profondeur. Sa sœur lui avait raconté qu'il menait au centre de la terre et que des monstres gluants pouvaient en ressortir la nuit pour tenter de l'enlever. N'osant d'abord pas trop regarder dans ce gouffre qui sentait la pourriture, elle y jeta une pierre, puis une autre et, percevant un bruit de choc qui prouvait que sa sœur lui avait menti, elle repartit chez elle en courant, sans penser à remettre la dalle en place.

En revenant de l'école le lendemain, elle entendit des miaulements alors qu'elle montait les marches du perron, ceux d'un chat blessé. Paniquée, Norma le chercha partout autour de la maison et se rendit compte avec effroi que les plaintes provenaient du puits. Elle avait appris dans une émission que les chats pouvaient souffrir de vertiges. Il avait dû se casser quelque chose dans sa chute.

Elle se mit à crier et sa mère sortit affolée par la porte de la cuisine, ses cheveux ébouriffés, l'air endormie.

Mais elle ne sut quoi faire pour sauver ce pauvre animal.

Son père les rejoignit une heure plus tard. Sa mère lui avait expliqué toute l'histoire, et lui, sans un mot, partit dans sa remise, revint armé d'un fusil et tira dans le puits, jusqu'à ce que le silence, après des détonations comme des coups de tonnerre, revienne.

Il remit la dalle en place et repartit à l'intérieur de la maison, suivi de sa femme, qui ne pensa même pas, collée à ses basques en espérant éviter une crise, à venir réconforter Norma, qui resta tétanisée pendant une vingtaine de minutes au bord de la margelle.

Cette nuit-là, elle rêva que c'était sur elle que son père tirait. Sans discontinuer, jusqu'à être certain d'atteindre son cœur en plein milieu.

De retour des courses avec sa mère une semaine plus tard, Norma remarqua des avis de recherche affichés sur les troncs d'arbres de leur rue, avec une photo du chat en question, blanc avec des taches noires.

Sa mère feignit de ne rien voir, mais Norma ne put arrêter d'y penser tout le reste de la journée.

Par la suite, elle se réveilla souvent en pleine nuit, avec l'impression d'entendre les gémissements du chat remonter du puits, et qui ne cessèrent vraiment qu'à partir du jour où elle commença à prier pour que son père disparaisse pour de bon de leur vie.

De la même manière. Un simple coup de fusil. Et un gouffre assez profond pour y cacher son cadavre.

Norma était plutôt studieuse à l'école. Du moins, elle se contentait de travailler suffisamment pour ne pas trop se faire réprimander par ses parents. Elle aimait en particulier l'histoire et relisait parfois son manuel le soir avant de s'endormir.

Elle n'avait pas beaucoup d'amis et ne cherchait pas vraiment à s'en faire. Elle partait directement de l'école par le bus, assise seule tout au fond, et ne ressortait de chez elle que pour y retourner le lendemain matin.

C'est en regardant *West Side Story* à la télévision qu'elle eut subitement envie de prendre des cours de danse. Comme des millions de petites américaines, Norma rêvait d'accomplir quelque chose qui la ferait connaître à travers le pays tout entier. D'abord surprise, sa mère ne s'y opposa pas, mais ne montra pas non plus d'enthousiasme particulier. Le seul fait qu'elle ait de bons résultats scolaires la rassurait assez pour ne pas avoir à prendre trop au sérieux ce qu'elle considérait comme un simple caprice.

Norma se rendait deux fois par semaine dans une école du centre de Knoxville qui donnait des cours pour débutantes. C'était sa mère qui l'y emmenait en voiture, et ces courts trajets faisaient partie des rares moments qu'elles passaient juste toutes les deux. Sans l'homme.

Dès qu'elle s'éloignait de leur maison, sa mère se montrait alors tellement souriante, détendue, lui donnant l'impression de côtoyer une autre version d'elle, plus enjouée, plus légère, plus jeune.

Aux dires de son professeur, Norma faisait de beaux progrès mais était loin d'avoir le niveau de Laura Klepman ou Roberta Limb, deux filles de son cours qui allaient plus tard participer à différents tournois. Norma s'appliquait mais avait malgré tout la tenace impression d'être à la traîne. Et elle ne voulait pas être à la traîne, mais être la meilleure. Elle rêvait de ressembler aux meilleures mais savait bien que cela ne serait jamais possible. Un état de fait qui lui devint vite insupportable.

Elle abandonna six mois après avoir commencé. Sa mère ne fit rien pour la remotiver, et, par la suite, Norma s'en voulut souvent de s'être résignée aussi facilement.

Elle n'oublia jamais le sourire de son père quand il avait appris qu'elle ne retournerait plus en cours de danse.

Un sourire « Je vous l'avais dit ».

Norma rentra au collège de Green Hill et devint rapidement amie avec une fille de sa classe prénommée Christy Newton, une petite brune qui vivait avec son père dans une belle maison en briques rouges, à deux rues de chez elle. Elles prirent l'habitude de s'y rendre après les cours pour regarder la télévision, se moquer en cachette des filles qu'elles détestaient et, bien sûr, parler des garçons.

Christy fut sa première vraie amie. Elle ne comptait plus les fous rires qu'elles avaient ensemble et était heureuse de se lever chaque matin à la simple idée de la retrouver. Christy avait une présence aussi apaisante qu'un baume. Elle lui offrait toute l'humanité dont elle avait alors besoin.

Quand elle eut quinze ans, Elizabeth demanda à ses parents si elle pouvait s'installer dans la pièce qui servait de chambre d'amis. Après tout, personne ne venait dormir là depuis des années, et elle se trouvait maintenant trop grande pour rester avec sa petite sœur.

Norma mit un peu de temps avant de se faire à l'idée de dormir seule. Elle eut le sentiment qu'Elizabeth ne l'aimait plus comme avant, elle qui ne venait plus la voir pour qu'elles parlent des heures en chuchotant.

C'est à cette époque-là qu'Elizabeth commença à se maquiller et à fréquenter les garçons du quartier, sortant en cachette par la fenêtre de sa chambre et ne revenant que tard dans la nuit.

Norma, elle, passait son temps allongée sur son lit à lire des magazines ou à regarder des séries sur le poste de télévision qu'on lui avait offert pour son anniversaire. Elle ne ratait pas un seul épisode de *Beverly Hills*. Ayant accroché deux posters de Luke Perry sur les murs de sa chambre, elle imaginait souvent qu'un jour il viendrait la chercher sur sa belle moto, cheveux gominés et sourire éclatant, et l'emmènerait vivre avec lui, en Californie.

Elizabeth rencontra un garçon prénommé Josh, un grand brun qu'elle ramenait à la maison quand leur père n'était pas là. Il était étudiant à la fac de Knoxville et ils s'enfermaient toujours dans sa chambre en mettant la musique assez fort pour que

Norma ne puisse plus les entendre. Elle ne voulait même pas imaginer ce qu'ils pouvaient bien y faire. Sa mère, indifférente, disait qu'après tout c'était de leur âge.

Elizabeth partit de la maison deux ans plus tard, avec un jeune homme de vingt-cinq ans qui l'emmena vivre avec lui à Nashville. Elle trouva un travail de secrétaire dans une entreprise du bâtiment et ne revint les voir qu'une ou deux fois par mois.

Norma lui en voulut pendant un certain temps, puis se fit une raison. Elle ne pouvait au fond que la comprendre. Encore plus la jalouser.

Sa mère passait ses journées dans le salon ou assise dans le jardin à regarder se balancer les feuilles des arbres. Norma la surprenait parfois en train de pleurer, alors qu'elle se croyait seule. Margaret Jameson pouvait rire aux éclats et fondre en larmes la minute d'après. Chaque fois que Norma lui demandait si elle allait bien, elle lui répondait invariablement que « oui », sa voix affaiblie par une tristesse qu'elle-même ne semblait pas comprendre. Norma ne savait plus quoi faire pour lui venir en aide et trouver les mots qui la feraient se sentir un peu mieux. Elle lui proposait parfois de sortir en ville, mais sa mère refusait poliment, lui disant qu'elle avait plein de choses à faire dans la maison, qu'elle était fatiguée, qu'elle verrait cela un peu plus tard. Elle n'avait presque plus d'amies, ne sortait de chez elle que pour faire des courses ou aller chercher son mari quand il était trop imbibé d'alcool pour rentrer seul. Elle ne se réservait même plus de temps pour prendre soin d'elle. Elle ne se maquillait jamais, ne s'achetait plus de vêtements ou de bijoux. Norma savait que c'était la faute de son père, lui qui passait maintenant tout son temps libre à l'extérieur, qui la laissait seule le soir devant la télévision, la traitait depuis des années comme si elle était la dernière des femmes, la rabaissant sans vergogne comme si c'était un jeu, juste pour voir combien de temps elle tiendrait avant de se taillader les veines dans sa baignoire. Il n'avait jamais été violent avec elle, mais les coups qu'il lui avait portés à l'âme avaient été bien pires.

Norma en arrivait à détester sa mère de se négliger autant, de ne rien faire pour sortir de cette impasse, d'être si faible, se promettant elle-même de toujours combattre ce genre de faiblesse, et que jamais personne ne la traiterait, elle, de la sorte.

C'est à cette époque qu'elle fugua et reçut, quand on la ramena chez elle, la première gifle de son père. Sa mère vint dans sa chambre en pleine nuit et lui fit jurer de ne plus jamais recommencer, prétextant qu'elle en mourrait s'il lui arrivait quelque chose. Sa sœur partie à Nashville, elle n'avait maintenant plus qu'elle. Norma éprouva l'envie de lui dire qu'elle repartirait, que pour rien au monde elle ne resterait à ses côtés, juste pour lui faire passer l'envie de lui faire à nouveau ce chantage à l'émotion dont elle avait l'habitude. Elle voulait ainsi la blesser, la faire réagir, mais elle savait qu'un tel choc risquerait de la briser à jamais. C'était trop tard, sa mère semblait maintenant bonne à jeter. Elle ne pouvait plus rien faire pour elle.

À la fin des vacances d'été juste avant son entrée au lycée, Norma quitta sa chambre pour s'installer dans celle qu'Elizabeth avait laissée, plus grande et lumineuse, plus éloignée de ses années d'enfance. Elle y accrocha une multitude de posters de groupes de musique et d'affiches de films, garda les anciens meubles de sa sœur et entreposa les siens dans le grenier.

Au lycée, elle commença à prendre des cours de théâtre et se passionna pour les pièces d'Arthur Miller et de Tennessee Williams, rêvant par-dessus tout d'interpréter le rôle de Blanche DuBois, qu'elle répétait presque chaque soir seule devant sa glace. Elle connaissait par cœur le film d'Elia Kazan. Le destin de Blanche la bouleversait. Cette femme brisée qui tombait peu à peu dans la dépression et la folie lui tirait les larmes comme personne.

Sa vie de lycéenne lui fit l'effet d'une grande bouffée d'air frais, chassant le brouillard dans lequel elle se sentait engluée. Elle se surprit à se faire rapidement de nombreuses amies parmi ses camarades de classe. Des filles populaires dans leur établissement, qui lui donnaient l'air de la compter parmi les leurs.

Les garçons la regardaient et la désiraient, et pas juste les binoclards dont personne ne voulait.

Parmi eux, il y avait Vincent Murray.

C'est avec lui qu'elle fit l'amour pour la première fois, à l'arrière de sa voiture. Elle avait décidé de donner sa virginité au premier qui la lui demanderait, histoire de s'en débarrasser et de ne plus avoir à y penser. Vincent, ce soir-là, sentait le parfum bon marché et ne lui fit pas trop mal, en tout cas moins qu'elle n'aurait pu le croire.

Mais le plaisir, le vrai, elle le garda pour plus tard.

Elizabeth leur rendit visite un week-end de novembre pour leur annoncer qu'elle était fiancée et comptait se marier l'été suivant. Il s'appelait Edward, elle l'avait rencontré chez des amis communs et il travaillait dans la finance. Edward habitait à Chicago et lui avait proposé d'emménager dans un grand appartement qu'il venait d'acheter sur Chesnut Street. Norma la regarda sans rien dire, adossée au mur du salon, alors qu'elle leur montrait, tout excitée, la photo d'un homme aux traits fins et au sourire un peu trop forcé. Sa sœur portait un beau tailleur vert qui lui donnait quelques années de plus. Elle avait l'air si heureuse, épanouie. Et potentiellement riche. Norma ne comprenait pas qu'on veuille se marier aussi jeune, mais elle se rendit compte en y réfléchissant qu'Elizabeth était incapable de vivre sans un homme à ses côtés.

Comme leur propre mère.

Et elle semblait parfaitement se débrouiller pour choisir à chaque fois celui qui l'éloignerait un peu plus d'eux.

Émue par cette nouvelle, Margaret félicita sa fille les larmes aux yeux. Norma se demanda alors comment une femme que le mariage avait autant ternie pouvait souhaiter la même chose pour ses enfants.

Toute la famille était invitée aux noces, qui se dérouleraient dans la propriété des parents d'Edward, Michelle et William Grant. Norma perçut l'angoisse de sa mère à l'idée de devoir partir si loin, et chez des gens qu'elle ne connaissait même pas. Et surtout qui paraissaient aussi riches. Elle n'aurait aucune robe décente à se mettre. Qu'importe son parfum, l'odeur des champs l'annihilerait. Et ce long voyage… Depuis combien de temps n'était-elle pas partie si loin de chez elle ?

Finalement, aucun de ses parents n'alla au mariage. Son père prétexta de vives douleurs dans le dos et sa mère, bien entendu, ne pouvait pas le laisser seul à la maison dans ces conditions. Sur ce genre de mensonges, ils s'entendaient à la perfection, subitement plus proches dans leur affligeante banalité. Norma en voulut surtout à sa mère, elle qu'elle avait longtemps mise sur un piédestal, comme toutes les petites filles, et qui, à présent qu'elle quittait peu à peu l'adolescence, lui semblait si fade, quelconque…

Norma s'acheta une belle robe de soirée au centre commercial et prit seule l'avion, sa sœur lui ayant envoyé les billets par la poste. Les festivités furent en tout point grandioses, célébrées sur l'immense pelouse de la propriété des parents d'Edward, mais Norma eut du mal à trouver sa place parmi tous ces convives qui lui paraissaient si éloignés de son univers. C'est à peine si sa sœur s'occupa d'elle pendant ce séjour. Elle finit cependant par sympathiser avec une des cousines d'Edward et, au bout du compte, s'angoissa à l'idée de revenir chez elle. Chicago était une ville si grande, si pleine de vie, de promesses…

À quoi bon les toucher du doigt si c'était pour retomber ensuite dans un quotidien qu'elle méprisait ?

Norma s'inscrivit en fac de psychologie et continua à prendre des cours de théâtre.

Elle décida à cette époque de changer de coiffure et de se faire pour la première fois une frange, comme la Brigitte Bardot des années soixante.

Un après-midi de printemps, alors qu'elle révisait ses cours sur une des pelouses du campus, elle sentit une ombre sur son épaule, et, quand elle releva la tête, tout son être frémit face à ce sourire qui l'aurait fait défaillir si elle n'était pas assise, et ces yeux, surtout ces yeux, d'un tel bleu que celui du ciel du Tennessee encadrant ce visage en était d'un coup terni.

Nathan Cunningham était étudiant en première année de lettres. Il portait ce jour-là une chemise noire et un jean, ses cheveux châtains et mi-longs attachés avec un élastique. Ses livres à la main, il lui demanda s'il pouvait s'installer près d'elle. Elle l'avait déjà remarqué dans les couloirs de la fac. Elle avait même une fois rêvé de lui, sans même connaître son prénom.

Ils parlèrent jusqu'à ce que le soleil se couche derrière les bâtiments des sciences. Nathan vivait dans la région depuis trois ans environ, ses parents ayant quitté New York dans l'espoir de mener une vie plus calme, à l'écart de la violence des grandes villes. Le Tennessee était la région natale de sa mère. Nathan semblait avoir du mal à se faire à cette nouvelle vie, lui qui à seize ans à peine n'avait pu faire autrement que de les suivre. Mais il disait souvent à Norma qu'il retournerait à New York dès que possible. Il voulait intégrer une école de journalisme là-bas, comptant dans un premier temps habiter chez sa grand-mère, qui vivait à Brooklyn. Il était si beau quand il en parlait, quand il souriait en pensant à son avenir, comme si son être d'un coup s'illuminait.

Nathan n'avait rien à voir avec les garçons qu'elle avait connus jusqu'à présent. Elle sc rendait bien compte que certaines autres filles la jalousaient quand ils se promenaient main dans la main dans les allées de la fac. Mais c'était elle qu'il avait choisie, elle et personne d'autre. Et elle ne voulait pas perdre son temps à se demander pourquoi.

Il possédait une vieille Ford marron, avec laquelle ils partaient souvent ensemble après les cours, pour aller à des concerts dans d'autres villes, au cinéma, ou pour simplement s'arrêter en pleine nature, parlant la plupart du temps de tout et de rien, et parfois, sur le ton de l'humour, de ce à quoi pourrait ressembler leur vie future : l'appartement qu'ils auraient, leurs amis, et même leurs enfants… Nathan lui avoua même une fois que s'il avait un fils, il lui donnerait le prénom de son auteur préféré, Graham Greene.

Ils passèrent leur premier vrai week-end ensemble dans une chambre d'hôtel de Nashville. Norma avait prévenu ses parents qu'elle partait chez une de ses amies pour qu'ils ne lui posent pas de questions. C'était la première fois qu'elle dormait dans le même lit qu'un garçon. Elle aurait pu rester ainsi toute sa vie, leurs corps nus frémissants de leur dernière étreinte.

C'est à ce moment-là que, pour la première fois, il lui lut un de ses poèmes. Norma devina, au bout de quelques vers, qu'il y évoquait le moment où, un mois auparavant, il l'avait longtemps observée assise sur la pelouse de l'université et s'était enfin décidé à venir lui parler. Elle apprit alors qu'elle occupait ses pensées depuis le jour où elle avait étudié à deux tables de lui à la bibliothèque. Elle s'en souvenait elle aussi, c'était plus de deux mois avant leur rencontre.

Norma lui parla de plus en plus souvent de son désir de jouer sur les planches du monde entier et de faire ensuite du cinéma. Elle travaillait chaque jour les rôles dont elle rêvait en lui demandant de lui donner la réplique pour se perfectionner.

Norma ne présenta jamais Nathan à ses parents. Elle ne retournait dorénavant chez elle que pour dormir, et pensait à se prendre un studio en ville. Elle ne songeait même plus aux promesses qu'elle avait faites à sa mère.

À l'inverse, Norma fut enchantée de rencontrer les parents de Nathan. Sa mère, Alma, était artiste peintre et avait les yeux du même bleu que ceux de son fils. Son père, Mitchell, était professeur de droit. Ils étaient liés par une complicité que Norma n'aurait jamais pu imaginer chez ses propres parents. Alma avait installé son atelier dans une belle pièce dont les baies vitrées donnaient sur un immense jardin qui descendait en pente douce vers la rivière. La fibre artistique semblait héréditaire dans cette famille. Norma s'était parfois demandé ce qu'aurait été sa vie si elle avait eu une mère comme Alma Cunningham.

Deux semaines plus tard, Norma et Nathan prirent à nouveau la route et partirent sur les rives du Tennessee, où les parents du jeune homme possédaient un petit chalet qu'ils avaient acheté juste après leur arrivée dans la région. L'endroit était idyllique, entre la forêt et l'eau, d'un calme salvateur. La rivière, à ce niveau, était large d'une bonne centaine de mètres. Ils passèrent leur premier soir autour d'un ragoût de bœuf qu'Alma leur avait préparé. Nathan fit un feu dans la cheminée et lui lut pour l'occasion d'autres poèmes qu'il avait écrits dans le gros cahier à la couverture rouge qu'il gardait toujours dans son sac à dos.

Le lendemain soir, après s'être promenés dans les environs, ils décidèrent d'aller s'installer au bord de l'eau. Nathan prit avec lui une bonne bouteille de vin de Californie et mit de la musique grâce à un vieux Ghetto-Blaster.

Il n'y avait personne à plusieurs kilomètres à la ronde. Ils se déshabillèrent en hâte et firent l'amour sur la berge, puis restèrent allongés l'un contre l'autre jusqu'à ce que la sueur sèche sur leur peau. Nathan lui proposa alors d'aller se baigner, mais Norma déclina l'invitation, ne voulant même pas penser à ce qui pouvait se cacher sous cette eau noire…

Tous deux ayant faim, Norma se rhabilla et se rendit au chalet pour aller chercher de quoi manger. Elle prit un panier en osier et y mit des fruits, du fromage et une grosse miche de pain.

Elle entendit Nathan faire des vocalises à l'extérieur, ce qui la fit rire car il chantait encore plus faux qu'elle, l'alcool n'arrangeant sûrement pas les choses.

Impatiente de le rejoindre, elle éteignit la lumière et sortit de la pièce en fermant la porte.

Dans le ciel, la lune était presque pleine. Nathan n'était plus assis sur la couverture. Norma regarda tout autour d'elle, croyant tout d'abord qu'il s'était caché pour lui faire peur.

Mais ses vêtements étaient toujours empilés sur l'herbe écrasée.

Étonnée, elle l'appela une première fois, timidement.

Après avoir posé le panier sur la couverture, elle se figea face à la rivière et ne put s'empêcher de frémir. Était-il finalement parti se baigner sans elle ?

Norma s'approcha de la rive et l'appela plus fort, mais il n'y eut aucune réponse. Pourtant, il était forcément quelque part. Elle hurla son prénom, marchant droit devant elle, jusqu'à ce que l'eau froide lui arrive aux genoux. Elle ne put faire un pas de plus, fut prise de frissons à la simple idée d'aller plus loin.

Pourquoi était-il parti seul ? Pourquoi avait-il attendu qu'elle reparte au chalet pour aller nager ?

Elle contacta le 911 en s'y reprenant à plusieurs fois avant de se faire comprendre par la standardiste. Les secours arrivèrent une demi-heure plus tard. Une demi-heure que Norma passa prostrée sur les marches du perron, attentive au moindre bruit, priant sans cesse qu'il réapparaisse enfin, éclatant d'une vie qui lui importait plus que la sienne.

On lui demanda si Nathan était un bon nageur, s'il lui avait dit quelque chose avant de partir, la lumière des gyrophares de la camionnette lui faisant détourner le regard. Mais elle ne voulait plus leur parler, seulement que l'homme de sa vie la prenne à nouveau dans ses bras, qu'il l'emmène loin d'eux, loin de ce monde qui, d'un coup, redevenait affreux et vide.

Les enquêteurs envoyés sur les lieux voulurent savoir si Nathan avait des tendances suicidaires, s'il lui avait parlé de problèmes l'affectant particulièrement ces derniers jours. Norma se contenta de les regarder sans leur répondre. Elle ne comprenait même pas qu'on puisse lui poser ce genre de questions. Nathan, c'était la vie même, et, plus encore, la promesse d'une vie dont elle avait toujours rêvé.

Penser au suicide était absurde, il n'avait pas pu faire une telle chose, pas lui. Il était juste parti trop loin, et, épuisé à cause de l'effort, s'était un instant assoupi sur la rive. Ou alors il s'était peut-être tout simplement perdu, et il retrouverait bientôt le chemin qui le mènerait à elle.

Oui, il reviendrait, il ne la laisserait pas seule. Ils s'étaient promis tellement de choses, avaient de si beaux projets ensemble… Norma se sentit soulagée à cette idée. Elle avait trop tendance à dramatiser.

On lui conseilla d'appeler ses parents pour qu'ils viennent la chercher. Elle répondit sans réfléchir qu'ils n'étaient pas joignables. Elle aurait tout aussi bien pu dire qu'ils étaient morts.

Ils prirent les vêtements de Nathan, puis allèrent fouiller les environs avec des chiens.

Norma retourna dans le bungalow et s'allongea sur le lit, où elle pleura sans parvenir à s'arrêter.

Elle n'aurait jamais imaginé que ses yeux pouvaient produire autant de larmes. Au bout de quelques heures, elle s'endormit sans s'en rendre compte. Et ses rêves furent remplis d'eau et de cris de noyés.

Au petit matin, Norma constata au réveil que Nathan n'était pas revenu.

Jamais elle n'eut l'impression d'être aussi seule qu'en cet instant. Une solitude à vous tuer sur place.

Le soleil ne réchauffait pas encore l'air ambiant. Elle entendit le bruit d'un hélicoptère qui survolait le Tennessee, distingua un zodiac au loin, sur lequel se tenaient deux hommes en tenue de plongée.

Les parents de Nathan la rejoignirent en fin de matinée. Norma se sentit mal en les voyant marcher vers elle, comme si tout était sa faute. Ils la prirent alors dans leurs bras, comme si elle était leur propre fille. Et elle admit pour la première fois que Nathan était bel et bien parti.

Norma resta un temps chez eux, allongée sur le canapé du salon. Et parfois elle s'endormait et rêvait, toujours de Nathan, et le réveil n'en était que plus insoutenable.

Les Cunningham reçurent de nombreux appels, pour la plupart de membres de la famille ou d'amis. Norma attendait avec angoisse celui qui réduirait à néant les derniers espoirs qu'elle gardait malgré tout.

Ne voulant pas s'imposer, elle rentra chez elle et s'enferma dans sa chambre pendant une semaine. Sa mère, qui lui apportait parfois de quoi manger, tenta de lui faire avouer ce qui n'allait pas, mais elle ne put se résoudre à lui parler de Nathan pour la toute première fois de cette façon, à lui dire à quel point elle l'aimait, à quel point il avait su rendre son existence plus lumineuse, alors qu'il n'était déjà plus là.

Elle lut presque chaque soir les poèmes du cahier rouge qu'elle avait précieusement conservé, l'ayant rangé dans son sac avant de partir, sans en demander la permission à Alma et Mitchell.

Elle fut bien forcée de retourner à l'université. Bien sûr tout le monde était au courant et la regardait comme si elle était la seule rescapée d'un massacre. Elle apprit à ne plus les voir. Les autres n'existaient plus à ses yeux.

Sans lui, plus rien n'existait.

Les parents de Nathan l'appelèrent de temps en temps pour prendre des nouvelles. Ils parlaient alors de tout et de rien, mais jamais de l'absent, chacun voulant ménager l'autre. Il habitait déjà bien assez leurs silences.

Quand la douleur était trop forte, elle se prenait à imaginer qu'un esprit de l'eau avait surpris Nathan allongé nu sur la berge, et que, aussitôt tombé amoureux, il l'avait enlevé pour l'emmener dans son royaume aquatique.

Avec la possibilité qu'un jour il le relâche.

Et ce jusqu'à ce coup de téléphone d'Alma, où elle n'entendit d'abord que des sanglots à l'autre bout du fil.

On avait retrouvé le corps à une vingtaine de kilomètres en aval. La cause de sa mort était bien la noyade. Ses parents avaient trouvé le courage d'aller l'identifier à la morgue, malgré l'état terriblement dégradé du cadavre de leur fils.

Il y eut une grande foule à l'enterrement, beaucoup d'étudiants de l'université, des anonymes, et une grande partie de la famille de Nathan, venue des quatre coins des États-Unis. Norma y rencontra notamment ses cousins de New York, dont il lui avait tant parlé, et avec qui il avait passé toute son enfance.

Trois semaines plus tard, Norma apprit qu'elle était enceinte, incapable de savoir si cette nouvelle lui faisait plaisir ou l'effrayait.

Le choc passé, elle descendit dans le salon et le dit aussitôt à son père, les yeux dans les yeux, comme une provocation. Il resta assis sans faire le moindre geste. Quand elle retourna dans sa chambre, il cria à sa mère qu'elle n'était qu'une traînée qui s'était fait engrosser par le premier venu.

Sa mère monta la voir en début de soirée, ses yeux rougis d'avoir trop pleuré. Elle lui demanda comment elle comptait faire, lui lança qu'elle était complètement inconsciente. Elle parla même d'avortement, lui proposa de lui prendre un rendez-vous dans une clinique spécialisée.

Ils étaient discrets, personne ne le saurait.

Comment, toi, pourrais-tu t'occuper d'un enfant ?

Le lendemain, Norma fit ses valises et sans les prévenir s'installa dans un motel, à l'autre bout de la ville. Elle se trouva rapidement un emploi de serveuse au Lafayette, le snack-bar où elle se rendait parfois après les cours. Son patron, qui n'était pas insensible à son charme, lui loua une chambre au troisième étage du même immeuble, pour un prix plus que correct.

Norma se rendit de moins en moins à l'université, ayant du mal à concilier ses cours et son nouveau travail, ne voulant plus affronter leurs regards en coin, imaginer les commentaires sur sa grossesse. Elle abandonna rapidement le théâtre, se disant qu'elle aurait, après son accouchement, tout le temps pour briller sur les planches.

Son employeur ne lui fit aucune remarque en voyant son ventre s'arrondir. Il avait trois enfants, c'était pour lui la plus belle chose qui pouvait arriver à une femme.

Elle n'eut plus aucune nouvelle de ses parents, ne leur en donna pas non plus. Sa sœur l'appelait parfois, mais jamais pour lui proposer de l'aider de quelque manière que ce soit. Elle resta seule avec la peur de perdre son bébé quand elle avait un peu trop mal, seule avec la peur de ne pas arriver à l'élever, de ne pas être une bonne mère. Et aussi avec la tristesse de savoir qu'il ne connaîtrait jamais son père, que Nathan soit parti sans se douter qu'il aurait un fils.

Norma accoucha un matin de février. Elle cacha l'existence de Graham aux parents de Nathan, trop inquiète qu'ils ne cherchent à le lui prendre. Le temps passant, elle eut tellement honte de sa réaction qu'elle n'osa plus jamais les recontacter.

Graham et elle n'avaient à présent besoin de personne d'autre. Elle apprit du mieux qu'elle le put à s'occuper de lui et à se faire à l'idée que désormais une autre vie dépendait de la sienne.

Les premières années se succédèrent à une vitesse folle, Norma travaillait dur pour parvenir à subsister. Graham était la seule chose qui lui permettait de tenir. Avant de mourir, Nathan lui avait fait ce cadeau. Sa seule obligation était de le préserver ; son seul bonheur de la journée, de le récupérer chez sa nourrice pour le serrer fort dans ses bras, sentir son petit cœur battre dans sa poitrine.

Graham devint sans peine la mascotte de son immeuble, ainsi qu'à son travail quand elle était contrainte d'emmener son fils.

Elle fêta son vingtième anniversaire seule à ses côtés. Mais elle n'aurait voulu le passer avec personne d'autre, ayant débranché la prise du téléphone pour ne même pas avoir à espérer des appels de ses parents, de sa sœur, des quelques amis qu'elle avait encore.

Six mois plus tard, elle se trouva un appartement situé à deux rues du Lafayette. Il était plutôt lumineux, avec un balcon qui donnait sur le square où elle promenait Graham ses jours de repos.

Elle le décora avec soin, puisant son inspiration dans plusieurs revues spécialisées. Graham avait sa propre chambre, au bout d'un long couloir, et Norma dormait dans le salon sur un canapé-lit.

Graham était un enfant extraordinairement joyeux, lui qui pourtant avait grandi dans son ventre alors qu'elle était dévastée de chagrin. Tout le monde craquait devant ces grands yeux bleus et ce sourire qu'il avait hérités de Nathan. Norma ne pouvait plus imaginer sa vie sans lui. Au point de faire de continuels cauchemars, où elle le perdait à son tour dans de grandes étendues sombres.

Sa sœur l'appela un matin pour lui apprendre que leur père était mort d'une crise cardiaque dans la nuit. Norma ne ressentit absolument rien. Il était pour elle mort depuis bien longtemps.

Elle refusa de se rendre à l'enterrement qui se déroulait au cimetière de Westwood, et resta chez elle à compter les minutes, assise en tailleur dans un fauteuil en osier posé face à la fenêtre, imaginant le cercueil descendre sous terre, sa famille réunie pour pleurer cet homme que tous détestaient en secret.

Enfin dans le puits.

Mais peut-être n'y avait-il personne d'autre que sa mère et sa sœur qui n'avaient, malgré tout, pu s'empêcher de l'aimer. Et, plus impardonnable, de croire encore en son amour pour elles.

Elizabeth lui laissa un message furieux sur son répondeur. Quand Norma appela sa mère le soir même, celle-ci refusa de lui parler. Norma ne pouvait lui en vouloir. Une femme dont le triste monde s'était effondré d'un coup ne pouvait avoir de réaction sensée.

Quand elle rejoignit Graham dans sa chambre, aux bords des larmes, le petit garçon jouait avec une grosse voiture rouge sur le tapis, et, la voyant, il éclata de rire en lui tendant les bras.

Harlan Hewitt était un client régulier du Lafayette. Il avait vingt-quatre ans et était ouvrier dans le bâtiment. Il venait presque chaque soir y manger seul, ou accompagné de Jeffrey Cahoon, un de ses collègues, chez qui il vivait le temps du chantier. Originaire du Kansas, il était grand et massif, les cheveux coupés court, le type d'homme au physique rassurant que recherchaient certaines femmes. Avec son accent prononcé qui la faisait parfois sourire, il invita Norma un soir à boire un verre après son service, et elle accepta sans se poser de questions. Il lui avoua entre deux scotchs qu'elle était la seule raison qui le poussait à venir si souvent dîner au Lafayette, ce qui la fit rougir. Elle n'était pas assez naïve pour s'en trouver surprise, mais elle mit un peu de temps avant de reprendre ses esprits, elle qui n'avait rencontré personne depuis la mort de Nathan. Le lendemain, Harlan lui envoya un immense bouquet de roses à son domicile. Il fit tout pour la convaincre par la suite qu'elle était la femme de sa vie, et que c'était elle qu'il épouserait un jour.

Harlan avait gagné une importante somme d'argent au jeu, qui, ajoutée à ses économies et à un prêt bancaire, lui avait permis d'acheter une belle maison et un grand terrain en plein milieu du Kansas, où il projetait de cultiver du maïs.

Il lui promettait de lui offrir la vie dont elle avait toujours rêvé.

Que savait-il, au fond, de ses rêves ?

Un jour de pluie, elle répondit à ses avances et lui céda son corps, son orgueil, mais pas son amour. Jamais plus son amour.

Harlan repartit au Kansas pour recruter du personnel et lancer son entreprise, mais il revint chaque week-end la voir. Il lui demanda de l'épouser deux mois plus tard, ainsi que de vivre avec lui dans cette propriété dont elle ignorait le passé sanglant. Norma accepta sans passion. Une telle occasion de quitter Knoxville risquait de ne plus se représenter.

Norma eut son second fils l'hiver suivant. À cause de complications, les médecins durent pratiquer l'accouchement par césarienne. Tommy était presque mort quand ils le sortirent du ventre de sa mère, la peau terriblement bleuâtre. Mais, sous les efforts conjugués du personnel soignant pour le ranimer, il poussa enfin son premier cri. Et quand l'infirmière apporta à Norma son bébé et le plaça dans ses bras, il leva la tête vers elle et la fixa avec l'air de vouloir déjà en découdre.

Deux garçons. Ce qu'avait toujours voulu son propre père à la place d'elle et de sa sœur.

Norma ne menait pas vraiment l'existence qu'elle s'était imaginée plus jeune, mais elle était assez adulte pour comprendre qu'elle pouvait s'estimer heureuse que ce ne soit pas pire. Elle ne parvint jamais à aimer son mari, lui qui était si gentil avec elle, et s'en voulait parfois.

Mais, malgré ses efforts, il n'était pas Nathan. Et Norma savait qu'elle ne pourrait plus jamais ressentir ce qu'elle avait éprouvé pour lui. L'eau de la rivière Tennessee avait, ce soir-là, étouffé plus qu'un corps. Norma avait parfois l'impression de sentir son goût saumâtre lui remonter par la gorge.

Quoi qu'il en soit, elle avait une famille à charge. Le plus beau de ce que la vie avait à offrir, selon ceux qui, si nombreux à le lui dire, ne pouvaient qu'avoir raison.

À la longue, le Kansas lui parut encore plus ennuyeux que le Tennessee, désespérément plat et terne, des champs et des plaines à perte de vue. Le cœur de l'Amérique à ce qu'on prétendait. Un cœur qui avait oublié de battre depuis longtemps.

Pour se changer les idées, Norma tenta de se faire d'autres amis que ceux de Harlan, mais la plupart des gens qu'elle croisait quotidiennement étaient si grossiers qu'elle déchanta vite. Elle eut même peur de leur ressembler à force de les côtoyer. Son inscription dans un club de lecture lui permit de rencontrer des personnes charmantes. Notamment Cynthia Shaw, une mère au foyer comme elle, qui vivait dans une jolie maison de l'autre côté de la ville. Et Magda, qui la fit rire aux éclats la première fois qu'elle la vit, par son sens de l'humour si particulier. Elles prirent l'habitude de se retrouver dans un salon de thé du centre-ville, de se faire des soirées entre filles, sans leurs maris. Mais Harlan ne vit pas d'un bon œil qu'elle lui échappe de la sorte. Il lui demanda d'être plus souvent à la maison, ce qu'elle fit sans se rebeller. Elle lui devait tellement, elle ne pouvait se permettre de le mettre en colère.

Norma se réveillait chaque matin à 6 h 30 pour préparer le petit déjeuner de ses deux fils et les emmener à l'école, puis elle faisait quelques courses en ville, revenait chez elle, s'occupait des tâches ménagères, concoctait le déjeuner de son mari qui revenait des champs, et, quand elle en avait le temps, passait l'après-midi à lire, à s'occuper du jardin, à voir des amies à Emporia ou chez elle, pour ensuite aller chercher ses deux fils, les aider à faire leurs devoirs, préparer le dîner, border les enfants dans leurs lits et enfin regarder un film avec Harlan avant d'aller elle-même se coucher.

Et ainsi de suite, chaque jour, pendant sept ans.

Harlan avait entièrement coupé les ponts avec sa famille. Personne n'était venu au mariage. Norma savait que sa mère, ainsi que sa sœur, vivait à l'autre bout du Kansas, à Colby, dans le comté de Thomas. Avec le temps, elle essaya sans succès de le convaincre de reprendre contact avec elles, de passer les voir avec les enfants, mais il resta à ce sujet aussi borné qu'un âne.

L'exploitation prospéra à grande vitesse. Harlan, qui était un gestionnaire hors pair, racheta par la suite plusieurs terres attenantes aux siennes et en profita pour diversifier sa production dans le blé et l'orge. Il embaucha plus de personnel et se retrouva au bout du compte à la tête d'une des entreprises les plus florissantes de la région.

Il n'avait au moins pas menti là-dessus. Il l'avait à jamais mise à l'abri du besoin.

La mère de Norma fut victime d'une attaque cérébrale sévère alors qu'elle arrosait son jardin. Elle fut ensuite placée dans un centre spécialisé de la banlieue de Knoxville, ne pouvant plus vivre seule. Norma décida d'aller lui rendre visite en voiture avec Tommy et Graham. Jamais sa mère ne comprit qu'elle se trouvait en présence de ses deux petits-fils. C'est à peine si elle la reconnut, elle.

C'était peut-être pour cela qu'elle lui avait souri, comme si elle était heureuse de la voir.

De toute façon, sa vie entière méritait d'être oubliée.

Sa sœur et elle se mirent d'accord pour ne pas vendre la maison dans un premier temps, projetant d'y organiser des réunions de famille dans un futur plus ou moins proche.

Un soir, Norma retrouva dans un de ses cartons son vieil exemplaire d'*Un tramway nommé désir*, et se souvint de cette fois où elle en avait répété de nombreuses scènes avec Nathan. Recommençant à le lire à haute voix, elle se rendit compte qu'elle se rappelait presque toutes les répliques et repensa avec regret à ses aspirations passées. Peut-être serait-elle devenue une grande actrice si elle avait persévéré dans cette voie. Une existence valable tenait à si peu de chose. Mais elle refusait de se faire trop de mal à imaginer ce qu'elle ne pourrait plus jamais atteindre.

À même pas trente ans, elle était déjà résignée.

Puis vint ce jour où elle rentra chez elle plus tôt que prévu, et découvrit une scène terrible qu'elle n'aurait jamais pu prévoir.

Ce n'est qu'une bonne semaine après l'enterrement qu'elle comprit qu'une page s'était définitivement tournée. Ce soir-là, elle prépara des hamburgers à ses deux fils pendant qu'ils s'amusaient dans une piscine gonflable installée derrière la maison. Ils mangèrent dans le jardin, assis sur la pelouse, un poste de radio posé dans l'herbe diffusant une musique si entraînante qu'ils se mirent à danser et à chanter sous le soleil couchant. Même Tommy semblait heureux. Elle aurait tellement souhaité que plus rien ne change, que tout se fixe comme une photographie dans laquelle ils resteraient enfermés.

Laissant la gestion de l'exploitation à une entreprise privée, Norma décida de rester dans cette maison mais en profita pour repeindre les murs et en changer la décoration. Elle condamna l'ancienne chambre de Tommy et installa son cadet au deuxième étage, juste au-dessus de sa chambre à elle, pensant que ses nuits seraient ainsi plus paisibles.

Parfois elle-même se réveillait en sentant la présence de Harlan tout près d'elle, ce monstre capable de revenir d'entre les morts pour se venger.

Le temps aidant, elle réussit à évacuer ce sombre jour de ses pensées, croyant que pour Tommy ce serait la même chose, lui qui n'avait plus jamais parlé de son père par la suite, comme s'il l'avait entièrement effacé de sa mémoire.

Avait-elle été aveugle à ce point ?

Et maintenant, après avoir passé une nuit blanche à se ronger les sangs, elle était assise au chevet de sa fille défigurée, en ce jour où cette dernière aurait dû briller sur un podium, dans cette si belle robe rose que les infirmières avaient jetée aux ordures.

Cindy arriva dans sa vie alors que Harlan était mort depuis trois ans. Norma avait toujours rêvé d'avoir une fille, qu'elle élèverait seule, à sa façon, comme elle aurait aimé que ce fût le cas pour elle, si sa mère, par miracle, avait été veuve.

Quand le désir d'avoir un autre enfant se fit à nouveau sentir, Norma pensa un instant prendre rendez-vous pour effectuer une insémination artificielle dans un centre de Kansas City. Mais un matin, alors qu'elle était assise dans un café, elle remarqua ce jeune homme qui l'observait du coin de l'œil. Il avait les cheveux d'un blond lumineux, les traits délicats, le teint légèrement bronzé, le genre de garçon qui faisait se pâmer toutes les jeunes filles. Norma eut, en observant les signes manifestes du désir qu'il avait pour elle, une idée digne d'une adolescente ingénue. Mais en même temps si évidente.

Et lui qui n'arrêtait pas de la regarder. Ce sourire, simple, franc, sans ambiguïté.

Il s'appelait William Bishop, était serveur dans un restaurant mexicain, et ils se virent régulièrement pendant environ deux mois dans l'appartement du jeune homme, en centre-ville, quand elle arrivait à trouver une baby-sitter pour garder ses deux fils. Restant le plus vague possible sur sa propre vie, elle lui assura qu'elle prenait la pilule, et parvint rapidement à le convaincre de ne plus mettre de préservatifs.

L'homme idéal pour avoir une jolie petite fille, blonde aux yeux bleus. Le corps idéal pour faire un peu revivre le sien, élancé et fougueux.

Et puis il la faisait rire, lui rappelant Nathan, lui donnant l'impression d'être à nouveau une jeune femme ouverte à tous les possibles.

Elle apprit qu'elle était enceinte un matin de janvier. Elle cessa de voir William, sans même lui parler de sa grossesse. Elle avait eu ce qu'elle voulait, et de toute manière leur liaison ne pouvait pas mener à grand-chose. Il était bien trop jeune pour s'occuper d'un enfant, et elle ne voulait pas trop s'attacher. Elle n'aurait pas, cette fois, la souffrance d'une nouvelle perte. Juste les beaux souvenirs et la vie qui, de nouveau, grandissait dans son ventre.

Jamais Norma ne se sentit aussi épanouie que pendant cette troisième grossesse. Elle sut dès le début que ce serait une fille. Quand le médecin le lui confirma, elle prit cela comme un signe de renouveau.

Pendant les mois suivants, elle passa son temps à imaginer tout ce qu'elles feraient ensemble, ne prêtant pas attention aux ragots que les gens du voisinage ne manquaient pas de colporter au sujet de son ventre arrondi. Certains voulaient sans doute qu'elle porte le deuil de Harlan jusqu'à sa mort, se torturant l'esprit à chercher qui pouvait bien être le père. Mais Norma ne s'en souciait nullement, ils ne faisaient plus partie de son monde. C'était elle qui, dorénavant, choisirait qui y aurait une place.

Quand elle serra sa fille contre elle pour la première fois, elle sentit sa propre vie changer au rythme des battements du cœur de l'enfant, dont les sons délicats lui firent un instant penser aux pas d'un ange qui s'enfonceraient dans la neige.

Elle installa dans un premier temps son berceau près de son lit, et redécora en une semaine la pièce qui servait autrefois de bureau à Harlan, pour en faire la chambre dont toutes les petites filles rêvaient.

Les années qui suivirent furent parmi les plus belles que connut Norma. Ses deux garçons se montrèrent particulièrement protecteurs avec leur petite sœur, qui devenait au fil du temps encore plus ravissante qu'elle ne l'avait espéré. Elle en vint à regretter de ne pas avoir eu une fille plus tôt.

Un jour, elle tomba sur un article de journal retraçant le parcours d'une enfant de Salina qui, après avoir été élue mini-miss dans un concours local, avait été retenue par des producteurs pour jouer dans une série télévisée.

Cindy avait alors cinq ans, bientôt six, et Norma comprit que c'était de cette manière qu'elle arriverait à la propulser dans ce monde dont elle avait tant aspiré à faire un jour partie. Au Kansas, les occasions de sortir du lot étaient presque inexistantes. Elle voulait juste que sa fille ait une chance de vivre une vie qu'elle-même n'avait pu qu'effleurer du doigt.

Quelle mère ne souhaitait pas le meilleur pour ses enfants ?

Mais elle n'était pas comme toutes ces femmes qui poussaient leurs gamines sur les podiums comme du bétail à paillettes. Cela ne devait être qu'un tremplin pour quelque chose de plus grand. Et Cindy aimait tellement poser devant l'objectif, se vêtir de jolies robes, se maquiller comme une grande…

Norma voulait juste qu'elle comprenne à quel point elle était belle, à quel point elle avait du talent ; qu'elle pourrait faire des choses merveilleuses si elle avait assez confiance en elle. Et ainsi lui donner une chance de ne pas finir sa vie pleine de regrets.

Et c'est cela que Hayley avait voulu détruire.

Elle devait être chez elle maintenant, en sécurité, prête à reprendre un destin tout tracé. Et ce, après avoir saccagé sa famille en toute impunité.

Norma serra l'accoudoir de la chaise de toutes ses forces, imaginant que c'était le bras de Hayley qu'elle tenait, et qu'elle ne s'arrêterait, malgré ses cris, que quand elle le briserait en deux.

Prise d'une intense douleur, elle lâcha la pression et se massa le plat de la main.

Mais si cela avait été réellement le bras de cette fille, elle aurait continué, oh oui, elle aurait continué.

GRAHAM

Tant de grands espaces qui défilaient autour de lui sous un ciel limpide, et pourtant subsistait malgré tout cette tenace sensation d'asphyxie.

Assis à l'arrière de la voiture aux côtés d'Amber et de Glenn, Graham posa son front contre la vitre et chantonna les paroles du morceau *I'm Deranged* de David Bowie, qui passait à la radio. Leur avion décollait dans une heure et demie à l'aéroport de Wichita. Ayant d'abord décidé de ne pas les y accompagner, il avait finalement changé d'avis et les avait aidés à descendre leurs valises, afin de prolonger un peu les derniers moments passés ensemble, mais aussi de simplement prendre l'air, quitter un instant Emporia et son brouillard stagnant.

La veille, juste avant de retrouver Amber chez elle, Graham s'était finalement résolu à ne rien lui dire sur ce qui était arrivé à Cindy, ne voulant pas l'inquiéter avant son départ. De toute façon, elle le saurait bien assez tôt. Graham était resté un temps assis sur un banc près de son immeuble afin de décompresser, puis avait tâché de faire bonne figure quand Amber avait ouvert la porte. Glenn, qui était parti faire des courses pour le dîner, les avait rapidement rejoints et ils étaient allés boire des bières dans le parc situé au coin de la rue.

Un peu plus tard dans la soirée, Graham avait remarqué que sa mère lui avait envoyé un texto pour lui apprendre que Cindy était sortie du bloc opératoire. Quand il avait essayé de l'appeler, il était directement tombé sur le répondeur. Elle l'avait prévenu qu'elle se coucherait tôt, alors il n'avait pas insisté.

Tous trois étaient ensuite retournés à l'appartement, et Glenn, légèrement ivre, leur avait préparé des bagels au pastrami, qu'ils avaient mangés sur le toit de l'immeuble. Ils s'étaient promis de refaire bientôt la même chose sur un toit de New York.

Entourés de plus de lumières, de musiques, de gens jeunes et vivants.

Graham s'était évertué à ne rien laisser paraître de cette angoisse qui ne l'avait pas quitté, s'en étant voulu de partager de si agréables moments alors que sa mère se trouvait dans une chambre d'hôtel à quelques rues de là, sa petite sœur à l'hôpital, et son frère enfui au loin.

Tous les trois tristement seuls.

Graham sortit de ses pensées en voyant un panneau indiquant la ville de Wichita à vingt kilomètres, cette ville affreuse où devait se trouver Hayley. Mais il ne connaissait même pas son nom de famille, il n'avait rien qui lui permettrait de la retrouver s'il le décidait.

Et pour lui dire quoi ? Lui faire quoi ?

La mère d'Amber leur tendit une bouteille d'eau fraîche. Glenn ne tenait plus en place, comme si c'était la première fois qu'il dépassait les frontières de l'état. Amber, elle, paraissait tendue, serrant fort sa main dans la sienne, peut-être consciente de ce qu'elle allait quitter en même temps que le sol du Kansas.

L'autoradio passa un flash d'information, qui débuta par la confirmation que le crash du vol d'United Airlines était bien l'œuvre d'une cellule terroriste proche de l'État islamique. Assis au volant, le père d'Amber poussa un juron. Ce n'était sûrement pas le genre de nouvelles qu'on avait envie d'entendre juste avant de laisser sa fille à l'aéroport.

Graham envoya un message à sa mère en lui disant qu'il la rejoindrait une bonne heure et demie plus tard. Elle n'avait pas répondu à son dernier texto. Il espérait que cela n'était pas mauvais signe.

Mais si quelque chose de grave était advenu, elle l'aurait forcément appelé.

Une fois arrivés à destination, ils se garèrent près de l'entrée du terminal et sortirent tous les cinq de la voiture. Glenn en ouvrit le coffre pour prendre leurs valises, pendant qu'Amber allait serrer ses parents dans ses bras, elle qui, depuis qu'ils étaient venus les chercher, paraissait se contrôler pour ne pas craquer devant eux, pour qu'ils ne voient pas la petite fille derrière la jeune femme qui s'apprêtait à les quitter.

Graham rejoignit Glenn, qui, visiblement touché par ces effusions familiales, posa les valises sur le sol et tourna le visage vers la ligne d'horizon, l'air pensif.

– Ça me fait bizarre d'un coup, dit Glenn en se retournant vers Graham les yeux humides. Je crois que je ne me rends compte que maintenant à quel point tout va enfin changer.

– Tu vas te sentir comme un poisson dans l'eau là-bas, je ne me fais pas de souci pour toi.

– Ouais, j'espère. Ce serait con de finalement ressentir le mal du pays. C'est juste que j'aurais vraiment aimé que ça se passe autrement.

Glenn se tut et laissa son regard se perdre dans le vague.

– Bon, on ne va pas se mettre à chialer comme des gamins, hein, dit-il en se frottant les yeux.

– Ce ne serait pas notre genre ! Tu fais attention à Amber, d'accord ?

– Je ne la lâche pas d'une semelle. Mais tu as intérêt de faire vite, ça ne sera pas pareil sans toi.

– Je ferai mon possible, dit Graham alors qu'Amber les rejoignait.

– Je t'appelle quand on sera arrivés chez ma cousine, O.K. ? dit-elle en l'enlaçant.

– Si tu veux, mais, à mon avis, tu auras bien d'autres choses à penser. Si tu m'oublies, je ne t'en voudrai pas.

Amber sourit et l'embrassa tendrement.

– Tu n'es pas le genre de mec qu'on oublie si facilement, Graham Hewitt.

Tout lui dire, agir comme cet homme qu'il espérait être.

Amber lui chuchota alors quelques mots à l'oreille, qu'il devina tirés d'un des tout premiers poèmes de son père et où, dans des vers d'une touchante maladresse, il évoquait sa tristesse de devoir suivre ses parents dans le Tennessee, et de quitter ainsi sa ville natale, pleine de souvenirs d'enfance.

Puis elle l'embrassa une dernière fois, saisit sa valise en leur adressant un dernier au revoir, et suivit Glenn à l'intérieur du bâtiment.

Graham resta debout à les regarder s'éloigner en direction de la zone de contrôle, se sentant à la fois triste et lâche, lui qui avait douloureusement compris qu'il lui serait à présent impossible de les rejoindre. Il était incapable de laisser sa mère affronter seule les jours, les semaines, puis les mois à venir. Il ne pourrait plus se regarder dans une glace s'il le faisait, et devrait bien annoncer sa décision à un moment où à un autre à Amber, en veillant à ne pas lui laisser d'espoir, bien conscient qu'aucun des deux n'était fait pour les relations à longue distance.

– On y va, Graham ? lui demanda la mère d'Amber en se rapprochant de lui.

Le jeune homme acquiesça et retourna à l'arrière de la voiture. Pendant le trajet du retour, il les écouta discuter de leur fille et de Glenn, et de leurs souhaits que tout se passe bien pour eux à New York. Tous deux paraissaient tellement complices, une complicité qu'il ne se souvenait pas d'avoir connue entre sa mère et Harlan. Ces derniers temps, Graham avait plusieurs fois incité Norma à rencontrer quelqu'un, sans succès. Il avait du mal à supporter l'idée qu'elle finisse seule, une fois que Cindy, Tommy et lui auraient quitté la maison. À sa connaissance, elle n'avait pas fréquenté d'autre homme depuis Harlan, à part le père de Cindy, dont elle n'avait jamais voulu lui parler. Elle était encore jeune et séduisante, à en croire les nombreux commentaires de ses anciens camarades de lycée, mais c'était comme si elle-même l'avait oublié.

Les parents d'Amber le déposèrent dans le centre-ville d'Emporia en lui disant de ne pas hésiter à passer les voir quand il en aurait l'occasion. Graham les remercia, tout en sachant que ces gens si affables en viendraient bientôt à le détester d'avoir si lâchement brisé le cœur de leur fille.

Il prit sans tarder la direction de l'hôpital et s'arrêta devant un bureau de tabac pour acheter un paquet de cigarettes et des chewing-gums. Quand il en sortit, il crut un instant apercevoir Tommy remonter la rue à toute allure, avec une casquette sur la tête et des lunettes de soleil. Il pressa le pas pour le rattraper mais le perdit rapidement de vue.

Il ne savait pas ce qu'il aurait fait si cela avait été lui. C'était son petit frère, celui qu'il avait tenté d'épauler toutes ces années, pourtant il n'arrivait pas à lui pardonner d'avoir provoqué un désastre, puis fui en les laissant, eux, errer dans les décombres.

Où qu'il soit, Tommy devait ignorer ce que leur mère avait fait pour lui, ce qui était arrivé à Cindy. S'il l'apprenait, comment réagirait-il ? Reviendrait-il vers eux ?

Norma était assise près de Cindy quand il entra dans la chambre. Elle se leva de sa chaise en se frottant les yeux, l'air de ne pas avoir dormi de la nuit.

– Comment va-t-elle ? demanda Graham en se tournant vers sa petite sœur, dont le visage était affreusement gonflé.

– Elle dort depuis ce matin.

– Et l'opération ?

Norma lui fit alors signe de la suivre jusqu'à la fenêtre.

– Son cerveau n'a pas été touché, dit-elle en plaquant sa main contre la vitre. Mais les coups ont été si violents que les médecins n'ont pas pu sauver un de ses yeux. Une grande partie de ses dents sont brisées. Je ne sais pas quoi lui dire quand elle se réveillera, comment tout lui expliquer. Elle est déjà bien en âge de comprendre.

– Mais, au fil du temps, tout pourra s'arranger, non ?

– À ce que j'ai compris, oui, mais rien n'est certain. Elle ne pourra plus jamais reprendre sa vie d'avant. Il faut qu'on l'accepte dès maintenant et tout faire pour l'aider.

Graham mit un moment avant de comprendre ce qu'elle venait de dire. L'odeur visqueuse du salon lui revint en mémoire. Et la vision de sa petite sœur évanouie dans les bras de sa mère.

– Tu n'as pas à t'en vouloir, Graham, dit Norma en posant la main sur son épaule. C'est Hayley qui a décidé de s'attaquer à ta sœur alors qu'elle ne représentait pas une menace pour elle. Et si elle l'a fait, c'était uniquement pour m'atteindre moi. Je sais que tu l'as laissée partir car tu pensais que c'était le seul moyen de nous sortir de cette impasse. J'aurais tellement préféré que tu ne découvres rien, mais tu as fait la seule chose que tu pouvais faire dans ces conditions, la seule chose qu'une personne sensée aurait faite…

– Mais, si je ne l'avais pas libérée aussi rapidement, si j'en avais parlé d'abord avec toi…

– D'autres drames seraient survenus. Cette situation était intenable, ça ne pouvait pas bien finir. Et tout découle d'une décision absurde que j'ai prise dans la panique, sans réfléchir.

Un léger toussotement se fit entendre derrière eux.

– Ma chérie, tu m'entends ? demanda-t-elle en effleurant son front des doigts. Tu es une petite fille très courageuse, tu sais ? Graham est là aussi. Il est venu exprès pour te voir.

– Salut, ma puce, dit-il en se forçant à la regarder sans faillir, du même regard qu'il avait pour elle *avant.* Là, je n'ai pas eu le temps, mais bientôt je te rapporte ta poupée préférée, d'accord ?

On frappa à la porte. Deux infirmières entrèrent dans la chambre en poussant un petit chariot, et leur demandèrent de bien vouloir attendre dans le couloir, le temps qu'elles procèdent à différents soins.

Graham et Norma en profitèrent pour sortir du bâtiment et marchèrent ensemble jusqu'au parc, pour s'asseoir sur un banc.

– Amber est bien partie ? demanda Norma en allumant une cigarette.

– Oui, il y a un peu plus d'une heure. Elle m'a laissé les clefs de son appartement, je pense y dormir ce soir, ça sera plus simple.

– Tu as raison, oui. Je vais veiller à ce qu'on m'installe un lit près de celui de Cindy. Je ne veux surtout pas qu'elle se réveille seule cette nuit.

– Je pourrais refaire un aller et retour à la maison si tu veux, et laisser un mot à Tommy, si jamais il revient.

Sa mère fit quelques pas en avant, l'air de plus en plus nerveuse. Quand elle se retourna vers lui, elle paraissait sur le point de s'effondrer.

– Écoute, Graham, il y a vraiment quelque chose qu'il faut que je te dise au sujet de ton frère, et si je ne le fais pas maintenant, je ne sais pas si j'en aurai encore la force. Je suis bien consciente que tu dois être horrifié par ce qu'il a fait à cette fille, que tu ne dois pas arriver à comprendre pourquoi il a commis un tel acte. Et moi, je ne pourrais pas supporter que tu t'écartes de lui pour de mauvaises raisons, sans savoir par quoi il est passé, ce par quoi je suis passée. Il va avoir besoin de toi, Graham, plus que jamais. Et moi aussi.

Norma se tut un instant, fixant le sol.

– Harlan faisait du mal à Tommy, beaucoup de mal, et quand je m'en suis aperçue, il était déjà bien trop tard. Je pensais qu'après l'accident, Tommy reprendrait peu à peu une vie normale, qu'il oublierait. Mais quelque chose est resté, dans un coin de sa tête, quelque chose qui ne veut pas le laisser en paix.

Norma s'arrêta à nouveau de parler, sa voix malmenée par les sanglots naissants.

– Il n'était qu'un enfant, reprit-elle avec peine. Maintenant je me rends compte à quel point j'ai été stupide. Je n'ai jamais voulu voir la vérité en face. À l'époque, je n'ai même pas osé te demander si Harlan t'avait touché toi aussi. J'avais sûrement trop peur de ta réponse. Je tiens ça de ma mère, cette façon de faire l'autruche en attendant que l'orage passe.

Graham resta pétrifié, incapable de prononcer le moindre mot. Pourtant, il n'en était pas totalement surpris, comme si une partie de lui avait toujours su.

Et c'était ce qui était le plus dur à supporter.

Cela expliquait tant de choses. Tant de frayeurs d'enfance, tant de cris, tant de coups portés et de fureur maladive. Lui qui avait souvent tenté de comprendre ce qui ne tournait pas rond dans la tête de son petit frère avait enfin la réponse, là, sous les yeux, ce qui le fit se sentir plus démuni que jamais.

En proie à un déluge d'émotions contradictoires, Graham prit la main de sa mère dans la sienne, pour lui montrer qu'il était là, avec elle, qu'il ne la lâcherait pas dans cette épreuve.

– Malgré ce qu'il semble croire, il ne pourra pas s'en sortir seul, continua Norma. Il n'a pas pu aller bien loin et, où qu'il soit, je sais qu'il a peur, qu'il a besoin de nous, et qu'il refusera de l'admettre. Alors je veux que tu fasses ce que je n'ai pas réussi à faire, Graham. Avant qu'il ne soit trop tard. Je veux que tu retrouves mon fils, ton petit frère, et que tu le ramènes à la maison.

TOMMY

Les plants de maïs qui entouraient le petit garçon étaient si hauts qu'il ne savait plus où il se trouvait ni où était sa maison, cette maison qu'il fuyait. Fatigué d'avoir tant couru, il s'agenouilla et se mit à pleurer en repensant à sa maman qui était si loin, puis à son grand frère, à qui il avait failli tout raconter avant qu'il ne parte à l'école et le laisse à nouveau seul avec *lui*. Mais son papa lui avait bien dit qu'il les tuerait tous s'il leur racontait la vérité, et le petit garçon ne voulait pas que sa maman et son grand frère meurent par sa faute. Il avait des écorchures aux bras et aux jambes et ses genoux saignaient un peu, mais il lui fallait vite repartir, car son papa devait déjà commencer à le chercher. Alors, il se frotta les yeux et se releva, marchant à l'aveugle en écartant des bras les longues feuilles de maïs qui lui fouettaient le visage. On entendait le bruit d'un petit avion qui passait dans le ciel. Par endroits, les nuages prenaient des formes d'animaux sauvages. Continuant à avancer, le petit garçon remarqua une silhouette portant un grand chapeau, cinq mètres plus loin, et s'arrêta d'un coup. Mais ce n'était qu'un épouvantail, celui qu'on pouvait voir au loin par la fenêtre du grenier. Cependant, même s'il savait que ce n'était qu'un assemblage de bois et de chiffons, le petit garçon ne put se résoudre à lever les yeux vers son visage rieur en passant près de lui.

Il déboucha enfin sur une route et la traversa timidement, en regardant à droite et à gauche, comme le lui avait appris sa maman. Mais il n'y avait pas de voitures, personne pour l'aider. De l'autre côté du bitume chauffé par le soleil, les mêmes champs s'étendaient à perte de vue.

Dans le fond, presque sur la ligne d'horizon, il distingua la forme du gros bâtiment où on tuait les animaux. Il ne devait surtout pas aller là-bas. Il s'y passait des choses affreuses, à ce qu'on disait. Mais, après tout, peut-être était-ce le meilleur endroit où se cacher ? Son papa ne viendrait sûrement pas le chercher dans un tel lieu ; un enfant si peureux, une vraie poule mouillée, racontait-il avec plaisir à ses amis, et aussi à l'homme aux cheveux gris qu'il l'emmenait parfois voir dans la grande ville, dans sa maison entourée de toutes ces belles fleurs mauves.

Le petit garçon perçut alors le bruit d'un moteur et reconnut avec horreur la voiture de son papa, d'un rouge furieux, qui roulait droit vers lui.

Il courut à perdre haleine et alla se dissimuler derrière une grosse butte de terre. Puis il baissa la tête et ne fit plus aucun mouvement.

La voiture s'arrêta le long de la route, la portière claqua, tandis que le moteur tournait toujours.

Il l'avait vu. Il avait senti son odeur. Il avait senti sa peur.

Le petit garçon mit sa main sur sa bouche pour ne pas hurler. Et ferma fort les yeux.

Des pas se rapprochèrent, les mêmes que ceux qui hantaient le couloir menant à sa chambre, certaines nuits.

Et tout son être se tordit de frayeur.

– Je sais que tu es là ! hurla son papa. Montre-toi, ne me fais pas perdre mon temps à te chercher !

Mais le petit garçon resta silencieux. Il devait être fort et, cette fois, parvenir à lui échapper. Des larmes perlèrent de ses paupières fermées et se mêlèrent à la terre. L'urine coula entre ses jambes et il se sentit honteux à en mourir. Comme un bébé qui faisait pipi au lit.

Puis les pas et la voix de son papa s'éloignèrent peu à peu.

Le petit garçon recommença à espérer. Il avait peut-être encore une chance.

Il rouvrit les yeux, et, quand il se retourna, il se retrouva face à un corbeau perché sur un gros poteau en bois, et qui le fixait.

À sa vue, le petit garçon ne put s'empêcher de crier.

Le corbeau s'envola alors en croassant et tourna autour de lui, comme s'il voulait l'attaquer.

Ou signaler sa présence.

Le petit garçon se releva et vit avec horreur son papa se retourner brusquement dix mètres plus loin. Et il courut le plus vite qu'il le put dans la direction opposée.

Mais l'homme qui le poursuivait était si grand qu'il le rejoignit en quelques enjambées, et il l'attrapa si fort par le bras que le petit garçon, se sentant violemment tiré en arrière, crut sur le coup qu'il l'avait cassé. Il hurla à nouveau, et son papa plaqua ses doigts au goût salé sur sa bouche pour ne pas qu'on l'entende.

Mais, de toute façon, personne n'était là pour l'entendre. Il n'y avait qu'eux dans ce champ vide, et, autour, un monde paisible qui continuait à les ignorer.

Son papa le jeta au sol. Le petit garçon se cogna les coudes contre des pierres et, malgré la douleur, essaya de se retenir de pleurer. Pas comme ça, pas devant lui.

Il prit des monceaux de terre sèche dans ses mains et les compressa, détournant les yeux de cet homme qui puait l'alcool et commençait à retirer sa ceinture en toussant.

Lutter prolongerait juste un peu plus la souffrance.

Le petit garçon regarda face à lui, sans faillir, discernant le poteau où le corbeau avait repris sa place, et où, immobile comme une statue, il semblait monter la garde.

Depuis ce jour, le petit garçon avait oublié tant de choses, comme si son esprit mutilé s'était évertué à construire un barrage pour contenir les flots putrides, lui qui, à présent qu'il était devenu un homme à son tour, venait de faire couler le sang d'un autre homme.

Pour ne plus jamais être une victime. Pour ne plus jamais tendre la joue en attendant la claque.

Debout face à l'abattoir, dans l'atmosphère déjà étouffante de cette fin de matinée, Tommy admit qu'il était à présent temps pour lui de partir. Car si Elmer l'avait retrouvé, d'autres pouvaient le faire. Il n'était plus en sécurité. Il devait s'éloigner de ces parages.

Alors il saisit son sac à dos, monta dans la voiture et démarra, sans plus un regard vers ce qui avait été son bref refuge.

Il passa d'abord chez les Hayes pour prendre une douche et, une fois propre, il récupéra un jean et une chemise blanche à peu près à sa taille dans la penderie.

Quand il se regarda dans le miroir, il eut l'impression de voir quelqu'un d'autre. Même si les flammes nouvelles qui l'habitaient ne pouvaient, elles, s'y refléter.

Avant de partir, il prit soin de laisser la porte d'entrée de la cuisine grande ouverte, afin que les Hayes comprennent qu'on était passé chez eux pendant leur absence, et ainsi rendre leurs nuits moins paisibles.

Tommy se rendit ensuite chez Dylan et laissa sa voiture au bout de l'allée en cachant les clefs sous une grosse pierre. Il avait un instant pensé partir avec, mais il ne voulait pas trahir le seul ami qui lui restait.

Une fois à Emporia, il mit une casquette et des lunettes de soleil et évita les grands axes pour rejoindre la gare routière, priant pour ne croiser personne qu'il connaissait, ou pire, les flics qui seraient à sa recherche.

La prison était inenvisageable. Enfermé entre quatre murs, comment pourrait-il *lui* échapper ?

Tommy fit un détour pour ne pas passer devant l'épicerie où il travaillait, préférant ne pas croiser M. Holmes, qui devait être furieux de sa soudaine absence. Au moins, il n'aurait pas à y retourner pour le supplier de le reprendre. Il ne perdait rien dans l'affaire, il se trouverait le même genre de boulot n'importe où.

Il reconnut alors Magda, l'amie de sa mère, qui entra avec sa fille dans la boutique d'un photographe, et il s'éloigna le visage baissé.

Par chance, il trouva un car qui partait vingt minutes plus tard pour Kansas City. Il s'installa tout au fond et passa l'essentiel du trajet à regarder les paysages défiler, soulagé d'avoir réussi à filer sans se faire remarquer. Une fois arrivé à destination, Tommy prit un bus et descendit à l'arrêt situé au croisement entre Broadway Street et Nichols Road, dans ce quartier populaire du sud de la ville où il était parfois venu traîner avec Dylan, dont le grand frère, Gus, travaillait chez un concessionnaire automobile non loin de là. Il pourrait aller lui rendre visite un de ces jours, mais pas avant de s'assurer qu'il ne courait aucun danger.

Tommy s'arrêta dans un snack et s'installa à une table près des toilettes. La salle était à moitié remplie et il observa deux adolescents qui jouaient au baby-foot sur sa droite ; une femme vêtue d'une robe à fleurs jaune, immobile devant sa tasse de café ; une autre, plus jeune et assez attirante, qui parlait fort dans son téléphone portable, un hot-dog à peine croqué à la main.

Si seulement ils savaient qui était assis parmi eux. Depuis cette nuit, il s'était repassé la scène encore et encore. Les sensations qui avaient déferlé en lui au moment de la mort d'Elmer continuaient à frémir dans chaque partie de son corps, de façon plus ténue, mais ne demandaient qu'à être à nouveau attisées.

S'il l'avait laissé en vie, Elmer l'aurait poursuivi jusqu'à achever ce qu'on lui avait ordonné de faire. Il n'avait pas eu le choix. De toute façon, personne ne rechercherait un vulgaire clochard ou ne se rendrait même compte de sa disparition. Il n'avait sûrement plus aucune famille, n'existait pas aux yeux des autres plus qu'un vulgaire chien.

Et c'était tout naturellement qu'il était allé en rejoindre quelques spécimens sous la terre.

Une serveuse au visage rond lui tendit la carte des menus. Il lui commanda un cheeseburger, des *chicken wings* épicées avec des frites et un Perrier, et mata son cul moulé dans sa jupe rose quand elle se rendit dans l'arrière-cuisine. Elle était un peu trop grasse pour lui, mais il se sentit tout de même durcir en imaginant ce qu'il pourrait lui faire s'il l'attirait dans un coin sombre.

Une fois sa commande arrivée, Tommy se goinfra en regardant les gens passer dans la rue, puis il paya ce qu'il devait et sortit de l'établissement.

Il marcha un peu au hasard dans le quartier et trouva assez rapidement un hôtel qui lui parut convenable, modeste bâtiment de cinq étages collé à ce qui paraissait être un cinéma désaffecté.

Sur les murs du hall étaient accrochés divers tableaux représentant des paysages typiques du Midwest. Tommy demanda une chambre pour la nuit en donnant un faux nom, que le gérant inscrivit dans son registre sans même vérifier ses papiers d'identité.

La chambre était située au deuxième étage, plutôt spacieuse, le sol recouvert d'une moquette épaisse. Tommy posa son sac à dos sur une chaise et ouvrit la fenêtre, respirant à pleins poumons l'air de la ville, saturé d'odeurs de gaz d'échappement et de viande grillée.

Dans l'immeuble d'en face, un homme se tenait accoudé à la rambarde et fumait une cigarette, torse nu. Une femme passa rapidement derrière lui, une serviette nouée sur la tête, et l'attira dans la pénombre.

Tommy soupira et se jeta sur le lit. Un téléphone était installé sur la table de nuit. Il hésita un instant à appeler sa mère, juste pour lui dire qu'il allait bien et qu'il ne fallait pas qu'elle s'inquiète. Mais il comprit que ce serait une mauvaise idée. Peut-être que leur ligne était déjà sur écoute, comme dans les films, des flics postés chez lui à attendre qu'il téléphone pour déterminer sa position.

Que faisait-elle ? À quoi pensait-elle ? Graham avait dû revenir de chez Amber, et il lui avait forcément posé des questions sur sa disparition. Lui avait-elle déjà tout raconté ? Elle qu'il avait laissée seule dans la nuit alors qu'elle l'avait retrouvé près de la vieille cabane dans le simple but de le ramener chez eux ? Elle qui avait eu l'air si inquiète pour lui ? Depuis quand, au fond, n'avait-il pas ressenti cela de sa part, au lieu de son habituelle distance ? Cette distance glacée qui l'avait, étant plus jeune, forcé à tenter de se convaincre jour après jour qu'elle tenait autant à lui qu'à Graham et Cindy, qu'elle exprimait juste cet amour différemment ? Quelques fois, il n'avait fallu qu'un simple sourire d'elle pour le rassurer, une attention particulière, un geste en apparence anodin. Mais, à côté de cela, elle lui avait si souvent donné l'impression qu'elle avait du mal à supporter qu'il se trouve dans la même pièce qu'elle, alors qu'au contraire elle recherchait de façon naturelle la présence de Graham, si bien que quand il les surprenait tous les deux, il n'osait même plus se mêler à eux, de peur de déranger, d'être de trop… Un jour, en revenant de l'école, il s'était avancé vers elle et lui avait dit que si elle le voulait, il pouvait partir, qu'il arriverait à se débrouiller, qu'il était un grand garçon maintenant. Il avait à peine quatorze ans. Sa mère était restée un instant à l'observer, puis elle s'était mise à pleurer, son couteau à la main, et l'avait pris dans ses bras. Et lui, d'abord surpris par cette réaction, s'était gorgé de la chaleur de son étreinte, rassuré, le cœur un peu moins lourd. C'était la dernière fois qu'elle l'avait serré contre elle de cette façon.

Et maintenant il était parti pour de bon. Il ne la reverrait peut-être plus jamais. Et cette pensée, au fond, l'attrista moins qu'il ne l'aurait cru.

Elle l'avait vu tel qu'il était vraiment, elle avait de bonnes raisons d'éprouver du dégoût à son contact.

Tommy alluma la télévision et tomba sur *Sin City*, au moment où Dwight McCarthy plongeait le visage de Jacky Boy dans la cuvette des toilettes. Il connaissait ce film par cœur mais resta devant, ne voulant pas louper les doux instants où Nancy Callahan se déhanchait sur la scène.

Percevant alors des éclats de voix de l'autre côté du mur, il baissa le son et tendit l'oreille.

Il y avait un homme et une femme. Ils parlaient fort mais sans se disputer. À un moment, la femme se mit à rire, puis la porte de la chambre claqua.

Tommy se précipita vers la porte de la sienne pour regarder dans l'œil-de-bœuf. L'homme, la quarantaine et portant un costume gris, se tint debout en plein milieu du couloir, puis il s'alluma un cigarillo et se dirigea vers l'escalier.

Tommy retourna s'asseoir sur le lit et remit le son du film.

Et maintenant qu'allait-il bien pouvoir faire ?

Il était à Kansas City, avec trois mille dollars en poche. Fatigué à cause du manque de sommeil, il avait malgré tout furieusement envie de sortir, de voir du monde, de profiter dès à présent de sa liberté. Mais pour aller où ?

Seul en territoire étranger, il se trouvait presque démuni.

Une fois le film terminé, il alla prendre une douche en s'asseyant dans la baignoire, pestant contre le faible jet d'eau qui sortait du pommeau.

Sur le mur de la salle de bains était accroché un grand miroir arrondi aux coins. Sans prendre le temps de s'essuyer, Tommy y détailla son corps bronzé, les muscles qu'il avait mis tant d'ardeur à faire apparaître. Un corps d'homme, fait pour être admiré par les femmes du monde entier.

Le simple fait de penser à toutes celles qui l'attendaient dehors le fit bander comme un dingue, et, face à son reflet, il s'amusa à tapoter le bout de sa queue contre son bas-ventre.

Le lendemain, il irait voler de l'alcool dans une épicerie. Dorénavant, il ne passerait plus une seule journée sans tutoyer l'ivresse.

La porte de la chambre contiguë à la sienne claqua à nouveau et Tommy entendit la voix d'un autre homme à travers la cloison.

Intrigué, il colla son oreille contre le mur.

La femme parlait tout bas. L'homme se mit à rire. Un rire gras, comme celui de M. Holmes.

Puis il perçut le bruit d'une chaise, d'une fenêtre qu'on ferme, du désir qui monte.

Qui pouvait être cette femme qui recevait autant d'hommes dans sa chambre ? Sûrement une prostituée, ce qui n'était pas étonnant dans ce genre d'hôtel miteux. À sa voix, elle paraissait plutôt jeune, et il l'imagina avec de longs cheveux roux et bouclés, une bouche pulpeuse, un corps fin et des seins faits pour être pris à pleines mains. Tout l'inverse de la grosse

Harper, pensa-t-il en ricanant. Harper Leister, une des rares putes que comptait Emporia, était devenue au fil du temps une célébrité locale. Elle avait au moins cinquante ans et vivait dans un appartement rempli d'oiseaux sur Wilshire Drive. Selon la rumeur, la moitié du lycée lui était passée dessus, certains voulant se faire dépuceler vite fait bien fait, d'autres s'exercer un peu avant de s'occuper de leurs copines. Dylan lui-même lui avait dit se l'être tapée alors qu'il avait à peine quatorze ans. Tommy l'avait souvent charrié là-dessus, lui qui n'y aurait pas touché pour tout l'or du monde, avec son ventre tout gras, ses seins qui pendaient… Et hors de question de glisser sa queue dans son sexe qu'il imaginait plein de maladies.

Au lieu de cela, il avait patiemment attendu.

Jusqu'à Hayley.

Tommy sourit en buvant une bonne rasade d'alcool. Il avait hâte que Dylan revienne. À lui, il pourrait tout dire, aucun risque qu'il ne cafte. Dylan détestait le monde au moins autant que lui. Ils s'étaient bien trouvés.

C'était lui qui lui avait appris à tirer à la carabine, et pas que sur des canettes ou des bouteilles en verre.

Dylan adorait abattre les oiseaux en plein vol.

C'était aussi avec lui qu'il avait commencé à voler à l'étalage, d'abord par défi, dans une épicerie sur Grant Street. Ils avaient bu leurs deux bouteilles de vodka en un après-midi, dans un champ à la sortie de la ville, et n'avaient pas pu repartir chez eux avant le soir, tant ils étaient saouls.

Tommy ferma les yeux et laissa ses pensées divaguer en écoutant les bruits de la rue, un peu triste de se savoir si loin de Tessa, qu'il espérait bientôt rencontrer au détour d'un rêve.

Mais depuis qu'il était là, il n'avait pas une seule fois senti la présence de l'ogre, et il pria pour qu'il le laisse à jamais tranquille, qu'il aille en tourmenter un autre.

Il resplendissait au-dessus du cadavre du dragon. Autour de lui, le champ de bataille continuait à se consumer sous un ciel si rouge qu'il semblait refléter les terres gorgées de sang qu'il recouvrait.

Le soleil commençait à décliner. Il ne devait plus perdre de temps, se sachant trop faible pour affronter ceux qui quittaient leurs tanières à la nuit tombée.

Un chemin qu'il ferait seul, forcé de laisser ce qui restait de son fidèle compagnon derrière lui, à présent tout juste bon à nourrir les charognards.

Un silence de mort planait sur la cité quand il y entra par la porte principale. Au fur et à mesure de sa progression dans les rues tortueuses, il remarqua que de nombreux habitants des bas quartiers l'observaient de derrière leurs fenêtres closes, surpris que lui seul ait survécu au massacre, alors que les plus grands chevaliers du royaume avaient péri sous les flammes du dragon, ces faibles en armure qui n'avaient cessé de le prendre pour un moins que rien, lui faisant constamment sentir qu'il n'était pas de leur trempe, qu'il ne leur servait qu'à lustrer leurs bottes.

Quelques femmes relevèrent leurs robes crasseuses à son passage, pour lui montrer leur corps amaigri dans l'espoir qu'il les suive dans leurs demeures. Mais il n'y vit que le terne éclat de la maladie, de la chair avariée.

Quand il arriva enfin à la deuxième enceinte, celle du château proprement dit, il scruta la haute tour d'ivoire où la princesse l'attendait, enrobée de nuages cendrés.

Le pont-levis était baissé ; les gardes qui y étaient postés le regardèrent passer sans mot dire. Il savait parfaitement par où aller pour la rejoindre, même si son ancienne condition l'avait toujours empêché d'accéder aux appartements princiers. Dans la pénombre ambiante, il ne croisa personne de l'ancienne famille royale, arpentant seul les dédales recouverts de tentures et de tableaux, alors qu'autrefois tout ce que comptait le pays de noblesse s'y pressait à la moindre occasion.

Les temps avaient changé. Le sien était venu.

Elle l'attendait allongée nue sur le lit, sa beauté magnifiée par les flammes des bougies disposées dans toute la chambre. Un corps parfait, offert à son regard dans son indécente pureté.

Tommy s'assit sur les draps, caressa sa cuisse et remonta lentement la main jusqu'à son entrejambe. Surprise par la pression qu'il y exerça, la princesse gémit, se redressa, et lui embrassa le torse avec passion, traçant avec sa langue des filets de salive entre ses muscles. Tommy retira ce qui lui restait d'armure, puis il la plaqua sur le lit et la pénétra violemment, salissant le rose de sa peau avec le pourpre sombre de la sienne.

Contaminer sa pureté. Y laisser son empreinte.

Comme à chaque fois qu'il imaginait la scène, la jeune femme avait le visage de Tessa, mais, en cet instant, son corps se para des souvenirs de celui de

Hayley, de son odeur, du goût persistant de sa peau diaphane.

Et il accéléra les coups de reins, jusqu'à épuiser les dernières forces qui lui restaient, jusqu'à une jouissance commune, qui acheva de les unifier.

Au-dehors, les premières clameurs de la foule se firent entendre. Tommy se rendit sur le balcon main dans la main avec la princesse et les vit tous regroupés en bas : son peuple qui l'acclamait, l'âme vive d'un royaume qui à présent était sien et qu'il allait devoir reconstruire.

Pierre après pierre.

Et parmi eux, hurlant à l'unisson son prénom, se tenait sa future armée, celle qu'il mènerait à la dernière bataille, dans l'antre de son véritable ennemi.

Bientôt, ce serait à son tour de goûter à l'acier de sa lame.

Il l'éventrerait comme le dragon.

Et alors, plus rien ne viendrait entraver son rayonnement.

HAYLEY

– Donne-moi ce que je suis venue chercher et je m'en vais, ordonna Hayley à Rudy Fowler, vautré face à elle dans son canapé.

Âgé d'une vingtaine d'années, Rudy était leur principal revendeur de cocaïne, à Lindsay et à elle. Mais cette fois, ce n'était pas pour de la poudre blanche qu'elle l'avait rejoint dans son appartement d'Eastborough.

Tout en écartant les jambes, Rudy esquissa un sourire en la détaillant de haut en bas. Puis il soupira, sortit un petit revolver argenté d'un sac de voyage et le posa sur la table.

– Tu ne vas pas buter ton mec avec, rassure-moi.

– Je ne pense pas que ça te concerne, Rudy.

– À partir du moment où je te rends ce putain de service, alors oui, ça me concerne un peu !

– C'est juste pour me protéger, ne sois pas idiot.

– Je ne savais pas que tu savais manier les armes.

– Je n'ai pas dit ça. Mais j'apprends vite.

– Tu es sûre que tu ne veux pas rester ? Ma copine est partie pour la journée. On a tout notre temps pour mieux apprendre à se connaître…

– Non, ça ira, merci, fit Hayley en lui tendant la somme convenue et en rangeant l'arme dans son sac à main.

Ce regard sur elle, collant comme de la glu.

– Comme tu veux, dit-il d'un air blasé. Surtout, ne me fais pas regretter le service que je te rends.

Sans lui répondre, Hayley sortit de chez lui en hâte, prise d'une légère nausée en descendant les escaliers, puis elle monta dans la voiture de Graham et se rendit dans le centre-ville, où elle la laissa devant une laverie, en mettant les clefs bien en évidence sur le tableau de bord. Le premier qui les remarquerait pourrait en faire ce qu'il voulait, ce n'était plus son problème.

Hayley pressa le pas en refermant sa veste en daim à cause d'un vent frais qui s'engouffrait dans la rue. Maintenant plus rien ne la reliait à eux. Graham ne retrouverait sûrement jamais sa voiture, mais elle n'en éprouva aucun remords.

Même si ce n'était pas lui qui avait brûlé la sienne, même si, sans lui, elle serait encore enfermée dans cette cave.

Peut-être déjà morte.

Mais elle n'avait plus à faire ce genre de distinction.

Tous dans le même sac.

De retour chez elle, elle brancha l'alarme et s'affala sur le canapé du salon. Son père était parti dîner chez son patron, qui vivait dans un loft sur Sherwood Street. Il avait proposé à Hayley d'annuler, mais elle lui avait fait comprendre qu'elle préférait rester seule. Afin de le rassurer, elle lui avait dit qu'elle regarderait un film à la télévision, puis se coucherait tôt pour reprendre ses entraînements dès le lendemain matin.

Un demi-mensonge. Juste ce qu'il voulait entendre.

Hayley sortit un sachet de coke de sa poche, traça quelques lignes et les sniffa en fermant les yeux, attendant patiemment que la drogue agisse. C'était, en y repensant, la première fois qu'elle en prenait seule.

Maintenant il n'y avait plus qu'à espérer que la journée finisse plus vite qu'elle n'avait commencé.

Ce matin, Hayley s'était réveillée aux alentours de 9 heures, surprise d'avoir dormi d'une traite. Elle s'était levée avec un furieux mal de tête et s'était rendue dans la chambre de Lindsay, qu'elle avait trouvée endormie, enlacée à Michael. Voilà pourquoi elle n'avait pas daigné venir la voir une seule fois. Pour cet imbécile, elle avait laissé tomber sa meilleure amie, alors qu'elles avaient prévu de passer la soirée ensemble. Passablement énervée, Hayley s'était précipitée dans le salon pour appeler son père, afin qu'il vienne la chercher le plus vite possible.

Lindsay l'écœurait à force de coucher avec le premier venu.

Elle au moins, Tommy n'aurait pas eu besoin de la violer.

Hayley s'en voulut d'avoir de telles pensées, mais, après tout, Lindsay aurait dû se rendre compte qu'elle n'allait pas bien. À quoi servait-elle sinon ?

Lindsay était parfois tellement égoïste. Si elle avait su voir sa détresse, si elle lui avait ne serait-ce que demandé ce qu'il n'allait pas, Hayley lui aurait tout dit, se serait déchargée sans regrets de ce poids.

Mais elle avait préféré inviter d'autres personnes à les rejoindre.

Les vrais amis ne faisaient pas cela.

Après avoir bu un café dans un Starbucks, son père et elle s'étaient rendus au commissariat central, situé à trois rues de là. Ils avaient attendu une vingtaine de minutes, pendant lesquelles Hayley n'avait cessé de s'angoisser à l'idée que Norma l'ait déjà dénoncée pour ce qu'elle avait fait à Cindy, et de se jeter ainsi dans la gueule du loup.

Face à un des inspecteurs, elle avait dû raconter la même histoire qu'à son père, prenant garde à rester fidèle à ce qu'elle lui avait dit. Elle avait également été bien obligée de leur fournir des renseignements sur l'endroit où on l'avait enlevée, avait décrit une petite maison au bord d'une route, puis l'homme en lui-même, et s'était pour cela servie des souvenirs qu'elle conservait de celui avec lequel elle n'avait pas voulu monter, juste avant de rencontrer Norma. Et pendant tout ce temps, elle n'avait pas pu s'empêcher de repenser à Tommy, effrayée à l'idée que les images qui avaient à nouveau défilé dans sa tête la trahissent et lui fassent dire, sans qu'elle s'en rende compte, quelque chose qu'elle devait s'obstiner à cacher.

L'inspecteur lui avait ensuite montré des photos de délinquants sexuels de la région. Elle les avait regardés un par un, tous ces hommes qui avaient fait subir à d'autres femmes ce que Tommy lui avait fait subir à elle, éparpillés dans la nature et prêts à frapper à nouveau. Elle avait même failli en désigner un au hasard, juste pour que quelqu'un paye. Mais elle avait fini par dire qu'elle ne reconnaissait personne.

Sur le chemin du retour, son père lui avait demandé de lui promettre de prendre rendez-vous avec un psychologue. Elle le lui avait promis les yeux dans les yeux, alors qu'elle savait qu'elle n'en ferait rien.

Dans sa chambre, Hayley mit de la musique sur sa chaîne hi-fi, puis tira les rideaux de la fenêtre, s'assit sur son lit, et alluma son ordinateur, pour la première fois depuis qu'elle était rentrée. Elle vérifia d'abord ses mails, puis lut sur Facebook les messages qu'elle avait reçus pendant son absence, ce que certains avaient marqué sur son mur, des invitations à des événements, des quiz divers qu'elle supprima aussitôt. Alicia Delwins, une ancienne camarade de lycée, l'avait taguée sur une photo prise à la soirée chez Lindsay. Hayley regarda le reste de l'album et vit des clichés où figurait Neil, et parfois Sydney.

Neil avait gardé la même image de profil, où il faisait de la planche à voile à Tampa. Hayley fit défiler les photos qu'il avait ajoutées depuis son départ, la plupart avec ses amis Dennis et Don. Sur l'une d'elles, il était debout contre une barrière, un verre à la main, l'air pensif.

Si beau. Une beauté qui avant appartenait à Hayley.

Elle entendit alors le petit son lui indiquant qu'on venait de lui envoyer un message. C'était Neil. Son cœur s'emballa et elle ferma sa page sans le lire.

Elle reprit rapidement ses esprits et se rendit sur un site d'informations régionales.

Et, à force de chercher, elle trouva.

Un article d'une vingtaine de lignes, écrit par une certaine Linda Laguerty, qui parlait d'un drame survenu dans une famille sans histoires des environs d'Emporia, Kansas, et où une fillette avait été sauvagement agressée chez elle, par un ou plusieurs inconnus toujours en fuite.

La petite fille avait été emmenée aux urgences de l'hôpital général d'Emporia. Ses jours n'étaient plus en danger. Sa mère avait pour l'instant refusé toute interview.

Hayley en fut soulagée. Norma n'avait donc rien dit.

Un ou plusieurs inconnus toujours en fuite.

Norma avait sûrement eu trop peur que tout soit découvert pour parler d'elle, ne sachant que trop bien tout ce qu'elle risquait de perdre.

Cindy était encore vivante. Cette gamine qui, au fond, ne lui avait rien fait.

C'était sa mère qu'elle aurait dû défigurer de la sorte.

Le téléphone sonna dans le couloir. C'était peut-être Neil, vexé qu'elle ne lui ait pas répondu sur Facebook.

Hayley se borna malgré tout à ne pas aller décrocher. Elle l'appellerait quand elle le déciderait *elle*.

Au lieu de cela, elle alla se brosser les dents, renonçant, comme elle l'avait d'abord prévu, à ausculter les bleus qui continuaient à marbrer sa peau.

La porte d'entrée claqua. Des pas se firent entendre dans les escaliers, qu'elle reconnut comme étant ceux de son père.

Il frappa trois coups à sa porte. Tout en se jetant sur son lit, elle l'autorisa à entrer.

– Ça va, ma chérie ? demanda-t-il, l'air fatigué.

– Oui, papa, je me préparais à me coucher.

– Je pars tôt demain, grosse journée, mais on dîne ensemble, O.K. ?

– D'accord.

– Tu aimerais manger quelque chose de spécial ? C'est moi qui cuisine.

– Ce que tu veux, ça m'ira très bien.

– Parfait, bonne nuit alors, dit-il en retournant dans le couloir.

Hayley éteignit la lumière, prise par l'envie de courir vers lui et le serrer fort, afin de le remercier pour tout ce qu'il faisait pour elle, pour cette présence sans laquelle elle serait définitivement perdue.

Mais sa honte de lui avoir autant menti la cloua sur son lit.

Hayley sortit le revolver de son sac à main et le glissa sous son oreiller. Quand elle retourna sur Facebook, elle vit que Neil avait posté une vidéo sur son mur, un clip de Lana Del Rey, *Video Games*.

Émue, Hayley le visionna en ne pouvant s'empêcher d'entendre son ex-petit ami en chantonner les paroles tout près d'elle. Une voix pleine de regrets, implorant son pardon.

Heaven is a place on earth with you... Tell me all the things you wanna do...

Alors qu'elle savait pertinemment que le paradis ne lui serait plus jamais accordé, ni sur Terre ni au Ciel.

TOMMY

Elle était plus âgée qu'il ne l'aurait cru. Assez petite, presque trapue, des cheveux noirs lui descendant aux épaules, un visage aux traits épais mais que les années n'avaient que peu terni. Et ses seins, surtout ses seins, les plus beaux qu'il ait jamais vus, parfaitement mis en valeur par son décolleté spécialement arrangé pour affoler les cœurs imprudents.

Cela faisait une bonne demi-heure qu'elle discutait avec une amie assise face à elle, dans un bar de nuit situé à quelques rues de l'hôtel, cette femme qui occupait la chambre à côté de la sienne et dont il n'avait jusqu'à présent connu que la voix assourdie. Caché dans l'ombre d'un porche, Tommy ne la quittait pas du regard, un peu surpris de se trouver aussi attiré par quelqu'un d'a priori si éloigné de ses critères physiques.

Et pourtant il ne pensait qu'à une chose : l'emmener à son tour sous les draps pour s'aventurer sur les moindres détails de son corps tout en courbes, lui qui les avait patiemment écoutés son dernier client et elle un peu plus tôt dans la soirée, bien assez en tout cas pour comprendre à quel point elle savait s'y prendre avec les hommes.

Au bout de dix minutes, la femme se leva, embrassa son amie, puis sortit du bar et remonta le trottoir en balançant son sac à main d'avant en arrière. S'étant attendu à ce qu'elle retourne directement dans sa chambre, Tommy décida de continuer à la suivre.

D'une démarche chaloupée qui attisa un peu plus le désir du jeune homme, elle se rendit jusqu'à un haut immeuble en pierre de taille, à trois pâtés de maison de là. Tommy attendit un instant, puis y entra à son tour. Une forte odeur de produits d'entretien imprégnait le hall étriqué. Un bruit de talons résonna dans la cage d'escalier. Tommy s'y précipita et, levant la tête, il remarqua sa main, à la pâleur rehaussée par la lumière électrique, glisser sur la rambarde, deux étages plus haut.

Il se plaqua alors contre le mur pour qu'elle ne le remarque pas. Une fois arrivé là où elle s'était visiblement arrêtée, il ouvrit une porte vitrée et se retrouva dans un long couloir, qui donnait accès à une vingtaine d'appartements.

N'ayant aucun moyen de savoir où elle était entrée, il longea le couloir en tendant l'oreille, attentif aux différents bruits qui s'échappaient des cloisons, musiques désynchronisées, voix, sons de télévision…

Qui était-elle venue voir ? Une autre amie ? Un autre client ? Vivait-elle là ? Ne gardant la chambre d'hôtel que pour ses activités sexuelles ?

Au bout du couloir, on voyait une fenêtre rendue opaque par la saleté et qui donnait sur l'escalier de secours. Vérifiant que personne ne se trouvait dans les parages, il l'ouvrit et décida de monter jusqu'au toit.

L'immeuble était haut de huit étages et lui offrait une vue parfaitement dégagée sur toute la ville.

Tommy se jucha sur le rebord et fut pris d'un soudain vertige, causé non pas par le gouffre qui s'étalait sous ses pieds, mais par toutes les lumières, tous les sons, tous les mouvements qui l'entouraient, formant dans son esprit exalté une tapisserie presque vivante.

Il pensa alors à Daryl Greer, à ce qu'il avait dû ressentir en arrivant à San Francisco après des mois de cavale, au seuil d'une vie qu'il n'aurait jamais pu imaginer dans cet endroit perdu au milieu de nulle part. Emporia, Kansas, là où Daryl avait passé son enfance, puis son adolescence, là où lui-même, Tommy Hewitt, avait vécu à son tour, à une trentaine d'années de distance.

Derrière une des fenêtres de l'immeuble d'en face, une femme au corps musclé faisait du vélo d'appartement, un casque de musique sur la tête. Tommy imagina la rejoindre à pas de loup pour s'occuper d'elle de la même façon que Hayley, mais plus longuement, avec cette fois l'espace d'une nuit entière pour déchaîner toute sa passion.

La tête pleine de promesses, Tommy redescendit dans la rue par l'escalier principal et, une fois à l'extérieur, il hâta le pas jusqu'à déboucher sur une grande artère remplie de bars et de restaurants, long corridor nimbé de lumières fiévreuses. Il se commanda un bagel au pastrami dans une échoppe à la devanture d'un rouge délavé et l'engloutit en continuant à avancer sur le trottoir, observant du coin de l'œil les passants qui marchaient autour de lui.

Il s'arrêta devant une épicerie de quartier, située à l'angle d'une rue faiblement éclairée. Il entra et passa devant le gérant, un Asiatique d'une cinquantaine d'années, occupé à faire des mots croisés derrière son comptoir. Il n'y avait personne d'autre à l'intérieur, et Tommy se rendit directement au rayon des alcools. Il savait que s'il arrivait devant le gérant avec une bouteille, il lui demanderait inévitablement sa pièce d'identité, et il n'avait pas envie d'attendre dehors pour demander à un adulte d'en acheter une pour lui. La dernière fois qu'il l'avait fait, il était tombé sur un imbécile qui avait passé dix minutes à le sermonner. Voilà à quoi cela servait d'être honnête. Tommy caressait du doigt une bouteille de Wild Turkey quand un homme en T-shirt blanc entra et prit un gros paquet de céréales et une brique de jus d'orange. Tommy sentit son cœur battre la chamade. Après tout ce qu'il avait vécu ces derniers jours, il avait peur à l'idée de voler une simple bouteille de whisky, alors qu'il le faisait depuis des mois et ne s'était jamais fait prendre.

Le client s'avança vers la caisse et Tommy, sans plus réfléchir, attrapa la bouteille et la plongea dans son sac à dos.

Il resta un instant à regarder le rayon de haut en bas, comme s'il ne trouvait pas ce qu'il cherchait, et, se retournant, il remarqua une caméra fixée au plafond, braquée sur lui, son voyant rouge allumé. Tommy frissonna. Il n'avait même pas pensé à vérifier que le magasin n'était pas sous vidéosurveillance. La première chose que Dylan lui avait apprise.

Le gérant gardait le regard baissé sur sa feuille de journal. Peut-être l'avait-il déjà vu sur un écran de contrôle caché sous le comptoir, et attendait-il qu'il passe devant lui pour le retenir avec une arme. Ou alors il avait déjà appelé les flics, et ils lui sauteraient dessus dès qu'il mettrait les pieds dehors. Ils l'emmèneraient au poste, l'interrogeraient et prendraient ses empreintes, et il ne leur faudrait pas longtemps pour apprendre qu'il était recherché par leurs collègues d'Emporia.

Mais ils n'auraient pas pu faire aussi vite. Il fallait qu'il sorte. Le plus rapidement possible.

Les jambes flageolantes, il marcha vers la sortie, n'osant pas regarder l'Asiatique, dont il entendait distinctement la respiration. Rauque et saccadée, la respiration d'un malade.

Une femme entra à son tour dans l'épicerie et Tommy en profita pour se précipiter à l'extérieur et courir le plus vite possible, sans oser se retourner pour vérifier si quelqu'un le poursuivait.

Il ne s'arrêta que quatre cents mètres plus loin, et s'assit sur les marches d'un immeuble afin de reprendre son souffle.

Une fenêtre était ouverte sur sa gauche, encadrée de rideaux rouges. On y entendait une femme qui chantait. Une voix, belle et fragile à la fois, s'en échappait.

Tommy but une gorgée de whisky, qui lui fit un bien fou. Puis, son calme retrouvé, il continua à marcher et prit la première rue sur sa droite.

De la musique, entraînante et syncopée, se fit entendre un peu plus loin. Des garçons et des filles dansaient dans un appartement situé au-dessus d'une rangée d'arbres, leurs corps mouchetés de lumières stroboscopiques au sein d'une pénombre bleutée. Tommy s'imagina d'abord les rejoindre en catimini, mais comprit rapidement qu'il n'en aurait pas le courage. Même à Emporia, il ne s'était jamais hasardé dans ce genre de soirée, sachant au fond de lui qu'il n'y serait pas le bienvenu, que c'était bien pour cela qu'il n'y était jamais invité. L'été précédent, Graham avait réussi à le convaincre de l'accompagner à l'anniversaire d'un de ses camarades de classe, dans sa maison à la périphérie d'Emporia. Finalement heureux de s'y rendre, Tommy avait mis une heure à se préparer dans sa salle de bains, pour, une fois assis dans la voiture de Graham, se désister en prétextant des maux de ventre, trop anxieux de tous les regards qui se braqueraient sur lui, ne voulant surtout pas faire honte à son grand frère en public.

Pourtant personne ne le connaissait dans cette ville. Il pourrait plus facilement se fondre dans la foule, jouer à être quelqu'un d'autre. Tenter de parler. Tenter de charmer.

Mais cette vieille trouille, bien tapie en lui, toujours aussi hargneuse…

Tommy continua sa route en sentant le poids de la bouteille d'alcool dans son dos, promesse de doux moments d'oubli. Il déboucha sur un carrefour qu'il traversa pour atteindre une ruelle éclairée par les néons d'une boîte de nuit. Quand il passa près de lui, le videur, un grand type bronzé portant un Perfecto en cuir rouge, le regarda d'un air méchant. Tommy se retint de lui fracasser la bouteille sur le crâne.

On entendait des applaudissements télévisés. Cela sentait le chou cuit. Tout en avançant sous la voûte étoilée, il observa les murs sales recouverts de graffitis qui se gonflaient et se dégonflaient sous son ivresse naissante, jusqu'à remarquer une silhouette se détacher de l'obscurité un peu plus loin, un homme immobile et vêtu de sombre, son visage étrangement pâle se découpant de plus en plus nettement.

Mais ce ne pouvait pas être lui. Il ne pouvait pas l'avoir retrouvé aussi vite ! Ne le quittant pas des yeux, Tommy fit malgré tout quelques pas en avant, serrant à présent la bouteille dans sa main, mais plus il se rapprochait, et plus la silhouette se diluait dans l'ombre, jusqu'à y disparaître complètement, et ne plus laisser qu'un pan de mur vide.

Aux applaudissements succédèrent des rires enregistrés. Surplombant une rangée de poubelles, un dessin fait à la craie représentait un clown énorme, la bouche grande ouverte. Ses yeux brillaient sous le lampadaire comme s'ils avaient été enduits de graisse.

De retour dans sa chambre d'hôtel, Tommy se jeta sur le lit en se promettant qu'il se rendrait vite dans un cybercafé pour envoyer un mail à Dylan. Il lui proposerait de le retrouver dès qu'il le pourrait, et les choses sérieuses commenceraient.

Une fois qu'ils auraient un peu bu, il lui dirait alors tout ce qui lui était arrivé ces derniers jours. Il avait déjà hâte de voir sa tête. Il était sûr que, passé la stupeur, toute cette histoire l'amuserait.

Et qu'au bout du compte, il l'envierait.

Tommy se branla en pensant à Tessa, puis il se cala plus confortablement dans le lit et finit par s'assoupir.

Il monta l'escalier de sa maison. La nuit était tombée. On entendait du rez-de-chaussée le tic-tac de l'horloge et, du dehors, le vent qui léchait les vitres. Faisant attention à ne pas faire de bruit, il se dirigea d'abord vers la chambre de Cindy, qui dormait emmitouflée dans sa couette fleurie, puis il alla dans celle de Graham, dont il n'aperçut que le dos nu, luisant de sueur comme s'il venait de faire du sport.

L'horloge annonça minuit. Sa mère aussi dormait paisiblement. Il s'approcha du lit et observa ses traits éclairés par les filets lunaires.

Un miroir était accroché au mur. Dans son reflet, il vit ce visage encerclé d'ombre, pâle et longiligne, un visage qui n'était pas le sien. Et quand, de stupeur, il ouvrit la bouche, scintillèrent en rafale ses dents acérées.

Et, dans son regard perfide, s'embrasa le doux éclat du désir de tuer.

Tommy hurla en manquant de tomber du lit, et marcha de long en large dans la chambre, le temps de reprendre ses esprits.

Ce n'était qu'un rêve. La seule façon, dorénavant, qu'avait l'ogre de l'atteindre.

Sa famille n'était pas en danger. Ce n'était pas eux qu'il voulait.

Enfin à l'abri, il ne devait pas tomber dans le piège.

Il respira un grand coup, tellement rassuré d'être si loin de sa maison, d'avoir pris cette décision.

C'est alors que la porte de la chambre d'à côté claqua.

C'était elle, elle était revenue.

Tommy tendit l'oreille. Elle avait l'air seule. C'était le moment où jamais. Il rajusta sa chemise devant la glace et tenta de se recoiffer du mieux qu'il le put. Dans son sac à dos, il attrapa trois billets de cent dollars. Il ne connaissait pas ses tarifs, mais espérait que cela serait suffisant pour tout ce qu'il avait en tête.

Puis il sortit dans le couloir et, fébrile, alla taper à sa porte.

Rester avec elle, ne pas dormir seul.

Elle ouvrit presque aussitôt, enrobée d'un parfum musqué. Visiblement un peu saoule, elle le regarda sans un mot, comme surprise de trouver un jeune homme devant sa porte à cette heure. Elle louchait un peu. Un de ses yeux semblait plus clair que l'autre.

– Je t'ai déjà vu, non ? demanda-t-elle d'une voix enrouée. Tu n'es pas le gamin de la chambre d'à côté ?

– Oui, balbutia Tommy, c'est ça.

– Et tu as besoin de quelque chose ?

Ses joues s'empourprant, le jeune homme lui tendit les billets.

– Ah, je vois, dit-elle en riant. Malheureusement pour toi ma journée est finie. Il faudra revenir une autre fois, là je suis claquée.

Tommy, ne s'étant pas attendu à un rejet, se sentit d'un coup bête à en mourir.

– Tu vas rester longtemps sur le pas de ma porte ? Il y a plein de filles en bas, elles seront ravies de se remplir le soutif avec ton argent de poche !

– C'est vous que je veux, pas les autres filles, osa Tommy en baissant les yeux.

– Tiens donc, et qu'est-ce que j'ai de plus que les autres ?

– Je ne sais pas. C'est comme ça, c'est tout. J'ai trois cents dollars à vous filer, c'est oui ou c'est non ?

– Eh bien ! Tu as carrément cassé ta tirelire pour mes beaux yeux ! Je dois m'en sentir flattée, non ? Allez, entre, tu as de la chance, je suis bien lunée ce soir.

D'un air victorieux, Tommy la suivit dans la chambre, qui paraissait plus vaste que la sienne, meublée comme un petit appartement, de larges tentures indiennes suspendues aux murs.

La femme ferma la fenêtre, puis elle rangea les billets dans sa poche, s'agenouilla face à lui et déboutonna son jean.

Et, sans un mot, elle saisit son sexe et le prit dans sa bouche.

Sous le coup de la surprise, Tommy n'osa plus faire le moindre geste, le corps constellé de frissons, se concentrant pour ne pas jouir trop vite.

La femme le poussa alors sur le lit tout en retirant son haut, qu'elle balança sur la moquette. La poitrine à présent nue, elle le suça à nouveau, plus lentement, le fixant si intensément que Tommy, gêné, ferma les yeux et se laissa aller en imaginant un instant que c'était Tracey qui s'occupait de lui dans les toilettes du lycée, passé enfin recomposé, puis Tessa, dans sa cabane entourée d'arbres, avec au-dessus d'eux le ciel rouge des champs de bataille.

Déjà trop proche de l'orgasme, Tommy attrapa la femme par les hanches et la fit basculer sur le matelas. Il embrassa alors le haut de son ventre et ses seins, enivré par l'odeur de sa transpiration, pendant qu'elle se penchait pour attraper un préservatif dans le tiroir de sa table de nuit.

Elle le déroula sur son sexe dressé et attira Tommy contre elle pour qu'il la pénètre, maîtresse de ses mouvements de jeune loup en flammes, enveloppante et aimante, le guidant de façon experte vers ce qu'il y avait de plus profond dans sa chair.

Il tint le plus longtemps qu'il le put, s'efforçant de ne pas penser aux hommes qui s'étaient succédé dans cette chambre, faisant de son mieux pour qu'elle-même les oublie tous pour lui. Cela n'avait rien à voir avec Hayley ; cette fois, il était en compagnie d'une vraie femme, dont le corps en entier lui répondait avec ardeur, sa jouissance devenant le seul but qui animait le sien.

Et leurs gémissements se mêlèrent et finirent de les unir.

– Au fait, c'est quoi ton prénom ? demanda Tommy allongé près d'elle, son bras enroulé autour de son cou.

– Julia.

– D'accord. Moi, c'est Tommy.

– Enchantée, Tommy. Tu as faim ?

– Non, pas spécialement.

– Au cas où, j'ai du poulet et des pancakes dans le frigo près de la fenêtre, c'est pour mes fringales nocturnes.

– Tu vis vraiment ici, dans cette chambre ?

– Pour le moment, oui. C'est plus pratique pour moi.

– Tu viens d'où ?

– De Topeka, Monsieur l'inspecteur. Et toi ? Tu es là pour quoi ?

– C'est compliqué.

– Qu'est-ce qui n'est pas compliqué dans ce monde, hein ?

– Oh, ça, c'est clair ! dit Tommy en éclatant de rire.

– Tu n'es même pas majeur, je me trompe ?

– J'ai dix-sept ans. Ça te dérange ?

– Non, mais je voulais dire, tes parents te laissent vadrouiller comme ça ?

– Je ne leur ai pas demandé leur avis.

– Je vois. Bon, par contre je n'ai plus rien à boire, et la flemme de me rhabiller pour aller à l'épicerie…

– Moi j'ai une bouteille de whisky dans ma chambre, si tu veux.

– Si tu me prends par les sentiments…

– J'y vais alors ! fit Tommy en bondissant du lit et en se dirigeant vers la porte. Et c'est du bon, je te préviens !

– Comme ça ? À poil ?
– Ouais ! répondit-il en souriant.

Julia lui fit un clin d'œil et se retourna sur le dos en étirant les bras. Tommy courut vers sa chambre, amusé à l'idée de tomber sur un quelqu'un alors qu'il était dans le plus simple appareil.

Il saisit la bouteille qu'il avait laissée sur la table de nuit et se regarda un instant dans le miroir, son corps irradiant sous la lumière de l'halogène.

Il lui plaisait. Ce n'était pas qu'une question d'argent. Et il allait la rejoindre et passer toute la nuit avec elle.

La joie qu'il éprouvait, il aurait aimé ouvrir la fenêtre et la hurler à la terre entière.

– Tu as une petite copine ? lui demanda Julia.
– Oui, elle s'appelle Tessa.

Et alors cette chaleur aux frontières de son cœur.

– Tu as sa photo ?
– Pourquoi ?
– Je suis curieuse.
– Non, pas ici. Mais elle est très belle.
– Je n'en doutais pas.

Tommy se retourna un peu vers elle, et, à nouveau excité par ses seins, il en lécha un du bout de la langue, puis plus franchement, pressant l'autre dans sa main.

– Tu peux encore y aller si tu veux, murmura Julia à son oreille. Avec ce que tu m'as donné, je suis à toi pour une bonne partie de la nuit.

Sans perdre de temps, Tommy se plaqua contre elle et recommença à la pénétrer. Mais cette fois en maintenant ses bras sur le matelas pour lui montrer qu'il menait la danse, cette fois la réduisant à l'état d'objet de chair, avec l'envie subite de la frapper, de serrer son cou jusqu'à ce que son visage rougisse, de lui faire mal, mal, mal.

Pour ensuite se nourrir de toute la vie qui crépitait sous sa peau.

Mais il n'en fit rien, bridé par son bonheur, se contentant d'accélérer ses coups de reins, son regard aimanté par le sien, y cherchant le moindre signe de plaisir.

– Tiens, file-moi le paquet de clopes à côté de toi, lui dit Julia en essuyant le sperme collé à son ventre avec un mouchoir.

Tommy le lui tendit et en prit une à son tour. Julia alluma la sienne en l'observant, le sourire aux lèvres.

– Qu'est ce qu'il y a ?

– Rien, je te trouve mignon.

– C'est vrai ?

– Je n'ai pas l'habitude de dire ce que je ne pense pas.

– D'accord. Moi je n'ai pas l'habitude qu'on me le dise.

– Ta petite amie ne te le dit pas ?

– Pas vraiment, non, répondit Tommy en repensant au sourire de Tessa à l'épicerie Holmes.

Une sirène de police se fit entendre dans la rue. Tommy n'y prêta pas la moindre attention. Ils pourraient courir dans le couloir en frappant les portes de leurs bottes, ils ne lui feraient plus peur.

– Tu n'es pas comme les autres filles, dit-il en pressant ses cuisses contre celles de Julia.

– Elles sont comment les autres filles ?

– Je ne sais pas. Je ne peux pas l'expliquer. Et tu fais le trottoir depuis longtemps ?

– Techniquement je ne fais pas le trottoir, jeune homme… Mais ça fait un an environ. J'ai terriblement besoin d'argent, c'est la façon la plus simple et la plus rapide que j'ai pu trouver.

– Je peux te demander ton âge ?

– Trente-sept ans. Ça te semble vieux ?

– Non, enfin ma mère en a presque quarante, alors…

– Ce n'est pas le genre de choses à dire à la femme avec qui tu viens de baiser, tu sais ?

– Oui, pardon, s'excusa-t-il en riant. Et tu as des enfants, toi ?

– Une fille. Elle a neuf ans et vit à Topeka avec son père. C'est pour elle que je fais tout ça. Je vais entamer une action pour obtenir la garde conjointe, mais avant, il faut que je trouve assez d'argent pour me louer un appartement là-bas. Ensuite, je devrai me trouver un boulot bien chiant pour prouver que je peux m'occuper d'elle.

– Tu penses que ça marchera ?

– Aucune idée, mais ça ne m'empêchera pas d'aller jusqu'au bout. Bon, on passe à autre chose, d'accord ?

– D'accord, fit Tommy en l'embrassant sur le front, geste qui parut la surprendre, et auquel elle répondit par une caresse sur sa joue.

La lumière éteinte, ils parlèrent de tout et de rien pendant plus de deux heures, les néons du bar situé face à l'hôtel recouvrant par intermittence leurs deux corps de lueurs indigo.

Fatigué par cette journée, Tommy s'assoupit peu à peu, bercé par la voix rauque de Julia, la tête bien calée contre sa poitrine.

Et, pour la première fois depuis plus dix ans, il dormit cette nuit-là sans faire le moindre cauchemar.

NORMA

Elle n'avait quitté sa maison que pendant six jours, et pourtant une fine pellicule de poussière s'était déjà déposée sur la moindre surface du salon, opacifiant légèrement les miroirs et les vitres, sans parler de cette odeur tenace qu'elle avait du mal à définir, et qui lui fit penser aux eaux stagnantes d'une mare.

Norma ouvrit en grand les fenêtres pour aérer. Même si toutes les traces de sang avaient été nettoyées, quelque chose subsistait, une aura délétère que l'air fleuri du dehors ne parvenait pas à atténuer. Heureusement qu'elle avait eu la présence d'esprit de conduire directement Cindy dans sa chambre, elle qui à présent se reposait enfin dans son propre lit.

Peut-être devrait-elle changer les meubles de place et repeindre par-dessus ce jaune délavé, afin de créer une nouvelle atmosphère, et l'empêcher ainsi de revivre ce drame chaque fois qu'elle entrerait dans le salon.

Comment une petite fille si sensible pourrait-elle continuer à vivre dans l'endroit où elle avait été défigurée ?

De nombreux bouquets de fleurs avaient été laissés sur le perron pendant leur absence, ainsi que plusieurs peluches et poupées, toutes plus laides et bon marché les unes que les autres. Cindy avait voulu en attraper une en passant, mais Norma le lui avait fermement défendu. Elle refusait de faire entrer chez eux tous ces symboles de la pitié des autres.

Dorénavant, il faudrait qu'elle pense à fermer le portail à clef, afin d'interdire à tout intrus de pénétrer à nouveau chez elle.

Sans tarder, Norma se rendit à l'extérieur et jeta tout ce qui lui passait sous la main dans un grand sac-poubelle. Cindy n'avait besoin d'aucune de ces choses, elle n'avait besoin que d'elle, de Graham, de Tommy, de vivre le plus sereinement possible ce qui lui restait d'enfance dans cette maison bientôt assainie.

Deux jours après son admission, elle lui avait expliqué calmement tout ce qui s'était passé et pourquoi elle devait rester à l'hôpital. Une psychologue était aussi restée un long moment à ses côtés, et son premier diagnostic s'était avéré assez encourageant. À nouveau seule avec sa fille, Norma lui avait promis qu'à présent elle n'aurait plus rien à craindre, qu'elle serait là pour la protéger, tout en étant bien consciente que pour elle le plus dur serait à venir.

Accepter d'abord son reflet, puis le regard des autres.

Son visage avait un peu dégonflé. Maintenant elle pouvait mieux ouvrir son œil droit. Son œil gauche, lui, restait à moitié fermé, ne laissant apparaître qu'une matière gélatineuse qui donnait encore des frissons à Norma. Comme le médecin le lui avait annoncé, une légère paralysie avait affecté tout un côté de son visage. Le kinésithérapeute avec qui elle avait pris rendez-vous viendrait dès le lendemain pour commencer la rééducation. Tout cela n'était que transitoire. Un jour les cicatrices s'estomperaient. Ses dents de lait brisées tomberaient pour laisser place à ses dents définitives et des prothèses pourraient remplacer les autres. Bientôt, on pourrait aussi lui mettre une prothèse à l'œil. Norma avait fait des recherches sur Internet, le résultat obtenu était troublant, sans compter que les médecins avaient pu sauver les muscles qui lui permettraient de le faire bouger comme un œil normal.

Oui, ce ne serait qu'une question de temps. Elle devait se raccrocher à cette certitude.

Et même si elle ne pouvait s'empêcher de sentir que quelque chose de plus profond s'était cassé en même temps que son visage, quelque chose qui, malgré tous ses efforts, ne pourrait jamais être complètement réparé.

Durant ces derniers jours, de nombreux journalistes avaient tenté de l'interroger de façon plus ou moins insistante, propositions qu'elle avait à chaque fois refusées.

Qu'aucun d'entre eux ne puisse photographier Cindy à son insu était devenu une obsession.

Afin de se protéger, elle n'avait rien lu des articles parus dans la presse, n'avait rien vu des reportages diffusés sur des chaînes régionales ou sur internet, n'avait même plus prêté attention à tous les textos, tous les appels, tous les mails reçus, signes amers de ce monde extérieur qui ne se réveillait que pour contempler la douleur de Norma Hewitt.

Herbert était venu la voir plusieurs fois à l'hôpital, désolé que l'enquête n'avance pas autant qu'il l'aurait souhaité. Il avait tenté d'interroger Cindy, mais sans succès, la petite fille étant incapable de se souvenir de son agresseur. Une habitante des environs avait été violentée chez elle, peu de temps après, par deux hommes qui l'avaient frappée avec des battes de base-ball, avant de lui voler tous ses bijoux. C'était, selon lui, la piste la plus solide, et qui par chance les éloignait un peu plus de la réalité.

Le mot qu'elle avait laissé à Tommy quand elle était passée en coup de vent pour prendre quelques affaires était toujours posé sur la table de la cuisine. La première chose qu'elle avait faite après avoir couché Cindy avait été de monter dans sa chambre en espérant y voir des traces d'un récent passage. Mais rien n'avait bougé. Il n'était pas revenu pendant son absence.

Et elle devait, dès à présent, se faire à l'idée qu'il pourrait ne jamais revenir.

Graham avait cherché partout Tommy, sans le moindre résultat. En début de semaine, Norma s'était même rendue chez Dylan en sortant de l'hôpital, dans cette maison lugubre où il vivait avec ses parents à la périphérie de la ville, mais celui-ci lui avait expliqué ne pas avoir de nouvelles de lui depuis son retour de vacances. Tommy n'avait, du moins à sa connaissance, aucun autre ami que lui. Quoi qu'elle fasse, elle se retrouvait invariablement dans une impasse, continuant à se torturer l'esprit pour savoir où il pouvait bien se cacher, et dans quel état.

Mais, si quelque chose de grave lui était arrivé, elle aurait été la première à être mise au courant.

Elle n'avait remarqué que tardivement qu'il avait pris toutes ses économies, ce qui l'avait un instant rassurée, même s'il ne pourrait pas compter indéfiniment sur cet argent. D'un certain côté, elle devait admettre qu'il paraissait se débrouiller bien mieux qu'elle n'aurait pu le penser, surtout dans les terribles conditions qui l'avaient forcé à s'enfuir.

Elle savait mieux que personne quelles forces on pouvait puiser en soi face à l'adversité.

Norma avait plus d'une fois failli craquer et demander à Herbert de lancer un avis de recherche. Mais elle savait qu'elle ne pouvait pas l'impliquer alors qu'il soupçonnait déjà Tommy d'avoir agressé cet homme à Emporia, pas alors que, selon ce que lui avait dit Graham, il le suspectait aussi pour ce qui était arrivé à Cindy. S'il lui mettait la main dessus avant elle, il serait à même de l'interroger à sa façon, et qui pouvait savoir comment se comporterait Tommy…

Non. Elle devait garder confiance. Et surtout faire confiance à son fils pour ne pas emprunter de voie sans retour, elle qui, dans les moments les plus durs, en venait parfois à se convaincre que tout serait plus simple s'il disparaissait de sa vie, s'en voulant aussitôt d'avoir pensé une telle horreur, indigne de n'importe quelle mère de ce monde.

Pourtant, il lui demeurait impossible d'imaginer comment elle réagirait quand il reviendrait ; s'il serait en son pouvoir de l'aider autant qu'il en aurait besoin ; si ses gestes, son regard, son attitude envers lui seraient les mêmes qu'auparavant.

Et aussi, et c'était cela le plus effrayant, jusqu'à quel point lui-même aurait changé.

Heureusement, Graham serait à ses côtés pour l'épauler. Il l'aiderait à se délester un peu de ce poids et apporterait à son petit frère ce qu'elle-même serait incapable de lui apporter. Ils se compléteraient.

Comme elle le lui avait demandé, Graham avait dormi toute la semaine dans l'appartement d'Amber. Il était à présent temps qu'il revienne lui aussi à la maison.

Il lui avait paru si triste ces derniers jours, si abattu. Mais ce n'était qu'une passade. Comme eux tous, il finirait par remonter la pente.

Norma rinça son verre, puis décida d'aller arroser les fleurs plantées le long de la façade, pressée de reprendre ses habitudes pour qu'à leur tour ses enfants puissent faire de même.

Le lendemain elle irait faire un plein de courses au Walmart pour ne plus avoir à ressortir avant plusieurs jours. Puis, si Cindy se sentait d'attaque, et qu'elle trouvait un produit efficace pour protéger ses cicatrices du soleil, elles passeraient le reste de la journée ensemble dans le jardin.

Comme avant.

Retrouver ces plaisirs simples pour chasser l'anormalité.

Le bruit d'un klaxon la sortit de ses pensées. Elle se retourna et vit une voiture s'engager dans l'allée, ses chromes rutilants sous le soleil.

C'était Magda. Norma n'en revenait pas qu'elle vienne chez elle à l'improviste. Mais il était trop tard pour se cacher. Déjà lasse à l'idée de l'écouter jacasser, elle se frotta le front et rejoignit l'allée alors qu'elle se garait près de la grange.

Magda sortit de la voiture en lui faisant un grand signe de la main, vêtue d'une robe d'un rouge criard et portant un chapeau de paille sur la tête.

Elle la prit dans ses bras en la serrant contre sa poitrine, son parfum poivré presque aussi collant que sa peau luisante de sueur.

– Ma chérie, comment vas-tu ? J'ai appris par Louise que Cindy revenait aujourd'hui, et comme je devais aller voir mon père, j'en ai profité pour faire un crochet par chez toi au retour.

– Les nouvelles vont vite à ce que je vois. Pour ne rien te cacher, je viens de rentrer, et j'ai beaucoup de choses à faire…

– Je ne resterai pas trop longtemps, s'exclama Magda en scrutant la façade de la maison. Excuse-moi de ne pas être venue à l'hôpital, mais tu sais à quel point ce genre d'endroit me donne le cafard. Tu m'offres un jus de fruits ? J'ai la gorge toute sèche avec cette canicule.

– Oui, suis-moi, dit Norma en se dirigeant vers l'entrée, consciente qu'elle n'arriverait pas à se débarrasser d'elle aussi facilement.

Quand elles passèrent devant le salon, Magda s'arrêta soudain et enleva ses lunettes de soleil pour regarder à l'intérieur, comme si elle espérait y voir un détail qui subsisterait du drame.

Puis, cachant à peine sa déception, elle suivit Norma dans la cuisine.

– Où se trouve ta petite puce ? demanda-t-elle en s'asseyant sur une chaise légèrement branlante.

– Elle se repose dans sa chambre.

– La pauvre enfant… J'aurais dû te rapporter tous les journaux qui en ont parlé. J'imagine que tu n'as pas eu le temps de les lire. Louise m'a dit que tu avais été approchée pour une émission de télévision, c'est vrai ?

Et elle vit luire alors dans ses yeux une vile gourmandise.

– Oui. Mais je n'ai pas donné suite.

– Vraiment ? Tu y as bien réfléchi ? Même si ce n'est pas Oprah, on ne peut pas refuser une chose pareille ! Et puis ça aiderait peut-être à retrouver ceux qui ont fait ça. La police a de nouvelles pistes ?

– Non, pas que je sache.

– Ce sont des incapables de toute manière. Tu sais que je n'en dors plus de la nuit et que je vérifie dix fois si tout est fermé à clef avant d'aller me coucher ? J'en mourrais si on faisait ça à ma fille. Je ne sais pas comment tu arrives à tenir…

– Je t'avoue que je ne le sais pas moi-même. Mais, en même temps, je n'ai pas le choix.

– Oui, bien sûr, dit Magda en posant sa main sur la sienne. Tiens, d'ailleurs Lydia et Hillary m'ont demandé de tes nouvelles hier. Ça serait bien qu'on se revoie toutes ensemble, comme avant.

– Je n'ai pas vraiment la tête à ça.

– Tu ne vas quand même pas rester enfermée ici à te morfondre ! Il faut que tu voies du monde, que tu te changes les idées !

Avec vous toutes qui me regarderez comme un petit animal en cage, les yeux suintant de compassion, si rassurées de ne pas être moi.

– Je te ferai signe quand je serais prête, promis, dit Norma en sentant sa tête tourner.

– Tu vas bien, tu es sûre ? Tu es toute pâle tout à coup !

– Je suis juste épuisée, Magda, je ne dors presque plus depuis la semaine dernière.

– Heureusement que tes fils sont grands, ils pourront t'aider un peu. Tiens, d'ailleurs je n'ai pas vu Tommy, il est là ? C'est un peu gênant de parler de ça, mais beaucoup de choses se disent en ville. Bien sûr, je sais que ce ne sont que des rumeurs, mais…

– Que veux-tu savoir au juste ?

– Eh bien, si jamais c'était Tommy qui avait fait du mal à Cindy, tu me le dirais, n'est-ce pas ? Tu sais que je suis ton amie et que je peux tout entendre.

– Mon fils n'a rien à voir là-dedans. Je ne comprends même pas que tu puisses imaginer une telle chose ! Tommy a peut-être des défauts, mais il ne ferait jamais de mal à sa petite sœur !

La jeter dehors, trouver les bons mots pour lui faire mal à son tour.

– Ne m'en veux pas, ma chérie, mais avec ce qui s'est passé au lycée, il est normal de s'interroger. Tu sais que ton gamin peut être violent. Et puis un accident est si vite arrivé.

– Écoute, Magda, j'ai dit tout ce que j'avais à dire à la police et ce n'est ni le lieu ni le moment de parler de ça.

– D'accord. Changeons de sujet alors. Mais sache que si tu as besoin de quoi que ce soit, je suis là.

– Je n'oublierai pas. Et Jamie, comment va-t-elle ?

Comme si elle avait patiemment attendu cette question, Magda se mit à frétiller sur sa chaise.

– Très bien ! Elle passe l'après-midi chez sa meilleure amie. Bon, j'hésitais à t'en parler étant donné les circonstances, mais je l'ai emmenée chez un photographe il y a quelques jours. Eh bien, figure-toi qu'un des agents à qui j'ai envoyé les photos veut la voir, on a rendez-vous à Kansas City la semaine prochaine ! C'est un peu grâce à toi que j'ai sauté le pas, je ne te remercierai jamais assez !

– C'est formidable, murmura Norma, prise d'une soudaine nausée.

Comment osait-elle lui dire cela ? Dans sa propre maison ? Avec sa petite fille endormie juste au-dessus d'elles ?

Sale truie perverse.

Consciente de l'avoir touchée en plein cœur, Magda regarda sa montre, le sourire aux lèvres.

– Bon, l'heure tourne, je vais devoir te laisser. On organise un barbecue avec les collègues et je suis déjà en retard. On s'appelle bientôt, d'accord ?

Sans lui répondre, Norma se leva en même temps qu'elle et la raccompagna à sa voiture, qu'elle suivit ensuite à pied le long de l'allée, avant de fermer le portail.

Un chien de garde, voilà ce qu'il lui faudrait. Un molosse qui n'hésiterait pas à se jeter sur le moindre envahisseur.

À commencer par cette femme odieuse, qu'elle se sentait enfin prête à rayer une fois pour toutes de sa vie.

Dans le salon, elle alluma la télévision et regarda la fin d'un documentaire sur Bette Davis, puis le flash info d'une chaîne locale. Afin de se détendre un peu, elle but un verre de vin blanc d'une traite, s'en servit un autre, et sortit à l'arrière de la maison, les effets de l'alcool commençant à envelopper son crâne, y chassant progressivement les tensions.

Seule, sans contraintes ni responsabilités, elle boirait ainsi jusqu'à ne plus tenir debout, pour ensuite sombrer dans le sommeil.

Des engoulevents volèrent au-dessus de sa tête, précurseurs du crépuscule. Tout en fixant l'écran de la télévision à travers la fenêtre ouverte, Norma appela Graham, inquiète de ne pas le voir revenir, et tomba sur son répondeur.

Le lendemain, elle ferait un saut chez Amber pour voir si tout allait bien. Et, s'il le fallait, elle le ramènerait de force.

Norma s'assit sur le rebord de la fenêtre et finit tranquillement son deuxième verre, laissant son esprit divaguer, bercée par le bruit du vent qui effleurait les épis de maïs.

Dans le poste, le présentateur annonça qu'on avait retrouvé le cadavre d'un adolescent dans un cours d'eau, quinze kilomètres plus loin. Norma se liquéfia en s'appuyant au mur, pendant que la journaliste envoyée sur les lieux expliquait que, selon les premiers éléments de l'enquête, le corps gisait vraisemblablement dans l'eau depuis plusieurs jours.

Et ce, sans donner l'identité de la victime.

Mais si c'était Tommy, son téléphone aurait déjà sonné, Herbert l'aurait prévenue.

Son fils nageait comme un poisson, il n'aurait jamais pu se noyer.

Non, ce n'était pas lui, ce ne pouvait pas être lui. Tommy, où qu'il soit, était encore en vie.

Pourtant, Norma éprouva une douleur similaire à celle de ce pauvre gamin aux poumons remplis d'eau, à celle d'Alma Cunningham, bien des années auparavant. Car elle savait que ce n'était peut-être qu'une question de temps avant que le téléphone, cette fois, sonne pour de bon.

De la sueur coulant sur son front, les membres pris de tremblements, elle s'éloigna et atteignit la lisière des champs.

Et elle hurla, hurla toute sa rage, toute sa frustration, sans honte ni contrôle ; un acte presque animal qui, au lieu de la libérer, la cloua un peu plus au sol.

Relevant la tête, elle remarqua alors que Cindy était postée à la fenêtre de sa chambre, sûrement alertée par le bruit.

Mais, avant qu'elle ne pense à lui faire un signe de la main, Norma se rendit compte qu'il y avait quelqu'un d'autre dans la maison, une silhouette sombre qui se tenait à l'étage du dessus, dans la chambre de Tommy, cachée derrière les rideaux à demi tirés.

Et, même à cette distance, elle sut que ce n'était pas son fils. Il était plus grand, plus vieux, le visage blafard. Et ce sourire, qu'elle crut percevoir dans la pénombre…

Un étranger. Un homme qui aurait profité de leur absence pour s'introduire chez eux.

Prise de panique, Norma courut vers la porte de la cuisine, tout en criant à sa fille de rester où elle était, puis elle se précipita au deuxième étage.

Arrivée devant la porte de la chambre de Tommy, elle se figea un instant, bien consciente qu'elle n'avait rien pris pour se défendre.

Et, les mains nues mais prêtes à cogner, elle l'ouvrit en retenant son souffle.

La pièce était surchauffée et sentait le renfermé. Norma se baissa sous le lit, ouvrit l'armoire, vérifia derrière la porte, ne trouva personne.

Ne voulant pas pour autant baisser sa garde, elle fouilla toutes les autres pièces de l'étage, sans résultat, puis elle retourna dans la chambre de son fils et tira les rideaux de la fenêtre.

Qu'est-ce qui avait bien pu créer cette illusion ? se demanda-t-elle en observant l'endroit où elle-même s'était tenue quelques instants plus tôt.

Elle devenait folle. Tous ces drames successifs avaient fini par lui griller une partie du cerveau.

Un bruissement d'ailes la fit sursauter.

C'était un corbeau, un vulgaire corbeau qu'elle suivit du regard jusqu'à ce qu'il en rejoigne d'autres, perchés sur l'arbre le plus proche de la maison. Par leur attitude paisible, ils donnaient l'impression d'attendre quelqu'un sous ce ciel d'été qui continuait de s'assombrir.

Tout comme les jours que son existence lui réservait.

TOMMY

« Je détesterais penser à lui alors que la monstruosité grise, difforme, cassante, ne cesse de troubler mon sommeil. »

Sous les effets de l'herbe, les mots de l'ermite de Providence se détachèrent de façon plus nette de la page jaunie, pour venir se planter dans son cerveau, telles des banderilles.

Tommy, allongé en caleçon sur son lit, relut la dernière phrase de *La Couleur tombée du ciel* de Lovecraft, en frissonnant. Graham lui avait déjà parlé de cet écrivain deux mois plus tôt. Il avait trouvé par hasard, chez un bouquiniste, ce vieux livre qui regroupait certaines de ses nouvelles, et qu'il avait lu d'une traite, fasciné par l'imagination débordante de cet homme qui ne pouvait qu'être aliéné.

Si seulement il avait eu le même talent pour coucher toute sa haine, toutes ses peurs les plus profondes, sur le papier, les rendre ainsi plus acceptables aux autres…

Il était presque 20 heures. Dylan n'allait plus tarder à le rejoindre. Et ils auraient ensuite toute la soirée pour eux.

Julia était partie toute la journée à Topeka, pour tenter de voir sa fille ainsi qu'une assistante sociale qui l'aiderait dans ses démarches, puis pour visiter quelques appartements en compagnie d'une de ses amies. Elle lui avait néanmoins promis de le retrouver avant qu'ils ne sortent en ville, Dylan et lui. Il avait tellement hâte de la lui présenter et de voir ce qu'il pensait d'elle, elle grâce à qui la semaine était passée à une vitesse folle ; le jour à explorer la ville dans ses moindres recoins, la nuit à dormir dans ses bras.

Plus aucune angoisse. Plus aucune frayeur nocturne. Ce sentiment nouveau d'être à sa place.

Tous deux s'étaient tellement bien trouvés… À sa demande, Julia lui avait longuement parlé d'elle ; de son enfance dans le Nevada ; de ses parents, qui vivaient toujours là-bas et qu'elle ne voyait plus qu'au moment des fêtes de fin d'année ; de ses divers emplois de serveuse, d'esthéticienne, d'ouvreuse de cinéma, de barmaid ; de son rêve de devenir pédiatre ; de ses différents petits amis ; de la musique qu'elle écoutait ; des films qu'elle aimait voir ; de sa passion pour tout ce qui se rapportait au Japon ; de l'homme avec qui elle s'était mariée et qui lui avait donné une fille, Emma, la seule raison qui la poussait à ne pas baisser les bras et à supporter que tant d'hommes la souillent sans remords ni tendresse. Un soir, un peu grisé par l'alcool, Tommy lui avait dit des choses si intimes qu'il n'en avait jamais parlé à personne, pas même à Dylan, et elle avait fait de même, dévoilant un peu plus son cœur sombre en lui expliquant les yeux dans les yeux avoir sérieusement pensé à tuer son mari pour récupérer sa fille, ayant imaginé un plan dans les moindres détails, qui, selon elle, aurait marché à la perfection si elle avait eu le courage de franchir le pas.

Tommy, un peu abasourdi, avait un court laps de temps hésité à lui parler de Hayley, d'Elmer, de celui qui, depuis si longtemps, le tourmentait. Mais tout cela appartenait à un passé qu'il espérait révolu, et qui ne devait plus entacher son présent, encore moins son futur.

Julia l'avait prévenu de ne pas trop s'attacher à elle, mais il n'avait jamais voulu l'écouter, trop occupé à profiter du mieux possible de ces moments où, malgré tout, il était si loin de Tessa, ce phare encerclé de brume.

Julia continuait à voir ses clients en journée. Tommy en était un peu jaloux, même s'il savait que ce qui les liait ne pourrait jamais, lui, être acheté en dollars.

Pas comme un corps pour un temps vidé de son âme, pas comme une parodie de regard concupiscent.

La seule ombre au tableau avait été d'apprendre qu'un inconnu avait agressé sa petite sœur dans leur propre maison. C'était Dylan qui l'avait prévenu par téléphone. Tommy avait dû lutter pour ne pas prendre le premier bus pour Emporia. Mais, en y réfléchissant, il avait vite compris que, là encore, il ne pourrait pas courir le risque de se montrer là-bas.

Il avait depuis lu de nombreux articles sur Internet, soulagé d'apprendre que Cindy était tirée d'affaire et se reposait chez eux.

Personne n'avait été appréhendé, et il s'était parfois juré que, quand le moment viendrait, ce serait lui qui retrouverait le responsable et qu'il le tuerait de ses mains, avant de laisser son cadavre pourrir à l'air libre.

Après tout, il l'avait déjà fait. Il pourrait recommencer. Et alors sa mère lui pardonnerait tout le reste.

Il n'avait même pas pensé proposer à Julia de l'accompagner à Topeka. La seule fois où, de mémoire, il s'y était rendu, c'était avec Dylan, un an et demi plus tôt. Ils étaient partis rendre visite à un ami de son grand frère, Connor, dont les parents lui avaient laissé la maison pour trois semaines, au cœur d'un quartier résidentiel du sud de la ville. Une fois arrivés, ils avaient passé une grande partie de l'après-midi à boire et à fumer dans le salon. Quand Tommy s'était absenté dans le jardin pour prendre l'air, il s'était installé sur une vieille balançoire et, en balayant les alentours du regard, avait rapidement remarqué une fine cheminée cerclée de bleu surplomber les toits au loin, et qui lui avait paru étrangement familière, comme surgie d'un passé indéterminé. Cette vision avait ravivé en lui des souvenirs flous, petites bulles irisées bien trop fragiles pour être attrapées à pleines mains : une rue ensoleillée, des pelouses désertes, l'odeur du cuir des sièges d'une voiture, et cette peur qui vrille le ventre.

Un peu plus tard, perturbé et titubant à cause de l'alcool, il était sorti dans la rue en oubliant de prévenir les autres et avait marché en direction de la cheminée sans la quitter des yeux.

Il avait arpenté le quartier sur plusieurs centaines de mètres, se demandant parfois ce qu'il faisait là, jusqu'à déboucher sur un modeste bâtiment en briques qui paraissait être un centre pour enfants, et sur lequel avait été peinte une fresque représentant un cow-boy monté sur son cheval, un lasso à la main, chassant le bison.

Tommy avait traversé la rue pour rejoindre le trottoir opposé, persuadé, là encore, de connaître cette peinture. Ses couleurs avaient été ternies par le temps, mais elle avait à son tour provoqué en lui une violente impression de déjà-vu. Elle lui avait rappelé un rêve éveillé qu'il avait fait tout jeune, où il était juché sur cette monture, prêt à passer à l'attaque et à attraper la bête par le cou.

Le bâtiment était fermé. Il en avait fait le tour et était passé devant une cour où se trouvaient des toboggans ainsi qu'un bac à sable. Un peu plus loin, une piscine gonflable avait été laissée à l'abandon. Tommy avait continué son chemin, quelque chose en lui le suppliant de ne pas faire un pas de plus, peut-être ce petit garçon qui ne savait que trop bien où la voie menait, tandis que l'adolescent qu'il était devenu l'avait chassée de son esprit.

Au bout d'une petite rue bordée de peupliers, il s'était figé face à une maison construite un peu à l'écart des autres, aux murs recouverts de bardeaux peints en blanc, des dizaines de fleurs mauves plantées sur toute sa longueur.

Et une angoisse stridente l'avait happé quand il avait vu le chiffre 44 doré, collé à la porte. Tommy avait aussitôt fait volte-face, fuyant inconsciemment quelque chose qu'il ne se sentait pas prêt à affronter, avec la sensation que des mains étrangères lui vidaient les entrailles.

Il avait rejoint Dylan comme si de rien n'était et n'en avait parlé à personne, muré tout le reste de la journée dans son incompréhension. Mais cette maison était parfois revenue le hanter dans ses rêves, sa lourde porte fermée sur quelque chose d'indéfinissable mais qui, dans son esprit, n'avait cessé de crisser comme des ongles sur un tableau noir.

La dernière fois qu'ils avaient échangé des mails, son ami lui avait parlé d'une proposition de son grand frère de le rejoindre à une soirée qui promettait d'être mémorable. Dylan n'avait pas voulu en dire plus, ce qui naturellement accentuait la curiosité de Tommy, lui qui, depuis quelque temps déjà, vivait tant de choses qu'il ne pourrait jamais oublier.

Tommy bondit du lit et saisit une chemise et un pantalon noir laissés sur la chaise, un de ceux qu'il avait achetés avec Julia dans un magasin de vêtements du quartier, afin, selon elle, d'être plus présentable quand il se déciderait à chercher un travail sérieux.

Pourquoi croyait-elle autant en lui ? Le connaissait-elle si peu que cela ?

Il serait de toute façon bien obligé de travailler à nouveau. Il ne lui restait plus que mille neuf cents dollars. Il n'irait pas loin avec cette somme dans une ville si pleine de tentations, et à force de côtoyer une femme qui aimait tant les belles robes et les bons restaurants.

Mais il aurait tout le temps d'y penser le lendemain. Pour l'heure, il était bien décidé à se complaire dans un voluptueux oubli.

On frappa à la porte. Tommy alla ouvrir et sauta dans les bras de son seul ami sur terre.

Plus bronzé qu'à l'ordinaire, simplement vêtu d'un T-shirt blanc et d'un bermuda, Dylan le repoussa en pestant et posa un pack de bières sur une table.

– J'ai piqué ça à mon père. Il est déjà tellement beurré qu'il ne s'en rendra même pas compte.

– Parfait, dit Tommy en allumant le poste radio que lui avait prêté Julia.

– Donc, c'est ici que tu crèches ? Plutôt pas mal, je m'attendais à pire…

– Tu as bien fait gaffe ? On ne t'a pas suivi ?

– Tu me prends pour un débutant, ma parole ! Et les flics je les sens à des kilomètres à la ronde, même si je ne sais toujours pas pourquoi ils sont censés te rechercher.

– Je t'ai dit que c'était trop long à expliquer, et surtout au téléphone…

– Eh bien, là je suis en face de toi, non ?

– Tu te crois malin, hein ?

– Depuis que je suis gosse. C'est pour ça que j'ai toujours fait un peu tache chez moi.

– Tu me jures de fermer ta gueule ?

– Promis, juré. Tu veux aussi que je crache sur cette belle moquette ?

– Je ne te raconte pas d'histoires, je suis vraiment dans leur collimateur.

– Bon, accouche !

– J'ai tué un mec.

– Tu as quoi ? Tu te fous de moi ? fit Dylan, les yeux écarquillés.

Il ne s'était sûrement pas attendu à ça.

– Tu ne m'en crois pas capable ?

– Je ne sais pas. Peut-être, ouais. Et tu as tué qui ?

– Un vieux clodo qui traînait devant l'ancien abattoir. Mais c'était de la légitime défense. C'est lui qui s'en est pris à moi en premier. *Ne pas lui parler de l'ogre, pas encore.* Tout s'est passé super vite. Mais c'était lui ou moi, alors je n'ai pas réfléchi.

– Attends, tu parles d'Elmer, c'est bien ça ? C'est dingue ! Je l'ai croisé juste avant de partir en vacances ! Cette poivrasse m'a carrément reluqué pendant que je me baignais à poil dans la rivière ! Tu en as fait quoi ?

– Je l'ai enterré dans un coin. Il ne reluquera plus personne, à mon avis.

– Ah ouais, carrément ! Et donc les flics l'ont découvert ?

– Non, je ne pense pas. Enfin, je ne suis pas sûr.

– Alors pourquoi ils te rechercheraient ?

– Je le sais, c'est tout.

– Et tu es sûr qu'il est bien mort ?

– Ouais, autant que moi je suis vivant.

– Putain, je pars deux semaines en vacances et toi, tu charcutes Elmer ! Et ça fait quoi ? Tu as ressenti quoi ?

– C'était comme dans une sorte de film en accéléré… Mais c'était plutôt cool. Ça n'a rien à voir avec buter les oiseaux avec une carabine, ça, tu peux me croire ! Ce que je viens de te dire, tu ne le répètes à personne, hein ?

– Je dois me couper la main et le jurer avec mon sang ou un truc du genre ?

– Non, ça ira, dit Tommy en riant. Je sais que je peux te faire confiance de toute manière. Bref, on en reparlera demain si tu veux, là je n'ai pas la tête à ça, et Julia va bientôt arriver…

– D'accord. Mais je ne te lâcherai pas avant que tu me racontes tout dans les moindres détails. Tiens, au fait, pendant que j'y pense, ta mère est venue à la maison l'autre jour, pour me demander si j'avais de tes nouvelles. Elle était complètement à l'ouest, mais en même temps ce n'est pas dur à comprendre quand on sait ce qui est arrivé à ta petite sœur.

– Quand je t'ai dit que je ne voulais pas me prendre la tête ce soir, j'étais sérieux, hein.

– O.K., je n'insiste pas. Bon, eh bien, on fait quoi en attendant ?

– On boit tranquille ici, et ensuite on rejoint ton frère. C'est où, la soirée ?

– Il ne m'a pas dit. Il faut qu'il m'envoie l'adresse par SMS. Je sais juste que c'est dans une sorte d'appart chicos du centre-ville.

Dans la rue, une femme en insulta une autre, qui brisa une bouteille contre un mur avant de tituber sur un passage piéton.

– Ça te fait quoi de vivre tout seul sans personne sur le dos ? demanda Dylan en tapotant son ventre. Moi, je suis vert, je suis coincé à la maison tout le reste de l'été. Tu sais que Holmes a engagé quelqu'un d'autre à la boutique ? Un gamin plus jeune que nous et qui ressemble à rien ! Si j'avais su j'aurais postulé là-bas, c'était paisible comme boulot, en tout cas plus que d'être à l'usine avec mon père.

La porte de la chambre de Julia claqua. Tommy finit sa bière et fit signe à Dylan de le suivre.

Il entra dans la pièce sans frapper. Julia se tenait près de la fenêtre, ses cheveux défaits, fumant une cigarette. En se rapprochant, Tommy remarqua que ses yeux étaient un peu rougis et que sa main tremblait.

– Alors c'est toi, le fameux Dylan dont Tommy m'a tant parlé, dit-elle en écrasant son mégot dans un cendrier.

– Le seul et l'unique, fit-il en lui serrant la main. Tout droit sorti du trou du cul du monde.

– Tout a été comme tu voulais à Topeka ? demanda Tommy en l'embrassant sur la joue. Tu as pu voir ta fille ?

– On parlera de ça plus tard. Là je suis vannée. J'ai passé des heures à crapahuter un peu partout. Et toi, tu as passé une bonne journée ?

– Pas mal, ouais. J'ai fini mon livre, faudra que j'en trouve d'autres de ce mec.

– Et vous avez prévu quoi pour vos retrouvailles ?

– On reste un peu là et ensuite on rejoint le frère de Dylan dans le centre, tu viens avec nous ?

– Non. Je vais me coucher tôt, j'ai beaucoup de choses à faire demain. Vous avez mangé ?

– On t'attendait.

– Alors si ça vous dit, je vous invite à dîner. Il y a un italien qui vient d'ouvrir au bout de la rue et j'ai bien envie de l'essayer.

Tommy et Dylan, tous deux affamés, acceptèrent avec joie. Après tout, il n'était que 20 heures, personne ne débarquait à une soirée comme celle où ils allaient aussi tôt. Le temps que Julia se change, ils retournèrent dans l'autre chambre pour finir leurs bières.

Une demi-heure plus tard, ils étaient tous trois assis à la terrasse du restaurant, dans une cour aménagée entre de hauts immeubles en briques, le sol recouvert d'un vrai gazon et des loupiotes de toutes les couleurs accrochées aux arbres et suspendues au-dessus des tables, le type de décoration commune qui ne pouvait éblouir que deux jeunes hommes n'ayant presque rien vu du monde. Cela sentait une agréable odeur de pâte à pizza et de sauce tomate. Tommy leva la tête et observa quelques habitants installés sur leurs balcons, dont une femme âgée qui faisait des mots croisés sur sa chaise longue, et, un peu plus haut, un homme en chemise bleue qui écoutait sa radio en contemplant le ciel. C'était le genre d'endroit qu'aimerait sa mère à coup sûr. Il l'y emmènerait dîner quand il aurait trouvé un travail et un bel appartement dans ce quartier où il se sentait de plus en plus chez lui. Et il pourrait lui montrer à quel point il avait réussi à se débrouiller seul.

Elle serait tellement fière de son fils. Il prendrait enfin dans son cœur la même place que Graham et Cindy.

Julia leur fit servir une bouteille de vin rouge, le serveur ne prenant même pas la peine de vérifier leur âge, et ils commandèrent trois pizzas. Tout en dévorant la sienne, Tommy s'amusa à constater à quel point Julia et Dylan avaient l'air de bien s'entendre. Julia, qui s'était remaquillée pour l'occasion, donnait vraiment le sentiment de s'intéresser à son ami et à ses projets, ce qui, au fil de la discussion, fit naturellement parler le jeune homme de ses envies de partir sur un bateau et faire le tour du monde, chose qu'il n'avait jamais dite à Tommy auparavant.

Et il s'imagina alors avec Tessa sur ce même navire. Seuls sur le pont, avec tout l'océan autour.

Portés par les effets du vin, ils passèrent le reste du dîner à se raconter des histoires drôles, comme s'ils se connaissaient depuis des années. Parfois, Tommy sentait malgré tout la peine de Julia percer entre ses rires, espérant sans trop y croire qu'elle abandonne définitivement l'idée de partir à Topeka, et reste là avec lui.

Le frère de Dylan les appela un peu avant 22 heures, pour leur donner l'adresse de l'appartement où se déroulait la soirée.

Devant l'entrée du restaurant, Julia prit tendrement Tommy dans ses bras et lui dit au creux de l'oreille qu'elle préférait qu'il ne la rejoigne pas cette nuit, pour ne pas risquer de la réveiller. Elle paraissait tendue, prête à s'effondrer. Tout en respirant son parfum, il lui murmura qu'il passerait la voir le lendemain midi pour qu'ils déjeunent ensemble, puis, déjà un peu ailleurs, là où tant de jeunes corps devaient danser à l'instant même, il la regarda partir en direction de l'hôtel, sa silhouette, pourtant éclaboussée de la lumière des réverbères, se voilant peu à peu d'ombre, jusqu'à disparaître dans la nuit électrique.

L'immeuble où ils avaient rendez-vous, construit en pierre grise, était assez massif et haut d'une trentaine d'étages, surplombant avec orgueil la rue. Dylan sonna au nom que leur avait donné son frère et une voix féminine leur répondit en leur annonçant que l'appartement se trouvait au vingt-cinquième.

L'appartement était déjà bondé quand ils y entrèrent, un morceau de MGMT diffusé par de larges enceintes fixées aux murs. Une centaine de jeunes de leur âge se trouvaient dans la pièce principale, leurs corps graciles constellés de lumières fluorescentes. Ne s'étant pas attendu à un endroit aussi immense, Tommy suivit Dylan dans la foule. Une sorte de bar improvisé était disposé dans le fond du salon, près d'un gros juke-box rouge et blanc. Dylan leur servit de la vodka, tout en cherchant son grand frère des yeux. Tommy, qui n'avait jamais vraiment dansé en public, regarda les autres en espérant que l'alcool le décoince assez pour oser les imiter, lui qui luttait contre l'envie de courir retrouver Julia dans le silence de sa chambre. Mais il repensa à tous ceux qui ne l'avaient jamais invité à leurs soirées à Emporia, eux qui, il en était certain, paieraient cher pour le rejoindre dans cette version grandiose de leurs pitoyables fêtes improvisées. *Un juste retour des choses.* Alors, tapant le sol du pied en rythme avec la musique, il finit son verre et en reprit un autre, pendant que Dylan, lui tournant le dos, discutait avec une petite blonde un peu trop serrée dans sa robe argentée.

La plupart des invités étaient d'ailleurs bien mieux habillés que lui et semblaient venir des quartiers les plus huppés de la ville. Pourtant, personne ne le regardait de travers, personne ne le dévisageait ou ne se moquait de lui. Sans le moindre effort, il s'était intégré à un tout fiévreux, qui ne pensait qu'à parler, danser et s'enivrer, pour, plus tard, s'éparpiller afin de s'étreindre dans des lieux sombres. Un monde dans le monde, et qui, le temps d'une nuit, lui ouvrait ses portes.

William, le frère de Dylan, les rejoignit accompagné de deux garçons du même âge que lui, tous trois aussi euphoriques que débraillés. Ils s'échangèrent quelques mots, mais Tommy ne comprit rien à cause de la musique. William tendit une enveloppe à Dylan, puis, après avoir fait un signe de la tête à Tommy, il se servit un verre de whisky et se fraya un chemin dans la foule, suivi de ses deux acolytes.

– Tu en as déjà pris ? demanda Dylan à Tommy en se retournant vers lui, deux carrés de buvards imbibés de LSD à la main.

– Bien sûr. Tu me prends pour qui ?

– Parfait alors, fit Dylan en plaquant le sien sur la langue. Avec ça, l'expérience de tout à l'heure en sera encore plus dingue.

Un peu anxieux, Tommy l'imita en tentant de ne rien laisser paraître.

– Il venait d'où, ton frère ? demanda-t-il en regardant l'imposant escalier d'où il était descendu.

– Ah, ça te rend curieux, hein ! On attend un peu et on y va. Tu ne vas pas être déçu. Pour l'instant, on va voir ce qui se passe un peu plus loin, O.K. ?

– D'accord, dit Tommy en le suivant vers l'autre bout de la pièce, son attention sans cesse sollicitée par des apparitions féminines plus superbes les unes que les autres, comme sorties d'un magazine de mode.

Et tous deux se fondirent totalement dans ce tableau en perpétuel mouvement, un vieux morceau des Daft Punk faisant se déchaîner les corps par dizaines. Et Tommy, ne pensant plus à rien, l'esprit aussi léger qu'un voile, se jeta à l'eau et dansa comme les autres, pris d'une frénésie qui se propagea dans tout son être.

Au bout d'une trentaine de minutes, au moins aussi en sueur que lui, Dylan lui fit signe de le suivre vers l'escalier qui montait à l'étage. Arrivés en haut, ils empruntèrent un long corridor où étaient accrochés de nombreux tableaux abstraits. Une porte sur leur droite donnait sur une sorte de bureau rempli de vieux livres, un énorme écran plasma suspendu au mur.

– Putain, mais qui peut bien habiter dans un endroit pareil ? demanda Tommy en contemplant la superbe maquette d'un trois-mâts.

– Des jumeaux de notre âge, Joshua et Anna Zerfoss. Leurs parents bossent dans l'industrie et sont partis en Europe tout l'été en les laissant seuls ici, tu imagines le truc ? Faudra que je pense à leur piquer quelques trucs avant de partir.

– Et tu les as vus ?

– Non, mais quelque chose me dit qu'on ne va pas tarder à les croiser.

Tommy passa dans la pièce suivante, une salle de jeux avec en son centre un billard français, et se rendit sur un balcon où la vue était imprenable, offrant un panorama grandiose sur tout le sud de la ville. Tommy en eut un bref vertige. C'était sûrement cela que devaient ressentir les gens riches, cette impression que le monde entier leur appartenait.

À leurs pieds.

Mais une sensation néanmoins éphémère pour lui qui, bientôt, retournerait au ras du bitume.

– Suis-moi, mec, c'est par là, fit Dylan en le tirant par la chemise.

Ils continuèrent à marcher dans le couloir, puis tournèrent sur leur gauche. Une ombre rasa le plafond, trop vive pour qu'il ait le temps d'en connaître la source.

Quatre garçons étaient debout face à une porte à double battant, discutant à voix basse, leurs verres à la main.

Dylan s'arrêta près d'eux et lui fit un clin d'œil.

– Il y a quoi de l'autre côté ? demanda Tommy en fixant la porte.

– Si je te le disais, ça gâcherait la surprise.

Ils attendirent ainsi une dizaine de minutes, s'échangeant des banalités, puis trois autres garçons sortirent de la pièce et passèrent devant eux, l'air guillerets.

Un quatrième en sortit à son tour et ferma la porte, habillé d'une sorte de tunique noire, les cheveux mi-longs, le visage particulièrement pâle.

Dylan lui tendit cinq billets de vingt dollars en désignant Tommy du doigt. Le jeune homme les fourra dans sa poche en le dévisageant, puis il récupéra l'argent que les autres lui donnèrent à leur tour.

– C'est quoi cette histoire ? chuchota Tommy en se rapprochant de Dylan.

– Tu me fais confiance ou pas ?

– Je n'ai pas vraiment le choix, j'espère juste que tu ne m'embarques pas dans un de tes plans foireux.

Autour d'eux, les murs vibraient sous la musique comme des caissons d'enceintes.

– Bon, eh bien, les gars, si vous êtes prêts on y va, dit le garçon en tunique noire, d'une voix plus rauque que son corps frêle n'aurait pu le laisser imaginer. Les prochains attendront leur tour.

Il leur fit signe de le suivre et le petit groupe s'exécuta, Tommy ressentant la même impression d'excitation mêlée de crainte que quand, enfants, ils étaient montés dans un train fantôme avec Graham, à Emporia.

– Vous avez cinq minutes chacun. Les capotes sont au pied du lit. Et pas de conneries, sinon je vous fous dehors direct !

Ils se trouvaient dans une grande chambre aux murs clairs. Malgré un bâton d'encens qui brûlait sur une commode, s'en dégageait une désagréable odeur de transpiration.

Une jeune femme était étendue nue sur un lit à baldaquin qui trônait au milieu de la pièce, les bras et les jambes attachés. Le jeune homme en tunique alluma une lampe à abat-jour rouge et Tommy, malgré le fait qu'un bandeau recouvrait les yeux de la fille, se rendit compte de leur ressemblance.

Les jumeaux qui vivaient en ces lieux. Anna et Joshua Zerfoss.

– Alors, qui commence ? demanda Joshua.

Un des garçons, un brun trapu, fit un pas en avant et se déshabilla gauchement sous les yeux rieurs de ses camarades. Puis, sans un mot, il s'allongea sur Anna et commença à la pénétrer.

Tommy n'en crut pas ses yeux. Anna Zerfoss semblait pleinement consciente. Elle n'avait pas l'air droguée mais concentrée, les coups de reins de plus en plus puissants du jeune homme ne lui arrachant pas le moindre gémissement.

Une poignée de minutes plus tard, ce fut un de ses camarades qui, à son tour, plaqua son corps bronzé contre le sien.

Et, là encore, Anna resta imperturbable.

– Ils le font à chacune de leurs soirées, chuchota Dylan à son oreille. William est déjà venu le mois dernier et a retenté l'expérience ce soir, tu penses bien. À mon avis, ces deux timbrés ont trop vu *Cinquante nuances de Grey*…

Tommy se tourna vers Joshua, qui se tenait adossé contre un mur, fasciné par la scène.

– Il paraît que c'est une tapette, continua Dylan tout bas. Et qu'ils échangent parfois les rôles, si tu vois ce que je veux dire. Heureusement pour nous qu'on ne s'est pas trompés de jour !

– Je veux partir d'ici, osa Tommy, de plus en plus mal à l'aise. Tu fais ce que tu veux, mais je vais rejoindre les autres en bas.

– Ah non, j'ai payé pour toi, mec ! Enfin franchement regarde-la, tu t'es déjà tapé des beautés pareilles à Emporia ? Et c'est quand même autre chose que ta vieille carne, hein ?

Près d'eux, un des garçons se mit à rire. Tommy se demanda s'il avait bien entendu ce qu'avait dit Dylan.

Celui qui chevauchait Anna jouit bruyamment et roula sur le lit en retirant son préservatif. Un autre, plus grand et musclé que les autres, lui succéda, et, une fois nu, s'amusa à tapoter son sexe sur le ventre d'Anna, avant de la pénétrer de façon plus vigoureuse que les deux autres.

Tommy, à cet instant, crut voir les yeux de la jeune femme luire sous son bandeau.

– Le prochain, c'est moi, et après, tu te lances, fit Dylan, excité comme s'il s'apprêtait à monter sur un ring.

Tommy ne répondit rien, écœuré par des odeurs de plus en plus prégnantes de sueur et de sperme, sa tête vrillant dangereusement sous l'effet de la drogue qu'il avait ingérée. Il avait l'impression de sentir son cœur résonner dans tout son corps.

Et c'est alors que l'homme qui se tenait au-dessus d'Anna arracha son bandeau et la frappa au visage, une giclée de sang, échappée de sa bouche, venant s'écraser contre le matelas.

Le tout dans un silence de tombe. Comme dans un film au ralenti, dont chaque image menaçait de se figer.

Et ses mains griffues lacérèrent la chair humide. Et, quand il croisa son regard vicieux dans le miroir accroché au mur, Tommy en blêmit d'horreur, l'ogre continuant à pénétrer la fille de plus en plus fort, jusqu'à la cassure. Cette fille qui à présent n'était plus Anna mais Hayley, ses yeux pleins d'une terreur qui était aussi la sienne, les unissant au cœur de cet impérieux cauchemar.

Autour d'eux, les autres garçons ressemblaient à des amas de fumée sombre, leurs pupilles de la couleur d'un ciel orageux.

Et Hayley hurla le prénom de Tommy, juste avant que, sous la force des coups de son assaillant, son visage ne perde toute forme, toute consistance, pour ne plus laisser sur l'oreiller de soie qu'une masse décomposée, aux frontières du solide et du liquide.

Tommy s'évada dans le couloir, la musique de la soirée lui martelant le crâne quand il dévala l'escalier, puis il fendit la foule compacte pour regagner l'entrée.

Il ne s'arrêta que quand les portes de l'ascenseur se refermèrent derrière lui avec un étrange bruit organique.

Dans l'obscurité du dehors, il marcha sans savoir où aller pour rejoindre l'hôtel. Le vent était glacé, le faisant grelotter sous son assaut. Une voiture de flics passa tout près en actionnant sa sirène.

Au bout d'une centaine de mètres, Tommy s'arrêta et vomit tout l'alcool qu'il avait avalé sur le trottoir, submergé par une lame de lumières vives.

Mais il continua à avancer, n'osant pas se retourner pour vérifier s'*il* le suivait, et traversa une avenue qu'il eut l'impression fugace de reconnaître pour emprunter une voie plus étroite, afin de s'éloigner de la foule, incapable, en cet instant, d'affronter tous ces cœurs hargneux qui battaient beaucoup trop fort à ses oreilles.

Perdu dans ses pensées, il ne fit pas attention à leur présence, ne les entendit pas se rapprocher sournoisement en enjambant de fines flaques d'eau mêlée d'urine.

Le choc sur sa nuque fut si violent qu'il tomba face contre terre. L'un d'eux le frappa au ventre, un autre au visage, pendant qu'une main le fouilla et s'empara de son portefeuille. Tommy n'eut même pas la force de se défendre, son corps aussi inutile qu'un vieil épouvantail laissé en plein milieu d'un champ. Au-dessus de lui, percèrent leurs rires moqueurs, qui s'éloignèrent peu à peu vers les vociférations de la foule.

Tommy resta recroquevillé contre une poubelle, puis, au bout de quelques minutes, il se résolut à se relever et à continuer à marcher droit devant lui.

Cinq cents mètres plus loin, il reconnut l'église à la façade d'un blanc de craie où ils s'étaient assis avec Julia deux jours auparavant pour manger une glace, au cœur d'une matinée brumeuse.

Il n'avait plus qu'à suivre le boulevard sur un bon kilomètre. Il savait à présent par où aller pour la retrouver.

Sa peau. Ses bras. Ses seins. Sa bouche.

Une fois à l'hôtel, il tambourina à sa porte, sans que Julia daigne répondre.

Il n'y eut aucune réaction de sa part.

Pas plus qu'à ses pleurs, pas plus qu'à ses supplications.

Se sentant de plus en plus faible, seul sur le pont d'un bateau qui tangue, il se rendit dans sa chambre et s'écroula sur le lit.

Il avait le front collé contre la vitre de la voiture, observant la cheminée cerclée de bleu qui s'élevait vers le ciel nuageux, puis les pelouses de la rue bordée de peupliers, et la maison aux fleurs mauves située tout au bout, dont la lourde porte menaçait à tout moment de s'ouvrir.

Pour le happer, pour à nouveau le perdre.

Tommy sursauta et se redressa avec peine, la bouche pâteuse, avec l'impression d'avoir dormi trois nuits, constatant avec effarement qu'il était déjà 14 heures.

Une enveloppe blanche avait été glissée sous sa porte pendant qu'il dormait. La lettre venait de Julia. Elle y expliquait qu'elle avait décidé de partir pour Topeka tôt le matin et qu'elle ne savait pas quand elle reviendrait, ni si elle reviendrait un jour. Elle était désolée de ne pas avoir eu le courage de le lui dire en face la veille au soir, mais elle avait ressenti de façon trop douloureuse à quel point sa place était auprès de sa fille. Elle ajoutait qu'elle allait emménager chez une amie dans un premier temps, et espérait de tout cœur que tout se passe bien pour lui, lui demandant de ne pas lui en vouloir et de ne pas perdre ses objectifs de vue.

Tommy resta un instant sans rien faire, la lettre à la main.

Puis il se leva d'un bond et courut dans le couloir, où il frappa la porte de la chambre de Julia à coups de pied en criant son prénom.

Il n'arrivait pas à le croire. Elle ne pouvait pas lui avoir fait ça.

Fou de colère, il prit alors son élan et défonça la porte d'un seul coup. La chambre était vide. Elle était vraiment partie. Elle l'avait abandonné.

Alerté par le raffut, le gérant de l'hôtel surgit dans la pièce et l'attrapa par son T-shirt en lui hurlant qu'il allait appeler les flics. Tommy se débattit, puis retourna dans sa chambre, fourra ses affaires dans son sac à dos, et, les larmes aux yeux, il courut dans l'escalier et se précipita au-dehors.

Le gérant, qui l'avait suivi comme une ombre hystérique jusqu'à l'entrée, composa un numéro sur son smartphone en pestant. Tommy s'éloigna en toute hâte et ne s'arrêta que cinquante mètres plus loin, quand il se retrouva face à ce visage surgi d'un passé qui ne voulait plus le lâcher.

GRAHAM

Du bout de sa cigarette, Graham Hewitt forma un trait de cendres le long de son torse nu, tout en chantonnant sur le *Way To Blue* de Nick Drake passant à la radio, et qui, comme toutes les complaintes qu'il écoutait depuis quelque temps, lui fit penser à Amber.

Cela faisait trois jours qu'il ne lui avait plus donné la moindre nouvelle, trois jours qu'à cause de cela son âme dépérissait et que le poison se propageait dans son sang, rendant son corps de plus en plus exsangue.

Amber avait appris ce qui était arrivé à Cindy par ses parents, le lendemain même de son arrivée à New York. D'abord stupéfaite qu'il ne lui ait rien dit, elle avait ensuite, malgré la distance, tout fait pour tenter de l'aider à surmonter cette épreuve. La dernière fois qu'ils s'étaient parlé au téléphone, elle lui avait à nouveau proposé de revenir au Kansas pour l'épauler, mais il avait refusé, arguant qu'il ne fallait pas s'en faire pour lui et qu'elle devait avant tout penser à elle, incapable de lui avouer qu'elle devrait dès à présent faire une croix sur tous leurs projets. Une croix sur lui.

Il était à peine 9 heures du matin. Graham se rendit dans le couloir et entrouvrit la porte de la chambre de Cindy. Elle était allongée sur le côté, lui tournant le dos. Il vit qu'elle était réveillée, car elle effleurait le mur de ses doigts, mais il n'osa pas lui signaler sa présence. Au lieu de cela, il descendit au rez-de-chaussée et se servit un grand verre de jus d'orange dans la cuisine.

Sa mère était dans le jardin, en train d'arroser les fleurs plantées près du potager. Il sortit pour la rejoindre, anxieux à l'idée de devoir lui dire qu'il n'avait toujours pas trouvé le début d'une piste au sujet de Tommy.

Il avait passé des journées entières à le rechercher. Il n'arrivait même pas à comprendre comment il avait fait pour se débrouiller si longtemps tout seul. Pourtant, il était forcément quelque part, à regarder ce même ciel désespérément bleu.

Pensait-il parfois à lui, à eux ?

Impuissant face à une situation qui le dépassait, Graham était terrifié à l'idée de ne pas en avoir fait assez ; que Tommy soit déjà mort, son cadavre pourrissant quelque part sans personne pour s'en rendre compte ni l'enterrer.

S'il ne revenait pas, leur mère ne s'en remettrait jamais.

Et s'il revenait un jour, il était bien conscient qu'il ne serait plus le Tommy qu'il avait connu.

Entendant ses pas derrière elle, Norma se retourna et le prit dans ses bras.

– Mon chéri, comme je suis heureuse de te voir ! Tu es rentré quand ?

– Hier soir. Je n'ai pas voulu te réveiller.

– Effectivement, je me suis couchée tôt. Et qui t'a ramené ?

– J'ai emprunté la voiture d'Amber, elle me la prête le temps que ses parents la récupèrent.

– Tu aurais pu me prévenir, je me suis inquiétée, je n'arrivais pas à te joindre.

– Je suis désolé, je n'ai pas rallumé mon téléphone depuis avant-hier.

– Bon, le plus important c'est que tu sois revenu. Tu veux un café ? Il est chaud.

– Oui, d'accord, dit-il en s'asseyant à la table du jardin.

Norma se rendit dans la cuisine et revint avec deux tasses fumantes, ainsi que le journal du matin, qu'elle posa devant elle.

– Je vais nous préparer un bon poulet au four pour midi. Tu as mauvaise mine, tu n'as pas dû beaucoup te nourrir ces derniers jours.

Non, en effet, je n'avais pas trop la tête à ça, maman.

Comme si elle avait attrapé sa pensée au vol, Norma esquissa un sourire gêné, puis elle feuilleta le journal jusqu'à s'arrêter sur une des pages, l'air soudainement peinée.

– Qu'est-ce qu'il y a ? demanda Graham en buvant son café.

– Je viens d'apprendre une mauvaise nouvelle. C'est tout.

Cindy les rejoignit sans un bruit, comme un esprit ayant réussi à s'échapper d'un corps trop difficile à habiter, son visage enflé par endroits.

Norma la fit s'installer près d'eux, sans même, comme à son habitude, l'embrasser sur les joues.

– Tu veux un peu de jus de fruits, ma chérie ? demanda-t-elle, d'un coup tendue.

Cindy ne répondit rien, se contentant de fixer la balançoire luisante de rosée.

– Va en faire un peu si tu veux, je sais que ça t'a manqué à l'hôpital.

Cindy y alla en chancelant légèrement et se contenta de s'y asseoir, face aux champs. Graham avait encore un peu de mal à la regarder, alors qu'elle lui tournait pourtant le dos. Mais il devrait bien se forcer à le faire, de la même façon qu'avant, comme s'il voyait toujours la même petite fille. Elle paraissait déjà si différente. Cela devenait plus flagrant sorti du contexte de sa chambre d'hôpital. Il savait par les médecins que son cerveau n'avait pas été endommagé, mais elle lui semblait si apathique, comme étrangère au monde qui l'entourait.

– Tu pourrais garder ta petite sœur ? demanda Norma en repliant le journal. Je vais faire des courses au Walmart, afin de ne plus avoir à ressortir.

– Pourquoi tu ne l'emmènes pas ? Ça lui ferait du bien de prendre un peu l'air.

– Je ne veux pas la brusquer. Elle n'est pas prête.

– D'accord, dit Graham en se doutant que ce n'était pas la vraie raison. Mais d'abord je vais faire un saut à Burlington. Je sais que Tommy fréquentait parfois une vieille salle de jeux du centre-ville, on ne sait jamais.

– Je suis bien consciente que tu t'es donné beaucoup de mal. Mais il a dû partir beaucoup plus loin qu'on ne le pense.

– Et ça ne doit pas m'empêcher de continuer à le chercher. Je le retrouverai, maman. Je te l'ai promis. Et quand ce sera le cas, on l'emmènera voir un psychologue. On n'a pas le choix. J'espère que tu ne comptes pas t'y opposer.

– Non, dit Norma de façon lasse. On verra le moment venu.

Graham se retint de lui demander pourquoi elle ne l'avait pas fait auparavant, pourquoi elle avait eu cette certitude stupide que Tommy oublierait tout. Qu'il était possible, pour un si petit garçon, de continuer à vivre avec ce poids sur lequel il ne pourrait mettre de mots. Il en venait à la détester pour cela, elle qui, sans le savoir, avait brisé Tommy encore un peu plus.

C'était la première fois de sa vie qu'il voyait sa lâcheté en face. La première fois qu'il trouvait sa mère aussi laide.

– Bon, pour les courses, je vais me débrouiller autrement, fit Norma en bâillant. Après tout, Internet, ça sert aussi à ça. Tu seras là au moins ce soir ? Tu n'as plus de raison de dormir dans l'appartement d'Amber, et je me sentirais plus en sécurité si je te savais ici.

– Oui, ne t'inquiète pas. Je ne reviendrai pas tard.

– Si tu veux, on ira en ville ce week-end pour t'acheter une nouvelle voiture. Je sais que ça te sera indispensable quand tu reprendras la fac.

– Merci, maman, dit Graham en l'embrassant sur la joue, espérant que l'amertume de son baiser ne se transmette pas à travers sa peau.

Il l'aida ensuite à débarrasser, puis retourna dans sa chambre pour s'affaler sur son lit, préférant ne pas rallumer son téléphone portable dans l'immédiat. Il le ferait dans la soirée, quand il aurait les idées plus claires. Il faudrait de toute manière qu'il s'explique avec Amber une bonne fois pour toutes. Il ne pouvait plus la laisser sans nouvelles de lui. Il la connaissait assez pour savoir à quel point ce silence devait l'angoisser.

Après avoir pris une douche, Graham enfila des vêtements propres et descendit prévenir sa mère, occupée à préparer le déjeuner, qu'il avait décidé de partir plus tôt et qu'elle ne l'attende pas pour manger.

Cindy n'était pas avec elle, petite poupée cassée soigneusement rangée dans son armoire. Ne pensant plus qu'à prendre la route pour s'éloigner de sa maison, cet aquarium dont l'eau se viciait jusqu'à l'étouffer, Graham s'installa au volant de la voiture de sa mère et démarra.

Il lui fallut une bonne demi-heure pour atteindre Burlington. La salle de jeux vidéo, la seule encore ouverte dans la région, était déjà pleine de gamins venus oublier qu'ils ne pouvaient rien faire d'autre que de zoner dans cette ville terne pour le reste de leurs vacances. Graham fit le tour des allées mais ne trouva pas son petit frère. Quand il montra sa photo, personne ne sembla le reconnaître. Bien sûr, il savait à quel point les chances étaient minces de tomber sur lui, mais cela lui permettait de garder le cap. Le lendemain, il irait autre part. Et le jour d'après, et chaque jour de ce foutu été de canicule.

Ne voulant pas traîner plus longtemps dans les parages, il fonça en direction d'Emporia.

Chez Amber, il rassembla le reste de ses affaires dans un gros sac, puis décida de ranger un peu l'appartement. Une fois qu'il aurait fini, il laisserait les clefs dans la boîte aux lettres pour que ses parents puissent les récupérer.

On sonna à l'interphone. Graham se rendit discrètement à la fenêtre et reconnut Tessa, se doutant que c'était Amber qui avait dû lui demander de venir le voir.

Deux jours plus tôt, c'étaient les parents d'Amber eux-mêmes qui étaient passés à l'improviste. Par chance, il se trouvait dans la chambre et avait eu le temps d'en fermer la porte à clef juste au moment où ils étaient entrés. La mère d'Amber, sûrement alertée par sa fille, avait en vain essayé de lui parler à travers la porte. Avant de partir, vaincue par son mutisme, elle avait précisé qu'il pouvait rester autant qu'il le voudrait et qu'ils lui avaient laissé des provisions dans la cuisine. Graham, touché par tant d'attentions, était ensuite resté prostré sur le lit jusqu'à ce que le soir s'abatte sur la rue.

Après avoir attendu que Tessa s'en aille, Graham se débarrassa de tout ce qu'il y avait à jeter dans un sac-poubelle et passa l'aspirateur dans chacune des pièces de l'appartement. Dans la chambre de Glenn, il saisit l'exemplaire des *Cités de la nuit écarlate* de William Burroughs qu'il lui avait prêté au début de l'été, et que Glenn, après l'avoir lu deux fois de suite, lui avait laissé sur la table de nuit.

Cela lui rappela leur dernière virée ensemble, quand ils étaient partis tous les deux à Lawrence, dans le nord de l'État, afin de voir la maison où Burroughs avait vécu jusqu'à sa mort, survenue peu de temps avant leurs propres naissances.

En feuilletant le roman, Graham remarqua que Glenn lui avait adressé quelques mots sur la page de garde, des mots simples mais dont il eut pourtant d'abord du mal à admettre la signification. Et alors l'émotion s'empara de lui, comme par effraction.

C'était, après tout, la première fois qu'on lui laissait une déclaration d'amour à l'intérieur d'un livre.

Graham ferma la porte de la chambre et rangea le roman dans son sac, puis il s'assit dans le canapé et alluma une cigarette, pas tout à fait prêt à quitter cet endroit où il ne pourrait plus revenir qu'en pensée.

Une fois dehors, il décida de faire un saut chez Dylan, le seul ami de Tommy qu'il connaissait, et qui vivait avec ses parents dans un lotissement à la sortie de la ville. Il savait que Norma était déjà passée le voir en pure perte, mais aussi que, s'il était au courant de quelque chose, ce n'était sûrement pas à elle qu'il se serait confié.

Il se demanda pourquoi il n'avait pas eu cette idée plus tôt. S'il existait une seule personne au monde avec qui Tommy n'avait pas rompu le contact, ce ne pouvait être que lui.

Graham se gara devant leur maison, de plain-pied et dont les murs étaient recouverts de bardeaux vert pâle, et alla sonner à la porte d'entrée. Une femme d'une quarantaine d'années lui ouvrit, habillée d'un haut en dentelle noir et d'un vieux jean, son visage anguleux beaucoup trop maquillé.

– Oui, c'est pour quoi ? fit-elle, un verre de limonade à la main.

– Je viens voir Dylan, il est là ?

Une voix masculine se mit à vociférer dans la pénombre de la maison.

– Non, Dylan n'est pas là, répondit la femme passablement énervée. Il est parti voir un de ses amis à Kansas City.

– Quel ami ?

– Qu'est-ce que j'en sais, moi ? Il crèche chez son frère, tu n'as qu'à lui demander toi-même.

– Vous avez son adresse ?

La mère de Dylan le dévisagea un petit sourire aux lèvres, d'une façon qui le mit mal à l'aise.

– Tu n'es pas un flic, j'espère ? Ils n'en engageraient pas de si jeunes quand même !

– Je suis le frère de Tommy, il a disparu et il est possible que Dylan puisse m'aider.

– Ah oui, ta mère est déjà passée. Bon, attends-moi là, dit-elle avant de rentrer dans la maison.

Graham se retourna. Une vieille femme tirant un caddie rempli de courses s'arrêta un instant près de lui avant de reprendre sa marche.

– Ne lui raconte pas que tu es venu ici, fit la mère de Dylan en revenant, un morceau de papier à la main. Ce n'est pas l'amour fou entre nous, et je ne tiens pas à ce que ça empire.

Graham la remercia en fourrant le papier dans la poche de son jean, puis il rejoignit sa voiture, bien conscient que la femme continuait à l'observer dans son dos.

Kansas City était à seulement une heure et demie de là. Il était à peine midi. C'était peut-être une fausse piste, mais son intuition le poussait à s'y rendre.

De toute façon, sa mère ne l'attendrait pas avant le soir. Personne ne l'attendait. Et prendre la route serait une occasion de plus pour se vider la tête.

Une fois arrivé à destination, il chercha l'adresse que lui avait donnée la mère de Dylan et s'arrêta devant une petite maison grisâtre.

Il sonna à la porte d'entrée. Une jeune femme enceinte vint lui ouvrir.

– Bonjour, je cherche Dylan, on m'a dit qu'il était ici…

Avant qu'elle ne réponde, un jeune homme d'environ vingt-cinq ans sortit à son tour, vêtu d'un débardeur gris et d'un short en jean.

– Tu lui veux quoi, à Dylan ?

– Je m'appelle Graham Hewitt, je suis le grand frère de Tommy. Je voudrais demander à Dylan s'il a de ses nouvelles.

– Tommy ? Bien sûr, on l'a même vu hier soir.

À ces mots, Graham ressentit un vif soulagement.

– Putain, tu ne pouvais pas la fermer ! fit Dylan à son frère en les rejoignant, torse nu.

– Dylan, je sais que tu es son ami, mais je dois lui parler, ça fait plus d'une semaine qu'on n'a pas de nouvelles de lui…

– Ouais, eh bien, il faut croire qu'il ne veut pas vous voir. Et puis il m'a fait promettre de ne rien dire.

– Je me doute, mais je ne serais pas venu jusque-là si ce n'était pas important.

Dylan se mit à réfléchir, puis il fit signe à son frère et à la jeune fille de les laisser et sortit en fermant la porte derrière lui.

– J'étais avec lui en soirée. Tout se passait bien et d'un coup il a pété un câble et s'est cassé en courant. Je ne l'ai pas revu depuis. Je te jure, il m'a carrément fait flipper. Un peu plus tôt, il m'a aussi raconté des trucs complètement dingues, j'ai fait semblant de le croire, mais il était vraiment sur une autre planète.

– Tu sais où je peux le trouver ?

– Dans un hôtel sur Garfield Avenue, celui qui se trouve juste à côté du vieux cinéma désaffecté. Tu ne lui dis pas que je t'ai raconté tout ça, hein ? Il m'en voudrait à mort.

– Non, ne t'inquiète pas, et merci pour tout.

Dylan acquiesça mollement de la tête et rentra dans la maison.

Graham se gara à dix mètres de l'hôtel. De plus en plus soucieux, il remonta le trottoir et aperçut alors son petit frère marcher dans sa direction, l'air perdu comme un naufragé longeant un rivage inconnu.

Graham s'immobilisa, incapable de prononcer le moindre mot. Le voyant, Tommy s'arrêta à son tour, le visage à la fois épuisé et furieux.

Stupéfait de se retrouver face à lui, Tommy recula légèrement. Graham, sans plus réfléchir, le rattrapa et le prit dans ses bras.

– On peut dire que tu n'as pas été facile à trouver, chuchota-t-il à son oreille.

– Comment tu as su que j'étais là ? C'est Dylan qui a cafté ?

– Ce n'est pas important. Je n'ai pas arrêté de te chercher de la semaine. Maman est folle d'inquiétude, tu sais ?

Tommy ne répondit rien, le regard baissé.

– Elle t'a tout dit, j'en suis sûr.

– Ce n'est pas le moment de parler de ça. Je veux juste te ramener chez nous, d'accord ?

– Je ne peux pas revenir à la maison, Graham.

– Et pourquoi ? Qu'est-ce qui t'en empêche ?

– Je ne veux pas finir en prison.

– Cela n'arrivera pas. Ce serait trop long à expliquer tout de suite, mais personne ne sait pour Hayley.

– Elle n'a rien dit ?

– Non. Et elle ne dira rien.

Tommy parut surpris. Graham remarqua que ses bras tremblaient.

– De toute façon, ce n'est pas le problème, si je reviens, il ne me laissera plus jamais repartir.

– Qui, il ?

– Tu sais bien ! Je l'ai vu hier soir, il était là, putain, dans cette chambre ! Il m'a retrouvé je ne sais pas comment, alors je dois me casser encore plus loin. Et ne pas revenir là où il pourra me choper aussi facilement… Je l'ai laissé entrer, Graham, maintenant je suis foutu…

– Tout ça, c'est dans ta tête, Tommy. Il faut que tu me fasses confiance et que tu l'admettes. Maman et moi, on peut t'aider.

– Mais de quoi tu parles ? Tu ne me crois pas, c'est ça ? Tu ne m'as jamais cru de toute manière !

– Je n'ai pas dit ça. Maman a préparé un énorme poulet, je suis sûr que tu es affamé. Et puis Cindy sera heureuse de te voir. On sera tous réunis, comme avant.

Il croisa à nouveau son regard, et il y lut tant de peine, mais aussi cette colère, l'encerclant, prête à tout déchiqueter.

– Je ne peux pas. Je ne peux vraiment pas.

– Tommy, s'il te plaît.

– Et puis quoi ? Toi, tu vas partir à New York, comment tu m'aideras quand tu y seras ?

– Je ne pars plus à New York, pas après ce qui est arrivé à Cindy. D'ailleurs, tu es au courant au moins ?

– Oui, Dylan m'a prévenu.

– Alors, tu comprends que maman a besoin de nous deux, Tommy, plus que jamais.

– C'est de toi qu'elle a besoin, pas de moi. Et ça a toujours été comme ça.

– Tu sais bien que ce n'est pas vrai. Bon, je meurs de soif, on va aller s'asseoir et boire un verre, O.K. ? Juste cinq minutes, promis.

– D'accord, dit Tommy en le suivant jusqu'à un café situé au coin de la rue.

Ils s'installèrent à une table et Graham commanda deux Coca au serveur, un jeune homme qui devait avoir le même âge qu'eux.

– Tu veux qu'on appelle maman ? Je pense que ça lui fera du bien de t'entendre.

– Non, surtout pas. Ils sauront direct où je me trouve.

– Je t'ai déjà expliqué que personne ne te recherchait. Enfin, mis à part maman et moi.

– Oui, eh bien ça, c'est ce que tu crois, dit Tommy en jetant des regards inquiets vers l'extérieur.

– Et donc, tu étais ici depuis le début ? À Kansas City ?

– Je suis allé à droite, à gauche, dans un premier temps. Puis il a fallu que je m'éloigne un peu plus.

– Et comment tu fais pour bouffer et te loger ? Tu as de l'argent ?

– J'ai pris toutes mes économies. Je sais me débrouiller, contrairement à ce que tu pourrais penser. Bref, puisque tu es là, dis-moi au moins comment va Cindy.

– Mieux. Elle est rentrée à la maison. Elle va encore devoir subir plusieurs opérations.

– Et tu sais qui a fait ça ?

Ne pas lui dire pour Hayley. Il ne savait pas comment il pourrait réagir.

– Non, mais Herbert est chargé de l'enquête.

– Ce n'est pas parce que je ne vous ai pas appelés que je ne me suis pas inquiété pour elle. C'est ma petite sœur à moi aussi. Mais je ne pouvais pas revenir. Tu le diras à maman, hein ?

– Tu peux lui dire toi-même, tu sais.

– Ne recommence pas, s'il te plaît.

– Ne m'en veux pas d'essayer. Tu sais à quel point je peux être buté, on va dire que c'est de famille.

– Ça, c'est vrai, dit Tommy en esquissant un sourire.

– Écoute, je sais que tu n'as sûrement pas envie de parler de ça, mais j'ai besoin de savoir ce qui s'est vraiment passé avec Hayley, ce soir-là.

– Qu'est-ce que tu veux que je te dise ? Que je regrette ce que j'ai fait ? Eh bien, ce n'est pas le cas. Elle a payé pour toutes les autres. Elle n'avait qu'à pas m'allumer pendant tout le dîner. Et s'il le fallait, je recommencerais sans hésiter. Je peux te dire que ça valait le coup ! Elle a aimé ça, elle aussi. Et si elle a dit le contraire, elle a menti.

Tommy le regarda alors droit dans les yeux, comme impatient d'y déceler les effets de cette provocation.

– C'est lui qui t'a dit de lui faire du mal ? L'homme dont tu m'as parlé ?

Le regard de Tommy se voila.

– Il est entré dans la maison ce soir-là. La porte était restée ouverte alors que tous les soirs, putain, tous les soirs je vérifie qu'elle est bien verrouillée !

Graham ne sut quoi répondre, bien conscient qu'il serait incapable de trouver les mots qui l'apaiseraient.

– Bon, je dois te laisser, dit Tommy en finissant son verre. Il faut que je retrouve quelqu'un. Et j'ai déjà trop tardé.

– Tu vas où, tu peux au moins me le dire ?

– Sûrement pas. Et ce n'est pas la peine de perdre ton temps à me chercher.

Tommy se leva brusquement, et Graham s'empressa de le suivre, balançant un billet de dix dollars sur le comptoir avant de sortir de l'établissement à son tour.

– Ne fais pas ça à maman, dit-il en l'attrapant par le bras. Elle a besoin de nous avoir tous les trois auprès d'elle, plus que jamais…

– Si ça te fait plaisir, tu lui expliques que tu m'as vu, que je vais bien et que je n'ai besoin de rien. Et puis que bientôt je l'appellerai, quand j'aurai trouvé un travail et un appartement. Maintenant, il faut que je me casse, je n'ai plus rien à faire là.

– Je ne te laisserai pas partir, Tommy. Pas après en avoir autant chié pour te retrouver.

– Ah oui, et tu vas faire quoi ? Me ramener de force ?

Ce défi dans ses yeux. Cette envie de se battre qui couvait.

– S'il le faut, oui.

Tommy éclata de rire. Un rire de dément. Certains passants le dévisagèrent avant de reprendre leur marche sous ce soleil de plomb.

Profitant de son inattention, il bouscula Graham d'un coup d'épaule.

– Alors, montre ! Montre ce que tu as dans le ventre ! Tu veux vraiment qu'on se foute sur la gueule comme ça ? En pleine rue ? Pourquoi vous ne me laissez pas tranquille une bonne fois pour toutes !

– Je sais que tu dois être bouleversé par tout ce que tu as traversé. Mais tu ne peux pas rester tout seul, pas maintenant, pas dans ton état. Tu sais que tu peux me faire confiance, non ?

– Tout était si parfait, dit Tommy les larmes aux yeux. J'ai vraiment cru que j'allais avoir ma chance !

Mais j'ai tout foutu en l'air ! Il faut que je la retrouve. C'est la seule chose à faire !

Graham le prit par l'épaule. Tommy le repoussa violemment.

– Ne me touche pas, putain ! hurla-t-il en se cognant le dos contre une voiture garée le long du trottoir.

– Il y a un problème ? fit une voix derrière eux.

Graham se retourna et se retrouva face à un policier en uniforme.

– Oui, il y a un problème, répondit Tommy dans son dos. Ce mec ne fait que me suivre ! Il vient même de me menacer avec un couteau !

– Putain, mais tu fais quoi, Tommy ? demanda Graham, abasourdi. Monsieur l'agent, il n'y a aucun souci, continua-t-il le plus calmement possible. C'est mon petit frère, il n'est pas majeur et s'est enfui de la maison, je suis juste venu le chercher, je ne veux pas d'histoires…

– Mettez vos mains en évidence, ordonna le flic, comme s'il n'avait pas écouté un seul mot de ce qu'il venait de dire.

– Mais je vous dis que c'est mon frère ! Et je ne suis pas armé !

– Vos mains en évidence ! Tout de suite ! répéta-t-il en pointant son arme sur lui.

Graham obtempéra, n'ayant pas le choix, et le flic le plaqua contre le mur, un peu de poussière saupoudrant les épaules du jeune homme.

Il tourna la tête vers Tommy, qui paraissait plus faible qu'il ne l'avait jamais été. Son petit frère commença alors à reculer sans le quitter des yeux, prononçant quelques mots que Graham ne parvint pas à entendre à cause de la distance qui se creusait entre eux, pendant que le flic, qui puait la transpiration, cherchait sur lui un couteau qu'il n'avait pas.

Et quand celui-ci se rendit compte de son erreur et le relâcha, il était trop tard. Tommy avait déjà été avalé par la foule.

Graham se précipita dans la direction qu'il avait prise, s'attardant sur chaque visage, chaque attitude, cherchant la moindre trace de son passage, mais ne le trouvant nulle part.

Douze ans plus tôt, Graham avait eu la peur de sa vie quand il avait perdu de vue Tommy dans une des allées de la foire installée sur les pelouses du John Youth Recreation Park, alors que sa mère et Harlan lui avaient demandé de le surveiller pendant qu'ils réservaient une table au restaurant. Il avait couru partout dans cette atmosphère saturée de sucre et de cris d'enfants, se heurtant parfois à ces géants d'adultes, leurs visages dissimulés par le contre-jour lui masquant des morceaux de ciel. Mais, par chance, il l'avait retrouvé assis au pied d'un manège, dégustant sa glace à l'eau en regardant, émerveillé, ceux qui, vingt mètres plus haut, hurlaient la tête en bas.

NORMA

C'était la première fois depuis la mort de Harlan qu'elle remettait les pieds dans ce cimetière.

Norma trouva rapidement l'endroit où se déroulait la cérémonie. Une vingtaine de personnes étaient réunies autour de la tombe, le prêtre ayant déjà commencé son homélie. Norma se mêla discrètement au petit groupe, préférant rester un peu en retrait, cachée derrière ses lunettes de soleil.

Deux hommes et une femme d'à peu près le même âge qu'elle se tenaient au premier rang. Norma se douta qu'il s'agissait des enfants de Diane, constatant avec amertume qu'il avait fallu qu'elle se suicide pour qu'ils daignent enfin faire le déplacement.

La tête plongée dans le four à gaz de sa cuisine.

Dans cette maison où elle vivait seule depuis que son compagnon était décédé d'un cancer du poumon, trois jours plus tôt.

Diane Murray. 1951-2017.

Norma avait laissé Cindy dans sa voiture. De toute façon, la cérémonie ne serait pas longue et elle repartirait aussitôt. Elle devait bien cela à cette femme qui, sans rien lui demander, avait trouvé les mots pour la réconforter l'espace d'un précieux moment dans la cafétéria de l'hôpital, quelques minutes seulement après leur rencontre.

Des oiseaux piaillaient dans les arbres. Une odeur de roses se fit sentir, aussi délicate que la brise qui l'apportait. Dans le ciel, la traînée blanche d'un petit avion commençait déjà à se disperser.

Norma s'éclipsa dès la fin de la cérémonie, se promettant de revenir un jour déposer des fleurs sur sa tombe, tout en prenant soin de ne pas trop s'approcher de l'allée où se situait celle de Harlan.

Cindy était étendue sur la banquette arrière quand Norma ouvrit la portière de sa voiture. Elle resta un instant assise sur le siège le temps de reprendre ses esprits, puis elle démarra et remonta Prairie Street, étrangement déserte en ce début d'après-midi.

Profitant d'être en ville, elle fit des courses dans une épicerie non loin de là. Le regard baissé, en espérant ne rencontrer personne qu'elle connaissait.

Serait-ce cela à présent sa vie ? De quoi, au juste, devait-elle avoir honte ?

Quand elle arriva enfin chez elle, Norma remarqua qu'une femme à la silhouette frêle se tenait devant le portail, vêtue d'une robe blanche et portant un grand chapeau de paille.

Norma laissa le moteur tourner et alla à sa rencontre, déjà prête à la sommer de partir. La femme était âgée d'une petite soixantaine d'années. Elle avait le visage fin et ses cheveux semblaient teints. C'était la première fois qu'elle la voyait.

– Bonjour, dit sa visiteuse d'une voix flûtée, vous devez être Norma Hewitt, je présume.

– Si vous êtes journaliste, je n'ai rien à vous dire, fit Norma en ouvrant le portail.

– Oh non, quelle idée ! C'est même assez cocasse de me demander ça ! N'ayez crainte, je ne fais pas partie des vautours. Pour tout vous avouer, j'ai moi aussi vécu ici, il y a plus de quarante ans, vous n'étiez peut-être même pas née… Ce n'est pas la même maison, bien entendu, mais tout me reste pourtant si familier, c'est assez étrange comme sensation.

– Qui êtes-vous ? demanda Norma, intriguée.

– Oh, veuillez m'excuser, je m'appelle Maddie Hutchinson, dit la femme en lui tendant la main. Je suis la fille de George et Loretta Greer, la sœur aînée de Daryl Greer. Accepteriez-vous de m'accorder un peu de votre temps ?

Surprise, Norma la dévisagea avant de bafouiller de la suivre.

Au loin, on entendit l'aboiement d'un coyote. Puis un coup de fusil, qui fit s'envoler une nuée d'étourneaux.

Une fois entrée dans la maison, Norma demanda à Cindy d'aller jouer dans sa chambre, et ce même si Maddie avait eu la délicatesse de ne pas trop la dévisager.

Elle laissa les sacs de courses contre le mur, proposa un jus de pomme à Maddie, et elles s'installèrent dans le jardin.

– Vous savez, je m'étais juré de ne plus jamais revenir dans cette région après la mort de mes parents, dit Maddie en observant les champs. Et puis, cette semaine, je suis allée voir mes cousins, qui vivent à Wichita, et j'ai finalement décidé de faire un crochet par Emporia. Bien sûr, j'ai appris ce qui est arrivé à votre fille dans les journaux, et c'est aussi ce qui m'a poussée à venir vous voir. Vous allez peut-être me prendre pour une folle, mais j'avais vraiment besoin de vous dire certaines choses à propos de cet endroit. C'est peut-être, au fond, ma seule façon de définitivement tourner la page.

Elle sortit alors un dossier de son sac à main et le posa sur la table.

– Par chance, j'avais tout sur ma clef USB, j'ai pu vous en imprimer l'essentiel. Après l'incendie, j'ai longtemps refusé de vendre, afin d'empêcher quiconque d'emménager ici à nouveau, avec la volonté de tout laisser pourrir lentement. Et puis j'ai divorcé et je n'ai plus vraiment eu le choix. Je ne savais même pas que quelqu'un avait racheté ces terres. Votre mari s'en est porté acquéreur à la fin des années quatre-vingt-dix, c'est bien ça ? À ce que j'en sais, l'ancien propriétaire lui a tout vendu pour une bouchée de pain et est parti vivre en Australie.

– Je ne savais pas. C'est Harlan qui s'est occupé de tous les papiers.

– Bien sûr, au Kansas, ce sont les hommes qui s'occupent de ces choses-là, n'est-ce pas ? Vous m'avez fait rire tout à l'heure en me prenant pour une journaliste. Vous n'imaginez pas à quel point j'ai été moi-même harcelée après la mort de mes parents. Je ne pouvais même plus sortir de mon appartement. Puis le temps a passé, je me suis remariée et je suis partie vivre en Floride. Mes plus belles années sans aucun doute, du moins jusqu'à ce que mon cher frère refasse parler de lui, il y a deux ans. Et moi qui pensais qu'il était mort depuis longtemps ! C'est un peu comme ce personnage de film d'horreur, là. Oui, c'est ça, Michael Myers. Le gars impossible à tuer, quoi qu'on lui fasse.

– Vous aussi, vous pensez que Daryl est toujours vivant ?

– Qui sait ? Il y a trois jours, j'ai rêvé qu'il sonnait chez moi, comme si de rien n'était, et qu'il s'installait à ma table pour le dîner. Je n'ai pas pu me rendormir de la nuit. Quand je repense à tout ce qu'il a fait à ces femmes… Vous savez, je n'ai jamais pu aimer Daryl. Il me mettait constamment mal à l'aise. Pourtant, à l'époque où je vivais dans cette maison, ce n'était qu'un gamin. Mais je sentais déjà ce dont il était capable. Certains ont ça dans le sang, on n'y peut rien. Et j'ai encore du mal à me dire que c'est ce même sang qui coule dans mes veines, et dans celles de mes enfants.

Maddie finit son verre et dévisagea alors Norma en souriant.

– C'est étrange, mais je trouve que vous lui ressemblez. À ma mère, je veux dire, du moins à l'image que je garde d'elle. Elle ne devait pas être beaucoup plus vieille que vous quand Daryl l'a tuée. Mais la ressemblance n'est que physique, rassurez-vous, elle n'aurait jamais eu votre cran après tout ce que vous avez traversé.

– Vous seriez surprise de ce qu'on est capable d'accomplir quand on est au pied du mur. Je ne sais pas grand-chose de votre mère, rien de plus que ce qui a été écrit dans les journaux, mais je pense qu'elle a fait ce qu'elle a pu.

Visiblement troublée, Maddie se retourna un instant vers les champs, puis elle tapota la table du doigt.

– J'espère seulement qu'elle n'a pas eu le temps de se rendre compte de ce qui lui arrivait, qu'elle n'a jamais su que c'était Daryl le responsable. Pour elle, ça aurait été plus horrible que la mort elle-même.

Moi, je ne comptais pas vraiment à ses yeux, mais Daryl, en revanche, c'était toute sa vie, tout ça pour vous dire à quel point elle était perspicace. Quand j'ai appris leur décès, j'ai essayé de me souvenir des derniers mots que nous avons échangés quand j'ai décidé de partir définitivement, sept ans avant le drame, et cela m'a été impossible. Je n'ai plus revu ma mère, elle n'a jamais rencontré ma fille et n'a jamais tenté de le faire. J'ai parfois imaginé l'appeler, ou leur rendre visite pour les fêtes, mais ça ne s'est jamais fait, là non plus. Je ne devais pas en éprouver le besoin, au fond. Maintenant, avec le recul, je me rends compte à quel point cela peut paraître absurde. Mais la seule chose dont je sois fière aujourd'hui est d'avoir été pour ma fille ce que ma mère n'a jamais réussi à être pour moi.

Maddie resta un instant pensive, puis finit son jus de fruits.

– Et dire qu'à présent j'approche de l'âge qu'avait ma propre grand-mère quand elle est morte. Elle prétendait avoir des dons de clairvoyance, vous savez. Je me souviens parfaitement de cette fois où elle a mis mes parents en garde contre ces terres, en disant que quelque chose de mauvais s'y cachait. À l'époque, personne ne la croyait. Mais, maintenant, je ne suis plus sûre de rien. Peut-être avait-elle raison, après tout. Certains lieux sont hantés. Et tout ce que j'ai récolté sur l'histoire de cette maison tendrait à le montrer.

Norma frémit alors en repensant à cette silhouette qu'elle avait eu l'impression de voir dans la chambre de Tommy.

– Vous-même, vous avez deux fils, c'est bien ça ?

– Oui. Ils ont dix-sept et dix-neuf ans.

– Ma fille aînée a trente-huit ans et mon fils trente-deux. Elle vit à Washington et travaille dans la pub, et lui, il est comédien à Los Angeles. On va dire qu'ils font partie de la bonne branche de la famille.

Maddie toussa, puis regarda sa montre.

– Je vais devoir vous laisser, il ne faudrait pas que je loupe mon avion. En tout cas, j'ai été ravie de pouvoir discuter avec vous. J'espère que ce que je vous ai apporté vous éclairera un peu. Le monde est bien trop vaste et passionnant pour s'enterrer dans cet endroit, croyez-moi.

Norma acquiesça par politesse et la raccompagna jusqu'au portail. Elle vit un corbeau dévorer un cadavre de mulot sur le bas-côté de la route.

De retour dans le jardin, elle saisit la chemise que lui avait laissée Maddie et s'installa confortablement sur un transat, à l'ombre d'un parasol.

Assez épais, le dossier contenait principalement des imprimés de photos et d'articles de journaux. Beaucoup d'entre eux étaient consacrés à la famille Greer. Norma apprit que la première maison, celle où avaient vécu les Greer, avait été construite en 1910 par un certain Randolph Jessup, ancien banquier tout droit venu du Massachusetts pour s'installer en plein cœur de l'Amérique et y cultiver différentes espèces de céréales. Elle avait connu un Patrick Jessup autrefois, un des meilleurs amis de Harlan, et se demanda s'il y avait un lien.

La première épouse de Randolph, Emma, mourut d'un cancer du pancréas pendant l'été 1918. Il se remaria ensuite avec une jeune femme du coin, Deirdre Wallace, qui le quitta deux ans plus tard pour s'enfuir au Canada avec un négociant en alcools. Ce fut Jonathan, son fils, fruit de sa première union, qui reprit l'affaire quand il fut victime d'une crise cardiaque en 1927, jusqu'à ce que lui-même se suicide en se tirant une balle en pleine tête, alors que des dizaines d'habitants du comté encerclaient la grange où il s'était enfermé, prêts à l'incendier.

Jonathan Jessup, âgé de trente-quatre ans, était alors le suspect principal d'une succession de meurtres d'enfants ayant eu lieu dans la région depuis le début des années trente. Norma s'arrêta sur un portrait du jeune homme. Le visage allongé, les cheveux en bataille et portant une salopette en jean, il se tenait assis sur le capot d'une Ford flambant neuve, à l'avant de la maison, la photographie accentuant le contraste entre la pâleur de sa peau et la noirceur de son regard de fouine.

Après sa mort, Jonathan Jessup fut reconnu coupable des neuf homicides, quatre cadavres ayant été découverts enterrés aux alentours de la grange. Selon certaines sources, il aurait hurlé à la foule déchaînée qu'il portait la marque du démon, avant d'appuyer sur la détente de son fusil.

La propriété resta inhabitée jusqu'en 1945. Un jeune homme venu du Missouri, Walter Strode, décida d'y emménager avec sa fiancée, Daisy. Tous deux ne connurent pas de drame notable, excepté que la jeune femme ne put jamais donner naissance à un enfant. Endettés jusqu'au cou, ils furent obligés de tout revendre avant de retourner à St. Louis, où ils finirent leurs jours dans la plus paisible indifférence.

George Greer, natif de la région, racheta l'endroit en 1964. Maddie naquit le 8 juin 1955 et Daryl le 23 septembre 1961.

Quand Norma trouva une photographie de Loretta Greer, elle y décela effectivement une légère ressemblance.

Dans un autre document, provenant cette fois-ci d'un site web, Norma apprit que les terres où se trouvait sa propriété avaient, avant la guerre de Sécession, appartenu à Denis Bishop, un des bras droits de William Quantrill, bandit tristement connu pour avoir perpétré le massacre de Lawrence, en 1863. De nombreuses sources prétendaient que, passionné d'ésotérisme, il y aurait organisé des messes noires, dont certaines auraient même impliqué des sacrifices humains sur des vagabonds ou des membres de son propre personnel. Rien, pourtant, n'avait été prouvé, et il était plus que probable que ce n'avait été que des rumeurs infondées. Bishop, quant à lui, était mort aux côtés de Quantrill dans une prison de Louisville, après avoir été traqué à travers plusieurs États…

Norma jeta le dossier dans l'herbe, un peu décontenancée d'apprendre que cet endroit avait été le théâtre d'autres faits divers que celui des Greer.

Harlan ne pouvait pas ne pas être au courant quand il avait acheté la propriété. Il le lui avait sûrement caché.

Comme tout le reste.

Malgré cela, elle se refusa à se laisser aller à des théories fumeuses comme Maddie semblait le faire. Cette pauvre femme avait peut-être besoin de croire en l'influence de puissances démoniaques pour expliquer le geste de son petit frère, mais elle-même ne se laisserait jamais parasiter par ces superstitions imbéciles.

Son téléphone se mit à sonner. Sur l'écran s'afficha un numéro qu'elle ne connaissait pas. Après avoir hésité un moment, elle décrocha en allongeant ses jambes sur le transat, une abeille lui effleurant le visage pour ensuite aller se poser sur la toile du parasol.

C'était Amber. Surprise qu'elle l'appelle directement, Norma lui demanda si tout allait bien, et la jeune femme lui répondit qu'elle tentait depuis des jours de joindre Graham sur son téléphone, mais tombait tout le temps sur son répondeur, et qu'elle commençait à s'inquiéter. Norma lui expliqua qu'il était parti en ville et qu'il n'allait pas tarder à rentrer. Amber, visiblement rassurée, en profita pour lui dire à quel point elle était désolée pour ce qui était arrivé à Cindy, qu'elle aimerait tant être près d'eux pour les épauler. Norma la remercia chaleureusement et lui promit de faire en sorte que Graham la rappelle dès son retour, avant de raccrocher.

Elle rangea son téléphone dans la poche de son jean et ferma les yeux, essayant de se détendre et de ne plus se concentrer que sur les bienfaits du soleil sur son visage.

Elle entendit alors Cindy chanter par la fenêtre ouverte de sa chambre, ne reconnaissant tout d'abord pas sa voix, comme si les coups l'avaient atteinte, elle aussi.

Se sentant un peu fautive de la laisser enfermée dans la maison, elle faillit lui proposer de la rejoindre, avant d'y renoncer.

Elle voulait juste dormir un peu. Profiter de cette éphémère solitude.

Elle n'avait pas la force nécessaire pour voir à nouveau ce petit monstre à la lumière du jour.

Alors qu'elle préparait déjà le repas du soir, Graham, à peine rentré, passa dans le couloir sans un mot et monta dans sa chambre, dont il claqua la porte.

Norma finit son verre de Martini d'une traite et se rendit à l'étage pour vérifier que tout allait bien. Elle ne prit pas la peine de frapper. Agenouillé sur son lit, il paraissait exténué. Elle percevait la tension vibrer sous sa peau.

– J'ai trouvé Tommy, dit-il les lèvres serrées. À Kansas City.

– Kansas City ? Mais que fait-il là-bas ? Et il va bien ?

– Non, il ne va pas bien, maman, comment veux-tu qu'il aille bien ?

– Et pourquoi n'est-il pas revenu avec toi ?

– Il s'est enfui, je n'ai pas pu le rattraper. Il logeait dans un hôtel miteux. C'est grâce à Dylan que je l'ai trouvé. Il paraissait tellement déconnecté de tout… Je ne l'avais jamais vu comme ça auparavant.

– Tu as gardé l'adresse ?

– Non, ça n'aurait servi à rien. Il en partait quand je l'ai croisé. Il ne veut plus revenir à la maison, maman. Il a été clair là-dessus. Je pense qu'il n'y a plus grand-chose à faire à part attendre qu'il change d'avis.

– Mais tu m'as dit qu'il s'était enfui ? Pourquoi aurait-il fait ça ?

– Je n'en sais rien, il m'a pris par surprise. Il s'est mis à hurler des conneries, puis un flic s'est interposé et il en a profité pour se tailler.

– Tu lui as expliqué à quel point j'étais inquiète ?

– Oui, maman. Et il n'a rien voulu entendre. D'ailleurs, il m'a demandé de te dire qu'il allait se trouver un boulot, un appartement, et qu'il t'appellerait quand il y serait installé.

– Et tu y crois ?

– Non, pas vraiment.

– Mais qu'est-ce qui a bien pu lui passer par la tête. Il sait bien que, malgré tout, il est ici chez lui, qu'il peut revenir quand il veut…

– Je suis désolé, j'ai vraiment merdé sur ce coup-là.

– Tu as fait ce que tu as pu, Graham, dit Norma en s'asseyant à ses côtés. Tu sais comment est ton frère. Quand il a une idée en tête, rien ne peut le faire changer d'avis. Au moins, on sait qu'il arrive à se débrouiller seul. Je suis sûre que le simple fait de t'avoir vu et de savoir qu'on s'inquiétait pour lui va le faire réfléchir. Il lui faut juste encore un peu de temps.

– Peut-être, oui.

– Bref, ne pensons plus à ça pour ce soir. Tiens, au fait, Amber a appelé tout à l'heure. Elle avait l'air inquiète de ne pas avoir de tes nouvelles.

– Ah, bon, tu sais, je n'ai pas vraiment envie de parler de ça…

– Tu ne lui as rien dit, n'est-ce pas ? Au sujet de Hayley.

– C'est vraiment la seule chose à laquelle tu penses ? demanda Graham en élevant la voix. Eh bien rassure-toi, non, je n'ai rien dit, tu peux dormir tranquille ! Elle ne doit juste pas comprendre pourquoi je fais le mort. Et ce, tout simplement parce que je n'arrive pas à lui annoncer que je ne pourrai plus partir vivre avec elle, alors qu'au fond c'est la seule chose que je veux !

– À New York ? Tu étais toujours décidé à aller y vivre toi aussi ?

– Je ne pensais plus qu'à ça, maman ! Je ne savais juste pas comment te le dire ! On avait tellement de projets tous les deux ! Cette école de photo, c'était tout ce que je voulais ! Et maintenant tout est tombé à l'eau ! Par la faute de Tommy ! Par la faute de Hayley !

Graham se frotta les yeux, puis il écrasa son mégot dans un cendrier et respira un grand coup.

– Écoute, franchement j'ai plus envie d'aborder ce sujet. J'ai juste besoin de me calmer. Je descendrai un peu plus tard, d'accord ?

– Comme tu voudras, dit Norma en se relevant. Je suis en bas, si tu as besoin de moi.

– Pas de souci, fit Graham avant qu'elle ne l'embrasse sur la joue.

Norma ferma doucement sa porte, puis elle se rendit dans la chambre de Cindy.

Elle était assise sur le lit, son album de *La Petite Sirène* dans les mains. Voyant sa mère, Cindy osa un sourire, dans lequel Norma retrouva l'espace d'un instant tous les sourires d'avant le drame. Et, à la fois émue et rassurée, elle s'approcha d'elle et l'enlaça sans un mot, laissant seuls ses gestes parler à cette petite fille qui continuait à tourner les pages.

Quand elle ressortit afin d'aller préparer le dîner, elle entendit à travers la porte de sa chambre Graham parler au téléphone et comprit que c'était avec Amber. Il lui disait, d'une voix affaiblie qui lui brisa le cœur, qu'il était désolé de ne pas lui avoir donné de nouvelles mais que ces derniers jours avaient été difficiles pour lui. Se sentant honteuse de l'espionner, Norma retourna dans le jardin, se souvenant avec nostalgie de toutes ces fois où elle avait appelé Nathan en douce, en chuchotant pour ne pas que ses parents l'entendent.

Nathan qui rêvait de repartir à New York, lui qui se disait étouffer dans ce Midwest qu'elle détestait au moins autant que lui…

Norma lutta contre l'envie de remonter à l'étage pour dire à Graham qu'il pouvait partir à New York, qu'il avait sa bénédiction. Elle savait, au fond d'elle-même, que c'était la meilleure chose qui pouvait lui arriver en ce moment, lui qui avait cette chance que son père n'avait jamais eue. Mais la simple idée de s'imaginer seule dans cette maison avec Cindy était trop insupportable. Elle avait besoin de son fils aîné plus que jamais.

Le dossier de Maddie traînait toujours dans l'herbe. Norma l'attrapa et le jeta dans la poubelle avant d'y mettre le feu.

Et tout en contemplant les flammes naissantes, elle supplia ce Dieu auquel elle n'avait pourtant jamais cru de lui donner assez de forces pour surmonter toutes les épreuves qui, bientôt, se profileraient à l'horizon. Des épreuves d'humains, impliquant d'autres humains. Rien de plus, rien qui soit l'œuvre d'une quelconque entité surnaturelle.

Et, comme pour toutes les épreuves humaines, il existait forcément une façon de les surmonter.

HAYLEY

Sur son visage ne subsistait plus aucune trace de tout ce qu'elle avait vécu à peine une semaine plus tôt.

Hayley finit de se maquiller au son du dernier tube d'Azealia Banks, que diffusait l'enceinte Bose fixée au mur de sa salle de bains. La robe argentée qu'elle portait, si moulante qu'elle paraissait cousue à même sa peau, mettait parfaitement sa silhouette en valeur. Et le nouvel éclat de ses cheveux, décolorés dans un blond plus clair, se mariait à merveille avec le bronzage qu'elle avait obtenu en à peine quelques jours.

Hayley s'était fixé un objectif et s'y était tenue du mieux qu'elle avait pu. Se rendre à la soirée de Lizzie Addams au top de sa forme serait, pour elle, la meilleure façon de faire taire toutes les mauvaises langues avant la reprise des cours.

Et tant qu'ils ne s'arrêteraient qu'à son apparence, tout irait bien.

Elle espérait tant que Neil soit à cette soirée, pour ainsi, quand ils se croiseraient par hasard au milieu des autres, voir le sentiment de perte, *ou de tristesse, ou de désir,* qui se lirait dans ses yeux, lui à qui elle avait réussi à ne pas donner la moindre nouvelle, malgré ses multiples tentatives de l'approcher.

Sa seule vraie fierté, jusqu'à présent.

Debout dans la cuisine, son père, visiblement éméché, commentait avec deux de ses amis le match de basket-ball qu'ils venaient de suivre sur CBS Sports. La voyant s'avancer vers l'entrée, il lui demanda où elle se rendait, mais elle ne lui répondit pas, feignant de ne rien avoir entendu. Ils passaient leur temps à se disputer ces derniers jours. Il ne lui faisait que des reproches – sur sa passivité, son refus de rencontrer un psychologue, sur le fait qu'elle passait toutes ses journées enfermée dans sa chambre –, et ce, malgré tout ce qu'elle avait traversé. À croire que lui-même l'avait oublié.

La Chevrolet toute neuve qu'il lui avait offerte en début de semaine était garée dans l'allée. Elle s'y installa et arriva sur la route en marche arrière, remarquant au passage Rupert Udall adossé au mur de sa maison, fumant une cigarette en se pensant caché par l'obscurité d'une nuit sans lune.

Tout ce que Wichita comptait de jeunesse dorée semblait s'être donné rendez-vous dans l'immense demeure de Lizzie Addams, située en plein cœur de Forest Hill. Hayley, se frayant un chemin jusqu'au bar installé à l'autre bout du salon, chercha sans succès Lindsay du regard. Elle savait qu'elle avait prévu de venir grâce à l'événement Facebook de la soirée, ne l'ayant pas revue depuis la fameuse nuit qu'elle avait passée chez elle. Lindsay devait bien savoir qu'elle était la seule fautive sur ce coup-là, et, fidèle à ses habitudes, l'évitait sûrement pour ne surtout pas risquer de se faire dire ses quatre vérités.

Un jeune homme barbu l'accosta alors qu'elle se servait une vodka orange. Elle ne prit même pas la peine de lui répondre et s'aventura dans le jardin, qui s'étendait sur une bonne centaine de mètres vers la forêt.

Il y avait plus de monde à l'extérieur, la plupart des invités regroupés autour de la piscine, d'autres éparpillés sur la pelouse, de multiples enceintes disposées sur la terrasse diffusant la même musique que dans le salon.

Hayley finit son verre et s'en resservit un sur une des tables installées près d'un gros barbecue en pierre. Elle remarqua que deux filles qu'elle ne connaissait pas discutaient en la fixant d'un air moqueur. Mal à l'aise, elle s'éloigna en sentant sa volonté fondre, tout comme cette maigre confiance en elle qu'elle avait tenté de se forger.

Malgré tout, elle lutta contre l'envie de repartir chez elle. Elle était là pour une bonne raison, et se força à s'y tenir.

Et puis elle se savait plus forte que cela, elle parviendrait à faire illusion. Ainsi, les autres continueraient à la voir comme avant. Ainsi, tout ce qui s'était passé entre-temps s'endormirait peut-être enfin. Elle serait pour de bon libérée du joug. Elle ne verrait plus le visage de Tommy chaque fois qu'elle fermerait les yeux.

Un groupe de garçons débarqua dans le jardin en braillant, des packs de bière à la main, tandis qu'un grand brun à moitié nu plongeait dans la piscine, suivi bientôt par quelques autres, tout aussi ivres que lui.

Hayley s'assit un instant dans l'herbe. Elle s'imagina s'y allonger pour regarder les étoiles jusqu'à ce qu'une main ferme l'invite à se relever.

Pour une danse, une caresse, une discussion prolongée.

Comment était-ce possible de se sentir si seule, entourée d'autant de monde ?

Un autre garçon, une casquette blanche sur la tête, lui fit un clin d'œil avant de se jeter à son tour dans l'eau chlorée.

Un peu de sang continuait à couler le long de sa cuisse, bien assez pour que les prédateurs qui se cachaient sous ces visages d'adolescents puissent le sentir.

Lindsay arriva enfin, accompagnée d'Emily Rampike, fendant la foule avec détermination, comme si elle se savait déjà en terrain conquis. Hayley détourna le visage avant que leurs regards ne se croisent, puis, consciente de sa stupidité, elle se retourna et la vit continuer sa route de l'autre côté de la piscine. Son amie semblait ne pas l'avoir vue.

Ou bien elle avait feint de ne pas la voir.

Alors que c'était elle, et elle seule, qui avait des raisons de lui en vouloir.

Hayley arracha une touffe d'herbe dont elle éparpilla les brins sur ses jambes nues, puis elle se releva en faisant attention à ne pas abîmer sa robe et regagna le salon.

Dean, le meilleur ami de Neil, se tenait près de la cheminée, discutant avec une grande rousse au visage ingrat. Il fit à Hayley un signe de la tête, et elle le rejoignit pour l'embrasser sur les joues.

– Tiens, Miss Hives, ça faisait longtemps !

– Oui, je suis complètement accaparée par mon entraînement en ce moment.

– Ah, mais c'est vrai, ton tournoi, c'est bientôt, non ?

– La semaine prochaine.

– On croise les doigts alors.

– Neil n'est pas avec toi ? osa-t-elle en s'en voulant aussitôt.

– Ah non, il est parti en Californie, je croyais que tu étais au courant.

– Je ne vois pas pourquoi je le serais, dit Hayley en tentant de masquer son amertume.

En Californie.

– En tout cas, il revient bientôt, si jamais tu te décides à enterrer la hache de guerre.

– Je ne pense pas que ça te regarde, Dean. Bon, je te laisse, je vais voir où est Lindsay, dit-elle en s'éloignant vers l'entrée principale, ne laissant rien paraître de toutes les émotions qui résonnaient dans tout son corps comme des cymbales.

Après avoir vérifié que Dean ne pouvait plus l'apercevoir, elle se servit un nouveau verre de vodka et se connecta sur le Facebook de Neil, alors qu'elle s'était interdit de le faire. Un de ses derniers posts était un selfie qu'il avait pris, allongé sur le sable d'une plage, en compagnie d'une blonde aux seins refaits. Hayley n'arrivait pas à y croire. Il était parti là-bas sans elle et avait fait en sorte qu'elle le sache, dans le simple but de la blesser.

Qui était cette fille ? Combien en avait-il rencontré depuis leur dispute ?

Une cinquantaine de personnes avaient *liké* la photo, dont la plupart de leurs amis communs, dont Lindsay, ce qui lui donna la nausée.

Du monde qu'elle pensait connaître, aux contours pourtant si familiers, en naquit un autre, plus insidieux, à l'atmosphère inhospitalière, un monde qu'elle devait fuir avant qu'il ne la contamine, elle aussi. La musique se fit de plus en plus forte à ses oreilles, tout comme les voix, les cris, les rires de toute cette armée de soûlards qui grignotaient peu à peu son espace vital.

Incapable de tenir plus longtemps, Hayley tituba en direction de l'entrée, bien décidée à partir pour de bon de cet endroit.

Elle n'avait plus rien à faire dans cette maison. Elle n'avait plus rien à faire avec eux.

Qu'ils pensent ce qu'ils veulent, après tout.

À peine assise dans sa voiture, elle démarra en trombe, ses bras tremblant tellement qu'elle en avait du mal à tenir le volant. Elle accéléra dans Elm Street, une fine pluie commençant à tomber sur le pare-brise, et se concentra pour ne pas quitter la route. Une camionnette vint en sens inverse et klaxonna avec insistance quand elle la frôla.

Il suffisait de peu de chose – braquer d'un coup et aller s'écraser contre un arbre, percuter un autre véhicule – pour ainsi se retrouver dans le même état que sa mère, au fond d'une tombe.

Dans le silence, dans l'ombre, oubliée.

Par chance, le salon était vide. Elle n'aurait pas supporté de se retrouver à cet instant face à son père, de devoir lui expliquer pourquoi elle rentrait si tôt. Et pourquoi ce visage, qu'elle avait mis tant de temps à parfaire, était aussi défait.

Hayley se versa un grand verre de vin blanc, alla s'installer sur son lit, et tenta de ne plus être attentive qu'au silence ambiant, à l'odeur du parquet ciré, aux ombres des arbres qui se balançaient sur les murs de sa chambre.

Et surtout au goût du liquide qui se déversait dans sa gorge, fruité et apaisant.

Elle se promit alors de ne plus les revoir. Aucun d'entre eux. Et surtout pas Lindsay, cette garce qui s'était jouée d'elle pour la dernière fois. Dès qu'elle entrerait à l'université, elle se ferait de nouveaux amis. Elle avait toujours été douée pour cela. Et, quand elle aurait enfin l'opportunité de quitter définitivement cette ville, ne resteraient d'eux que de lointains souvenirs.

Son smartphone vibra dans son sac à main, laissé sur le sol. Elle ne fit même pas l'effort de se lever pour savoir qui l'appelait à cette heure.

Une voix fluette se fit entendre dans la rue. Puis un bruit sourd, comme un corps qui tombait sur le bitume.

La pluie redoubla contre les vitres. Un orage grondait au loin. Hayley compta les secondes qui séparaient l'éclair du bruit du tonnerre, comme le lui avait appris sa mère quand elle était petite fille, et constata qu'il se rapprochait.

Elle ferma les yeux. Les rouvrit, l'air un peu hagard, quand la foudre tomba juste à côté de sa maison.

Et, alors que la pièce était plongée dans une obscurité totale, elle sentit un poids presser tout son corps, au contact rêche et mou à la fois. Quand un nouvel éclair illumina la pièce, elle vit avec horreur la gueule immonde de l'araignée qui la surplombait, ses rangées d'yeux ronds pointés sur elle, ses crocs recouverts d'une sorte de gelée sombre qui goutta sur ses seins.

Hayley n'eut même plus de voix pour hurler, tandis que deux de ses pattes, aux extrémités acérées, lui transperçaient les poignets pour la maintenir sur le lit.

Ni quand son dard énorme se planta sans prévenir dans son entrejambe, et que le venin, fourbe et acide, commença à s'agiter dans ses veines pour atteindre son cœur.

Le dard ressortit de la béance, brillant un instant sous les éclairs, pour s'y enfoncer à nouveau, plus profondément, afin de s'y lover jusqu'à ce que le jour se lève.

Hayley ne songea pas à se battre, son corps à nouveau vaincu, elle qui, au fil de ces dernières nuits, avait au moins compris que cela passait plus vite quand on ne luttait plus.

Le lendemain matin, elle se rendit à son entraînement au country club avec une heure de retard. Meredith était assise à la terrasse du bar en compagnie d'un des autres membres, un homme au bronzage forcé, et ne leva même pas les yeux vers elle quand elle arriva.

Mais elle accepta, malgré tout, de la rejoindre sur le green, où Hayley, sous l'effet de tout l'alcool qu'elle avait ingurgité la veille, ne parvint pas à se concentrer et rata le moindre de ses coups.

– Bon, écoute, Hayley, ce n'est pas la peine de continuer, dit Meredith au bout d'une bonne demi-heure d'essais infructueux. Va dessaouler chez toi, c'est le mieux que tu puisses faire pour aujourd'hui.

– Je suis désolée, Meredith, j'ai passé une très mauvaise nuit.

– Comme toute cette semaine, je sais. Tu devrais varier un peu tes excuses, ma pauvre fille, ça devient lassant. C'est quand ton tournoi, déjà ? Tu es bien consciente que, dans ton état, ce n'est même pas la peine d'y participer ?

– Non, je te jure que je serai prête !

– Tu ne ferais que te ridiculiser, crois-moi. Franchement, je ne vois pas quoi te dire, à part qu'à ce stade je ne peux plus rien faire pour toi. Si, par miracle, tu es encore intéressée par une vraie carrière de golfeuse professionnelle, tu vas devoir sérieusement te recentrer sur tes objectifs et te trouver quelqu'un de plus patient que moi pour préparer le prochain tournoi.

Disant cela, Meredith s'éloigna sans plus un regard vers elle.

Hayley resta pétrifiée sur le green, dans cette chaleur étouffante et sans la plus petite oasis à l'horizon, ne songeant même pas à la retenir.

Car elle savait, au fond d'elle-même, que Meredith avait raison. Elle était en train de tout saborder et se sentait incapable de trouver la force pour y remédier. Elle n'avait plus la motivation nécessaire pour aller plus loin. Depuis qu'elle était revenue de chez Norma, elle ne supportait plus la moindre contrainte. Elle ne supportait plus de devoir se donner autant de mal. Elle n'avait même plus envie de gagner ce tournoi.

Plus rien, au fond, n'avait d'importance.

Elle voulait juste dormir, du sommeil le plus profond possible.

De retour chez elle, Hayley s'enferma dans la salle de bains du rez-de-chaussée et se fit couler un bain. Le corps plongé dans l'eau chaude, elle décida de rester chez elle le reste de la journée à ne rien faire, à simplement écouter de la musique, à bronzer dans le jardin, et à engloutir un gros pot de glace à la vanille en regardant des films à l'eau de rose.

Une fois dans sa chambre, et n'ayant plus rien à fumer, elle envoya un texto à Rudy pour lui demander quand elle pouvait passer chez lui, ce à quoi il répondit, quelques minutes plus tard, qu'il y serait toute la soirée avec son ami Tyrone.

Hayley avait déjà croisé Tyrone à une fête en début d'année. Il avait la trentaine et, selon Rudy, gagnait sa vie en commettant des home-jackings chez de riches habitants des environs. Hayley n'avait jamais su s'il plaisantait ou pas, mais, sur le moment, cela ne lui avait pas paru si étonnant au vu de ses autres fréquentations. Tyrone l'avait d'ailleurs plus ou moins draguée ce soir-là, et elle aurait pu craquer si elle n'avait pas été avec Neil, plutôt charmée par son aura de mauvais garçon.

Confortablement allongée sur le canapé, elle zappa sur différentes chaînes et s'arrêta sur la retransmission d'un concours de mini-miss. L'ironie de la situation la fit presque rire. Elle imagina alors Cindy défiler parmi elles, le visage caché derrière un voile pour ne pas effrayer l'assistance, un visage qui, une fois à découvert, ne pourrait plus la faire concourir que dans une foire aux monstres.

Et, cette fois, elle éclata de rire, un rire lumineux, un rire à s'en faire mal au ventre.

Hayley s'était interdit de prendre des nouvelles de la petite fille sur Internet, mais cette fois la tentation était trop forte. Elle tapa son nom sur Google et tomba rapidement sur un article expliquant que son état s'était stabilisé. Sortie de l'hôpital, elle était retournée chez elle avec sa mère, cette femme dont le courage suscitait la plus vive admiration dans toute la communauté, un grand mouvement solidaire s'étant formé pour réunir des fonds afin de l'aider à payer les frais d'hospitalisation.

Hayley, effarée, ne put pas en lire davantage. De rage, elle saisit un cendrier en cristal posé sur la table basse et le jeta contre le mur.

Tout ce qu'elle avait fait n'avait pratiquement servi à rien.

La plus vive admiration.

Elle aurait dû s'attaquer directement à Norma. Maintenant tout le monde voyait en elle l'inverse de ce qu'elle était vraiment.

Ce n'était pas de cette manière que cela aurait dû se passer. Et elle ne pouvait plus y remédier. La simple idée que tant de gens s'apitoient sur cette femme affreuse lui devint de plus en plus insupportable.

Alors qu'il n'y avait personne pour s'apitoyer sur son sort à elle ; sa douleur, en cet instant ravivée, condamnée à être tue.

Son père rentra au moment où elle allait se chercher une bière dans le réfrigérateur. Il paraissait harassé et, sans penser à la réprimander, il lui en demanda une aussi avant de s'installer dans le salon.

À sa demande, ils dînèrent ensemble sur la terrasse, Hayley se forçant à avaler quelques bouchées du plat qu'il venait de faire réchauffer, coupant court à chaque discussion qu'il tentait d'amorcer.

Une fois son père parti se coucher, Hayley envoya un message à Rudy pour le prévenir qu'elle arriverait une demi-heure plus tard, puis elle se maquilla légèrement et sortit de la maison sans faire de bruit.

Rudy lui proposa un verre de vodka, à peine avait-elle passé le pas de la porte, ce que Hayley accepta volontiers. Tyrone était plus massif que dans son souvenir. Le genre de mec avec qui Lindsay coucherait sans hésiter.

Ils se prirent ensuite ensemble plusieurs rails de coke sur la table basse, et Hayley, de plus en plus à l'aise, leur parla de tout et de rien, pestant contre Neil et Lindsay, s'amusant de leurs regards qui trahissaient leur désir pour elle, eux qui s'imaginaient sûrement arriver à la mettre dans leur lit avant que le jour ne se lève.

C'était à ce moment-là que les hommes étaient le plus vulnérables.

C'était à ce moment-là qu'elle devait frapper sa prochaine balle.

– Et, alors, Tyrone tu as un nouveau coup de prévu ? demanda-t-elle en se resservant un verre.

– De quoi tu me parles exactement, princesse ?

– De tes braquages. C'est Rudy qui m'a mise au courant. Je ne pensais pas que c'était un secret entre nous.

– Et ça n'effraie pas une jeune fille des beaux quartiers de traîner avec des criminels ?

– Rien ne me fait plus peur, à vrai dire.

– Tiens donc. Eh bien, si tu veux tout savoir, on parlait justement de ça quand tu es arrivée, fit Tyrone en se redressant. Rudy va rejoindre mon équipe et on a peut-être un plan, oui. J'espère que tu sais tenir ta langue.

– Évidemment. Et puis tant que vous ne venez pas chez moi en plein milieu de la nuit, ça m'est égal. À vrai dire, je trouve même ça amusant.

Les deux garçons se sourirent d'un air entendu.

Si faciles à contrôler.

Hayley, l'alcool coulant dans sa gorge, imagina un instant Lindsay et ses parents réveillés en sursaut par des intrus en plein milieu de la nuit, puis attachés dans le salon pendant qu'ils leur soutiraient tout ce qui avait de la valeur à leurs yeux.

– Et tu fais ça depuis combien de temps ?

– Depuis que je suis sorti de prison pour avoir fracassé la tête d'un pauvre mec qui avait cru me doubler, dit Tyrone en lui faisant un clin d'œil.

– Donc, vous savez déjà qui sera votre prochaine cible ? Quelqu'un qui vit ici ? À Wichita ?

– Tu es bien curieuse, dis-moi ! Rien de défini, non. Ces choses-là ne se font pas à la légère. Beaucoup de facteurs sont à prendre en compte.

– Comme quoi, par exemple ?

– D'abord, il faut trouver une maison assez isolée, faire un minimum de repérages, savoir combien de personnes seront susceptibles d'être présentes ce soir-là, quel est leur type de système d'alarme. Et puis aussi, où se trouvent les objets de valeur, même si je ne vais pas te cacher qu'une fois attachées nos victimes se font toujours très conciliantes. On doit également savoir à l'avance si on pourra s'enfuir facilement, si on ne risque pas d'être dérangés par une tierce personne.

– Tu y prends sûrement un peu de plaisir, non ? À voir ces gens ligotés, à ta merci, prêts à tout pour rester en vie.

Cette douleur, à nouveau, sur ses poignets.

– Ouais, je ne vais pas dire le contraire. On ne fait pas ça que pour la thune, hein. C'est un gros kif de voir ces mecs pleins aux as réduits à l'état de larves, prêts à te manger dans la main. Mais pourquoi toutes ces questions ? Tu veux postuler pour te joindre à nous ?

– Oh non, je demandais ça comme ça. *C'était le moment, le moment de franchir la ligne.* Pour être franche, je connais une femme qui cache un beau paquet de fric chez elle, dit-elle sans plus réfléchir. Elle habite au milieu de nulle part, ça serait un jeu d'enfants pour vous.

– Ah ouais ? fit Tyrone en se rapprochant. Et tu peux m'en dire plus ?

Hayley, le feu aux joues, pouvait s'arrêter là. Leur dire qu'elle plaisantait. Mais elle ne le voulait pas. D'un coup, tout lui parut si limpide.

Et ces frissons qu'elle ressentait. Cette excitation qui se révélait…

– Je ne sais pas où elle le cache précisément, il faudra que vous la cuisiniez un peu. Mais ça ne sera pas trop difficile pour vous, j'imagine.

– Tu es vraiment sérieuse ? demanda Rudy. C'est pour ça que tu es venue ici ? Pour nous proposer ce genre de plan ?

– Non, pas du tout. Mais disons que j'ai eu le temps d'y penser sur le chemin.

– Eh bien, Hayley, je ne te pensais pas du tout comme ça, dit-il en éclatant de rire.

– Il y a beaucoup de choses de moi que tu ignores, Rudy.

– Et pourquoi cette femme précisément ? Tu as un compte à régler avec elle ?

– Si ça peut vous convaincre, je vous paye pour le faire. Je vous demande ça comme un service, vous serez gagnants dans les deux cas. Vous prenez tout ce que vous voulez chez elle, et moi je vous verse ensuite la somme convenue.

– Et tu as son adresse exacte ? demanda Rudy en traçant de nouvelles lignes de coke sur la table basse.

– Je peux vous la trouver. Elle vit en pleine campagne, près d'une ville qui s'appelle Emporia, à une heure et demie d'ici. Mais que ce soit bien clair, je ne veux pas que vous vous contentiez de la dévaliser. Ce que je veux, c'est qu'elle ait la trouille de sa vie. Je veux qu'elle ne puisse plus jamais dormir tranquillement. Qu'elle ne puisse plus s'en remettre. Vous lui faites ce que vous voulez pour y parvenir, ça ne me regarde pas.

Pourquoi n'arrivait-elle pas à prononcer ce simple mot ? Que cette folle voie, à son tour, ce que cela faisait quand on braquait son propre corps ? Qu'elle le sente au plus profond de sa chair ?

Hayley but un autre verre, son cœur battant de plus en plus fort, furieusement galvanisée, ne s'étant jamais sentie aussi excitée depuis longtemps.

– Et puis elle a aussi un fils qui s'appelle Tommy. Si vous arrivez à le choper, faites-lui juste regretter d'être né. Et filmez toute la scène avec votre iPhone, que je puisse la voir ensuite.

Oui, se repasser le film, encore et encore.

– Tu sais au moins dans quoi tu t'engages, j'espère, fit Rudy d'une voix plus ferme. Ce n'est pas un jeu. Ne nous fais pas une crise de larmes une fois que tout sera fini. Et ne va pas nous dénoncer aux flics si tu n'arrives pas à l'assumer ensuite.

– Aucun risque, vous pouvez me faire confiance là-dessus…

– Et ce Tommy, il t'a fait quoi ? On peut savoir ?

– Il m'a violée, dit-elle, avec un naturel qui la désarma. Et cette femme l'a laissé faire. Elle a ensuite tenté de me tuer en m'enfermant trois jours dans sa cave sans boire ni manger. Je serais morte si je n'avais pas réussi à m'échapper.

Quel bonheur de pouvoir le cracher ! Que des oreilles l'entendent. Comme un caillot de sang enfin expulsé.

– Putain, j'hallucine, dit Rudy d'un air effaré. Et tu n'as pas appelé les flics ?

– Certaines choses font que je ne pourrai jamais en parler à personne, surtout pas à la police. Et maintenant je ne peux plus revenir en arrière. Vous êtes les seuls à pouvoir m'aider. Ils doivent payer pour ce qu'ils m'ont fait. Sans ça, je crois que je vais devenir folle.

Et maintenant les larmes. Ni trop ni pas assez.

– Et ça s'est passé quand ?

– La semaine dernière. La veille du jour où on s'est vus. Tu as bien dû sentir que je n'étais pas dans mon état normal.

– C'est pour ça que tu m'as acheté ce flingue ? Franchement, Hayley, je ne sais pas quoi dire.

– Alors, ne dis rien, mais fais ce que je t'ai demandé de faire. Je garde votre secret, vous gardez le mien. De cette façon, on est certains qu'on peut se faire mutuellement confiance.

Les deux garçons se regardèrent droit dans les yeux. Hayley sentit la haine qui émanait d'eux, ce feu qu'elle avait attisé, prêt à tout dévaster.

– D'accord, princesse, on va s'en occuper, dit Tyrone d'un air déterminé. Ces deux fumiers ne seront pas près d'oublier ce qui va leur tomber dessus.

Et, les images du prochain carnage défilant dans sa tête, naquit au fond d'elle cette certitude que, dès le soir même, ses nuits seraient beaucoup plus douces.

TOMMY

Presque deux journées entières passées à la chercher dans les rues de Topeka et aucun signe d'elle nulle part.

Affamé, Tommy se gara face à un KFC et inspecta rapidement les lieux avant d'entrer dans l'établissement. Il avait volé cette vieille Cadillac la veille au matin à Kansas City, et savait qu'il devrait bientôt en trouver une autre, afin de réduire les risques.

Dans la salle bondée du fast-food, il passa commande, puis s'assit à une table derrière la vitre, d'où il pouvait surveiller son véhicule.

Julia lui avait expliqué qu'elle habiterait chez une amie. Sa seule solution était de sillonner la ville dans l'espoir de tomber sur elle par le plus grand des hasards. Les chances étaient certes minimes, mais il ne pouvait rien faire d'autre que de s'y accrocher. Il savait qu'il la retrouverait, quitte à rester des semaines dans cet endroit. Ce Dieu de misère ne pouvait pas l'avoir mise sur son chemin pour l'en retirer aussitôt. Même si seule Tessa habitait son cœur, la présence de Julia l'apaisait comme nulle autre, et de cette drogue-là non plus il ne voulait pas se passer. Et s'il fallait qu'ils se fassent des adieux, ce serait les yeux dans les yeux, après une dernière nuit sans sommeil.

Quand il regagna la voiture, une femme âgée se mit à hurler sur le trottoir, et un jeune homme traversa la rue en courant, le sac de la dame à la main. Sans attendre, Tommy le poursuivit à travers ruelles et arrière-cours et le rattrapa au niveau d'un entrepôt, le projeta au sol et le frappa au visage, jusqu'à l'assommer. Il saisit ensuite le sac à main, puis fit demi-tour et sortit deux cents dollars d'un vieux portefeuille en cuir et les fourra dans sa poche de jean, avant de jeter le sac dans une benne à ordures.

De retour dans sa chambre d'hôtel, il s'affala sur son lit en ouvrant une bière qu'il but en détaillant l'affreux papier peint qui recouvrait les murs.

Il reprendrait ses recherches dans la soirée, cette fois à pied, dans le centre-ville. Au moins, cela lui permettrait de ne se focaliser que sur son objectif, sans penser à tous les doutes qui, ces derniers temps, l'assaillaient.

Depuis qu'ils s'étaient croisés à Kansas City, Tommy n'avait, malgré ses efforts, jamais réussi à se défaire de tout ce que lui avait dit Graham, parfois regrettant son geste, parfois se confortant dans l'idée que repartir avec lui aurait été une erreur.

Sa mère l'attendait-elle vraiment ? Prête à tout lui pardonner ?

Graham l'aurait-il vraiment soutenu, sans arrière-pensée, sans jugement ?

Avait-il laissé passer sa chance de reprendre une vie normale ?

Pouvait-il courir ce risque ?

Non, il ne devait plus penser à eux.

Refuser toute sensiblerie.

Ne plus faire confiance à personne, pas même à Dylan, qui n'avait pas hésité à le trahir à son tour.

Tommy finit sa bouteille, prit une douche, et se posta à la fenêtre. Dans la rue, les passants vaquaient à leurs occupations quotidiennes. Au loin, une vingtaine de personnes se tenaient sur une terrasse, toutes endimanchées, une sorte de jazz se faisant entendre par intermittence.

Une camionnette verte était garée sur le trottoir opposé. Deux hommes étaient assis à l'avant, l'air d'attendre quelqu'un, indifférents à ce qui les entourait. Une jeune femme en minijupe passa non loin de là, détournant son attention à la façon d'un charme. Et il s'imagina alors l'attirer dans un endroit sombre, sans un seul mot échangé.

Topeka, aussi sèche que les plaines qui l'entouraient, le rendait de plus en plus mal à l'aise. Elle ressemblait peut-être un peu trop à Emporia au fond, comme un cercueil à peine moins étroit. Il avait déjà hâte de revenir à Kansas City, dans ce quartier qui commençait à lui manquer, même s'il ne porterait plus l'empreinte de Julia. Même s'il devrait dorénavant y vivre sans elle. En y repensant, il était certain que Tessa s'y sentirait bien elle aussi, reconnaissante de lui permettre de vivre dans une grande ville avec lui, d'échapper ainsi pour de bon à sa vie d'avant.

Il ferait tout pour la rendre heureuse. Il serait chaque jour pour elle cet homme que Julia n'avait jamais eu la chance de trouver.

Trois voitures de flics s'arrêtèrent près de la camionnette. Six hommes en uniforme en sortirent, bientôt rejoints par les deux occupants de la camionnette. Ils discutèrent avec eux en regardant la façade de l'immeuble.

Le sang de Tommy ne fit qu'un tour. Il bondit vers le lit, se rhabilla en hâte, et, une fois hors de sa chambre, se précipita vers l'escalier.

Les entendant le gravir, il décida dans la précipitation de remonter vers le toit par l'escalier de secours.

Il n'arrivait pas à y croire. Ils l'avaient trouvé malgré toutes ses précautions.

Quelle erreur avait-il commise ?

La voiture ?

Tout là-haut, l'air semblait plus vif mais à peine plus respirable. Deux mètres environ le séparaient de l'immeuble voisin. S'il prenait assez d'élan, il pourrait sauter sans risquer de s'écraser sur le bitume.

Mais alors tout finirait. Plus de peur. Plus de douleur. Plus rien.

Tommy évalua calmement la distance, s'efforçant de ne pas trop penser au vide qui, pendant une fraction de seconde, tenterait de l'avaler.

À qui manqueras-tu ?

Un chat passa dans la ruelle et lui donna le vertige. Au-dessus, des oiseaux piaillaient gaiement, le narguant par leur agilité à fendre l'air.

Des cris éclatèrent en contrebas. Tommy s'accroupit et osa jeter un regard par-delà la rambarde au moment où les flics ressortaient du bâtiment en encerclant deux hommes menottés et seulement vêtus de sous-vêtements, pour les emmener à l'arrière de leurs véhicules. Une femme, à demi nue elle aussi, leur hurla des insanités avant de se faire violemment plaquer contre le sol.

Ils n'étaient pas venus pour lui.

Tommy se retourna sur le dos et, face au ciel, éclata de rire, se sentant à la fois idiot et bienheureux.

De retour dans sa chambre, il rassembla ses affaires et les fourra dans son sac, préférant se trouver un nouvel abri pour la nuit.

Il laissa la voiture qu'il avait volée où elle était. De toute façon, il en avait assez de chercher Julia. Elle pouvait aller au diable, elle aussi.

Le lendemain, il se rendrait à la gare routière et prendrait le premier car qui pourrait l'emmener dans une autre ville, plus à l'est. Une fois arrivé, il s'achèterait à manger pour toute une semaine, et s'enfermerait dans une chambre de motel pour ne plus en ressortir.

Mais, il avait une dernière chose à accomplir avant de quitter cette ville définitivement.

Pour se donner un peu de courage, il s'assit et but le fond de whisky qui lui restait.

Puis il prit un bus pour se rendre en direction du quartier d'East End, là où vivait Connor, l'ami du frère de Dylan, là où se trouvait la maison avec les fleurs plantées le long de la façade.

44.

Cette fois, il devait savoir pourquoi cet endroit l'obsédait depuis qu'il n'avait pas osé en franchir le seuil.

Comme un lâche.

Un petit garçon peureux.

Un peu plus et tu pissais dans ton froc.

D'un pas pressé, Tommy emprunta ensuite une rue assez large, avec toujours dans un coin de sa tête ce secret espoir de croiser Julia par hasard, et que, surprise et heureuse de le voir, elle l'invite chez elle.

Et lui demande de lui pardonner, son souffle chaud caressant sa peau nue.

Non, il ne devait plus penser à elle.

Un peu plus loin, trois gamins jouaient au foot sur la chaussée, alors que d'autres garçons, plus âgés, passaient à vélo à toute vitesse, ce qui lui rappela toutes ces fois où il était parti avec Graham en excursion à travers champs, forêts et vallons ; tous deux rentraient parfois si tard chez eux que leur mère les attendait assise sur le perron.

Et, par son inquiétude, elle leur prouvait sans un mot tout l'amour qu'elle avait pour eux.

Tommy reconnut rapidement le centre pour enfants avec la fresque peinte sur le mur et prit la petite rue sur la gauche, marchant presque à reculons jusqu'à cette maison où, beaucoup plus jeune, son papa l'avait tant de fois emmené voir le méchant monsieur aux cheveux gris qui y vivait.

Mais cela, son esprit refusait de l'admettre. Tommy sentait juste qu'il était déjà venu à cet endroit.

Sur la boîte aux lettres était écrit juste un nom, à moitié effacé : « H. Hill ». De l'intérieur lui parvint le bruit d'un jeu télévisé. Tommy effleura quelques fleurs des doigts, puis tenta dc jeter un coup d'œil à travers une fenêtre, dont les rideaux étaient tirés.

Et, conscient qu'il ne pouvait faire autrement, il se rendit à la porte d'entrée et sonna.

Un grognement résonna entre les murs, puis des pas, saccadés, ceux de quelqu'un qui boite.

Un homme ouvrit la porte, assez grand, les traits fins, des cheveux blancs en bataille, âgé d'une bonne soixantaine d'années et habillé d'une chemise à carreaux et d'un pantalon en toile.

– Bonjour, dit Tommy en bégayant, je m'appelle Tommy Hewitt. Vous allez trouver ça bizarre, mais j'ai l'impression de connaître cette maison…

L'homme n'eut d'abord aucune réaction, puis son visage se décomposa et il lui ferma violemment la porte au nez.

Tommy resta un instant immobile sur le perron. De peur que l'homme ne prévienne la police, il s'éloigna sans demander son reste, un goût amer remontant dans sa bouche.

C'est en s'arrêtant à un bon kilomètre de là, au niveau d'un vieux panier de basket fixé sur une pelouse, qu'il se rendit compte à quel point il tremblait.

Pourquoi cet homme avait-il paru d'un coup si terrifié ? De quoi s'était-il souvenu qui continuait à lui échapper ?

Tommy s'assit sur un banc et y resta jusqu'à ce que le soleil se couche derrière les ormes, ne pensant même plus à se trouver un autre hôtel pour la nuit, ne pensant plus à rien.

Le bruit d'un moteur le sortit de sa torpeur. Un break marron remonta l'allée de la maison la plus proche. Un homme et une femme en sortirent des sacs de courses, puis deux petits garçons gambadèrent à leur suite vers leur porte d'entrée. Tommy fit discrètement le tour de la maison et déboucha dans le jardin situé à l'arrière. La femme, d'une beauté quelconque, posa ses sacs sur la table de la cuisine. Un des petits garçons la rejoignit et elle lui servit un verre d'eau, pendant que le père se vautrait dans le canapé du salon.

Les courses à peine rangées, la femme sortit des morceaux de viande rouge du réfrigérateur, ainsi qu'une salade toute faite, et posa le tout sur le plan de travail. Son mari l'embrassa sur la joue, puis attrapa quatre assiettes qu'il alla disposer sur la table à manger.

Les deux garçons, eux, se trouvaient à l'étage, dans une pièce aux murs recouverts de papier peint bleu, qu'il supposa être leur chambre. Leur mère les appela quelques minutes plus tard et ils descendirent s'installer à table.

Tous dînèrent devant la rediffusion du *Flic de Beverly Hills.* Tommy les contempla comme s'il était lui aussi devant un film, avec ce même sentiment de se retrouver face à une scène à laquelle il ne pourrait jamais vraiment prendre part.

Une fois qu'ils eurent fini, le jeune homme recula, de peur de se faire voir, et remarqua alors une remise dans le fond du jardin. La porte n'était pas fermée à clef. La pièce était principalement remplie de cartons et d'outils de bricolage. Épuisé, n'ayant plus l'énergie de se chercher un autre endroit pour la nuit, il attendit patiemment que la famille aille se coucher, attrapa quelques cartons pliés et les posa au sol. Puis il sortit un pull de son sac à dos et le posa sur lui comme une couverture, attendant, allongé en chien de fusil, que le sommeil l'emporte loin de là. Les minutes passant, cherchant à combler la solitude, il s'imagina assis dans le jardin situé derrière sa maison, aux côtés de sa mère, de Graham, de Cindy, scène où se mêlèrent souvenirs et espoirs, baignée d'une lumière de fin de journée, rosée et légère. Et Tessa aussi était présente, sa main chaude dans la sienne, sa silhouette encore plus foudroyante que le soleil, elle qui lui avait promis que jamais elle ne le quitterait.

Son corps et son esprit apaisés, il s'endormit peu à peu et partit chercher le gâteau d'anniversaire de Cindy dans la cuisine, heureux comme il ne l'avait jamais été, avec l'impression d'être ivre alors qu'il n'avait pas bu une seule goutte d'alcool.

Quand il revint au-dehors, la lumière avait déjà changé, devenue plus froide, et il entendit les croassements des corbeaux dans un ciel dont ils étaient pourtant absents ; il vit sa mère, Graham, Cindy et Tessa étendus dans l'herbe en demi-cercle, leur sang, échappé des dizaines de blessures qui zébraient leurs cadavres, s'y mêlant pour y former une mare aux reflets arc-en-ciel.

Et, dans ses mains, ne restait plus que cet énorme couteau, dont la lame visqueuse reflétait son regard amusé, exalté.

Aux premières heures du matin, il quitta le cabanon le plus discrètement possible.

Avant de se rendre à la gare routière, il décida de retourner à la maison aux fleurs, dans le but de savoir une bonne fois pour toutes qui était cet homme, et pourquoi ce dernier avait eu à ce point peur de lui en le voyant.

On percevait toujours le bruit de la télévision. Tommy sonna à nouveau, mais cette fois personne ne répondit. Il se rendit à l'arrière et entra par la porte de la cuisine. Il flottait une légère odeur de brûlé. Il y faisait beaucoup plus chaud qu'à l'extérieur. Tommy avança prudemment jusqu'au salon et trouva son corps étendu sur le parquet, ses deux pieds nus, l'un plus sombre que l'autre.

L'homme devait être mort depuis plusieurs heures. Il avait les yeux révulsés, la bouche grande ouverte. Et Tommy le reconnut. C'était lui qu'il avait vu près de l'abattoir plus d'une semaine plus tôt, juste avant qu'Elmer ne s'attaque à lui.

Plus vieux, plus maigre, avec moins de cheveux, mais c'était bien lui.

Réduit à l'état de carcasse prête pour l'équarrissage.

Il avait dû faire une crise cardiaque. Tommy connaissait les médicaments qui étaient posés sur le buffet. Les mêmes que ceux de M. Holmes.

Le salon était assez vaste, chargé de bibelots de toutes sortes, un vieil ordinateur allumé sur un bureau.

La vue du mort n'avait pas coupé la faim à Tommy. Il retourna dans la cuisine et ouvrit le réfrigérateur, plein à ras bord de nourriture. Il saisit une brique de lait, du fromage et des fruits, et avala le tout assis à une table, ce qui lui fit un bien fou.

L'homme devait vivre seul. Il n'y avait dans cet endroit que des signes trahissant une grande solitude.

Et, a priori, rien de valeur, aucun objet susceptible d'être revendu.

Certains détails lui parurent étrangement familiers, comme le grand tableau qui, dans le salon, représentait un bateau en pleine mer, ou cette vieille mappemonde posée sur un guéridon…

La vie pouvait être si étrange, parfois.

Au fond du couloir, une porte en bois menait à une cave.

Tommy descendit l'escalier et se retrouva dans une grande pièce pleine d'objets divers. Une autre porte se découpait sur sa droite. Les clefs étaient accrochées au mur. Tommy s'en saisit et pénétra dans une pièce deux fois plus petite, avec au milieu un lit recouvert d'un vieil édredon verdâtre.

Sur une commode trônait un téléviseur, ainsi qu'un appareil photo. Les murs étaient tapissés d'un papier peint où figuraient des animaux de la ferme. Des livres pour enfants étaient disposés en pile sur la moquette.

Le petit garçon obéit et s'assit sur le lit. Il était tout nu, sa bouche pleine du goût des bonbons à la fraise que son papa lui avait donnés avant de rentrer dans la maison aux belles fleurs mauves, son papa qui, à présent, se tenait dans le fond de la pièce, derrière la grosse caméra. Tout était flou autour de lui, il se sentait si fatigué. Le monsieur aux cheveux gris s'approcha alors du lit, nu lui aussi, tenant à la main un objet long et humide qui brillait sous la lampe accrochée au plafond. Le petit garçon avait peur du monsieur aux cheveux gris, encore plus que de son papa. Il ferma les yeux et se concentra sur le goût des bonbons pour ne pas penser au contact de ses doigts sur son jeune corps, et imagina le visage souriant de sa maman qui lui lirait une belle histoire avant qu'il ne s'endorme, pour que, au simple son de sa voix tendre, les monstres ne puissent plus le visiter dans son sommeil.

Pour à nouveau l'attacher, le mordre, s'insinuer en lui pour ne laisser ensuite que la douleur.

À l'intérieur d'un placard mural, Tommy trouva plusieurs boîtes à chaussures bourrées de vidéocassettes et de photos d'enfants, la plupart prises dans des endroits publics : parcs, piscines ou cours d'école. Sur quelques autres, on voyait un même petit garçon aux cheveux noirs ; debout, assis ou étendu sur le lit, riant, pleurant, hurlant ; son corps parfois attaché par des lanières en cuir dans des positions innommables, parfois mêlé à d'autres corps, ceux d'hommes dont les visages restaient, eux, toujours cachés ; images auxquelles s'ajoutèrent dans l'esprit de Tommy de douloureuses réminiscences – une caresse un peu trop profonde, une odeur de peau aigre, la vision d'un corps déjà flétri – surgies d'une enfance répudiée et dont il ne pouvait, à cet instant, pas encore affronter la pénible clarté.

Pris de vertiges, au bord de la nausée, Tommy remonta l'escalier et claqua la porte.

Il resta une bonne demi-heure assis contre le mur arrière de la maison, entendant parfois des voix de l'autre côté de la palissade, s'appliquant à chasser toutes ces horreurs qui, dans sa tête, tournaient comme des chevaux de manège.

Combien de temps faudrait-il pour que quelqu'un s'aperçoive de la mort de cet homme ? Il ne devait pas avoir de famille proche. En tout cas, rien, chez lui, ne le laissait supposer.

Une voiture était garée dans son allée. Tommy trouva les clefs dans une veste en cuir accrochée près de l'entrée.

Une voiture qui ne serait jamais déclarée volée, avec laquelle il ne risquerait pas de se faire arrêter.

L'occasion était trop belle. Ce coup du sort venait de lui offrir à la fois un moyen de transport et un toit pour les prochains jours. Un endroit où il pourrait se faire un peu oublier et qui lui permettrait d'économiser l'argent de l'hôtel. S'il ne faisait pas d'erreur et restait prudent, personne ne soupçonnerait sa présence.

Il devrait se débarrasser du corps avant que l'air du salon ne devienne irrespirable. Et veiller à ne pas se faire repérer par les voisins.

Il l'enterrerait dans son propre jardin, lui qui ne méritait pas de reposer dans une terre consacrée. Et il brûlerait toutes ces photos immondes, condamnerait cette cave et toute la pestilence qu'elle renfermait.

Après avoir trouvé une bouteille de vodka dans le congélateur, Tommy s'installa confortablement sur le canapé, alluma la télévision et regarda un épisode de *Malcolm*, son rire emplissant bientôt cette pièce au milieu de laquelle un cadavre continuait de se décomposer.

C'était l'heure de faire la sieste, mais elle ne voulait surtout pas dormir.

Sa maman se trouvait dans le jardin, occupée à lire un magazine en écoutant de la musique. Cindy avait bien compris qu'elle ne devait plus la déranger dans ces moments-là, plus comme avant, quand, dès qu'elle la rejoignait, son regard s'illuminait.

Mais, à la place, rester dans sa chambre, à attendre que le temps passe.

Elle aimerait tant avoir un petit chien, qui serait toujours avec elle, pour qui elle seule compterait au monde. Mais elle savait que sa maman ne serait jamais d'accord.

Tommy commençait à lui manquer. Sa maman lui avait dit qu'il était parti pour les vacances. Mais pourquoi sans eux ? Et pour combien de temps encore ? Heureusement, Graham, lui, était resté. Ce matin, levée plus tôt que d'habitude, elle l'avait surpris dans la baignoire remplie à ras bord, tenant d'une main tremblante l'objet qui coupait contre son poignet. La voyant, il avait poussé un petit cri, puis lui avait demandé de retourner se coucher. Il était ensuite venu l'embrasser et lui avait dit qu'elle devait oublier ce qu'elle avait vu, qu'il partait se promener et ne reviendrait que tard dans la nuit. Elle avait juré de ne rien dire, rassurée qu'il ne se soit pas blessé, lui qui avait pourtant l'air si triste, plus triste qu'elle quand elle se regardait dans un miroir.

Elle ne voulait plus retourner à l'hôpital. Elle ne voulait plus sortir de sa maison. Elle était déjà bien assez grande pour se rendre compte de la façon dont les gens la regardaient.

Si seulement Dieu pouvait lui rendre son visage d'avant, faire cesser ses douleurs. Faire qu'elle puisse à nouveau voir le monde avec ses deux yeux.

Et puis elle ne voulait plus revoir la méchante sorcière dans ses rêves. Entendre, agenouillée dans le salon, son affreux rire, alors qu'elle la frappait, alors qu'elle lui faisait tellement mal…

Des bruits de pas lui parvinrent de l'escalier.

C'était sa maman ! Enfin elle venait la chercher !

Et elle l'emmènerait dehors pour faire du vélo, jouer à la poupée, manger un gros morceau de gâteau, toutes deux assises dans l'herbe !

Alors, Cindy se redressa et fixa la porte, impatiente de la voir s'ouvrir. Mais la porte ne s'ouvrit pas. Les pas continuèrent dans le couloir. Et c'est une autre porte qu'elle entendit claquer, celle de la chambre de sa maman.

Et, à nouveau, ce silence, bien pire qu'à l'hôpital.

Le cœur brisé, elle se recoucha et prit sa poupée dans ses bras, celle à la petite robe en satin rose, se forçant à ne pas pleurer pour ne pas la mouiller.

GRAHAM

Les yeux fermés, il tenta de ne plus penser qu'à la douceur du tapis d'herbe dans son dos, à l'ardeur du soleil sur son visage, aux clapotis de l'eau du lac qui venait buter contre la rive.

Et il se rêva perdu en pleine nature, au centre d'une île inexplorée ; sur la pente d'une montagne abrupte où seuls certains oiseaux pouvaient se poser ; sur un radeau toujours en mouvement, dérivant vers le large…

Une douleur pointa au creux de son ventre. Graham rouvrit les yeux au moment où une buse passait au-dessus de lui, chassant sa proie. Au loin, on apercevait la plage, tremblotante sous la chaleur qui remontait de la terre, déjà noire de monde en ces derniers jours des vacances d'été.

Graham alluma une cigarette et se rassit en rajustant sa casquette pour ne pas risquer l'insolation. Il était parti de chez eux en fin de matinée avec le scooter de Tommy sur un coup de tête, en ne prenant que son appareil photo et en laissant son téléphone portable sur son lit, afin de ne pas devoir répondre à sa mère si elle l'appelait. Il avait juste besoin de respirer, loin de cette maison, loin de Norma et de toutes les pensées furieuses qu'elle provoquait par son comportement de ces derniers jours, en particulier avec Cindy, qu'elle laissait trop souvent seule dans sa chambre, comme ferait une enfant d'un jouet dont elle se serait lassée.

La veille, le kinésithérapeute lui avait expliqué qu'il était difficile de prévoir quelle serait l'évolution de la paralysie partielle du visage, et que, comme il l'avait plusieurs fois préconisé à Norma, il deviendrait indispensable qu'elle continue d'être suivie par un psychologue.

Graham avait raccompagné le kinésithérapeute à sa voiture et était resté figé près de la barrière, imaginant alors, à la façon d'un torrent de boue, toutes les épreuves que Cindy aurait à affronter, année après année, en particulier pendant cette foutue adolescence qui, si elle ne la tuait pas sur place, ferait d'elle une adulte affaiblie, effacée, elle qui à son jeune âge ne pouvait se rendre compte que le pire était devant elle. Malgré tout ce qu'elle avait subi.

Quand il avait évoqué le sujet avec sa mère, elle avait paru ne pas l'entendre, ne pas vouloir le comprendre, plongée dans un déni indéfendable.

Comme cela avait sûrement été le cas avec Tommy, dix ans auparavant.

Ne s'avouant pas vaincu, Graham avait ensuite émis l'idée d'inviter ses amies de l'école à goûter dans leur jardin, soulignant le fait que cela ne pourrait que l'aider à ne plus avoir peur de leurs réactions le jour de la rentrée des classes. Mais sa mère avait sèchement refusé, comme si elle ne comprenait même pas qu'il pense à une telle chose. Et une expression de colère soudaine avait déformé ses traits, puis ce qu'il avait perçu comme une profonde angoisse, avant qu'elle ne reprenne le contrôle et ne retourne dans la cuisine, d'où émanait une douce odeur d'abricots.

Des voix mêlées de gloussements lui parvinrent de la berge, faisant fuir quelques lézards qui disparurent dans les buissons desséchés. Deux filles et un garçon se rapprochèrent et se rendirent sur le ponton. Ils devaient avoir le même âge que lui, mais il ne les avait jamais vus auparavant. Une des filles, la plus élancée, se déshabilla en même temps que le jeune homme et, nus tous les deux, ils plongèrent gaiement dans le lac, pendant que l'autre jeune fille venait s'asseoir sur le bord du ponton. Graham, sans faire de bruit, sortit son Nikon de son sac à dos et la photographia en tentant de saisir l'air profondément mélancolique qu'elle affichait en observant ses amis s'ébattre dans l'eau, expression aussi fugace qu'intense, et qui lui rappela celle de Glenn, dans le dernier cliché qu'il avait pris de lui, face à ce même lac.

Les deux autres remontèrent sur le ponton au bout d'une dizaine de minutes et s'y allongèrent, leurs peaux bronzées recouvertes de filets d'eau scintillants.

Graham prit une dernière série de photos et s'éloigna pour rejoindre le scooter, laissé contre un arbre fruitier.

Arrivé à Emporia, il passa d'abord chez son dealer pour lui acheter un sachet d'herbe, puis, après avoir partagé une bière sur son balcon, il remonta Walnut Street en direction du centre-ville.

Trois camions de pompiers passèrent devant lui, sirènes hurlantes, fonçant vers le sud.

Graham s'arrêta face à un imposant immeuble en pierre pâle, le seul des environs à dépasser les vingt mètres de hauteur. Il attendit que quelqu'un sorte, s'y engouffra et prit l'ascenseur jusqu'au dernier étage.

Du toit, on dominait toute la ville et une grande partie des plaines qui la cernaient. Il s'y était souvent rendu avec ses camarades de lycée pour fumer, boire, se détendre, avec la sensation grisante de s'élever au-dessus d'un quotidien qui les attendait sagement en bas.

Au loin, on apercevait une dense fumée noire, comme si tout un champ était en feu. Les incendies étaient fréquents à cette époque de l'année, mais c'était la première fois qu'il en voyait un d'une telle ampleur.

Graham s'installa près de la rambarde et alluma un joint, se demandant ce que Glenn et Amber faisaient au même moment. Il les imagina sans peine parcourir les rues de New York, jouant aux touristes, émerveillés par tout ce qui les entourait, électrisés par l'éventail de possibilités.

La dernière fois qu'il avait eu Amber au téléphone, elle lui avait à nouveau demandé s'il comptait toujours les rejoindre. Et il avait réussi à lui avouer que pour l'instant il se devait de rester aux côtés de sa mère et de Cindy, et ce pour une période indéterminée. Amber avait semblé parfaitement comprendre la situation, l'y ayant même encouragé. De toute façon, elle l'attendrait, quoi qu'il puisse se passer.

Graham l'en avait encore plus aimée. Il se savait, au bout du compte, incapable de rompre tout lien avec elle. Perdu dans un désert pourtant si familier, il avait besoin d'elle et de Glenn plus que jamais, de leur présence solaire, presque vitale, malgré les milliers de kilomètres qui les séparaient.

Une femme se pencha à sa fenêtre, au dernier étage de l'immeuble d'en face. Elle ressemblait à s'y méprendre à son premier grand amour, Lisbeth Lumley. Cependant, aux dernières nouvelles, elle vivait toujours dans sa maison de Topeka, avec son mari et ses deux fils. Graham avait rencontré Lisbeth quand il avait à peine quinze ans. Elle était représentante en produits cosmétiques et avait sonné chez lui, alors qu'il était seul à la maison. Elle était habillée d'un tailleur jaune, ses cheveux noirs détachés sur les épaules ; il en avait eu le souffle coupé quand il lui avait ouvert la porte. Elle lui avait demandé si elle pouvait parler à sa mère, et il lui avait répondu qu'elle n'allait pas tarder à revenir des courses, même s'il savait pertinemment qu'elle ne rentrerait pas avant le début de soirée. Après l'avoir invitée à entrer, il l'avait fait s'installer dans le salon et lui avait servi un verre de jus d'orange. Un peu gênés tous les deux, chacun bien conscient de l'attraction qu'il exerçait sur l'autre, ils avaient discuté pendant de longues minutes de choses tout à fait communes, puis, tout en tentant de maîtriser son émotion, Graham s'était rapproché d'elle et l'avait embrassée. Il se souvenait parfaitement du goût de ses lèvres et du parfum épicé qu'elle portait, de la pâleur hivernale de sa peau, du flot de sensations qu'il avait éprouvées quand sa main avait glissé sous son corsage pour palper ses seins.

Les choses, ensuite, s'étaient déroulées de façon naturelle. Oubliant l'objectif de sa venue, Lisbeth l'avait suivi dans sa chambre et Graham avait tout fait pour que son cœur n'explose pas à la vue et au toucher de son corps dénudé, et surtout pour qu'à aucun moment elle ne se rende compte que c'était la première fois qu'il s'étendait ainsi auprès d'une femme.

Ils s'étaient par la suite revus dans un motel du nord de la ville.

Lisbeth lui avait avoué sans ambages qu'elle était mariée et mère de famille, peut-être pour éviter qu'il s'attache trop à elle. Mais, bien entendu, lui ne l'avait pas écoutée. Un soir d'automne, elle lui avait finalement expliqué qu'ils ne pouvaient plus continuer cette relation, et Graham avait ensuite passé de longues journées à s'en remettre, enfermé dans sa chambre sans pouvoir en parler à personne, dans un état de détresse émotionnelle qu'il s'était alors juré de ne jamais plus vivre à nouveau.

Celle-là même qu'il ressentait pourtant en ce moment, cette fois à cause d'une foutue distance.

Au loin, la fumée paraissait s'être densifiée, comme si le feu gagnait du terrain. Des sirènes continuaient à se faire entendre en contrebas. Une atmosphère inquiétante suintait de ces rues qui abritaient des centaines d'yeux et d'oreilles à l'affût.

La femme, qui n'était définitivement pas Lisbeth, tira les rideaux. Graham finit son joint et l'écrasa sur le sol. Tobias, un de ses amis de lycée, lui avait proposé de venir à une petite soirée organisée chez lui, et Graham avait accepté, dans le seul but de se changer les idées, bien décidé à boire jusqu'à ne plus pouvoir tenir debout.

Pour ne plus penser à Amber.

Pour ne plus penser au visage de sa petite sœur. À cette culpabilité qui continuait de le ronger.

Pourquoi ? Pourquoi avait-il fallu qu'il la libère ?

Et puis pour ne plus penser à Tommy, alors que, deux jours plus tôt, il n'avait pas su saisir la chance qui lui avait été offerte de le ramener à la maison.

Si seulement il avait pu se montrer plus persuasif, trouver les bons mots, la bonne attitude. Son petit frère serait sûrement là, assis à côté de lui, en train de contempler un grand pan de nature s'embraser.

Mais peut-être que sa mère avait eu raison, au fond, peut-être avait-il réussi, malgré tout, à lui faire comprendre qu'il ne servait à rien de fuir, qu'il pouvait revenir chez lui, sans questions, sans jugements, sans reproches.

Ils étaient une dizaine affalés dans le salon de Tobias. Graham les connaissait tous depuis l'enfance.

Il attrapa une bouteille de bière fraîche et s'installa sur le canapé à côté de Shannen, la copine de Tobias, alors qu'à la radio un homme à la voix stridente expliquait que l'incendie n'était toujours pas maîtrisé et que des milliers d'hectares étaient déjà réduits en cendres.

– Vous imaginez si ça arrive jusqu'en ville ? demanda Tobias en titubant vers la cuisine. Il va falloir évacuer et tout. J'ai entendu qu'on risquait en plus d'avoir des tornades.

– C'est peut-être enfin l'apocalypse ou un truc du genre, dit Josh, son cousin de Topeka. Avec un peu de chance, ça va raser le lycée et nous faire manquer le début des cours.

Non, c'est simplement ce bon vieux Kansas, pensa Graham en buvant sa bière, cet endroit étouffé où même la nature en venait à se mutiler.

– Au fait, je suis vraiment désolée pour ce qui est arrivé à ta sœur, dit Shannen. Elle va mieux ?

– Je ne sais pas si « aller mieux » est le bon terme, mais, au moins, elle est chez nous et plus à l'hôpital, répondit Graham d'un ton qui la dissuada de continuer cette conversation.

Sa bière finie, il en ouvrit une autre, puis se roula un deuxième joint, qu'il fit ensuite tourner.

Tobias coupa la radio et mit le dernier album de Tame Impala. Ella, une belle métisse avec qui Graham avait flirté un soir, se leva et commença à se déhancher, faisant naître dans les yeux de certains garçons de petites flammes.

Graham cala sa tête contre le dossier du canapé et se remémora, bien malgré lui, la dernière dispute qu'il avait eue avec sa mère. Elle lui avait reproché, en entrant dans sa chambre sans frapper, de sentir le whisky en plein après-midi. Furieux qu'elle lui fasse un tel reproche, il lui avait alors hurlé, comme une provocation, que puisque son projet d'aller à New York tombait à l'eau, il ne retournerait plus en cours, se chercherait un petit boulot comme Tommy et se prendrait un studio en ville, que cela lui permettrait au moins d'affronter en face la vie misérable qui l'attendait désormais. Des propos parfaitement puérils, indignes de celui qu'il espérait être, et qu'il avait aussitôt regrettés quand il avait vu le visage de sa mère se décomposer.

Comme si elle avait besoin d'entendre ce genre de choses en ce moment.

Bien sûr qu'il continuerait ses études. Bien sûr qu'il ferait ce qu'elle pensait bon pour lui.

Comment pouvait-il en être autrement ?

Pourquoi avait-il ressenti ce plaisir à lui faire mal ?

D'autres personnes arrivèrent au fil de la soirée, rendant d'un coup l'endroit trop étroit pour eux, si bien que Graham s'échappa sur le balcon.

Le vent était parfois chargé d'odeurs de brûlé, signes d'un feu qui durerait toute la nuit. À l'horizon, le bas du ciel se teintait de lueurs d'incendie, comme une saignée.

Alors que la plupart des invités commençaient à danser, une jeune femme que Graham ne connaissait pas l'aborda.

– Tu as l'air de t'ennuyer autant que moi, dit-elle, un verre de vin à la main.

– Non, pour ma part il s'agit de quelque chose de beaucoup plus indéfinissable.

– Ah ! Nous avons donc affaire à un anticonformiste ! Je m'appelle Lauren. C'est une amie chez qui je crèche qui m'a traînée ici.

– Moi, c'est Graham. Et tu es d'où ?

– De St. Louis. On a joué à pile ou face pour savoir qui irait voir l'autre. J'ai jamais eu de chance aux jeux de hasard.

Lauren était assez jolie, les yeux en amande, les cheveux châtains coupés court, une rose tatouée sur l'avant-bras.

– Si tu t'ennuies trop, cette ville regorge d'endroits branchés, tu n'as que l'embarras du choix.

– J'imagine que tu me fais marcher. J'ai eu l'occasion de visiter un peu les lieux et ça m'a juste fait penser que j'ai eu le malheur d'oublier mes antidépresseurs chez moi.

Graham attrapa une bouteille de vodka et leur servit deux verres. Lauren, avec qui il continuait de discuter, lui proposa de partager quelques lignes de cocaïne, ce qu'il accepta volontiers. Puis, se sentant déjà un peu plus léger grâce aux effets combinés de la drogue et de l'alcool, il retourna à l'intérieur et suivit le mouvement, pendant des minutes qui durèrent des heures, bien décidé à se vider la tête, à se laisser envahir par la musique syncopée et à partager cette éphémère exaltation qui tous les portait.

Jusqu'à ce qu'une main glisse dans la sienne, jusqu'à ce qu'un regard d'un vert de jungle le ravisse aux autres, et que, sans réfléchir, il suive la jeune femme vers la salle de bains.

Lauren, à peine eut-elle fermé la porte, l'embrassa à pleine bouche. Et Graham, manquant sous cette fougue soudaine s'écrouler dans la baignoire, ne put rien faire d'autre que de prolonger ce baiser.

Enfin un contact, enfin la chaleur d'un corps, enfin quelque chose à quoi se raccrocher. Et tant pis s'il devait fermer les yeux pour pleinement l'apprécier.

Sans plus attendre, Lauren déboutonna son jean et glissa sa main sous son caleçon.

Graham la repoussa violemment, le charme rompu, ne voyant plus, sous la lumière sale d'une pièce sans fenêtre, que la crudité d'un acte avilissant. Sans un mot ni un regard vers la jeune femme, il se précipita dans le couloir, saisit son sac à dos et sortit de l'appartement.

La fuite, plutôt que les remords.

Le vent qui s'engouffrait entre les immeubles paraissait proche de celui d'un soir d'hiver.

Graham marcha d'un pas vif sur le trottoir, ne pensant plus qu'à retrouver le scooter de Tommy et repartir chez lui.

Pour ensuite s'abreuver, entre les quatre murs de sa chambre, de musique, de poésie tourmentée, d'odeurs et de formes familières.

Une voiture de police arriva en sens inverse. Craignant de se faire contrôler avec tout l'alcool qu'il avait dans le sang, Graham se cacha dans un renfoncement, le temps qu'elle disparaisse dans la nuit.

Était-ce de la cendre qui se déposait sur son visage ? Le feu s'était-il autant rapproché ?

Il n'y avait plus personne dans les rues, comme si tous les habitants se terraient chez eux. Comme s'ils s'étaient tous rendus à l'extérieur de la ville pour contempler l'incendie. Comme s'ils avaient tous été carbonisés.

Graham trouva le scooter, démarra et roula sur le trottoir, impatient de quitter cette ville, s'appliquant du mieux possible à ne pas se laisser submerger par les effets de l'alcool qui continuait à se répandre dans ses veines.

Ayant oublié de mettre son casque, il accéléra en laissant le vent lui percuter le visage. Cela le gardait éveillé, alors qu'il sentait la fatigue lui tomber dessus comme une chape de plomb.

La voiture qui, au carrefour, déboula sur sa droite à plus de cinquante kilomètres/heure n'eut le temps ni de klaxonner ni de freiner.

Le choc projeta Graham cinq mètres plus loin sur la chaussée.

Et en un instant, le monde pour lui s'éteignit.

Il ne se rendit compte de ce qu'il venait de se passer que quand, reprenant conscience, il entendit les hurlements de la conductrice, la vit se tenir au-dessus de lui, son visage aussi flou que si elle s'était trouvée de l'autre côté d'une vitre embuée, lui demandant d'une voix lointaine s'il allait bien, s'il avait besoin qu'elle appelle les secours…

Encore sonné par la collision, Graham attrapa sa main tendue et se releva, constatant qu'il n'avait rien de cassé, juste des contusions au bras et à l'épaule, et une plaie à la joue. La femme, les larmes aux yeux, lui bafouilla qu'elle n'avait pas eu le temps de le voir, qu'elle arrivait tout juste de Kansas City car elle venait d'apprendre que la maison de ses parents avait brûlé dans l'incendie. Graham lui dit que tout allait bien pour lui, qu'elle n'avait pas à s'en faire, ne pensant, en cet instant, qu'à la rassurer.

Le scooter de Tommy était bon pour la casse. Pris d'une légère nausée, Graham convainquit la femme de repartir sans se soucier de lui, prétextant qu'il habitait non loin de là et qu'il aurait tout sur place pour se soigner.

Pressée de retrouver ses parents, celle-ci retourna vers sa voiture, le claquement de ses talons résonnant dans la rue déserte. Elle lui jeta un dernier regard confus avant de démarrer. Graham retourna sur la route, attrapa le scooter par les poignées et le tira jusqu'au trottoir pour éviter un autre accident.

Il s'éloigna sans savoir comment il allait bien pouvoir, sans téléphone, rentrer chez lui. Il était presque minuit, sa mère devait déjà dormir et il était hors de question de l'appeler pour qu'elle vienne le chercher. De toute façon, même s'il le voulait, il n'aurait aucun moyen de la joindre, pensa-t-il en visualisant son téléphone laissé dans sa chambre.

Les idées un peu plus claires, il comprit à quel point tout aurait pu se terminer en une fraction de seconde, et soupesa la chance qu'il avait eue.

Mais il n'en éprouva néanmoins aucun soulagement. Avoir échappé au pire ne lui procura pas la moindre émotion, excepté peut-être la consolation d'avoir épargné cette épreuve à sa mère, à Amber, à Cindy, à tous ceux pour qui sa vie avait de la valeur.

Mais lui, qu'aurait-il perdu de si précieux si cette vie s'était arrêtée à ce moment précis ? Qu'est-ce qui, à travers l'horizon qui se dessinait dorénavant face à lui, méritait qu'il se batte à ce point pour la préserver ?

Ce petit quelque chose, comme un espoir pas tout à fait brimé, qui, ce matin encore, l'avait empêché de presser un peu plus la lame du rasoir contre son poignet ?

Les effets de l'alcool avaient été stoppés net par le choc. S'il devait rester là pour la nuit, il était hors de question de rester sobre. Une épicerie de quartier se trouvait au bout de cette rue. Graham vérifia qu'il était toujours seul, attrapa une grosse pierre dans le terrain vague qui s'étendait sur sa gauche, et la jeta en plein dans la vitre, la faisant éclater comme un orage dans ce silence pesant. Ne perdant pas de temps, il s'engouffra à l'intérieur et saisit la première bouteille de tequila venue, puis il s'éloigna le plus vite possible, n'en revenant pas de ce qu'il venait de faire, son cœur battant à cent à l'heure dans sa poitrine.

Il s'arrêta deux cents mètres plus loin, imaginant avec le sourire ce qu'en penserait son petit frère, lui qui s'était souvent vanté d'avoir volé quantité de choses avec Dylan.

Le goût de la tequila n'en fut que meilleur. Se remémorant la scène, il frémit en se disant que le magasin était peut-être équipé de caméras. Il n'aurait pas l'air fin si, alors qu'il aurait à peine dessaoulé, les flics venaient le chercher pour l'amener au poste.

Graham ferma sa veste et se remit à boire par petites gorgées, hésitant à poursuivre jusqu'à la sortie de la ville pour contempler l'incendie, ou à retourner finir la nuit chez Tobias. Mais, au fond, il n'avait plus le courage de repartir en sens inverse, il voulait juste être seul. Ne plus jouer de rôle. Ne plus faire comme si tout allait bien.

Car, remis de ses émotions, seule la tristesse restait, une tristesse qui ne daignerait le lâcher qu'au terme d'un lent combat. Recroquevillé sur les marches d'une maison, il éclata en sanglots, se cachant le visage avec les mains comme si quelqu'un pouvait le voir dans ce désert de briques et de béton, incapable de ressentir, une fois ses larmes séchées, le moindre soulagement.

Un halètement résonna tout près de lui, celui d'une sorte de berger allemand au poil hirsute et sale, qui alla fouiller dans des poubelles renversées sur le trottoir avant de disparaître dans une ruelle, là où, plissant les yeux, il distingua une silhouette ombreuse qu'il crut, l'espace d'une seconde, être celle de Tommy, légèrement voûté, caché dans le noir et n'osant pas venir à sa rencontre.

Mais son petit frère était loin, aussi loin qu'il pouvait l'être. Il ne savait même pas s'il le reverrait un jour.

Toute la journée du lendemain, il resterait dans son lit à ne rien faire. Les cours recommenceraient bientôt, et avec eux ce quotidien sans grâce qui l'anesthésierait au fil des jours et le forcerait à retourner sur des rails familiers, construits par d'autres pour effectuer de longs voyages circulaires, et sur lesquels il cheminerait à vitesse constante, sans plus penser à relever la tête pour s'étourdir dans l'air des hauteurs.

Il oublierait Amber, il rencontrerait une autre fille qui, à son tour, l'attacherait à elle corps et âme.

Viendrait même un temps où il ne se sentirait plus responsable de l'état de sa petite sœur.

Où il ne se sentirait plus responsable de rien.

La moitié de la bouteille déjà liquidée, il se leva et fut à nouveau pris d'un violent étourdissement, le forçant à s'appuyer contre un mur pour ne pas tomber. C'était sûrement dû à tout l'alcool qu'il avait avalé, à la fatigue, au fait qu'il n'avait rien mangé depuis la veille…

Il devait juste se détendre et respirer calmement.

Si cela persistait malgré tout, l'hôpital n'était qu'à un kilomètre de là. Mais encore fallait-il qu'il puisse l'atteindre. En cet instant, ses jambes étaient à peine capables de le porter.

Et s'il faisait une sorte d'hémorragie interne suite à l'accident ? Mais sa tête n'avait pas été durement touchée. Il n'avait aucune blessure grave à ce niveau…

Graham, tout en longeant le mur, s'efforça de ne pas penser au pire, se sentant de mieux en mieux au fil de sa marche sous le vent sec et cendreux.

Débouchant sur le vaste parc situé aux abords de l'hôtel de ville, il hésita un instant à s'allonger sur un banc pour s'y reposer, mais préféra continuer sa route, même s'il ne savait pas où cette route le mènerait.

Une centaine de mètres plus loin, il s'arrêta devant le magasin où travaillait Tessa pendant l'été. La fenêtre de l'appartement situé à l'étage était éclairée. Il se souvint que sa tante, qui en était la propriétaire, l'avait mis à sa disposition pendant qu'elle était partie en voyage en Floride.

Graham attrapa un caillou et le lança sur le carreau. Tessa apparut de l'autre côté de la vitre, vision qui, en ces instants troublés, lui réchauffa le cœur. Elle lui fit signe qu'elle allait lui ouvrir la porte.

Démaquillée et les cheveux détachés sur les épaules, elle le fit entrer dans une pièce étroite discrètement illuminée par des lampes à abat-jour ocre.

– Inutile de te demander si tu as bu, je le sens d'ici, dit Tessa d'un air amusé.

Graham, sans prendre la peine de répondre, s'écroula dans le canapé.

– Tu étais chez Tobias ? J'ai failli venir et j'étais trop crevée.

– Ouais. Mais je suis reparti assez vite.

– Il t'est arrivé quoi au visage ? Tu as embêté une demoiselle ?

– Disons plutôt que je me suis fait renverser par une voiture en repartant.

– Tu plaisantes ? dit Tessa en le rejoignant. Et tu n'es pas blessé ?

Il pouvait entendre les battements rapides de son cœur.

– Je ne crois pas, non.

– Tu devrais au moins voir un médecin. Tu veux que je t'emmène à l'hôpital ?

– Il y a eu plus de peur que de mal, je t'assure. J'ai juste besoin de me poser un peu et après je vais trouver un moyen de rentrer chez moi.

– Ah, mais c'est hors de question que tu ressortes dans cet état ! Tu vas rester avec moi et dormir sur le canapé !

– Bon, d'accord, dit Graham en sachant que c'était la meilleure des solutions.

– Je vais au moins nettoyer la plaie sur ta joue, dit Tessa avant d'aller chercher le nécessaire et de le lui appliquer avec précaution. Tu as été blessé autre part ?

– Je ne sais pas, dit-il un peu gêné.

– Graham, tu ne vas pas jouer ton pudibond avec moi ! Allez, enlève tes fringues, jeune vierge effarouchée !

Graham s'exécuta et retira son jean et sa chemise, dévoilant d'autres blessures, aux hanches et à la cuisse.

Une fois que Tessa eut fini de le soigner, Graham se servit un verre de tequila et lui tendit la bouteille.

– Non, merci, dit-elle en prenant la bouteille et en la posant sur la table basse. Et à mon avis, tu as assez bu pour ce soir. Par contre, si tu as faim, j'allais me faire réchauffer un reste de lasagnes et il y en a bien assez pour deux.

– Si tu insistes, fit Graham, en se calant plus profondément dans le canapé pendant qu'elle se rendait dans la cuisine. Et il ferma les yeux, juste un instant.

– Tiens, dit Tessa en lui passant un verre d'eau. Commence à en boire dès maintenant pour ne pas avoir la gueule de bois.

– Elias n'est pas avec toi ce soir ?

– Il est parti avec Barney à Wichita. Et je ne m'en porte pas plus mal. Je vais sûrement le larguer plus tôt que prévu, tout compte fait. Je m'ennuie moins devant une bonne série qu'en sa compagnie. Et ne te prive pas de me dire que tu avais raison.

– Toi, tu as quelqu'un d'autre dans le collimateur.

La jeune femme éclata de rire et se mit instantanément à rougir.

– Décidément, je ne peux plus rien te cacher.

– Ce n'est surtout pas moi qui vais te le reprocher. Tu sais que je n'ai jamais pu supporter cet imbécile. Alors, c'est qui ?

– Non, mais rien, écoute ! Et puis c'est un peu tôt, je me fais peut-être des films… Bref, et toi, tu tiens le coup ? Je suis venue plusieurs fois te voir chez Amber. Elle n'était pas la seule à s'inquiéter à ton sujet, tu sais ?

– On va dire que j'essaie de garder le cap.

– Est-ce que ta petite sœur devra subir d'autres opérations ?

– Pas pour l'instant, non.

– Tant mieux. J'ai croisé ta mère l'autre jour en ville. Enfin, je pense que c'était elle, après tout, tu ne m'as jamais donné l'occasion de la rencontrer.

Graham ne pouvait pas lui donner tort. Amber était en effet la seule de ses petites copines qu'il avait consenti à présenter à sa mère.

– Mes parents lui ont envoyé des fleurs. Je trouve ça un peu impersonnel, mais bon. Ma mère la connaît un peu, elle a eu ton petit frère comme élève il y a quelques années. Quoi qu'il en soit, j'espère que celui qui a fait ça sera bientôt arrêté et pourrira en taule.

Graham, avalant de travers, se mit à tousser. Tessa lui resservit un verre d'eau, qu'il but d'une traite.

– Et tu sais quand tu vas rejoindre Amber et Glenn ?

– Tout ce que je sais, c'est que je ne peux plus partir dans ces conditions.

– Oui, bon, je comprends que tu aies besoin d'être aux côtés de ta mère et de ta petite sœur, mais tu ne peux pas non plus faire une croix sur tous tes projets pour autant, non ? En premier lieu ton école de photographie. Tu as trop de talent pour laisser tomber. Et puis Amber et toi vous êtes faits l'un pour l'autre, ça crève les yeux, vous me rendez jalouse tous les deux. Et comme elle, tu n'as pas ta place ici, tu mérites tellement mieux que ça…

– C'est trop dur, arriva-t-il à dire d'une voix affaiblie. Je ne sais pas quoi faire, Tessa. Je n'arrête pas d'y penser mais je ne trouve pas de solution.

Touchée par sa détresse, la jeune femme le prit alors dans ses bras, et Graham respira un instant le parfum de sa peau, qui lui rappela de multiples étreintes dont ils avaient été complices.

– Si je te dis quelque chose de grave, tu me promets de ne jamais le répéter à personne ? Je ne peux plus garder ça pour moi, j'ai l'impression que ça me ronge de l'intérieur.

– Bien sûr, Graham, tu sais que tu peux me faire confiance.

– C'est de ma faute, murmura-t-il. Tout est de ma faute. Si je n'avais pas laissé cette fille sortir, Cindy n'aurait jamais été défigurée…

– Cette fille ? Quelle fille ?

Et, sans regrets, Graham lui raconta toute l'histoire : l'arrivée de Hayley, la tentative d'agression de Tommy, sa fuite, la cave, le fait qu'il l'ait libérée et laissée seule dans la maison avec Cindy, ce qu'elle lui avait fait subir dans ce salon alors qu'il surveillait sa propre mère pour que celle-ci ne se rende pas compte de ce qu'il avait fomenté dans son dos.

– Je ne sais pas quoi dire, fit Tessa une fois qu'il eut fini.

– Il n'y a rien à dire. Au moins, maintenant tu sais pourquoi je ne peux pas partir comme ça. Je ne peux pas les laisser. J'ai ma part de responsabilité dans cette merde.

– Que tu ne puisses pas t'en aller maintenant, je peux le comprendre, mais que tu foutes en l'air tout ce que tu as prévu, ça, c'est autre chose. Moi, j'ai surtout l'impression que tu essaies de te punir.

– Peut-être un peu, oui.

– Je ne vois pas en quoi tu dois te sentir responsable, Graham. Cette Hayley a agressé ta petite sœur de sang-froid. Elle aurait pu juste s'enfuir, comme tu le lui as demandé, mais elle a décidé de faire cette chose ignoble. C'est elle qui est coupable, pas toi.

– Mais, malgré tout, je n'ai pas assez réfléchi aux conséquences possibles de sa libération. J'aurais dû me douter qu'elle tenterait de se venger d'une façon ou d'une autre.

– Et c'était mieux de la laisser crever dans cette cave ?

– Non, bien sûr que non.

– Je sais que c'est facile à dire, mais j'aurais sûrement fait la même chose que toi. Tu ne pouvais pas laisser cette fille dans une telle situation, et tu ne pouvais pas prévoir ce qu'elle ferait par la suite. Ne m'en veux pas, mais c'est ta mère qui a grave pété les plombs, et toi tu as juste tenté de réparer les choses du mieux que tu pouvais. Tu crois vraiment qu'elle serait allée jusqu'à la tuer ?

– J'aimerais te dire le contraire.

– Mais j'y pense, du coup vous avez été forcés de mentir à la police ?

– Ma mère les a lancés sur une fausse piste. Et j'ai fait de même quand j'en ai eu l'occasion. On ne peut pas leur parler de Hayley, de ce que Tommy lui a fait.

– Et j'imagine qu'elle n'a pas non plus intérêt à ce que ça se sache. Putain, finalement j'ai besoin de boire moi aussi, dit-elle en se servant un verre de vodka. Je t'ai déjà parlé de mon oncle Elmore, le frère aîné de ma mère ? Il menait une vie tout ce qu'il y a de plus normal : mécanicien dans un garage du centre de Salt Lake City, marié avec une femme dévouée, même un peu trop à mon goût, et père de deux enfants. Bref, un soir de beuverie, il s'est disputé violemment avec un de ses collègues au sujet d'un simple match de football et l'a abattu en plein visage avec une 22 long rifle. Ce qui est dingue c'est qu'une fois qu'il a repris ses esprits, il est parti se rendre à la police de la façon la plus calme possible, ses vêtements trempés de sang. Elmore n'avait auparavant jamais fait preuve de la moindre violence. Je n'ai que de bons souvenirs avec lui. Depuis, il est toujours en prison et c'est une sorte de détenu modèle. Certaines choses ne s'expliquent pas. Je crois que lui-même ne comprendra jamais son geste, comment il a pu puiser ça en lui, ce qui s'est passé dans sa tête pendant ces minutes où sa vie a basculé. Parfois, je me dis que cette violence-là est tapie en nous et qu'il ne faut pas grand-chose pour qu'elle surgisse pour tout briser. Je ne cherche pas à défendre ta mère, mais je suis certaine qu'elle aussi pensait faire ce qui était le plus juste et que maintenant elle le regrette.

– Je ne sais pas, Tessa. Franchement, je ne sais pas.

– Et vous n'avez pas de nouvelles de ton frère ?

– Non, dit Graham en ne voulant pas épiloguer sur leur altercation. Et malgré tout, je ne supporte pas l'idée de ne pas pouvoir l'aider et de le savoir seul dehors.

– Ton école doit commencer quand ?

– Dans deux semaines.

– Bon, tu as le temps de voir venir. Et ta petite sœur est tirée d'affaire, non ? Elle va peu à peu arriver à s'en remettre, avec ou sans toi. Que tu sois là ou pas n'y changera rien.

– J'aimerais être aussi optimiste.

– Eh bien, je le suis pour deux. Ce qui pourtant n'est pas dans mes habitudes. Quoi qu'il en soit, je ne te lâcherai pas tant que tu n'auras pas pris ton billet d'avion. Et s'il le faut, je t'emmènerai là-bas moi-même par la peau du cul…

Le four sonna. Tessa en sortit le plat de lasagnes et leur servit deux assiettes, qu'ils mangèrent en silence sur la table basse, chacun encore perturbé par ce qu'il venait de dire ou d'entendre.

– Heureusement que je suis tombé sur toi, fit Graham en fumant un joint, allongé sur le canapé. Et je ne parle pas du fait de m'avoir évité de dormir dehors. Tu n'imagines pas à quel point ça m'a fait du bien de pouvoir en parler.

– Amber aussi aurait pu t'écouter.

– Je ne voulais pas l'angoisser juste avant son départ. Et aujourd'hui encore moins, alors qu'elle se trouve si loin. Enfin tu la connais. En plus, j'ai promis à ma mère de garder le silence. Tu vois à quel point je suis fiable comme mec.

– En effet. Rappelle-moi de ne plus rien te confier.

Tous deux se mirent à rire de bon cœur. Graham prit sa main dans la sienne.

– Pourquoi tu ne partirais pas, toi aussi ?

– Pourquoi ? Eh bien, parce que contrairement à vous, je n'ai pas de talent particulier qui me le permette, et surtout je n'ai pas le courage de tout quitter comme ça. Mais avec l'argent que j'aurai gagné cet été, j'irai voir Amber et Glenn là-bas aux prochaines vacances. Amber, Glenn et toi, je veux dire, puisque tu y seras aussi. Et peut-être que ça me donnera le déclic, qui sait ?

– Ça serait bien. Amber serait heureuse que sa meilleure amie nous rejoigne.

– J'y pense des fois. Et même si, au début, je galérerai comme tout le monde, peut-être que c'est cet environnement qui me donnera envie de me jeter dans un projet un peu fou. Je crois beaucoup à ça, cette influence tenace des gens, du monde qui nous entoure.

– Raison de plus pour voir du pays.

– Oui, peut-être bien. Mais pas forcément à New York, plutôt en Californie, ou dans un pays étranger, en Europe, par exemple. J'ai toujours rêvé d'aller en France et de visiter Paris… Mais je suis certaine qu'un jour je m'y rendrai. Je fais trop de rêves où je foule les pavés des bords de la Seine pour ne pas le faire en vrai un jour. Bon, après ces belles paroles, je pense que je vais aller me coucher. Si tu as besoin de quoi que ce soit, tu ne te gênes pas, tu fais comme chez toi.

– Entendu, dit Graham alors qu'elle l'embrassait sur le front.

Tessa lui apporta un oreiller et une couette. Puis elle lui souhaita bonne nuit et regagna la chambre.

La lumière éteinte, Graham s'allongea confortablement sur le canapé et laissa ses pensées vagabonder, passant par une succession d'émotions contradictoires, son angoisse un peu atténuée par la porte qu'avait ouverte Tessa dans son esprit, cette porte qu'il s'imaginait à nouveau franchir.

Puis une cohorte d'ombres l'invitèrent à entrer dans leur danse.

Ce fut la chaleur du soleil sur son visage qui lui fit ouvrir les yeux, au milieu d'un rêve rempli d'eau.

Tessa était assise à la table de la cuisine, buvant une tasse de café. Il lui fit un signe de la main et elle se leva et le rejoignit.

– Tu as bien dormi ? Il faut que j'aille bosser, je suis déjà en retard, dit-elle en attrapant une veste. Toi, tu continues à te reposer et on mange ensemble à midi, d'accord ?

– Oui, si tu veux, dit Graham en s'étirant.

– Ma tante revient demain, donc je repars chez mes parents en fin d'après-midi, je pourrai te déposer chez toi. D'ici là, tu ne bouges pas. Il reste du café chaud et une part de gâteau au chocolat dans le réfrigérateur. Et je t'ai laissé une chemise et un jean qu'Elias a oubliés. Vous faites à peu près la même taille, je pense que ça fera l'affaire.

Tessa l'embrassa sur la joue, et une fois qu'elle fut partie, Graham se retourna sur le ventre et se rendormit presque aussitôt.

Trois heures plus tard, la sonnette de la porte d'entrée le réveilla à nouveau. Graham hésita d'abord à se lever, mais l'insistance de celui qui se tenait derrière le força à aller ouvrir.

Et c'est avec stupéfaction qu'il se retrouva alors face à sa mère.

– Maman ? Comment tu m'as trouvé ?

– Ton amie Tessa m'a téléphoné ce matin et m'a dit que tu étais là. Tu m'invites à entrer ?

– Si c'est pour me faire des reproches, ce n'est vraiment pas le moment, dit-il en refermant la porte derrière eux.

– Je suis juste venue te chercher, Graham. J'ai cru comprendre que le scooter de ton frère avait eu un petit souci technique cette nuit.

– Oui, je suis désolé. Mais je lui en rachèterai un autre dès que je le pourrai.

– Ce n'est pas le problème, enfin ! dit-elle en passant la main dans les cheveux de son fils. Tu te rends au moins compte de ce qui aurait pu t'arriver ?

– Je sais, maman. Je n'ai juste pas fait attention, j'avais trop bu et…

– Et c'est censé me rassurer ? Tu aurais dû m'appeler ! Je t'aurais au moins emmené à l'hôpital !

– Je ne voulais pas te réveiller. J'avais juste besoin de dormir et de dessaouler.

– Tu as bu tant que ça ?

– Pas au point de ne plus tenir debout ce matin…

– Tu sais, mon chéri, même si tu as du mal à l'imaginer, j'ai eu ton âge moi aussi, je ne suis pas venue jusqu'ici pour te reprocher de trop boire avec tes amis pendant une soirée, même si ça te fait ensuite agir de façon inconsciente. Je pense que sur ce dernier point je n'ai pas de leçons à donner. Allez, rhabille-toi, Cindy est dans la voiture et je suis garée en double file.

Avec peu d'enthousiasme, Graham attrapa les vêtements que lui avait laissés Tessa, s'habilla en hâte et suivit sa mère à l'extérieur.

Passant devant la vitrine du magasin, il fit un signe de la main à Tessa, qui discutait avec une cliente, puis s'assit à l'avant.

Leurs regards se croisèrent alors à nouveau, et, dans le sien, il perçut à cette distance un mélange de gêne et de soulagement.

Il ne pouvait pas lui en vouloir d'avoir appelé sa mère dans son dos, cela partait d'un bon sentiment. Elle aussi avait sûrement pensé que c'était la meilleure chose à faire.

Graham lui fit comprendre qu'il l'appellerait plus tard et se retourna vers sa petite sœur pour lui envoyer un baiser, ce qui la fit sourire, dévoilant le terne éclat de ses dents brisées.

Il accrocha sa ceinture et posa sa tête contre la vitre, épuisé malgré toutes ces heures de profond sommeil, n'émergeant de sa semi-léthargie que quand il se rendit compte que sa mère se dirigeait vers l'entrée de l'Interstate.

– On ne va pas à la maison ? demanda-t-il en se redressant.

– Non, j'ai décidé qu'on allait se promener un peu tous les trois. Je pense que ça nous fera le plus grand bien.

Ne trouvant rien à répondre, Graham se contenta de regarder les paysages défiler, avec au loin l'étendue plus sombre des terres qui avaient brûlé pendant la nuit. Le feu avait été maîtrisé mais il pouvait presque discerner toutes les vies que ces quelques heures avaient détruites.

Il alluma l'autoradio et s'arrêta sur une station qui passait *Come On ! Feel The Illinoise* de Sufjan Stevens, qu'il fredonna tout en laissant ses pensées dériver le long des plaines mouvantes.

Un bulletin d'information alertait la population sur les risques importants de violentes tornades dans les prochains jours, conseillant aux habitants du Kansas, du Missouri et de l'Oklahoma de rester vigilants.

Norma, elle, était concentrée sur la route, l'air détendue, apaisée, lui rappelant celle qui, chaque matin, l'avait amené à l'école, un peu plus jeune, un peu plus solaire, pas encore ternie par les années qui passent.

Ils dépassèrent un panneau indiquant Kansas City à cent vingt kilomètres, et Graham espéra intérieurement qu'elle n'ait pas décidé de s'y rendre dans le but d'y croiser Tommy au détour d'une rue.

La radio diffusa des publicités, puis *A Day in the Life* des Beatles. Graham se cala à nouveau contre la vitre et s'assoupit peu à peu, bercé par les vibrations de la voiture et les voix qui se succédaient dans les enceintes.

Quand il se réveilla, la première chose qu'il vit fut un avion qui s'élevait dans le ciel.

– On est arrivés, dit Norma près de lui. Tu as dormi tout du long, mais au moins ça a préservé l'effet de surprise.

Graham se rendit alors compte qu'ils se trouvaient face au terminal de l'aéroport.

– Qu'est-ce qu'on fait là ? demanda-t-il en observant un homme courir sur le trottoir et tirer une grosse valise.

– J'ai eu le temps de réfléchir ces derniers jours, et ton amie Tessa n'a fait que confirmer ce que je pensais. C'est vraiment une chouette fille. Elle n'a pas sa langue dans sa poche, mais pour moi c'est plus une qualité qu'un défaut. Quoi qu'il en soit, je me suis renseignée sur ton école. Ça a l'air fabuleux et je sais mieux que personne à quel point tu mérites de la faire. Alors ce matin, je t'ai pris un billet pour New York. Ton avion décolle dans exactement quarante-cinq minutes. Je t'ai rangé le maximum d'affaires dans deux valises que j'ai mises dans le coffre, s'il te manque quoi que ce soit, je te l'enverrai plus tard. J'ai aussi effectué un virement sur ton compte pour que tu puisses t'en sortir le temps de te trouver un petit boulot…

– Maman, je ne peux pas, fit Graham, abasourdi, une onde de chaleur lui envahissant le corps. C'est absurde… Je ne peux pas vous laisser toutes les deux en ce moment !

– Tu ne pourrais pas faire grand-chose de plus pour ta petite sœur, mon chéri. Le plus dur est passé et Cindy sera bien entourée, elle aura juste besoin de temps et de patience pour s'en remettre totalement. Toi, tu arrives à un âge où tu dois vivre de grandes aventures, et tu ne peux pas refuser celle qui t'est offerte, je ne veux plus que tu continues à stagner ici, tu mérites bien mieux que ça. La chance que ton père n'a jamais eue, je veux que tu l'aies, toi. C'est ce que lui-même aurait voulu. Amber t'attendra à La Guardia. Je l'ai appelée avant de venir te voir.

– Et Tommy ?

– Tommy risque de ne pas revenir avant longtemps, Graham, tu le sais aussi bien que moi. Et si c'est le cas, si j'ai vraiment besoin de toi, tu ne seras qu'à trois heures d'avion, tu n'auras qu'à nous rejoindre. On trouvera forcément des solutions, on s'adaptera. Ce n'est pas un problème, crois-moi…

Le jeune homme, sous le coup de l'émotion, éclata en sanglots.

– J'espère au moins que ce sont des larmes de joie ! dit Norma en caressant sa joue, l'air d'essayer de contenir les siennes.

– Bien sûr que ce sont des larmes de joie, je n'arrive juste pas à y croire !

– Tiens, ça, je voulais te le donner moi-même, dit Norma en sortant le carnet de poèmes de son père de son sac à main. Je sais à quel point tu y tiens. Dedans, j'ai glissé une lettre où j'ai écrit tout ce dont je me souviens des parents de Nathan. J'ai appris qu'ils étaient repartis vivre à New York peu après ta naissance, peut-être y sont-ils encore. Je suis sûre qu'ils seraient heureux de te connaître, même si j'ai honte d'avouer qu'ils n'ont jamais su que j'étais enceinte.

– Je ne peux pas le prendre, il est à toi.

– Non, Graham, il est à toi, il l'a toujours été et tu en feras un bien meilleur usage que moi. Tu lui ressembles tellement. Il aurait été si fier de celui que tu es devenu…

Graham rangea le carnet dans son sac à dos, les mains tremblantes, avec la sensation que son cœur se comprimait.

– Je ne sais pas comment te remercier.

– « Merci, maman », ça suffira.

– Merci, maman, dit-il en souriant.

Et il la prit dans ses bras, bien conscient qu'il ne pourrait peut-être plus le faire avant longtemps.

Et qu'il ne l'avait pas fait depuis si longtemps.

Il alla ensuite embrasser sa petite sœur et lui chuchota à l'oreille des mots qui appartenaient à eux seuls.

Sa mère sortit de la voiture et l'aida à récupérer ses valises dans le coffre, un léger vent la décoiffant, chargé d'odeurs de pots d'échappement. Graham la serra à nouveau fort contre lui, tandis que se succédaient dans sa tête toutes ces choses qu'il aurait aimé lui dire. Il était pour un temps redevenu ce petit garçon frêle et rêveur qui avait si souvent admiré sa mère, cette femme incandescente qu'il retrouvait au moment même où il devait déjà la quitter.

Assis derrière le hublot, il ne put savoir si elles étaient restées sur le parking à attendre que son avion s'envole. Il les imagina avec tristesse repartir vers cet endroit que lui seul, en cet instant, avait la permission de fuir.

Mais une tristesse peu à peu atténuée par le simple fait de savoir qu'il reverrait bientôt Amber et Glenn.

Tu lui ressembles tellement. Il aurait été si fier de celui que tu es devenu.

Et, les terres du Kansas s'éloignant jusqu'à en devenir insignifiantes, suspendu dans cet azur calme aux côtés de dizaines d'inconnus, il ouvrit le carnet de poèmes de son père et relut celui qu'il préférait, dans lequel ce jeune homme du même âge que lui évoquait la fois où, sur les pelouses d'une université, il s'était enfin décidé à aborder celle qui deviendrait la dernière aventure de sa courte vie.

NORMA

Presque plus rien ne parviendrait à combler ce vide qui, à peine passa-t-elle le pas de sa porte, lui donna un coup sec sur la nuque.

Tout en frôlant le mur du couloir, Norma se força malgré tout à tenir bon, à ne pas laisser, malgré sa tristesse, sa frêle armure se fendiller, du moins tant que sa fille avait son seul œil valide posé sur elle.

La nuit commençait à tomber. Harassée par cette journée, Norma s'écroula sur un des fauteuils du salon, rêvant déjà du moment où elle se retrouverait seule dans sa chambre, libre de se laisser aller à ses émotions les plus primitives. Elle avait mal aux jambes d'avoir trop marché, elle qui, une fois Graham loin dans le ciel, avait tenté de chercher Tommy dans les rues de Kansas City, dans le vain espoir d'y avoir laissé un fils pour en ramener un autre.

Cindy continuait de l'observer, sans un mot. Qu'attendait-elle d'elle ? Norma se retint de lui demander de déguerpir. Il serait de toute façon bientôt l'heure de lui faire manger sa bouillie infâme et de la coucher. Et ensuite, elle ne penserait plus à rien, plus à son quotidien aussi disloqué que le visage de sa fille, plus au fait que ses deux fils étaient partis loin d'elle, que tout ce qu'elle avait tenté de bâtir pour eux quatre avait définitivement volé en éclats.

Norma enleva ses chaussures, mit de la musique et se servit un verre de vin rouge.

Cindy, elle, se colla à la fenêtre, attirée par l'aboiement d'un chien.

L'école allait bientôt reprendre. Norma se demanda comment sa fille parviendrait à supporter les regards de ses camarades, le dégoût qu'elle ne manquerait pas d'inspirer aux autres. Et comment, elle, ferait face à toutes ces mères qui la plaindraient de toute leur âme.

À chaque fois qu'elle l'y accompagnerait. À chaque fois qu'elle viendrait l'y chercher.

Et tous ces hypocrites qui s'étaient cotisés pour l'aider à payer ses frais d'hospitalisation, si fiers de leur bonté… Il était hors de question qu'elle accepte le moindre centime de leur part. Depuis la mort de Harlan, elle s'était toujours débrouillée seule, ce n'était pas maintenant que cela allait changer.

Norma finit tranquillement son verre, les pieds posés sur la table basse, prise par un besoin urgent, pour pallier cette solitude aussi brûlante qu'un tison, de parler à quelqu'un. Mais à qui ? De qui avait-elle en cet instant envie d'entendre la voix ? Et, dans cette nuit de plus en plus obscure, une flamme se mit à vaciller, au loin mais se rapprochant déjà. Norma attrapa son téléphone et composa le numéro de sa sœur Elizabeth. Tout en s'efforçant de ne pas s'effondrer, elle lui raconta alors ce qui était arrivé à Cindy, du moins la version officielle, celle dont elle n'aurait pas honte. Sa sœur, horrifiée d'apprendre une telle nouvelle, lui demanda comment elle se sentait et lui proposa tout naturellement de venir chez elle. Émue par cette proposition, Norma lui expliqua qu'elle allait y réfléchir. Peut-être était cela, au fond, qu'il lui fallait : partir pour un temps, respirer un autre air, admirer un autre ciel.

Là où personne ne les connaissait, elle et Cindy.

Et puis plus rien ne la retenait jusqu'à la fin des vacances. Elle savait que Tommy, où qu'il soit, ne reviendrait pas de sitôt.

Norma, marchant de long en large dans le salon, promit à sa sœur qu'elle la rappellerait pour lui donner sa décision, avant de raccrocher.

Elle prépara à manger à Cindy, la coucha, puis alla s'installer sur les marches du perron afin de fumer une cigarette.

La porte de la grange était mal fermée et claquait sous un léger vent. *Là où Jonathan Jessup s'était suicidé, quatre-vingts ans plus tôt.* Elle comprenait maintenant pourquoi elle avait souvent ressenti un certain malaise en s'y rendant, tout comme dans la cave, la seule partie qui subsistait de l'ancienne maison. Certains lieux devaient rester imprégnés des drames qui s'y étaient déroulés.

Norma jeta le mégot dans les cailloux et s'aperçut qu'elle avait oublié de fermer la barrière. Elle s'y rendit en respirant la douce odeur de la nature qui s'assoupissait, des bruissements d'ailes la déconcentrant parfois dans ce ciel où trônait une lune énorme et orangée.

Une fois la barrière fermée, elle emprunta l'allée tout en observant sa maison. Seule la lumière du salon était restée allumée, ce qui rendait ses contours, dans ce crépuscule naissant, étrangement menaçants.

Et si elle déménageait à son tour ? Pour se prendre une maison plus petite, moins éloignée de la ville ? Ou dans un autre État, au cœur d'un paysage vierge du moindre souvenir, où elle aurait une chance de tout recommencer ? Avec des sommets, des rivages, et plus ce terne horizon, cet ennui terreux…

À mi-chemin, alors que son attention avait un instant été attirée par les lumières d'un avion, Norma se retourna brusquement, ayant cru entendre un rire d'homme provenir de la grange. Intriguée, elle s'en approcha en repensant à cette silhouette qu'elle avait eu l'impression de voir quelques jours plus tôt dans la chambre de Tommy, bien consciente qu'elle n'aurait rien pour se défendre si quelqu'un surgissait pour l'attaquer.

Mais comment se protéger d'un fantôme ?

Norma ouvrit la porte du bâtiment d'une main tremblante et entra, se saisit d'une lampe torche posée sur un établi, et éclaboussa les murs de sa lumière électrique.

L'endroit sentait le vieux bois et la poussière. L'épave de la voiture de Hayley était toujours en plein milieu, à moitié recouverte par la bâche tachée de terre. Elle devrait tôt ou tard s'en débarrasser, l'emmener à la casse située à la sortie nord de la ville.

Elle ne voulait plus rien chez elle qui lui rappelle l'existence de cette fille.

Au bout d'un moment, peut-être que même les souvenirs s'estomperaient.

Rassurée, Norma éteignit la lampe torche, s'efforçant de retrouver ce silence qui berçait ses nuits depuis vingt ans.

Pourtant, si elle fermait les yeux et tendait suffisamment l'oreille, elle pouvait presque percevoir les cris de plus en plus proches d'une foule en colère, et le coup de feu éparpillant la cervelle de Jonathan Jessup en rosace sur les murs.

De retour dans la maison, elle ferma toutes les portes à clef et alla dans sa chambre sans même penser à manger, se blottissant sous sa couette comme une enfant apeurée se protégeant du croque-mitaine.

Le lendemain matin, Cindy et elle prirent leur petit déjeuner sur la terrasse, puis Norma l'installa devant des dessins animés, le temps de faire un peu de ménage au rez-de-chaussée.

Les informations locales confirmèrent un risque élevé de tornades en fin de journée. En allant épousseter un tapis sur le perron, Norma remarqua qu'une voiture grise se mettait à ralentir au niveau de la barrière, avant de continuer sa route.

Elle fit ensuite une série de lessives et étendit le linge propre derrière la maison. Le vent s'était levé, faisant claquer les draps.

À l'étage, elle entra dans la chambre de Graham pour y ranger quelques affaires et s'assit un instant sur son lit, n'arrivant pas à se faire à l'idée qu'il était bien parti, détaillant toutes ses photos accrochées au mur, qu'elle n'avait au fond jamais vraiment pris le temps de regarder.

L'une d'elle représentait Amber au bord d'une rivière. En y réfléchissant, elle s'en voulut de n'avoir rien fait pour mieux la connaître, de ne pas avoir assez fait confiance à son fils sur les sentiments qu'il éprouvait pour elle. Mais ce genre de chose était réparable. Elle n'aurait qu'à se rendre là-bas un jour, quand ils auraient leur appartement, pour les aider à s'acheter des meubles, à mieux s'installer.

Elle était encore un peu surprise de l'avoir laissé partir aussi facilement. Tout avait paru, à ce moment-là, si limpide, si évident. Être seule dans cette chambre vide lui poinçonna le cœur. Mais ce n'était pas le temps des regrets. Elle y avait suffisamment réfléchi pour être certaine qu'elle avait fait le bon choix. Au téléphone, Tessa avait simplement mis des mots sur quelque chose qu'elle n'avait jamais voulu s'avouer. Par peur, par égoïsme.

Graham méritait tellement mieux que la vie qui l'attendait s'il restait au Kansas.

Une fois ses différentes tâches achevées, Norma prépara le repas de midi et mixa du poulet et des légumes pour Cindy. Son téléphone fixe sonna dans le salon, mais elle ne prit pas la peine de répondre. Une rafale de vent plus forte que les autres fit alors trembler les vitres, rendant plus palpable ce qui risquait de s'abattre sur eux dans les prochaines heures.

Pulvérisant sa maison.

Lui donnant enfin une occasion de s'extirper pour de bon de l'emprise qu'elle exerçait sur elle.

Après avoir déjeuné, elle s'allongea un peu sur le canapé pendant que Cindy faisait la sieste, essayant de lire le roman de Harlan Coben qu'elle avait commencé la veille, ses yeux glissant sur les mots imprimés.

Prise par le besoin de changer d'air, Norma décida de se rendre en ville avec Cindy une fois sa sieste terminée. Elle s'arrêta d'abord au cimetière pour déposer enfin des fleurs sur la tombe de Diane, puis elle fit des courses au Walmart, feignant de ne pas remarquer les regards posés sur sa fille, priant pour ne pas croiser Magda ou d'autres mégères qui ne pourraient s'empêcher de venir lui parler, leurs bons sentiments comme de la glu.

Quand elle revint chez elle, elle se rendit compte avec étonnement qu'elle avait laissé la porte de la cuisine grande ouverte.

Le kinésithérapeute arriva vers 16 heures, un jeune homme au teint frais qui semblait à peine sorti des études. Elle le laissa s'occuper de Cindy dans le salon et alla changer les draps de leurs chambres.

Le raccompagnant à sa voiture une demi-heure plus tard, elle demanda au kiné s'il voyait déjà des améliorations au niveau de la paralysie faciale de Cindy, ce à quoi il répondit qu'il était bien trop tôt pour présumer de quoi que ce soit.

Sa fille, elle, était restée debout sur le perron, pâle et immobile comme un mannequin en plastique abandonné derrière une devanture. Dans le ciel, des nuées d'oiseaux luttaient contre des vents de plus en plus forts. Norma, tout en rejoignant Cindy d'un pas pressé, lui fit signe de rentrer dans la maison, sous les tintements saccadés du carillon fixé au-dessus des marches, l'ombre des nuages léchant la poussière soulevée.

Norma alluma le poste de radio de la cuisine et fit réchauffer de la soupe de tomates. Selon le bulletin météo, une tornade s'était déjà formée au sud de Des Moines et y avait détruit plusieurs bâtisses. Elle devrait rester vigilante toute la nuit. Il était hors de question de prendre le moindre médicament pour dormir. À la première sirène, elle serait prête à courir avec Cindy vers l'abri souterrain situé à l'arrière de la maison.

Quand le dîner fut prêt à être servi, Norma appela Cindy du bas de l'escalier. N'obtenant aucune réponse, elle monta au premier étage et vit qu'elle n'était pas dans sa chambre. Elle ressortit dans le couloir et l'appela à nouveau, sans succès, fit alors le tour de chacune des pièces, et la trouva debout face à la fenêtre de la chambre d'amis.

– Cindy ? Mais qu'est ce que tu fabriques ? Tu ne m'as pas entendue ? demanda-t-elle en venant vers elle, sans penser à allumer la lumière.

– Il y a un monsieur dehors, répondit-elle d'une petite voix, aussi râpeuse que du bois.

Un peu déroutée, Norma jeta un regard à travers la vitre, sans rien remarquer de particulier dans ce décor si familier qu'elle pouvait le recomposer au centimètre près les yeux fermés.

– Il n'y a personne, tu vois bien ? Il va être l'heure de manger, donc tu te mets en pyjama et tu me rejoins en bas, d'accord ?

Disant cela, elle la prit par la main, froide et flasque, et la raccompagna dans sa chambre.

Il était à peine 21 heures. Norma, un verre de vin à la main, s'assit à la table du salon. Dès qu'elle aurait couché Cindy, elle se visionnerait un bon film avec une tablette de chocolat noir. Elle avait vu dans le programme télé qu'on repassait *Rio Bravo* de Howard Hawks, qui était un de ses westerns préférés depuis qu'elle l'avait découvert un soir avec Elizabeth, encore adolescente.

Cindy, sans un mot, vint se blottir contre elle. Norma lui versa un peu d'eau et avala ses premières gorgées de soupe de façon mécanique, en s'efforçant de ne pas trop regarder cet œil mort qui continuait à la dégoûter.

Dès que possible elle se renseignerait pour prendre rendez-vous avec un spécialiste en prothèses oculaires.

Une fois certaines marques physiques cachées, les plaies invisibles pourraient peut-être se refermer.

– Tu peux rester ici à dessiner pendant que je fais la vaisselle, d'accord ? dit Norma en se levant. Et ensuite, il sera l'heure d'aller se coucher.

Fidèle à ses nouvelles habitudes, Cindy demeura silencieuse, et Norma, après lui avoir donné son cahier et des feutres, retourna dans la cuisine et plaça leurs bols et leurs couverts dans l'évier.

L'ampoule grésilla un instant. Norma avait complètement oublié d'appeler sa sœur. Mais partir à Chicago n'était pas une si bonne idée que cela, du moins dans l'immédiat. Cindy avait surtout besoin de calme avant la reprise de l'école, sans compter ses séances de kinésithérapie. Et puis elle ne pouvait pas courir le risque que Tommy revienne en son absence et trouve la maison vide.

Perdue dans ses pensées, Norma ouvrit le robinet et, les mains aspergées par une eau de plus en plus chaude, elle sursauta en croyant apercevoir un mouvement de l'autre côté de la fenêtre. L'absurdité de la situation lui fit esquisser un sourire. La visite de Maddie Hutchinson l'avait décidément marquée plus qu'elle n'aurait pu le penser. Et puis elle était de toute façon trop tendue ces derniers jours pour garder les idées claires.

Cindy et elle devraient pourtant apprendre à vivre seules. C'était leur maison. Le seul endroit au monde où elles devaient à tout prix se sentir en sécurité. Elles n'allaient pas commencer à s'effrayer d'un rien alors que le pire leur était déjà arrivé.

La bouteille de vin traînait sur la table. Norma but ce qui restait au goulot et la jeta dans la poubelle.

Du salon, elle entendit Cindy parler toute seule, ne comprenant pas ce qu'elle disait.

Elle alluma sa dernière cigarette et enleva ses chaussures, rêvant de prendre un bon bain avant de s'étendre devant la télévision.

Une araignée se tenait en haut d'un mur. Norma renonça à la faire déguerpir avec un balai, alors qu'à la radio un journaliste évoquait le récent crash du vol d'American Airlines, ainsi que le démantèlement de la cellule terroriste qui l'avait commandité. D'après ce qu'il en savait, les autorités prenaient au sérieux la menace d'autres attaques de ce genre dans les semaines à venir, conséquences directes de la multiplication des frappes visant à détruire des lieux stratégiques de l'État islamique en Syrie.

Heureusement qu'elle n'avait pas entendu cela avant que Graham ne prenne son vol.

– Maman ?

Cindy se tenait sur le pas de la porte, un gros feutre rouge à la main.

– Oui, ma chérie ?

– Le monsieur veut te parler.

– Quoi ? Quel monsieur ?

– Celui qui est dehors. Il a froid. Il demande s'il peut venir avec nous.

– Cindy, il n'y a personne dehors, tu le sais bien !

La petite fille, n'ayant que faire de ce qu'elle venait de lui dire, la prit par la main et l'emmena dans le salon, où elle lui montra la fenêtre du doigt.

– Écoute, ma puce, dit Norma passablement énervée. Je ne sais pas à quoi tu joues, mais…

Ce qu'elle vit en premier fut le masque de loup en caoutchouc qu'il portait, dont le museau, d'un noir délavé, était déformé par le contact avec la vitre. Puis elle discerna mieux son propriétaire. Assez massif, haut d'au moins un mètre quatre-vingt-dix, vêtu d'une veste en cuir noir, une chaîne dorée pendant à son cou.

Cette fois, ce n'était pas un fantôme. Cette fois, ce qui se trouvait devant ses yeux était bien réel.

– Petit cochon ! Petit cochon ! dit-il avec emphase en tapotant la vitre de ses doigts gantés. Laisse-moi entrer ! Sinon, je vais souffler et souffler et ta maison va s'effondrer !

Et il éclata de rire. Un rire rauque, malfaisant.

Norma attrapa le bras de sa fille et courut dans la cuisine, où elle ferma à clef la porte menant au jardin d'une main tremblante, n'osant pas regarder ce qui pouvait se tenir derrière les rideaux.

– Retourne dans ta chambre, lui ordonna-t-elle en l'amenant au pied de l'escalier. Tu t'y enfermes et tu n'ouvres à personne, compris ?

Cindy, après lui avoir promis de lui obéir, monta les marches au pas de course. Norma attendit d'entendre la porte claquer, puis le son de la serrure résonner dans le couloir, avant de retourner dans le salon, l'homme au masque ayant déjà disparu de l'autre côté de la fenêtre.

Norma chercha son sac à main du regard, là où était rangé son téléphone portable. Mais elle ne le trouva nulle part. Pourtant elle était certaine de l'avoir laissé au pied du canapé juste avant de préparer le dîner.

Elle n'avait plus aucune arme à feu, elle s'en était débarrassée après la mort de Harlan.

Et personne, en ce soir de tempête, ne pourrait leur venir en aide.

On frappa alors trois fois contre la vitre derrière elle, ce qui lui fit pousser un hurlement. Un autre rire lui parvint de l'extérieur, mais plus aigu que le premier, provenant d'une autre gorge, le rire moqueur d'un gamin content de sa blague.

Combien étaient-ils ?

Et que lui voulaient-ils ?

Norma retourna dans la cuisine, où elle saisit le plus gros couteau qu'elle pût trouver, et alla se cacher dans une partie du couloir qui restait invisible de l'extérieur, le temps de reprendre ses esprits.

Si elle ne faisait plus aucun bruit, si elle ne leur donnait plus sa peur comme un os à ronger, peut-être qu'ils finiraient par se lasser et repartiraient d'où ils étaient venus.

Combien y avait-il de chances pour que ce ne soit que des adolescents voulant s'amuser à l'effrayer ?

Où pouvait bien être ce foutu sac ?

Et, tout en fixant la pendule accrochée au mur, elle se remémora ce que Herbert lui avait dit au sujet de cette femme tabassée par des cambrioleurs. Quelle ironie du sort qu'ils viennent la voir à son tour ! Comme si sa maison attirait toutes les perversions à la façon d'un trou noir la lumière.

Norma resta ainsi pendant un temps indéfinissable, du dehors ne lui parvenant plus que le bruit du vent prêt à tout claquer. L'espoir renaissant, elle monta au premier étage et ouvrit doucement la fenêtre de sa chambre. Elle voulait vérifier une bonne fois pour toutes si le danger continuait à rôder.

Si seulement elle avait cru sa fille la première fois qu'elle avait vu cet homme dans le jardin…

Depuis combien de temps l'épiaient-ils ? Pourquoi s'étaient-ils manifestés de cette manière ?

Norma scruta les alentours mais ne discerna rien de particulier.

Pas de mouvement, pas d'ombre fuyante.

Tenant toujours le couteau à la main, Norma passa près de la chambre de Cindy et lui demanda à travers la porte si tout allait bien. Elle n'entendit qu'un murmure, l'imagina prostrée sous sa couette.

Dans la cuisine subsistait une intense odeur de cigarette. L'araignée n'avait pas bougé. Près d'elle, un insecte se débattait dans sa toile.

Norma, tout en continuant à chercher son sac à main, regagna le couloir d'un coup traversé par un violent courant d'air qui la fit frissonner, et pas seulement de froid. Comme une odeur annonciatrice d'un incendie, ou celle d'un cadavre gisant dans un caniveau.

Deux mètres plus loin, elle se rendit compte avec horreur que la porte d'entrée était grande ouverte. Et, en cet instant, au plus profond d'un cauchemar sans réveil envisageable, sa seule idée fut la fuite, courir le plus vite possible vers la première maison afin d'appeler à l'aide. Mais elle ne pouvait pas laisser Cindy seule, à la merci de ceux qui avaient réussi à entrer chez elles.

Un petit bruit de mastication lui parvint du salon. Un léger panache de fumée soufflée par une bouche humaine se dispersa sous la lumière électrique.

Consciente qu'elle ne pouvait faire autrement, Norma continua à avancer droit devant elle en serrant le manche du couteau, prête à frapper.

De l'intrus, elle vit d'abord ses jambes, négligemment posées sur la table basse. Il portait de grosses chaussures couvertes de terre séchée qui ressemblaient à celles qu'elle avait récemment achetées à Graham, et se tenait vautré dans le canapé, comme si c'était elle qui lui rendait visite. L'entendant, il se tourna vers elle avec mollesse, et, à travers les deux trous qui faisaient office d'yeux au masque qu'il portait, elle discerna les siens, sombres, luisants, avides.

– Je vous en prie, chère Mme Hewitt, dit-il d'une voix résonnant sous le caoutchouc. Joignez-vous à moi, même si vous n'avez pas eu l'amabilité de m'inviter à entrer.

Norma en resta ahurie, trop éloignée de lui pour l'atteindre avec sa lame ; tout ce qui lui restait de courage, sous cette vision absurde, se réduisant comme une peau de chagrin.

Le plancher craqua derrière elle. Avant qu'elle ne puisse se défendre, un autre homme l'attrapa par-derrière et serra son bras, lui faisant lâcher le couteau.

Puis il la frappa à la tête et la jeta au sol.

Désarmée et sonnée, Norma se retourna sur le dos, prise d'une violente nausée.

Il se tenait à présent au-dessus d'elle. Son assaillant, plus chétif, portait un masque de diable en plastique. Pendant que l'un lui liait les poignets avec des cordes, l'autre s'occupa de ses chevilles. Et elle se laissa faire, consciente qu'elle n'avait aucun moyen de combattre.

– Bon, on arrête de jouer, dit l'homme au masque de loup. On s'est bien amusés, mais on a un peu de route à faire. Tu nous dis gentiment où tu planques ta thune et on s'en va dans la minute.

– De quoi vous parlez ? demanda Norma, sa tête ne cessant de tourner. Je dois avoir cinquante dollars dans mon sac à main, pas plus, le reste est à la banque…

– Ne te fatigue pas, on sait que tu gardes beaucoup de cash ici. Notre petite visite de cet après-midi ne nous a pas permis de le trouver, mais je suis sûr que tu vas faire un effort pour nous arranger ça…

Et il plaça le couteau devant son visage, déjà prêt à le taillader.

– Je vous le répète, dit Norma, effarée, craignant de lever les yeux vers lui. Je n'ai rien d'autre, je ne vous raconte pas d'histoires !

– Va chercher la gamine, ordonna l'homme au masque de loup à son acolyte.

– Non ! hurla Norma. Laissez-la, je vous en prie !

Il lui attrapa la tête par les cheveux et plaqua la lame sur sa gorge.

– Tu n'as sûrement pas envie que ta fille trouve sa jolie maman égorgée sur le parquet, j'imagine. Alors, tu respires un grand coup, et tu te calmes.

– Je vous en supplie. Ne lui faites pas de mal ! Je vous donnerai ce que vous voudrez ! Je peux vous écrire le code de ma carte bleue pour que vous retiriez de l'argent dans un distributeur, mais ne la touchez pas !

– Ce qui me chiffonne, c'est qu'il n'y a vraiment, mais vraiment rien de valeur dans cette bicoque. Et c'est hors de question d'être venus jusqu'ici pour peau de balle. Donc, il va bien falloir trouver une solution.

Norma entendit alors les hurlements de sa fille, suivis des pas de l'homme qui, après avoir dévalé les escaliers, les rejoignit en tenant fermement Cindy sous le bras, pour la jeter à ses pieds.

Elle lui avait ouvert la porte, malgré ce qu'elle lui avait dit.

La petite fille, la voyant ainsi ligotée, se mit à pleurer. Son visage, devenu tout rouge sous la terreur, n'en paraissait que plus révoltant.

– Eh bien ! Il lui est arrivé quoi à cette gamine ? demanda l'homme au masque de loup d'un ton moqueur. Elle s'est pris un camion en pleine gueule ?

– Ne la touchez pas, répéta Norma, anéantie. Elle n'a rien à voir avec ça !

Au-dehors, une rafale de vent fit trembler les murs de la maison.

– On a bien choisi notre jour pour te rendre visite, j'ai l'impression, dit l'homme au masque de diable en ricanant.

Il attrapa Cindy par les hanches et la força à se relever. Puis il plaqua la pointe de son couteau sous son œil droit.

– Crache le morceau, Norma, ou je lui crève l'autre. Et ne crois pas que je ne le ferai pas, je hais les gosses encore plus que les flics.

Ne pouvant en supporter davantage, Norma vomit un mélange de soupe et de bile sur le parquet, son corps ravagé par une rage impuissante, étouffée par sa soumission forcée. Elle remarqua alors que l'homme au visage de diable portait une arme à sa ceinture. Son métal brillait.

– Je ne peux rien vous dire de plus. Cherchez où bon vous semble, vous verrez par vous-mêmes que je ne vous mens pas !

– Et ton fils d'ailleurs, il est où ? demanda l'homme au masque de loup.

– Il est parti loin d'ici, répondit-elle, ne sachant pas s'il parlait de Graham ou de Tommy.

– Putain, décidément rien ne se passe comme prévu ce soir ! Bon, toi, reste là pendant que je refais une inspection de l'étage, dit-il à l'homme au masque de diable.

Celui-ci, une fois qu'il fut parti, s'affala à son tour sur le canapé. Il paraissait plus jeune, moins expérimenté. C'était lui leur point faible, c'était lui qu'elle pouvait espérer raisonner.

– Vous n'êtes pas obligé de faire ça, dit-elle en le regardant droit dans les yeux. Laissez-nous partir. Je ne dirai rien à personne.

– Ne te fatigue pas, Norma. Si ça ne tenait qu'à moi, je te saignerais comme une truie pour ce que tu as fait.

Ne comprenant d'abord pas où il voulait en venir, Norma fut à nouveau prise de nausée quand tout s'éclaira.

Ce que tu as fait.

C'était Hayley qui était derrière tout cela, elle en était persuadée.

Et le danger prit une forme plus franche à partir du moment où elle sut qu'ils n'étaient pas venus dans le seul but de la voler.

– J'ai de l'argenterie dans le buffet près de la table à manger. Elle vaut plusieurs milliers de dollars. Prenez-la et partez, c'est la seule chose qui ait de la valeur ici.

– Eh bien, tu vois quand tu veux, fit l'homme en s'y rendant.

Profitant de son inattention, Norma fit signe à sa fille de lui donner le couteau. Cindy n'osa d'abord pas bouger, et, face au regard noir qu'elle lui lança, elle se leva doucement, l'homme leur tournant toujours le dos, puis attrapa le couteau par le manche et vint le placer dans ses mains liées, avant de ramper vers le fond de la pièce.

L'homme se retourna alors, alerté par le grincement du plancher. Norma se mit sur le côté, les bras contre le canapé, et plaqua la lame contre les cordelettes.

La grosse boîte contenant son argenterie à la main, l'homme se redressa en sifflotant et la posa sur la table à manger pour l'ouvrir.

Norma savait que le temps lui était compté et tenta de couper les liens du mieux qu'elle le put, se tailladant un peu les poignets par son imprécision.

L'homme au masque de diable revint vers elle, s'agenouilla et saisit son visage par le menton.

– Je sais beaucoup de choses sur toi, Norma. Je sais ce que tu caches sous tes airs de maman modèle. Tu as fait beaucoup de mal à une amie à moi et je compte bien te le faire payer. Et puisque ton enculé de fils n'est pas là, tu vas prendre pour deux, j'espère que tu encaisses bien !

À ces mots, il arracha son chemisier et s'assit à califourchon sur elle pour mieux la dominer.

– On ne m'avait pas dit que tu étais aussi charmante. Moi, tu vois, je craque pour les mamans un peu perverses. Tu as vraiment de la chance, tu vas avoir droit à quelques minutes de bonheur avant la saignée ! Et puis comme ça, on va dire que vous serez quittes.

Norma, comprenant ce qui l'attendait, hurla à sa fille de se retourner vers le mur et de se boucher les oreilles, ce qui fit éclater de rire son agresseur. Elle sentit son excitation contre son ventre au moment où il passa la main sous son soutien-gorge en poussant des grognements, son souffle chaud remontant jusqu'à sa nuque. Dans un effort désespéré, elle pressa la lame le plus fort qu'elle le put contre ses poignets, s'évertuant à masquer sa douleur.

Et enfin les liens cédèrent. Et, alors qu'il commençait à glisser sa main sous son jean en léchant son cou, elle lui planta le couteau en plein dans son dos, de toutes ses forces, un filet de son sang à elle traçant, sous le mouvement de son bras, un arc de cercle visqueux au-dessus de leurs deux corps.

L'homme hurla et tomba à la renverse en se contorsionnant à la façon d'un serpent blessé. Sans attendre, Norma saisit un gros cendrier en pierre sur la table basse et lui en frappa le visage, l'assommant d'un coup.

À l'étage se firent entendre les pas de l'autre homme qui, alerté par le bruit, courut vers l'escalier prêt à se battre. Norma saisit l'arme à la ceinture de son agresseur, attrapa Cindy par le bras et se précipita vers la sortie. Arrivée sur le perron, consciente qu'elle ne pouvait pas courir le risque qu'il les poursuive, elle demanda à sa fille d'aller se réfugier dans la grange et de l'y attendre, puis elle se retourna et se posta au milieu du couloir, évacuant toute peur, toute sensiblerie, tout entière à sa faim avide de vengeance.

L'homme au masque de loup surgit face à elle, essoufflé. Et quand il la remarqua dans la pénombre traversée de vent du couloir, elle braqua l'arme sur lui, espérant qu'il puisse discerner, à cette distance, le sourire qu'elle avait aux lèvres.

– Maintenant c'est moi qui vous conseille de ne pas jouer au plus malin, dit-elle en faisant un pas en avant. J'ai déjà abattu un homme à plus de vingt mètres de distance. Alors, vous me donnez gentiment votre arme. Et au moindre geste brusque, je n'hésiterai pas !

Piégé, l'homme ne put rien faire d'autre que de sortir son revolver de sous sa veste pour le faire glisser à ses pieds. Norma, qui avait juste supposé qu'il en avait un, fut prise d'un petit frisson, le tenant en joue sans trembler, avant de se baisser pour s'emparer de l'arme.

– Maintenant, vous reculez tranquillement jusqu'au salon et je veux voir vos mains en évidence.

– D'accord, dit l'homme en s'exécutant. Mais ne fais pas de conneries.

– C'est Hayley qui vous a envoyés ici, n'est-ce pas ? demanda-t-elle en entrant à son tour dans la pièce.

Comme il ne lui répondait rien, elle tira une balle à cinq centimètres de son pied.

– Putain, oui, c'est elle ! Elle avait un compte à régler avec toi, apparemment. Avec toi et ton fils.

– Et elle vous a payés pour ça ?

– Du moins elle doit le faire.

– Et c'est elle qui vous a dit que je cachais beaucoup d'argent chez moi, bien entendu. Eh bien, elle vous a menti. Elle s'est juste servie de vous pour faire le sale travail à sa place.

Plusieurs rafales de vent se fracassèrent contre les murs de la maison. Norma pria pour que Cindy se soit bien cachée dans la grange et y demeure en sécurité jusqu'à ce qu'elle la retrouve.

– Et pourquoi devrais-je te croire toi plutôt qu'elle ?

– Vous pensez vraiment que si j'étais aussi riche que ça, j'habiterais ici ? Et vous avez retourné toute la maison, non ? Vous avez trouvé quoi que ce soit qui mérite d'être volé ? Hayley est folle ! Elle a juste saisi une autre opportunité pour me faire du mal ! C'est elle qui a défiguré ma fille en la frappant avec un club de golf et en la laissant pour morte ! J'imagine que ça, elle ne s'en est pas vantée auprès de vous ! Quoi qu'il en soit, je n'ai pas vu vos visages, je ne sais pas qui vous êtes. Alors, les choses sont simples, vous partez de chez moi tous les deux, prenez même l'argenterie si ça vous chante. Mais je ne veux plus jamais vous revoir ici ! Laissez-nous tranquilles, ma fille et moi ! Et pour Hayley, dites-lui ce qu'elle veut entendre, et faites-vous payer comme prévu, ce n'est pas mon problème.

– Toi, au moins, on peut dire que tu as des couilles, dit l'homme au masque de loup en attrapant son complice par le bras pour l'aider à se relever. Et je respecte ça, c'est même la seule chose que je respecte. J'ai fait une belle erreur en te sous-estimant. Et j'ai déjà assez rencontré d'arnaqueurs dans ma vie pour savoir que tu nous dis la vérité.

– Si vous m'aviez crue depuis le début, on n'en serait pas là.

– Tu sais, Norma, je déteste me déplacer pour rien, mais je déteste encore plus me faire avoir. O.K., on va dire qu'on est quittes. Par contre, je te conseille de ne plus dormir que d'une oreille, la petite princesse n'en a sûrement pas fini avec toi.

– Je n'ai pas de conseil à recevoir de vous. Et comme vous pouvez le voir, je sais me défendre toute seule. Je garde vos armes. Si par malheur je vous revois, je n'hésiterai pas, cette fois. Je suis une amie de longue date du sheriff. Quoi que je fasse, il me couvrira.

L'homme poussa un petit rire, puis il prit son comparse par la taille et ils se dirigèrent tous deux vers la sortie. Norma les suivit après avoir allumé la lumière du porche, prête à leur tirer dans le dos au moindre faux pas.

Au-dehors, la tempête redoublait de vigueur. Norma dut se cacher le visage de la main pour le protéger des débris emportés par les tourbillons, ne quittant pas des yeux les deux silhouettes qui titubaient vers une route qu'elle ne pouvait plus que deviner derrière les hauts rideaux de poussière.

Quand elle ne vit plus les deux hommes, elle posa un des revolvers sur le sol, descendit les marches du perron à son tour, et avança le long de l'allée jusqu'à percevoir le bruit d'un moteur démarrer derrière le vacarme.

Ils partaient. Elle avait vraiment réussi à les chasser.

Norma n'en revenait pas, soupesant l'arme dans sa main. C'était la première fois qu'elle en tenait une depuis le fusil qui avait tué Harlan.

Arrivée à la barrière, elle la ferma en plissant les yeux pour mieux distinguer le bout de la route. Après tout, ils pouvaient s'être garés plus loin afin d'attendre qu'elle baisse sa garde pour revenir.

Alors elle tirerait, oui, elle tirerait. Et la tombe qu'elle avait creusée pour Hayley servirait à enfouir leurs corps.

La foudre tomba en plein milieu des champs, quelques kilomètres plus loin, et elle aperçut brièvement la montagne nuageuse qui s'était formée au-dessus de sa tête.

Norma se retourna vers la maison, dont on ne distinguait plus que le halo lumineux du perron, et se souvint que Cindy était cachée dans la grange. Elle pressa le pas pour la rejoindre, un gros morceau de carton volant près de son visage pour aller finir sa course entre les branches d'un arbuste. Le vent soufflait si fort qu'elle eut du mal à avancer.

Une fois à l'intérieur, elle referma la porte et appela sa fille sans entendre de réponse. Elle attrapa la lampe torche laissée sur un vieil établi et la chercha du regard, prise soudainement par la peur qu'elle n'ait pas réussi à s'y réfugier à temps et soit toujours dehors, le vent l'ayant éloignée d'elle sans qu'elle puisse rien y faire, peut-être déjà blessée, inconsciente, ou pire.

Et alors elle vit, presque malgré elle, une porte de sortie s'ouvrir sur un avenir plus radieux et calme ; elle éprouva même à cette idée une pointe d'espoir mêlé de soulagement, qui par l'horreur qu'il impliquait la dégoûta d'elle-même jusqu'à la nausée.

Comme provoqués par sa honte, les pleurs de sa fille se firent entendre, tout près. Elle était recroquevillée derrière la voiture de Hayley. Norma se précipita vers elle pour la prendre dans ses bras.

Cette pauvre petite chose tremblante, suante, épouvantée.

– C'est fini, dit-elle en passant sa main dans ses cheveux emmêlés. Ils sont partis et ils ne reviendront pas. Ils voulaient juste nous faire une mauvaise blague. Tu n'as plus rien à craindre.

Et ce, tout en tentant d'y croire à son tour. Même si, quoi qu'elle fasse pour y remédier, elles ne pourraient peut-être plus jamais se sentir totalement en sécurité chez elles.

Et c'était cela que Hayley avait voulu. C'était cette petite chose si précieuse qu'elle avait saccagée.

Si seulement elle avait eu le cran de la poignarder dans cette cave. Son cadavre, enterré au fond du jardin, n'aurait jamais pu leur faire de mal en retour.

Les cloisons de la grange tanguèrent violemment, le bois craquant de toute part. Norma se leva en gardant Cindy solidement agrippée à sa poitrine et regagna leur maison en braquant la torche droit devant elles, sous une pluie de plus en plus virulente.

Et c'est alors qu'elles arrivaient tout juste au niveau du perron qu'elles entendirent ce bruit assourdissant sur leur droite, ce bruit que Norma reconnut aussitôt, que tous les habitants du Kansas connaissaient depuis l'enfance, réduisant les autres à l'insignifiance, annonçant le branle-bas de combat, les paniques nocturnes, la fuite sous la terre.

Norma se précipita de l'autre côté de la maison, n'arrivant pas à croire que c'était bien réel, que le sort puisse s'acharner sur elles à ce point.

Et elle le discerna alors, ce monstre déferlant au milieu des champs à une centaine de mètres de là, sa noirceur terreuse en affadissant celle de la nuit, assez gros pour emporter sa maison tout entière.

Norma posa sa fille sur le sol et ouvrit les portes de l'abri, ses cheveux dénoués lui fouettant le visage. Pourtant, au moment même où elle s'apprêtait à y descendre, elle se releva, prit à nouveau Cindy dans ses bras et, sans plus réfléchir, se planta face à la tornade qui la dominait de toute sa hauteur, fière comme un poing levé, résolue à ne plus baisser les yeux face au danger, lasse de si souvent le fuir. Et elle hurla à sa fille de la regarder, elle aussi, bien en face, de ne pas en avoir peur, car elle lui promit qu'elle ne viendrait pas jusqu'à elles. Sa joue contre sa joue, elle lui demanda de lui faire confiance, voulant à tout prix lui prouver, par le risque insensé qu'elle leur faisant prendre à cet instant, que tant qu'elle serait avec elle, plus rien ni personne ne pourrait lui faire de mal.

Et, malgré les cris et les pleurs de sa fille, oubliant la poussière qui collait à leur peau et la pluie qui leur glaçait les os, Norma se borna à résister, à tenir bon, alors que déjà la tornade commençait à filer vers le nord pour détruire d'autres vies que les leurs, ses propres larmes se mêlant à celles de Cindy, déterminée à ce que ce soir, le vent n'emporte que leur peine.

TOMMY

D'une maigreur alarmante, le petit garçon qui s'appelait Jeffrey était allongé tout nu sur le lit de la cave, pieds et poings liés, attendant que les trois hommes qui l'entouraient décident de qui serait le premier à lui passer sur le corps.

Tommy, au bord du malaise, stoppa la vidéo, puis la supprima, ainsi que les dizaines d'autres que contenait l'ordinateur de l'homme chez qui il se terrait.

Après les avoir trouvées par hasard dans le disque dur, il les avait visionnées une à une, y cherchant inconsciemment quelque chose qu'il ne voulait toujours pas voir, obsédé par les visages glabres des petits garçons qui s'étaient succédé dans cet enfer.

Où étaient-ils maintenant ? Avaient-ils pu continuer à grandir malgré tout ?

En creusant la tombe de cette vieille ordure dans le jardin, Tommy avait trouvé ce qui ressemblait à un petit cadavre, empaqueté dans un sac-poubelle qu'il n'avait pas osé ouvrir. Et, à vue d'œil, ce n'était pas le seul endroit où la terre avait été retournée.

Il regrettait tellement de ne pas avoir tué Hill lui-même. Il aurait fait en sorte de le torturer des heures dans cette même cave avant qu'il ne lâche son dernier souffle.

À travers la vitre sale ne perçait qu'un ciel gris. Il ne savait même pas quelle heure il était, il savait juste que, quand il faisait jour, ses angoisses étaient un peu atténuées, comme mises au repos.

Depuis son arrivée dans cette maison, Tommy n'avait à aucun moment repensé à reprendre ses recherches concernant Julia. Il n'éprouvait plus rien pour elle. Ses rêves étaient maintenant remplis d'autres filles, plus jeunes, plus graciles, chacune le menant invariablement à Tessa.

Tommy s'allongea sur le canapé et recouvrit son corps d'une couverture, voulant dormir un peu pendant qu'il faisait encore jour.

À peine ferma-t-il les yeux que la sonnerie de la porte d'entrée retentit avec un affreux son métallique.

Il ne fit pas le moindre mouvement. C'était la première fois que quelqu'un rendait visite à Hill depuis qu'il était là. Il ne s'était même plus paré à cette éventualité.

Tommy se retourna légèrement vers la porte qui, par chance, était fermée à clef. On sonna à nouveau, de façon plus insistante. Puis les pas du visiteur se dirigèrent sur la gauche et Tommy eut tout juste le temps de bondir derrière le canapé avant que l'homme ne se poste de l'autre côté de la fenêtre pour scruter à l'intérieur.

La quarantaine, le visage carré, un gros nez légèrement tordu, Tommy le reconnut sans mal. Il faisait partie de ceux qui torturaient les petits garçons dans les vidéos. C'était lui qui avait fait si mal à Jeffrey, qu'il avait saigné par le derrière.

Tommy se baissa, conscient qu'il ne devait pas se faire voir. Sinon, il n'aurait plus d'endroit où aller. Il fallait juste attendre qu'il s'en aille.

Il compta jusqu'à cent. Et quand il se releva, il constata avec soulagement que l'homme était parti.

Ses bras tremblaient sous l'émotion, son ventre criait famine. Il avait terriblement besoin d'alcool.

L'ogre qui faisait grincer ses griffes contre la vitre.

Sans attendre, il déboucha une des bouteilles de whisky qui étaient rangées dans un des placards et en but trois gorgées au goulot.

Il était en sueur. Son cœur battait à tout rompre. Les fêlures se multipliaient dans sa tête, y vibraient comme des cordes de guitare. Mais l'alcool l'abreuva, inocula en lui en doux poison, l'enveloppa avec ses grandes mains chaudes.

L'homme reviendrait forcément. Lui ou un autre. Par cette soudaine irruption, l'accalmie avait pris fin. Bientôt, il lui faudrait trouver un autre refuge.

Une fois de plus.

Mais, dans une autre ville, puisqu'il n'avait plus rien à faire à Topeka. La simple idée de retourner à Kansas City et d'y retrouver ses repères lui mit un peu de baume au cœur. Parvenant progressivement à se détendre, il alluma la télévision et zappa entre les chaînes, la bouteille à la main. Une cheminée en briques se trouvait face à lui, des bûches à moitié consumées disposées dans l'âtre. Il pourrait faire un feu, une fois que tout le monde dormirait. Comme pendant les soirs d'hiver avec Graham et sa mère, où il avait pris l'habitude de s'installer juste devant le brasier pour contempler les flammes virevolter.

Deux jours plus tôt, alors qu'il était au plus mal, il avait couru le risque d'appeler sa mère en faisant attention à masquer le numéro. Entendre sa voix à l'autre bout du fil lui avait fait perdre tous ses moyens, si bien qu'il n'avait pas pu dire le moindre mot. Elle lui avait paru si loin, à des années-lumière de distance, toujours vivante mais plus absente qu'une morte, dont il pourrait au moins visiter la tombe.

Il avait raccroché quand elle avait prononcé son prénom, s'en voulant à nouveau d'être aussi faible.

Derrière l'écran, une présentatrice blonde parlait d'un bombardement dans une ville arabe. Il était à peine 19 heures. Le temps s'écoulait plus lentement dans cette maison, comme englué dans toutes les abjections qu'elle exhalait.

Tommy se promit de continuer à boire jusqu'à ne plus tenir debout. Avec un peu de chance, il s'écroulerait comme une masse et n'ouvrirait les yeux que le lendemain matin, en constatant avec soulagement que les ténèbres n'avaient pas eu, cette fois, de prise sur lui.

Il n'entendrait pas les cris des petits garçons s'échapper de la cave. Des lambeaux de sa propre enfance ne viendraient pas lui hurler aux oreilles sous leurs masques déformés.

À la nuit tombée, il prit le temps de vérifier que les portes et les fenêtres étaient bien fermées. Comme pendant une grande partie de son enfance et de son adolescence. Même s'il se sentait déraciné, certaines règles demeuraient immuables.

Les volets clos, lové dans son cocon, il alluma l'halogène et se fit réchauffer un demi-poulet rôti au micro-ondes, qu'il dévora devant un vieux film de guerre.

Bientôt, il ferait la même chose chez lui, avec sa télévision, ses meubles, son propre désordre. S'il se trouvait un vrai travail, un qui payait bien, il louerait une petite maison avec un jardin. Tessa s'y sentirait comme chez elle. Il la laisserait la décorer selon ses goûts. Il ne pourrait jamais rien lui refuser.

Enfermé dans sa rêverie, Tommy était loin de se douter qu'à quelques rues de là une voiture fonçait hors des limites autorisées, conduite par une femme qu'il s'était lassé d'aimer et qui par désespoir, voyant trop clairement le grand vide qui se dessinait face à elle, venait d'enlever sa propre fille à la personne qui la gardait.

Tommy resta toute la soirée plongé dans les programmes télévisés. Pris d'une envie pressante, il se rendit aux toilettes, situées au bout du couloir qui menait à la chambre d'amis.

Tout ondulait autour de lui, plus rien ne semblait avoir de consistance. Tanguant au-dessus de la cuvette, il eut du mal à viser et arrosa le sol et le papier peint criard, riant de son imprécision.

Il était donc encore possible de salir cette maison.

Ce qui provoqua un autre rire, mais pas le sien, un rire venant du couloir. Rauque et sonore, résonnant entre les cloisons.

Tommy bondit en avant, manquant se cogner le front, puis il s'extirpa des toilettes, sans voir personne dans la pénombre.

Le plafond craqua. Échauffé par le feu liquide qui lui parcourait les veines, Tommy courut vers l'escalier, prêt à se jeter sur l'intrus et à le tuer de ses poings.

Mais l'étage était vide, lui aussi. Du moins, de toute présence visible.

Tommy alluma la lumière bleutée de la salle de bains et contempla le désastre de son visage défait dans la glace accrochée au mur. Quand il repartit en direction de l'escalier, il remarqua, du coin de l'œil, du mouvement dans le jardin. C'étaient des policiers, vêtus de leurs tenues d'assaut, qui avançaient sans un bruit les uns derrière les autres, la lune se reflétant sur leurs casques, prêts à tirer. Tommy ne fit plus un geste, alors qu'ils marchaient sans le savoir au-dessus du cadavre de Hill, *de tous les petits garçons qu'il avait enterrés,* pour ensuite enjamber la barrière et disparaître dans le jardin d'à côté.

Tommy entrouvrit la fenêtre et tendit l'oreille, percevant quelques sommations, puis plus rien, pas même un coup de feu. Il en vint à se demander s'il avait vraiment vu ce qu'il avait vu, imaginant déjà ce qui pouvait bien se passer dans cette maison dont il n'avait jamais croisé les habitants.

Le lendemain midi, il se réveilla avec une intense gueule de bois. Le soleil brillait à l'extérieur. Des enfants s'amusaient dans la rue, dont les rires atténuèrent un peu plus l'atmosphère délétère d'une maison hantée par les cris de ceux qui avaient connu la cave.

Tommy se servit une tasse de café dans la cuisine, son esprit encore cadenassé.

Au moment où il s'apprêtait à aller se doucher, la sonnerie de l'entrée retentit à nouveau, lui faisant, sous le coup de la surprise, renverser un peu de café sur le carrelage ébréché.

Mais cette fois, celui qui se tenait de l'autre côté introduisit une clef dans la serrure. Tommy resta planté au milieu de la pièce, alors que la porte s'ouvrait et que le même homme que la veille entrait, un gros sac en cuir sous le bras.

Le voyant, celui-ci esquissa un sourire.

– Tu es qui, toi ? Henry n'est pas là ?

– Non, dit Tommy en tentant de garder son calme, il est parti faire des courses.

– Et tu t'appelles ?

– Tommy.

– Henry ne m'a jamais parlé de toi, mais en même temps ça ne m'étonne pas de lui, dit-il en souriant plus franchement, le détaillant de haut en bas d'une façon qui le mit mal à l'aise. Tu te faisais du café ? Tu m'en sers une tasse ?

Tommy, les mains tremblantes, s'exécuta comme un bon petit soldat.

– Assieds-toi, je t'en prie, fit l'homme en lui indiquant le canapé quand il rejoignit Tommy avec son café. Je ne savais pas que Henry avait un invité. Tu as quel âge ?

– Vous me donnez quel âge ?

– Quinze, seize, pas plus. Moi, c'est Lewis, je n'habite pas loin et je viens parfois voir Henry. On se connaît du boulot. Il t'a peut-être déjà parlé de moi ?

– Non, dit Tommy le regard baissé.

L'homme frappant le petit garçon au visage, le sodomisant sous les vivats de ses camarades. Se redressant ensuite l'air conquérant, son sexe dressé recouvert de jeune sang et d'excréments mêlés.

– Toi, tu vis dans le coin ?

– Kansas City.

– Ah oui ? Et comment tu as connu Henry ?

– Ce n'est pas à moi de vous le dire.

Lewis, amusé, ne le quitta pas des yeux. Tommy sentait son excitation enfler, aussi rance qu'une odeur d'égout. Encore à moitié nu, il n'osa pas se lever pour aller se rhabiller.

– Il te paye, c'est ça ?

– Faut croire.

– Je ne pensais pas qu'il aimait les garçons de ton âge, mais faut dire que tu es assez mignon. Moi-même je suis moins sectaire que certains de nos amis communs. Faudra que tu me donnes ton téléphone, je vis seul moi aussi, et je ne serais pas contre un peu de compagnie. En plus, tu verras, ma maison est bien plus accueillante que celle de ce pauvre Henry !

Lewis caressa la cuisse nue de Tommy, lequel ne sut comment réagir, quelque chose de plus puissant que sa volonté le pétrifiant sur place.

– Je vais attendre Henry ici, d'accord ? On a des trucs à faire ensemble. Et puis on va en profiter pour faire un peu connaissance. On partage tout avec Henry, tu n'as pas à te sentir gêné.

Lewis, tout en se rapprochant, passa sa main sous son caleçon.

La lampe fixée au plafond de la cave lui brûla les yeux. Les silhouettes autour de lui se tenaient prêtes à dégainer leurs armes.

Tommy se releva d'un bond, pris par une intense envie de vomir, la haine remontant en lui en courant fétide.

– Je vous ai menti, dit-il sur un ton précipité. Henry est en bas, dans la cave. Mais il n'est pas seul, il ne veut pas être dérangé.

– Tu es sérieux ? demanda Lewis en se levant à son tour. Et il est avec qui ?

– À votre avis ? Il n'a pas eu l'air de vouloir vous attendre…

Piqué au vif, Lewis se dirigea vers la porte de la cave et l'ouvrit, puis il appela Hill en s'agrippant au chambranle. Aucune réponse ne lui parvint du sous-sol.

Sans qu'il eût le temps de s'en rendre compte, Tommy se plaça juste derrière lui.

Et il le poussa de toutes ses forces.

Lewis, sans un cri, dévala les marches en béton et atterrit la tête la première sur le sol en ciment, cinq mètres plus bas.

Tommy alluma la lumière et guetta le moindre mouvement de sa part. Mais il ne bougeait plus, paraissait inconscient.

Ne voulant néanmoins pas courir de risque, Tommy descendit l'escalier et, arrivé en bas, attrapa fermement la tête de Lewis des deux mains et la frappa sur le sol jusqu'à la briser en plusieurs endroits, jusqu'à ce que du sang éclabousse ses cuisses et trempe ses pieds.

Encore un de moins. Encore un qui ne leur ferait plus jamais de mal.

S'il restait suffisamment de temps chez Hill, peut-être parviendrait-il à tuer tous ceux qui apparaissaient dans ces vidéos immondes. C'était pour cela que le destin l'avait guidé jusqu'à cette maison. Afin qu'il venge tous les petits garçons qui y avaient hurlé dans le noir.

Tommy retourna dans le salon en sifflotant, avec l'agréable sentiment du travail bien fait.

Un verre de whisky à la main, il se posa devant un épisode de *Breaking Bad* et continua à boire jusqu'à ce que ses yeux s'épuisent à force de fixer l'écran.

Il ne parvenait pas, cependant, à se débarrasser d'un certain malaise. À cause de cette odeur de sang de plus en plus prégnante. De cette chaleur qui le faisait transpirer. De cette sensation que quelque chose de terrible allait bientôt advenir.

La nuit était déjà tombée. Tommy tituba vers la porte d'entrée et la ferma à clef, prêt à entamer une autre bouteille pour faire en sorte que la soirée passe plus vite.

Une sirène se fit entendre dans la rue. Tommy bondit vers la fenêtre au moment où une voiture de police passait face à lui. L'officier assis sur le siège passager avait le visage collé à la vitre, déformé par un rictus qui ressemblait à une grimace malveillante. Tommy fit un pas de côté, de peur qu'il ne le voie à son tour, et rampa jusqu'à la table basse.

Ils étaient partout. L'étau se resserrait peu à peu. Il devait fuir cette ville avant qu'elle ne le piège pour de bon.

Oui, il s'en irait dès l'aube. Au volant de la voiture de Hill, il retournerait à Kansas City et y trouverait bien une autre maison où habiter quelque temps.

C'était facile. Il commençait à en avoir l'habitude.

On prononça alors son prénom dans son dos. Tout bas, mais cela suffit à lui glacer le sang.

Cela venait de derrière la porte de la cave. C'était Lewis. Il n'avait pas réussi à le tuer. D'une voix sanglotante, presque ridicule, ce pauvre type le suppliait de lui ouvrir.

Tommy s'empara du premier couteau qui lui passa sous la main. Après avoir ouvert la porte, prêt à frapper, il constata que le corps de Lewis était toujours étendu sur le sol, dans la même position où il l'avait laissé.

Il n'y comprenait plus rien. Il l'avait pourtant entendu distinctement, comme s'il avait plaqué sa bouche dans le trou de la serrure.

Mais c'était peut-être une ruse. Ce genre de monstre était plus malin que le diable lui-même.

Méfiant, Tommy redescendit les marches une à une, ne quittant pas la nuque de Lewis des yeux, les ombres environnantes se mêlant dans l'espoir d'affaiblir les frontières entre les deux mondes.

Tommy s'agenouilla près du corps et posa un doigt sur sa jugulaire. On ne sentait pas de pouls.

Lewis était bien mort. Et si ce n'était pas lui qui l'avait appelé…

Un rire aigu résonna entre les murs, et Tommy, plissant les yeux, finit par apercevoir Hill, se tenant au milieu de la deuxième pièce, sa peau blafarde tachée de terre, ses yeux noirs comme ceux de l'ogre, de fins morceaux de chair tendre collés aux dents.

Une chair appartenant au petit garçon allongé sur le lit face à lui, et qui, encore vivant, lui lança un regard torve.

Et se dessina au-dessus de l'enfant cet autre visage, qui, pour la première fois, se dévoila dans son impitoyable clarté.

Une main se referma sur la sienne, celle de son papa qui l'emmenait en ville alors qu'il le suppliait de le laisser à la maison à regarder les dessins animés.

La claque qu'il reçut en montant dans la voiture fut si forte qu'elle l'étourdit jusqu'à ce qu'ils dépassent le vieux château d'eau.

Tommy resta prostré sur la banquette arrière tout le long du trajet, un goût amer s'insinuant dans sa bouche.

Le monsieur aux cheveux gris les attendait sur le seuil de sa maison. À la façon dont il lui souriait, Tommy comprit ce qu'il allait à nouveau lui faire une fois les escaliers descendus.

Où était sa maman quand il avait tant besoin d'elle ? Où était son grand frère ? Mais Tommy savait quel serait leur sort s'il leur disait la vérité. Et il ne voulait pas qu'ils meurent par sa faute, il ne voulait pas ensuite rester toute sa vie seul avec *lui.*

Tommy hurla, se frappa la tête contre le mur jusqu'à en crever à son tour. Pour que toutes ces images se décomposent. Pour que ce lent cauchemar prenne fin.

Une douleur étale se propagea à l'intérieur de son crâne. Ne resta sous ses yeux qu'un fin brouillard sanguin. Pris de vertiges, il perdit l'équilibre et s'écroula sur le sol, un sol qui n'était plus constitué de ciment mais d'une terre sombre et humide. Tommy se retourna sur le dos, une pluie chaude et douce, aux gouttes aussi brillantes que des lucioles, s'écrasant sur son visage.

Entre les nuages orageux, le ciel était du rouge des blessures.

Autour de lui, les plants de maïs frémissaient comme des soldats sur le point de partir en guerre.

Tommy se releva avec peine, au milieu de ces champs qui s'étendaient jusqu'aux extrêmes limites du monde. On entendit au loin le bruit d'un moteur. Tommy, subitement aux aguets, vit le toit de la voiture qui fonçait droit dans sa direction, prête à tout happer.

Mais il ne fallait pas qu'il l'attrape. Pas encore une fois.

Alors, sans savoir où aller, il courut comme un dératé, ses pieds nus se blessant au contact des pierres, écrasant scarabées et fourmis sous sa foulée, la pluie redoublant sur ce monde clos, s'y fracassant comme des balles de fusil.

Une centaine de mètres plus loin, il déboucha sur un large sentier de terre battue. À sa droite, gisait le cadavre d'un chien, récemment éventré. Quelques rats, à moitié enfouis dans ses entrailles, y dévoraient tout ce qui passait sous leurs dents.

Et, près de la charogne, le petit garçon blond se tenait agenouillé en lui tournant le dos, entièrement nu, récitant ses tables de multiplication avec hésitation.

Tommy savait qu'il n'y avait plus rien à faire pour lui. Cet enfant ne pouvait plus être sauvé. Il était bien trop tard.

Alors, lui aussi l'abandonna, le vrombissement du moteur de la voiture se faisant de plus en plus assourdissant.

Et Tommy continua à courir à l'aveugle en plaquant ses mains sur ses oreilles, bien obligé de garder les yeux grands ouverts pour trouver la seule issue possible.

Une issue qui prit la forme du toit d'une maison surnageant dans l'océan ocre.

C'était la maison des Wilkins. C'était la maison de Tessa.

Tommy se sentit pousser des ailes et, au bout d'une course insensée, il franchit enfin la lisière des champs pour tomber à genoux dans une herbe aussi douce que du coton.

La pluie avait cessé. Derrière lui, on n'entendait plus le bruit de la voiture. Juste celui d'une nature pour un temps apaisée.

De la fumée s'échappait par la cheminée. Tessa était assise à la fenêtre de sa chambre, vêtue de sa belle robe jaune. Plus éperdu que jamais, Tommy lui fit un signe de la main, geste qu'elle ne put voir car elle avait le regard tourné vers la route en briques jaunes, vers cet autre homme qui lui rendait visite et dont Tommy discerna à cette distance le regard vicieux posé sur elle, les dents prêtes à la mordre jusqu'aux os.

Et, face au danger, Tommy lui cria de se mettre à l'abri, se releva pour tenter d'intercepter l'intrus avant qu'il ne puisse l'atteindre.

Mais une main calleuse l'attrapa par le bras et le fit lourdement retomber en arrière. Son père retira son ceinturon en sifflotant, alors que les hurlements de Tessa lui parvenaient par la fenêtre ouverte de sa chambre, que dans ce faux ciel d'été les corbeaux affamés tournoyaient en attendant de prendre part au festin.

À l'ouest, le soleil commençait déjà à se cacher, honteux de laisser sa lumière éclairer ce misérable spectacle.

GRAHAM

Haute de deux étages, ses murs peints d'un vert de prairie, la maison se dressait au milieu d'une petite rue parfaitement fidèle à l'idée que Graham s'était faite de Brooklyn.

Assis derrière la vitre du salon de thé situé sur le trottoir opposé, il but une dernière gorgée de café déjà froid. Il serait bientôt temps pour lui d'aller sonner à la porte d'entrée.

Il n'avait jamais eu autant le trac qu'en cet instant. Pourtant, ce qui allait se jouer dans quelques minutes ne se ferait ni sur une scène de théâtre ni devant des caméras, juste dans l'intimité d'un foyer qu'il ne pouvait que deviner derrière ces hautes fenêtres fermées.

Il avait trouvé leur adresse par Internet, grâce aux indications que lui avait laissées sa mère dans le cahier de poèmes de son père. Après avoir hésité un instant à les joindre par téléphone, il avait finalement préféré passer directement les voir.

Certaines choses ne pouvaient se dire que face à face.

Amber et Glenn avaient naturellement proposé de l'accompagner, mais il avait préféré venir seul, au fond incapable de savoir quelle serait la réaction de ses grands-parents en le voyant à leur porte.

Alors qu'ils ne connaissaient même pas son existence. Que sa seule présence à leur porte serait susceptible de raviver d'anciennes blessures.

Tu lui ressembles tellement.

Le rire d'une femme le fit sursauter. Graham se leva d'un bond, paya sa consommation et sortit de l'établissement.

Les nerfs tendus, il traversa la rue et monta les marches en pierre de la maison. Une légère brise lui porta une odeur de jasmin.

Et, après un dernier moment d'hésitation, il pressa le bouton de la sonnette.

Une femme lui ouvrit, âgée d'une soixantaine d'années, le regard clair, ses longs cheveux gris coiffés en chignon, vêtue d'un T-shirt ample et d'un jean.

– Oui ? Je peux vous aider ? demanda-t-elle d'une voix de fumeuse.

– Vous êtes bien Alma Cunningham ?

– En effet. Nous connaissons-nous ?

– Je m'appelle Graham. Tout cela va vous paraître un peu fou, mais vous avez connu ma mère il y a une vingtaine d'années, quand vous viviez à Knoxville. Norma Hewitt. Enfin, à l'époque, elle s'appelait Norma Hutchinson.

– Norma ? répéta la femme, l'air de réfléchir un instant. Oui, effectivement, je…

Alma tressaillit et le regarda droit dans les yeux. Il perçut l'émotion qui s'empara d'elle, comme une cassure.

Elle avait compris qui il était. Graham ne put prononcer le moindre mot. Sous le choc, Alma s'adossa à la porte et appela son mari, qui la rejoignit, un torchon à la main.

Graham se ressaisit, se présenta à nouveau et ajouta qu'il pensait qu'ils étaient ses grands-parents. Et, devant l'incompréhension de Mitchell, qui réagit de façon presque agressive, il fut soudainement pris d'une envie de partir en courant.

Mais Alma attrapa sa main et la serra dans la sienne, comme si elle sentait qu'elle devait le retenir.

Mitchell lui proposa d'entrer en le prenant par l'épaule. Graham le suivit alors qu'Alma fermait la porte, une bonne odeur de pommes chaudes provenant de la cuisine.

Ils se rendirent tous les trois dans le salon, situé au bout du couloir, vaste pièce décorée avec soin, remplie de livres et de tableaux, une baie vitrée donnant sur un jardin ensoleillé.

– Assieds-toi, je t'en prie, dit Mitchell en lui montrant le canapé. Je peux te servir quelque chose à boire ?

– Juste un peu d'eau, merci, fit Graham en contemplant une toile qui représentait un petit garçon aux cheveux châtains assis au bord d'une rivière.

Alma s'installa à ses côtés, ne pouvant le quitter des yeux, l'air au moins aussi gêné que lui.

Une petite chatte noire était allongée au soleil sur le canapé. Graham la caressa au niveau de la tache blanche qu'elle avait au poitrail, et elle ouvrit ses grands yeux vert pâle en ronronnant.

– Je ne sais pas trop quoi dire, avança Graham, ses jambes continuant de trembler.

– Moi non plus, ajouta Alma en poussant un petit rire. Je n'ai jamais été la meilleure pour entamer les conversations.

– J'espère que je ne vous dérange pas. J'ai longuement hésité à venir, j'avais peur de faire une erreur. J'aurais peut-être dû téléphoner.

– Oh non, tu as bien fait ! Et d'ailleurs, comment nous as-tu trouvés ?

– C'est ma mère qui m'a parlé de vous juste avant que je ne prenne l'avion. Elle savait que vous étiez revenus vivre ici. Ensuite, j'ai trouvé votre adresse dans l'annuaire.

– Norma est avec toi ? À New York ?

– Non, elle est restée au Kansas.

– Au Kansas ? C'est là qu'elle a déménagé après avoir quitté Knoxville ?

– Oui, j'avais à peine deux ans. Près d'Emporia, je ne sais pas si vous connaissez.

– J'avoue que non, Mitchell et moi ne sommes jamais allés au Kansas. Le Tennessee nous a suffi. Et comment va-t-elle ? La dernière fois que je l'ai vue, c'était dans notre ancienne maison. Elle était encore étudiante et…

Alma se tut, à nouveau prise par l'émotion. Par pudeur, elle détourna un instant le visage.

– Elle va bien, mentit Graham en sachant qu'il ne pouvait faire autrement. Elle est toujours très occupée mais elle garde la forme.

– Et tu as des frères et sœurs ?

– Un frère et une sœur, dit Graham en sentant son ventre se tordre. Ils ont dix-sept et sept ans.

Tous deux à présent si loin de lui. Tous deux blessés, chacun à leur façon.

– Et toi, que viens-tu faire à New York ?

– J'ai été accepté dans une école de photographie, je commence les cours bientôt.

– Un artiste, donc, dit Mitchell. Je dois avouer que je suis un peu abasourdi par ta visite, mon garçon. Nous ne savions même pas que Norma avait eu un enfant, et encore que moins que notre Nathan en était le père. Tout cela est si inattendu… Après la mort de Nathan, nous nous sommes perdus de vue avec ta mère. J'ai un peu de mal à croire qu'elle ait pu nous cacher ton existence…

– Je ne sais pas pourquoi ma mère ne vous a rien dit à l'époque, et d'ailleurs je ne suis pas là pour tenter de la défendre auprès de vous. Cependant, je sais qu'elle tenait vraiment à ce que je vous rencontre. Elle m'a aussi donné ça…

Graham sortit le cahier de poèmes de son père de son sac à dos et le tendit à Mitchell.

Alma reconnut l'objet et ne put retenir ses larmes. Mitchell en tourna les pages avec précaution, des éclats de lumière lui mouchetant le visage. Puis il le donna à sa femme, qui le serra contre sa poitrine comme si c'était le corps même d'un fils depuis trop longtemps disparu.

– Je les connais presque tous par cœur, dit Graham. Je ne sais pas combien d'heures j'ai passé à les lire. Ces poèmes ont été le seul moyen que j'avais de me faire une idée de qui il était. Il avait vraiment beaucoup de talent, je suis sûr qu'il aurait pu être édité.

Alma se leva, alla chercher une grande photographie sous cadre qui était posée sur la cheminée, et la passa ensuite à Graham. Elle représentait un jeune homme souriant, ses cheveux noirs en bataille, vêtu d'une chemise blanche, assis à table pendant un dîner de famille.

– C'est la dernière photo qu'on a prise de lui, fit Alma en se rasseyant. Il venait de fêter ses dix-neuf ans, c'était quelques semaines seulement avant qu'il ne parte pour le chalet avec Norma.

Graham, le souffle coupé, détailla ce visage figé dans la jeunesse vingt ans plus tôt, mais pourtant si proche du sien, constatant à quel point son père ressemblait à l'idée qu'il s'en était faite. Il en mesura d'autant mieux le choc qu'avaient dû ressentir Alma et Mitchell en le découvrant sur le pas de leur porte.

Au fil de la discussion, Graham leur parla de son enfance, puis de son adolescence au Kansas, de ses aspirations, de ses goûts en musique, en littérature, en cinéma… Alma et Mitchell firent de même, ce qui lui fit prendre conscience qu'ils partageaient bien des passions. Mitchell continuait à donner des cours de droit civique à Cornell, et Alma exposait en ce moment ses dernières peintures dans une galerie de Greenwich Village. À la demande de Graham, elle l'emmena visiter son atelier, situé au premier étage, petit sanctuaire plein à ras bord de toiles colorées, représentant principalement des nus et des paysages urbains.

De retour dans le salon, aidée par les photographies de son fils à différents âges, Alma évoqua ses plus beaux moments avec Nathan, succession de souvenirs iridescents qui permirent à Graham de se forger une image de lui plus nette, plus incarnée. Elle lui raconta ensuite ce qui s'était passé cette nuit-là au chalet, avec des mots simples, des mots que sa mère n'avait pourtant jamais réussi à prononcer en sa présence ; le drame qui avait frappé de plein fouet ces deux adolescents pour qui l'avenir semblait acquis, se révélant dans toute sa terrible clarté.

Ce drame qui avait pour toujours terni l'une.

Qui l'avait, lui, à jamais empêché de connaître l'autre.

Mitchell leur proposa de se rendre dans le jardin pour déguster une part de la tarte aux pommes qu'il avait préparée. Sous le soleil radieux de la côte est, Graham resta avec eux jusqu'à la fin de l'après-midi, la petite chatte sur les genoux, et, au moment de devoir se quitter, il leur promit de revenir déjeuner le dimanche suivant, cette fois accompagné d'Amber, qu'ils paraissaient curieux de rencontrer. Ainsi, expliqua Mitchell, ils pourraient lui présenter les autres membres de leur famille qui vivaient dans la région, ce déjeuner dominical étant devenu au fil des ans le moyen de tous se réunir autour d'un bon repas.

Avant de partir, Graham serra fort Alma et Mitchell dans ses bras, puis il remonta Carlton Avenue, déjà pressé de revoir ses grands-parents, pensant à toutes les questions qu'il n'avait pas eu le temps de leur poser, à tout ce qu'il avait besoin de savoir sur son père, dont le visage juvénile continuait à briller dans un coin de sa tête. Il était, en cet instant, ivre du sentiment que, pour la première fois de sa vie, il était exactement là où il devait être.

Arrivé à la station de métro, il s'arrêta pour photographier plusieurs affiches de concerts placardées aux murs. Puis une femme qui tenait un petit garçon par la main pour descendre les marches ; un adolescent, debout sur le quai et plongé dans une bande dessinée de science-fiction ; une vieille femme assise près de lui, un gros cabas posé sur ses genoux, l'air perdue dans sa rêverie.

Dans la rame, il sortit de sa besace un exemplaire de *La Route* de Cormac McCarthy, mais ne parvint pas à se concentrer sur ces phrases arides, en partie à cause de ce trop-plein d'émotions qui refusait de le quitter.

De retour à la surface, il fit d'abord un saut chez Taylor, la cousine d'Amber. L'appartement, situé au quatrième étage d'un immeuble du cœur de Greenwich Village, était vide. Taylor travaillait toute la journée à l'hôpital, et Amber et Glenn n'avaient pas l'air d'être repassés depuis qu'ils s'étaient quittés en fin de matinée. Graham se débarrassa de sa veste, but un verre de limonade dans la cuisine, puis se rendit dans la chambre qu'il partageait avec Amber et Glenn. Allongé sur le lit, il hésita à appeler sa mère mais préféra le faire dans la soirée. Il avait tant de choses à lui dire maintenant qu'il savait ce qui s'était passé au bord de la rivière Tennessee. Mais peut-être devait-il attendre qu'ils se retrouvent face à face. Il n'arrivait toujours pas à comprendre pourquoi elle le lui avait caché toutes ces années. Elle n'avait pourtant rien à se reprocher, elle n'avait pas à en avoir honte. Mais sa mère avait pris la fâcheuse habitude de ne jamais parler à personne de ce qui la préoccupait, de se cacher obstinément derrière des sourires de façade et des paroles rassurantes. Ce drame, elle l'avait gardé pour elle, comme tout le reste, au creux de son ventre, tel un enfant qu'on aurait empêché de venir au monde.

Graham ne pouvait imaginer l'horreur qu'elle avait dû ressentir, alors âgée de seulement dix-neuf ans. Il ne pouvait imaginer comment lui réagirait s'il arrivait la même chose à Amber.

Et aussi ce que serait maintenant sa vie, si son père, sur un coup de tête, n'avait pas décidé d'aller nager dans les eaux sombres.

Sa mère n'aurait jamais rencontré Harlan. Ils ne seraient jamais allés vivre dans ce Kansas dont il continuait parfois à sentir l'odeur poussiéreuse sur ses vêtements.

Mais il n'aurait jamais connu Tommy et Cindy. Il n'aurait jamais eu la chance d'aimer Amber, de faire les quatre cents coups avec Glenn.

De l'aimer, lui aussi, d'une autre manière.

Et c'est tout cela, au fond, qui l'empêchait de rejeter cette vie dans laquelle la présence de son père avait été encore moins tangible qu'une ombre.

À présent si loin du Kansas, il ne pouvait se défaire de la sensation que sa mère ne lui avait toujours pas pardonné d'avoir libéré Hayley, qu'elle l'avait peut-être éloigné d'elle pour cette seule raison.

Car, malgré tout ce qu'elle lui avait dit à l'aéroport, il avait encore un peu de mal à comprendre pourquoi elle avait changé d'avis aussi vite. Sa conversation avec Tessa ne pouvait pas tout expliquer.

Cela ne lui ressemblait tellement pas.

Mais tant d'aspects de sa personnalité lui paraissaient maintenant si étrangers.

L'imaginer seule chez elle avec Cindy restait particulièrement pénible. Tout comme imaginer ce que serait leur vie à elles deux sans Tommy et lui. *Mais Tommy, lui, pouvait encore revenir.* Il redoutait que sa mère fasse avec Cindy les mêmes erreurs qu'avec son frère ; qu'elle reste trop longtemps dans le déni ; qu'elle ne puisse pas aller au-delà de son aspect physique, symbole permanent de ses rêves brisés ; qu'elle la repousse sans même s'en rendre compte ; qu'elle ne puisse plus lui donner tout l'amour dont elle avait besoin.

Cet amour que sa petite sœur ne pourrait recevoir de personne d'autre.

Bientôt, Cindy retournerait à l'école. Norma ne pourrait plus la cacher au reste du monde. Et lui ne serait plus là pour l'aider dans cette nouvelle épreuve, lui qui avait abandonné, au moment le plus critique, cette petite fille innocente, qui aurait conservé la pureté de son visage s'il n'avait pas décidé de libérer Hayley.

Son corps se raidit. Il lutta contre l'angoisse en tirant sur un joint laissé dans le cendrier.

Il ne méritait pas tout ce qui lui arrivait de bien ces derniers jours. Il n'avait pensé qu'à lui devant le terminal de l'aéroport de Kansas City. Rien d'autre n'avait eu autant d'importance que de rejoindre Amber et Glenn.

Alors qu'il aurait pu renoncer à ce cadeau offert par sa mère, rester à ses côtés le temps que certaines blessures guérissent. Être patient en sachant qu'un jour il partirait pour de bon.

Pourquoi lui seul aurait-il le droit de s'en sortir aussi facilement, alors que, eux, ils restaient englués dans les marécages ?

Lui qui aurait pu tout empêcher s'il avait un peu plus réfléchi, évalué les risques, les éventualités.

Si, par exemple, il avait eu le courage de dire à sa mère qu'il savait que Hayley était enfermée dans cette cave, peut-être aurait-elle fini par l'écouter. Peut-être aurait-il pu la convaincre de la libérer, peut-êtrc ne lui aurait-il pas laissé le choix.

Cindy serait toujours la même petite fille qu'avant.

S'il avait ne serait-ce qu'accompagné Hayley en ville, plutôt que de la laisser libre dans sa maison, ivre de rage et de vengeance…

Cindy serait toujours la même petite fille qu'avant.

Même en sachant tout cela, il ne pouvait se résoudre à repartir. Il ne pouvait se résoudre à ainsi abandonner la nouvelle vie qui lui tendait les bras.

Parviendrait-il à convaincre sa mère de déménager ? De le rejoindre avec Cindy et Tommy ? Rien ne la retenait vraiment au Kansas. Elle pourrait tout vendre, se trouver un bel appartement dans un quartier calme et arboré de la ville. Ainsi elle rencontrerait de nouvelles personnes, et peut-être enfin quelqu'un avec qui partager sa vie.

Cindy grandirait dans un endroit moins hostile aux différences, où le regard des autres ne représenterait plus une menace. Tommy, lui, serait suivi par les meilleurs psychologues. Cet air nouveau lui laverait les poumons et la tête. Il entrerait pas à pas dans cette autre vie qui serait à même de lui désencombrer le cœur.

Ce futur, pour eux quatre, était possible. Il suffisait de se donner la bonne impulsion.

Il avait besoin de se dire qu'il parviendrait à les convaincre. Savoir que le temps lui permettrait de trouver un moyen de réparer ce qui pouvait l'être.

Graham déboutonna sa chemise et envoya un texto à Amber pour savoir où elle se trouvait. En attendant sa réponse, il attrapa un carnet laissé sur la table de nuit et y fit la liste de ce qu'il avait appris sur Nathan Cunningham, afin d'être certain de ne rien oublier.

Qu'il avait été un enfant curieux de tout, le nez constamment plongé dans ses livres. Qu'à onze ans à peine, il avait décidé sur un coup de tête de devenir végétarien. Qu'il n'avait jamais pu vraiment se remettre de la mort de son basset, Lucius. Qu'il avait commencé à écrire des poèmes dès son entrée au collège. Que sa première vraie petite amie s'appelait Natalie. Qu'il était passionné de westerns et de cinéma russe. Qu'il connaissait chaque strophe de *Feuilles d'herbe* par cœur. Qu'il avait pris l'habitude de parfois partir seul à l'aventure dans sa vieille Ford, sans plus donner de nouvelles à personne. Qu'il projetait de partir en Inde, en Chine, au Japon, malgré sa peur de l'avion. Qu'il avait une cicatrice au-dessus de l'œil droit, suite à une mauvaise chute à vélo. Que son monde imaginaire paraissait plus captivant que celui dans lequel il vivait. Que chaque jour passé avec lui avait été pour ses parents une chance. Qu'il n'avait jamais paru plus heureux qu'après avoir rencontré Norma…

Son téléphone vibra. Amber lui répondait que Glenn et elle s'étaient installés dans un salon de thé situé à seulement quelques rues de là. Graham enfila une autre chemise et décida de les y rejoindre.

À nouveau plongé dans un brouhaha cotonneux, il descendit la Sixième Avenue d'un pas vif, son attention constamment sollicitée par les mille détails qui composaient le tableau vivant qui se déployait sous ses yeux.

Cela faisait déjà quatre jours qu'il était arrivé, mais cette ville titanesque lui paraissait de plus en plus irréelle. Tout – couleurs, mouvements, sons, battements de cœur – y était amplifié, chaque individu était porteur d'une étincelle.

Là, ce petit garçon joufflu qui courait sur le trottoir un pistolet à eau à la main ; là, cette étudiante aux cheveux argentés qui fredonnait *Green Light* de Lorde ; là, cette vieille femme noire qui suivait du regard un oiseau se posant sur une branche d'arbre ; là, ce jeune homme aux yeux clairs et à la démarche de puma qui lui sourit en le croisant…

Amber et Glenn étaient assis dans le fond de l'établissement, plongés dans un magazine de mode.

Graham embrassa Amber et s'installa à côté d'elle sur une grosse banquette en skaï rouge.

– Alors, comment ça s'est passé ? demanda Glenn, une tasse de chocolat chaud à la main.

– Merveilleusement bien. Ils sont tous les deux adorables et j'ai eu le temps d'apprendre plein de trucs sur mon père. J'ai prévu d'y retourner déjeuner dimanche.

– Tu vois qu'il ne fallait pas t'inquiéter, dit Amber. On ne peut pas dire que tu tiennes tes qualités de ta mère, alors ça ne pouvait venir que du côté de ton père.

– Ouais, bon, c'est un peu facile. N'oublie pas que c'est aussi grâce à elle que je suis ici avec vous.

– Je sais, et ça sera avec plaisir que je l'accueillerai chez nous. D'ailleurs, à ce sujet, on n'a pas chômé avec Glenn, on a fait le tour de plusieurs agences immobilières du coin et on a trouvé au moins quatre appartements dans nos prix et libres à la fin du mois. On peut tous les visiter cette semaine. Je te montrerai les photos ce soir. Il y en a un pas loin d'ici, avec une grande terrasse avec vue sur l'Hudson. La propriétaire est super sympa et semble ravie de le louer à trois étudiants, franchement je nous y vois déjà !

– Sans compter que dans celui-là ma chambre sera à l'autre bout de l'appartement, vous pourrez batifoler sans la moindre discrétion, dit Glenn en continuant à tourner les pages du magazine.

– Tout ça a l'air prometteur, dit Graham avant de se rendre au comptoir, où il commanda un jus d'ananas à la serveuse, une belle petite brune qui paraissait à peine majeure. Regardant son téléphone, il se rendit compte qu'il avait un appel manqué. Il connaissait l'indicatif, c'était celui de la ville de Topeka, là où il avait été à la fac jusqu'au début de l'été. Mais il ne voyait pas qui, à cette période de l'année, avait pu l'appeler de là-bas.

Graham se connecta sur Google et fit défiler les actualités. Il s'arrêta sur un article qui parlait du procès controversé d'une femme vivant à Des Moines, et qui avait tué son mari d'une balle dans le dos après des années de mauvais traitements.

Il en eut un frisson, lui qui, depuis que sa mère lui avait avoué la vérité au sujet de Harlan, n'arrivait pas à s'ôter de la tête l'idée un peu folle que c'était elle, et non un chasseur, qui l'avait abattu.

D'une balle de fusil en plein cœur.

Il y avait encore quelque temps, ce genre de pensée aurait été balayée d'un revers de main. Trop absurde, invraisemblable. Maintenant, il n'était plus sûr de rien.

Depuis Hayley. Depuis la cave.

Parviendrait-il un jour à poser la question à sa mère ? Et que cela changerait-il ? Avait-il vraiment envie de le savoir ?

Pris par le besoin d'entendre sa voix, de s'assurer qu'elle allait vraiment bien, Graham ne put attendre le soir et s'éloigna vers la sortie pour composer le numéro de la maison, mais personne ne répondit. Il tenta de la joindre sur son téléphone portable et tomba sur la messagerie. Cela ne lui ressemblait pas de le couper en pleine journée. Il réessaierait plus tard. Elle était peut-être juste sortie en ville avec Cindy et avait dû oublier de le recharger.

Il retourna s'asseoir et prit discrètement la main d'Amber dans la sienne.

Tous trois finirent leurs consommations, puis allèrent manger des falafels sur les pelouses du Washington Park Square, îlot paisible au cœur d'un océan de frénésie.

Ils prirent ensuite le métro et se rendirent à l'Empire State Building afin de monter au dernier étage et d'admirer ainsi le coucher de soleil, une des premières choses qu'avaient faites Glenn et Amber en arrivant.

Graham, s'agrippant à la balustrade, fut sidéré par le panorama, par cette immensité vertigineuse et fourmillante. Le regard tourné vers Brooklyn, il tenta de situer où vivaient Alma et Mitchell, tout en se demandant à quoi ils pensaient à cet instant, quelle impression il leur avait laissée. Mais comment pourraient-ils être déçus par quelqu'un dont ils ne connaissaient pas l'existence le matin même ?

Le soleil se coucha lentement derrière le New Jersey, embrasant les buildings de ses feux d'un rouge furieux. Graham prit une série de photos et les envoya à sa mère mais aussi à Tommy, se laissant bercer par l'idée qu'il pourrait les voir un jour.

Ils restèrent ainsi tous les trois, jusqu'à ce que le soleil disparaisse complètement, qu'une nuit noire se déverse comme du sang dans les artères frémissantes de Manhattan, d'éphémères lueurs orangées persistant aux sommets des tours de Financial District. Trois gamins du Kansas qui, enlacés et ivres de l'air des hauteurs, regardaient bien en face, liés par un même souffle mêlé de défi et d'espoir, toutes les belles vies qui les attendaient trois cents mètres plus bas.

NORMA

Une fois entrée dans la boutique attenante à la station-service, Norma autorisa sans enthousiasme sa fille à aller chercher des friandises, puis se commanda un café serré au distributeur automatique.

Après tout, elle pouvait lâcher un peu de lest à ce niveau-là. Son poids serait le cadet de ses soucis, désormais.

Quelle importance...

Sa tasse à la main, elle s'assit sur une haute chaise en métal et observa Cindy fureter entre les rayons, faisant fi des regards en coin que son visage, pourtant à moitié masqué par un foulard rose, ne manquait pas de susciter parmi les clients de la boutique.

Elle avait roulé sans faire de pause. Ayant dépassé Springfield un peu plus tôt, elle espérait qu'à ce rythme elles arriveraient à Chicago pour la fin de l'après-midi.

Norma était impatiente de revoir sa grande sœur. Impatiente et un peu anxieuse. Mais elle avait fait le bon choix. Il était hors de question de rester plus longtemps au Kansas. Elle était bien trop consciente, après les événements des derniers jours, qu'elle ne pourrait plus y garantir leur sécurité.

Hayley, un jour tu paieras au centuple tout ce que tu nous fais subir.

Cindy la rejoignit avec deux plaquettes de chocolat Hershel et une grosse boîte d'AirHeads. Norma finit son café, paya et sortit de la boutique.

Elle se rassit au volant, un instant *ailleurs*, et vérifia que Cindy avait attaché sa ceinture avant de démarrer.

Le ciel était couvert mais restait étrangement lumineux. Au loin, d'énormes silos à grains se dressaient au-dessus de plaines d'un beige délavé. Norma, de retour sur l'Interstate, accéléra et doubla deux camions, son attention happée par de nombreux panneaux publicitaires vantant les mérites de boissons gazeuses.

Les deux hommes masqués partis, Norma était restée éveillée tout le reste de la nuit, un des revolvers à la main, Cindy endormie près d'elle sur le canapé. Les vents s'étaient peu à peu calmés, contrairement à son âme bouleversée. Elle n'avait consenti à s'assoupir que lorsque le jour avait commencé à poindre derrière la balançoire. En fin de matinée, elle avait appelé Herbert et lui avait expliqué que les agresseurs de Cindy étaient revenus, ayant eu le temps de comprendre, pendant ces longues heures d'attente, que cette nouvelle l'éloignerait pour de bon de la vérité et le ferait ainsi définitivement renoncer à interroger Tommy dès son retour. Pour renforcer la crédibilité de ses propos, elle avait laissé le salon et le reste de la maison tel quel. Herbert avait pris des photos et recueilli un peu du sang séché de l'homme qu'elle avait poignardé dans le dos. Norma lui avait cependant caché qu'elle leur avait confisqué leurs armes, de peur qu'il ne remonte trop facilement la piste jusqu'à eux, jusqu'à Hayley. Avant que Herbert ne retourne au poste, elle lui avait confié qu'elle comptait partir chez sa sœur, et lui, bien entendu, l'avait encouragée dans ce sens, visiblement honteux de n'avoir pas pu attraper ces ordures avant qu'ils ne reviennent la harceler.

Il s'en voulait tellement. Mais comment poursuivre des assaillants sans le moindre indice les incriminant ?

Norma avait préparé leurs valises dans un état second. Sa sœur était partie quelques jours à Salt Lake, et Norma ne pouvant pas rester une minute de plus dans cette maison, elle et Cindy avaient dormi les deux nuits suivantes dans un motel de Kansas City. À présent, seule la route qui défilait devant elle lui importait. Seule la portion de ciel bleu qui se trouvait là-bas, tout au fond, habitait ses pensées.

À l'arrière, Cindy avait déjà du chocolat plein la bouche. Norma, lui adressant un sourire dans le rétroviseur, imagina alors Graham et Tommy assis à ses côtés, détendus et rieurs, tout aussi impatients d'arriver à destination. Ce voyage à quatre, ils auraient tant de fois pu le faire auparavant si elle avait accepté de ravaler son orgueil, si elle avait su saisir la main tendue.

Combien d'alternatives à cette vie qu'elle s'était imposée avait-elle laissées s'échapper de la sorte ? Combien d'entre elles auraient été cent fois préférables ?

Dans combien d'entre elles ses deux fils seraient encore auprès d'elle, assez solides pour affronter l'âge adulte ?

Elizabeth vivait dans le quartier résidentiel d'Evergreen Park, au sud-ouest de la ville.

À l'aide du plan qu'elle avait pris avant de partir, Norma trouva facilement sa rue et se gara face au numéro 43, une belle bâtisse blanche de style victorien, qu'elle n'avait jusque-là admirée que sur des photos que sa sœur lui avait envoyées dix ans plus tôt.

Elle sortit de la voiture en demandant à Cindy de la suivre et se dégourdit les jambes sur le trottoir.

Elle était enfin arrivée. Dans ce qui lui fit presque penser à un autre pays, où l'atmosphère était plus légère, les sons plus clairs, où les années sombres ne collaient sur aucune surface.

Norma récupéra son sac à main et appuya sur la sonnette du portail laissé grand ouvert. Elizabeth, vêtue d'un tailleur beige, se tenait déjà sur le perron. Elle lui fit signe de la main et emprunta l'allée pour la rejoindre.

Norma marcha vers elle le cœur fébrile, se rendant compte, au fur et à mesure qu'elle avançait, à quel point elle ressemblait à leur mère.

Visiblement aussi émue qu'elle, sa grande sœur la serra fort dans ses bras. Cindy, par timidité, se cacha derrière les jambes de Norma, tout en fixant du regard cette tante qu'elle ne connaissait pas. Elizabeth s'accroupit et l'embrassa tendrement sur les joues, lui disant combien elle était heureuse de faire sa connaissance.

Si seulement elle l'avait vue avant, ne put s'empêcher de penser Norma, quand elle était si belle, quand elle n'avait pas encore été éteinte à la façon d'une ampoule…

Après leur avoir offert un rafraîchissement, Elizabeth les conduisit à leurs chambres, afin qu'elles puissent y déposer leurs affaires. Celle de Norma, située à l'étage, possédait un charmant petit balcon qui donnait sur le côté sud du jardin. Cindy, elle, dormirait dans l'ancienne chambre de Lydie, la fille aînée d'Elizabeth, qui était maintenant institutrice à Indianapolis.

À la demande de Norma, Elizabeth leur fit visiter sa demeure, spacieuse et décorée avec soin, puis son immense terrain et le potager qu'elle avait planté avec son mari, où elle lui avoua passer dorénavant la plupart de son temps libre.

Le soir commençant à tomber, Norma fit dîner Cindy dans la cuisine et la coucha. Elle retrouva ensuite Elizabeth sur la terrasse et elles ouvrirent une bonne bouteille de vin, confortablement installées sur des transats, au bord d'une piscine où Norma se voyait déjà faire des brasses dès le lendemain matin.

On ne percevait plus que le bruit des jardins alentour, un calme incongru dans une ville aussi grande. D'abord maladroite, leur conversation se détendit au fur et à mesure que l'alcool se déversait dans leur sang. Pas encore prêtes à évoquer les récentes blessures, les deux sœurs se remémorèrent avec gourmandise de nombreux souvenirs d'enfance, puis Elizabeth lui parla de sa nouvelle vie dans cette maison qui devenait trop grande pour elle, de ses envies de voyages, de tout vendre pour se rapprocher de sa fille et de ses futurs petits-enfants. Quand sa sœur voulut prendre des nouvelles de ses fils, Norma mentit en lui expliquant que Tommy était resté chez eux, accaparé par son nouveau travail, et qu'il se portait le mieux du monde. Elle ne tarit pas d'éloges sur Graham et son intégration dans une des plus grandes écoles de photographie du pays, soulagée, cette fois-ci, de ne pas avoir à lui travestir la vérité. Elizabeth, heureuse pour eux deux, lui dit à quel point cela lui ferait plaisir qu'ils viennent à Chicago le week-end suivant pour fêter son quarante-quatrième anniversaire, que ce serait l'occasion idéale pour toute la famille d'être enfin réunie. Norma se surprit à imaginer la scène avec envie, alors qu'elle savait au fond d'elle qu'elle ne pourrait jamais se réaliser.

Certains masques restaient, malgré tout, bien trop lourds à porter.

Elles dînèrent dans le salon – du poisson grillé accompagné de légumes et de riz blanc –, puis regardèrent, comme elles le faisaient quand elles étaient plus jeunes, un vieux film qui passait à la télévision.

Elizabeth, ayant du mal à garder les yeux ouverts, dit à sa sœur qu'elle préférait aller se coucher et surtout qu'en son absence elle fasse comme si elle était chez elle.

Le film terminé, Norma s'assit derrière son ordinateur et décida d'écrire un mail à Tommy pour lui exprimer par les mots tout ce qu'elle ne pouvait pas lui dire de vive voix, espérant qu'il continue à se connecter où qu'il soit, ne comprenant d'ailleurs pas pourquoi elle n'avait pas eu l'idée de le faire avant. Elle lui expliqua, de la façon la plus simple et la plus dénuée d'affects possible, où elle se trouvait, lui précisant qu'elle préférait qu'il ne retourne pas chez eux pour le moment et qu'il pouvait la rejoindre quand il le voulait, qu'elle ne lui poserait pas de questions, que la seule chose qui comptait était qu'il soit à nouveau près d'elle. D'ailleurs, il n'avait rien à craindre. Personne ne le recherchait, elle y avait veillé. Elle ne lui en voulait pas pour ce qui s'était passé avec Hayley. Si quelqu'un était à blâmer, c'était elle, pas lui, surtout pas lui. Et puis il lui manquait terriblement. Toute cette histoire l'avait beaucoup fait réfléchir et elle était persuadée qu'il ne pourrait en sortir que du bien, que ce serait cette force nouvelle qui les aiderait à avancer. Il pouvait la joindre à tout moment, par mail ou par téléphone. S'il le fallait, elle lui enverrait de l'argent, viendrait même le chercher où bon lui semblerait. Elle finit son mail en lui disant qu'elle l'aimait à un point qu'il ne pouvait imaginer.

Elle envoya vite le message, sans penser à se relire, et resta un instant immobile face à l'écran bleuté, comme si elle s'attendait à voir arriver une réponse de son fils.

Plusieurs albums photos étaient rangés dans la bibliothèque du salon. Norma en saisit un et s'installa sur le canapé, un dernier verre de vin à la main. Les premières pages étaient remplies de portraits d'Elizabeth et de Richard, datant vraisemblablement de l'époque de leur rencontre. Norma découvrit ensuite de nombreuses photographies de leur mariage, ce qui déclencha en elle une multitude de souvenirs. Tournant les pages avec de plus en plus de curiosité, elle se reconnut même parmi les invités, un peu en retrait mais bien présente, jeune fille trop timide vêtue d'une robe bon marché et qui n'arrivait pas à trouver sa place, ni sur cette pelouse ni en un monde qui lui avait alors paru plus vaste que jamais.

Si seulement elle avait pu lui hurler certaines choses pour qu'elle puisse l'entendre. Et ainsi lui permettre de rejouer une vie où elle ne ferait pas les mêmes erreurs.

Ne le laisse pas seul au bord de la rivière.

N'accepte pas de partir avec lui au Kansas.

Tue-la pendant qu'il en est temps.

Avant d'aller se coucher, Norma se rendit auprès de sa fille et la regarda un instant dormir, emmitouflée dans les draps et serrant contre elle la dernière poupée qu'elle lui avait offerte. De là où elle se trouvait et grâce à la pénombre, c'était la Cindy d'avant qu'elle discernait, et Norma, tout en fermant la porte, espéra secrètement la retrouver au détour d'un rêve ensoleillé, pour ainsi se réchauffer, l'espace d'un instant, à son sourire encore intact.

Une fois dans sa propre chambre, Norma s'assit à même le carrelage du balcon et téléphona à Graham, ne faisant pas attention à l'heure tardive. Il lui répondit dans un brouhaha de voix et de musique. Norma parvint à comprendre qu'Amber, Glenn et lui venaient de se trouver un appartement et qu'ils étaient en train de fêter la nouvelle chez des amis. Elle lui dit à quel point elle était heureuse pour lui et en profita pour le remercier pour les photos qu'il lui avait envoyées. Graham, qui s'était déjà éloigné des autres, lui apprit ensuite qu'il avait rencontré Alma et Mitchell chez eux la veille. Le cœur de Norma se serra à l'évocation des parents de Nathan, même si elle avait eu le temps de se faire à cette idée. Ainsi, ils étaient bien repartis vivre à New York. Ainsi, quelque chose, favorisé par son absence, avait pu se reconstruire entre eux et leur petit-fils. Les yeux fermés, elle revit Nathan assis nu sur la rive de la rivière Tennessee, d'un coup si proche qu'elle pouvait presque le toucher, sentir l'odeur de sa peau, alors que sa voix enjouée continuait à lui résonner au creux de l'oreille.

Dès son réveil, des sons provenant du jardin la firent se poster à la fenêtre, et elle vit Elizabeth debout sur la terrasse, et Cindy assise à table, occupée à dessiner dans un grand cahier d'écolier. Il était 11 heures. Norma fut surprise d'avoir dormi aussi longtemps, se demandant depuis combien de temps cela ne lui était pas arrivé.

Des mois, des années…

Après s'être brossé les dents, Norma se faufila sous la douche, puis elle revêtit une de ses robes d'été et rejoignit sa sœur et sa fille à l'extérieur.

Après le déjeuner, constitué de salades composées, Elizabeth leur proposa d'aller d'abord se promener dans un parc qui se trouvait non loin de là, pour ensuite faire les boutiques dans le centre-ville. Cindy en parut ravie, ce qui balaya d'un coup les réticences de Norma à quitter aussi vite ce petit havre de paix.

Aussitôt arrivées, elles s'achetèrent des glaces chez un marchand ambulant et cheminèrent le long des allées, l'eau calme d'un lac artificiel miroitant au loin, de nombreuses familles, installées sur les pelouses, profitant pleinement des derniers jours avant la fin des vacances.

Une aire de jeux se trouvait face à elles, avec un grand bac à sable, des balançoires et des toboggans. Voir autant d'enfants ainsi réunis provoqua en Norma une angoisse subite, lui faisant regarder machinalement si le cache-œil de Cindy n'avait pas glissé.

Elizabeth, percevant son trouble, passa son bras sur son épaule. Elles s'assirent sur un banc un peu à l'écart, l'attention de Cindy déjà happée par ceux qui, en toute innocence, s'amusaient cinq mètres plus loin.

– Tu peux y aller, tu sais ? dit Elizabeth à Cindy en caressant ses cheveux. C'est ici que j'emmenais mes filles quand elles avaient ton âge. Et moi, quand j'étais enfant, j'adorais faire du toboggan, et je crois que ta maman aussi.

Cindy ne répondit rien. Norma sentit à quel point sa fille, assez grande pour être consciente de l'image qu'elle renvoyait, avait peur de se confronter de plus près à cette petite foule piaillante.

Et cette peur, bien plus pernicieuse que celle qu'elle-même éprouvait en silence, lui brisa le cœur.

– Tu veux faire du toboggan toi aussi ? demanda Norma sans plus réfléchir.

Cindy, surprise qu'elle lui pose la question, lui fit un petit oui de la tête.

Norma se leva en même temps qu'Elizabeth, et elles emmenèrent la petite fille vers l'aire de jeux en la tenant chacune par la main, jusqu'à un grand toboggan en bois, où Cindy monta l'escalier avec précaution, puis glissa les bras levés, trop timide pour pousser le moindre cri.

– Laissons-la un peu s'habituer toute seule, dit Elizabeth à Norma, alors que la petite fille recommençait à monter les marches du toboggan. Tout va bien se passer, ne t'inquiète pas.

Toujours un peu anxieuse, Norma acquiesça et elles retournèrent s'asseoir sur le banc.

Plusieurs enfants, ainsi que leurs parents, dévisagèrent Cindy, qui, occupée à glisser le long du toboggan, n'avait pas l'air de s'en rendre compte. Cependant, il n'y avait aucune once de moquerie, de dégoût, de peine, dans leurs regards. Ils accueillaient juste quelqu'un de nouveau parmi eux.

Les mains et les genoux pleins de sable, paraissant déjà un peu plus sûre d'elle, Cindy se dirigea ensuite vers une des balançoires, osant parfois des regards vers sa mère, qui se força à l'encourager.

La petite fille resta un instant debout devant ces enfants inconnus qui, les pieds bien en avant, se balançaient de plus en plus fort vers le ciel, comme elle-même avait pris l'habitude de le faire face aux champs de maïs. Et ce, jusqu'à ce qu'un petit garçon qui avait sensiblement le même âge se campe face à elle, un camion de pompiers à la main. Norma, qui ne savait pas ce qu'il lui voulait, fit le geste de se lever pour les rejoindre, mais se ravisa en croisant le regard de celui qui paraissait être son père, un grand brun élégamment vêtu qui se tenait non loin de là, un journal à la main.

Norma ne pouvait pas le savoir, mais cet enfant avait lui aussi été victime de sévices quelques années plus tôt, non pas sur le visage mais sur les épaules, le dos, le torse, les bras, les jambes, moins dévastateurs que ceux qu'avait subis Cindy, n'ayant pas pu briser autre chose que la peau, mais bien plus fréquents, presque journaliers, et dont les marques sur son jeune corps avaient pu, elles, rester cachées par les vêtements. Le petit garçon, qui ne portait plus aucune séquelle des anciens coups, avait bien grandi depuis qu'un jeune homme en fuite l'avait ramené de New York à son père, afin de l'arracher des griffes de sa mère violente. Pourtant, même s'il vivait maintenant comme n'importe quel gamin de son âge, il savait reconnaître sans peine les multiples signes d'une autre enfance meurtrie.

À force de sourires et de mots bienveillants, le petit garçon parvint à faire rire Cindy, qui lui accorda alors toute sa confiance, comme on donnerait un baiser sur la joue. Après qu'elle lui eut chuchoté quelques mots à l'oreille, il la prit par la main, la fit s'asseoir sur le siège de la balançoire, se mit derrière elle et la poussa délicatement.

Norma, regardant Cindy redevenir une petite fille comme les autres, pleinement admise dans un tableau d'une si douce normalité, ressentit une émotion qu'elle ne put contenir et qui s'évada dans ses larmes. Presque une libération, après de longues journées passées derrière des barreaux.

De retour chez Elizabeth, celle-ci dit à Norma qu'elle avait fait appel à une baby-sitter pour s'occuper de Cindy, afin qu'elles puissent aller dîner ensemble au restaurant. Sur le coup, Norma déclina la proposition, prétextant la fatigue. Mais, devant l'insistance de sa sœur, elle finit par céder et monta se changer dans sa chambre.

Une fois prête à sortir, Norma alla embrasser Cindy dans le salon, installée devant les dessins animés avec Lila, une jeune fille du quartier. Encore un peu stressée à l'idée de la laisser, elle lui donna l'autorisation de veiller un peu avant d'aller se coucher et l'embrassa sur le front en lui promettant qu'elle viendrait la voir à son retour.

Elles prirent la voiture d'Elizabeth, une vieille Jaguar bordeaux, puis se rendirent dans un restaurant français du centre de Chicago. Après avoir partagé un verre de bourgogne, confortablement assises à une table dressée à deux pas d'un charmant jardin d'hiver, Norma commanda une poularde aux morilles et Elizabeth un sauté de veau, s'amusant toutes deux à le prononcer *à la française* à une serveuse qui n'en demandait pas tant. L'endroit, du reste, était agréable, lumières tamisées et décoration classieuse, le genre d'établissement hors de prix où Norma n'avait jamais mis les pieds auparavant, et où, au contraire, sa sœur paraissait se sentir comme un poisson dans l'eau. Tout en dégustant leurs plats, elles parlèrent de la pluie et du beau temps comme de vieilles amies, Norma oubliant pour un instant les pesanteurs d'une vie comprimée. Elizabeth commanda deux autres verres de vin au moment où on leur apporta un imposant plateau de fromages. Un des serveurs, un beau garçon d'une vingtaine d'années, regarda fixement Elizabeth avec l'air de la connaître quand il passa près d'elle un seau à champagne à la main, et celle-ci se mit à rougir quand elle se rendit compte que Norma l'avait remarqué.

Mais Norma, qui n'avait pas l'habitude de s'immiscer dans les petits secrets des autres, ne songea pas à l'interroger à ce sujet.

Elles trinquèrent à leurs prochains jours passés ensemble, à tout ce que la vie, malgré tout, était capable de leur réserver. Norma, portant le verre à sa bouche, s'imagina sans peine partir avec sa sœur quelque part, à l'aventure, Cindy gardée par Lila, afin de ne penser à rien, de profiter du moment présent sans contraintes. Pourquoi après tout n'y aurait-elle pas droit, elle aussi ?

Le dessert terminé, Elizabeth régla la note, regarda sa montre et l'informa qu'elles devaient vite partir pour ne pas être en retard là où elle voulait l'emmener. Elles sortirent en hâte du restaurant et descendirent à pied une belle avenue encore noire de monde, l'endroit, qu'Elizabeth ne voulait pas révéler, ne se trouvant qu'à quelques pâtés de maisons. Il était 20 h 30. Les pavés luisaient d'une pluie fraîchement tombée. Norma se perdit un instant dans la contemplation des buildings, droits et fiers, discernant au loin la forme sombre de la Willis Tower. Tout en avançant parmi une foule bigarrée, elle pensa à ce qu'avait dû ressentir Graham en arrivant à New York : ce vertige immédiat, cette frénésie qui s'emparait de vous pour un long tour de danse, faisant battre votre cœur plus vite, vous rendant ivre du mouvement.

C'était au fond ce qui manquait à des villes comme Wichita ou Kansas City. Là, au contraire, dans cette immensité de béton et de verre, on avait l'impression qu'à chaque minute les cartes pouvaient être rebattues.

Les deux sœurs s'arrêtèrent devant un charmant théâtre à la façade en pierre grise. Norma remarqua alors l'affiche de la pièce qui s'y jouait : *Un tramway nommé Désir* de Tennessee Williams.

– Même après toutes ces années, je me suis souvenue que c'était ta pièce préférée, dit Elizabeth en lui tendant deux billets.

Norma ne sut quoi répondre, si émue qu'Elizabeth ne l'ait pas oublié. Elle saisit sa place en la remerciant du fond du cœur et, pressées par le temps, elles montèrent toutes deux les marches, puis s'installèrent dans la salle, au deuxième rang, juste devant la scène.

Norma, les sens aux aguets, observa tous les gens assis autour d'elle, certains arborant l'air blasé de ceux pour qui ce genre de sortie est devenu routinier. Pour elle, tout, en cet instant, était teinté de magie : ce qu'elle voyait, ce qu'elle entendait, l'odeur même du bois des sièges, de la moquette élimée qu'elle avait envie de fouler de ses pieds nus ; elle qui ne s'était pas assise dans une salle de théâtre depuis l'université, elle qui n'avait jamais eu la chance de voir cette pièce dont elle connaissait pourtant chaque réplique par cœur.

Les lumières s'éteignirent. Le rideau se leva sur un immeuble à l'angle d'une rue de quartier populaire.

Deux hommes entrèrent en scène. Norma les reconnut sans peine.

– Hé, oh ! Stella ! cria Stanley Kowalski, incarné par un jeune homme brun qui possédait, du moins à cette distance, la même beauté effrontée que Brando.

Stella apparut au balcon du premier étage, vêtue d'une petite robe bleue, les cheveux dénoués. Norma laissa fondre un carré de chocolat sous sa langue en pensant à l'excitation que devait ressentir la comédienne jouant le rôle de Blanche DuBois et qui, dans les coulisses, attendait de faire son entrée.

Elle s'imagina sans peine à sa place, seule dans l'ombre, prête à briller face à des centaines d'inconnus.

Son moment à elle. Ce moment tant de fois rêvé, celui qui donnerait un sens à tous ceux qui l'avaient précédé.

Quand Blanche entra enfin sur scène en tirant sa valise, avec tout le poids de ses névroses sur les épaules, elle lança un bref regard dans sa direction, comme si elle savait qu'elle était là. Comme si elle savait le lien qui les unissait.

HAYLEY

Faisant les cent pas au niveau d'un arrêt de bus, la femme hurlait au téléphone en tapant du pied, ses boucles d'oreilles en demi-lune s'agitant sous sa hargne, un nuage de cendres brûlantes s'échappant de sa cigarette à moitié consumée. Hayley ouvrit discrètement la vitre avant de sa voiture et comprit qu'elle se disputait avec son ex-mari au sujet de la garde de leur fils. Sa curiosité assouvie, elle augmenta le son de l'autoradio et finit sa canette de Pepsi, avant de la jeter sur le siège passager.

Cela faisait plus de trois heures qu'elle s'était garée sur le parking du Dallas National Golf Club, sans sortir une seule fois de son véhicule, comme bloquée, incapable de prendre la moindre décision.

Une petite fille attendant qu'on lui saisisse la main pour traverser la route.

Il était maintenant trop tard pour franchir le portique de sécurité, et trop tôt pour se résoudre à rentrer chez elle.

Abandon.

Elle s'était pourtant levée aux aurores et avait roulé plus de six heures, afin de participer à ce qui devait être le moment le plus important de sa jeune carrière, pensant encore que, même si les derniers jours l'avaient mise plus bas que terre, elle avait en elle la force nécessaire pour surmonter cette épreuve et en sortir victorieuse.

Mais la peur l'avait pétrifiée au dernier moment, la peur de se couvrir de ridicule face à tous ceux qui avaient fait le déplacement pour admirer des championnes et non des épaves. La peur de ne pas être à la hauteur, de se rendre compte qu'elle ne l'avait jamais été.

D'être terrassée sur place, seule au beau milieu d'une pelouse d'un vert éclatant.

Hayley régla la climatisation afin de chasser définitivement la chaleur écrasante de ces parages sans ombre. Elle aurait tout donné, en cet instant, pour boire des shots de vodka glacée. Mais elle devait rester sobre pour reprendre la route.

Afin de s'armer de courage, elle pensa fort au moment où, à la nuit tombée, elle pourrait s'étendre sur son lit.

Et ainsi y rester endormie pour au moins cent ans.

Les premiers spectateurs commencèrent à sortir par l'entrée principale. Hayley, les suivant du regard, sentit son ventre se nouer, sa peine remonter à la surface pour éclater, dans cet air sec, en petites bulles amères.

C'était donc déjà fini. Les jeux étaient faits. Un classement avait été effectué. Un classement où elle ne figurait pas.

Qui, parmi elles, lui avait volé sa place ?

Mais elle n'avait à s'en prendre qu'à elle-même. Tant mieux pour celle qui avait profité de sa défection. Meredith avait eu raison au country club. Elle avait tout abandonné avec une facilité consternante, sans plus toucher au moindre club de golf depuis son retour de chez Norma, ayant passé toute cette dernière semaine enfermée dans sa chambre à fumer et à boire en cachette de son père, punissant un peu plus son corps pour mieux atteindre ce qu'il renfermait de plus précieux, refusant de voir quiconque qui lui aurait permis de se ressaisir, luttant la nuit contre un sommeil trop lourd à porter et saccageant en journée tout ce qui avait rythmé sa vie pendant ces longs mois de privation.

Ils étaient maintenant plusieurs centaines à regagner leurs voitures, visiblement ravis de la compétition qui venait de s'achever, chacun prêt à reprendre le cours normal de son existence.

Que des visages anonymes, que des visages qu'elle ne reverrait jamais, rougis par le soleil texan. Personne de son entourage ne serait venu la voir, de toute manière. Son père, encore en déplacement, ne s'était même plus souvenu qu'elle devait participer à ce tournoi. Elle ne parlait plus à Lindsay, qui le lui rendait bien. Elle ne parlait plus à personne, sa maison érigée en forteresse.

Une nouvelle fois enfermée.

Neil, de son côté, avait arrêté de tenter de la contacter. C'était aussi pour le rendre fier d'elle qu'elle avait voulu gagner ce tournoi. Sans lui à ses côtés, plus rien n'avait d'importance.

Autant hurler sa joie dans une pièce vide.

Elle les détestait. Eux qui l'avaient laissée s'éloigner comme si, au fond, cela n'avait pas d'importance. Avaient-ils joué la comédie depuis le début ? Si, au moins, l'un d'entre eux s'était proposé de l'accompagner afin de la soutenir, peut-être serait-elle allée au bout.

Juste pour déceler ce petit quelque chose dans un regard, à défaut de le voir dans celui de sa mère.

Faites qu'elle ne me voie pas, maintenant que je suis réduite à être tout ce qu'elle détestait. Faites qu'il n'y ait plus rien après le cadavre !

Des rires, à l'extérieur, la ramenèrent au parking. À sa droite, deux filles de son âge regagnèrent une décapotable bleue, chacune tirant son caddie de golf. Hayley les fixa avec tant de morgue que la plus grande se retourna vers elle comme si elle l'avait tapée dans le dos, avant que son téléphone portable ne se mette à sonner et qu'elle ne réponde en poussant des cris de joie.

Une forme noire et élancée bondit entre deux voitures. Peut-être un chat errant.

D'autres filles sortirent à leur tour et rejoignirent en piaillant un bus garé près de l'entrée, visiblement des joueuses d'autres pays sur le point de rentrer à leur hôtel.

Le soleil les illumina jusqu'à faire briller leurs dents.

Hayley, résistant à l'envie de démarrer pour leur foncer dessus, ouvrit une autre canette de soda et attendit patiemment que le parking soit désert pour s'extirper de sa voiture et se dégourdir un peu les jambes. Profitant d'une légère brise, elle marcha pieds nus sur le bitume, distinguant mieux, de là où elle se trouvait, l'herbe des greens derrière les hauts grillages.

Elle n'eut même pas envie de se promettre qu'elle reviendrait l'année prochaine.

C'était fini, elle tournait définitivement la page. Elle avait au moins la décence de l'admettre.

Hayley n'en éprouva aucune émotion. Comme si, à la suite de son cœur, tout le reste de son être avait gelé.

Un train de marchandises passa au loin, s'éloignant vers l'Ouest et ses terres arides. Hayley, à nouveau protégée dans sa bulle de fraîcheur, sortit son téléphone de sa poche et appela Rudy, sans qu'il daigne, une fois encore, lui répondre.

Il allait la rendre folle. Cela faisait trois jours qu'elle tentait de le joindre sans succès, et ce depuis le soir où il lui avait fait plus ou moins comprendre que Tyrone et lui allaient passer à l'action.

Et ensuite plus rien.

Quelque chose avait-il mal tourné ? Avaient-ils finalement abandonné et cherchaient-ils à le lui cacher ? L'avaient-ils prise pour une imbécile ? Sans que pourtant elle leur ait donné le moindre dollar ?

Et elle qui leur avait raconté tout ce qu'elle avait subi chez Norma, sans gêne, sans honte.

Mais pas ce qu'elle avait fait à cette gamine.

Et s'ils l'avaient découvert une fois arrivés là-bas ? Si Norma s'était empressée de tout leur dire ?

Se faisant alors passer pour la victime. Exhibant le visage de sa fille sans vergogne. La désignant, *elle*, comme le monstre à abattre.

Hayley en frappa le volant du poing. Au même moment, une nuée de petits oiseaux blancs s'échappa des branches touffues d'un des cèdres plantés près de l'entrée.

La veille, incapable de rester en place, elle avait malgré tout essayé de trouver des informations sur une possible intrusion chez Norma.

En pure perte.

Elle aurait seulement eu besoin de quelques mots lus sur l'écran de son ordinateur. Juste quelques phrases pour la rassurer.

Pour apaiser sa colère.

La pousser, ensuite, en avant.

Norma Hewitt, une habitante respectée du comté de Lyon, a été retrouvée morte ce mardi matin, menottée à un lit dans sa propre cave.

Son corps nu, lacéré et brûlé en de multiples endroits.

Son fils, Tommy Hewitt, a, lui, été découvert prostré dans sa chambre, violé jusqu'au sang, rendu méconnaissable par les coups qu'il avait reçus au visage. Son sexe tranché en deux.

Inconscient, mais encore vivant.

Les deux victimes, après enquête, ont été torturées pendant des heures. On ne connaît pas les raisons d'un tel déchaînement de violence. On ne sait pas si le jeune homme survivra. On ne sait même pas s'il se réveillera à temps de son coma pour assister à l'enterrement de sa mère.

Mais à quoi, au fond, s'était-elle attendue ?

Personne d'autre ne pouvait prendre sa place pour leur faire subir ce qu'ils méritaient. Surtout pas ces deux voyous qui s'étaient dégonflés au dernier moment.

Et elle, à présent, ne pourrait le faire qu'en pensée.

Indéfiniment. Variant les plaisirs de jour comme de nuit.

Et ce serait de cela qu'elle devrait dorénavant se contenter.

Trois coups secs contre la vitre la firent sursauter. C'était un des gardiens des lieux, qui, le visage en sueur, lui demanda poliment de partir. Hayley démarra sans même lui adresser la parole et sortit du parking pour rejoindre la voie rapide, lasse déjà de devoir rouler à nouveau pendant six heures d'affilée, alors que la radio avait annoncé orages et pluie dans toute la région pour le début de la soirée.

Débouchant face à un motel de seconde zone, elle hésita presque à y rester pour la nuit et ainsi repartir le lendemain matin.

Mais plus tôt elle serait chez elle, plus tôt la tempête sous son crâne se calmerait.

Plus tôt elle pourrait passer à autre chose.

Elle roula sans faire de pause jusqu'à arriver dans la région d'Oklahoma City. Ayant de plus en plus de mal à garder les yeux ouverts, elle s'arrêta dans une station-service au bord de l'Interstate. La nuit commençait à tomber. Des dizaines de camions, plus imposants les uns que les autres, étaient garés de l'autre côté du bâtiment. Hayley entra dans la boutique et se commanda un café serré, qu'elle alla boire à l'extérieur, attirant les regards concupiscents de plusieurs hommes aux physiques ingrats, prêts, une fois leur cigarette écrasée à terre, à reprendre la route.

Un restaurant grill se trouvait sur sa droite. Même si elle avait faim, elle préféra attendre de rentrer chez elle pour se préparer quelque chose au calme, ne voulant pas se retrouver seule entouré d'inconnus dans cet aquarium aux lumières malades.

Humant un air chargé de vapeurs d'essence, elle sirota son café tout en s'étirant, puis retourna à sa voiture.

Et c'est au moment où elle en ouvrit la portière qu'elle se figea, manquant de renverser son gobelet par terre.

Elle n'arrivait pas à le croire. Pourtant c'était bien lui. Elle l'avait aussitôt reconnu.

Neil. Assis seul à une des tables du restaurant en train de manger un hamburger, portant la chemise Paul Smith qu'elle lui avait offerte au début de l'été.

Que faisait-il là ? Au milieu de nulle part ?

Et elle comprit. Il était venu la voir à son tournoi. Sans le lui dire. *Il n'avait pas oublié.* Il avait dû revenir de Dallas un peu plus tôt qu'elle, et s'était arrêté là pour manger avant de repartir pour Wichita.

Déçu de ne pas l'avoir suivie sur le green. De ne pas l'avoir ensuite croisée pour qu'ils puissent se parler, loin des autres, en terrain neutre.

Sans le savoir, ils s'étaient arrêtés au même endroit. *Une même âme dans deux corps différents*, lui avait-il dit lors d'un des derniers moments qu'ils avaient passés ensemble.

Hayley, ne le quittant pas des yeux, posa le gobelet de café sur le toit de sa voiture et avança vers lui.

Que pouvait-elle faire d'autre ? Son cœur, tout son corps, le lui intimait.

Elle avait déjà hâte de voir son visage quand il se retrouverait face à elle. Son expression, mêlée d'appréhension et de soulagement.

Un homme sur sa gauche l'aborda, puant la bière. Hayley pesta et pressa le pas, car Neil, lui tournant le dos, se leva de sa chaise et prit la direction des sanitaires.

Oui. C'était le moment ou jamais. Ils parleraient enfin. Elle le laisserait revenir à elle. Elle n'aurait, ainsi, pas tout perdu.

Il faisait terriblement chaud à l'intérieur, comme si la climatisation était tombée en panne. Une intense odeur de friture la fit grimacer, ce qui fit ricaner une femme obèse assise à deux mètres d'elle, ses bras dénudés laissant apparaître de grosses veines rosâtres, comme peintes sur sa peau flasque.

Hayley, ne prêtant plus attention à quiconque, marcha vers le milieu de la salle et se planta à mi-chemin entre la table de Neil et la porte des toilettes.

Elle n'allait tout de même pas y entrer, le surprendre en train de se soulager dans un urinoir.

Un homme d'une quarantaine d'années en sortit. Puis un adolescent qui alla rejoindre ses parents à reculons. N'en pouvant plus d'impatience, Hayley tapota le carrelage du bout de sa chaussure et se retourna un instant vers l'entrée, ne discernant plus que la forme des camions garés sur le parking.

Ses jambes tremblaient, son cœur battait de plus en plus fort.

Comme quand on tombe amoureux.

Comme quand on s'apprête à lui parler, à l'embrasser pour la première fois.

Une femme menue entra dans le restaurant, un gros carton sous le bras, et apostropha un serveur pour qu'il l'aide.

Hayley sentit alors qu'on lui frôlait le bras, vit d'abord de lui sa chemise Paul Smith quand il la dépassa pour regagner sa table. Puis sa nuque, ses cheveux châtains coupés court. Et quand il s'assit à nouveau sur la banquette en faux cuir et lui sourit en croisant son regard, elle se rendit compte de son erreur.

Et le charme s'estompa, deux petites mains lui tordirent l'estomac.

Ce n'est pas lui. Ce n'était pas Neil. Il lui ressemblait sous bien des aspects. Mais ce n'était pas lui.

Hayley resta les bras ballants. Les bruits de mastication venaient de toutes parts, résonnant de plus en plus fort dans ses oreilles. Le chant visqueux de dizaines de bouches avides.

Bientôt, ils la verraient, seule au beau milieu d'eux, bientôt ils se nourriraient aussi de sa peine.

Comment avait-elle pu croire un seul instant que Neil s'était mêlé à eux ?

Hayley se reprit rapidement et regagna la porte d'entrée d'une démarche assurée, gardant la tête haute pour au moins tenter de préserver les apparences.

Alors qu'au fond d'elle, une petite fille pleurait à nouveau une perte insurmontable.

À peine eut-elle passé la porte qu'elle courut vers sa voiture, inspirant l'air à la façon d'un plongeur remontant des profondeurs, un air presque frais après l'étuve.

Elle s'assit au volant et démarra. L'homme qui l'avait accostée monta dans son camion tout en la fusillant du regard. Une fine pluie commença à tomber. Hayley actionna les essuie-glaces et rejoignit l'Interstate, sentant ses yeux luire dans l'obscurité de l'habitacle.

La pluie s'intensifiait au fur et à mesure que Hayley accélérait. Mais il était hors de question de ralentir. Ses bras continuaient de trembler, elle avait envie de vomir, et se força à tenir bon, concentrée sur les lignes jaunes de la route.

Cette route où sa mère était morte cinq ans plus tôt.

Hayley en poussa un cri étouffé, ne s'en étant même pas rendu compte à l'aller. Elle la prenait pour la première fois depuis l'accident.

Elle n'avait jamais su où cela avait précisément eu lieu. Elle pouvait l'avoir déjà dépassé, ou pas encore.

Il pleuvait aussi ce soir-là. Sa mère avait peut-être vu le même ciel brouillé, les mêmes plaines assombries, avant la collision.

Son père lui avait dit qu'elle était morte sur le coup, qu'elle n'avait pas eu le temps de souffrir. Mais peut-être lui avait-il menti pour ne pas la choquer. Elle avait peut-être agonisé de longues minutes sur le bas-côté de la route, son corps disloqué, perforé de métal chauffé par le choc, dans cet endroit qui restait si abstrait pour sa fille et qui ne portait sans doute plus aucune trace du drame qui s'y était déroulé.

Prise par une pulsion irrépressible, Hayley appuya encore plus fort sur l'accélérateur, s'imaginant à son tour quitter la route avec fracas, se laisser ensuite glisser dans un grand vide calme, sans plus d'attaches, dans l'espoir de retrouver celle qui lui manquait plus que jamais.

Mais alors, que lui dirait-elle ? Oserait-elle la regarder dans les yeux ?

Des appels de phares venant de l'arrière l'éblouirent pendant une fraction de secondes. Il s'agissait du camion de l'homme qu'elle avait croisé sur le parking de la station-service.

Que lui voulait-il ? La déconcentrer pour lui faire avoir un accident ? Lui faire peur ?

Hayley n'en revenait pas. Les appels de phares avaient déjà cessé, pourtant il la suivait toujours de très près. Tout en serrant le volant, elle plissa les yeux mais ne parvint, à cette distance, à rien discerner dans l'habitacle du camion, y sentant néanmoins crépiter une tension prête à en exploser les vitres.

Il était hors de question de paniquer. Il devait juste tenter de s'amuser un peu avec elle, juste un pauvre type à moitié saoul qui n'avait pas supporté de se faire éconduire sur un parking désert.

Mais à quoi s'était-il attendu ? Qu'elle soit tombée assez bas pour lui accorder la moindre chance ?

Ce petit jeu était sans doute sa seule façon d'exister à ses yeux, d'attirer son attention.

Hayley repensa alors à ce film d'horreur qu'elle avait vu chez Lindsay, où deux frères étaient poursuivis par un routier psychopathe à qui ils avaient fait une mauvaise blague sur l'autoroute.

Il restait une bonne heure et demie avant d'arriver à Wichita. Il était exclu de continuer à rouler dans ces conditions, en plein dans le viseur, avec cette angoisse toujours logée dans un coin de sa tête. Elle ne devait pas lui laisser avoir la moindre emprise sur elle. Il fallait le semer, dès que possible, afin de reprendre plus calmement la route.

Une aire de repos était indiquée à cinq kilomètres. Hayley comprit que c'était sa chance. Surveillant le camion du coin de l'œil, elle attendit le dernier moment pour braquer sur sa droite et prendre la sortie.

Le camion ne put la suivre et continua sa route, disparaissant rapidement de sa vue.

Hayley arrêta le moteur au niveau d'une vieille baraque en bois et poussa un cri de joie en imaginant la tête de cet imbécile. Elle lui avait échappé avec une telle facilité !

Un petit bâtiment en briques qui faisait office de toilettes se trouvait un peu plus haut. Seules deux camionnettes étaient garées sur le parking. Il n'y avait personne à l'horizon. Prise d'une envie pressante, Hayley courut vers le bâtiment, ne voulant pas trop s'attarder dans les environs.

Le vent soufflait de plus en plus fort. Heureusement, la pluie avait cessé. Tout en jetant un coup d'œil à sa voiture, Hayley poussa la porte des toilettes.

L'endroit était terriblement mal entretenu, empestant l'urine, de nombreux graffitis tagués sur les murs. Hayley fit un pas en avant sur le sol humide et crasseux, entendant alors des gémissements provenir d'une des cabines, des coups portés contre la porte fermée.

Puis des rires étouffés, comme si ceux qui s'y trouvaient s'amusaient de sa présence.

Elle ressortit aussitôt. Vérifiant qu'il n'y avait personne aux alentours, elle se rendit à l'orée du bois qui encerclait le parking, pour se poster derrière un tronc d'arbre.

Et elle s'accroupit dans les fourrés luisants de pluie, se sentant honteuse de se retrouver dans une telle situation.

Le bois paraissait beaucoup plus étendu qu'elle ne l'avait cru de prime abord, ses entrailles humides mouchetées de lumière lunaire. Levant les yeux, Hayley remarqua une forme noire juchée sur une branche, puis deux yeux d'un jaune profond qui en émergèrent, la fixant.

Un hibou. Qui, une fois reconnu, s'envola en hululant, prédateur de plus en quête d'une proie.

Était-ce un hurlement qu'elle entendit alors ? Ou simplement le bruit du vent qui filait entre les troncs d'arbres ?

Quelque chose remonta le long de sa jambe. Hayley se redressa d'un coup et se hâta de regagner le parking.

À peine s'installa-t-elle au volant qu'un énorme camion entra sur l'aire de repos pour se garder à dix mètres de là.

Hayley n'eut même pas le temps d'avoir peur. Le véhicule n'avait rien à voir avec celui qui l'avait suivie. Le conducteur, assez jeune, le crâne rasé, claqua la portière et alla à la rencontre d'un autre homme qui, à moitié débraillé, l'attendait sur le seuil des toilettes une cigarette à la bouche. Tous deux discutèrent comme de vieux amis, puis entrèrent à l'intérieur en ricanant.

Sans chercher à savoir ce qui s'y passait, Hayley démarra et rejoignit l'Interstate, la plupart des nuages qui stagnaient au-dessus de sa tête s'étant évaporés sans un bruit.

D'abord, elle ferma la porte à clef, puis elle brancha l'alarme, se servit un verre de vin blanc et s'affala devant la télévision. Dans le but de trouver le programme le plus abêtissant possible, elle s'arrêta sans regret sur un direct d'*America's Got Talent*.

À la pause publicitaire, elle se prit des morceaux de poulet frit dans le réfrigérateur, ainsi qu'un reste de salade de pâtes, qu'elle mangea les yeux rivés sur l'écran.

Son téléphone vibra dans son sac à main. C'était Lindsay. Hayley ne répondit pas, ne se sentant pas la force de lui parler après cette journée éprouvante, de devoir lui dire, au détour de la conversation, qu'elle avait tout abandonné.

D'imaginer ainsi, à l'autre bout du fil, son petit sourire satisfait.

Elle la reverrait bien assez tôt, dans les allées ou les couloirs de l'université. Même si elle appréhendait un peu ce moment, Hayley sentait en même temps son besoin de reprendre une vie normale, de se replonger dans ses études, d'avoir ainsi la chance de côtoyer de nouvelles personnes, qui ne sauraient rien d'elle, rien de ses errances passées, et avec qui elle pourrait commencer à construire quelque chose de solide.

Elle ne ferait que ce qu'elle voulait faire, elle. Voilà où cela l'avait menée de vouloir continuer à suivre les aspirations d'un fantôme. Dorénavant, elle ne se laisserait plus jamais gouverner par qui que ce soit.

Si sa mère avait été vivante, elle ne l'aurait pas lâchée d'une semelle, l'aurait forcée jour après jour à vivre une autre vie que la sienne.

Hayley aurait fini par la détester, par tenter de s'éloigner d'elle à la moindre occasion.

Au fond, elle ne l'aimait à ce point que parce que le destin les avait séparées, et ne restaient d'elle que des souvenirs enjolivés par les années.

Consciente d'avoir mangé trop vite, Hayley posa l'assiette sur la table basse et alla chercher son ordinateur portable dans sa chambre. La fenêtre donnant sur la rue était restée entrouverte pendant son absence. Elle la referma et remarqua sa voisinc d'en face, Lydia Udall, debout dans sa cuisine, occupée à faire la vaisselle. Hayley ne lui avait adressé la parole que deux ou trois fois depuis qu'elle habitait là, mais bien assez pour savoir que la vie de cette femme était à l'exact opposé de celle qu'elle souhaitait avoir, entièrement consacrée à son mari et à ses enfants, aussi tiède que l'eau dans laquelle elle plongeait ses mains usées.

Un mouvement sur sa gauche attira son attention. Un homme assez grand et de corpulence moyenne se tenait debout face à la maison, semblant en observer la façade.

Était-ce le conducteur du camion ? Elle ne l'avait pas assez examiné sur le parking pour en avoir la certitude. Mais comment aurait-il pu la suivre jusque chez elle ?

La lumière de sa chambre étant éteinte, il ne pouvait pas, lui, la discerner. Hayley plissa les yeux mais n'arriva pas nettement à voir son visage.

La porte d'entrée était fermée à clef. L'alarme branchée. Et si besoin, elle avait son arme à portée de main.

Elle n'hésiterait pas à tirer.

Elle n'attendait que cela.

L'homme jeta son mégot dans l'herbe, s'éloigna d'une démarche légèrement claudicante et alla se poster face à la maison d'à côté.

Pas rassurée pour autant, Hayley ouvrit le tiroir de sa table de nuit et y chercha à tâtons le contact métallique de son revolver.

Mais sans le trouver.

Surprise, elle vida le tiroir de tout ce qu'il contenait. Son arme avait bel et bien disparu. Elle se souvenait parfaitement de l'y avoir rangée trois jours plus tôt.

Son père. C'était lui qui la lui avait prise.

De fureur, Hayley se jeta sur son lit et en frappa le matelas du poing.

C'était la seule explication possible. Il l'avait surprise avec en début de semaine alors qu'elle s'exerçait à viser la poignée de sa porte, et était entré dans une rage folle. Il avait voulu savoir comment elle se l'était procurée, lui avait ordonné de la lui donner pour qu'il s'en débarrasse, lui qui, il le lui avait pourtant maintes fois répété, ne tolérait aucune arme à feu chez eux.

Hayley avait néanmoins réussi à le calmer, à le convaincre qu'elle en avait simplement besoin pour se rassurer, pour arriver à dormir la nuit en sachant qu'elle saurait se défendre.

Cette arme, c'était Lindsay qui la lui avait prêtée. Elle se savait assez adulte pour agir de manière responsable. Elle lui demandait juste de ne plus la traiter comme une enfant.

Au moins le temps que les blessures se referment.

Son père avait rapidement cédé et lui avait juste demandé de ranger l'arme dans le tiroir de sa table de nuit. Et de ne s'en servir qu'en cas d'urgence.

C'était à croire que toute cette histoire l'atteignait bien plus qu'elle, alors que ce n'était pas lui qui avait été séquestré dans cette cave sans eau ni nourriture, alors que ce n'était pas lui que Tommy avait souillé. Depuis quelque temps, il paraissait ailleurs, avait les traits de plus en plus tirés, et, quand ils passaient un peu de temps ensemble, il donnait l'impression d'avoir du mal à la regarder droit dans les yeux, comme s'il ne voyait plus en elle que la victime qu'elle refusait d'être.

Elle n'aurait jamais dû le lui dire. Mais alors comment aurait-elle expliqué la disparition de sa voiture ?

Et pourquoi lui avoir subtilisé son arme en cachette ? Lui faisait-il si peu confiance ?

Pour en avoir le cœur net, Hayley courut dans la chambre de son père et, sans se poser le moindre scrupule, la fouilla de fond en comble.

Mais là encore elle ne trouva rien. Il avait dû la cacher ailleurs dans la maison.

À l'intérieur de son armoire étaient rangées de nombreuses boîtes d'antidépresseurs, ainsi qu'une ordonnance qui datait de plusieurs mois. Hayley ignorait qu'il continuait à en prendre. Mais elle n'en fut pas totalement étonnée. Un peu avant qu'il ne parte pour Houston, elle l'avait surpris en train de pleurer, assis sur son lit. Elle n'avait pas osé manifester sa présence et était retournée dans le jardin. Elle ne savait pas consoler les gens, même ceux à qui elle tenait le plus.

Elle lui en parlerait quand il reviendrait. Et elle le forcerait à lui rendre son arme.

Son téléphone, oublié sur le canapé du salon, vibra à nouveau. C'était Lindsay. Cette garce ne voulait pas la lâcher. Et cette fois, elle lui laissa un message vocal.

Hayley se rassit et l'écouta, déjà prête à fulminer. Lindsay, affolée, lui disait que le cadavre de Rudy avait été retrouvé près d'un entrepôt désaffecté de Kansas City. Égorgé, son corps portait la trace de nombreux coups de couteau. C'était Emily qui venait de l'avertir, son oncle travaillant au commissariat central de Wichita.

Lindsay, qui avait l'air saoule, continua en lui avouant sa peur que les flics ne remontent jusqu'à elle pour lui avoir acheté diverses drogues, que ses parents la tueraient s'ils l'apprenaient, et elle la supplia de ne parler à personne de leurs petits arrangements avec Rudy, de ne rien dire si les flics venaient à l'interroger.

C'était pour cette unique raison qu'elle l'avait appelée, pensa Hayley en raccrochant. Pour être certaine qu'elle ne la dénonce pas par mégarde.

Elle ne pensait décidément qu'à elle.

Encore sous le choc de la nouvelle de la mort de Rudy, Hayley alluma son ordinateur et chercha des informations supplémentaires sur Internet, ne trouvant qu'un court article sur un site local, qui parlait du meurtre d'un petit dealer de Wichita, suite à un probable règlement de compte.

Cela s'était passé deux jours plus tôt. Et elle qui n'avait pas arrêté de tenter de le joindre… Les flics, s'ils avaient récupéré son téléphone, allaient tenter de la contacter pendant leur enquête, cela ne faisait aucun doute.

Fort heureusement, elle ne lui avait laissé aucun message. Rien de concret ne la reliait à lui. On ne pourrait même pas prouver qu'elle lui achetait de la drogue. Il était également hors de question que son père apprenne quoi que ce soit sur ses addictions.

Marchant de long en large dans le salon, Hayley se repassa en tête tout ce que lui avait dit Lindsay.

Égorgé. Son cadavre retrouvé près d'un entrepôt de Kansas City.

Au moins, elle savait maintenant pourquoi elle n'avait plus eu de nouvelles par la suite. Elle se sentit aussitôt rassurée. Tout n'était donc pas perdu. Avec un peu de chance, Tyrone et lui avaient eu le temps de régler leur compte à Norma et à Tommy avant d'aller faire Dieu sait quoi à Kansas City.

Mais elle ne pouvait s'enlever de la tête que la mort de Rudy était peut-être liée, même de manière infime, à ce qu'elle leur avait demandé de faire.

Elle savait de quoi Tommy était capable. Mais de là à les retrouver et à tuer Rudy de cette façon… Il n'était pas, lui, une jeune femme sans défense.

Non, elle ne devait pas se torturer inutilement l'esprit. Rudy et Tyrone vivaient tous deux dans un monde souterrain et dangereux, où à chaque coin de rue pouvait se cacher une arme brandie, un monde qu'ils avaient choisi en connaissance de cause. Elle n'avait pas à se sentir responsable de quoi que ce soit.

Ne connaissant même pas son nom de famille, elle n'avait aucun moyen de joindre Tyrone, et inversement, Rudy ayant fait le lien entre eux.

Le plus embêtant dans cette histoire restait qu'elle allait devoir dès lors se trouver quelqu'un d'autre pour lui fournir de la bonne came. Elaine Grace, une de ses camarades de classe, lui avait parlé d'un dealer qui vivait à Bel Air. Elle pourrait la contacter dans la semaine. Elaine avait toujours voulu devenir son amie. Elle la mettrait facilement en contact avec lui, sans poser de questions.

Hayley se cala devant une rediffusion de *West Side Story*. Au moment où Natalie Wood chantait *Tonight*, elle crut voir une forme en mouvement se refléter dans l'écran et se retourna d'un coup, souriant vite de sa bêtise.

Elle se rendit sur l'Instagram de Neil. Dans une des dernières photos qu'il avait postées, il se tenait en compagnie d'une jeune femme qu'elle ne connaissait pas, en maillot de bain au bord de sa piscine.

Hayley se rendit vite compte à quel point elle lui ressemblait. Elle savait que ce n'était pas un hasard. Il avait fait ça dans le seul but de la blesser.

Sur une autre photo, datée de la veille, on le voyait tranquillement installé dans le jardin de Lindsay, entouré par leur bande habituelle, Lindsay assise à côté de lui comme si de rien n'était.

Elle seule n'avait pas été invitée. Elle seule manquait au tableau. Elle en eut l'estomac noué.

Même si elle les évitait du mieux qu'elle le pouvait, elle ne pouvait supporter qu'ils l'évitent, elle. Comme si c'était elle qui avait quoi que ce soit à se reprocher.

Hayley vérifia à nouveau l'alarme et monta dans sa salle de bains, où elle prit une douche brûlante. Quand elle sortit de la cabine, elle détourna le regard du grand miroir accroché au mur de sa chambre, ayant de plus en plus de mal à supporter le reflet de son corps nu. Pourtant n'y apparaissait presque plus aucune trace des récents sévices.

Mais quelque chose frémissait encore, sous la peau.

Tout en réfléchissant à la série qu'elle regarderait dans son lit avant de dormir, l'envie lui prit d'aller d'abord se chercher un gros pot de glace à la framboise. Un peu de douceur sucrée lui ferait le plus grand bien. Et puis elle irait courir tôt aux premières heures de la matinée. Elle trouverait d'autres moyens de se défouler. Elle pourrait, par exemple, apprendre un art martial. Ainsi, elle serait aussi capable de se défendre à mains nues.

Hayley revint dans sa chambre, seulement éclairée par les lumières de la rue, enfila une chemise de nuit et s'arrêta d'un coup, juste avant de retourner dans le couloir. Et le rythme de ses battements de cœur s'accéléra.

Un élément était différent. Elle ne l'avait vu que du coin de l'œil dans cette pénombre, mais elle en était certaine. Une forme plus sombre, étendue sur son lit, qui ne s'y trouvait pas avant qu'elle ne rentre dans sa salle de bains. La silhouette d'un corps humain, dont elle entendit à présent la respiration, rauque et saccadée, comme celle d'un animal blessé.

– Il n'y a rien de plus sexy qu'une belle nana qui prend sa douche, dit l'homme qui se trouvait tout près d'elle. J'ai dû lutter pour ne pas te bondir dessus et te baiser à même le carrelage.

La lumière s'alluma. Hayley se retourna et se retrouva face à Tyrone, qui lui sourit d'un air effronté.

Machinalement, elle jeta un coup d'œil vers le tiroir de sa table de nuit, pensant déjà au pire. Mais ce n'était sûrement pas Tyrone qui avait pris son arme. Du moins, elle n'avait pas l'impression qu'il la portait sur lui.

Depuis combien de temps était-il là ?

– Ça n'a pas été facile de te retrouver, Hayley, ajouta Tyrone en se redressant. Heureusement, tu es assez connue dans ton petit milieu friqué. Les filles de ton âge se livrent vite, quand on a les bons arguments.

Lindsay. C'est elle qui lui a donné mon adresse, pensa Hayley.

– Mon père va bientôt rentrer, il risque de ne pas apprécier de te trouver là.

– Ah bon, il me semblait pourtant qu'il était parti pour plusieurs jours, Hayley. Ne me prends pas pour un amateur, s'il te plaît.

Hayley frémit. Tyrone avait le contrôle de la situation et tenait à ce qu'elle le sache. Mais elle ne devait pas lui montrer sa peur. Elle devait résister.

– Tu as l'air toute tendue. Tu n'es pas heureuse de me voir ?

– Je suis juste un peu surprise, c'est tout. Je n'ai pas l'habitude qu'on fasse ainsi irruption dans ma chambre. D'ailleurs comment es-tu entré ici ?

– Voyons, Hayley, tu sais bien que m'introduire chez les gens à leur insu est pour moi un mode de vie. C'est aussi pour ça que tu as fait appel à mes services, ne l'oublie pas.

– Oui, tu as raison. Je viens d'apprendre ce qui est arrivé à Rudy, c'est aussi pour ça que j'étais si nerveuse. Tu sais ce qui s'est passé, toi ?

– Dieu seul le sait. Nous nous sommes séparés avant qu'il ne parte pour Kansas City. Pour incompatibilité d'humeur, on va dire. Je n'ai pas l'habitude de bosser avec des mauviettes. Même dans les sales coups il faut savoir un minimum bien s'entourer.

– D'accord. Et vous avez eu le temps de faire ce que je vous ai demandé de faire ?

– Bien entendu, sinon je ne serais pas là.

– Et tu as des preuves ? Je veux dire, vous deviez prendre des photos d'eux pour me les montrer.

De leurs visages brisés, terrifiés, suppliants.

– Nous n'avons pas eu le temps pour ça, tu devras me croire sur parole. Mais ne t'inquiète pas, le gamin n'était pas là mais cette Norma n'oubliera pas notre venue. Je peux te promettre qu'elle ne dormira que d'un œil pendant un petit moment. Et maintenant, tu vas me donner ce que tu me dois, et on sera quittes.

– Je n'ai rien sur moi, dit Hayley, très contrariée. Il fallait me prévenir avant, mais je peux te faire un virement si tu veux.

– Que du cash, jeune fille. C'est ce qui était convenu.

– Alors, demain j'aurai l'argent, sans faute, on pourra se retrouver en ville une fois que je serai passée à ma banque.

– Demain je serai déjà loin. Je suis comme ça, moi, je ne reste jamais longtemps au même endroit. Je prendrai la route dès que j'aurai quitté ta charmante maison. J'aime rouler la nuit. Et puis tu vas me donner la part de Rudy, là où il est il n'en aura sûrement plus besoin.

Disant cela, Tyrone se mit à sourire. Un sourire sans équivoque et qui la fit frissonner.

C'était lui. C'était lui qui avait tué Rudy, elle en était persuadée. Elle le décelait dans ses pupilles aux reflets acides.

Et maintenant il était face à elle. Dans sa propre chambre. Là où aucun prédateur ne devrait parvenir à entrer.

Égorgé, son cadavre abandonné près d'un entrepôt.

– Ne me dis pas que vous ne gardez pas un peu de cash chez vous, Hayley. J'ai vu un beau petit coffre-fort dans le bureau au fond du couloir. Si tu refuses de coopérer, j'ai eu le temps de repérer plein de trucs intéressants pendant que tu n'étais pas là. D'ailleurs, ça a été particulièrement excitant de rester caché dans l'ombre à t'observer sans que tu saches que j'étais ici. À un moment, tu es passée si près de moi que j'ai cru que tu allais me voir ! Tout ça m'a rappelé de bons souvenirs. Enfin de bons souvenirs pour moi, je veux dire, pas forcément pour celles qui t'ont précédée…

Hayley ne sut quoi répondre. Tout ce qu'impliquait ce qu'il venait de dire se propagea dans son cerveau en ondes noires.

– Tu connais sûrement la combinaison du coffre, Hayley, dit Tyrone en s'approchant d'elle à la façon d'un puma. Ou faut-il qu'on appelle ton père et que je lui raconte tout ?

– Non, pas ça ! dit Hayley en comprenant à cet instant que c'était sa chance. Oui, je la connais, mais je ne sais pas s'il y a de l'argent dedans !

Mais son arme, peut-être son arme.

Pourquoi n'y avait-elle pas pensé avant ? C'était là que son père avait dû la cacher. Tyrone ne savait pas ce qui l'attendait. Hayley pria pour que le Beretta soit resté chargé. Une fois à la main, elle n'hésiterait pas à tirer.

Légitime défense. Personne ne lui reprocherait d'avoir tué un cambrioleur qui s'était introduit chez elle. Surtout après ce qu'elle venait de vivre.

Tentant de garder son calme, Hayley lui fit signe de la suivre jusqu'au bureau de son père.

Elle aurait peu de temps, elle n'aurait pas droit à l'erreur. Son bras ne devrait pas trembler quand elle le tiendrait en joue. Elle ne devrait pas l'écouter la supplier de le laisser en vie. Elle ne devrait pas croiser son regard. Mais viser le cœur. Frapper le cœur.

À cette idée, elle sentit son excitation enfler, d'une intensité presque sexuelle.

Comme quand elle s'était de nombreuses fois imaginée pointer le canon de l'arme sur Tommy.

Et lui tirer dessus en plein ventre. Introduire ensuite le canon dans la blessure.

Puis tirer à nouveau.

Odeur de bois ciré. Pénombre pleine de la présence de son père. Tic-tac de l'horloge.

Hayley, qui n'avait pas mis les pieds dans cette pièce depuis le début de l'été, s'approcha de la bibliothèque et s'agenouilla face au petit coffre-fort imbriqué dans le mur.

Au-dessus d'elle était accrochée une photographie de sa mère, assise sur la balançoire de leur jardin. Elle la fixait si fort que Hayley détourna le regard.

Le coffre contenait principalement des dossiers et des contrats divers. Dans le fond étaient empilées quatre grosses liasses de billets.

Hayley souleva discrètement les dossiers, de fines gouttes de sueur perlant sur son front.

Mais il n'y avait pas son revolver. Et tous ses espoirs se brisèrent. Ne restait plus que la frustration.

– On ne va pas y passer la nuit, dit Tyrone en s'impatientant. Ou si je passe la nuit chez toi, on aura d'autres occupations, tu peux me croire.

Hayley se releva d'un coup, les liasses de billets à la main. Il y en avait, à vue d'œil, pour environ cinq mille dollars. Bien plus que ce qu'elle avait sur son compte en banque.

– J'ai bien peur que ça ne soit pas assez, Hayley, fit Tyrone en les soupesant. Je vais devoir me servir un peu chez toi pour compenser.

– Mais, on avait dit trois mille dollars ! Mille cinq cents chacun !

– Oh, mais les prix ont eu le temps d'augmenter. Tu n'aurais pas dû me prendre pour un demeuré. Au moins, ça te servira de leçon.

– Je ne comprends pas, je…

– Tu ne comprends pas ? Ce n'est pas toi qui m'as dit que la mère Norma cachait beaucoup de cash chez elle ? Tu voulais juste nous appâter pour qu'on fasse le sale boulot à ta place, avoue. On ne se serait pas déplacés là-bas pour trois mille dollars. Rudy t'avait à la bonne et je me suis trop facilement laissé convaincre. Et puis je n'aime pas qu'on me mente aussi effrontément, ni qu'on se serve de moi.

– Je voulais qu'ils payent pour ce qu'ils m'ont fait, je n'ai pas réfléchi, j'ai juste supposé qu'elle en avait…

– Bien tenté, Hayley. Mais tu me racontes des salades. Et puisqu'on en parle, tu t'es bien gardée de nous dire ce que tu avais fait à cette gamine. Et je comprends pourquoi ! La vache ! Tu es encore pire que moi ! Je ne m'attaque jamais aux gosses !

Hayley se précipita dans le couloir. Tyrone la rattrapa et la projeta contre le mur. La jeune femme, à cause du choc, tomba à genoux. Tyrone la força à se relever, l'emmena de force jusqu'au rez-de-chaussée et la jeta sur le sol du hall.

Il s'accroupit alors sur elle et pressa son bas-ventre contre le sien.

Hayley en perdit toute force, comme paralysée par une terreur qui ne l'avait jamais vraiment quittée depuis son viol, et qui reprenait possession de son corps. Son corps qui, une fois de plus, la trahissait.

Cela ne pouvait pas recommencer. Pas là. Pas maintenant. Elle savait qu'elle n'y survivrait pas.

– Ça te rappelle quelque chose ? demanda Tyrone en serrant ses doigts sur sa mâchoire. C'est d'ailleurs dommage que je n'aie pas eu l'occasion de donner des conseils à ce gamin, je pense qu'il en aurait besoin. Si c'était moi qui m'étais occupé de toi, je veux dire à ma façon, tu n'aurais jamais eu le cran de m'envoyer ensuite quelqu'un pour te venger ! Les filles que j'ai choisies pour mes petits jeux préféreraient crever plutôt que de courir le risque de me chercher des noises. Et pourtant, je peux te dire qu'elles ont passé un sale quart d'heure… Ce Tommy a sans doute été trop maladroit, tu étais peut-être sa première, après tout. Mais il apprendra à commettre moins d'erreurs, et bientôt il sera un vrai chasseur. Une fois qu'on y a goûté, on ne peut plus s'en passer. Après, tout le reste nous paraît fade. On vibre tellement moins avec une femme consentante… Et toi, quoi qu'il en soit, tu portes sa marque, elle est gravée dans ta chair. Tu ne l'oublieras jamais. Aucun des hommes que tu rencontreras par la suite ne pourra prendre cette place. C'est ça aussi qui fait la beauté de la chose. Moi, par exemple, je pourrais te baiser sur ce carrelage jusqu'à ce que tu en perdes connaissance, mais l'effet ne serait déjà plus le même. Et puis il est hors de question que je me contente des restes d'un autre. Tu vas sagement rester ici le temps que je me serve et que je m'en aille. Et n'oublie pas, tu ne me connais pas, tu ne m'as jamais vu. Tu n'aimerais vraiment pas me voir à nouveau.

Tyrone lécha lentement sa joue et se rendit dans le salon. Hayley se recroquevilla, la tête dans les genoux. Le sol, parfois, vibrait sous la foulée de Tyrone quand il se rapprochait d'elle. Mais elle se contenta de ne pas lever la tête, de ne plus bouger, resta ainsi pendant un temps indéfinissable. Jusqu'à ce qu'un silence continu lui indique qu'il n'y avait plus aucun danger, un filet d'air frais effleurant ses jambes nues.

Elle se releva en s'appuyant contre le mur. Le salon était sens dessus dessous. Plusieurs bibelots ayant appartenu à sa mère fracassés au sol, d'autres, ceux qui avaient retenu l'attention de Tyrone, disparus. Comme l'œuf de Fabergé qu'elle avait hérité de sa grand-mère, d'une valeur inestimable.

Comment allait-elle expliquer à son père ce qui s'était passé ? Mais elle n'aurait pas besoin de mentir. Ils s'étaient fait cambrioler en pleine nuit, alors qu'elle était seule chez eux. Les intrus l'avaient sortie de son lit, puis l'avaient ligotée et avaient, sans qu'elle sache comment, réussi à ouvrir le coffre-fort.

Elle n'aurait besoin de rien dire de plus.

Et il comprendrait son erreur de lui avoir volé son arme, il se sentirait fautif de ce qui aurait pu arriver par sa faute.

Pour ce qu'elle avait à nouveau subi. Il s'en voudrait d'être parti loin alors qu'elle était encore si fragile.

Elle pourrait lui demander n'importe quoi. Il céderait.

Vendre cette maison. S'échapper du Kansas. Retourner en Californie.

La porte-fenêtre du jardin était grande ouverte. Hayley alla s'asseoir sur la balançoire, la plante des pieds foulant l'herbe fraîche, sa sueur séchant vite sous l'air sec.

De la musique provenait de la maison d'à côté. À travers le grillage, Hayley discerna une dizaine de personnes en train de discuter dans la véranda. Et elles lui parurent si insouciantes, inconscientes de ce qui venait de se passer à quelques mètres d'eux.

Tyrone avait tort. Elle oublierait Tommy. Elle oublierait la cave. Elle trouverait quelqu'un de bien, là ou ailleurs, qui l'aimerait comme elle méritait d'être aimée et lui apporterait tout ce dont elle avait besoin.

Elle ne les laisserait pas la briser.

Un chat courut le long du mur de la maison, grimpa sur un orme et disparut entre ses feuilles frémissantes, à la recherche d'oiseaux de nuit.

Hayley retourna dans le salon et ralluma la télévision, incapable d'aller se recoucher dans sa chambre, de s'étendre là où Tyrone s'était étendu.

Il lui fallut un certain temps pour comprendre qu'au moins pour cette nuit elle n'avait plus rien à craindre.

Elle s'endormit peu à peu devant un film de science-fiction.

Ce fut la sonnerie de la porte d'entrée qui la réveilla. Il faisait déjà jour dehors. La pièce était inondée de soleil.

Hayley resta un instant sans bouger. Il était à peine 8 heures du matin. Son père avait sa clef et elle n'attendait personne, surtout pas si tôt.

On sonna à nouveau, de façon plus soutenue. Hayley se leva en maugréant et marcha vers la fenêtre, encore ensommeillée.

Une voiture de police était stationnée devant la maison. Elle discernait de là où elle se trouvait le dos d'un des policiers qui se tenaient sur le perron.

Hayley resta pétrifiée, une multitude de raisons pouvant expliquer leur présence déferlant dans sa tête.

Ils connaissaient son lien avec Rudy.

Norma, à bout, avait fini par la dénoncer.

Ou Tyrone, qui s'était fait arrêter dans la nuit et voulait la faire tomber avec lui.

Sa propre voiture était garée le long de l'allée. Ils savaient qu'elle était là. Ils ne partiraient pas tant qu'elle ne leur aurait pas ouvert la porte.

Si elle refusait de le faire, ils entreraient de force.

Il était trop tard pour s'enfuir. Et s'enfuir où ?

Mais tout avouer était peut-être pour elle la seule issue possible. Elle fut presque soulagée. Elle leur dirait tout ce qu'ils voudraient entendre. Elle serait enfin libérée de ce poids.

Hayley se recoiffa un peu, se rendit dans le hall et ouvrit la porte.

Ils étaient deux. Un grand brun aux tempes grisonnantes et un homme aux traits fins, qui semblait être une jeune recrue.

– Vous êtes bien Hayley Hives ? demanda le premier.

La gorge sèche, incapable de prononcer le moindre mot, Hayley se contenta d'un petit signe de tête.

Mme Udall se tenait dans son jardin, en robe de chambre, les observant, une tasse de café à la main. D'autres voisins l'épiaient sûrement, cachés derrière leurs fenêtres.

Faites qu'ils ne me mettent pas les menottes devant tout le monde. Faites qu'ils me laissent au moins la dignité.

– Mlle Hives, continua le policier, je suis désolé de venir vous apprendre une mauvaise nouvelle, mais nous avons retrouvé votre père hier soir.

– Mon père ? arriva à articuler Hayley.

Retrouvé ?

– Sa voiture était garée le long d'une ligne de chemin de fer désaffectée, dans une zone industrielle du nord de Wichita. Tout nous porte à croire qu'il s'agit d'un suicide. Selon les premiers résultats du légiste, cela se serait passé il y a plus de deux jours. Je sais que ce n'est sûrement pas le bon moment, mais nous aurions quelques questions à vous poser.

Elle était plongée dans un brouillard compact, ces paroles résonnèrent en elle comme des cris dans une pièce vide.

– Nous nous intéressons tout particulièrement à l'arme qu'il a utilisée car elle n'était pas homologuée. De plus, votre père n'avait aucun permis de port d'arme. Pourriez-vous nous dire si elle lui appartenait ?

Hayley regarda la photo qu'il lui tendait. Celle du revolver qu'elle avait acheté à Rudy, posé sur une table dans un sachet plastique.

– Mlle Hives ? Vous vous sentez bien ? Vous avez besoin de vous asseoir ?

Et tout s'accéléra, le ciel s'assombrit, ses jambes flanchèrent, le monde bascula, leurs voix et leurs silhouettes si lointaines…

Puis elle sentit le choc du sol contre sa hanche, la pointe d'un caillou percer sa joue, ses dernières pensées s'échapper de son crâne comme des oiseaux sauvages.

TOMMY

Il devait faire vite, il n'avait plus beaucoup de temps. Le soir tombait déjà sur les plaines, un soir d'orage, électrique, qui colorait le ciel de lueurs nerveuses.

Tommy appuya sur l'accélérateur, à la fois excité et terrifié de bientôt la retrouver, pelote d'énergie tendue vers un seul but : la sauver.

Cette fois, il ne pouvait plus attendre. Elle était à son tour en danger. Et il en était le seul responsable.

Comment avait-il pu penser que son tourmenteur ne s'attaquerait pas à celle qui comptait plus que tout à ses yeux ?

Ce monstre avait trouvé son point faible. Son avertissement était un piège pour le faire revenir à lui, mais la seule certitude qu'elle soit encore vivante le forçait à se jeter tête baissée dans la tourmente.

À affronter, s'il le fallait, le diable.

Un panneau indiquait Emporia à trente kilomètres. Il prendrait la première sortie qu'il trouverait, emprunterait ensuite de petites routes pour ne pas risquer de se faire arrêter par les flics dans son élan. Tessa était chez elle. Il l'avait appelée sur son fixe pour s'en assurer, puis avait raccroché. Aussitôt arrivé, il la convaincrait de partir avec lui et ils fileraient droit vers l'ouest. Ils s'installeraient dans une maison isolée, décideraient ensemble de l'endroit où ils iraient vivre pour le restant de leurs jours.

Elle lui offrirait au centuple ce que Julia lui avait donné. Il serait heureux pour une éternité.

Tommy se sentait déjà tellement plus léger depuis qu'il était parti de cette maison de malheur. Il aurait dû la faire brûler comme Daryl Greer avait fait brûler la maison de ses parents. La faire disparaître de la surface de la terre, elle et tous les secrets rances qu'elle renfermait.

Mais certaines choses ne disparaissaient jamais vraiment, comme toutes ces images, ces sensations, qui lui revenaient de façon désordonnée, anarchique, un peu comme l'eau d'un robinet qu'on ne pourrait plus fermer, lui donnant parfois l'envie de se briser le crâne contre un mur pour enfin parvenir à en évacuer le flot.

Fonçant parmi les plaines et les champs baignés par le crépuscule, il se savait au bord d'une frontière, qui une fois franchie ne lui permettrait plus de retour possible. Mais ne pas la franchir le condamnerait, à la longue, à mourir de désespoir, d'étouffement, de sécheresse du cœur.

Tommy arrêta le moteur à une centaine de mètres de la maison de Tessa et fit le reste du trajet à pied, vérifiant que personne ne se trouvait dans les parages. Au loin, on entendait les cris des engoulevents. L'air rapportait parfois une odeur sucrée, comme si quelqu'un avait éclaté un pot de confiture sur la route.

Une voiture grise, qu'il n'avait jamais vue auparavant, était garée au niveau du porche. Tout le rez-de-chaussée était plongé dans le noir. Seule la chambre de Tessa, à l'étage, était éclairée. Ses parents n'étaient visiblement pas là. Il n'aurait pas à trouver un moyen de s'en débarrasser. Mais Tessa n'était pas seule pour autant. Tommy perçut une voix masculine à travers la fenêtre ouverte de sa chambre.

Et ce n'était pas Elias.

Tommy entra par la porte-fenêtre du salon. Cela sentait le poulet grillé. La télévision était allumée sur un match de catch. Une veste de l'équipe de foot de la fac de Topeka était négligemment jetée sur la table à manger, ainsi que des bouteilles de bières vides.

Le rire de Tessa résonna à l'étage. Tommy marcha prudemment vers l'escalier et le monta en faisant le moins de bruit possible. La porte de la chambre de Tessa, au fond du couloir, était grande ouverte. Elle était allongée sur le sol, un jeune homme à moitié nu assis sur elle la chevauchant.

Tommy faillit pousser un cri de rage, la jalousie lui enflammant les veines. Ne pouvant en voir plus, il redescendit les marches et retourna dans le salon.

N'était-elle plus avec Elias ? Et qui était ce garçon ?

Quoi qu'il en soit, il allait devoir attendre qu'il s'en aille pour lui parler seul à seul. Il n'avait pas le choix. Il n'était pas venu jusque-là pour rentrer bredouille.

Et rentrer où ?

Se firent entendre les gémissements de Tessa, puis des coups sourds contre le sol. Tommy s'assit sur le canapé et se boucha les oreilles, essayant d'occulter ce qui se passait au-dessus de sa tête. Sur l'écran de la télévision, un homme, portant un masque en latex bleu, projeta son adversaire en plein sur les cordes de l'arène.

Tommy fouilla la veste du visiteur de Tessa et attrapa son portefeuille. Il s'appelait Andrew Parker, vingt ans, et vivait visiblement sur le campus de la fac de Topeka.

Peut-être que Graham le connaissait. À bien y réfléchir, son visage lui paraissait familier.

Une bouteille de bière était posée sur la table basse. Tommy la vida devant la fin du match, en oubliant presque qu'il n'était pas chez lui.

– Je te prends quelque chose ? demanda alors Andrew, sa voix résonnant dans l'escalier. Tommy, qui n'avait plus le temps de se cacher, se figea sur place en bloquant sa respiration.

Andrew, à peine descendu les marches, passa à trois mètres de lui, sans le remarquer dans la pénombre. Il était entièrement nu, bien trop musclé pour qu'il fasse le poids face à lui en combat singulier.

Tommy s'empara d'un gros cendrier en pierre et le suivit à pas de loup jusqu'à la cuisine.

Andrew se tenait face au réfrigérateur, buvant une brique de jus de raisin au goulot. Sans quitter des yeux son dos luisant de sueur, Tommy s'approcha de lui et le frappa sèchement à la nuque. Andrew s'effondra sur le carrelage. Il l'avait assommé d'un coup. Un peu de sang maculait la chemise de Tommy ainsi que son poignet, qu'il passa rapidement sous l'eau froide.

Conscient que le temps lui était compté, Tommy posa le cendrier et prit le pouls d'Andrew.

Il était toujours vivant, ce qui le rassura. Après tout, il ne lui avait rien fait de mal.

De peur que Tessa ne descende et le trouve, Tommy tira le corps inerte du jeune homme par les bras, jusqu'à une sorte de buanderie, qu'il ferma ensuite à clef.

Elle était allongée sur son lit en lui tournant le dos, seulement vêtue d'une fine chemise de nuit, son smartphone dans les mains. La pièce sentait une odeur de rose et de transpiration. De petites ampoules de toutes les couleurs clignotaient sur le mur.

Tommy resta planté sur le seuil de la porte, n'osant pas prononcer le moindre mot.

À cet instant, il faillit renoncer, rebrousser chemin afin de revenir un autre jour.

Mais il n'aurait peut-être plus jamais cette chance. Il n'était pas venu là pour abandonner si près du but.

– Tessa ?

La jeune femme se retourna en sursautant. Le voyant debout les bras ballants au pied de son lit, elle resta un instant interloquée, puis son beau visage prit une expression d'incompréhension.

– Tommy ? C'est bien toi ? Mais que fais-tu chez moi ?

– Je sais que tu dois être surprise de me trouver là, mais je suis venu te chercher, dit-il en tremblant de tous ses membres, aussi frêle qu'un roseau sous le poids de son regard. Tu es en danger, je dois t'emmener loin d'ici et on n'a plus beaucoup de temps…

– En danger ? fit-elle en se redressant. Mais qu'est-ce que tu racontes ? Et où est Andrew ?

– Je ne peux pas tout t'expliquer tout de suite, mais il faut que me croies. J'ai tout vu quand j'étais chez Hill. Je sais de quoi il est capable !

La jeune femme recula lentement vers la fenêtre ouverte, comme si elle était prête à sauter.

Elle avait peur, elle avait peur de lui.

Mais il ne voulait surtout pas l'effrayer. Il ne voulait pas qu'elle le regarde de cette façon, comme si c'était lui l'ennemi. Il voulait qu'elle continue à lui sourire, comme chez M. Holmes, de façon bienveillante et sincère.

– Andrew ! cria-t-elle en se cognant la hanche contre une commode. Andrew, viens, s'il te plaît !

– Il est parti, dit Tommy en avançant vers elle. Il n'y a plus que toi et moi maintenant. Je ne serais pas venu jusqu'ici si ce n'était pas grave, je t'assure !

Tommy lui tendit la main pour qu'elle la prenne dans la sienne. Tessa se précipita alors vers la porte, et Tommy, n'ayant plus le choix, l'attrapa par-derrière et fit pression avec son avant-bras sur son cou, jusqu'à lui faire perdre connaissance.

Si elle ne voulait pas comprendre, il devrait l'aider sans son consentement.

Tommy l'allongea à l'arrière de sa voiture. La chemise de nuit de Tessa était à moitié ouverte et laissait dépasser son sein droit. Malgré son trouble naissant, il la reboutonna délicatement et s'assit au volant.

Elle se réveillerait bientôt. Elle ne pourrait que lui en vouloir pour ce qu'il venait de lui faire. Elle ne lui laisserait pas le temps de s'expliquer.

Que devait-il faire, maintenant ? Si seulement quelqu'un pouvait lui indiquer la marche à suivre. Lui tendre la main.

Sa mère.

Oui, sa mère, elle qui, malgré tout, l'avait cherché dans la nuit, elle dont il ne supportait plus d'être séparé. C'était la solution. Il devait lui demander de l'aide. La simple idée de la revoir lui réchauffa le cœur. Et puis il savait que Graham connaissait un peu Tessa. Sa seule présence auprès d'elle la rassurerait quand elle reprendrait connaissance.

Elle se sentirait en confiance. Il pourrait ainsi tout réparer. Trouver les mots.

Sa mère, Graham, Cindy et Tessa étendus dans l'herbe en demi-cercle ; leur sang, échappé des dizaines de blessures qui zébraient leurs cadavres, s'y mêlant pour y former une mare aux reflets arc-en-ciel.

Plusieurs battements d'ailes le déconcentrèrent, secs comme des feuilles de papier qu'on froisse. Quelque chose dans la nuit s'éleva en silence, informe et diffus mais hérissé de pointes. Des lambeaux de brume s'accrochaient au sommet des plants de maïs, rendus translucides sous la lumière de la pleine lune.

Au loin, en plein milieu des champs, était plantée la forme christique d'un épouvantail.

Il paraissait grand comme le plus grand des hommes. Tommy ne l'avait jamais vu auparavant, comme s'il était arrivé de nulle part. Malgré la distance, il pouvait deviner ses yeux grands ouverts et rieurs. Entendre son souffle saccadé, sentir la moiteur de sa chair.

L'odeur aigre de sa convoitise.

Sans le quitter des yeux, Tommy tourna lentement la clef de contact.

Et, au moment où le moteur se mit en marche, l'épouvantail bondit de son perchoir et courut dans sa direction, écrasant tout sur son passage.

Tommy sortit en trombe de la propriété des Wilkins. Une fois sur la route, il fonça droit devant lui, le pied sur l'accélérateur, osant parfois des regards dans le rétroviseur pour vérifier qu'il n'était pas suivi.

Sa maison était plongée dans le noir quand il y arriva. Ne trouvant plus ses clefs, il alla chercher celle qui était cachée sous un gros pot de fleurs près du perron et ouvrit la porte d'entrée, avec l'impression fugace d'être parti depuis des mois.

Il allongea Tessa sur le canapé du salon et, au pied de l'escalier, appela sa mère et Graham, sans recevoir de réponse de leur part.

À l'étage, il se rendit d'abord dans la chambre de Cindy, puis dans celle de Graham, et enfin dans celle de sa mère.

Où étaient-ils tous passés ?

Avaient-ils fui ?

Étaient-ils partis à sa recherche ?

De plus en plus inquiet, il ferma les portes à clef. Vérifia toutes les fenêtres du rez-de-chaussée. Observa le terrain illuminé par les lampes extérieures, n'y décelant aucune présence suspecte.

De retour dans le salon, il attacha les poignets de Tessa avec des cordelettes, puis il s'assit face à elle, admirant cette beauté assoupie, appréhendant déjà son réveil.

De longues minutes passèrent. Puis elle bougea une jambe, grommela, ouvrit peu à peu les yeux. Le voyant, elle poussa un gémissement en se contorsionnant. Et elle cria quand elle se rendit compte que ses mains étaient liées.

– N'aie pas peur, dit Tommy de la voix la plus douce possible. Tu es chez moi, en sécurité. Ma mère et Graham ne vont pas tarder à rentrer.

– Tu peux au moins me détacher ? Les cordes me font mal aux poignets…

– Je suis désolé pour ça aussi, mais je n'avais pas le choix. Je voulais juste que tu m'écoutes. Et que tu ne t'enfuies pas à nouveau.

– Je ne m'enfuirai pas. Promis.

– Je préfère attendre que ma mère et Graham reviennent.

– Graham est loin, Tommy. Il est parti à New York il y a quelques jours. Il s'inquiétait beaucoup pour toi, tu sais ? Laisse-moi l'appeler. Il sera heureux de t'entendre…

– À New York ? Non, il ne peut pas être parti là-bas, il m'a dit qu'il resterait là pour aider maman à s'occuper de Cindy…

– Téléphone-lui, il te le dira lui-même.

– Et où est ma mère alors ?

– Je ne sais pas. La dernière fois que je l'ai vue, c'était avec Graham, à Emporia, juste avant qu'elle ne l'emmène à l'aéroport.

Tommy en fut bouleversé. Il avait du mal à imaginer son grand frère si loin. Il fut saisi par la peur de ne jamais le revoir un jour.

Sa mère avait-elle décidé de partir, elle aussi ?

Tout se brouilla dans sa tête. Pris d'un mauvais pressentiment, il comprit à quel point il n'aurait jamais dû revenir.

– C'était qui le garçon avec toi tout à l'heure ?

– Andrew ? Juste un ami. Tu ne lui as pas fait de mal, dis-moi ?

– Non. Je l'ai juste assommé avec un cendrier. Il va sûrement déjà mieux à l'heure qu'il est. Donc tu n'es plus avec Elias ?

– En effet.

– Bonne nouvelle. C'était un imbécile, il ne te méritait pas.

Tessa frémit et balaya la pièce du regard.

– Ta mère est peut-être partie en vacances avec Cindy. Ou dans une autre ville pour voir des médecins. Tu devrais l'appeler pour lui dire que tu es ici avec moi.

– Tu sais qui lui a fait ça ? À ma petite sœur ?

– Non, répondit Tessa après un court instant de réflexion. Personne ne le sait. J'ai un peu soif, tu peux m'apporter un verre d'eau ?

– On n'a qu'à aller dans la cuisine. Comme ça, tu me diras ce que tu as envie de boire.

– Juste de l'eau.

– J'aime mieux que tu viennes avec moi, si ça ne te dérange pas.

– Pas de problème, dit-elle en le suivant.

Tommy la fit s'installer sur une chaise en bois. Tessa fixa la porte menant au jardin.

– C'est dangereux dehors, fit Tommy. Surtout la nuit. On ne peut plus sortir, du moins pas avant le lever du jour. Mais ne crains rien, il ne rentrera pas ici. La seule fois où il a pu le faire, c'était parce que je le lui avais permis, je ne ferai pas la même erreur.

– De qui tu parles ?

– Tu n'aimerais pas le savoir, crois-moi.

Tommy lui servit un verre d'eau minérale et l'aida à le boire.

– Tu as faim aussi ? Moi je n'ai pas mangé de la journée. Je peux nous préparer un truc, si tu veux.

– Oui, d'accord.

– Bon, je dois te prévenir que je ne suis pas un cordon-bleu, on va faire avec les moyens du bord.

À ces mots, Tommy sortit des steaks hachés, du cheddar et des cornichons du réfrigérateur, ainsi que deux pains à hamburger, entreposés dans un placard. Il alluma la gazinière et disposa la viande dans une poêle, surveillant Tessa du coin de l'œil, n'arrivant pas à croire qu'elle était bien dans sa cuisine, seule avec lui.

Qu'il leur préparerait un repas pour la première fois de la longue vie qu'ils passeraient ensemble. Des gestes qui annonçaient leurs vies d'adultes.

– Tu aimes manger quoi d'habitude ? demanda-t-il en retournant la viande et en plaçant le cheddar pardessus.

– Plein de choses, dit Tessa en frottant son avantbras sur son visage. Je ne suis pas trop difficile.

– Moi non plus. Sauf des trucs, genre la cervelle. Ça, c'est vraiment dégueulasse !

– Et tu comptes faire quoi après tout ça, je veux dire une fois qu'il fera jour ?

– Eh bien, on prendra la route. Et puis je nous trouverai une maison pour tous les deux. Tu préfères aller où ? Tu as une ville en particulier ? On pourra se rendre où tu veux, du moment que c'est loin d'ici.

– Je ne sais pas. J'ai toujours voulu habiter en Californie. À San Francisco, par exemple, une de mes tantes y vit.

– Ah ouais, ça, c'est une bonne idée ! Ça doit être super beau, là-bas !

Tommy, rêvant déjà de leurs longues promenades au bord de l'océan, finit de préparer les burgers et posa celui de Tessa dans une assiette, qu'il fit glisser jusqu'à elle.

– Il va falloir que tu me détaches les mains pour manger, dit-elle avec un demi-sourire.

– Tu me jures que tu ne tenteras pas de partir ? Que tu resteras avec moi ?

– Oui, Tommy, je te le jure. Si c'est aussi dangereux dehors que tu le dis, je préfère attendre que les choses se calment.

– Alors d'accord, dit-il en se levant, une soudaine chaleur lui enveloppant le cœur.

Il trancha les liens à l'aide d'un couteau à viande et les jeta au sol.

Puis il se rassit face à elle. Elle qui ne s'enfuyait pas. Elle qui désirait réellement rester avec lui.

Tessa croqua timidement dans son hamburger, un peu de graisse coulant sur son poignet. Tommy remarqua qu'elle tremblait, mais c'était sûrement dû à toutes les émotions accumulées. Elle aurait besoin d'une bonne nuit paisible pour s'en remettre. Et pour être prête à prendre la route.

– Je suis désolé d'avoir dû te faire mal, de t'avoir amenée ici et de t'avoir attachée. J'espère que tu pourras un jour me pardonner. En tout cas, je ferai tout pour. Si tu veux, on repassera chez toi avant de partir, afin que tu puisses prendre toutes tes affaires.

– Tommy, dit Tessa en posant sa main sur la sienne, le faisant instantanément rougir. Je ne sais pas ce que tu t'imagines, mais je ne suis pas en danger, tout va bien, la seule chose dont je pourrais mourir dans cette ville, c'est d'ennui, crois-moi.

– Il a sonné à ta porte, fit Tommy en revivant la scène. Il est entré chez toi alors que tu étais seule. Tu hurlais. Je ne savais pas ce qu'il te faisait, mais tu poussais des hurlements…

– Tommy, tu me fais peur…

– C'est de lui que tu dois avoir peur, Tessa, de lui seul. Si je n'étais pas venu, c'est lui qui t'aurait trouvée en premier. Il était dans ton champ, il s'en est fallu de peu pour qu'il t'attrape. Mais tant qu'on sera ensemble, tout ira bien, d'accord ?

– D'accord.

– Je vais tout de suite faire la vaisselle, sinon ma mère va criser. Après, on pourra se regarder un film si tu veux, on a une grosse collection de DVD dans le salon.

Tessa se posta derrière la fenêtre. Tommy déposa les couverts dans l'évier et fit couler l'eau.

Quand il se retourna, prêt à lui demander quel film elle désirait voir, il vit avec stupéfaction qu'elle tenait un couteau à la main et le pointait dans sa direction.

– Ne me force pas à te faire du mal, Tommy. Je veux juste rentrer chez moi. Si tu fais le moindre geste, je te promets que je n'hésiterai pas.

Tommy en resta pétrifié, de l'eau tiède gouttant de ses doigts sur le carrelage.

Le visage de Tessa était tout rouge, déformé par la colère, par la haine qu'elle semblait éprouver pour lui. Il ne la reconnaissait plus.

Dévasté, il ne put rien faire, ses jambes fixées dans du ciment.

Tessa recula lentement, le menaçant toujours de son arme, puis elle ouvrit la porte de la cuisine, et, sans un mot, elle disparut dans la nuit.

Un vent glacé effleura le visage de Tommy. L'odeur de graisse de viande qui régnait dans la pièce lui devint insupportable. Reprenant ses esprits, il sortit à son tour. Tessa se tenait à dix mètres de là, au niveau des arbres où était tendue la corde à linge, l'air paniquée, ne sachant visiblement pas où aller.

Décelant la présence de Tommy, elle courut droit vers les champs de maïs.

– Non ! hurla-t-il à son encontre. N'entre pas là-dedans ! Tessa !

Mais elle ne l'écouta pas, lui échappant à nouveau. Tommy se précipita à sa poursuite, franchissant les limites qu'il n'avait plus osé franchir depuis des années.

Pieds nus, elle risquait à tout moment de se blesser. Ainsi vêtue, elle risquait de prendre froid, de tomber ensuite malade.

Tommy avança les bras en avant, écartant les feuilles de maïs sur son passage, attentif au moindre bruit, au moindre mouvement de fuite.

Il ne pouvait pas la perdre, pas si vite après l'avoir enfin retrouvée.

Les cris qu'elle poussait loin de lui, ceux d'une bête à l'agonie.

Qu'avait-il fait de mal ? Il avait pourtant tout fait pour la mettre à l'aise. Pour qu'elle comprenne que, malgré tout, il ne voulait que son bonheur.

Mais elle l'avait rejeté. Elle s'était jouée de lui. Elle ne valait pas mieux que les autres.

Et lui n'avait plus le droit d'être aussi faible, d'à nouveau baisser sa garde. Il devait reprendre le contrôle. S'armer de courage et oublier les ténèbres enfouies dans les champs. Redevenir maître de son territoire.

Alors, il accéléra le rythme de ses pas, jusqu'à courir comme un dératé, mû par la frénésie indispensable à la chasse.

Lui le chasseur, elle la proie.

Il ne s'arrêta qu'au bout de deux cents mètres, afin de reprendre son souffle, ne voyant déjà plus rien au-delà des frontières du champ, pas même sa propre maison.

Un bourdonnement perça le silence. Puis le bruit de mandibules déchirant une fine carapace.

Malgré sa peur, il ne pouvait pas faire demi-tour, il ne pouvait pas repartir sans elle.

L'enfant était allongé sur le sol terreux, cinq mètres plus loin. Et l'ogre se tenait au-dessus de lui, sa main plaquée sur son torse, dévorant son visage à pleines dents.

Tommy reprit sa marche, à l'aveugle, jusqu'à sentir son parfum, que le vent rapportait dans son sillage, ce parfum qu'elle avait mis pour un autre.

Elle était tout près. Il remontait la piste. Flairait le gibier.

Et il entendit son cri, droit devant. Et il se précipita vers elle, pensant déjà au pire, se préparant à l'affrontement tant de fois différé avec son bourreau.

Mains nues, mais âme de guerrier.

Tessa, assise à même le sol, tenait des deux mains son mollet taché de sang et de terre.

Le voyant s'approcher, elle eut un brusque geste de recul, la beauté de son visage brouillée par un mélange de larmes et de morve.

– Tu es blessée, dit-il en s'accroupissant, laisse-moi te ramener à la maison, je vais te soigner. Tu m'as fait une de ces peurs, j'ai cru qu'il t'avait trouvé…

– Ne me touche pas, dit alors Tessa d'une voix éraillée. Tu es complètement cinglé ! Tout ça, c'est de ta faute ! Pourquoi moi ? Pourquoi a-t-il fallu que tu me choisisses, moi !

– Non, Tessa, je t'en prie, ne crie pas…

– Ne t'approche pas de moi ! Je ne te laisserai pas me faire ce que tu as fait à cette fille !

– Quoi ? De qui tu parles ?

– De la fille que tu as violée chez toi ! Graham m'a tout dit !

Sonné, Tommy resta bouche bée.

Tessa tenta de se relever en gémissant. Tommy, dans le seul but de l'aider, attrapa fermement son bras.

Et tout se passa en une fraction de seconde. Il n'eut pas le temps de voir le coup partir, encore moins de l'éviter.

Une intense douleur lui perfora le bas du ventre. La lame du couteau que tenait Tessa, et que dans la précipitation il avait totalement oublié, était devenue sombre, visqueuse, dégoulinante.

Sous le choc, Tommy eut de plus en plus de mal à respirer, rapidement gagné par une intense sensation de froid, comme si un souffle chargé de cristaux de glace s'immisçait en lui par effraction.

Tessa, elle, ne bougeait plus, l'air surprise par ce qu'elle venait de lui faire. Elle lâcha le couteau et parla si bas qu'il ne parvint pas à la comprendre. Pris d'une rage folle, incontrôlable, Tommy bondit sur elle, *sur elle et sur toutes les autres,* et la poussa de toutes ses forces. Tessa fut projetée en arrière et se fracassa la nuque sur des pierres acérées.

Plié en deux, Tommy passa sa main sur son ventre, inspectant la béance, son propre sang lui collant aux doigts.

À ses pieds, Tessa était immobile, les yeux grands ouverts.

Enfin calmée. Enfin prête à rentrer à la maison.

Tommy l'allongea délicatement sur son lit en lui murmurant au creux de l'oreille qu'il lui pardonnait.

Quand il ouvrit sa fenêtre pour laisser entrer un peu d'air frais, il se rendit compte avec stupeur qu'on ne voyait plus rien à l'extérieur. Comme si le monde entier avait disparu, son monde familier comme le monde lointain.

Ils étaient pris au piège. Et il était bien trop tard pour construire autour d'eux des murailles défensives.

Dans la salle de bains, Tommy appliqua maladroitement une compresse sur sa blessure. Il n'osait pas s'ausculter dans la glace, se souvint de cette fois où, alors qu'il était enfant, sa mère l'avait soigné quand il s'était ouvert le genou après être tombé de vélo.

Il devait savoir si Tessa avait dit vrai. Il devait savoir si elle comptait revenir un jour. Sans elle, leur maison paraissait abandonnée, prête à s'écrouler. Tommy tituba jusqu'au couloir, attrapa le téléphone mural et appela Norma sur son portable.

Mais elle ne décrocha pas. Au moment de laisser un message sur son répondeur, il ne put prononcer le moindre mot, sa voix étouffée par l'émotion, ne se rendant pas compte que la compresse plaquée sur son ventre commençait déjà à s'imbiber de bien trop de sang.

Contemplant le corps à moitié nu de Tessa, à son seul regard offert, il n'éprouva pourtant aucun désir, aucune envie d'en prendre possession. Il voulait juste qu'elle lui sourie à nouveau, que ce soit elle, elle et personne d'autre, qui l'autorise à l'étreindre.

Il fallait être patient. Attendre le bon moment. Il était persuadé qu'elle se réveillerait quand le soleil poindrait à l'horizon. Quand sa lumière viendrait rehausser le teint de sa peau, se refléter dans ses yeux.

Elle aurait peut-être tout oublié. Ils pourraient tout reprendre à zéro.

Sa mère, Cindy et Graham seraient tellement heureux de le revoir quand ils rentreraient enfin à la maison. Et lui n'aurait plus honte de leur montrer à quel point ils lui avaient manqué pendant ces longs jours de cavale. Ils chargeraient toutes leurs affaires dans un camion, puis iraient vivre en Californie, pour faire plaisir à Tessa. Ou sur une île déserte, loin au large, comme sur ce dessin qu'il avait fait à l'école et où il les représentait, sa mère, Graham et lui, vivant à des milliers de kilomètres du Kansas, à des milliers de kilomètres de…

Les corbeaux se rapprochaient à la façon d'un ouragan. Des dizaines de mains invisibles tambourinèrent contre les vitres, contre les portes.

L'ogre voulait entrer. Lui et sa cohorte d'âmes soumises. Mais Tommy devait résister. Pour elle. Pour préserver tant qu'il le pouvait la petite flamme.

Alors il imagina leur future maison, toute blanche, avec deux étages et une belle véranda pour les soirs d'hiver, située à flanc de colline et d'où on pourrait contempler l'océan. Et puis leurs enfants, deux garçons prénommés Eric et Norman. Il se vit leur prendre la main pour les emmener jouer au base-ball près du pommier. Il ferait d'eux les enfants les plus heureux du monde. Tessa et lui ne passeraient pas une minute sans les inonder de preuves d'amour. Ils ne leur feraient jamais de mal, ne les feraient jamais pleurer.

Leur vie ensemble serait la plus simple, la plus claire possible. Les nuages chargés de foudre s'arrêteraient à leur porte.

Il l'appelait. Il lui hurlait de venir à lui. Tommy ferma les yeux, se concentra pour le faire disparaître, comme quand, caché dans les champs asséchés, il avait tenté de faire disparaître la voiture de son père qui roulait vers lui, la forçant, dans son esprit, à monter dans le ciel, de plus en plus haut, pour ensuite l'envoyer brûler dans le soleil.

Mais il n'avait pas réussi. Il n'avait jamais réussi.

Pour se débarrasser du monstre, il fallait le frapper en plein cœur.

Pas en esprit. De ses propres mains, qui étaient à présent des mains d'adulte, des mains qui avaient déjà tué.

Chaque pas qu'il fit au-dehors lui donna l'impression de s'éloigner d'un kilomètre de chez lui.

Aucune étoile ne subsistait dans le ciel. Ses semelles résonnaient comme s'il marchait dans une caverne, alors que l'immensité qui l'entourait semblait sans limite.

Il se retourna un instant vers sa maison, ses murs illuminés la faisant ressembler, à cette distance, à une maquette abandonnée en pleine nature.

C'était pour Tessa qu'il le faisait. Pas pour lui. Elle qui l'attendait derrière la plus haute fenêtre. En haut de la tour.

L'herbe était dure comme de la corde, l'air ambiant rêche comme du papier de verre. Au fur et à mesure de son avancée, des gouttes d'eau en suspension éclataient au contact de son visage, aussi chaudes que si elles sortaient des entrailles de la terre.

Au loin se trouvait un feu. Tommy s'en approcha, entendant peu à peu une voix qui chantait une sorte de comptine, mais d'une voix si caverneuse qu'il ne parvint pas à en comprendre le sens.

C'était lui, l'être de ses cauchemars. Il était assis face au feu en lui tournant le dos, vêtu d'une tunique noire et d'un chapeau à large bord, tenant à la main une sorte de broche métallique sur laquelle était empalée une petite silhouette carbonisée, recroquevillée comme un fœtus.

Il chantait sans discontinuer, ne faisant pas attention à sa présence à ses côtés.

Tommy eut l'étrange impression de le surprendre dans son intimité. Pour la première fois, il pouvait sentir son odeur, qui lui fit penser à celle de la poudre à fusil. Son visage, éclairé par les flammes, était à la fois mélancolique et rieur. Il semblait d'un coup si seul dans ces plaines éteintes, comme affaibli, arrivé au bout d'un long voyage.

– Il a tenu à être présent lui aussi, dit-il alors, sans que ses lèvres bougent. Après tout, nous sommes un peu ses enfants.

Ne sachant pas de qui il parlait, Tommy regarda tout autour d'eux et remarqua d'étranges formes géométriques se découper au loin, les encerclant, celles d'immeubles de différentes tailles, qui ne paraissaient pas construits en pierre ou en béton mais en une matière organique, vibrante, respirante, comme si c'étaient des êtres vivants.

Un homme se tenait debout sur le plus haut d'entre eux, occupé à les observer. Tommy, pris d'un frisson, détourna instinctivement le regard.

Car, de certaines visions, l'esprit ne pouvait se remettre.

Mais son ennemi, lui, était tout près, lui, il pouvait enfin l'atteindre.

Tommy saisit une des bûches à moitié consumées, la serra fort dans sa main, si fort qu'elle en devint le prolongement.

Et il le frappa avec en plein visage, des milliers de petites étincelles retombant en pluie à ses pieds.

L'ogre ne se défendit pas, ne lui opposa aucune résistance. Comprenant qu'il n'aurait pas d'autre chance, Tommy le frappa à nouveau, le faisant rapidement tomber au sol.

Au cœur des champs, le petit garçon réussit à faire un croche-patte à son père, qui, surpris, perdit l'équilibre. Puis, le surplombant à son tour, il saisit une grosse pierre et la fracassa sur son visage.

Et il continua, défonçant les os et martyrisant la chair. Il fit jaillir des blessures un sang couleur pétrole, déformant ses traits jusqu'à le rendre méconnaissable. Il ne s'arrêta que quand il se rendit compte qu'il ne frappait plus que de la cendre.

Qu'il était à présent seul face au feu.

Était-ce vraiment fini ? L'avait-il enfin fait disparaître de son existence ?

Tommy ne pouvait pas y croire. Au fond de lui, il le sentait toujours vivant quelque part. Peut-être s'était-il simplement lassé et était-il parti en torturer un autre. Plus faible, plus jeune. Ils pullulaient dans la région. Il en naissait chaque jour.

Sa maison était à peine visible, à cette distance elle lui faisait à présent penser à une lampe allumée bravant la nuit.

Mais il n'était pas pressé d'y retourner, même si Tessa l'y attendait. Il voulait juste rester encore un peu assis face au feu, afin de se réchauffer à ses flammes perpétuelles.

Si seulement Tessa pouvait les voir à son tour, s'abreuver à leur source. Tout ensuite lui paraîtrait si limpide.

Tommy savait parfaitement que l'homme perché sur l'immeuble de chair continuait de l'observer. Cet homme dont on ne devait jamais croiser le regard, cet homme à qui ce monde à la croisée des mondes appartenait.

Le petit garçon blond se tenait près de lui, ses yeux d'un vert d'une pureté absolue, débarrassés de l'encre qui les avait pervertis, lui aussi fasciné par les flammes qui l'avaient guidé jusqu'à lui.

Avant que Tommy ne songe à lui proposer de s'asseoir à ses côtés, il attrapa à son tour une des bûches alimentant le feu et se jeta sur lui, le frappant au torse, sur les bras, au sommet du front.

Et Tommy ne chercha même pas à le contrer, se perdant dans son regard familier, dans l'éclat de haine qui y perlait, cette haine qui avait si longtemps été la sienne.

NORMA

Ils étaient bien plus nombreux qu'elle ne l'avait pensé, avançant en file indienne en brandissant leurs torches, tous unis par une même colère.

Sans lui avoir demandé la permission, se comportant comme des sauvages, ils entrèrent sur ses terres d'un pas martial. Bientôt, ils atteindraient la grange, là où Jonathan s'était réfugié.

On entendrait presque le bruit des tambours.

Pieds nus, affolée par cette invasion, elle courut dans le jardin embrumé, ouvrit la porte de la grange et s'engouffra à l'intérieur.

Il était agenouillé tout au fond, le fusil dans la bouche, prêt à tirer. L'entendant s'approcher, Jonathan Jessup tourna les yeux vers elle, toutes ses petites victimes étendues autour de lui, comme s'il venait de les déterrer.

Mais c'était à lui qu'elle devait penser. Pas aux enfants qui avaient croisé sa route, eux dont elle ne connaissait même pas le nom.

Pourtant, elle ne sut trouver les mots capables de l'apaiser, freinée par le parfum de perversion que son être exhalait.

Les flammes des torches se devinèrent à travers certains interstices de la façade.

Et, juste avant que Jessup n'appuie sur la détente sous les clameurs assassines, c'est son fils qu'elle vit, à sa place, lui sourire.

Puis tout explosa.

Norma hurla, frappa le matelas de son lit du poing, serra les draps de soie dans sa main, prête à les déchirer.

C'était déjà le matin, ce qui d'une certaine façon la rassura, car au moins, elle n'aurait plus besoin de se rendormir.

Une fois calmée, elle alla prendre l'air sur le balcon. Le ciel était uniformément gris, il venait tout juste de pleuvoir. Des oiseaux faisaient frémir les branches des arbres les plus proches, projetant de fins éclats de pluie dans l'herbe tendre.

Cindy était dans le salon, occupée à regarder le Blu-ray de *Brisby et le secret de Nimh*, leur dessin animé préféré à Elizabeth et à elle quand elles étaient gamines.

Norma embrassa sa fille et s'installa à ses côtés, alors que l'infatigable petite souris tentait de sauver sa maison de la boue.

Elles prirent ensuite le petit déjeuner dans la cuisine en compagnie d'Elizabeth, la radio passant des informations plus désespérantes les unes que les autres.

De retour à l'étage, Norma fila sous la douche, s'habilla et attrapa son téléphone portable, qu'elle avait laissé à charger sur la table de nuit.

Elle avait un appel en absence d'un numéro qu'elle reconnut aussitôt. C'était celui de sa maison.

Norma écouta le message vocal le cœur battant, n'entendit rien à part des pleurs.

C'était Tommy, c'était forcément Tommy. Il avait fini par revenir et s'était retrouvé tout seul chez eux, au moment même où il avait consenti à leur faire à nouveau confiance.

Pourquoi avait-elle mis son téléphone en mode silencieux ? Cela faisait six heures qu'il l'avait appelée. Et depuis, il n'avait plus réessayé.

En six heures, il pouvait se passer tant de choses. Norma tenta plusieurs fois de le joindre, sans qu'il décroche. De frustration, elle jeta le téléphone contre le mur.

Mais peut-être dormait-il encore. Il avait toujours eu le sommeil lourd, il pouvait ne pas l'avoir entendue. Elle ne voulait pas croire qu'il soit déjà parti.

Qu'elle n'aurait pas de seconde chance.

Elle ne pouvait prévenir personne. Elle ne pouvait demander à personne d'aller chez elle pour au moins vérifier qu'il allait bien. Elle devait s'y rendre elle-même, au risque de ne plus trouver de lui que des traces de son court passage. Elle savait que si elle ne le faisait pas, elle s'en voudrait jusqu'à sa mort.

Quelle que soit l'issue de leurs retrouvailles.

Pourquoi avait-il fallu qu'elle parte ?

Norma courut voir Elizabeth dans le salon et lui expliqua qu'il y avait un problème chez elle, que ce n'était rien de grave mais qu'elle devait s'y rendre dès que possible. Lui promettant de tout lui expliquer plus tard, elle lui demanda de garder Cindy pendant son absence, de l'emmener à sa place voir le kinésithérapeute qu'elle avait trouvé en remplacement le temps de leur séjour.

Sa sœur la rassura vite en lui disant qu'elle pouvait partir tranquille. Norma trouva par chance un vol pour Kansas City à 11 heures. Elle appela un taxi et l'attendit sur le canapé, Cindy bien calée dans ses bras.

Devoir la laisser, même le temps d'une journée, lui brisa le cœur.

Norma fit le trajet jusqu'à l'aéroport dans un état second, passa ensuite l'essentiel du vol les yeux perdus dans les nuages.

Une fois atterrie à Kansas City, elle loua une voiture et fonça droit vers Emporia. Vers sa maison. Vers son fils.

Elle croisa plusieurs maisons détruites par la dernière tornade, le long de la route menant chez elle. Juste avant d'arriver en vue du château d'eau, elle remarqua une vieille femme debout au milieu des ruines d'une demeure, seulement vêtue d'une chemise de nuit, comme si elle avait perdu la raison en même temps que tous ses biens matériels.

Le portail était grand ouvert. Une Ford était garée près du perron. La bâtisse où elle avait vécu plus de dix-sept ans lui paraissait étrangement sinistre, inhospitalière. Comme si, percée à jour et lasse de sauver les apparences, elle lui montrait enfin son vrai visage.

Mais Tommy était encore là. Norma, pleine d'espoir, pressa le pas le long de l'allée, impatiente de le retrouver, même si elle ne savait pas dans quel état elle le retrouverait.

Elle l'appela aussitôt la porte franchie, n'obtint qu'un long silence.

La lumière du salon était restée allumée, la porte de la cuisine claquait sous l'effet d'un courant d'air.

Continuant d'appeler son fils, elle se rendit au premier étage, ne le trouvant nulle part.

Plus elle montait les marches qui menaient au deuxième étage, plus l'air se raréfiait.

Le plancher qui craquait, la porte de sa chambre entrouverte, la lumière rouge sur leurs deux corps.

Elle entra sans frapper, sans prononcer un mot.

Son fils était assis sur son lit, la nuque posée contre la fenêtre, les traits de son visage brouillés par le contre-jour.

Il tenait une jeune femme à moitié nue dans ses bras.

Tessa, l'amie de Graham.

Les yeux ouverts et immobiles, le teint déjà livide, elle semblait morte depuis plusieurs heures, mais Tommy la serrait contre lui comme si son cadavre était la seule chose à laquelle il pouvait se raccrocher.

Son fils, percevant sa présence, bougea la tête. Norma posa délicatement sa main à plat sur son front. Il ouvrit les yeux, la fixa, esquissa un sourire.

– Maman ? C'est toi ? Tu es revenue ? parvint-il à murmurer.

– Oui, mon chéri, dit-elle en l'embrassant sur la joue.

Il paraissait si faible. Il grelottait.

– Tu vois, Tessa, je t'avais bien dit qu'elle reviendrait, chuchota-t-il. Et Graham et Cindy, ils sont là avec toi ?

– Non, je suis venue toute seule.

– D'accord, ce n'est pas grave, je les verrai plus tard alors. Je suis heureux que tu sois là, maman.

– Moi aussi, mon chéri, dit Norma en tentant de se contenir. Tu m'as tellement manqué…

– C'est vrai ? Tu le penses ?

– Bien sûr que je le pense, enfin ! Comment peux-tu en douter ?

Le jeune homme éclata en sanglots, ce qui semblait lui faire mal dans plusieurs parties du corps.

– Je suis désolé pour tout, maman. J'aurais voulu que les choses se passent autrement.

– Ne t'en fais pas, Tommy, c'est du passé, ça n'a plus la moindre importance.

Tommy se redressa en gémissant. Norma attrapa Tessa par les épaules pour l'aider à se dégager, surmontant son dégoût.

– Fais attention, maman, il ne faut pas lui faire mal.

Norma lui dit de lui faire confiance et allongea le corps de Tessa sur le sol.

Déjà si froide, comment pouvait-il ne pas s'en rendre compte ?

Et que lui avait-il fait ? Que s'était-il passé dans cette pièce ?

Une maison qui brûlait sous les yeux d'un adolescent. Un pervers qui se suicidait d'un coup de fusil dans la grange. Le corps d'un esclave sacrifié lors d'un rituel.

Le démon qui rôdait, au mépris du temps qui passe, afin de capturer dans ses rets les plus imprudents.

– J'ai froid, dit Tommy, c'est l'hiver dehors. Il va bientôt neiger.

Norma remarqua alors tout le sang qui maculait le bas de sa chemise et les draps, et, à travers les déchirures du tissu, les déchirures de sa propre peau.

Elle savait d'instinct qu'elle ne pouvait plus rien faire pour le soigner.

Norma ne songea même pas à appeler une ambulance. Il était trop tard, Tommy n'avait déjà plus sa place dans un monde qui continuerait de toutes ses forces à le frapper au visage et au cœur. Ce à quoi il répondrait de la seule façon qu'il pouvait, de la pire des façons.

C'était ainsi que cela devait finir. C'était la seule manière pour lui de trouver la paix. La seule pour elle de l'aider à la trouver.

Ensemble, cachés aux yeux des autres.

Leur dernier secret partagé.

Norma le prit dans ses bras afin de le réchauffer. Tommy enfouit son visage contre sa poitrine, comme s'il tentait de s'y réfugier.

Petit oiseau blessé.

– J'ai réussi, tu sais ? dit-il tout bas. Je l'ai forcé à me laisser tranquille. Tout est fini maintenant. Je sais où on va aller vivre avec Tessa. Cet endroit existe. Je l'ai vu, j'ai même vu nos enfants. Tessa sera la plus heureuse des femmes. Je l'aime tellement, maman. Et je sais qu'un jour elle m'aimera aussi.

Tommy se mit à tousser, l'air de lutter pour garder les yeux ouverts. Il était comme vidé de toute sa rage, de tout ce qui avait agité ses muscles et ses rêves pendant ces dernières années. Le torrent ne grondait plus. Ne restait plus dans les bras de Norma que le petit garçon qu'elle pensait avoir définitivement perdu, qu'elle retrouvait enfin dans ce corps adulte, comme une déformation. Ce corps presque mort.

Et elle le serra plus fort, son regard plongé dans son regard rempli de larmes, Tommy la fixant avec fascination, comme quand, enfant, elle lui chantait des berceuses au chevet de son lit pour qu'il puisse s'endormir sereinement.

Et, afin d'appliquer un baume sur ses dernières peurs, elle chanta à nouveau sa préférée, celle qu'elle n'avait plus chantée depuis que son innocence avait été massacrée, depuis que le vrai cauchemar était devenu pour lui réalité dans l'intimité d'une chambre, ce cauchemar dont elle n'avait ensuite jamais pu l'aider à sortir.

Hush-a-bye you sweet little baby and don't you cry anymore...

Daddy is down at his stockbroker's office a keeping the wolf from the door...

Concentrée pour ne pas trop laisser sa frêle voix se fêler sous l'insupportable douleur, elle sentit les battements du cœur de son fils ralentir, ses muscles se détendre, la pression de sa main sur son bras se relâcher.

Et, tout en continuant de chanter, elle le chercha une dernière fois au fond de ses yeux humides, vit ce qui lui restait d'âme finir de s'y noyer.

Il était adossé au pommier, apprenant à ses deux fils à jouer au base-ball. Il flottait une odeur de gâteau fraîchement sorti du four. Tessa, elle, était installée sur les marches du perron, les observant d'un air amusé, un gros bouquet de fleurs des champs rapporté par eux posé à ses pieds.

Eric Hewitt, tenant sa batte bien serrée dans ses mains, les jambes fléchies comme il le lui avait conseillé, attendit que son grand frère lui lance la balle, puis la frappa si fort qu'elle passa par-dessus le toit de la maison, pour atterrir sur la pente, se mettant aussitôt à rouler en direction de l'océan.

Norman Hewitt poussa un cri d'admiration. Eric, fier de son coup, voulut courir pour chercher la balle mais Tommy, plus près qu'eux du point de chute, le stoppa et dévala la pente à sa place, de plus en plus vite, voulant rattraper la balle avant qu'elle ne disparaisse dans les rochers, le vent iodé lui fouettant le visage, avec l'impression que s'il continuait ainsi, il allait finir par s'envoler par-delà l'océan qui se rapprochait.

Le goût de ses vagues paisibles lui emplit la bouche, la lumière du soleil lui inonda les yeux.

Ne resta plus que le mouvement. Il n'était plus que mouvement, filant au-dessus de la terre et de l'eau infinie. Désormais toute sa vie, sa tendre vie avec eux trois, ne serait plus que mouvement.

Norma le tint contre elle jusqu'à en avoir des crampes aux bras, le temps de comprendre que c'était fini, qu'il était parti pour de bon.

Aucune émotion ne vint agiter son visage, comme si la source s'était tarie.

Assise face au miroir de sa chambre, elle pensa à en finir pour de bon. À avaler toute une boîte de médicaments et s'allonger ensuite sur son lit et fermer les yeux pour ne plus jamais les rouvrir.

Mais elle ne pouvait pas abandonner Cindy, pas au moment où elle avait le plus besoin de sa présence.

Graham pourrait vivre sans elle, mais pas sa petite fille.

Mais ne serait-elle pas plus en sécurité avec Elizabeth ? Dans cette grande maison où elle ne manquerait de rien ?

Que pouvait-elle, elle, lui offrir de mieux ? Quel avenir lui promettait-elle, alors que sa propre vie ne tenait plus à grand-chose ?

Si minable, à écraser sous des semelles.

Le simple fait de se trouver dans cette maison lui devint vite insupportable, l'air qui circulait dans ses pièces surchauffées se transformant en lent poison.

Et maintenant, que faire, qui appeler ? La police ? Herbert ? Et que lui dirait-elle ? Qu'elle avait trouvé son fils mourant auprès d'une jeune fille qu'il avait tuée ? Tommy serait reconnu coupable de la mort de Tessa. Lui le bourreau, elle la victime. Sa propre mort serait perçue par tous les autres comme un juste châtiment. Son nom serait traîné dans la boue pendant des années. Comme celui de Daryl Greer, comme celui de Jonathan Jessup. Il ne serait pour les autres que le dernier rejeton d'une infâme lignée.

Norma en frémit. Il était hors de question de laisser quiconque salir la mémoire de son fils. De salir la seule chose de lui qui lui restait, de piétiner l'image qu'en garderaient ses deux autres enfants.

Pour cela, elle devait se montrer une dernière fois forte et déterminée. Préserver ce qui pouvait l'être.

Le silence qui menait à l'oubli.

Ce serait son dernier acte d'amour envers lui. Celui qui lui permettrait ensuite de définitivement tourner la page.

Ce fut d'abord le corps de Tessa qu'elle tira par les bras, et ce jusqu'au fond du jardin.

Puis elle s'occupa de celui de Tommy, qu'elle porta du mieux qu'elle le put afin d'éviter de le cogner contre les marches de l'escalier et le carrelage de la cuisine.

Comme s'il pouvait encore avoir mal. Comme si elle pouvait encore lui faire mal.

La fosse qu'elle avait creusée pour Hayley était restée intacte. L'ironie de la situation aurait presque pu la faire rire sous un ciel moins pesant.

Norma alla chercha une pelle et agrandit le trou, l'élargissant à sa base, ne s'arrêtant que quand elle atteignit un mètre cinquante de profondeur.

Elle y descendit en premier le corps de Tommy, anéantie à l'idée de ne pas pouvoir lui offrir de sépulture décente.

Mais il n'y avait aucune honte à le laisser là où il avait toujours vécu.

Puis elle se chargea de celui de Tessa, s'efforçant de ne pas penser à la famille de cette pauvre fille, à l'horreur de la savoir disparue, de ne jamais comprendre par la suite ce qui lui était arrivé.

Alma et Mitchell Cunningham avaient au moins eu la chance que la rivière Tennessee leur rende Nathan.

Norma ferma délicatement les yeux de Tommy. Puis ceux de Tessa. Posa sa main à elle, déjà rigide, sur son torse à lui.

De là où Norma se trouvait, ils ressemblaient à deux amants enlacés, simplement endormis.

Mais bientôt, même leur fragile beauté les quitterait.

Cependant, ils resteraient ensemble. Comme Tommy semblait l'avoir voulu.

Norma alla chercher une grosse bâche en plastique dans la remise, la plaça sur les corps et commença à les recouvrir de terre.

Une fois son travail achevé, ses vêtements collant à sa peau, elle fit un discret signe de croix, plus par automatisme que par conviction.

Elle devrait un jour ou l'autre expliquer l'absence de Tommy. Même s'il n'était plus scolarisé, certains se poseraient forcément des questions. Elle devrait prendre le temps de réfléchir à ce qu'elle leur dirait. Tant d'adolescents s'évanouissaient dans la nature sans laisser de traces. Certains verraient peut-être un lien avec la disparition de Tessa. Mais il ne s'agirait là que de suppositions. Tant que leurs corps ne seraient pas découverts, la plupart des gens les imagineraient encore vivants quelque part. Chacun de son côté.

Dans sa chambre, elle se changea en hâte, fourra le plus d'affaires possible dans deux grosses valises, puis fit de même dans la chambre de Cindy.

En plus de ses vêtements, elle prit toutes ses poupées, tous les jouets auxquels elle tenait.

Et enfin des photos, des dizaines de photos de ses enfants.

Elle ne reviendrait pas avant longtemps. Cette maison pourrait bien pourrir sur place, ce ne serait plus son problème.

Norma se promit néanmoins de ne jamais la vendre, afin que plus personne ne puisse venir y habiter à son tour. Pour que plus personne ne vienne troubler le repos de son fils.

Trouver les corps.

Elle s'installerait dans un premier temps chez sa sœur, se trouverait ensuite un travail et un appartement. Comme au tout début, quand elle était enceinte de Graham. Elle pourrait le faire à nouveau, ce n'était qu'une question de volonté. L'argent qu'il lui restait sur son compte suffirait à la mettre pour un temps à l'abri du besoin. Et puis, là-bas, Cindy bénéficierait de bien meilleurs soins qu'à Emporia. Toutes deux changeraient de mode de vie, quitte à habiter en pleine ville, dans une tour avec une vue imprenable sur le lac Michigan.

Elle n'avait que trente-neuf ans, elle était bien assez jeune pour se réinventer.

Pourquoi avait-il fallu tant de drames pour qu'elle prenne une décision aussi vitale ?

Pourquoi, si près de la tombe de son fils, éprouvait-elle cette révoltante sensation de soulagement ?

Norma vérifia toutes les pièces, portes et fenêtres, comme si cela avait la moindre importance. Elle appellerait Herbert une fois à Chicago pour lui expliquer son départ soudain. Il ne pourrait que la comprendre au regard de tout ce qu'elle avait enduré.

Avant de partir, elle se rendit une dernière fois dans le jardin. L'atmosphère était à nouveau sereine, assainie. On nc percevait rien d'anormal, on ne pouvait soupçonner que deux corps gisaient sous la surface.

Bientôt les herbes sauvages recouvriraient tout, la nature reprendrait ses droits.

Un corbeau se posa sur une des branches de l'arbre qui surplombait la tombe improvisée, comme déjà attiré par l'odeur des cadavres. Norma saisit une pierre et la jeta de toutes ses forces sur le charognard, qui s'envola aussitôt. Ne s'avouant pas vaincue, elle en prit une autre, plus coupante, et cette fois le percuta en pleine tête, le faisant lourdement chuter au pied de l'arbre centenaire.

Sous ses yeux ébahis, l'oiseau se contorsionna en poussant des cris d'agonie, éclaboussant de son sang la terre fraîchement retournée.

ÉPILOGUE

HELENA

Le petit garçon avait à peu près l'âge de Hayley, occupé à bâtir le donjon de son château de sable afin qu'il résiste fièrement à la marée montante. Impressionnée par la minutie de ses gestes, Helena Bloat posa son livre sur ses cuisses et chercha sa fille du regard, la trouvant dix mètres plus loin, debout face aux rouleaux du Pacifique, sa glace à moitié fondue à la main.

Près d'elle, quelques jeunes fumaient en écoutant de la musique, leur attitude lui rappelant sa propre adolescence, qui lui semblait à présent si loin.

Alors qu'elle avait à peine trente ans.

C'était déjà la fin de l'après-midi. Une brise lui rapportait une odeur de beignets et de noix de coco. Helena remit son chapeau de paille sur sa tête et appela Hayley pour qu'elle la rejoigne. La petite fille s'assit près d'elle sans un mot, un peu de glace à la fraise coulant le long de son menton.

Puis elle reprit la lecture du *Monde selon Garp* où elle l'avait laissée. C'était sa meilleure amie qui lui avait conseillé de le lire, mais elle n'arrivait pas trop à accrocher, trouvant le tout trop fantasque, trop brouillon.

Martin n'allait de toute façon pas tarder à rentrer du travail. Ils devaient se retrouver directement chez eux, dans cet appartement dont on apercevait le balcon entre deux palmiers. Ce soir, ils feraient garder Hayley par Clarisse, leur baby-sitter, et iraient dîner ensemble au restaurant pour la première fois depuis des mois.

Près d'elle, un jeune homme en maillot de bain attrapa un frisbee au vol, puis courut en direction des cabanes pour le lancer à nouveau dans les airs.

Martin semblait aller bien mieux ces derniers temps. Sa rechute n'était, elle l'espérait, plus qu'un mauvais souvenir. Il avait tellement l'habitude de ne jamais parler de ses problèmes. Elle-même n'avait appris que tardivement qu'il avait déjà fait une violente dépression après le suicide de sa sœur jumelle, survenu seulement une semaine après qu'un de ses camarades de lycée l'avait violée lors d'une soirée en boîte de nuit. Elle ne le fréquentait pas encore à l'époque, et lui, il n'avait jamais vraiment évoqué le sujet par la suite. Helena ne connaissait qu'une seule photographie de cette sœur, c'était assez toutefois pour se rendre compte à quel point tous deux se ressemblaient. C'était la mère de Martin qui lui avait tout raconté un jour où elle lui avait rendu visite avec Hayley. Comme si, l'âge venant, elle avait voulu lui passer le relais, lui faire comprendre à quel point il était nécessaire de constamment veiller sur son fils.

Que deviendrait-il si elle disparaissait ?

Quand Martin lui avait parlé de partir vivre au Kansas pour son travail, elle n'avait pas trop réfléchi et lui avait dit qu'elle était prête à le suivre, consciente de devoir ainsi mettre sa propre carrière entre parenthèses. Mais elle se rassurait en se répétant que ce ne serait que provisoire, qu'ils pourraient revenir un jour en Californie, pour cette fois acheter une petite maison dans le quartier.

Hayley ne quittait pas des yeux le petit garçon bâtisseur de château. Helena faillit lui proposer d'aller l'aider à le finir, mais elle savait d'avance qu'elle n'oserait pas le rejoindre. Hayley avait hérité de la timidité de son père.

Martin était tellement fou de sa fille. Il passait la plupart de son temps libre avec elle. Sa seule présence le rendait un peu plus joyeux qu'il ne semblait l'être vraiment.

Peut-être qu'elle-même apprendrait à l'aimer avec le temps. Parfois, Helena s'en voulait atrocement de ne rien éprouver pour elle, *sa propre enfant*, se sentant anormale, indigne, condamnée à mimer des sentiments qui, chez les autres, semblaient si naturels.

Mais elle n'avait jamais voulu être mère. Cela avait toujours été ainsi. Quand elle avait appris qu'elle était enceinte, sa première idée avait été d'avorter. Pourtant, elle l'avait annoncé dans la foulée à Martin, sachant à quel point il rêvait d'avoir des enfants, et ses certitudes s'étaient vite estompées devant la joie qu'il avait alors éprouvée.

C'était comme un cadeau qu'elle lui offrait, une naissance pour tenter d'atténuer une perte insurmontable. Au moins là-dessus, elle ne s'était pas trompée.

Hayley était avant tout son enfant à lui. Elle aurait, quoi qu'il arrive, toujours l'amour de son père.

Tant d'enfants n'avaient rien du tout.

Quand Hayley grandirait, peut-être parviendrait-elle à susciter son intérêt, d'une façon ou d'une autre. D'ici là, elle n'aurait qu'à jouer son rôle. Elle était douée pour cela, personne ne voyait la différence.

Ou personne ne voulait la voir.

Martin l'avertit par SMS qu'il était encore retenu à son bureau. Ils avaient réservé leur table pour 21 h 30. Helena décida d'attendre sur la plage afin d'admirer le coucher de soleil.

L'heure passant, elle appela la baby-sitter de Hayley, qui, avec sa nonchalance habituelle, vint chercher sa fille une dizaine de minutes plus tard. Helena lui demanda de lui donner à manger en rentrant et de la coucher tôt.

Elle ne voulait surtout pas qu'elle les retarde, quand Martin arriverait. Malgré son jeune âge, Hayley savait déjà parfaitement comment manipuler son père.

Une fois seule, Helena massa sa jambe gauche, qui commençait à lui faire mal. Elle ne devrait pas oublier de prendre ses médicaments avant de partir dîner. Sinon elle ne pourrait, à cause de la douleur, fermer l'œil de la nuit.

Les lumières du front de mer formaient à présent une constellation horizontale longée par la plage. Quelques planches à voile dansaient au loin. Helena tenta de refréner son envie d'aller nager, afin d'éviter de devoir prendre une douche et de se changer avant de retrouver Martin.

Peut-être parviendrait-elle à le convaincre de prendre un bain de minuit ensemble en revenant du restaurant. Pendant qu'ils le pouvaient encore.

Quoi qu'il en soit, ce soir il ne penserait qu'à elle, à elle et à personne d'autre. Elle espérait qu'au détour d'une conversation, avant ou après un baiser, il la regarde à nouveau comme quand ils s'étaient croisés chez son amie Marie, il y avait huit ans de cela.

Avait-elle tant besoin d'être rassurée ? Qu'est-ce qui, dans l'attention qu'il lui portait, avait changé ?

C'était elle qu'il emmenait au Kansas, pas une autre, pourquoi se faire peur inutilement ?

La veille, Helena avait à nouveau regardé des photos de Wichita sur Internet, cette ville si quelconque, perdue au milieu de plaines qui n'avaient rien pour accrocher le regard. Un endroit où on s'enterre, pas où on rebondit.

Leur future maison, beaucoup plus grande que l'endroit où ils vivaient actuellement, était la seule chose qui lui mettait un peu de baume au cœur. Lumineuse, bien agencée, avec un jardin convenable, où elle pourrait cultiver un potager.

Même si elle savait n'avoir du Kansas que des idées préconçues, Helena ne pouvait s'empêcher de frémir en imaginant y vivre au milieu d'une multitude d'arriérés votant pour les Républicains, presque en terre étrangère. Et puis elle n'avait aucun ami là-bas. Martin pourrait se faire rapidement des connaissances par son travail, mais elle mettrait bien plus de temps à se créer un nouveau réseau.

Elle devrait vite trouver un moyen d'occuper ses journées. Reprendre la peinture, s'adonner à un sport en adéquation avec ses problèmes de jambes…

Mais elle aurait tout le temps d'y penser. Pour le moment, la seule chose qui devait occuper son esprit était la soirée qu'elle allait passer avec l'homme de sa vie, alors que la nuit commençait à s'étendre sur Santa Monica State Beach.

Helena rangea ses affaires et alla à sa rencontre.

GRAHAM

Le tronc de l'arbre était si sombre qu'il semblait calciné, s'élevant jusqu'à une canopée parsemée de taches de ciel terne. Graham s'arrêta un instant pour le photographier, puis Glenn et lui continuèrent à avancer le long de l'étroit sentier, faisant fuir les renards et craquer les branches mortes sous leurs pieds, la rivière se dessinant peu à peu en contrebas, avec sur leur droite le chalet où ils logeaient, construit à cinquante mètres à peine de la rive.

Personne n'était plus venu sur ce terrain depuis une vingtaine d'années, Alma et Mitchell ayant décidé d'en rester propriétaires, malgré leur départ précipité du Tennessee, incapables de se séparer du morceau de terre où leur fils avait été vu vivant pour la dernière fois.

Glenn, une fois entré dans la cabane, se jeta sur le lit, projetant un fin nuage de poussière dans la petite pièce assombrie. Graham posa son appareil photo sur une vieille table en bois et avala un quartier de pomme en contemplant les eaux placides du Tennessee à travers la fenêtre embuée.

Il avait dû un peu insister pour que ses grands-parents lui donnent les clefs de la grille de l'entrée, ainsi que leur permission de s'y rendre, afin de voir de ses yeux, de sentir, de respirer, cet endroit qui le hantait depuis leur rencontre, six mois plus tôt.

Peut-être pour lui la seule façon de faire son deuil. L'étrange deuil de quelqu'un qu'on n'a jamais vraiment connu.

Amber avait prévu de les accompagner, mais elle avait été retenue au dernier moment à New York. Si Glenn s'était désisté à son tour, il n'aurait sans doute pas eu la force de venir seul.

Graham se déshabilla et se glissa sous la douche aménagée dans le fond du couloir. Il s'allongea ensuite contre Glenn en posant la tête sur son torse et fuma un joint avec lui en fixant les toiles d'araignée qui parsemaient le plafond, et où les volutes de fumée venaient parfois s'accrocher.

Le lit était un peu étroit pour deux. Graham se demanda si c'était le même où ses parents avaient partagé leur dernière nuit ensemble.

Sur la table de chevet étaient posées les épreuves du recueil de poésie de son père. Sa publication était prévue pour la fin du mois de mai, dans une maison d'édition dirigée par un ami de Mitchell. C'était Alma qui, lors d'un dîner, avait suggéré à Graham d'y faire figurer certaines de ses photographies, afin de créer un jeu de correspondances avec son père. Graham, à la fois touché et excité par cette idée, avait passé des semaines à prendre des photos dans tous les coins de la ville. Celle qui figurerait en couverture serait une de celles qu'il avait prises sur le pont de Brooklyn, auquel son père avait consacré un de ses poèmes, et où l'Hudson miroitait sous un lourd ciel d'hiver, la silhouette d'Amber marchant au loin sur les pavés recouverts de neige.

Alma lui avait laissé un message sur son téléphone, afin de lui demander si tout allait bien. Il la rappela aussitôt, ne voulant pas l'inquiéter inutilement. Alma allait fêter son soixante-cinquième anniversaire la semaine suivante. Graham et Mitchell avaient organisé une fête surprise, ayant convié en secret tous les membres de leur famille, ainsi que ses amis les plus proches, dans un restaurant réputé de Brooklyn. Graham comptait lui offrir à cette occasion un énorme livre portant sur John William Waterhouse, ainsi que l'intégrale des poèmes de Pablo Neruda. La relation entre sa grand-mère et lui était devenue de plus en plus fusionnelle au fil du temps. Ils ne passaient pas une semaine sans se voir ou s'appeler au téléphone, et avaient pris l'habitude d'aller ensemble déjeuner en ville, à des expositions ou dans un des cinémas indépendants dont le quartier regorgeait.

Sentant peu à peu la fatigue monter, son attention parfois distraite par des cris d'oiseaux, Graham pensa à Tessa, portée disparue depuis l'été. Les recherches, à ce qu'il en savait, étaient au point mort, la police n'ayant pas trouvé la moindre piste à remonter. Andrew Hodge avait été un temps suspecté puis rapidemcnt mis hors de cause.

Amber, comme la majorité de leurs amis, était certaine que Tessa avait été enlevée cette nuit-là et qu'elle était toujours séquestrée quelque part, ce qui l'avait plongée dans une angoisse dont lui et Glenn avaient tout fait pour l'extirper.

Graham, lui, espérait sans trop y croire qu'elle était partie loin du Kansas sur un coup de tête, comme elle l'avait toujours désiré. Il l'imaginait parfois fouler les rues de Paris, heureuse et épanouie, elle qu'il n'avait jamais eu le temps de remercier pour tout ce qu'elle avait fait pour lui.

Bien sûr, sa mère ne savait pas qu'il était là. Il s'était bien gardé de le lui dire la dernière fois qu'il l'avait eue au téléphone. Avant de raccrocher, il avait pris soin de l'inviter à l'anniversaire d'Alma, et même si, par politesse, elle lui avait promis qu'elle allait y réfléchir, il savait d'avance que c'était peine perdue. Et, au fond, il ne pouvait lui en vouloir. Il lui faudrait encore un peu de temps pour oser renouer avec cette partie de son passé. Elle lui avait paru déjà si changée, à Chicago. Plus épanouie, plus légère, comme rajeunie. Elle travaillait maintenant dans un petit journal local et vivait dans un bel appartement face au Millennium Park, qu'elle avait décoré d'une façon différente de leur maison au Kansas, beaucoup plus moderne. Cindy s'était totalement remise de son agression, malgré des séquelles au visage toujours visibles, et avait peu à peu repris une vie quasi normale, même si elle lui semblait plus timide qu'auparavant, comme trop consciente d'une menace prête à surgir à n'importe quel coin de rue.

Quand ils se téléphonaient, sa mère et lui ne parlaient presque plus de Tommy. Graham ne perdait pas espoir de le voir débarquer un jour, comme si de rien n'était. La dernière fois qu'il avait rêvé de lui, celui-ci était revenu dans les champs de maïs derrière leur maison, l'entendant l'appeler au loin, sans parvenir à le discerner. Parti à sa recherche, il l'avait trouvé au fond d'un énorme trou parfaitement circulaire, qui semblait avoir été creusé par la chute d'une météorite. Tommy était physiquement redevenu un petit garçon, mais lui avait parlé avec sa voix d'adolescent, le suppliant de l'aider à en sortir. Mais quelque chose, caché sous la terre, l'avait retenu par les pieds.

Graham s'était réveillé en sursaut, ses cris résonnant au creux de ses oreilles, et qui s'étaient rapidement mus en ceux de deux ivrognes qui se battaient dans la rue.

Le soir tombant, Graham et Glenn s'installèrent près de l'eau pour faire griller des brochettes et des saucisses sur un barbecue improvisé ; le smartphone de Glenn, posé dans l'herbe, diffusant de la musique grâce à une petite enceinte portative.

Graham ouvrit une canette de bière fraîche et la but en tentant de distinguer l'autre rive, alors que passait un de ses morceaux préférés de Sigur Rós, *Saeglopur*, que Glenn chanta en s'agenouillant près du feu. Il ne s'était rendu compte que récemment à quel point Glenn chantait divinement bien. Depuis, il l'encourageait à se trouver un groupe, mais Glenn ne semblait pas le prendre au sérieux, trop absorbé par la première pièce qu'il allait bientôt jouer en public, dans un petit théâtre en plein SoHo. Amber et Graham l'avaient vu en répétition deux semaines plus tôt. Glenn irradiait littéralement sur les planches.

Ils mangèrent tous deux assis en tailleur face au Tennessee, enchaînant ensuite bières et vodka glacée, n'échangeant que peu de mots dans cette nature souveraine où, en tant qu'hommes, ils faisaient figure d'intrus.

Ne parvenant plus à se réchauffer, Glenn débarrassa leurs effets et rentra à l'intérieur du chalet.

Graham se leva à son tour mais, au lieu de le rejoindre, il marcha le long de la rive en sifflotant, ses pieds nus plongés dans l'eau froide, défiant la rivière, voulant lui montrer que lui, elle ne pourrait l'emporter.

Arrivé au niveau d'un gros rocher, il crut apercevoir un homme debout sur une barque remonter le courant.

Sous le coup de la surprise, déséquilibré par les effets de l'alcool, Graham tomba en arrière.

Et il éclata de rire face au ciel moucheté d'étoiles, ferma un instant les yeux sous l'effet de l'ivresse.

Il aurait pu s'endormir là sans mal. Dans ce grand calme végétal. Ne se réveiller qu'au petit matin.

Des bruits de pas se firent entendre tout près, de façon presque imperceptible. Une silhouette se dessina au-dessus de lui, aussi imprécise qu'un voile, mais où il distingua pourtant un sourire éclatant, comme fait de la même lumière que les étoiles qui le surplombaient.

Glenn lui cria du perron que le film était prêt à être lancé. Graham se redressa un peu hagard, ne vit plus personne à ses côtés, comme si la présence s'était évaporée. Il se retourna vers Glenn et lui fit signe qu'il arrivait, ne sachant pas s'il parviendrait à garder les yeux ouverts jusqu'au générique final.

Ils prendraient la route dès le lendemain matin pour New York. Le soir, ils seraient tous les trois réunis chez eux, au dixième étage d'un immeuble planté face à l'Hudson.

Graham se releva en époussetant son jean, l'eau du Tennessee gouttant de ses mollets pour se mêler à la terre.

Puis, après avoir respiré un grand coup l'air frais de la forêt, il remonta le chemin qui menait à la maison.

HAYLEY

Il n'arrêtait pas de crier. Si Hayley n'avait pas été aussi lasse, elle serait sortie sur le balcon pour lui jeter un seau rempli d'eau froide sur la tête.

Bastian avait à peine cinq ans et était le fils de ses voisins du dessous, deux Hispaniques à l'air renfrogné qui lui adressaient à peine la parole quand elle les croisait dans les escaliers. Ils laissaient souvent leur gamin sur leur terrasse quand ils se disputaient à l'intérieur. Et lui, pendant ce temps-là, hurlait, sans discontinuer.

Et ce alors qu'elle devait impérativement se reposer, afin d'être en forme pour se rendre à la fête qu'organisait Rowan Gentle pour son anniversaire, dans son grand appartement sur Pennsylvania Avenue. Tout le monde y serait. Cela faisait si longtemps qu'elle n'avait pas vu Jan, Lisbeth, Michael, tous les premiers amis qu'elle s'était faits à son arrivée à Los Angeles, huit mois auparavant. Fraîchement débarquée du Kansas, elle les avait rencontrés en boîte de nuit et avait par la suite passé de longues semaines en leur compagnie, à visiter la ville, à aller dans des endroits plus mémorables les uns que les autres, à penser à autre chose qu'à tous les soucis qu'elle avait décidé de laisser derrière elle en vendant la maison de son père pour revenir vivre là où elle aurait dû continuer à grandir.

Ils s'étaient pourtant peu à peu éloignés avec le temps, soi-disant à cause de ses nouvelles fréquentations. Mais ce soir, elle ferait en sorte que tout reparte comme avant. Même si Rowan ne l'avait pas invitée personnellement, elle savait qu'elle serait toujours la bienvenue chez elle.

Rowan avait juste oublié de la prévenir. En la voyant à sa porte, elle s'excuserait de son étourderie.

Il faisait plus de trente degrés en ce plein milieu du mois d'août. Pourquoi, alors, avait-elle aussi froid ? Hayley se tourna et se retourna sur le canapé, sans parvenir à trouver une position confortable. Son mal de tête empirait. Elle finit par se lever pour aller chercher un médicament et fut prise d'un violent vertige.

Elle n'aurait pas dû tant boire la veille. Avant, elle avait toujours su quand arrêter.

Son téléphone sonna au moment où elle avalait une aspirine. C'était Willy. Il lui avait dit qu'il passerait chez elle, mais elle ne voulait pas le voir. Pas aujourd'hui. Sinon elle savait qu'au bout du compte elle renoncerait à aller chez Rowan.

Elle étouffait de plus en plus dans cette pièce. Elle devait sortir respirer un peu d'air frais. S'allonger sur le sable, peut-être même aller nager, afin d'arriver à se détendre assez pour ensuite dormir.

Et une fois là-bas, elle n'entendrait plus ce sale gamin hurler.

Trois coups secs sur son visage. Ainsi le réduire en charpie. L'empêcher de produire le moindre son.

Tout en traversant Barnard Way, Hayley remarqua un camion de glaces garé sur l'esplanade. Elle décida de s'y arrêter et fit la queue, ne prêtant aucune attention aux regards posés sur elle. Elle commanda un cornet aux fruits de la passion et alla le déguster sur la plage, non loin des filets de beach-volley récemment installés par la municipalité.

Ses jambes effleurant le sable chaud, un instant revigorée par la fraîcheur sucrée qui lui coulait dans la gorge, elle se rendit compte en fouillant son sac qu'elle n'avait pas pris de crème solaire. Elle paraissait si blanche comparée aux autres. Presque une aberration dans une ville avec des critères physiques aussi stricts. Ils devaient tous la croire à peine sortie d'une grippe.

Hayley chercha du regard l'immeuble où avaient vécu ses parents, situé à une centaine de mètres du sien. Il avait été repeint en beige et différait un peu des photos qu'elle avait gardées, mais elle l'avait retrouvé sans mal en remontant l'avenue. Quelques jours seulement après avoir emménagé dans son propre appartement, elle y était passée et avait sonné au numéro quatre. Le jeune couple qui y vivait désormais le lui avait fait visiter avec plaisir, après qu'elle leur eut expliqué la raison de sa venue.

Elle n'avait pas ressenti de nostalgie particulière. Après tout, elle était trop petite à l'époque pour avoir pu se forger de solides souvenirs.

Peu de gens se baignaient en cette journée. Les courants devaient être particulièrement forts. La cabane des maîtres nageurs semblait vide. Peut-être étaient-ils partis secourir quelqu'un en haute mer.

Une vive douleur au creux des reins la fit grimacer. Elle dut se retenir pour ne pas vomir sa glace devant tout le monde.

Barney, un des meilleurs amis de Rowan et qui vivait tout près, passa devant elle en compagnie d'une grande brune aux seins refaits. Hayley lui fit signe quand il regarda dans sa direction, mais il continua sa route sans réagir. Il n'avait pas dû la voir. Elle lui en ferait la réflexion le soir venu, cela le ferait sûrement rire.

Elle irait nager quand elle se sentirait plus en forme. À quoi bon vivre si près d'un océan si elle n'en profitait pas ?

Il était presque 15 heures. Il était temps pour elle d'aller se recoucher et d'enfin dormir. Puis, ses forces revenues, elle se maquillerait, s'habillerait, prendrait un taxi pour se rendre chez Rowan.

Hayley se leva lentement, pour cette fois ne pas risquer le moindre vertige. Revenue sur l'esplanade, elle se faufila dans la foule pour rejoindre son immeuble.

Ce fut au moment où elle s'apprêtait à traverser qu'elle la vit : cette femme debout vingt mètres plus loin, tenant par la main une petite fille en robe bleue.

Norma.

Hayley se pétrifia sur place, un homme manquant de la bousculer dans son élan. Sa vue, sous le choc, se flouta. Quand elle chercha la femme à nouveau, Hayley ne parvint plus à la trouver dans une foule de plus en plus compacte.

Mais ce n'était pas possible. Ce ne pouvait pas être Norma. Comment l'aurait-elle retrouvée là, si loin de ce Kansas dans lequel elle était condamnée à pourrir ? Hayley traversa la rue sans faire attention aux voitures et monta l'escalier extérieur de son immeuble, surprenant du coin de l'œil sa voisine tirer violemment le petit Bastian par le bras pour l'amener chez eux.

Le club de golf qui fracassait le visage de Cindy ; son sang qui éclaboussait ses poignets ; le plaisir, proche de la jouissance, qu'elle avait ressenti en la frappant encore et encore, sachant pertinemment quelle autre vie elle détruisait.

Hayley claqua la porte et courut vers la fenêtre qui donnait sur l'esplanade. Sans plus rien remarquer d'anormal. Elle avait seulement été victime d'une hallucination. Comme les fois où elle croyait voir Tommy au coin d'une rue ou au pied de son lit, souriant et l'air conquérant, quand elle se réveillait en pleine nuit.

Le soleil avait dû frapper trop fort sur son crâne fatigué. Quelle idée d'être sortie !

À nouveau en sécurité chez elle, Hayley n'arrivait pourtant pas à se calmer. Comme si son corps ne lui répondait plus. Son pouls s'accéléra, elle fut à nouveau prise de violentes nausées. Dehors, un petit garçon qui courait trop vite tomba sur les pavés et lâcha son ballon gonflable, d'un rouge éclatant, qui s'envola vite hors de sa portée.

Tout là-haut, en direction des mouettes qui survolaient la plage.

Hayley ferma les stores et se rassit sur le canapé, une sueur glacée lui collant au corps. Elle avait l'impression que ses dernières forces l'avaient abandonnée.

Une seule chose pouvait lui faire du bien, lui permettre de tout oublier, de se régénérer. Par chance, elle n'avait pas tout pris la veille au soir avec Willy.

Alors, elle ouvrit le tiroir de sa commode en tentant de contrôler le tremblement de ses bras.

NORMA

Hayley l'avait vue, cela ne faisait aucun doute. Elle devait faire vite. Elle n'avait plus le choix.

Norma serra la main de Cindy dans la sienne et continua à avancer le long de l'esplanade, le regard tourné vers l'océan sur sa gauche, son attention un instant distraite par un petit garçon qui chuta sur le sol, laissant s'échapper son ballon gonflable.

Mais son père le releva aussitôt. Lui promit, devant ses larmes, de lui en trouver un autre.

Cette salope était chez elle. Elle était piégée. Elle ne pouvait plus lui échapper. Norma avait mis des mois avant de retrouver sa trace. Même si elle avait su assez vite qu'elle avait déménagé à Los Angeles peu après le suicide de son père, rien n'avait pu la renseigner sur l'endroit exact où elle vivait dans cette ville qui paraissait sans limites.

Jusqu'à ce que Hayley poste la photographie d'un petit immeuble sur son compte Instagram, qu'elle présentait comme celui où elle avait vécu enfant. Et c'est dans un de ses commentaires que Norma avait appris qu'elle avait réussi à acheter un appartement juste à côté.

Depuis la mort de Tommy, malgré cette nouvelle vie dans laquelle elle s'était peu à peu plongée comme dans un bon bain chaud, lui dire face à face tout ce qu'elle avait sur le cœur était devenu une obsession. Pour ensuite, s'il le fallait, si elle s'en sentait la force, détruire d'une manière ou d'une autre ce qui restait d'elle.

Elle était parvenue à convaincre sa sœur de partir en Californie ensemble pour les vacances d'été. Après avoir visité San Francisco, elles étaient arrivées à Los Angeles deux jours plus tôt, mais Norma n'avait réussi à trouver où vivait Hayley que la veille au soir.

Un marchand de glaces était garé juste devant elle, lui rappelant le jour où Cindy avait traversé la route et manqué se faire renverser par une voiture à Emporia, il y avait de cela lui semblait-il une éternité. Ce jour où son propre cœur avait failli s'arrêter, inconsciente qu'elle était que ce drame évité n'était au fond qu'un funeste présage.

Et si le choc avait vraiment eu lieu ? Le résultat aurait-il été pire que ce que Cindy avait subi par la suite, dans leur propre salon ?

Ce jour-là, seul son corps aurait peut-être été atteint, laissant intact son visage. Ce jour-là, si sa fille avait été touchée puis hospitalisée, elles n'auraient jamais rencontré Hayley sur le bord d'une route.

Norma traversa l'avenue en tenant la main de sa fille, s'arrêta un instant devant l'immeuble et en franchit la barrière.

Elle demanda à Cindy de rester bien tranquillement assise en bas des marches, et de ne surtout parler à personne, de ne pas hésiter à l'appeler si elle avait besoin d'elle.

Quand elle monta l'escalier, des cris de femme lui parvinrent de l'appartement situé en dessous de celui de Hayley.

Face à sa porte en acajou, elle fut un court instant sur le point de renoncer. Puis elle frappa trois coups secs, se demandant si, l'espionnant de derrière une de ses fenêtres, Hayley aurait le cran de lui ouvrir.

Mais rien ne se produisit. Aucun bruit ne se fit entendre derrière les murs. Norma, sans plus réfléchir, attrapa la poignée et la tourna. Hayley n'avait pas fermé sa porte à clef, comme si elle l'avait attendue. Norma entra dans l'appartement et fut aussitôt surprise par l'odeur de renfermé qui y régnait, puis par le désordre apparent, la saleté qu'on décelait dans la pénombre, une tonne de vaisselle entassée dans l'évier de la cuisine, des sacs plastique servant de poubelles laissés un peu partout sur le parquet, la table basse cachée sous un amoncellement de bouteilles d'alcool vides, de cendriers pleins de mégots de cigarettes, et de prospectus en tous genres.

Hayley était étendue sur un canapé, immobile comme si elle dormait. Une seringue vide était posée près d'elle. Hayley avait terriblement maigri depuis la dernière fois qu'elle l'avait vue, son corps d'une pâleur cadavérique, ses bras constellés de bleus et de marques de piqûres.

Une camée de plus dans la ruche. Déjà plus que le simple reflet de celle qu'elle avait été avant.

Norma prononça son prénom, mais Hayley ne réagit pas. Elle sortit le scalpel de son sac à main, posa sa lame sur sa joue, prête à la mutiler, à faire couler le sang. Elle pouvait, si elle le voulait, la défigurer pour toujours, sans qu'elle lui oppose la moindre résistance.

Ce serait à présent sur elle que s'arrêteraient les regards compatissants, effrayés, moqueurs.

Mais Norma comprit vite que cela ne servirait plus à rien. Se trouver ainsi face à ce qui restait de la jeune femme lui permettait au moins de le comprendre.

Elle ne pouvait pas se venger de quelqu'un qui n'était plus vraiment là.

Une fleur déjà fanée.

Alors, Norma rangea en hâte le scalpel dans son sac, comme prête à s'excuser de sa folie.

Penchée au-dessus de Hayley, elle la dévisagea longuement, profitant de chaque marque physique de sa déchéance.

La maigreur, les cernes, les ecchymoses.

Et elle la gifla, si violemment que cela lui chauffa la paume de la main, ayant mis dans ce geste tout ce qu'elle avait imaginé pour la faire souffrir, la marquer au fer rouge, l'empêcher à jamais de mener la vie paisible qu'elle ne méritait pas d'avoir.

Hayley grommela et ouvrit péniblement les yeux. Et elle lui sourit de la même manière que la nuit où elle l'avait allongée sur son lit après l'explosion de sa voiture, l'ayant prise pour quelqu'un d'autre.

Norma se retourna vers la seule photographie accrochée aux murs. On y voyait une belle femme enceinte, agenouillée sur une plage qu'elle reconnut sans mal.

Plongée dans sa rêverie opiacée, Hayley ne pouvait plus voir qu'un fantôme, les larmes aux yeux, semblant la supplier de rester auprès d'elle.

Briser cette illusion réconfortante était la seule chose dont Norma se sentait encore capable.

Chaque pas l'éloignant de cette épave avait un goût de miel.

Cindy était sagement assise en bas de l'escalier. Norma la serra dans ses bras, puis prit la direction de la plage.

Une fois arrivée à destination, installée sur une serviette de bain un peu à l'écart des autres vacanciers, Norma enleva ses chaussures et plongea ses pieds dans le sable chaud. Elle photographia ensuite le Pacifique et envoya le cliché à Graham, lui qui se trouvait à l'autre bout du pays, face à un autre océan. Et cette simple idée lui donna le vertige, alors qu'au Kansas les frontières étaient presque toutes tracées dans de la terre.

Norma avait acheté le recueil de poésie de Nathan le mois précédent et l'avait emporté avec elle, ne pouvant se résoudre à s'en séparer. Il remportait un joli succès critique, certains comparant même son auteur à un jeune Walt Whitman. Même si elle avait regretté l'accent mis par l'éditeur et la presse sur sa mort tragique, Norma avait pris un plaisir immense à relire sur papier fin tous ces poèmes qu'elle connaissait par cœur, et encore plus à admirer les belles photographies que Graham y avait ajoutées au fil des pages. Il avait un talent comparable à celui de son père, leurs visions se mariant à la perfection. L'objet ainsi créé en devenait unique, évident, comme un vif dialogue entre eux, remplaçant celui que la vie n'avait jamais rendu possible. La dernière fois qu'elle l'avait eu au téléphone, Graham lui avait appris qu'il allait avoir bientôt droit à sa première exposition, dans une petite galerie de SoHo. Norma avait déjà prévu de se rendre à New York pour la soirée de vernissage, sans le lui dire, voulant lui faire la surprise.

Elle était si fière de son fils. Grâce à sa détermination, Nathan semblait un peu renaître au monde. Son nom, ses pensées, ses mots, resteraient toujours là, quelque part, à l'air libre.

Il était bientôt 16 heures. Norma tendit un biscuit au chocolat à Cindy et l'embrassa sur le front.

Changer d'air ne pouvait que lui faire du bien à elle aussi, même si elle s'était parfaitement faite à leur nouvelle vie, dans ce cadre plus solide qui lui avait permis de se reconstruire, de faire moins de cauchemars. De guérir.

Dans la soirée, Elizabeth, Cindy et elle iraient au cinéma voir le dernier Pixar, puis elles se promèneraient le long du littoral avant de rentrer dans l'appartement qu'elles louaient, à l'autre bout de Santa Monica.

Elles allaient enfin pouvoir profiter de leurs vacances. Sans plus une trace de brouillard à l'horizon.

Norma se mit en maillot de bain et demanda à Cindy de faire de même, puis elle lui étala de la crème solaire sur tout le corps. Un corps parmi d'autres. Anonyme. Vivant.

Elle-même ne s'était plus jamais baignée depuis la noyade de Nathan dans le Tennessee. Mais cette journée était spéciale. Quelque chose avait éclos. Alors, sans l'ombre d'une hésitation, elle se leva, prit sa fille par la main et marcha vers l'océan.

Cindy avait appris à nager dans le petit bassin de la piscine municipale avec son école. Mais c'était la première fois qu'elle entrait dans des flots sauvages, sans brassards, *à l'aventure*. Elle paraissait à la fois impressionnée et émerveillée, poussant de petits cris quand des vagues écumeuses percutaient ses cuisses ; riant quand des gouttelettes d'eau salée lui éclaboussaient le visage.

Depuis quand ne l'avait-elle pas entendue autant rire ?

Norma avança jusqu'à ce que l'eau lui atteigne les hanches, puis elle commença à nager et aida Cindy à faire de même, lui tenant le ventre pour la guider.

Tout était plus grand que nature : l'océan, la ville qui leur faisait face, le ciel limpide où hurlaient les goélands… Un chalutier se dessina au loin, dans un calme qui succédait aux cris de la plage, le calme de ce bleu infini qui les accueillait. À un moment, là où l'eau devenait plus froide, Cindy se cramponna à elle en tremblant et Norma lui expliqua doucement à l'oreille qu'elle ne devait pas craindre de ne plus avoir pied, que c'était merveilleux d'ainsi flotter au-dessus des poissons et des méduses, dans cette immensité clapotante qui leur faisait mille signes, toutes deux si légères, comme si elles volaient, loin, si loin, de leur Kansas natal, tels Dorothy et son chien Toto au cœur de la tornade.

Et, la tenant par une main, le regard plongé dans son regard confiant, elle lui apprit à peu à peu s'éloigner du rivage.

Le ponton où elle avait laissé ses affaires était à peine visible. Après avoir nagé pendant deux heures, elle décida de faire demi-tour pour le rejoindre, gardant le rythme soutenu qu'elle s'était imposé, ne pensant qu'à son souffle, aux battements de ses bras et de ses jambes dans l'eau claire, une eau si douce et pure qu'on aurait presque pu la boire.

Autour d'elle, on n'entendait que le bruit du vent filant à travers les collines, et celui, plus discret, d'oiseaux lointains. Cette partie du lac n'abritait pas de plage, ce qui la tenait pour un temps préservée de la foule. Elle venait s'y entraîner chaque jour depuis le début de l'automne, afin de se vider la tête après les cours et le vacarme de la ville. Ce calme si particulier lui devenait aussi nécessaire que l'air qu'elle respirait. Dans cet endroit enclavé, sa présence en ce monde se faisait plus franche, plus tangible.

Arrivée au ponton, elle s'y hissa et se sécha rapidement avec sa serviette, puis elle sortit une barre de céréales de son sac de sport et la mangea en observant la surface étale du lac, son attention parfois distraite par le mouvement furtif de quelques carpes argentées sous ses pieds.

Des voix émergèrent dans son dos. Deux garçons apparurent le long du chemin de randonnée qui longeait la rive. Le plus grand, qui ressemblait un peu à Chad, le petit copain de son amie Linda, lui sourit en croisant son regard, un sourire franc, d'une innocence presque incongrue pour son âge. Elle détourna le visage, une mèche de cheveux restée collée contre sa joue, comme une protection. Au moins, il n'avait pas eu le temps de la voir rougir. Il n'avait pas eu le temps de la voir tout court, de la voir vraiment. Il ne se souviendrait d'elle que comme d'une jeune fille anonyme assise au bord de l'eau, une parmi tant d'autres, sans distinction particulière, et cette vision incomplète resterait peut-être un temps dans un coin de sa tête, avant de s'estomper.

Comme tout le reste.

À nouveau seule, elle posa sa main à plat sur son ventre musclé, tendu, sans plus une once de graisse.

Ce corps qu'elle pouvait plier à sa volonté, changer, parfaire.

Comme une renaissance.

Dans quelques semaines, elle devrait se trouver un autre endroit pour continuer à nager. L'hiver était particulièrement rude dans cette région. Elle irait à la piscine de son quartier, aux heures où il y aurait le moins de monde, quand elle ne serait pas susceptible d'affronter trop de regards en coin pendant les précieux moments où elle pourrait enfin s'oublier dans l'effort.

Un lézard aux écailles brunâtres passa sur les pierres, ce qui lui fit se souvenir du temps où, petite fille, elle s'amusait à les attraper et à les transpercer avec une aiguille, pour ensuite les regarder se contorsionner sans un cri, avant de les libérer. Tout cela lui parut si loin. Comme dans une autre vie.

Son téléphone vibra dans son sac. C'était Linda. Elles devaient passer la soirée ensemble chez elle à regarder *West Side Story* et à parler de choses futiles.

Les derniers ragots à la mode. Leurs prochaines vacances. Les garçons.

Ezra.

Elle pensait à lui de plus en plus depuis qu'ils avaient parlé en bas de leur immeuble. Malgré ce que Linda disait, il n'était pas comme les autres garçons. Elle le savait.

S'intéressait-il vraiment à elle ? Était-ce possible ?

Le soir commençait à tomber, mais Cindy pouvait nager une bonne heure avant de repartir. Elle ne se sentait pas assez épuisée pour estimer en avoir fini pour la journée. Une barque se trouvait deux kilomètres plus loin, une silhouette s'y tenant assise. Elle se demanda combien de temps elle mettrait à arriver jusqu'à elle. Elle avait envie de battre un nouveau record. Elle en avait encore la force. Elle avait de la force à revendre.

Alors, Cindy se leva en activant la fonction chronomètre de sa montre, à l'écoute d'une nature qui, spectatrice, paraissait retenir son souffle.

Et elle plongea dans les profondeurs aqueuses, attentive à ne rien perdre de ce spectacle ondoyant. Une fois revenue à la surface, elle ne se concentra plus que sur la parfaite exécution de ses mouvements, tant de fois répétés, accélérant progressivement la cadence, tout son être saisi par une vive sensation de liberté, fusant vers son objectif qui, à la vitesse d'un songe, se rapprochait.

Quand elle atteignit enfin la barque et en tapa le bois avec la main à la surprise du pêcheur qui s'y tenait, ce fut à sa mère qu'elle adressa en pensée quelques mots.

Et quand, exaltée par cette petite victoire, Cindy fit demi-tour sur le dos en direction du ponton, ce fut l'expression de son visage fier qu'à travers les transparences du ciel elle se surprit encore à rechercher.

REMERCIEMENTS

Je voudrais remercier Émilie Colombani, mon éditrice chez Rivages. Trouver un éditeur est une chance, trouver une éditrice comme toi, une chance encore plus grande.

J'en profite pour remercier également toute la chaleureuse équipe des éditions Payot & Rivages, en ayant une pensée particulière pour Hélène Fiamma.

Merci à tous les blogueurs, tous les libraires, tous les lecteurs qui ont défendu mon premier roman. *Helena*, bien entendu, vous est aussi dédié.

Merci aux docteurs Benjamin Guichard et Hubert Hardy pour leurs précieux conseils.

Merci à mon amie Karine Cnudde d'avoir lu ce texte avec attention. Et merci d'avoir été présente au moment où j'en avais le plus besoin. Ces choses-là ne s'oublient pas.

Je voudrais remercier ma Plumelle – petite chatte extraordinaire que vous avez croisée entre ces pages, tranquillement allongée sur un canapé.

Merci, enfin, à ma mère, Dominique Fel, d'avoir été pour moi, tout au long de ma vie, l'inverse de ce qu'a été Helena pour Hayley.

L'amour d'une mère change tout.

C'est peut-être le sens le plus profond de ce livre.

pca
cmb
édition pré-presse
livres numériques

44400 Rezé

Imprimé par Black Print
en septembre 2019
Imprimé en Espagne